MARCEL FEIGE

Gier

Buch

Schock an der Berthold-Hauptschule im Berliner Problembezirk Neukölln: Der Lehrer Matthias Brodbeck fiel offensichtlich einem Amoklauf zum Opfer. Wenige Tage vor den Senatswahlen bestimmt eine Schlagzeile Politik und Medien: *Gewalt an Schulen eskaliert!*

Der Fall scheint klar: Lukaz und Asim, zwei von Brodbecks Schülern, müssen die abscheuliche Tat begangen haben. Die beiden Jugendlichen, die bei ihren zerrütteten Familien in den Hochhausvierteln von Neukölln leben, haben sich in der Vergangenheit bereits mehrfach wegen Diebstahls, Sachbeschädigung und Körperverletzung vor dem Jugendrichter verantworten müssen. Wiederholt war es zwischen ihnen und Brodbeck zum Streit gekommen. Und jetzt fehlt von Lukaz und Asim jede Spur.

Dann tauchen jedoch immer mehr Ungereimtheiten auf, und Paul Kalkbrenner, Kriminalhauptkommissar der Mordkommission Berlin-Mitte, wird von Dezernatsleiter Dr. Salm aus dem Urlaub zurückbeordert, um den Fall zu übernehmen. Kalkbrenners Nachforschungen führen ihn ins Rotlichtmilieu, denn Brodbeck hatte Kontakt zum stadtbekannten Paten Dossantos. In dessen Machenschaften sind auch ranghohe Politiker verstrickt …

Autor

Marcel Feige, geboren 1971, arbeitete als leitender Redakteur bei verschiedenen Musik-, Lifestyle- und Stadt-Magazinen. Seit 1998 lebt er als Schriftsteller in Berlin. Für seine Biografie »Nina Hagen. That's why the lady is a punk« erhielt er den renommierten internationalen Buchpreis »Corine«. Ein weiterer Thriller mit Kommissar Kalkbrenner ist bei Goldmann in Vorbereitung.

Marcel Feige im Internet:

www.Marcel-Feige.de

Von Marcel Feige außerdem bei Goldmann lieferbar:

Wut. Thriller (46461)

Marcel Feige

Gier

Thriller

GOLDMANN

FSC
Mix
Produktgruppe aus vorbildlich bewirtschafteten Wäldern und anderen kontrollierten Herkünften

Zert.-Nr. SGS-COC-1940
www.fsc.org
© 1996 Forest Stewardship Council

Verlagsgruppe Random House FSC-DEU-0100
Das für dieses Buch verwendete FSC-zertifizierte Papier
München Super liefert Mochenwangen.

1. Auflage
Originalausgabe Juli 2008

Deutsche Originalausgabe 2008
im Wilhelm Goldmann Verlag, München,
in der Verlagsgruppe Random House GmbH
Umschlaggestaltung: Design Team München
Umschlagfoto: Tertia Ebert
BH · Herstellung: Str.
Redaktion: Susanne Bartel
Satz: deutsch-türkischer fotosatz, Berlin
Druck und Bindung: GGP Media GmbH, Pößneck
Printed in Germany
ISBN: 978-3-442-46580-4

www.goldmann-verlag.de

Die Welt hat genug für jedermanns Bedürfnisse,
aber nicht genug für jedermanns Gier.

Mahatma Gandhi

PERSONENREGISTER

PAUL KALKBRENNER
Kriminalkommissar beim Morddezernat, Kriminalkommissariat Berlin-Mitte

ELLEN KALKBRENNER
Kalkbrenners Ehefrau

JESSICA »JESSY« KALKBRENNER
Kalkbrenners Tochter

LEIF NEHRING
Jessys Freund

DR. DIETMAR SALM
Kriminalrat, leitender Dezernent, Kriminalkommissariat Berlin-Mitte

SEBASTIAN BERGER
Kalkbrenners neuer Kollege, Kriminalkommissar des Morddezernats, Kriminalkommissariat Berlin-Mitte

RITA BARNITZKE
Sekretärin des Morddezernats, Kriminalkommissariat Berlin-Mitte

DR. FRANZISKA BODDE
Leiterin der Kriminaltechnischen Abteilung

DR. SIMON WITTPFUHL
Gerichtsmediziner

LUDWIG HARENSTETT
Stellvertretender Leiter der Abt. 2 beim LKA, Rotlichtkriminalität und Menschenhandel

STEPHAN KÜHNE UND BERTHOLD BECKER
BKA-Ermittlungsbeamte, Abteilung Rotlichtkriminalität

DR. FRIEDER VON HIRSCHFELDT
Geb. Sonntag, CDU-Fraktionschef im Berliner Senat, designierter Innensenator

PATRIZIA VON HIRSCHFELDT
Ehefrau von Frieder von Hirschfeldt

FRIEDERIKE, FRIEDER JR. UND PATRICK
Kinder des Ehepaars von Hirschfeldt

KARL-EDMUND HÖNIG
CDU-Fraktionsvize, bester Freund von Frieder von Hirschfeldt

MARTINA HÖNIG
Ehefrau von Karl-Edmund Hönig

LARS HÖNIG
Sohn des Ehepaars Hönig

BERND SCHMÜCKER
Persönlicher Referent von Dr. Frieder von Hirschfeldt

ANDREAS GÖTTING
Praktikant von Bernd Schmücker

ELISABETH HEYNEMANN
Bundeskanzlerin, CDU

ANTON HEILAND
Spitzenkandidat der CDU-Fraktion, künftiger Regierender Bürgermeister von Berlin

BERTHOLD EHRENSTEIN
CDU-Fraktionsmitglied, designierter Bausenator

CLAUDIA KIELINGER
Parlamentarische Geschäftsführerin des CDU-Fraktionsvorstands

SADI VEGATOWSKI
Schatzmeister der CDU-Fraktion

KLAUS WOLKERS
Spitzenkandidat der SPD-Fraktion, amtierender Regierender Bürgermeister von Berlin

KARL B. BRODKE
SPD-Fraktionsmitglied, ehemaliger Bausenator, amtierender Zweiter Bürgermeister von Berlin

MIGUEL DOSSANTOS
»Ehrenbürger vom Kiez«, Rotlichtpate von Berlin

CATHARINA DOSSANTOS
Ehefrau von Miguel Dossantos

SAMUEL DOSSANTOS
Sohn von Catharina und Miguel Dossantos

CLAUDIO BOCCACHI
Anwalt, Berater und bester Freund von Miguel Dossantos

DAVID BLOCK
Anwalt für internationales Wirtschaftsrecht, Finanzgenie, Buchhalter von Miguel Dossantos

BRUNO POSAVSKI
Rechte Hand von Miguel Dossantos, »Mädchen für alles«

MATTHIAS BRODBECK
Lehrer an der Berthold-Hauptschule, Mordopfer

JUDITH BRODBECK
Ehefrau von Matthias Brodbeck

Berliner Tagesspiegel, 10. November

Gewalt gegen Lehrer:

Schüler schlagen zu

Berlin. Berlins Schulen haben im vergangenen Jahr 560 Gewaltdelikte gemeldet. Dies sind rund ein Drittel mehr als im Vorjahr und zwei Drittel mehr als 2001/02.

Auffällig ist ein Trend zur Verrohung, der sich in einem Anstieg der Fälle von gefährlicher Körperverletzung niederschlägt. Zudem gibt es eine deutliche Zunahme schwerer Angriffe gegen Lehrer. Dies ist die Bilanz des aktuellen Berichts »Gewaltsignale aus Berliner Schulen«, den Bildungs-Staatssekretär Thomas Härtel (SPD) und Innen-Staatssekretär Ulrich Freise (SPD) gestern vorstellten.

Innen-Staatssekretär Freise wies auf den »exorbitant hohen Anteil« von Tätern nichtdeutscher Herkunft hin. Diese seien für mehr als die Hälfte der Fälle von Jugendgruppengewalt an Schulen verantwortlich, obwohl sie nur rund ein Viertel der Bevölkerung ausmachen. Es gehe nicht darum, diese Bevölkerungsgruppe zu stigmatisieren, betonte Freise. Die höhere Gewaltbereitschaft dieser Jungen habe mit Integrationsproblemen und Bildungsdefiziten zu tun.

PROLOG

Die beiden Jungs drückten sich in den letzten Rest Dunkelheit, den der erwachende Morgen noch für sie übrig gelassen hatte.

»Scheiße, Mann!«, fluchte der erste und trat dabei ungelenk von einem Fuß auf den anderen, wie jemand, dem die Kälte allmählich, aber sicher in die Glieder kroch. »Der verarscht uns doch!«

»Nein, er wollte um 7.00 Uhr hier sein«, antwortete der zweite und rieb sich seine Arme, so als würde zu viel Speed in seinem Blut toben.

Doch tatsächlich war es weder kalt, noch hatten die beiden Drogen genommen. In Wahrheit waren sie nur höllisch nervös.

»Was sagen wir den anderen, wenn er nicht kommt?«

»Er hat gesagt, er kommt. Also kommt er.«

»Aber wenn er nicht kommt, dann …«

»Verdammt, Lukaz! Halt einfach dein Maul und warte.«

Der Angesprochene dachte kurz nach, als habe ihm sein Kumpel eine knifflige Rechenaufgabe gestellt. Mathe war noch nie seine Stärke gewesen. »Asim, halt doch selbst dein Maul!«

Asim zeigte ihm den Stinkefinger, dann zog er die Kapuze seines Sweaters tiefer in die Stirn und spähte um die Mauerecke herum, in deren Schatten sie sich verbargen. Von den Fetzen einer zerrissenen Zeitung, die der Wind raschelnd vorwärtstrieb, und einem offenbar vergessenen T-Shirt abgesehen, lag der Schulhof leer und verlassen vor ihnen.

Auf den Straßen jenseits der Schule herrschte dagegen wie immer Hektik. Lkws parkten in zweiter Reihe vor dem asiatischen Stehimbiss, der türkischen Döner- und der deutschen Frittenbude mit dem Namen *Bratfritze*. Spediteure schrien einander irgendetwas zu, während sie Kartons abluden. Autofahrer hupten, weil der Verkehr sich staute. Die S-Bahn ratterte quietschend über die Hochgleise. Gab es auf der Straße einmal einen seltenen Moment der Ruhe, dann dröhnte aus irgendeinem der Fenster kreischender Orientpop oder das Geschimpfe eines Mannes, der ein Problem mit seiner Frau, seinen Kindern oder sonst wem hatte. Der Lärm gehörte zu dem Stadtviertel dazu wie die Graffiti auf den Häuserwänden oder die Hundescheiße auf den Gehsteigen. Nur das Vogelgezwitscher aus den Bäumen mochte nicht so recht in die grauen Häuserschluchten passen.

Lukaz hob die rechte Hand, formte mit Daumen und Zeigefinger eine Waffe und richtete sie auf eine Baumkrone. »Bum!«, machte er. Weil sein Kumpel nicht reagierte, sagte er: »Ey, Asim. Mein Bruder hat wirklich schon mal auf Vögel geschossen, drüben im Görlitzer Park. Ich war dabei.«

Asim verdrehte die Augen.

»Ich schwör's.«

»Du weißt doch noch nicht einmal, wie man eine Knarre entsichert.«

»Wetten doch.«

Lukaz griff in seine Jackentasche und zog etwas heraus. »Die ist von meinem Bruder!«

Asim brauchte zwei Sekunden, bis er in dem Zwielicht erkannte, um was es sich bei dem schwarzen Gegenstand in der Hand seines Kumpels handelte. »Bist du total bescheuert?«

»Mann, ich dachte mir, dass …«

»Was? Dass wir ein bisschen Eindruck schinden?«

Lukaz schwieg ertappt. Asim starrte ihn fassungslos an.

Sein Kumpel war einen halben Kopf größer, aber zwei Jahre jünger als er. Sie gingen beide in dieselbe Klasse, weil Asim zweimal nicht versetzt worden war. Zuletzt im vergangenen Jahr, als er fast drei Monate lang regelmäßig den Unterricht versäumt hatte. Kurz bevor ihn die Bullen mit dem Beutel Ecstasy-Pillen aufgegriffen hatten. Es war ein dummer Zufall gewesen, nur ein Moment der Unachtsamkeit. Trotzdem zu spät. Sie hatten ihn zu Hause abgeliefert und seinen Eltern mit Jugendamt, Gericht, Knast und noch anderen Bestrafungen gedroht.

»Warum gehst du nicht zur Schule?«, hatte Asims Vater geschluchzt, als der Streifenwagen endlich davongefahren war.

»Was habe ich bloß falsch gemacht?«, hatte er wissen wollen, während er auf seinen Sohn eingedroschen hatte. Immer und immer wieder hatte er mit der Hand ausgeholt und dabei muslimische Gebetsformeln gemurmelt. Asim hatte nichts gesagt, keinen Mucks von sich gegeben. Klaglos hatte er den Schmerz ertragen – genauso wie die Erkenntnis, dass die Schläge seines Vaters nur dessen Enttäuschung über sein eigenes jämmerliches Versagen waren.

Vielleicht wäre für Asim die Versetzung sogar noch drin gewesen, wenn er ein bisschen mehr Vertrauen zur Polizei gehabt hätte. Aber niemand vertraute den Bullen. Man redete nicht mal mit ihnen. Stattdessen hatte Asim sich geschworen: *Noch einmal lasse ich mich nicht erwischen!*

Samuel, in dessen Auftrag er mit den Drogen unterwegs gewesen war, hatte versprochen, sich wegen des Vorfalls erkenntlich zu zeigen. Heute wollte er endlich sein Versprechen einlösen. Wenn alles glattging, würde Asim nie wieder auch nur einen Gedanken an Schule verschwenden müssen. Andererseits brauchten er und Lukaz sich keine Gedanken mehr um gar nichts zu machen, sollte Samuel sie hier mit der Knarre erwischen.

»Mann, pack bloß das Ding weg.« Asim schüttelte den Kopf. »Hast du immer noch nicht kapiert, mit wem wir es zu tun haben?«

Lukaz steckte die Pistole zurück in seine Jackentasche. Er öffnete den Mund zu einer Antwort, schloss ihn dann wieder mit einem schnappenden Geräusch, als eine betont freundliche Stimme hinter ihm fragte: »Was habt ihr beiden hier zu suchen?«

»Du bist auf der Suche nach was ganz Besonderem, oder?«

Die Frau zupfte an ihrem Dekolleté. Nicht dass es da viel zurechtzurücken gegeben hätte. Das Kleid war eigentlich nur ein schmaler Fetzen Stoff, noch dazu transparent. Er konnte ihre Brüste erkennen, die von einem Push-Up mit Tigerfellmotiv in ihrer üppigen Form gehalten wurden. Mit einer fließenden Bewegung schloss sie die Tür hinter ihm. Sie war ohne Frage ein Profi. Das war ihm sofort aufgefallen, als er den Club betreten und die Frauen an der Theke aufgereiht sitzen gesehen hatte.

In dem Zimmer, in dem sie sich nun befanden, war alles schwarz. Die Wände. Der Teppichboden. Selbst der Satinbezug der Matratze. Nur unter dem Bett lag ein leuchtend roter Teppich. An der Decke über dem Bett waren Spiegel angebracht.

Er roch ihr Parfüm. Es kam ihm bekannt vor, aber er wusste den Namen nicht. Dann drehte er sich zu ihr um. Sie hielt ein Paar Handschellen hoch. Ja, sie war wirklich ein Profi.

»Vorher sollten wir aber noch etwas klären«, sagte sie.

Er hasste es, darüber zu reden, weil es ihm immer die Stimmung verdarb. Aber da es sein musste, zog er schnell zwei gelbe Scheine aus der Hosentasche.

»Soll ich mich ausziehen?«, fragte sie, während sie die 400 Euro in eine kleine Schatulle steckte, die neben dem Bett stand.

Er nickte.

»Hier im Bett?«

Wieder nur eine bejahende Kopfbewegung.

»Du bist nicht sehr gesprächig, oder?«

Schweigen.

Sie zuckte mit den Schultern und begann sich zu entkleiden. Sie hatte glatte, vom Solarium gebräunte Haut. Als sie ihren BH abgelegt hatte, verharrten ihre Brüste trotz der Schwerkraft an Ort und Stelle. Offenbar trug sie Implantate, aber das machte ihm nichts aus. Es hätte ihn weitaus mehr gestört, wenn sie ihre Schuhe ausgezogen hätte. Doch weil sie schon lange in dem Beruf arbeitete, wusste sie, was das Auge des Kunden verlangte, und behielt die High Heels an.

Er mochte den Anblick einer nackten Frau, deren Füße sich dem eleganten Schwung hoher Schuhe anpassten. Dadurch bekamen die Beine eine Länge, die sie in Wirklichkeit nie besaßen. Eine optische Täuschung. Aber war nicht alles nur eine Illusion?

Mit den Handschellen fesselte er sie ans Bettgestell. Dann schlug er zu, nicht sehr fest, nur mit einem leichten Klaps.

»Mein Po verträgt mehr«, sagte sie.

Er dachte: *Ich brauche es nur zu tun.*

»Du willst es doch auch, oder?« Sie lächelte ergeben und professionell.

Erneut holte er aus, und diesmal klatschte es lauter. Sie verzog den Mund, sagte aber keinen Ton. Noch spielte sie ihre Rolle perfekt.

Dann schlug er noch einmal zu. Noch einmal. Und noch einmal.

»Hör auf!«, japste sie jetzt.

»Nein«, antwortete er. »Du willst es doch auch.«

Wieder fuhr seine Hand auf sie hinab. Ihre Haut färbte sich rot unter seinen Schlägen. Sie jammerte. Dann platzte die Haut auf.

»Du willst es doch auch«, wiederholte er und lachte. »Du bist doch ein Profi, oder etwa nicht?«

Aber jetzt heulte sie. Es war immer das Gleiche. Er drosch weiter auf sie ein. Nichts war, wie es schien. Sie schrie. Alles nur eine große Lüge.

Ein Lachen riss ihn aus seinen Träumen. Er hatte nicht wirklich geschlafen. Eigentlich konnte er schon seit Wochen nicht mehr schlafen. Er blickte in die Runde. Die Schüler waren mit allem beschäftigt, nur nicht mit der Aufgabe, die er ihnen vor wenigen Minuten gegeben hatte.

»Geht es auch ein bisschen leiser?«, rief er.

»Nein, Herr Brodbeck!«, erscholl es aus einem Dutzend Kehlen. Erneut brachen seine Schüler in ein lautes Lachen aus.

Matthias Brodbeck konnte wohl kaum von ihnen Konzentration verlangen, wenn er selbst mit seinen Gedanken nicht beim Unterricht, nicht einmal bei der Schule war. So schlecht ihre Auffassungsgabe auch zu sein schien, wenn er Rechtschreib- oder Grammatikfragen stellte, die Jugendlichen hatten ein hervorragendes Gespür dafür, wenn ihr Lehrer nicht bei der Sache war.

»Asim«, rief er in den Lärm der Klasse, »wie wäre es, wenn du uns einige Passagen aus deiner Interpretation vorliest?«

»Hab keinen Bock.«

»Und was ist mit dir, Lukaz?«

»Ich hab meinen Hefter nicht dabei.«

Brodbeck holte tief Atem. »Aber deine Drogen schon, oder?«

»Mann, was soll die Scheiße?«, rief Asim.

»Blöder Wichser«, sagte Lukaz.

Mit einem Mal herrschte Stille. Sie schmerzte fast in den Ohren, weil sie so ungewohnt war. Die Schüler richteten ihre Blicke erwartungsvoll auf den Lehrer. Sekunden verstrichen. Vielleicht waren es auch Minuten. Dann ging die Pausenglocke. In das vielstimmige Gemurmel, das augenblicklich entbrannte, rief Brodbeck: »Lukaz, Asim, ihr bleibt hier!«

Er wartete, bis die anderen Jugendlichen das Klassenzimmer verlassen hatten, dann zog er die Tür in den Rahmen. Er verschränkte die Arme und musterte die beiden Jungs. Sie saßen noch immer an ihren Tischen und kauten gelangweilt Kaugummi. Ihre Hände waren in den Taschen der Baggy-Jeans vergraben. Beide hatten kahl rasierte Schädel. Lukaz' Gesicht war knochig und bleich, Asims dunkler Teint wirkte dagegen fast hübsch.

Brodbeck ließ einige Zeit verstreichen. Vom Schulflur her erklangen Schritte. Kurz darauf war das verhaltene Rauschen einer Toilettenspülung zu hören: die Putzfrauen, die wie jeden Tag die Klos reinigten. Sie waren spät dran heute, aber da sie die Klassenräume aussparten, würden sie auch bald wieder verschwunden sein. Seit der Senat vor drei Jahren den neuen Bildungshaushalt verabschiedet hatte, war nur noch Geld für die Reinigung der Schulräume zweimal wöchentlich vorhanden. Dementsprechend sahen die Zimmer auch aus.

»Ich weiß, für wen ihr arbeitet«, brach Brodbeck schließlich das Schweigen.

Lukaz spielte mit seinem Handy. Asim grinste überheblich. »Gar nix wissen Sie!«

»Ich möchte, dass ihr mit ihm redet.«

»Mann!«, schrie Lukaz und fegte sein Telefon beiseite. »Was wollen Sie von uns?«

»Dass ihr dem Portugiesen ausrichtet, dass ich …«

»Gar nix machen wir«, fiel ihm Asim ins Wort. »Fick dich!«

»Genau, Scheißlehrer, fick dich!«, wiederholte Lukaz.

Hoffnungslos. Hier kam er nicht weiter. Sosehr sich Brodbeck auch innerlich dagegen sträubte, er würde selbst zu ihm gehen müssen.

»Na gut. Verschwindet!«

Die beiden Jungs sprangen auf, als hätten sie nur auf das Signal gewartet. Sie griffen nach ihren Rucksäcken und schlurften zur Tür. Einer der beiden sagte noch einmal »Wichser!«, dann fiel die Tür mit einem Krachen ins Schloss. Kurz darauf klingelte es.

Vor Brodbeck lag ein Handy auf dem Tisch. Lukaz hatte es vergessen. Der Lehrer widerstand dem Impuls, es zu nehmen, auf den Boden zu werfen und es wie sein Leben zu einem Haufen Müll zu verarbeiten, den er nur noch zusammenzukehren und in den Abfall zu werfen brauchte.

Erschöpft und resigniert kehrte er hinter sein Pult zurück und packte die Hefter in seine Tasche, als die Tür zum Klassenzimmer aufging. »Dein Handy liegt …«, sagte Brodbeck noch. Dann schaute er auf und verstummte.

Die anderen Schüler und auch die Lehrer hatten das Gebäude längst verlassen. Nur das Quietschen ihrer Sneakers auf dem Linoleumboden begleitete Asim und Lukaz durch den langen, leeren Gang. »Warum sollten wir mit Samuel reden?«, fragte Lukaz verärgert.

»Ist mir doch egal«, entgegnete Asim.

»Dem würde ich am liebsten …«

»Gar nichts wirst du!«

»Mein Bruder hat seinem Lehrer mal in die Fresse geschlagen, weil der ihn blöd angemacht hat. Seine Nase war gebrochen, aber er hat meinen Bruder anschließend in Ruhe gelassen.«

»Willst du dem Brodbeck jetzt die Fresse polieren, oder was?«

»Warum denn nicht?«

»Spinn nicht rum!«

»Und wenn der jetzt zu den Bullen geht?«

»Warum sollte er? Der hat doch gar nichts gegen uns in der Hand.«

»Scheiße, Mann! Ich könnte diesem Wichser …«

Asim ließ seinen Kumpel weiterfluchen und rief sich den kurzen Wortwechsel mit dem Lehrer noch einmal in Erinnerung. Er war sich sicher, dass Brodbeck keinerlei Beweise für seine Unterstellung hatte. Aber er hatte gesagt: *Ich weiß, für wen ihr arbeitet … der Portugiese.* Dass der kleine, verschissene Hauptschullehrer überhaupt darüber Bescheid wusste, *das* machte Asim Sorgen. Er blieb stehen. »Ich muss telefonieren.«

Reflexartig griffen beide gleichzeitig in die Hosentaschen. »Scheiße, Mann!«, fluchte Lukaz. »Ich hab mein Handy da drin liegen lassen.«

»Dann hol es eben.«

Während Lukaz zurück zum Klassenzimmer schlurfte, klappte Asim sein Mobiltelefon auf. Er tippte eine Nummer ein und lauschte dem Freizeichen. Kurz darauf meldete sich eine Stimme, deren Worte er nicht verstand, weil es in dieser Sekunde knallte. Die Tür zum Klassenzimmer am Ende des Flurs flog auf. Lukaz stürzte heraus, die Augen weit aufgerissen, seine Jacke mit roten Spritzern übersät.

Asims Nackenhaare stellten sich auf. Hastig klappte er sein Handy zu. »Was hast du gemacht?«

Lukaz rang um Atem. »Lass uns abhauen!«

Plötzlich hallten durch den Gang mit seinen hohen Wänden Schritte, die sich ihnen näherten. Horst, der Hausmeister, bog um die Ecke. »Hey, ihr beiden!«

Berliner Kurier, Freitag, 28. September

Killerschüler in Berlin

»Klar, dass der mal austickt!«

Von Hardy Sackowitz

Berlin. Schule unter Schock: Lehrer und Schüler der Berthold-Hauptschule in Neukölln trauern um ihren Lehrer Matthias B., der am Dienstag einem Amoklauf zum Opfer fiel. Von den mutmaßlichen Tätern Lukaz V. (15) und Asim K. (17) fehlt jede Spur.

Inzwischen weiß man mehr über die beiden jungen Verdächtigen: Das Vorstrafenregister von Lukaz V. listet Sachbeschädigungen, Raubdelikte und Körperverletzungen auf.

»Es war klar, dass der irgendwann mal austickt, so wie der immer geredet hat«, sagt Mitschüler Volker (Name geändert) dem Berliner Kurier. Nach Beobachtungen anderer Schüler hat es mehrfach Streit zwischen Lukaz und seinen Lehrern gegeben. Die Schuldirektion verweigert bisher jeden Kommentar.

Auch Asim K. ist für die Ermittler kein Unbekannter mehr. Erst vor einem Jahr musste er sich vor dem Jugendgericht verantworten.

1

»Aufhören! Alle beide! Sofort!« Dr. Frieder von Hirschfeldt platzte der Kragen. »Was glaubt ihr eigentlich, wo wir hier sind?«

Als hätte ein Blitz zwischen ihnen eingeschlagen, unterbrachen Karl-Edmund Hönig und sein Sohn Lars ihr unüberhörbares Streitgespräch. Auch alle anderen Anwesenden verstummten: Hönigs Frau Martina, von Hirschfeldts Gattin Patrizia sowie ihre Kinder Friederike, Frieder jr. und Patrick, der Älteste. Nur die dumpfe Rockmusik der Scorpions war noch zu vernehmen, die zwei Räume weiter auf der Bühne der Kamecke-Halle des Bode-Museums den Song *Wind of Change* intonierten. Dazu das Wimmern der kleinen Friederike, das Nesthäkchen der von Hirschfeldts, die sich, erschrocken über den Wutausbruch ihres Vaters, jetzt an das Bein der Mutter drückte.

Ein dichter Haarschopf, unter dem kaum ein Gesicht zu erkennen war, erschien im Türrahmen. »Hat mich jemand gerufen?«, fragte Andreas Götting.

»Nein«, entgegnete von Hirschfeldt.

»Oh, ich dachte, ich hätte meinen Namen gehört.«

»Dann hast du dich eben verhört.«

»Es gibt wirklich nichts zu tun?«

»Nein!«, sagte von Hirschfeldt nun entschieden und laut. Die kleine Friederike begann erneut zu schluchzen.

Götting zog enttäuscht seinen Kopf zurück. Er war erst seit einigen Wochen Praktikant bei Bernd Schmücker, von Hirschfeldts persönlichem Referenten. In der Hoffnung auf eine mögliche Festanstellung nahm er seine Aufgabe übertrieben eifrig wahr.

Von Hirschfeldt wandte sich den Umstehenden zu. Friederike heulte noch immer. Für den Moment zerrte ihr Weinen an seinen Nerven. »Geht doch bitte schon mal vor«, bat er möglichst ruhig.

Lars hob trotzig sein Kinn. »Aber ohne mich!«

»Genau, du bleibst hier. Und du, Karl-Edmund, du auch.« Von Hirschfeldt sah den Mann mit dem kantigen Gesicht an, der ihm während des Wahlkampfes Personenschutz gewährte. »Und Sie warten bitte mal kurz vor der Tür.«

Dann widmete er sich wieder Lars. Der Sohn seines besten Freundes war in T-Shirt und Jeans gekleidet, trug dazu Turnschuhe und sah aus wie ein ganz gewöhnlicher Student. Sein rundes, fast noch etwas kindliches Gesicht wirkte durchaus sympathisch. Von Hirschfeldt kannte den Jungen von Geburt an. Lars war sein Patensohn, viele Jahre hatte er ihn mit Onkel angesprochen, doch inzwischen flackerte etwas Wildes, Unbeherrschtes in den Augen seines *Neffen*. »Lars, warum fällt es dir so schwer, deinem Vater diesen Gefallen zu tun?«

»Weil ich keine Lust habe.«

»Ist es zu viel verlangt, dass du dich gleich, wenn wir raus auf die Bühne gehen, mit deiner Familie zeigst?«

»Klar, schöne, heile Welt. Immer nett lächeln.« Lars rollte mit den Augen. »Eine verlogene Scheiße ist das!«

»Ich weiß nicht, was daran verlogen sein soll!«

»Weil es nicht um Familie geht, sondern nur um Macht.«

Die Tür öffnete sich abermals. Schon wieder tauchte Göttings Kopf auf. »Möchte jemand was trinken?«

»Danke«, sagte von Hirschfeldt. »Jetzt nicht.«

»Aber wenn jemand was braucht, ruft er mich, oder?«

»Ja, das machen wir.«

Von Hirschfeldt seufzte und deutete auf einen Fernseher, auf dem das Geschehen aus dem großen Kuppelsaal des Bode-Museums übertragen wurde. Der CDU-Landesverband Berlin hatte das Gebäude für die finale Wahlkampfveranstaltung vor den Senatswahlen am kommenden Sonntag angemietet, sozusagen als symbolträchtiges Zeichen: Schon zu Beginn des vergangenen Jahrhunderts hatten Stadtobrigkeiten Siegesfeiern in dem repräsentativen Bau auf der Museumsinsel abgehalten.

Am heutigen Abend waren es immerhin Wahlkampfhelfer, Parteimitglieder, Sympathisanten und Freunde, die das Ende vieler anstrengender Wochen feierten. Ein letztes Mal schwenkten sie Fahnen, Wimpel und Schilder, als müsste noch irgendjemand im Raum von seiner politischen Gesinnung überzeugt werden. »Lars, glaubst du, wir nehmen das alles auf uns, weil wir die Wahlen verlieren wollen?«

»Ja, *ihr*! Aber was hab ich damit zu schaffen?« Hönigs Sohn drehte sich auf dem Absatz seiner Turnschuhe um und rannte aus dem Zimmer.

»Lars!«, rief Karl-Edmund ihm hinterher.

Göttings wilde Mähne zeigte sich. Noch bevor er etwas sagen konnte, blaffte von Hirschfeldt: »Nein, es gibt immer noch nichts zu tun.«

»Aber …«

»Was ist denn jetzt schon wieder?«

»Herr Schmücker schickt mich. Ich soll Ihnen ausrichten, dass Sie in zehn Minuten dran sind.«

Während sie dem Praktikanten den Flur entlang zum Bühneneingang folgten, entschuldigte sich Karl-Edmund: »Es tut mir leid. Ich hätte Lars gar nicht erst fragen sollen, ob er mitkommt.«

»Ja, das hättest du dir wirklich sparen können«, grollte von Hirschfeldt.

»Ich weiß einfach nicht, was in ihn gefahren ist.«

»Wenn du es nicht weißt, dann …«

»Na endlich!«, rief Bernd Schmücker, ein Mittdreißiger in grauem Anzug, mit blassem Teint und gescheiteltem Haar. »Wo steckt ihr denn so lange?«

Der Praktikant trug ein Tablett mit Sektflöten heran. »Möchte jemand einen Schluck?«

Karl-Edmund griff nach einem Glas und leerte es fast in einem Zug. Von Hirschfeldt begab sich zu seiner Familie, die bereits vor dem Aufgang zur Bühne wartete. Die kleine Friederike hatte sich inzwischen wieder beruhigt, lugte aber trotzdem noch skeptisch zwischen Patrizias Rockschößen hervor.

Von Hirschfeldt ging vor ihr in die Hocke und zupfte an ihrem kleinen bunten Kostümchen, das mit lustigen Blumen gesprenkelt war. »Wenn wir heute Abend nach Hause kommen, verspreche ich dir einen besonders großen Eisbecher.«

Ihre Augen weiteten sich. »Wirklich, Papa?«

»Versprochen, mein Sonnenschein.«

Sie strahlte ihn an. Er konnte nicht anders und drückte sie an sich. Seine Tochter war einfach ein bezaubernder Engel.

Patrizia vergrub ihre Hand in seinem Nacken, um ihm das Haar zu kraulen. Er mochte es, wenn sie das tat. Es beruhigte seine Nerven und flößte ihm Kraft ein. Dann spürte er, dass da jemand war, der zu ihm stand und der wusste, was ihm gerade in Zeiten allerhöchster Anspannung guttat.

»Wo ist denn Lars?«, erkundigte sich Martina Hönig.

Karl-Edmund setzte eine angesäuerte Miene auf, kippte den letzten Rest von seinem Sekt die Kehle hinunter, sagte aber keinen Ton. Auch von Hirschfeldt unterließ es, darauf zu antworten.

Anton Heiland erschien mit seiner Familie und einem

Tross von Beratern, Referenten und Personenschützern im Backstage-Bereich. »Sind alle so weit?«

»Ja«, bestätigte von Hirschfeldt, während er sich erhob und den Anzug glatt strich.

»Also, ich gehe jetzt auf die Bühne, halte meine Rede und hole dich dazu, Frieder. Dann kommt dieser Schunkelsänger … wie heißt er noch?«

»Peter Pander«, warf Praktikant Götting ein.

»Danke, junger Mann, und dann kommen unsere Familien.«

Die Jazzband auf dem Podium spielte einen Tusch. Der Conférencier Carel Becker, ein stadtbekannter Theaterschauspieler, der keinen Hehl aus seiner politischen Einstellung machte, brüllte ins Publikum, forderte Begeisterung und noch mehr Applaus. »Liebe Parteifreunde, begrüßt mit mir Anton Heiland, unseren Spitzenkandidaten und künftigen Regierenden Bürgermeister von Berlin.«

Noch ein Tusch. Anton Heiland marschierte auf die Bühne. Ein Blitzlichtgewitter ging auf ihn nieder. Der Beifall wollte nicht enden. Nach mehreren erfolglosen Anläufen konnte er endlich seine Worte ans Publikum richten.

Hinter der Bühne brachte ein Fotograf seine Kamera vor von Hirschfeldt in Stellung. Obwohl dieser nicht in Stimmung war, warf er sich in Pose. Vor Jahren schon hatte er von einem guten Freund, der Dozent an der Akademie der Künste war, professionelle, ausdrucksstarke Mimik und Gestik gelernt.

Es gab einige in seinem Umkreis, die von Hirschfeldt – freilich hinter vorgehaltener Hand – sogar mehr Charisma bescheinigten als Anton Heiland. Viele konnten beim besten Willen nicht verstehen, warum er sich nicht selbst zum Spitzenkandidaten der Berliner CDU hatte aufstellen lassen. Von Hirschfeldt wäre der Aufgabe als Regierender Bürgermeister durchaus gewachsen gewesen. Die Wahrheit allerdings war, dass er andere Pläne hatte.

Heilands Worte dröhnten aus den Lautsprechern: »… die Hoffnung unserer Stadt. Mit an meiner Seite kämpft mein guter Freund und Kollege, der Fraktionsvorsitzende der Berliner CDU, Dr. Frieder von Hirschfeldt.«

Wieder brandete Applaus auf. Von Hirschfeldt nahm die erste der Stufen, die hinauf zur Bühne führten. Bevor er sie betrat, sah er noch einmal ernst zu Hönig hinüber, der unter dem strengen Blick zu schrumpfen schien.

Jubel mischte sich jetzt unter den Beifall. Von Hirschfeldt holte tief Luft. Es war, als hätte er zugleich ein Lachen eingeatmet. Wie von selbst lag plötzlich ein breites Lächeln auf seinen Lippen. Nach etlichen Seminaren und Schulungen seines Freundes, denen er beigewohnt hatte, war das für ihn Routine. Die Objektive der Fernsehkameras richteten sich auf ihn, um seine Worte in die Berliner Wohnzimmer zu übertragen.

2

Paul Kalkbrenner faltete die Zeitung zusammen und beschloss, sich für den Rest des Tages zu langweilen. Jemand hatte mal behauptet, Langeweile sei Selbstmord auf Raten. Aber das Tagesgeschehen bereitete ihm nur Magenschmerzen. Da nahm er doch lieber Trägheit als Ursache seines möglichen Dahinscheidens in Kauf.

Aus den kleinen Lautsprechern des Kassettenrekorders klang Deep Purples *Lay down, stay down.* Kalkbrenner sank an die Rückenlehne des Sofas zurück. *Let me know you feel it. You know I really need it. Keep on pushin' for more. Lay down, stay down.*

Als der Song zu Ende war, erhob sich Kalkbrenner von der Couch. Das Geräusch war für Bernie Zeichen genug zum Aufbruch. Mit einem Satz sprang der Hund aus seinem Korb und begann zu kläffen.

Obwohl der Vierbeiner Kalkbrenner fast bis zur Hüfte reichte, brachte er nur das klägliche Kläffen eines Dackels zustande. Überhaupt lag mit dem Hund so einiges im Argen. Sein Name zum Beispiel: Der war alles andere als geistreich. Aber es war der, den man ihm im Tierheim gegeben hatte: Bernie, der Bernhardiner.

»Warte!«

Geduldig hockte sich der Hund auf seine Hinterläufe, während Kalkbrenner sich ins Badezimmer begab. Auf gerade einmal vier Metern im Quadrat drängten sich Dusche, Waschbecken, Kloschüssel und ein schmaler Sims für Rasierer, Aftershave und eine Tube Sonnencreme. Er griff nach Letzterer, verteilte etwas auf Kinn, Wangen und Stirn. Er näherte sein Gesicht dem Spiegel. Die krankhafte Blässe war verschwunden, seine Haut schimmerte jetzt in einem gesunden Braunton. Auch die Falten um seine Augen herum fielen nicht mehr auf, und die grauen Strähnen im Haar waren zwar nicht verschwunden, störten aber nicht länger. Er strahlte eine gewisse Reife aus, ohne alt zu wirken. So wie Sean Connery in *Sag niemals nie,* der gestern Abend im Fernsehen gelaufen war. Tatsächlich glaubte Kalkbrenner sogar, eine gewisse Ähnlichkeit mit dem schottischen Mimen erkennen zu können.

In diesem Moment klingelte das Handy. Es gab nur wenige, die seine Nummer besaßen, und noch weniger benutzten sie auch. Er nahm ab, senkte seine Stimme und sagte: »Hier Bond, James Bond.«

»Paps?«, zweifelte es aus dem Motorola. »Alles in Ordnung mit dir?«

»Na ja, die Abgeschiedenheit macht sich allmählich bemerkbar.«

»Was soll das heißen?«

»Blödsinn, Jessy, war nur ein Spaß. Es könnte mir nicht besser gehen. Ich bin entspannt und ausgeruht. Ich fühle mich …«, er machte eine Pause, aus dem Rekorder tönte jetzt Deep Purples *Under the gun*, »… wie James Bond.«

»Hä?«

»Noch ein dummer Scherz. Was gibt's?«

»Ich wollte nur hören, wie es dir geht.«

Bernie saß inzwischen schon an der Tür zum Garten. »Wir wollten uns gerade auf den Weg zum Strand machen.«

»Scheint die Sonne?«

»Jeden Tag.«

»Du bist so gemein!«, beschwerte sich seine Tochter. »Warum sagst du nicht, dass es regnet oder schneit?«

»Soll ich dich etwa belügen?«

»Solange ich hier in Berlin hocke und fürs Studium büffeln muss – ja, bitte!«

Wieder lachte er. Jessy kicherte. Beide genossen das ungewohnte Gefühl der Vertrautheit. Aus einem Impuls heraus sagte er: »Was hältst du davon: Sobald du die Klausuren hinter dir hast, kommst du mich einfach zusammen mit Leif für ein paar Tage besuchen.« Für einige Sekunden war von seiner Tochter nichts zu hören. »Jessy, bist du noch dran?«

»Ist das dein Ernst?«

»Hätte ich es sonst vorgeschlagen?«

»Ich dachte, du wolltest …«

»Jessy!«, unterbrach er sie.

»Ja, Paps?«

»Mir geht es gut.«

»Wirklich?«

»Sehr gut.«

»Okay, Paps«, druckste sie herum. »Ich wollte ja nur sagen, ich könnte verstehen, wenn du noch ein bisschen Zeit brauchst. Ich hab gestern mit Mama gesprochen …«

»Ich auch.«

»Und?«

»Ob du es glaubst oder nicht: Deine Mutter und ich, wir haben uns nur unterhalten. Kein Streit. Nicht einmal das Wort Scheidung ist gefallen.«

»Und was ist …?!«, seine Tochter hielt hörbar die Luft an.

»… mit dem Termin beim Anwalt?« Obwohl sie es nicht sehen konnte, zuckte er mit den Schultern. »Den haben wir verschoben.«

Sie atmete erleichtert aus. »Paps, das freut mich. Also ist es okay, wenn wir dich demnächst besuchen kommen?«

»Absolut.«

Sie verabschiedeten sich. Wie auf Kommando stand Bernie wieder bei Fuß. Dabei stieß er gegen den Kleiderständer. Dieser schwankte, die Jacke schaukelte und berührte das Ölbild an der Wand, das sich daraufhin ein wenig zur Seite neigte.

Als Kalkbrenner das Bild zum ersten Mal betrachtet hatte, konnte er nur eine Menge zufällig hingekleckster Farbtupfer erkennen. Trotzdem hatte er es auf Anhieb gemocht. Jessy hatte es gemalt und ihm kurz vor Antritt seines achtwöchigen Urlaubs an der Ostsee geschenkt.

Tage später, als er den Bungalow bezogen hatte und halbwegs zur Ruhe gekommen war, hatte er auf dem Sofa gesessen und den expressionistischen Wirrwarr mehrere Minuten auf sich wirken lassen. Erst da war ihm aufgefallen, zu welchem Motiv sich die auf den ersten Blick willkürlichen farbigen Kleckse zusammenfügten. Seitdem liebte er das Bild.

Er hängte es wieder gerade, streifte seine dünne Windjacke über und öffnete die Tür. Mit wehendem Schweif schoss Bernie davon. Er folgte dem Hund durch den schmalen Streifen Wald, der die Feriensiedlung vom Warnemünder Strand trennte.

Am Wasser waren eine Menge Hunde mit ihren Herrchen unterwegs, so dass Bernie aus dem Tollen gar nicht herauskam. Kalkbrenner trabte ihm hinterher. Er ließ sich treiben wie die Möwen über den Wellenkämmen. Sein Kopf war leer, ohne einen Gedanken, so als hätte der Seewind sie alle aus seinem Schädel geblasen.

Ein kleines Motorflugzeug knatterte über den Strand hinweg und zog ein flatterndes Plakat hinter sich her: *Love is in the Air.* Werbung für ein neues Musical in Rostock.

Hinter den Dünen erspähte Kalkbrenner die Terrasse der *Wilhelmshöhe.* An den Restauranttischen saßen Urlauber, die bei Kaffee oder einem frühen Drink die letzten Sonnenstrahlen des spätsommerlichen Abends genossen. Eine Hand hob sich über die Köpfe und winkte ihm zu.

Kalkbrenner wusste bereits, wer ihn erwartete, und schmunzelte.

3

Der Portugiese Miguel Dossantos drehte die Lautstärke seines Fernsehers auf. Ein gigantischer Flatscreen-Fernseher, der aus einer Sonderedition eines japanischen Herstellers stammte: Weltweit existierten nur 250 Exemplare davon. Aus den luxuriösen Boxen dröhnte jetzt die Stimme von Dr. Frieder von Hirschfeldt, der – glaubte man den Prognosen der Wahlforscher – schon bald Innensenator von Berlin sein würde: »Wir zählen 400 000 Arbeitslose. 500 000 Straftaten im Jahr. 600 000 Stunden Unterrichtsausfall an den Schulen. Meine lieben Freunde, Berlin wird ganz eindeutig von Nullen regiert.« Beifall entbrannte, der wie ein Orkan aus den Lautsprechern durch die Finca rauschte.

Die Finca.

Dossantos nannte so sein Domizil an der Grenze von Neukölln zu Treptow, weil es dem spanischen Gebäudetyp bis ins kleinste Detail seiner verschnörkelten Arkaden nachempfunden war. Im Vorgarten erstreckte sich sogar ein blühendes Meer aus Bougainvilleen, um das sich ein eigens aus Portugal eingeflogener Gärtner kümmerte.

Endlich wurde der Applaus leiser. Von Hirschfeldts Stimme bellte erneut los: »Sehen wir es, wie es ist: Das Risiko, Opfer einer Straftat zu werden, ist in Berlin doppelt so hoch wie in jeder anderen Stadt Deutschlands. Die Zahl der Raubüberfälle ist sogar viermal höher als anderswo. In einigen Stadtbezirken traut sich die Polizei nachts nicht einmal mehr aus dem Streifenwagen. Ich frage mich: Hat die Polizei die Kontrolle verloren? Versagt unser Rechtsstaat?«

Die Kamera schwenkte auf das Publikum. Außer Fahnen und Plakaten war nichts zu erkennen. *Go, Frieder, go!*, hieß es. *Frieder bringt Sicherheit!* Oder: *Eine starke Hand für Berlin*. Schimmerte doch einmal ein Gesicht unter den Spruchbändern hervor, war es bunt geschminkt. Wahlkampf in Deutschland mutete mittlerweile wie Fasching an.

Von Hirschfeldt fuhr fort: »So betroffen wir sind, es wundert nicht, dass es zu solch einem schockierenden Ereignis wie an der Berthold-Hauptschule in Neukölln gekommen ist.«

Das Fernsehbild zeigte den Politiker nun in der Totalen. Seine kurzen blonden Haare waren gescheitelt. Aus dem solariumgebräunten Gesicht funkelten helle und durchdringende Augen, seine Zähne strahlten. Ein Siegertyp, mit dem sich Dossantos durchaus verbunden fühlte, auch wenn von Hirschfeldt wohl jede Gemeinsamkeit vehement abstreiten würde.

Dossantos hörte ihn sagen: »Wir werden in den Problembezirken unserer Stadt wieder für Ruhe sorgen. Wir werden der Jugendgewalt entgegenwirken. Kurz: Wir werden der Ausbreitung von Kriminalität mit aller Härte begegnen –

möglicherweise werden wir dazu sogar einen Krisenstab einrichten. Wir werden dem Filz in den Behörden Einhalt gebieten – mit einer Abteilung für Innere Angelegenheiten. Und wir werden der organisierten Kriminalität, die von den laxen Zuständen in unserer Stadt profitiert, endlich ihre Grenzen aufzeigen – mit einem massiv erhöhten Polizeiaufgebot. Denn wir Berliner haben die Nase voll von Schurken, die sich Geschäftsleute nennen – oder sogar Männer der Ehre – und hinterrücks Recht und Gesetz, Moral und Anstand mit Füßen treten. Meine lieben Freunde, wer am Sonntag die CDU wählt, bekommt in Berlin endlich wieder eine starke Hand.«

Als das Gejohle seiner Anhänger ertönte, schaltete Dossantos den Ton ab. Genug der Polemik. Stille kehrte in dem Wohnzimmer ein. Nur das Surren der Klimaanlage war zu vernehmen, die die Temperatur in den Räumen der Finca auf angenehmen 22 Grad hielt. Dossantos streifte seine halb offenen Nubuk-Slipper von den Füßen und kühlte die nackten Sohlen an dem Marmorboden. Sich selbst rückte er auf dem Sofa in eine bequemere Position. Die Couchgarnitur bestand aus weißem Leder und hatte mehr als das Jahresgehalt jenes Reporters gekostet, der ihm jetzt gegenübersaß und fragte: »Von Hirschfeldt meinte unter anderem Sie, als er von den Geschäftsmännern sprach, oder?«

Dossantos breitete lässig die Arme aus, um sie mit einer gönnerhaften und nachsichtigen Geste zu beiden Seiten auf die Sofalehne zu legen. An seinem linken Handgelenk funkelte eine Rolex, am rechten ein Goldkettchen. »Wie kommen Sie denn darauf?«

»Nun, es gibt Leute, die behaupten, Sie seien …«

»… ein seriöser Geschäftsmann, Herr Sackowitz.«

Dossantos beugte sich vor. Die Goldkette auf seiner Brust klimperte verspielt. Er drückte einen kleinen, unscheinbaren Knopf, der in das weiße Holz des Beistelltischchens eingelassen war. Jedes der Finca-Zimmer verfügte über diesen Schalter, das halbe Dutzend Schlafgemächer ebenso wie die Kleiderzimmer im Obergeschoss, das Esszimmer, der Arbeitsraum und der Wintergarten im Erdgeschoss. Selbst das Heimkino, das Fitnesscenter, der Partyraum und der Indoor-Swimmingpool im Keller waren damit ausgestattet. Wann immer Dossantos den Knopf betätigte, klingelte es in der Küche, und ein Licht leuchtete auf einem Schaltplan auf. So konnte Magda, die kroatische Haushälterin, erkennen, wo nach ihr verlangt wurde.

Die kleine, propere Frau mit der weißen Schürze hatte ihr Haar wie immer zu einem Dutt gebunden. »Magda«, bat Dossantos, »bringst du noch etwas Champagner?«

»Ja, gern, Herr Dossantos.« Kurz darauf kehrte sie mit einer Flasche im Eiskübel zurück. Sie füllte ein kelchförmiges Glas, das Dossantos an sich nahm. »Und Sie sind sich wirklich sicher, Herr Sackowitz, dass Sie nicht doch etwas mit mir trinken wollen?«

Magda verharrte neben dem Tisch, die Champagnerflasche erwartungsvoll in der Hand.

Sackowitz leckte sich die Lippen. »Danke, äh, nein …«

»Er kommt aus Portugal. Ich lasse ihn regelmäßig aus meiner Heimat importieren.«

»… dafür ist es ein bisschen zu früh.«

Dossantos hatte diese oder eine ähnliche Reaktion erwartet. Er hatte Erkundigungen über Harald »Hardy« Sackowitz einholen lassen, nachdem dieser vor ein paar Tagen seine Interviewanfrage eingereicht hatte. Seitdem wusste Dossantos: Das schwammige Gesicht, die geplatzten Äderchen auf den Wangen und die raue Stimme zeugten von einer Vergangenheit, in welcher der Reporter des *Berliner Kurier* mit sehr viel Leidenschaft dem Alkohol zugeneigt gewesen war – ohne Rücksicht auf die Tageszeit. Seit einer Herzattacke vor wenigen Monaten schien er allerdings trocken zu sein.

»Okay, Magda, danke.«

Die Haushälterin stellte die Flasche in den Eiskübel und wollte den Raum verlassen.

»Ach«, rief Dossantos ihr hinterher, »sag dem Koch doch bitte, er kann das Essen in etwa einer Stunde servieren.«

»Ja, ich richte es ihm aus.«

Der Reporter schaltete sein Diktiergerät ein. »Reden wir also über Ihr soziales Engagement.«

Dossantos rückte die Goldkette mit einer lässigen Geste auf seiner Brust zurecht. »Gerne, deshalb sind Sie ja hier.«

»Morgen wird die Integrationsstätte für Migrantenkinder in Neukölln eröffnet. Sie gehören …«

»… zu den Leuten, die diese Einrichtung ermöglicht haben, ja.«

»Wie es heißt, haben Sie 500 000 Euro gespendet. Das ist …«

»… das Mindeste, was ich tun kann. Wenn sich schon der Staat aus der Verantwortung stiehlt, dann … na ja … Wir haben ja gerade erst gesehen, wohin es führt, wenn wir unseren Nachwuchs, vor allem nicht deutschstämmige Kinder und Jugendliche, sich selbst überlassen.«

»Auch Sie stammen nicht aus Deutschland.«

»Und ich komme aus einfachen Verhältnissen. Ich weiß, wie sich Armut anfühlt. Gerade wenn man ein Kind in einem fremden Land ist.«

»Erzählen Sie mir von Ihrer Kindheit.«

»Nun, meine Eltern haben bis Anfang der 50er Jahre in Portugal gelebt. Es ging ihnen so schlecht, dass mein Vater hoffte, an einem anderen Ort besser für seine Frau und seinen Sohn sorgen zu können. Ich war zwei Jahre alt, als er seine Freunde, Verwandten und alles, was ihm lieb geworden war, hinter sich zurückließ und mit uns nach Deutschland ging. Zuerst arbeitete er als Bergmechaniker unter Tage. Wir lebten in einer der Zechenkolonien des Ruhrgebiets. Trotzdem blieb die finanzielle Situation meiner Eltern miserabel, die Haushaltskasse war ständig leer, die Ansprüche waren dementsprechend niedrig. Wir lebten in Armut, waren nur reich an Erinnerungen und den Traditionen unseres Heimatlandes. Ich weiß noch, wie gerne meine Mutter *La Folia* hörte, einen portugiesischen Volkstanz aus dem 16. Jahrhundert. Wann immer es ihr schlecht ging, hörte sie Musik aus ihrer Heimat. Das machte sie glücklich.«

Leise versuchte Dossantos die Melodie zu summen, doch es war zu viel Zeit vergangen, seit er das Stück zuletzt gehört hatte; es wollte ihm nicht gelingen.

»Als ich alt genug war, sollte ich in die Fußstapfen meines Vaters als Bergmechaniker treten«, erzählte er weiter. »Dagegen habe ich mich gewehrt. Erfolgreich. Stattdessen schaffte ich das Abitur, studierte und wollte Sportlehrer werden. Ich betrieb Kampfsport, viel und ausdauernd. Man gab mir, einem Migrantensohn, sogar ein Stipendium, was zur damaligen Zeit höchst ungewöhnlich war. Ich war schon als Jugendlicher ein Siegertyp, brachte es bis zum Landesmeister. Zeitungen haben schon vor vielen Jahren über mich berichtet.«

Dossantos lachte. Er hielt sich seinen Bauch. In den letzten Jahren hatte er zugenommen, aber das empfand er nicht als Schande. Es war ein Zeichen dafür, dass es ihm gut ging. In Deutschland sagte man dazu: *Wohlstandsbauch*. Eine schöne Bezeichnung. Es war die einzige Zügellosigkeit, die er seinem Körper erlaubte. Die grauen Haare färbte er braun, die Falten im Gesicht ließ er sich regelmäßig wegspritzen.

Nach den sportlichen Höhenflügen war er in Berlin in einem anderen Metier zu Erfolg und Reichtum gekommen. Aber das war eine andere Geschichte, die keine Rolle spielte. Nicht im Hier und Heute und ganz sicher nicht in diesem Interview. Sie war Vergangenheit.

Er war ein erfolgreicher Geschäftsmann, der über zahllose Kontakte verfügte, eine Menge Einfluss besaß und deshalb respektiert wurde. »Weil ich heute über das Geld verfüge, ist es meine Verpflichtung, den jungen Menschen, die wie ich damals auf der Straße stehen, zu helfen, so wie man mir damals geholfen hat. Ich halte das für ein ehrenhaftes Unterfangen.«

»Also verstehen Sie sich tatsächlich als Mann der Ehre?«

»Jetzt benutzen Sie von Hirschfeldts Worte!« Dossantos amüsierte sich. »Aber wenn er das so sieht, ja, dann lasse ich mir diese Bezeichnung gern gefallen.«

»Haben Sie keine Angst, dass er Ihnen …«

»Nein«, schnitt Dossantos dem Reporter das Wort ab. Mehr sagte er nicht, und auch Sackowitz schwieg.

In dem großen Garten hinter der Finca machte sich der Gärtner gerade daran, einige Kiefern zu stutzen. Ein Stück weiter, an der hohen Mauer, die Dossantos' Anwesen umgab, patrouillierten zwei Sicherheitsmänner mit Schäferhunden. Zwei weitere Bodyguards behielten den vorderen Teil des Grundstücks im Auge.

Schon ganz andere hatten die Konfrontation mit ihm, Dossantos, gesucht. Sie hatten ihn beleidigt, verleumdet und verunglimpft. Sie hatten ihm seinen Erfolg streitig machen und ihm all das wegnehmen wollen, was er sich hart erarbeitet hatte. Vergeblich. Auch Frieder von Hirschfeldt würde mit seinem Vorhaben scheitern. Denn auch er, Miguel Dossantos und Portugiese, war ein Gewinnertyp.

4

»Bereit für eine Niederlage?« Der ältere Herr, der an einem der Tische auf der Terrasse der *Wilhelmshöhe* saß, streichelte mit der einen Hand den Bernhardiner, mit der anderen schwenkte er einen Beutel, in dem es hölzern klapperte.

Kalkbrenner ließ sich auf dem Stuhl gegenüber nieder. »Kein Spiel vor dem Essen, Hubertus.«

»Ach? Glaubst du etwa, du hast danach bessere Chancen?«

»Man sagt, der Glaube könne Berge versetzen.«

»Wer glaubt, der weiß nicht mit Bestimmtheit.«

»Aber wer schon untergehen muss, sollte dies wenigstens gesättigt tun.«

»Und von wem stammt diese Weisheit?«

Kalkbrenner kramte in seiner Erinnerung. Der, der ihm einfiel, war: »James Bond.«

Hubertus sah ihn verwundert an. Weil Kalkbrenner jedoch schwieg, zuckte er mit den Achseln und sagte: »Na gut. Aufgeschoben ist nicht aufgehoben.«

Der Kellner nahm ihre Bestellung auf: fangfrischer Dorsch direkt vom Warnemünder Fischer, dazu ein frisches Jever. Hubertus orderte außerdem noch einen Schnaps. Eigentlich hieß Hubertus Hubert. Bei einem der ersten Strandspaziergänge, die Kalkbrenner nach seiner Ankunft vor knapp fünf Wochen unternommen hatte, hatte Bernie den Gehstock des Rentners mit einem Apportierstock verwechselt. Kalkbrenner hatte sich mehrfach entschuldigt und den verschreckten Mann zu einem Kaffee in die *Wilhelmshöhe* eingeladen. »Ich heiße Hubert«, hatte der rüstige Senior sich vorgestellt. »Aber nenn mich Hubertus. Du weißt schon, nach dem Heiligen, der vor Hundebissen schützt.«

Seit jener ersten Begegnung trafen sie sich jeden Abend

auf der Terrasse und aßen gemeinsam. Wenn schließlich die Sonne hinter dem Horizont verschwunden war und die Laternenlichter aufflammten, eröffneten sie das Spiel.

Eine lautstarke Rentnergruppe am Nachbartisch holte Kalkbrenner in die Gegenwart zurück. Gerade ereiferten sich die Senioren über die Unfähigkeit der Ärzte, ihre zahllosen Malaisen zu beheben, und die Gesundheitsreform, sowieso der Grund allen Übels.

»Diese alten Säcke«, raunte Hubertus, »die sind doch alle gleich.«

»Was?«

»Na, was denn?« Hubertus' Augen blitzten herausfordernd. »Darf ich so was etwa nicht sagen?« Er rückte näher. »Wenn ich solche da treffe ...«, er deutete ein Kopfnicken in Richtung der Altherrenriege an und verzog den Mund, als scheute er davor zurück, das Wort Rentner auszusprechen, »dann komme ich mir vor wie im Altersheim: *Tun dir die Knochen auch so weh? Bist du die Treppen hochgekommen? Kannst du dich noch erinnern?*«

»Dafür, dass du auch schon ...«

»Ich bin 74, und ich hab's nicht vergessen. Na und? Ich fühle mich nicht so. Es gibt Tage, da fühle ich mich 30 Jahre jünger. Muss wohl am guten Ostseeklima liegen.«

Vor zehn Jahren, kurz nach seiner Pensionierung, hatte sich Hubertus von seinem Ersparten ein kleines Häuschen am Meer gekauft. Die ersten Jahre hatte er dort mit seiner Frau Regina gelebt, seit ihrem Tod vor vier Jahren war er allein. Die Einsamkeit machte ihm nicht viel aus. Er war gesund und sorglos. Sein Haar hatte sich zwar bis auf einen grauen Kranz gelichtet, und unter der Nase wuchs ihm ein ebenso heller Schnauzer, doch in seinem weinroten Poloshirt, dem gleichfarbigen Blouson, der Jeans und den Sportschuhen wirkte er tatsächlich wie ein agiler 50er.

Der Kellner servierte das Bier. Es schmeckte herb und

frisch. Hubertus wischte sich über die Barthaare, in denen Schaum hängen geblieben war. »Und? Denkst du schon darüber nach, wie du mir gleich meinen König sprengen kannst?«

»Darauf kannst du wetten.« Kalkbrenner ahnte, dass er auch heute vergeblich gegen Hubertus' Scharfsinn ankämpfen würde. Aber in Wahrheit ging es ja nicht ums Gewinnen. Es ging lediglich um den Spaß am geistigen Wettstreit. Die Konzentration. Das ständige Geplänkel drumherum. So wie jetzt, als Kalkbrenner vom Jever trank und angab: »Ich habe die ganze Nacht geübt.«

»Mit wem denn?«, amüsierte sich Hubertus. »Etwa mit Bernie?« Beim Klang seines Namens richtete sich der Hund prompt auf, gähnte, streckte sich und legte die Schnauze auf Hubertus' Bein.

»Na danke«, maulte Kalkbrenner und leerte sein Bierglas in einem Zug. »So viel also zur berühmten Hundetreue.«

Hubertus lachte. »Er steht nun mal auf Gewinner.«

Das Essen wurde serviert. Während sie den gebratenen Dorsch verzehrten, schwiegen sie in den Genuss vertieft. Auch die Seniorenbande am Nachbartisch war glücklicherweise verstummt. Die Herrschaften saßen in ihren Stühlen, vielen war ihr Kopf erschöpft auf die Brust gesunken. Vielleicht waren sie auch eingeschlafen. Oder betrunken? So genau konnte man das nicht erkennen. Die Sonne war jetzt fast völlig hinter dem Horizont verschwunden, an ihre Stelle trat Dunkelheit, und die Laternen rings um die Terrasse warfen kleine Lichtkegel.

Das Meer hinter den Dünen war jetzt nur noch ein gigantischer, dunkler Fleck, auf dem die Schaumkronen im Sternenlicht glitzerten. Kalkbrenner machte vereinzelte Sternbilder aus: den Großen Wagen, den Steinbock und die Jungfrau. Seine Mutter hatte sie ihm gezeigt und ihre in der griechischen Mythologie wurzelnden Geschichten erzählt, als er noch ein kleiner Junge gewesen war. Für einen Moment dachte Kalkbrenner an Käthe Maria. Wie es seiner Mutter wohl gerade ging?

Vereinzelt waren am Horizont Frachter zu erkennen. Die Kabinenlichter folgten gleichförmig cinem unbekannten Ziel. Alle paar Sekunden blitzten die Signalleuchten der beiden Leuchttürme auf den Wellenbrechern vor Warnemünde auf. Der sanfte Wind trug das Rauschen der Brandung über die Dünen.

Als der Kellner abräumte, orderten sie jeder ein weiteres Bier, und Hubertus holte das Schachbrett aus Ahorn und Ebenholz hervor. Sein ganzer Stolz waren die Figuren, die im berühmten Staunton-Format gearbeitet waren. Ersteigert hatte er alles bei *eBay*, wobei er den Namen »ebai« aussprach. Auch wenn Hubertus sich jung fühlte, an die anglizistischen Gepflogenheiten des Internetzeitalters mochte er sich nicht mehr gewöhnen.

Sie bekamen ihr Bier und stießen miteinander an. »Auf das Leben am Meer«, sagte Kalkbrenner.

»Auf den Urlaub«, erwiderte Hubertus.

»Es ist mehr als ein Urlaub.«

»So?«

Als Kalkbrenner sein Geld zusammengekratzt und sich mit Bernie in den kleinen Bungalow der Warnemünder Feriensiedlung zurückgezogen hatte, war es ihm wie eine Flucht vorgekommen. Flucht wovor eigentlich? Er wertete es als ein positives Zeichen, dass er sich nicht mehr daran erinnern konnte oder wollte. Wie auch immer.

Stattdessen dachte er an das Telefonat mit Jessy zurück und an das innige Vatergefühl, das ihn neuerdings mit ihr verband. Selbst die Beziehung zu Ellen, seiner Frau, mit der er seit einem Vierteljahr in Scheidung lebte, war von einem freundschaftlichen Umgang geprägt. Er hatte seine Tochter nicht belogen. Es ging ihm gut.

»Irgendwie ist es auch ein Neubeginn.«

Hubertus hob das Glas: »Na dann, auf den Neuanfang.«

Guter Dinge machte Kalkbrenner mit seinem weißen Springer den ersten Zug.

Anderthalb Stunden später war sein Optimismus, das Spiel diesmal zu seinen Gunsten entscheiden zu können, schwer angeschlagen. Es stand nicht gut um seine Läufer. Sogar der König war durch die schwarze Dame bereits in Gefahr.

»Ich kann's nicht glauben!« Gegen Hubertus' Raffinesse war einfach kein Kraut gewachsen.

Der Rentner wackelte schelmisch mit dem Kopf. »Ist gar nicht so lange her, da meinte jemand, Glaube könne Berge versetzen.«

Kalkbrenner stöhnte auf. »Das nennt man dann wohl schachmatt.«

»Das hängt ganz von deinem nächsten Zug ab.«

Kalkbrenner nippte unschlüssig an seinem Bier und studierte das Spielfeld.

»Noch ist nicht alles verloren«, versicherte Hubertus.

Kalkbrenner wog die Schritte der verbliebenen Figuren ab. Sollte er den Bauern ziehen? Den Turm opfern?

Hubertus räusperte sich. »Ich will dich ja nicht in deinem unzweifelhaft bedeutsamen Gedankengang unterbrechen, schließlich sollst du mir nicht vorwerfen können, ich hätte dich abgelenkt.« Kalkbrenner blickte auf. »Aber das ist dein Telefon.«

Erst jetzt nahm Kalkbrenner das gedämpfte Klingeln zur Kenntnis, das aus seiner Jackentasche drang. Er schaute auf seine Armbanduhr. 21.46 Uhr. In den zurückliegenden Wochen hatte ihn nie jemand so spät am Abend angerufen. Er holte das Handy hervor. Das Display zeigte nur *Unbekannter Teilnehmer* an.

Er drückte die grüne Taste. Schon nach dem ersten Wort

wusste er, wer am anderen Ende war. »Kalkbrenner? Sind Sie das? Wir brauchen Sie!«

5

Von Hirschfeldt war kaum von der Bühne gestiegen, um sich von der Menge feiern zu lassen, als zwei Männer ihm den Weg verstellten. Einer der beiden war Hartmut Diesel, der amtierende Polizeipräsident von Berlin: »Ihre Rede hat mir gefallen.«

Der andere, den von Hirschfeldt nicht kannte, gab erst ein Niesen von sich, dann sagte er: »Ich stimme Ihnen ebenfalls in vielen Punkten zu.«

»Das ist Kriminalrat Dr. Dietmar Salm«, stellte Diesel vor. »Sein Dezernat ermittelt in diesem unglückseligen Vorfall an der Schule.«

»Ah ja«, machte von Hirschfeldt, der wenig Bereitschaft verspürte, erneut über die leidige Sache reden zu müssen. Um abzulenken, fragte er den schniefenden Kriminalrat: »Haben Sie sich eine frühe Herbstgrippe zugezogen?«

Salm wischte sich mit einem Taschentuch die Nase. »Nein, nein, das ist nur eine Tierallergie. Ich glaube, ich bin am Eingang den Hunden der Sicherheitsbeamten zu nahe gekommen.«

»Waren Sie damit schon mal bei einem Arzt?«

Dr. Salm winkte ab. »Mehr als einmal.«

Diesel, der etwas loswerden wollte, ergriff wieder das Wort: »Nur in einem Punkt, Herr von Hirschfeldt, da befürchte ich, dass Sie ein bisschen übertrieben haben.« Er zwinkerte vertraulich. »Also, dass unsere Beamten die Kontrolle verlieren, das stimmt nun wirklich nicht.«

Von Hirschfeldt, der diese Form von Kumpelhaftigkeit

unangemessen fand, erwiderte kühl: »Die Bürger unserer Stadt haben aber den Eindruck.«

»Subjektive Eindrücke sagen manchmal nur sehr wenig über die Wirklichkeit aus.«

»Richtig, aber wenn die Bürger sich Sorgen machen, sollten wir dies ernst nehmen.«

»Das tun wir.« Diesel zwang sich zu einem Lächeln, während sein Schwager, Dr. Salm, sich erneut in sein Taschentuch schnäuzte. »Aber mit erhöhter Polizeipräsenz oder einem Krisenstab sind die grundsätzlichen Probleme wie Armut, mangelnde Perspektiven, Arbeitslosigkeit, Missstände in der Bildung, schlechte Erziehung und zerrüttete Elternhäuser nun wirklich nicht zu lösen.«

»Selbstverständlich sind noch andere Gremien und Einrichtungen gefordert. Die Fraktion ist sich einig, dass da schnellstmöglich etwas getan werden muss. Aber wir sind uns ebenso einig, dass es den Jugendlichen in diesen Vierteln der Stadt nicht so einfach gemacht werden sollte, an Waffen und Drogen zu gelangen. Und auch darüber, dass sie nicht ständig mit Prostitution in Berührung kommen sollten. Wohin Sie auch schauen – überall Sexshops, Clubs und Bordelle. Ist es bei so einer Situation ein Wunder, dass Jugendliche Gewalt und Prostitution als einzigen Ausweg begreifen?«

»Da gebe ich Ihnen recht«, sagte Diesel.

»Ein Großteil unserer Wähler ebenso. Deshalb sollte es unsere vordringliche Aufgabe sein, diese Formen der Kriminalität zu bekämpfen: endlich Sperrbezirke, mehr Polizei, mehr Sicherheit.«

»Ich verstehe«, sagte Dr. Salm.

»Das Wichtigste aber ist: Die Strafverfolgung muss funktionieren. Es kann doch nicht sein, dass Verbrecher tagelang frei auf der Straße herumlaufen.« Eindringlich musterte von Hirschfeldt den verschnupften Kriminalrat. »Also, Herr Dr. Salm, Ihr Dezernat ermittelt doch in dem Amoklauf?«

»Nun, wir sind uns noch nicht sicher, aber es scheint, dass es nicht wirklich …«

Von Hirschfeldt winkte ungeduldig ab. »Was den Bürger da draußen interessiert: Sind wir fähig, das Problem zu lösen, oder sind wir es nicht? Wie steht es mit den beiden flüchtigen Jungs? Haben Sie endlich eine Spur?«

»Die Fahndung läuft unter Hochdruck. Und wie ich bereits sagen wollte, wir haben neue Erkenntnisse, die uns …«

»Sehr schön, sehr schön«, unterbrach ihn von Hirschfeldt. Schmücker, sein Referent, hatte ihm gerade auf die Schulter getippt und wies nun zum Eingang des Bode-Museums. Ein Tross von Sicherheitsbeamten bildete eine Schneise in der Menschenmasse. Beifall füllte den ehrwürdigen Saal, während eine kleine, fast zierliche Frau winkend durch das Spalier trippelte.

Von Hirschfeldt wandte sich noch einmal den beiden Polizisten zu. »Wenn Sie neue Erkenntnisse haben, sehr schön. Dann kann ich ja davon ausgehen, dass diese unangenehme Angelegenheit bald vom Tisch ist. Ich muss nämlich gestehen, dass ich wenig Lust verspüre, mich noch nach meinem Amtsantritt damit zu beschäftigen. Ich denke, Sie haben verstanden, was ich meine.«

»Selbstverständlich«, versprach Polizeipräsident Hartmut Diesel.

»Sie können auf uns zählen«, schniefte Kriminalrat Dr. Dietmar Salm.

Von Hirschfeldt rückte seinen Anzug zurecht. Auch die beiden Gesprächspartner strafften ihre Haltung, als sie erkannten, wer dort auf sie zugeschritten kam. Niemand Geringeres als die Bundeskanzlerin persönlich: Elisabeth Heynemann. Ihren erwartungsvollen Blicken nach zu urteilen, hofften die beiden Polizisten darauf, ihr vorgestellt zu werden, aber da hatten sie sich geschnitten. Was glaubten die eigentlich, wer sie waren?

Die Kanzlerin begrüßte den versammelten Fraktionsvorstand, der sich wie auf Kommando zum Halbkreis formierte, einschließlich Praktikant Götting. Mit jedem tauschte Heynemann kurze Nettigkeiten aus, bis sie schließlich vor von Hirschfeldt stand.

Sie trug ihr Haar kürzer und blonder als noch bei ihrem letzten Aufeinandertreffen, was sie ein paar Jahre jünger wirken ließ. Leider machten die tiefen Grübchen um ihre Mundwinkel diesen positiven Eindruck wieder zunichte. Auch das Lächeln auf ihren Lippen war nur schwer zu deuten. Doch von Hirschfeldt war ihr oft genug begegnet, um sicher zu sein, dass sie sich freute. »Glückwunsch, mein Lieber!«

»Elisabeth, ich freue mich, dich zu sehen.« Von Hirschfeldt schüttelte ihre Hand. »Aber bitte, gratuliere uns erst nach Wahlschluss am Sonntag.«

»Es darf doch wohl als gesichert gelten, dass wir die Hauptstadt zurückerobern.« Wie eine stolze Tante ihren kleinen Neffen stupste sie ihn an. »Und das ist im Wesentlichen dein Verdienst.«

»Ein Verdienst der Partei.«

»Na, na, du und deine falsche Bescheidenheit. Ich habe dich gerade auf der Bühne erlebt. Und das nicht zum ersten Mal. Du sprichst den Menschen aus der Seele. Du bist ehrlich, verkörperst das, was sie sich selber wünschen: Erfolg, Zufriedenheit, Glück. Aber auch Vertrauen. Du und deine reizende Frau, deine Kinder, ihr lebt vor, dass der familiäre Zusammenhalt gerade in diesen schweren Zeiten wichtig ist.« Wie zur Bestätigung ihrer eigenen Worte nickte sie. Dann spitzte sie nachdenklich die Lippen und wandte sich nach rechts. »Und was ist mit dir, Karl-Edmund? Wo ist denn dein Sohn?«

»Er ist heute nicht da.«

»Hab ich ihn nicht gerade noch gesehen?«, meldete sich

Praktikant Götting zu Wort und brachte sich in Stellung. »Soll ich nach ihm suchen?«

»Nein, da hast du dich geirrt.« Von Hirschfeldt fluchte in sich hinein. »Er ist nicht da. Er ist heute leider verhindert.«

»Schade«, befand die Kanzlerin. »Es hätte auch dir gut gestanden, wenn deine Familie mit dir auf der Bühne gestanden hätte, Karl-Edmund.«

»Beim nächsten Mal bestimmt.«

Sie sah kurz zum Praktikanten und neigte dann fragend den Kopf. »Aber es ist alles in Ordnung, oder?«

»Natürlich«, sprang von Hirschfeldt abermals seinem Freund Karl-Edmund bei. »Alles ist in bester Ordnung.«

»Sehr schön«, konstatierte die Kanzlerin. »Genau das ist es, was ich an euch mag: Ihr predigt nicht nur, ihr lebt vor, was ihr sagt. Das macht Eindruck. Nicht nur bei mir.«

Abrupt packte sie von Hirschfeldts Ellbogen und zog ihn ein Stück weg von den anderen. »Ich frage mich allerdings …«

Von Hirschfeldt sah sie aufmerksam an.

»… ob du bereit wärst, bei den kommenden Bundestagswahlen auf Bundesebene zu kandidieren.«

Von Hirschfeldts Mundwinkel zuckten nach oben, aber er unterdrückte die ihn plötzlich durchflutende Freude.

»Frieder, reden wir nicht um den heißen Brei herum: Wir haben das intern bereits besprochen. Ich möchte dir den Posten des Justiziars der CDU-Fraktion im Bundestag in Aussicht stellen.« Sie sah ihn aufmerksam an. »Und später dann die Nachfolge von Dr. Peter Karschle.«

»Dem Innenminister?«

»Kennst du noch einen anderen Dr. Karschle?«

Obwohl es genau das war, was von Hirschfeldt für seine Zukunft angestrebt hatte, war er dennoch überrascht, dass die Kanzlerin ihm so unverblümt und noch dazu heute, zwei Tage vor den Wahlen, das Angebot unterbreitete. »Ich weiß nicht, was ich sagen soll.«

»Wie wäre es mit danke?«

»Ich danke dir.«

Sie bot ihm die Hand dar.

Er schlug ein. »Danke, Elisabeth.«

Sie lächelte andeutungsweise. »Nichts zu danken, Frieder.«

Dann verabschiedete sie sich vom Rest der Fraktion und schrieb noch einige Autogramme, bevor ihr Götting einen Rosenstrauß in schwarz-rot-gelben Farben überreichte. Die Kanzlerin belohnte ihn mit einer herzlichen Umarmung, so dass dem Jungen die Brust vor Stolz zu platzen drohte. Es war davon auszugehen, dass er das Hemd für die nächsten Monate nicht mehr waschen würde.

Kaum war die Kanzlerin verschwunden, stand Karl-Edmund neben von Hirschfeldt. »Ging es um Lars?«

»Wie bitte?«

»In dem Gespräch mit Elisabeth. Wollte sie wissen, was mit meinem Sohn ist?«

»Wie kommst du denn darauf?«

»Erst fragt sie mich nach Lars, und dann spricht sie mit dir unter vier Augen. Du kannst mir ruhig die Wahrheit sagen.«

Von Hirschfeldt zögerte mit der Antwort. »Sie hat sich beschwert, dass wir uns für den heutigen Tag die Scorpions als Band ausgesucht haben.«

»Hä?«

»Die haben nämlich bereits für ihren sozialdemokratischen Vorgänger den *Wind of Change* eingeläutet.«

»Nicht wirklich, oder?«

Von Hirschfeldt brach in schallendes Gelächter aus. »Nein, natürlich nicht.«

»Und was wollte sie dann?«

Von Hirschfeldt wurde wieder ernst. »Darüber, mein Freund, reden wir später.«

6

Kalkbrenner verspürte wenig Lust auf dieses Gespräch. Trotzdem nahm er das Handy ans Ohr. »Glückwunsch zur Beförderung.«

»Das wissen Sie schon?«, fragte Dr. Dietmar Salm.

Trotz aller Abgeschiedenheit in seinem Bungalow hatte Kalkbrenner von dem Karrieresprung seines Vorgesetzten erfahren. Dr. Salm war nicht länger stellvertretender, sondern nun erster Dezernatsleiter. »Hab davon in der Zeitung gelesen.«

»Dann wissen Sie sicherlich auch über den Mord an der Berthold-Hauptschule Bescheid.«

»Hab einen Artikel überflogen.«

»Schön«, konstatierte Dr. Salm. »Sie sind also im Bilde. Über den Rest kann Sie der Kollege Berger unterrichten.«

»Was versuchen Sie mir gerade mitzuteilen?«

Ungeduldig schnaufte es aus dem Motorola. »Ich kann wirklich nichts dafür. Sie wissen doch, unsere Personaldecke ist einfach zu dünn. Wir brauchen jeden Mann. Und jetzt erst recht.«

In Kalkbrenners Magen begann es zu rumoren. Er lenkte sich mit dem Betrachten des Schachbretts ab. Weiße Figuren. Der Turm. Seine Läufer. Manchmal war es gut, einfach davonzulaufen. »Das ist keine Antwort auf meine Frage.«

»Kalkbrenner, Sie werden den Fall übernehmen. Die Anweisung kommt von ganz oben. Vom Polizeipräsidenten.« Dr. Salm nieste. Vielleicht war es aber auch ein Lachen, genau war das nicht auszumachen, weil gerade ein Windstoß über die Terrasse der *Wilhelmshöhe* fegte. Klackernd fielen einige der Schachfiguren um. »Sie wissen doch, am nächsten Wochenende sind Senatswahlen. Und wie es aussieht, wird es einen Regierungswechsel in Berlin geben.«

»Verstehe«, sagte Kalkbrenner und verstand gar nichts. Hubertus setzte die gestürzten Schachfiguren auf ihre alten Positionen zurück. Den weißen Bauern stellte er zuletzt auf. »Aber was hat das mit mir zu tun?«

Salm räusperte sich. »Die Sorge über die Ausbreitung der Jugendkriminalität in Berlin wächst. In einigen Vierteln, so heißt es, hat die Polizei die Kontrolle über die Situation verloren. Mag sein, dass vieles davon nur Polemik im Wahlkampf ist. Aber die Medien greifen es begierig auf. Wir und unsere Arbeit stehen nicht gut da. Erst recht nicht nach der unangenehmen Sache in Neukölln.«

»Verständlich.«

»Dann werden Sie sicherlich nachvollziehen können, dass der Regierungswechsel uns einen neuen Innensenator bringen wird.« Er gab Kalkbrenner einige Sekunden, diese Information zu verarbeiten. »Ich hatte vorhin ein vertrauliches Gespräch mit dem Polizeipräsidenten«, er räusperte sich erneut, »der übrigens mein Schwager ist, wussten Sie das?«

»Nein.«

»Er will wie wir alle natürlich dabei sein, wenn die CDU neue Wege in der Berliner Innenpolitik beschreitet. Sie doch sicherlich auch, oder? Es ist also wichtig, dass wir den Fall möglichst noch vor Amtsantritt des neuen Innensenators zu den Akten legen können.«

»Mhm« war das Einzige, was Kalkbrenner über die Lippen brachte. Er kam sich wie eine Schachfigur vor, die irgendjemand irgendwo platzieren wollte, um seine ganz eigenen Ziele zu erreichen. Man hatte ihn schon einmal als Bauernopfer benutzt.

Er trank einen Schluck vom Jever. Es schmeckte jetzt

bitter und abgestanden. Hubertus nickte ihm geduldig zu. Kalkbrenner schaute auf das Schachfeld. Manchmal war ein Bauernopfer aber auch die einzige Lösung. »Wieso glauben Sie, ich könnte Ihnen bei der Suche nach den beiden Schülern besser helfen als Berger?«

Es raschelte vernehmbar am anderen Ende der Leitung. »Mal ganz davon abgesehen, dass wir die beiden Verdächtigen noch immer nicht gefasst haben …«

»Verdächtige?«

»Das versuche ich Ihnen ja die ganze Zeit zu erklären. Es gibt da einige Ungereimtheiten. Es würde zu weit führen, es Ihnen hier und jetzt im Detail zu erklären. Darüber setzt Sie Berger in Kenntnis, sobald Sie zurück in Berlin sind. Berger ist doch erst seit einem Jahr in Berlin und nicht einmal sechs Monate bei der Mordkommission. Er kennt sich noch nicht aus, vor allem nicht in einem Problembezirk wie Neukölln. Sie dagegen, Kalkbrenner, Sie haben Erfahrung mit diesen …« Jetzt hüstelte er tatsächlich.

Bilder tauchten vor Kalkbrenners geistigem Auge auf, Bilder von Menschen, die am unteren Ende der Gesellschaft standen, die keinen Funken Hoffnung mehr besaßen, dafür umso mehr Wut auf den Rest der Welt, der sie abgeschrieben hatte. Sofort schmeckte er Galle. Er versuchte sich darauf zu konzentrieren, was Dr. Salm sagte. »… will der Polizeipräsident höchstpersönlich, dass Sie sich der Angelegenheit annehmen.«

»Mhm.«

»Er hält große Stücke auf Sie. Immerhin haben Sie diese Sache im Juni mit Bravour gelöst.«

Kalkbrenners Finger verkrampften sich um das Mobiltelefon. *Mit Bravour!* Es war blanker Zynismus, diese Worte ausgerechnet aus Dr. Salms Mund zu hören.

»Wie auch immer. Die Anweisung kommt von ganz oben: Ihr Urlaub ist hiermit beendet. Bis auf Weiteres sind Sie wieder im Dienst. Zumindest so lange, bis die Sache vom Tisch ist. Sie kommen nach Berlin und leiten die Ermittlungen. Und zwar sofort!«

»Sofort?«

»Ja. Sie müssen doch ohnehin nach Hause.«

»Muss ich?« Unter dem Tisch erwachte Bernie knurrend. Offenbar spürte auch er den aufziehenden Ärger.

»Aber natürlich. Wollen Sie etwa Ihre Bürgerpflicht vernachlässigen? Am Sonntag sind Wahlen. Sie müssen Ihr Kreuzchen machen.«

»Sagt Ihnen das Wort Briefwahl nichts?«

Salm ging nicht darauf ein. »Also, wir sehen uns morgen auf dem Präsidium. 11 Uhr. Und keine Minute später. Ich bin zurzeit im Umzugsstress: Sie wissen doch, ich habe nach der Wende dieses Grundstück in Potsdam erworben. Die Bauarbeiten sind zwar immer noch nicht ganz abgeschlossen, aber an diesem Wochenende ziehe ich mit meiner Familie raus – endlich!« Er lachte. »Hat lange genug gedauert.« Er nieste. »Acht Jahre. Können Sie sich das vorstellen?« Er schnäuzte sich. »Bis morgen früh!«

Kalkbrenner legte das Handy beiseite. Hubertus musterte ihn besorgt. »Dein Chef?«

»Moment!« Kalkbrenner beugte sich über den Tisch, überflog das Spielfeld und opferte den Bauern. Hubertus parierte mit seinem Läufer, was Kalkbrenner die Chance gab, seine Dame zu setzen.

Hubertus griff mit der Hand nach vorne und ließ sie über dem Schachbrett schweben, bevor er sie zurück in den Schoß legte. Verwundert kniff er die Augen zusammen. Es dauerte noch einige Sekunden, bis er sich überwand. Dann kippte er seinen König um. Anerkennung schwang in seinen Worten mit: »Das nennt man dann wohl schachmatt.«

7

»Hey, hast du ein paar Teile?«

Der stickige Dunst auf der Tanzfläche zerstob. Unvermittelt stand das Mädchen vor ihm. Ihre Brüste waren riesig. Viel größer, als er sie in Erinnerung hatte.

»Hast du nun was oder nicht?«, rief sie ungeduldig. Beim Lärm der Musik war sie kaum zu verstehen.

Sie hatte ihn nicht erkannt. Vielleicht wollte sie ihn auch nicht erkennen. Er hatte mit ihr die Schulbank gedrückt, als sie noch die blasse und schüchterne Nicole mit dem kleinen Busen gewesen war. Als Chloe spielte sie eine unbeschreiblich weibliche, liebestolle, pumpsbeschuhte Karrierefrau in einer dieser neuen täglichen Vorabendserien.

Deshalb trieb sie sich auch im *Hermano* herum. Tagsüber ein Edelrestaurant, verwandelte es am Abend ein DJ in eine Disco für die High Society oder für alle die, die sich dafür hielten: Eintagsfliegen aus den Charts, Soap-Starlets, Models und Gigolos, sogar Zuhälter und ihre verkoksten Nutten verkehrten hier.

Weil er nichts antwortete, wollte sie zurück auf die Tanzfläche. Er packte schnell ihren Arm und hielt sie zurück.

»Bist du blöde?«, fauchte sie ihn an.

Dann brachte er die bunten Pillen aus seiner Jackentasche zum Vorschein. Wie erwartet zauberten sie ein Lächeln auf ihre Lippen. Nicole war also auch ein Teil dieses Spiels, Chloe dagegen nur eine Lüge. Genauso wie ihre Titten.

Sie pickte sich eine Tablette von seiner Handfläche. Gemeinsam schluckten sie das Speed. Eigentlich hatte er damit aufgehört, aber das Zeug machte vieles erträglicher. Außerdem schärfte es den Verstand, und er fühlte sich stark damit.

»Bist ja doch gar nicht so blöde«, schrie sie ihm ins Ohr.

Er fand sich mit ihr auf der Toilette wieder. Sie kniete vor ihm in der Kabine und nestelte an seinem Gürtel. Die Jeans glitt zu Boden. Sie leckte seinen Penis mit der gepiercten Zunge. »Gefällt es dir?«

Als wenn es dabei um ihn ginge! Ihr Interesse galt einzig und allein dem Speed. Deshalb schleckte sie verzückt seinen Schwanz wie eine miese Schauspielerin, die Lust heuchelte, während sie in Wahrheit nur nach dem nächsten Schuss gierte. Nichts als ein weiteres Trugbild.

Abrupt stieß er sein steifes Glied vor, tief in ihre Kehle. Sie würgte, presste ihre Hände verzweifelt gegen seine Beine. Er hielt ihren Kopf mit den Fingern fest umschlossen, trieb seinen Schwanz noch tiefer in ihren Mund.

Endlich gelang es ihr, sich zu befreien. Röchelnd sackte sie zu Boden. »Bist du bescheuert?«

Er verpasste ihr eine Ohrfeige. »Gefällt es dir nicht?«

»Du hast sie wohl nicht mehr alle!«

Er schlug erneut zu. Die Wut in ihrem Gesicht verwandelte sich in Entsetzen. Das zu sehen gefiel ihm. Er musste lachen und holte noch einmal aus. *Je öfter man es tut, umso leichter fällt es einem.*

Sie schrie und trat mit ihren hochhackigen Schuhen nach ihm. Er versuchte, sich aus ihrer Reichweite zu entfernen. Doch die um seine Knöchel schlackernde Jeans brachte ihn zum Straucheln, und ihr Fuß erwischte ihn an der Hüfte. Mit einem Krachen taumelte er gegen die Wand. Der Kleiderhaken spießte seine Hand auf, Blut sickerte aus der Wunde.

Im selben Augenblick flog die Tür auf. Zwei Männer, groß und breit wie Schränke, zerrten ihn aus der Kabine. Obwohl er sich nicht wehrte, verpasste einer der beiden ihm einen Schwinger in die Magengrube. Er spürte keinen Schmerz, stattdessen musste er lachen. Die beiden schleiften ihn mitten durch den Club zum Ausgang. Etwas blendete ihn. Helles Licht. Ein Blitz.

Die Türsteher packten ihn an den Schultern. Wie zufällig traf eine Faust seine Wange. Es knirschte in seinem Ohr. Dann schmissen sie ihn wie einen Haufen Unrat auf den Bürgersteig. Dort blieb er liegen. Und lachte immer noch.

8

Kalkbrenner spazierte durch den Wald, der nur spärlich vom Mondlicht erhellt wurde. Ihm war das Lachen vergangen. Neben ihm knisterte es im Unterholz: Bernie war auf der Pirsch. Irgendwann sagte Hubertus, der ihn zum Bungalow begleitete: »Etwas belastet dich, oder?«

Kalkbrenner spielte den Ahnungslosen. »Wie kommst du denn darauf?«

»Weil seit dem Telefonat jegliche Farbe aus deinem Gesicht gewichen ist.«

»So schlimm?«

»Noch viel schlimmer.«

Natürlich hätte Kalkbrenner klar sein müssen, dass das Leben am Meer nicht von Dauer sein würde. Es hätte ein Neuanfang werden sollen, aber letzten Endes war es eben doch nicht mehr als ein ausgedehnter Urlaub. Acht Wochen, von denen erst fünf verstrichen waren. »Ich bin mir nicht sicher, ob ich schon für eine Rückkehr nach Berlin bereit bin.«

»Du darfst nicht alles so an dich heranlassen.«

»Das ist leicht gesagt. Wenn man erst einmal drinsteckt, dann …«

»… dann muss man sich ändern wollen.«

Kalkbrenner blieb stehen. Der Wind trieb das Meeresrauschen an sein Ohr. Ein Flüstern ferner Stimmen. Er wandte sich Hubertus zu, der als schwarzer, gesichtsloser Schemen neben ihm herschritt.

»Es ist …«, begann Kalkbrenner und verstummte dann. *Man muss sich ändern wollen.* Richard, Kalkbrenners Freund und Kollege, hatte diesen Satz im Juni benutzt. Er hatte aus dem Job aussteigen wollen. Keine zwölf Stunden später war er ermordet worden.

Einen Tag danach hatte Dr. Salm, damals noch stellvertretender Dezernatsleiter, Kalkbrenner vom Dienst suspendiert. Das Disziplinarverfahren war später jedoch eingestellt worden. Ironischerweise ebenfalls auf Bestreben von Dr. Salm und nur, weil Kalkbrenner allen Anweisungen zum Trotz weiterermittelt und die brutale Mordserie beendet hatte. *Mit Bravour?* Pah! In Wahrheit waren es einzig und allein die schmeichelhaften Presseberichte über Kalkbrenner und das Kriminalkommissariat Mitte gewesen, die Dr. Salm besänftigt hatten. Sie hatten ihn einen großen Schritt näher an den erstrebten Posten des Dezernatsleiters gebracht.

Zu diesem Zeitpunkt war Kalkbrenner bereits ans Meer geflohen gewesen. Ja, er war geflüchtet! Vor Mord und Gewalt, vor dem Geschacher um Posten und Karriere, vor der Verzweiflung und den Problemen, die ihn die letzten 15 Jahre zerfressen hatten, ihn und seine Familie.

Er hatte einen klaren Kopf bekommen wollen, und bis gerade eben war ihm das ganz gut gelungen.

Hubertus wusste von alldem nichts. Eigentlich hatten sie sich bisher nur täglich zum Abendessen getroffen. Und zum Schachspielen. Dass er ausgerechnet Richards Worte gebrauchte, traf Kalkbrenner ebenso unvermittelt wie tief.

Der Mond war eine sichelförmige Scheibe auf schwarzem Grund. In einer endlosen Weite, in der er sich jetzt gerne verloren hätte. »Ach, nichts«, sagte er und setzte sich in Bewegung.

Sie erreichten den Bungalow. Während Kalkbrenner den Koffer aus dem Schrank zerrte, sah sich Hubertus, der zum ersten Mal hier war, um. Er zeigte auf das Ölbild: »Bist du das?«

»Ja. Und das kleine Bündel auf meinem Arm, das ist meine Tochter Jessica, kurz nach der Geburt.«

»Ein bezauberndes Bild. Wer hat es gemalt?«

»Jessy.«

»Sie ist talentiert.«

Schon zum zweiten Mal an diesem Tag berührte Kalkbrenner das Bild. »Vielleicht sollte ich es einfach hängen lassen.«

»Aber es ist von deiner Tochter.«

»Eben! Ich kehre ja nächste Woche wieder zurück.«

»Bist du dir da sicher?«

Nein, dachte Kalkbrenner, sagte aber: »Ich habe den Bungalow immerhin für drei weitere Wochen bezahlt.«

Hubertus hielt Kalkbrenner die Hand hin. »Sehr schön, schließlich habe ich noch eine Revanche gut.«

Kalkbrenner schlug ein. Vielleicht würde es tatsächlich so kommen. Vermutlich würden sie sich aber nie wiedersehen. Vielleicht noch einige Male telefonieren und sich dann aber aus den Augen verlieren. Wie das so war mit Urlaubsbekanntschaften.

Hubertus fuhr dem Bernhardiner durchs Fell. Kurz darauf war er in der Dunkelheit der Feriensiedlung verschwunden.

Kalkbrenner räumte die Bücher vom Regal. Er faltete seine Wäsche, stapelte sie im Koffer. Nachdem das erledigt war, begann er, das Badezimmer leer zu räumen. Als er den kleinen Raum vor fünf Wochen zum ersten Mal betreten hatte, war ihm unweigerlich der Gedanke an die Kombüse gekommen, an die stickige Vernehmungszelle auf dem Präsidium. Zuletzt war diese Parallele gänzlich aus seiner Wahrnehmung verschwunden. Jetzt war sie plötzlich wieder da.

Als sein Handy klingelte, kämpfte er mit sich, ob er das Gespräch annehmen sollte. Aber vielleicht war es Dr. Salm, der ihm mitteilen wollte, dass alles nur ein Irrtum gewesen sei. Sie hätten die beiden Jungs gefunden, die Beweise seien eindeutig, und er könnte seinen Aufenthalt am Meer fortsetzen. »Ja?«

»Paps, hab ich mir doch fast gedacht, dass du noch nicht schläfst!«

Im Hintergrund war ein lautes Durcheinander aus Musik und Stimmen zu hören. »Ich sitze mit einigen Freunden in der Kneipe. Leif ist auch dabei.«

»Bestell ihm liebe Grüße.«

»Ja, mach ich.« Kalkbrenner ahnte bereits, was seine Tochter als Nächstes sagen wollte. »Wir haben uns überlegt, dass wir dich gerne spontan an diesem Wochenende besuchen kommen würden.«

»Und was ist mit deinen Klausuren?«

»Ach, Paps, manchmal muss man einfach mal was Verrücktes tun ...«

»Na klar«, erwiderte er, weil er Jessys Motto inzwischen zur Genüge kannte. »Denn später zeigt sich, so verrückt ist es gar nicht.«

Sie kicherte. »Genau, scheiß auf die Klausuren! Ein bisschen Urlaub täte uns ganz gut, deshalb werden wir ...«

Es widerstrebte ihm, sie zu unterbrechen. »Jessy, ich bin auf dem Weg zurück nach Berlin.«

»Oh«, machte seine Tochter.

»Aber nicht für lange«, beeilte er sich hinzuzufügen. »Es ist nur so: Man hat mich darum gebeten, in einem Fall ...«

»Paps?«

»Ja?« Nervös spielte er mit den Büchern, die er vor wenigen Minuten in den Koffer gepackt hatte. Gerade hielt er das neue Kochbuch von Tim Mälzer in den Händen.

»Mach dir darum keinen Kopf. Das ist in Ordnung. Es wird schon richtig sein, was du tust.«

Ihre Worte waren ohne jeden Vorwurf. Das überraschte ihn und machte ihm Mut. Vielleicht war er doch schon bereit für Berlin.

Berliner Kurier, Samstag, 29. September

Jugendkriminalität und Amoklauf

»Von Nullen regiert!«

Von Hardy Sackowitz

Berlin. Zwei Tage vor den Berliner Senatswahlen wird der Amoklauf an der Berthold-Schule zum Politikum.

Während die rot-rote Regierungskoalition ihre Bildungs- und Sozialpolitik verteidigt, erklärt die CDU-Fraktion sie für gescheitert: »Die Lehrer haben die Schüler nicht mehr unter Kontrolle!«

Dr. Frieder von Hirschfeldt, christdemokratischer Fraktionschef und im Falle eines Wahlsiegs aussichtsreichster Kandidat für das Amt des Innensenators, glaubt, auch die Polizei habe versagt: »Sie wird der ausufernden Jugendkriminalität in den Problembezirken Berlins nicht mehr Herr. Berlin wird von Nullen regiert.«

9

Als Paul Kalkbrenner den Fahrstuhl in der dritten Etage verließ, verharrte Bernie im Aufzug. Der Hund schnupperte skeptisch, als röche er neben abgestandenem Kaffee und herbem Schweiß auch den seelischen Schmutz, der diesem Stockwerk anhaftete.

Kalkbrenner war der Geruch vertraut. Auch nach fünf Wochen, die er nicht in den Räumlichkeiten des Kriminalkommissariats Berlin-Mitte verbracht hatte.

Mit der Hand gab er ein Zeichen, und der Bernhardiner rannte den Gang entlang, die Schnauze knapp über dem abgenutzten Veloursboden. Vor einer rissigen Holztür blieb er stehen. Aufgeregt zerpflügte sein Schwanz die Luft. Kalkbrenner tätschelte ihm die Flanke, dann betraten sie zusammen das Vorzimmer seines Büros.

»Paul, da bist du …« Die Stimme der Frau, die hinter einem der Schreibtische hervorhüpfte, schraubte sich unvermittelt zu einem schockierten Quieken hoch. Bernie schoss wie ein Wirbelwind auf sie zu.

Rita Barnitzke, Kalkbrenners Sekretärin, hielt ein Stück Nusskuchen in den Händen. Das Gebäck war unter den Kollegen legendär – nicht zuletzt wegen der horrenden Zahl von Kalorien, die Rita in Form von Schlagsahne darauf verteilte. Doch gegenwärtig war es nur der Bernhardiner, der auf den Kuchen aus war.

»Paul!« Seine Sekretärin reckte den Teller verzweifelt in die Höhe, was ihr herzlich wenig brachte. Sie war von kleiner Statur und dazu recht pummelig. An Letzterem war im

Wesentlichen der übermäßige Verzehr ihrer eigenen Backwaren schuld.

Bernie witterte seine Chance. Die Zunge hing ihm bereits aus dem Maul. Er ließ die Leckerei nicht aus den Augen, stemmte sich auf die Hinterbeine und legte die Vorderpfoten auf die Schultern von Rita, deren Stimme immer panischer wurde. »Paul, bitte, bitte, kannst du endlich deinen Hund rufen!«

»Bernie, bei Fuß.«

Der Bernhardiner ließ von Rita ab und trottete mit hängendem Schwanz zu Kalkbrenner. Die Sekretärin sank erleichtert auf ihren Stuhl und stellte den Kuchen auf dem Schreibtisch ab. Der Teller klirrte. Bernie spitzte sofort wieder die Ohren. Rita zuckte. Kalkbrenner lachte. »Kann es sein, dass du abgenommen hast?«

Seine Sekretärin zupfte ihre geblümte Bluse und den längs gestreiften Wickelrock zurecht. Sie liebte Wickelröcke, seit sie in irgendeiner Frauenzeitschrift gelesen hatte, dass sie schlank machten. »Sieht man das?«

»Aber natürlich.«

Sie strahlte über das ganze Gesicht. Dann verdüsterte sich ihr Blick. »Paul, was treibst du eigentlich hier?«

»Die Pflicht ruft.«

Ihrer Miene nach zu urteilen, war sie mit der Antwort nicht zufrieden. »Musste das wirklich sein?«

»Hatte ich eine andere Wahl?«

»Du hattest doch Urlaub.«

Das klang ganz nach Rita, der guten Seele des Reviers, Mutter der Abteilung und personifiziertes schlechtes Gewissen in einer Person. Mehr als mit Mord und Totschlag war sie mit dem Privatleben der Kollegen vertraut – und sorgte sich darum. Auch wenn es manchmal nicht viel half.

»Mein Urlaub ist gestrichen worden.«

Sie stemmte die Hände in die properen Hüften. »Von Dr.

Salm, oder? Saukerl, der!« Ihre Haltung entspannte sich wieder. »Möchtest du ein Stück Kuchen? Hab ich gebacken.«

»Danke, nein.« Weil Enttäuschung über Ritas Gesicht glitt, bückte sich Kalkbrenner zu dem Hund hinunter. »Aber ich glaube, Bernie hat Hunger.«

»Und du bist auch ein Saukerl!« Beleidigt drehte Rita ihm den Rücken zu.

Kalkbrenner beeilte sich, in sein Büro zu kommen. Der Boden war mit den schwarzen Schlieren Dutzender Gummisohlen übersät, die Wände hatten sich vom Zigarettenqualm ungezählter Überstunden gelb verfärbt. Stellenweise wellte sich die Tapete. Die an der Wand aufgereihten Schränke waren dunkelbraun; gut möglich, dass sie ebenso wie das ganze Polizeigebäude am Alexanderplatz noch aus der Vorwendezeit stammten.

Der Schreibtisch sah aus, wie Kalkbrenner ihn vor fünf Wochen verlassen hatte. Der PC-Monitor versank in einem heillosen Chaos aus Akten und Vermerken. Den Bildschirm, auf den ein Scherzkeks ein Smiley gezeichnet hatte, überzog eine dünne Staubschicht.

An dem Plastikgehäuse klebten zwei Fotos. Das eine zeigte Kalkbrenner mit seinen Eltern in der Kreuzberger Wohnung, in der er aufgewachsen war. Wieder dachte er an seine Mutter. Ob sie ihn in den letzten fünf Wochen vermisst hatte? Auf dem anderen Bild waren Jessy und er im Kanada-Urlaub vor sechs Jahren zu sehen. Es waren die letzten Ferien gewesen, die sie gemeinsam verbracht hatten.

Kalkbrenner kippte das Fenster, um frische Luft in den Raum zu lassen. Vor ihm breitete sich der Alexanderplatz aus. In der Morgensonne funkelte die Aussichtsplattform des Fernsehturms wie Gold. Ohne Frage ein reizvolles Panorama, aber trotzdem kein Vergleich zum Sonnenuntergang vor der Terrasse der *Wilhelmshöhe.*

Sein Handy klingelte. »Ja?«

»Paul? Hier ist Ellen.« Seine Frau. »Jessy hat mir erzählt, dass du wieder in Berlin bist?«

»Ja, seit wenigen Minuten.«

Wie Ameisen wuselten die Menschen auf dem Alexanderplatz herum. Das pralle Leben. Zurück in Berlin. Ellen schwieg, und auch Kalkbrenner fehlten die Worte.

»Wo wirst du übernachten?«

»Ich werde mir wohl wieder ein Zimmer nehmen.« Nach der Trennung von Ellen hatte er bis zu seinem Urlaub in einer Absteige im Westen Berlins gelebt. An den Namen der Pension konnte er sich jetzt schon nicht mehr erinnern. Er war so glanzlos wie das ganze Gebäude gewesen, hinter dessen smogzerfressenen Mauern sich die Zimmer befunden hatten.

»Hast du nicht auch noch den Bungalow bezahlt?«

»Ja.«

Ellen atmete schwer. Kalkbrenner konnte hören, wie sie mit sich rang. Er wartete. Schließlich schlug sie vor: »Was hältst du davon: Du kommst heute Abend zum Essen vorbei. Dann können wir alles Weitere bereden.«

Ob es das war, was er sich erhofft hatte, wusste er nicht, aber er freute sich über ihren Vorschlag. »Einverstanden. Sehr gern.«

Er legte auf. Rita stand in der Tür. Ihre linke Augenbraue hatte sie erstaunt in die Höhe gezogen. »Ihr redet wieder miteinander?«

»Mhm.«

»Es hat sich also einiges bei dir geändert.«

»Es gibt Hoffnung«, bestätigte er und verließ dann rasch sein Büro, denn ab heute würde er wieder mehr als genug Zeit darin verbringen müssen.

Im Vorzimmer betrachtete er an der Wand in einem Rahmen das Foto, das Rita und ihren Mann zeigte. Es war 33 Jahre alt. Die beiden waren bis heute glücklich verheiratet. »Und bei dir? Wie geht es Gernot?«

»Es geht ihm gut.«

»Er hat Herz-Rhythmus-Störungen«, war überraschend eine Stimme zu vernehmen, der kurz darauf ihr Besitzer folgte. Dem Mann schlotterte der beige Anzug verknittert am Leib. Das Haar war struppig, dunkelbraun und von grauen Strähnen durchzogen. Über den Lippen trug er einen Schnauzbart, der so gewaltig war, dass er das Lächeln fast verschluckte. Die Bartenden waren nach alter preußischer Tradition kunstvoll gezwirbelt. »Herr Kalkbrenner?«

»Paul, bitte.«

»Sebastian. Sebastian Berger. Dein neuer Kollege.«

Sie reichten sich die Hände, doch Kalkbrenner sah seine Sekretärin an. »Ist das wahr, was Sebastian sagt?«

Rita blickte zu Boden.

»Warum hast du mich nicht angerufen?«

Die Sekretärin funkelte ihn an. »Warum? Wärst du dann aus deinem Urlaub gekommen?«

»Natürlich!«

»Und wozu? Du hättest sowieso nicht helfen können. Du hättest an Gernots Bett gestanden und …«

»Das wäre das Mindeste gewesen.«

»Nein«, rief sie mit aller Entschiedenheit, »es ist schon schlimm genug, dass du *jetzt* kommen musstest. Nach dieser ganzen Geschichte im Juni hast du dir deinen Urlaub mehr als verdient.« Ihr scharfer Blick erstickte jedwede Gegenwehr im Keim. »Außerdem habe ich doch gesagt, es ist alles in Ordnung. Sie haben Gernot einen Defibrillator eingesetzt, der weitere Unregelmäßigkeiten verhindert. Mittlerweile ist er wieder zu Hause, zwar noch krankgeschrieben, aber auf dem Weg der Genesung. Alles halb so schlimm.«

»Du nimmst es ziemlich gelassen.«

»Habe ich denn eine andere Wahl?«

Nein, die hatte sie nicht. »Bestell Gernot ganz liebe Grüße

von mir. Und sag ihm, wir alle sollten demnächst mal wieder gemeinsam essen gehen.«

»Das wird ihn freuen.«

Dr. Salm rauschte wehenden Anzugs, vornehm und garantiert nicht von der Stange, ins Vorzimmer. Er machte nicht den Eindruck, als käme er geradewegs von einem Umzugstermin geschweige denn von einer Baustelle. »Kalkbrenner, da sind Sie ja! Es ist …« Der Chef hielt in der Bewegung inne. Bernie sprang unter dem Tisch hervor und baute sich schwanzwedelnd vor ihm auf. »Aber … also …« Dr. Salm machte einen vorsichtigen Schritt zurück. Der Vierbeiner folgte ihm. »Was ist denn das?«

»Ein Hund.«

»Das sehe ich selbst.« Mit der einen Hand hielt sich Dr. Salm ungelenk Bernie vom Leib. Die andere zupfte bereits Bernhardinerhaare von seinem feinen Zwirn. »Gehört der etwa Ihnen?«

»Ja.«

Dr. Salm nieste. »Also bitte, Kalkbrenner!« Empört zog er ein Taschentuch, bestickt mit seinen Initialen, aus der Hosentasche und schnäuzte sich die Nase. »Der hat hier nun wirklich nichts zu suchen. Sie wissen doch, dass ich eine Allergie habe.«

Nein, das hatte Kalkbrenner nicht gewusst. Aber er gab dem Hund ein Zeichen, und Bernie kehrte unter den Tisch zurück.

Dr. Salm wischte sich die bereits tränenden Augen. »Sorgen Sie dafür, dass dieses Viech verschwindet.« Ohne ein weiteres Wort machte er kehrt und eilte in den benachbarten Konferenzraum.

»Manches ändert sich eben nie«, brummelte Rita.

10

»Diese verdammten Journalisten lernen es nie!« Miguel Dossantos saß im verdunkelten Fond seines Chrysler, einer herrschaftlichen Limousine, gepanzert und mit schusssicherem Glas verbaut. Trotzdem fühlte er sich verletzt. »Diese Schmierfinken!«

»Ja, das sind sie«, bestätigte der kleine, glatzköpfige Mann im Nadelstreifenanzug neben ihm. Er hieß Claudio Boccachi und war Dossantos' Freund, ständiger Begleiter, Anwalt und Berater. Der beste, den Dossantos je gehabt hatte.

Gerade eben drückte Claudio ihm ein Exemplar des *Berliner Wochenspiegel* in die Hand. Ein Regionalblatt, dessen Name Dossantos schon wieder vergessen hatte, kaum dass er die Titelseite umblätterte. Auf Seite 4 entdeckte er den rot markierten Artikel: *Mit Sex an die Macht: der Berliner Pate!* Allein die Überschrift genügte. Mehr brauchte Dossantos gar nicht zu lesen. »Wie kommen die bloß darauf, so etwas zu schreiben?«

»Die Redaktion steht der CDU nahe.«

»Ach so? Na gut, das erklärt einiges.« Verärgert zerknüllte er die Zeitung und warf sie nach vorne auf den Beifahrersitz, wo sie zwischen den Beinen von Bruno landete.

Bruno war Kroate, ein massiver Mann und – wie auch Robert Staliczek, der den Chrysler steuerte – Dossantos' persönlicher Leibwächter. Mehr als alle anderen Bodyguards war Bruno aber auch sein Assistent und seine rechte Hand.

Dossantos sah Claudio an. »Was hast du vor?«

»Ich habe bereits den Erlass einer einstweiligen Verfügung in die Wege geleitet. Die Zeitung muss noch heute den Vertrieb der Ausgabe stoppen. Für nächste Woche verlange ich eine Gegendarstellung – auf der Titelseite.«

»Ausgezeichnet.« Dossantos führte die Fingerspitzen seiner beiden Hände aneinander. Unter den Ärmeln seines Sakkos klimperten die Goldketten. »Außerdem würde ich mir wünschen, dieser Schreiberling ... wie war noch mal sein Name?«

»Lass es gut sein, Miguel«, beschwichtigte Claudio. »Die Redaktion des *Wochenspiegel* wird sowieso Ärger von der Geschäftsleitung bekommen. Wir stornieren einfach unsere Anzeigenaufträge und ...«

»Wir schalten Anzeigen in diesem Käseblatt?«

»Und nicht wenige. Aber ab der nächsten Woche platzieren wir sie bei der Konkurrenz. Das dürfte dem *Wochenspiegel* nicht unerhebliche Umsatzeinbußen bescheren.«

Dossantos' Fingerkuppen trommelten zufrieden gegeneinander. Durch die verdunkelten Scheiben blickte er nach draußen auf die Straße. »Alle Achtung!«

»Hast du was anderes von mir erwartet?«, gab sich Claudio gleichgültig.

Dossantos zählte die Flotte der schweren, schwarzen Limousinen, die an der Karl-Marx-Straße unweit des Neuköllner Rathauses parkten. Der Fuhrpark wurde von einem Einsatzkommando der Polizei bewacht. »Die komplette Berliner Politprominenz ist angereist«, bemerkte der Portugiese.

»Klar doch«, sagte Claudio, »einen Tag vor den Wahlen lässt sich doch kein Politiker, der noch ein paar Stimmen gutmachen möchte, einen solchen Termin entgehen.«

»Verlogenes Pack«, nuschelte Dossantos in sein Glas Selters.

»Willst du dich etwa darüber beschweren?«

Nein, das wollte er nicht. Er knipste den digitalen Bord-Fernseher aus, in dem die ganze Zeit über tonlos ein Spielfilm gelaufen war. Anschließend stellte er die halb leere Flasche Wasser in den kleinen Kühlschrank zurück, der unter dem Rücksitz eingelassen war. »Können wir bis zu dem Gebäudeeingang fahren?«

»Logisch, Chef«, sagte Bruno und schwenkte einen Passierschein aus dem Fenster.

Sie fuhren an mehreren Dutzend Menschen vorbei, die sich neugierig vor der Absperrung versammelt hatten. Alle reckten ihre Köpfe über die Polizeiautos hinweg, in der Hoffnung, einen Blick auf das Geschehen zu erhaschen.

Das Gebäude war festlich mit Luftballons und Blumengirlanden geschmückt. Männer in Maßanzügen und Frauen in vornehmen Kostümen standen plaudernd im Vorgarten herum. Als der Chrysler vorfuhr, erstarben die Gespräche.

Im Wagen rückte sich Dossantos die Krawatte zurecht und strich den Anzug glatt. Es war ein dunkelblauer Einreiher aus Moleskin. Das weiche Maulwurfsfell war heutzutage rar, doch der Portugiese investierte gerne in sein Auftreten. Ein Anzug aus dem Material schmeichelte seinen Körperrundungen, was bei repräsentativen Terminen wie diesem von Vorteil war. »Sitzt alles korrekt?«

»Perfekt«, bestätigte Claudio.

Bruno sprang auf die Straße, um sie routiniert nach allen Richtungen zu sichern. Robert, ein ebenso glatzköpfiger Hüne, gesellte sich zu ihm. Gemeinsam öffneten sie die hinteren Wagentüren.

Dossantos genoss das Blitzlichtgewitter der Fotografen, das losbrach. »Bitte hierher schauen!«

»Einmal lächeln!«

»Und jetzt in meine Kamera!«

»Herr Dossantos«, klang eine unverkennbare sonore Stimme durch das Gebrüll der Reporter. Sie gehörte Klaus Wolkers, dem noch amtierenden Regierenden Bürgermeister von Berlin.

Der SPD-Politiker schob sich an Bruno und Robert vorbei,

reichte Dossantos mit großer Geste die Hand und strahlte mit blitzenden Zähnen in die Kameras. So laut, dass es auch der unaufmerksamste Journalist nicht überhören konnte, sagte er: »Ich möchte Ihnen danken und Ihnen versichern, dass soziales Engagement immer die Unterstützung meiner Fraktion finden wird.«

Gemeinsam lächelten sie in die Objektive, und Dossantos malte sich derweil die Bildunterschriften aus, die die Zeitungen morgen zu dem Foto drucken würden.

Als die Reporter das Interesse verloren hatten und das Lächeln des Bürgermeisters erloschen war, sagte er leise: »Hast du gestern Fernsehen geschaut?«

»Billige Polemik«, winkte Dossantos ab.

»Er lehnt sich ziemlich weit aus dem Fenster.«

»Dann soll er aufpassen, dass er nicht rausfällt.«

Wolkers blieb ernst. »Machst du dir wirklich keine Sorgen?«

Dossantos sah ihn an. »Du etwa?«

Wolkers schwieg, grüßte mit der Andeutung einer Verbeugung eine vorbeigehende Frau, die Dossantos bekannt vorkam. Als sie außer Hörweite war, fuhr Wolkers fort: »Sollte ich mir denn Sorgen machen?«

»Nein.«

»Wegen dieser Sache …«, er flüsterte nur noch, »ich möchte nicht unbedingt, dass ich … also, du weißt schon … Ich kann davon ausgehen, dass alles geklärt ist?«

»Das kannst du.«

Damit ließ Dossantos den Bürgermeister stehen und schritt auf dem Teppich weiter dem Eingang entgegen. Dort erwartete ihn Anton Wiesler, der Geschäftsführer der Berliner Sozialhilfe e.V., die als Träger der Integrationsstätte für Migrantenkinder fungierte. Der Stress dieses Tages war ihm ins Gesicht geschrieben, seine Kleidung klebte ihm am schweißnassen Körper. Trotzdem zeigte er aufrichtiges Entzücken. Er schüttelte ihnen die Hände, sogar die gewaltigen Pranken von Bruno und Robert. »Wie ich gesehen habe, hat Sie unser Bürgermeister schon begrüßt?«

»Er war der Erste.«

Wiesler spie abfällig aus. »Im Senat war er der Erste, der unsere Anträge auf Zuschüsse abgeschmettert hat. Und nun schauen Sie selbst: Jetzt kann er sich nicht oft genug vor die Kameras drängeln.«

»Was wohl auch für andere Damen und Herren gilt.«

»Es wäre schön, wenn die Abgeordneten immer für soziale Projekte unserer Stadt zu gewinnen wären. Und nicht nur nach solch schrecklichen Ereignissen wie das am vergangenen Dienstag.«

»Oder vor Wahlen wie morgen.«

Neben dem Bürgermeister war noch der amtierende Innensenator von der PDS anwesend, außerdem gaben sich der Kultursenator, die Bildungssenatorin, der Fraktionschef der SPD sowie einige Senatsabgeordnete und Staatssekretäre die Ehre. Dossantos kannte die Mehrzahl von ihnen, viele sogar persönlich, auch wenn einige die Beziehung nicht unbedingt an die große Glocke hängen mochten.

Ein Stück weiter buhlte der Spitzenkandidat der CDU, Anton Heiland, genauso wie der Fraktionschef Dr. Frieder von Hirschfeldt, der Fraktionsvize Karl-Edmund Hönig, etliche Parteimitglieder, Referenten und sonstige Mitläufer um die Aufmerksamkeit der Presse. Auch in ihren Reihen besaß Dossantos Kontakte, aber von ihnen hätte keiner die Verbindung öffentlich (vermutlich aber auch nicht einmal gegenüber Freunden und Familie) zugegeben.

Der Regierende Bürgermeister Klaus Wolkers erklomm das Podium und setzte zu seiner Eröffnungsrede an. In dieser Sekunde kreuzte Dossantos' Blick den von Frieder von Hirschfeldt. Der Politiker nickte ihm zu, ein hintergründiges Lächeln umspielte seine Mundwinkel.

»Vielleicht sollten wir später mal zu ihm rübergehen«, sagte der Portugiese.

»Du solltest ihn lieber nicht provozieren«, warnte Claudio.

»Wer redet denn von Provokation? Ich will ihn nur begrüßen. Schließlich werden wir in Zukunft häufiger miteinander zu tun haben.«

Claudio quälte sich ein Lächeln ab. »Das hoffe ich nicht.«

11

Der Konferenzraum war eigentlich nur eine kleine Kammer, nicht viel größer als die Kombüse, der so benannte Vernehmungsraum des Kriminalkommissariats: ein Tisch, vier Stühle aus Eiche rustikal, Holzfurnier an den Wänden, eine Pinnwand aus Kork, ein Videorekorder plus Monitor und die Kaffeemaschine, das vielleicht wichtigste Utensil der ganzen Abteilung.

Dementsprechend überfüllt war das Zimmer, als sich Kalkbrenner, sein neuer Kollege Sebastian Berger, Rita Barnitzke, ihr niesender und schniefender Vorgesetzter Dr. Salm und Dr. Wittpfuhl eingefunden hatten. Wittpfuhl war der leitende Gerichtsmediziner am Institut für Rechtsmedizin der Charité. Nebenberuflich engagierte er sich als Vorstandsmitglied im Naturschutzbund und war häufig an der frischen Luft, was seine für einen Pathologen ungewöhnlich tiefbraune Hautfarbe erklärte.

Jetzt wippte der Arzt ungeduldig auf seinem Klappschemel, den Rita herbeigeschafft hatte, hin und her. Schon beim Eintreten hatte Wittpfuhl den Dezernatsleiter unwirsch begrüßt. Einen sonnigen Samstagmorgen wusste er üblicherweise bestimmt sinnvoller zu nutzen. Vermutlich im Spreewald, im Dienste des Umweltschutzes.

Kalkbrenner fühlte mit ihm. Rita hatte zwar Kaffee aufgesetzt, doch weder das Aroma, das sich ausbreitete, noch der Nusskuchen, der zur Selbstbedienung auf dem Tisch stand, entschädigten für das Frühstück, das er zur Stunde im Garten des Warnemünder Ferienbungalows hätte einnehmen können: frische Brötchen, herzhafter Aufschnitt und Sahnemeerrettich. Kalkbrenner liebte Meerrettich am Morgen.

Berger studierte derweil die Ausdrucke der aktuellen Ermittlungsakte, die ausgebreitet wie ein Fächer auf dem Konferenztisch lagen. Er nahm eins der Bilder in die Hand, auf dem ein Mann mittleren Alters mit leicht ergrautem Haar auf einem Sofa saß, vermutlich bei sich zu Hause. »Das ist Matthias Brodbeck, Lehrer an der Berthold-Hauptschule in Neukölln. Aus den Vernehmungen seiner Schüler ergibt sich folgender Ablauf für den vergangenen Dienstag, den 26. September: Noch während des Unterrichts kommt es wiederholt zu verbalen Auseinandersetzungen zwischen Brodbeck und seinen Schülern Lukaz Vurikovici und Asim Kapkin. Brodbeck verdonnert die beiden Jungs dazu, nach der Stunde dazubleiben. Der Unterricht geht zu Ende, alle Schüler bis auf Lukaz und Asim verlassen den Raum. Hinter dem letzten Schüler schließt Brodbeck die Tür. Das ist einem Mädchen aufgefallen, weil es eigentlich noch einmal zurück in den Klassenraum wollte, in dem es seine Haarspange vergessen hatte. Als sie allerdings sah, wie die Tür zuging, überlegte sie es sich anders.

Etwa 20 Minuten später läuft der Hausmeister Lukaz und Asim über den Weg. Beide sind in ziemlicher Panik. Einer der beiden ist mit Blut befleckt. Der Beschreibung des Hausmeisters zufolge handelt es sich dabei um Lukaz. Als die beiden Schüler auf ihn aufmerksam werden, flüchten sie über die Haupttreppe runter zum Ausgang. Der Hausmeister folgt den beiden, doch sie sind bereits über den Schulhof verschwunden. Er kehrt noch einmal zurück, denn seine Erfahrung hat ihn gelehrt: Zwei Schüler, die sich derart auffällig verhalten, noch dazu nach Schulschluss, haben etwas ausgefressen. Und tatsächlich: In dem Klassenraum findet er den Lehrer. Tot.«

»Jetzt wollen Sie vermutlich was von mir hören«, grantelte Dr. Wittpfuhl.

»Bitte«, sagte Dr. Salm überflüssigerweise und gab ein dröhnendes Hatschi von sich.

Der Gerichtsmediziner klaubte die Tatortfotos aus den Unterlagen. Vor einer mit Formeln beschrifteten Tafel lag Matthias Brodbeck, als hätte er nur ein kurzes Nickerchen eingelegt. Das Blut, mit dem der grüne Tafelschiefer hinter ihm bespritzt war, sprach jedoch eine andere Sprache. Ein weiteres Bild zeigte den Mann frontal, mit Schusswunden am Arm, in der Brustgegend und an der Stirn.

Auf den Obduktionsfotos lag der Leichnam nackt und bleich auf einer Metallbahre. Er war vom Blut befreit worden, die klaffenden Einschusslöcher waren jetzt deutlich zu erkennen.

»Wir haben drei Schussverletzungen bei dem Verstorbenen festgestellt«, erklärte Dr. Wittpfuhl. »Ein Projektil erwischte ihn am Arm. Das war schmerzhaft, aber nicht lebensgefährlich. Eine zweite Kugel traf ihn hier.« Er hob seinen Zeige- und Mittelfinger auf Herzhöhe. »Das dritte Geschoss ging in den Kopf. Ein tödlicher Treffer.«

Wieder ergriff Berger das Wort. »Zwei weitere Projektile haben wir in der Wand und im Schreibtisch sichergestellt.« Er klappte den Aktendeckel zu. »Drei Treffer und zwei Fehlschüsse.«

»Die Ballistiker haben anhand der Projektile eine Makarov PM als Tatwaffe identifiziert«, fuhr Rita fort. »Die Makarov war die Standardwaffe der sowjetischen Miliz und anderer

Ostblockländer. Nach deren Zusammenbruch landete sie massenhaft und zu Dumpingpreisen dort, wo sie nicht hingehörte: auf dem Schwarzmarkt. Wer weiß, wen man fragen muss, gelangt ohne Probleme in den Besitz einer Makarov.«

Berger nickte Rita dankend zu. »Wir können davon ausgehen, dass Lukaz und Asim wussten, wen sie in ihrem Viertel zu fragen hatten, um an eine Waffe zu kommen.« Er hielt zwei Bilder hoch: die erkennungsdienstlichen Aufnahmen der beiden Jungs. »Sie sind der Polizei keine Unbekannten mehr. Asim ist 17, in der Türkei geboren. Kurz nach der Geburt zogen seine Eltern nach Berlin. Geschwister hat er keine. Seine Mutter starb bei einem Autounfall, als er drei war. Seitdem lebt er bei seinem Vater in Neukölln. Als die Polizei vergangene Woche dessen Wohnung durchsuchte, fand sie in Asims Zimmer PC-Spiele: *Counter-Strike, Wolfenstein, Doom, Quake, Unreal* und *Half-Life.* Mir sagen diese Namen nichts, aber den Kollegen zufolge sind das sogenannte Killerspiele. Das passt wie die Faust aufs Auge. Als die Ermittlungsbeamten dem Vater die Spiele zeigten, wusste der nichts damit anzufangen.

Überhaupt war den Vernehmungsbeamten zufolge das Verhältnis zwischen Vater und Sohn nicht das beste. Worte wie *Hund* und *Bastard* fielen bei den Gesprächen. Der Vater ließ kein gutes Wort an seinem Sohn. Asim hat eine uneheliche Tochter zu einem Zeitpunkt bekommen, als sein Vater ihn mit einer türkischen Frau verheiraten wollte. Damit hatte sein Sohn die Familienehre verletzt.

Ansonsten war Asim jahrelang ein unbeschriebenes Blatt. Was nicht bedeutet, dass er in dieser Zeit nichts ausgefressen hat, er hat sich nur nicht dabei erwischen lassen. Im vergangenen Jahr schließlich ist er mit einem nicht unbedeutenden Paket mit Ecstasy-Pillen aufgegriffen worden. Natürlich war er nur ein kleiner Fisch, der im Auftrag von jemand anderem gedealt hat. Doch sosehr die Staatsanwaltschaft Asim auch zugesetzt hat, der Junge wollte seine Hintermänner nicht preisgeben. Asim kam – weil er zum ersten Mal straffällig geworden ist – mit einer Bewährungsstrafe davon.

Lukaz ist Rumäne, allerdings in Berlin geboren. Obwohl er zwei Jahre jünger ist als sein Freund, hat er bereits weitaus mehr auf dem Kerbholz. Das liegt in der Familie. Die Polizei geht bei den Vurikovicis beinahe jedes Wochenende ein und aus. Lukaz gehört wohl zu einer Jugendbande. Wie bei seinem älteren Bruder Sascha weist sein Konto Diebstähle und Gewaltdelikte, Schlägereien und einige Messerstechereien auf. Mord steht bisher noch nicht drauf. Aber jetzt hat er sich mit seinem Kumpel eine Waffe vom Schwarzmarkt besorgt«, schloss Berger seine Ausführungen. »Nachdem der Lehrer die beiden zum Nachsitzen verdonnert hatte, tja, scheint sich die Stimmung im Klassenraum aufgeheizt zu haben. Was auch immer geschah, irgendwann hat einer der beiden die Waffe gezückt und den verhassten Lehrer über den Haufen geschossen. Bingo, da haben wir das, was die Presse der Öffentlichkeit als Amoklauf verkauft.«

»Die Presse«, prustete Dr. Salm missfällig in sein Taschentuch. »Mal wieder typisch, dass die sofort mit solchen Schlagwörtern arbeitet. Aus unseren Reihen gab es zu keiner Zeit eine offizielle Erklärung mit diesem Wortlaut.« Er verschränkte die Arme vor der Brust. »Allerdings gebe ich zu, eine Schule, ein toter Lehrer, zwei flüchtige Schüler, die nicht mehr aufzufinden sind, obwohl wir seit Tagen ihre Familien observieren: Da drängen sich Vergleiche zu Erfurt oder Emsdetten zwangsläufig auf.«

»Trotzdem bleibt es Mord, ausgeführt von zwei Schülern.« Zum ersten Mal seit Beginn der Konferenz ergriff Kalkbrenner das Wort. Er machte eine Pause und blickte in die Gesichter der Umsitzenden. Zuletzt sah er Dr. Salm an. »Aber wenn der Fall so eindeutig ist, warum haben Sie mich dann aus dem Urlaub geholt?«

12

Wenn Frieder von Hirschfeldt in seiner langjährigen Karriere als Politiker eins gelernt hatte, dann das: *Haltung bewahren*.

Egal, ob ihn politische Gegner, Reporter oder Bürger mit unangenehmen Themen konfrontierten oder großkotzige Verbrecher ganz offenkundig mit dem Bürgermeister mauschelten, sich mit einer immensen Geldspende vor der Presse als Wohltäter aufspielten und ihn dann mit einem Grinsen herausforderten – so leicht ließ er sich nicht aus der Ruhe bringen.

Doch während der Regierende Bürgermeister Klaus Wolkers seine Rede zur Eröffnung der Sozialeinrichtung hielt, fiel es von Hirschfeldt plötzlich schwer, die *Contenance zu bewahren*, wie es sein Freund, der Dozent an der Akademie der Künste, immer nannte. Mit einer plötzlichen Bewegung packte er Karl-Edmunds Arm, der unter dem energischen Griff zusammenzuckte.

»Was ist?«

Die Umstehenden schauten bereits neugierig. Sogar Wolkers hielt irritiert in seiner Rede inne, fuhr aber nach einer kurzen Pause fort.

»Alles in Ordnung?« Leise und besorgt neigte sich Bernd Schmücker herüber. Auch die Aufmerksamkeit des dienstbeflissenen Praktikanten Götting erwachte.

Aber von Hirschfeldt hatte sich bereits wieder im Griff und lächelte unbefangen. »Alles in Ordnung.« Er wartete kurz, bevor er flüsterte: »Karl-Edmund, was will dein Sohn hier?«

»Lars?«

»Hast du etwa noch mehr Söhne?«

»Nein, aber was sollte er hier wollen?«

»Das frage ich dich gerade.«

»Er ist doch gar nicht … Meine Güte, tatsächlich, da ist er!« Ein paar Meter entfernt torkelte Lars auf die Polizeiabsperrung zu. »Und dann auch noch in diesem Aufzug!«

Gerade drohte Lars in den Rinnstein zu stürzen. Offenbar nicht zum ersten Mal: Sein T-Shirt war schmutzig, die Jeans zerrissen, die Haare standen ihm wirr vom Kopf ab.

»Worauf wartest du noch?«, zischte von Hirschfeldt.

»Ich warte nicht.«

Alkoholisierte Gestalten gehörten in Neukölln zwar zum alltäglichen Straßenbild, nicht aber betrunkene Söhne bekannter Politiker. »Dann sieh zu, dass du deinen Sohn erwischst, bevor es zum Eklat kommt.«

Karl-Edmund drängelte sich an den Gästen vorbei zur Straße durch. Von Hirschfeldt gab derweil vor, den Ausführungen des Bürgermeisters über den Amoklauf, die Lösung der Probleme und die Leistungen seiner Fraktion zu lauschen, während er unauffällig seinen Freund beobachtete.

Karl-Edmund eilte Lars entgegen. Dabei vergrub er die Hände betont lässig in den Hosentaschen, so dass er für einen etwaigen Beobachter einen unbeschwerten Eindruck machte. Aber niemand nahm Notiz von ihm. Jetzt war von Hirschfeldt sogar froh, dass dieser Dossantos vor Ort war. Alle Aufmerksamkeit war auf ihn gerichtet.

Karl-Edmund winkte seinen Sohn an der Absperrung vorbei und legte ihm die Hand um die Hüfte. Der Junge stieß ihn von sich. Ein Wortgefecht entbrannte. Doch was immer die beiden sich auch an den Kopf warfen, zum Glück drang es nicht bis zur Veranstaltung durch, denn in dieser Sekunde durchschnitt der Bürgermeister das Blumenband der Eingangstür. Beifall brandete auf. Eine Musikkapelle spielte. Nicht nur die Sozialeinrichtung, auch das Büfett war eröffnet. Die Menge strebte in das Gebäude. Sektkorken knallten, Gläser klirrten.

Auch Lars rannte jetzt auf den Eingang zu.

»Frieder!«, rief Bernd Schmücker. Praktikant Götting wieselte wie immer im Anzug hinter ihm her, einige Gläser Sekt in der Hand. »Wir warten schon auf dich!«

Menschen traten aus dem Gebäude. Einige Kollegen aus der Fraktion, außerdem zwei Reporter. Von Hirschfeldt zögerte nicht lange. Als Lars sich an ihm vorbeischieben wollte, packte er ihn am Ärmel, so wie man nach jemandem griff, den man seit langer Zeit schon nicht mehr gesehen hatte. »Lars!«, rief er übertrieben laut. »Schön, dich zu sehen!« Dabei drängte er den Jungen unbemerkt von seinem angestrebten Weg ab. Es war nur ein Reflex, doch als von Hirschfeldt eine offene Tür am anderen Ende des Gebäudes entdeckte, handelte er schnell. Lars wehrte sich überrascht, doch sein Patenonkel zog ihn unnachgiebig in den Flur, dessen Wände fröhlich mit bunten Farben bemalt worden waren. Er sah sich kurz um und schob den Jungen dann in das erstbeste Zimmer.

Karl-Edmund folgte und schloss hinter ihnen die Tür. »Lars, du kannst hier nicht einfach aufkreuzen und …«

»Du siehst doch, dass ich das kann.«

»Veralbere uns nicht«, sagte von Hirschfeldt.

»Ich? Dich veralbern?« Lars hielt sich kichernd die Hand vor den Mund. Die Knöchel waren aufgeschürft und blutig. »Das geht doch gar nicht. Du bist Politiker. Du stehst über den Dingen. Niemand kann dir was anhaben.« Seine Pupillen waren riesig. Er stank nach Schweiß, Alkohol und noch anderen Ausdünstungen, über die von Hirschfeldt gar nicht nachdenken wollte.

»Was willst du hier?«

»Ich hab Hunger.«

»Dann geh nach Hause.«

»Hab keinen Bock auf zu Hause.«

»Dann kauf dir einen Döner. Oder eine Pizza.«

»Hab keine Kohle mehr. Mein Vater will mir kein Geld geben.«

Die Tür ging auf. »Hab ich doch richtig gesehen.« Praktikant Götting nippte an einem Glas Sekt. »Brauchen Sie Hilfe?«

»Nein.«

Götting stieß auf. »Aber wenn Sie …«

»Es ist alles in Ordnung«, sagte von Hirschfeldt genervt. »Danke.«

Götting trank vom Sekt, dann verschwand er achselzuckend.

»Lars, ich glaube, es ist besser, wenn du jetzt nach Hause gehst.«

»Ich bin also nicht erwünscht?«

»Nein«, sagte von Hirschfeldt.

»Ich bring dich zur Straße«, sagte Karl-Edmund und griff nach seinem Sohn.

»Fass mich nicht an!« Der Junge stieß seinen Vater von sich. »Arschloch!« Er rannte aus dem Zimmer.

Karl-Edmund wollte hinter ihm her. »Was denkt er sich bloß dabei?«

»Das ist mir egal, was er sich dabei denkt«, zürnte von Hirschfeldt und folgte seinem Freund. »Mach ihm einfach klar, dass so was nicht noch einmal passieren darf.«

»Manchmal könnte ich ihn …«

»Wir können froh sein, dass niemand was davon mitbekommen hat.«

Da meldete sich eine Stimme von der Tür her: »Na, da wäre ich mir aber nicht so sicher …«

13

Kalkbrenners neuer Kollege öffnete eine der Akten, raschelte mit dem Papier, runzelte die Stirn und nahm einen weiteren Hefter zur Hand. Verlegen zwirbelte er seinen Schnauzbart. Dr. Wittpfuhl trommelte ungehalten mit den Fingern auf den Tisch. Dr. Salm rollte seine rot unterlaufenen Allergie-Augen.

Berger ließ das alles unbeeindruckt. Schwerfällig wie ein Walross kämpfte er sich durch die Unterlagen. Rita erbarmte sich und reichte ihm einen Zettel. »Aha, genau, danke ... Gestern Mittag haben wir eine Zeugin ein zweites Mal vernommen: Swetlana Marslikow. Sie arbeitet bei der Reinigungsfirma *MaxiClean,* die täglich nach Unterrichtsschluss Putzfrauen durch die Schule schickt. Frau Marslikow kommt aus dem Kosovo, ist aber seit Jahren mit einem deutschen Mann verheiratet, hat also eine Aufenthaltsgenehmigung sowie eine Arbeitserlaubnis.

Ganz anders dagegen ihre Freundin Lydia Krasniqi. Sie ist seit Mitte der 90er Jahre in Deutschland. Nachdem ihr Mann wegen einer Straftat zunächst zu einer Gefängnisstrafe verurteilt und schließlich abgeschoben wurde, lebt sie alleine mit ihren beiden Kindern. Ihr Aufenthaltsstatus ist ungeklärt. Sie hat keine Arbeitserlaubnis, Sozialhilfe gibt es nicht, sie braucht Geld.«

Kalkbrenner verstand. »Frau Krasniqi geht also als Frau Marslikow putzen.«

»Und das schon seit Jahren«, bestätigte Berger. »Die Frauen haben in etwa die gleiche Statur und die gleiche Haarfarbe. Und da in der Reinigungsfirma gerne auch mal schwarzgearbeitet wird, achtet dort keiner so genau auf die Papiere. Also ist es bisher auch niemandem aufgefallen, dass die Frauen ihre Rollen vertauscht haben. Selbst uns nicht. Wir haben Swetlana

Marslikow am Tag nach der Bluttat vernommen, die echte. Sie hat ausgesagt, sie habe nichts gesehen und nichts gehört.«

»Wie denn auch?«, ätzte Dr. Salm. »Sie war ja nicht vor Ort.«

»Im Gegensatz zu ihrer Freundin Lydia Krasniqi«, fuhr Berger mit seinen Ausführungen fort. »Aber das hat Frau Marslikow bei der ersten Vernehmung nicht verraten. Denn sonst wäre die ganze Geschichte aufgeflogen – und schon nächste Woche säße auch der Rest der Familie Krasniqi im Flugzeug zurück in den Kosovo. Nur einem Zufall verdanken wir es, dass …«

»Herr Berger«, unterbrach Dr. Wittpfuhl ungehalten, »können wir jetzt endlich zum Kern der Sache kommen, oder wollen Sie den tragischen Lebenslauf dieser armen Frau noch weiter erläutern?«

»Er hat recht«, sagte Dr. Salm. »Berger, bitte.«

Der rieb sich den Bart. »Normalerweise hätte Lydia Krasniqi an jenem Tag zusammen mit einer Kollegin geputzt. Aber die meldete sich am Vormittag überraschend krank.«

»Wir haben deren Angaben überprüft«, ergänzte Rita. »Zum Tatzeitpunkt saß sie beim Frauenarzt. Sie ist schwanger.«

»Jedenfalls kam ihre Krankmeldung zu spät, um noch für eine Ersatzkraft sorgen zu können«, erklärte Berger. »Also machte Frau Krasniqi die Schicht alleine und war dementsprechend in Verzug. Zum Tatzeitpunkt befand sie sich in den Toilettenräumen gegenüber dem Klassenzimmer.«

»Sie war also Zeugin des Mordes?«, fragte Kalkbrenner.

»Nein«, sagte Berger. »Den Mord hat sie nicht gesehen.«

»Aber sie hat Schüsse gehört?«

»Nein. Auch nicht.«

»Eine Makarov kann man nicht überhören«, wandte Rita ein. »Nicht nach Unterrichtsschluss, wenn man fast allein im Gebäude ist und sich nur einen Raum weiter befindet.«

»Ein Amoklauf mit Schalldämpfer?«, fragte Kalkbrenner.

»Ja«, bestätigte Dr. Wittpfuhl. »Offenbar wollten die beiden Schüler ganz sichergehen: Sie haben dem Lehrer die Waffe mit dem Schalldämpfer an die Stirn gesetzt. Die Stanzmarke in Form der Pistolenmündung war unübersehbar.«

»Das klingt aber nicht nach Mord im Affekt«, gab Kalkbrenner zu bedenken, »sondern nach einer sorgfältig geplanten Tat.«

»Bei der sie sich auf keinen Fall erwischen lassen wollten«, sagte Rita.

»Richtig, aber warum benehmen sich die beiden dann nach der Tat so auffällig? Wenn es stimmt, was der Hausmeister sagt, dann waren die beiden in heller Panik. Merkwürdig.« Kalkbrenner hob seine Tasse zum Mund und nahm einen Schluck. Der Kaffee war inzwischen kalt. »Was hatte Frau Krasniqi sonst noch zu berichten?«

14

Dossantos unterdrückte ein Gähnen. Das offizielle Programm zur Eröffnung der Integrationseinrichtung für Migrantenkinder war eine sterbenslangweilige Zeremonie aus Kindertänzen und endlosen Reden.

Der Bürgermeister widmete seine salbungsvollen Worte den bewegenden Ereignissen der vergangenen Woche. Er begreife den heutigen Tag als einen wichtigen Meilenstein zur Lösung der Probleme, ließ er wissen. Und natürlich bemühte er sich, seine eigenen Leistungen über alle Maßen ins rechte Licht zu rücken. Die Journalisten kritzelten Zitate in ihre Notizblöcke, die Fotografen schossen Bilder.

Endlich durchschnitt der Bürgermeister das Band zur

Eingangstür und gab damit den Startschuss für den Sektempfang, zweifelsfrei der interessantere Teil der Veranstaltung. Eine türkische Blaskapelle spielte auf, und im Gebäude servierten dicke russische Mamutschkas Speisen aus verschiedensten Ländern. Außenstehende mussten bei der Betrachtung dieses ausgelassenen Spektakels den Eindruck gewinnen, dass es eigentlich gar nicht so schlimm um den Stadtteil bestellt war.

Bevor Dossantos aber noch weitere Gedanken daran verschwenden konnte, verstellte ihm ein groß gewachsener, dickbäuchiger Mann mit beunruhigend roter Nase den Weg. »Herr Dossantos, schön, dass ich Sie treffe. Gar nicht so einfach, Sie zu erreichen.«

»Herr Feinstubbe! Sie wissen doch, ich bin nicht mehr so oft im Büro.«

»Sagte mir Ihre Sekretärin schon.« Feinstubbe rieb sich die Nase. »Aber es geht Ihnen gut, oder?«

»Selbstverständlich.«

»Wunderbar. Sehr gut.« Er wischte sich die Stirn. »Ich müsste nämlich mal mit Ihnen plaudern.«

Richard Feinstubbe war emsiger Lobbyist im Senat, stellvertretender Präsident des Fußballclubs Union Berlin und saß außerdem im Vorstand des Unternehmensverbandes der Berliner Großgastronomen. Letzteres war sein eigentlicher Broterwerb. Für die heutige Veranstaltung hatte er Alkohol und Softdrinks unentgeltlich zur Verfügung gestellt, was er sich durchaus leisten konnte. Sein profitabelster Auftrag war seit Jahren die Belieferung von Dossantos' Betrieben mit Getränken. Würde Dossantos eines Tages den Auftrag canceln, wäre Feinstubbe auf einmal pleite.

»Ich habe bei der Brauerei *Hasselbacher* einen guten Freund.«

»Einen guten Freund? Wenn ich mich recht entsinne, ist das Ihr Schwager.«

»Oh, ich hatte Ihnen von ihm erzählt?« Feinstubbe griff verlegen nach zwei Gläsern Sekt und reichte eins Dossantos. »Wollen Sie auch? Bitte schön. Prost. Also, wie auch immer: Mein Schwager ist Vertriebschef bei *Hasselbacher*. Er bereitet die Markteinführung eines neuen Energy-Drinks vor. Sie wissen schon, diese neumodischen Getränke, die süß wie Kaugummi schmecken.«

»*Hasselbacher* hofft, damit aus den roten Zahlen zu kommen?«

Feinstubbe nickte hastig.

»Und Sie wollen mich darum bitten, den Drink in das Sortiment meiner Betriebe aufzunehmen?«

»Das käme mir, also, ich meine, meinem Schwager sehr entgegen.«

»Ich werde sehen, was sich machen lässt, Herr Feinstubbe.«

»Ich komme Ihnen da auch entgegen.« Vertraulich legte der Lobbyist Dossantos eine Hand auf den Arm. »Sie wissen schon, wenn es mal Probleme gibt.«

»Natürlich«, sagte Dossantos, während er Karl B. Brodke auf sich zukommen sah.

Brodke hatte noch zu seinen Amtszeiten als Vorsitzender des Bauausschusses wichtige Baugenehmigungen für einige von Dossantos' Unternehmen erteilen können. Der Portugiese hatte sich daraufhin erkenntlich gezeigt und Feinstubbe gebeten, ein gutes Wort bei der regierenden SPD für Brodkes politische Karriere einzulegen. Dieser war daraufhin in die Senatsverwaltung für Stadtentwicklung gewechselt und wurde später Bausenator, bis man ihn zum Zweiten Bürgermeister der Stadt gewählt hatte.

Sie begrüßten sich, stießen miteinander an und äußerten ihre Betroffenheit ob der Ereignisse an der Neuköllner Hauptschule. Dann flitzte Feinstubbe auch schon zum nächsten Gesprächspartner und ließ Dossantos mit Brodke allein.

»Ich habe gehört, du willst zu *Barcas*«, sagte Dossantos unvermittelt.

Brodke zog die Augenbrauen düster zusammen. »Wenn wir die Wahl morgen verlieren, ja, dann ist das eine Alternative.«

»Nichts mehr mit Politik?«

»Nach fast einem Vierteljahrhundert ist es auch mal Zeit für was Neues.«

»Midlife-Crisis?«

Brodke lachte schallend. »Nein, nur reiner Pragmatismus. Ich habe politisch alles erreicht, was ich erreichen kann. Also, warum nicht aufhören?«

»Ich könnte bei *Barcas* ein gutes Wort für dich einlegen. Wie du weißt, kenne ich den Geschäftsführer. Er hat viele meiner Betriebe ausgestattet.«

Brodke winkte ab. »Nicht nötig.«

»Es ist nur ein Anruf für mich.«

Brodke hielt sich zurück.

Dossantos lächelte. »Aber ich hätte auch eine kleine Bitte.«

»Dachte ich mir schon.«

»Mein Sohn Samuel möchte doch am Messezentrum ein weiteres Projekt realisieren.«

»Ja, ich weiß.«

»Der Grundstückskauf zieht sich unendlich in die Länge, ich verstehe das nicht.«

»Das geht in Ordnung, ich habe dir doch versprochen, dass ich mich darum kümmere.«

»Ich weiß, aber ich würde mir wünschen, dass wir die Sache über die Bühne bringen, noch bevor der neue Senat seine Arbeit aufnimmt. Verstehst du?«

»Ich denke schon. Ich werde mich bemühen.«

Dossantos dankte ihm. Er hatte Dr. Sebastian Pfeiffer entdeckt, Vorstandsmitglied der Karl-Hofer-Gesellschaft und des Neuen Berliner Kunstvereins, Mitglied des Rundfunkrats des RBB und, was noch viel wichtiger war, Vorstandsvorsitzender der Berliner Verbandsbank. Das Institut hatte mit seinen nach dem Berliner Bankenskandal vielfach kritisierten millionenschweren Krediten nicht unwesentlich zum Bau von einigen jüngsten Geschäften des Portugiesen beigetragen. Auch in diesem Fall hatte sich Dossantos später erkenntlich gezeigt. Nachdem sich die erste Aufregung gelegt hatte und Gras über die Sache gewachsen war, hatte er sich bei Brodke und Wolkers für die Aufnahme Pfeiffers in den Aufsichtsrat der Holding Bankgesellschaft Berlin starkgemacht. Zu der hatten sich nämlich bald darauf die Landesbank Berlin sowie die Berliner Hypotheken- und Pfandbriefbank und die Berliner Verbandsbank zusammengeschlossen. 56 Prozent der Holding gehörten nun der Stadt Berlin.

Auf dem Weg zu Pfeiffer kreuzte Berthold Ehrenstein Dossantos' Weg. Dieser nutzte die Gunst der Minute und grüßte das Fraktionsmitglied der CDU. »Ich glaube, wir kennen uns noch nicht.«

»Tun Sie nicht so«, sagte der Politiker und bemühte sich um kühle Distanziertheit. Seine unsichere tiefe Stimme vereitelte jedoch dieses Unterfangen. »Natürlich kennen wir uns.« Er ergriff die Hand, die ihm gereicht wurde, schob aber seine buschigen Augenbrauen skeptisch zusammen. »Sie wissen, wer ich bin. Ich weiß, wer Sie sind. Der Medienzirkus gerade war nun wirklich nicht zu übersehen. Wollen Sie in die Politik?«

»Diese Ränkespiele überlasse ich lieber den anderen.«

»Ach, wirklich? Was man so hört, mischen Sie doch kräftig mit.«

Dossantos spielte den Entrüsteten. »Sie müssen sich verhört haben. Politik ist nicht mein Gewerbe.«

»Stimmt, Sie bevorzugen ja eher ein anderes.« Berthold

Ehrenstein zupfte süffisant an seinem Kinnbart. »Aber beides sind die ältesten Gewerbe der Welt, nicht wahr?«

»Ihr Humor gefällt mir. Ist die Party nach Ihrem Geschmack?«

»Ich weiß nicht, ob ich diese Veranstaltung hier unbedingt als Party bezeichnen möchte.«

»Jetzt kommen Sie schon.« Dossantos schlug ihm kumpelhaft auf die Schulter. »Eine solche Einrichtung ist eine gute Sache, gerade nach den Ereignissen dieser Woche. Das sollte ruhig gefeiert werden.«

Ehrenstein fiel es nicht leicht, sich zu beherrschen, das war ihm anzusehen. Nur die Anwesenheit der Reporter hinderte ihn daran, Dossantos einfach stehen zu lassen. »Aber zum Feiern sind Sie doch bestimmt nicht gekommen, oder?«, erwiderte er nur.

»Aber natürlich. Zum Feiern und zum Plaudern. Alte Freunde treffen ...«

»Freunde?«

»... und neue Menschen kennenlernen. Sie zum Beispiel, Herr Ehrenstein. Schließlich werden Sie demnächst, so Ihre Partei die Wahl gewinnt, den Posten des ...«

Ehrenstein unterbrach ihn mit einem Grummeln. »Ich hab mich schon die ganze Zeit gefragt, wann Sie mich endlich darauf ansprechen.«

»... und dann werden wir das eine oder andere Mal miteinander zu tun haben.«

»Herr Dossantos, ich unterbreche Sie ungern erneut, aber ich sag's Ihnen lieber von Anfang an: Für solche Dinge sollten Sie in Zukunft den üblichen Weg wählen.«

»Ich sagte ja schon: Mit Politik habe ich nicht viel am Hut.«

»Das sollten Sie aber, Herr Dossantos. Es wird bald ein neuer Wind wehen. Auch wenn Sie sich nicht für Politik interessieren, ich denke, Sie kennen die Worte unseres Fraktionschefs.« Jetzt tätschelte Ehrenstein ihm seinerseits die Schulter. »Tut mir wirklich leid, Sie enttäuschen zu müssen.«

Anton Wiesler, der Geschäftsführer der Sozialeinrichtung, gesellte sich zu ihnen. »Darf ich Sie beide durch das Gebäude führen?«

»Später«, blockte Ehrenstein ab und stapfte davon.

»Dann eben nur wir zwei«, sagte Wiesler zu Dossantos. »Schließlich sollen Sie sehen, dass wir Ihr Geld auch wirklich sinnvoll angelegt haben.«

Dem Rundgang schlossen sich das Kamerateam eines Lokalsenders sowie zwei, drei Boulevardjournalisten an, die einen Großteil ihrer interessantesten Informationen aus Dossantos' Amüsierbetrieben bezogen.

Wiesler präsentierte voller Stolz jeden Winkel der Einrichtung. Sie war in keinem Neubau, sondern in einem alten Gebäude aus dem Westberlin der 60er Jahre untergebracht, das aufwendig renoviert und im Innern mit bunten Farben auf jugendlich getrimmt worden war. Er und sein Team hatten sich viel Mühe gegeben, was Dossantos lobend erwähnte. »Allerdings bleibt zu hoffen, dass Ihre Mühen nicht bei der Ausgestaltung des Gebäudes enden.«

»Wo denken Sie hin! Unsere eigentliche Arbeit beginnt erst noch. Wenn erst mal die Kinder und Jugendlichen …«

»Weil Sie schon von ihnen sprechen«, unterbrach ihn Dossantos, und seine Hand wies den Flur entlang. Die Wände waren in warmen Gelbtönen gestrichen, alle paar Meter gingen blau lackierte Türen ab. »Wo sind sie eigentlich? Wohin ich auch schaue, ich sehe nur Politiker, die sich wichtigmachen. Ich meine, die brauchen zwar auch manchmal ein bisschen Nachhilfe in Sachen Integration, aber …«

Die Reporter lachten. Wiesler gab ein Zähneknirschen von sich. »Anweisung von oben: Wegen der Prominenz gilt erhöhte Sicherheitsstufe. Wenn es nach mir gegangen wäre, hätten wir …«

Lautes Schimpfen hallte plötzlich über den Gang. In einem angrenzenden Zimmer fluchte eine Stimme: »Arschloch!«

Jäh wurde die Tür aufgerissen, und ein junger Mann mit struppiger Lockenmähne stürmte heraus. Er trug schmutzige Jeans und T-Shirt und passte so gar nicht zu der feierlichen Zeremonie.

Dossantos konnte nicht rechtzeitig in Deckung gehen. Auch Bruno und Robert kamen zu spät. Der Flüchtige prallte gegen die Schulter des Portugiesen, der einen Schmerzenslaut ausstieß. Der junge Mann rannte, ohne anzuhalten, an ihm vorbei und suchte im Politikergewimmel am Eingang das Weite.

»Was denkt er sich bloß dabei?«, war eine verzweifelt klingende Stimme aus dem Zimmer zu vernehmen.

Eine andere antwortete, aber so leise und beherrscht, dass Dossantos nichts verstehen konnte.

Sein Anzug war zerknittert. Das Moleskin war extrem anfällig für unsanfte Berührungen. Während er den Stoff wieder glatt strich, machte er einen Schritt vorwärts. Er spähte in den Raum, als er jemanden sagen hörte: »Wir können froh sein, dass niemand was davon mitbekommen hat.«

Mit einem Mal hatte Dossantos den teuren Stoff vergessen. »Na, da wäre ich mir aber nicht so sicher …«

15

Berger schob Akten und Ordner hin und her und sah dabei wie jemand aus, der nach seiner verlegten Brille suchte, die auf seiner Stirn klemmte. Kalkbrenners neuer Kollege war bestimmt ein guter Polizist, sonst hätte er es nie zum Kriminalkommissar gebracht, aber er verlor viel zu schnell den Überblick. Das machte wenig Hoffnung auf eine zukünftige erfolgreiche Zusammenarbeit. Gerade sagte Berger: »Als Lydia Krasniqi den Toilettenraum verlassen wollte, stürzte aus dem Klassenzimmer gegenüber ein Junge. Ihrer Beschreibung nach handelte es sich dabei um Lukaz. Asim hielt sich bereits am Ende des Flures auf.«

»Hat sie ihn gesehen?«

»Ja. Und noch viel mehr.« Bergers Hände suchten seinen Bart und rollten die Enden zu sorgfältigen Spitzen zusammen. »Sie konnte eine weitere Person in dem Klassenzimmer ausmachen. Diese trug Jeans und ein Kapuzenshirt. Sie hatte eine Waffe in der Hand. Aus einem alten Reflex heraus – von den Kriegstagen im Kosovo – ging Frau Krasniqi sofort in Deckung. Kurz darauf hörte sie Schritte auf dem Gang und anschließend die Tür zum rückwärtigen Treppenhaus schlagen.«

»Es war also noch ein dritter Schüler beteiligt?«

»Vielleicht. Vielleicht aber auch nicht. Möglicherweise handelt es sich bei der fraglichen Person auch um einen ganz anderen Täter, der uns glauben machen will, dass wir es mit Amok laufenden Schülern zu tun haben.«

»Ein Kollege von Brodbeck?«

»Da Frau Krasniqi einen kurzen Blick ins Gesicht unter der Kapuze werfen konnte, haben wir noch gestern Abend eine Gegenüberstellung vorgenommen. Ihrer Aussage nach war der Täter eine Person im Alter zwischen 40 und 50, aber keiner der Lehrer.«

»Wer dann?«

Berger vergrub die Nase in seinen Papieren. Diesmal wurde er bemerkenswert schnell fündig. Mit einer abwertenden Handbewegung warf er ein Phantombild quer über den Tisch. Es landete kopfüber vor Kalkbrenner. Auch ohne die Zeichnung umzudrehen, konnte er das blasse Täterporträt erkennen. Ein konturloses Allerweltsgesicht, das jedem von ihnen hätte gehören können, sogar Rita.

»Besser konnte Frau Krasniqi ihn nicht beschreiben?«

»Nein.« Berger griff zur Tasse und nahm einen Schluck. Als er sie absetzte, war sein Gesicht eine angewiderte Grimasse. »Haben wir noch warmen Kaffee?«

Rita sprang behände auf, schüttete den kalten Kaffee weg und schenkte ihm neuen ein. Derweil fuhr Berger mit seinen Ausführungen fort: »Die Person, die Frau Krasniqi gesehen hat, entkam durch das rückwärtige Treppenhaus. Daraus können wir schließen, dass der Täter über einen Schlüssel für dieses Treppenhaus verfügt haben muss, denn seit einigen Vorfällen von Vandalismus sind die Türen verschlossen und nur noch dem Lehrpersonal zugänglich.«

»Und den Reinigungskräften«, betonte Rita, die sich wieder auf ihren Platz gesetzt hatte.

»Demnach haben wir es mit einem raffinierten Mordplan zu tun«, resümierte Kalkbrenner. »Der Täter verschafft sich nach Unterrichtsschluss Zugang zur Schule, tötet den Lehrer und richtet es so ein, dass zwei ohnehin vorbestrafte Schüler, die den Lehrer hassen, als Mörder unter Verdacht geraten.«

»Was meinst du«, fragte Berger, »war es vom Mörder auch beabsichtigt, dass die beiden ihn auf frischer Tat ertappen?«

Kalkbrenner verneinte. »Aber das spielt auch keine Rolle. Der Täter konnte davon ausgehen, dass so oder so niemand den vorbestraften Jungs ihre Geschichte abkaufen würde.« Kalkbrenner schaute in die Runde. »Ihr wart ja bislang auch fest von ihrer Schuld überzeugt.«

»Natürlich«, rechtfertigte sich Berger, »es gab ja auch keinerlei Spuren eines weiteren Verdächtigen, aber dafür eindeutige Hinweise darauf, dass zumindest einer der beiden Jungs – Lukaz – während der Tat zugegen war.«

»Genau«, rief Dr. Salm. »Wir können also davon ausgehen, dass er den Täter gesehen hat und ihn somit identifizieren kann. Kalkbrenner, Sie müssen die beiden Jungs finden. So schnell wie möglich.«

»In Neukölln?«, fragte Kalkbrenner skeptisch.

»Aber ja. Deswegen habe ich Sie doch aus dem Urlaub gerufen.« Der Dezernatsleiter hämmerte mit der Faust auf den Tisch. Der Kaffee, von dem er noch keinen Schluck getrunken hatte, schwappte über den Tassenrand. »Sie haben sich doch schon einmal im Berliner Bodensatz bewährt.«

Kalkbrenner empfand den Begriff *Bodensatz* als reichlich unglückliche Bezeichnung für die sozialen Härtefälle der Stadt. Aber er unterließ es, den Chef zu korrigieren, viel wichtiger war, dass er erhebliche Zweifel daran hatte, dass sich dieser Fall auf so einfache Weise lösen lassen würde.

Vor nicht ganz zwölf Stunden war er noch mit Bernie am Strand entlangspaziert, ohne einen Gedanken an Mord und Totschlag zu vergeuden. Jetzt jagte sein Gehirn bereits wieder mit kriminalistischem Eifer voran. Er musste sich dafür noch nicht einmal anstrengen. »Wir sollten zugleich aber auch das Kollegium überprüfen«, wies er an. »Gab es Probleme? Hatte einer der Lehrer ein Motiv? Vielleicht wurde ein Mörder engagiert. Außerdem müssen wir die Reinigungsfirma *MaxiClean* abchecken. Hat es vielleicht eine Auseinandersetzung mit den Putzkräften gegeben? Wir müssen alle Möglichkeiten in Betracht ziehen.«

»Und alle Unmöglichkeiten«, ergänzte Rita.

Kalkbrenner lächelte dankbar. »Nächste Frage: Wie schaut es mit dem Umfeld von Matthias Brodbeck aus?«

»Erkennungsdienstlich ist er ein unbeschriebenes Blatt«, erklärte Rita. »Verheiratet, kinderlos. In den Gesprächen, die die Vernehmungsbeamten schon gestern Abend mit den Nachbarn geführt haben, wurden keinerlei Probleme erwähnt. Die Brodbecks galten als höfliches und zuvorkommendes Paar. Die Beziehung war so etwas wie eine Musterehe. Seine Eltern sind vor einigen Jahren gestorben, beide an Krebs. Er hat einen Bruder, der in Australien lebt und der nächste Woche zur Beerdigung nach Deutschland kommen will.«

»Wohlan.« Dr. Salm klatschte in die Hände. »Dann kann ich ja jetzt eine Presseerklärung vorbereiten lassen.«

»Halten Sie das für eine so gute Idee?« Kalkbrenner entnahm den Gesichtern seiner beiden Kollegen, dass sie ähnliche Vorbehalte hegten.

»Aber natürlich!«, beschied Dr. Salm und verzog sein Gesicht, als habe Kalkbrenner ihn zutiefst beleidigt. »Unser Wissen, dass es sich um einen konkret geplanten und eiskalt ausgeführten Mord und nicht um eine Tötung im Affekt zweier Jugendlicher handelt, deren die Polizei nicht mehr Herr wird, kann die gegenwärtig in Politik, Medien und Öffentlichkeit tendenziös geführte Debatte entschieden entzerren.«

»Sie vergessen, dass Lukaz und Asim auch keine Engel mehr sind«, ließ sich Dr. Wittpfuhl vernehmen, der zuletzt nur geschwiegen hatte.

»Mag sein.« Dr. Salm bedachte ihn mit einem geringschätzigen Ausdruck. »Aber es geht dabei auch um uns, um das Bild der Polizei in der Öffentlichkeit. So etwas müssen wir offensiv angehen. Der neue Ermittlungsstand wird uns – auch angesichts der Wahlen – aus der Schusslinie nehmen.«

Vor allem den Polizeipräsidenten, deinen Schwager. Kalkbrenner zwang sich, ruhig zu bleiben. »Solange wir nicht mehr in der Hand haben als Frau Krasniqis Aussage und …«, er fegte die Phantomzeichnung beiseite, »… diesen ominösen Schatten, sind die Jungen die Einzigen, die den Mörder gesehen haben und uns vielleicht einen wichtigen Hinweis auf seine Identität geben können.«

»Daher dürfte es im Augenblick von Vorteil sein«, ergänzte Berger, »wenn der Mörder glaubt, wir fahnden weiterhin nach den beiden.«

Dr. Salm schüttelte entschieden den Kopf. »Wenn der Mörder aus dem direkten Umfeld Brodbecks kommt – und Sie wissen ebenso gut wie ich, dass dies bei etwa 95 Prozent aller Mordfälle zutrifft –, dann wird er durch Ihre Ermittlungen sowieso schon bald Kenntnis über unseren neuen Erkenntnisstand erhalten.«

Womit ihr Vorgesetzter nicht einmal unrecht hatte. Trotzdem bat Kalkbrenner noch einmal: »Geben Sie uns Zeit.«

Berger und Rita unterstützten das Gesagte mit einem Kopfnicken. Selbst Dr. Wittpfuhl pflichtete ihm bei, wenn auch aus einem anderen Grund: weil es gegen Dr. Salm ging.

Doch der Dezernatsleiter wiegelte herrisch ab. »Glauben Sie etwa, wir stimmen hier demokratisch ab?« Er setzte sich aufrecht hin. »Es bleibt dabei: Die Presseerklärung geht raus.«

Bernie kam unter dem Tisch hervorgekrochen, streckte sich und blieb hechelnd vor ihm stehen. Der Chef rümpfte die Nase, gleich darauf begann sein Körper unter einem heftigen Niesanfall zu zucken. »Und Kalkbrenner, bitte sorgen Sie dafür, dass der Hund von nun an nicht jeden Tag hier ist. Das geht beim besten Willen nicht.«

Kalkbrenner griff nach einem Stück von Ritas Nusskuchen, brach sich etwas ab und steckte es in den Mund. Während er kaute, überlegte er, ob er seinen Vorgesetzten darauf hinweisen sollte, dass die unpersönliche Anrede auch etwas war, was er beim besten Willen nicht länger zu akzeptieren bereit war. Aber abgesehen davon, dass er den Mund zu voll hatte, um sich verständlich artikulieren zu können – Dr. Salm hätte es nicht mehr gehört. Er war längst auf dem Gang verschwunden.

16

Von Hirschfeldt sprach ein stummes Gebet. Es bestand aus zwei Worten: *Haltung bewahren!* Er wiederholte sie, als der Portugiese ihm erklärte: »Also, wenn das Moral und Anstand sind, die Sie predigen, na dann …«

Dann was?, wollte von Hirschfeldt fragen, biss sich jedoch auf die Zunge. Er würde sich nicht auf ein Gespräch mit Dossantos einlassen, nicht heute, nicht hier und bestimmt nicht vor den Augen der Reporter, die wie speichelleckende Hyänen am Rockzipfel des Portugiesen hingen. Er konnte sich die Schlagzeile schon vorstellen: *Künftiger Innensenator plaudert mit Berliner Paten.* Nein, falsch, gegen den »Paten« würde Dossantos eine einstweilige Verfügung erwirken. Richtig musste es heißen, und bitte schön in der korrekten Reihenfolge: *Berliner Wohltäter im Gespräch mit künftigem Innensenator.*

Genau das schien Dossantos im Sinn zu haben. *Er wird doch nicht etwa …?* Er reichte von Hirschfeldt die Hand. »Es freut mich, dass wir uns endlich kennenlernen.«

Die Kamera der Fernsehreporter lief. Auch wenn es nur ein kleiner Lokalsender war: Ein Filmschnipsel, der zeigte, wie er sich ausgerechnet dem »großen Wohltäter« gegenüber unschicklich verhielt, würde schnell seinen Weg zu den großen TV-Anstalten finden. Notgedrungen schlug von Hirschfeldt ein.

»Wie gefällt Ihnen die Einrichtung?«

»Gut«, antwortete von Hirschfeldt.

»Sie ist schön geworden, finden Sie nicht auch?«

»Ja.«

»Nur leider eine Schande, dass der Senat so wenig dazu beigetragen hat.«

»Das wird sich ändern.«

»Ja, das glaube ich Ihnen gerne. Ich habe viel über Sie gehört.«

»Das gebe ich gerne zurück.«

Der Portugiese trug Überheblichkeit zur Schau. »Ich hoffe doch, nur Positives.«

Von Hirschfeldt entzog ihm seine Finger. Es gab keinen Grund, diese Posse – und nichts anderes war das Aufeinandertreffen – unnötig in die Länge zu ziehen. Seine Hand fühlte sich schon jetzt an, als habe er sie in Säure getaucht.

Von Hirschfeldt hatte tatsächlich eine Menge über Dossantos in Erfahrung bringen können, aber etwas Positives war nicht darunter gewesen.

Sein persönlicher Referent, Bernd Schmücker, hatte in den vergangenen Monaten ein ganzes Dossier über den Portugiesen zusammengestellt. Es umfasste vermutlich nur einen Bruchteil dessen, was die Polizei an Informationen besaß. Es genügte allerdings, um Abscheu in von Hirschfeldt zu erzeugen. Dossantos' Welt war schmutzig, ohne einen Funken von Anstand. Sie hatte nichts mit der Welt zu tun, in der der Politiker lebte und für die er kämpfte, eine Welt, in der Werte wie Sicherheit, Gerechtigkeit und Vertrauen sowie Liebe und Familie noch etwas galten.

Seine eigenen Kinder kamen ihm in den Sinn: Frieder jr., Patrick, Friederike. Bei dem Gedanken, dass seine Tochter, sein Sonnenschein, jemals unter den Einfluss des Portugiesen geraten könnte, wurde von Hirschfeldt übel.

»Auf Wiedersehen«, sagte er und strebte zur Tür.

»Wo wollen Sie hin?«, erkundigte sich Dossantos. »Ich dachte, wir plaudern noch ein wenig und lernen uns kennen.«

Von Hirschfeldt blieb stehen, drehte sich noch einmal um.

»Frieder, lass uns gehen«, zischte jetzt auch Karl-Edmund.

Von Hirschfeldt machte einige Schritte in den Raum zurück, hin zum Portugiesen.

»Wir gehen«, wiederholte Karl-Edmund.

Von Hirschfeldt roch das teure Parfüm, das Dossantos umgab. Er hörte das Klimpern der Goldketten. Schurken wie er waren für den moralischen Verfall Berlins verantwortlich. Männern wie ihm wollte von Hirschfeldt das Handwerk legen, das war sein Versprechen an die Wähler. Fast unhörbar sagte er: »Wir lernen uns noch früh genug kennen.«

»Aber warum denn nicht heute?«

Stimmen hallten plötzlich durch den Flur. Noch mehr Leute betraten den Raum. Auch Praktikant Götting kam in das Zimmer, als von Hirschfeldt bereits auf dem Weg nach draußen war. Er schnappte sich den Jungen, aber dieser rief: »Herr von Hirschfeldt, der da, ist das nicht dieser …«

»Sei still«, zischte von Hirschfeldt und schleifte den Praktikanten hinter sich her. Götting rülpste. Er hatte ein oder zwei Gläser Sekt zu viel getrunken. Herrgott, so konnte es mit ihm nicht weitergehen. Von Hirschfeldt nahm sich vor, ein ernstes Wort mit seinem Referenten zu reden. Doch zuvor musste er raus aus diesem Zimmer.

Ein Handy klingelte. Der Portugiese holte sein Telefon aus der Tasche. Es war ein Communicator, der neueste seiner Art. Was er wohl gekostet hatte? Fast mehr als der ganze Goldschmuck, der an Dossantos hing. Der lauschte in sein hypermodernes Handy, bevor er sich zu seinem Anwalt wandte: »Claudio, es ist ein Freund eingetroffen. Er wartet auf uns.«

17

Berger lenkte den Passat Kombi, ihren Dienstwagen in silberfarbener Lackierung, mit bemerkenswerter Gemütlichkeit über die Frankfurter Allee. Mehr als Schritttempo war nicht möglich. Wie jeden Samstag fielen nicht nur Touristen, sondern auch alle Einheimischen zum Shoppen in die City ein. Selbst die sechs Fahrspuren der Ostberliner Prachtmeile konnten keinen reibungslosen Verkehrsfluss garantieren.

Kalkbrenner hatte die Akten ungeöffnet auf seinem Schoß liegen und sank tiefer in den Sitz. Obwohl es schon Ende September war, standen die stämmigen Bäume beiderseits der Allee noch in dichtem Grün.

Er stellte sich vor, wie er durch den Wald spazierte, der seinen Bungalow vom Warnemünder Strand trennte. Zwischen den Baumwipfeln blitzte immer wieder die Sonne hervor. Sie lachte aus dem blauem Himmel. Im Auto wurde es angenehm warm.

»Ist mir heiß«, stöhnte Berger unter seinem Schnauzer hervor und schaltete die Klimaanlage an. Sofort strömte kühle Luft ins Wageninnere. Kalkbrenner schloss die Augen und versetzte sich wieder an den Strand. Frischer, angenehmer Seewind blies ihm ins Gesicht.

»Hattest du schon mal einen Fall in Neukölln?«, fragte Berger, während er an einer Ampel stoppte.

Kalkbrenner kehrte nach Berlin zurück. Nach Neukölln. Plötzlich war ihm kalt. »Ja.«

Die Ampel sprang auf Grün, und Berger fuhr stockend an. Am Frankfurter Tor bog er nach rechts in die Warschauer Straße ab. Endlich wurde der Verkehr flüssiger. »War das die Sache im Juni?«

Kalkbrenner gab einen grunzenden Laut der Zustimmung von sich, der genauso gut auch *Schnauze!* bedeuten konnte.

Berger schien sich für die erste Deutungsvariante entschieden zu haben. »Schlimme Sache, das mit deinem Kollegen.«

Kalkbrenner presste die Lippen aufeinander. Bergers Bemühen, ihn kennenzulernen, war lobenswert, immerhin würden sie fortan miteinander klarkommen müssen. Sein Timing ließ allerdings schwer zu wünschen übrig. »Ja.«

Kalkbrenner lenkte seine Gedanken auf die Oberbaumbrücke. Das neugotische Bauwerk mit dem Wehrgang und den spitzen Wassertürmen war eines der faszinierendsten von ganz Berlin. Es markierte die Grenze zu Kreuzberg.

Einstmals ein alternativer Stadtteil, in dem Kalkbrenner als Kind mit seinen Eltern gewohnt hatte, war der Bezirk nun zu einem hippen In-Viertel mutiert. Es gab eine Menge Grünflächen, viel alte Bausubstanz, die inzwischen zum Großteil restauriert worden war. In den oberen Stockwerken hatten die Wohnungen häufig so hohe Decken wie ein Ballsaal. In den Erdgeschossen dagegen wechselten sich türkische Gemüsehändler mit persischen Imbissen, thailändischen Suppenküchen und Geschäften für ominösen Trend-Tand ab. Auch Bars, Kneipen und Clubs gab es zuhauf. Es war ein lebendiges Brodeln, tags wie nachts, das über dem Viertel lag.

An der nächsten Kreuzung ging links die Wiener Straße ab. Sie tangierte den Görlitzer Park, wo Jessy seit zwei Monaten ihre eigene Wohnung besaß. Kalkbrenner hatte ihr beim Umzug geholfen. Er überlegte kurz, ob er seinen Kollegen bitten sollte abzubiegen. Es drängte ihn danach, seine Tochter zu sehen, auch wenn es nur für einen kurzen Schwatz war. Doch bevor er überhaupt etwas sagen konnte, hatten sie die Kreuzung bereits überquert.

Sie erreichten Neukölln. Die Häuser, von Abgasen zerfressen, mit Graffiti verschmiert, rückten an die Straße heran. Bald waren sie von Beton und Stein umgeben.

Die Klimaanlage blies auf höchster Stufe. Mit einem Seufzer öffnete Kalkbrenner endlich die Akten, aber er entdeckte nichts, was nicht schon in der Konferenz auf dem Präsidium zur Sprache gekommen wäre.

Die Wahrheit liegt zwischen den Zeilen, meldete sich eine Stimme. Sie war so deutlich und so laut in seinem Schädel zu hören, dass Kalkbrenner zusammenzuckte. Die Weisheit entstammte seinem unerschöpflichen Fundus an Ratschlägen für Polizisten, den er *die kleinen Helferlein* nannte. Dass die sich nun zu Wort meldeten, war ein untrügliches Zeichen dafür, dass er endgültig wieder im Dienst war. Ob das ein gutes Gefühl war, vermochte er nicht zu sagen.

Aus dem Kofferraum erklang Bernies Kläffen. Kalkbrenner hatte ein schlechtes Gewissen. Er griff zu seinem Handy und wählte die Nummer seiner Tochter.

»Paps!«, hörte er ihre übermütige Stimme. »Bist du wieder in Berlin?«

»Ja. Und ich wollte dich fragen, was du morgen Abend vorhast.«

»Nichts. Wieso?«

»Was hältst du davon, wenn ihr beide, du und Leif, morgen zu mir zum Essen kommt?«

Sie lachte. »Du und Kochen?«

»Ich hab mir im Urlaub ein Buch von Tim Mälzer gekauft.«

»Das wird ein Festessen.«

»Mit Garnelen. Die isst du doch so gerne. Wäre euch 18.00 Uhr recht?«

»Klar, ich freu mich!«

Als er aufgelegt hatte, wurde ihm bewusst, dass er gar keine Wohnung hatte, in der er kochen konnte. Aber vielleicht … die Worte seiner Frau gingen ihm durch den Kopf:

Du kommst heute Abend zum Essen vorbei. Dann können wir alles Weitere bereden.

Als er das Handy in seine Hosentasche steckte, war er wieder guter Dinge.

18

Dossantos ließ den Communicator, den neuesten, den der US-Markt zu bieten hatte, zurück in seine Tasche gleiten. *Es ist ein Freund eingetroffen. Er wartet auf uns.*

»Ein Freund« war die seit Jahren verabredete Losung für eine unbequeme Situation. Und dass er »wartete«, bedeutete so viel wie: Es pressierte. Doch das brauchten der Politiker und sein überheblicher Tross nun wirklich nicht zu wissen.

Dossantos schenkte dem Politiker ein Lächeln. »Herr von Hirschfeldt, es tut mir leid, aber wir werden unsere Unterhaltung ein anderes Mal fortsetzen müssen.«

Noch ehe der CDU-Mann antworten konnte, war der Portugiese schon an der Tür. Ein junger Mann, der neben dem Politiker stand, knurrte: »Zuhälterpack!«

Von Hirschfeldt schnappte erschrocken nach Luft. Dossantos blieb stehen. Unter anderen Umständen hätte er den vorlauten Schnösel vermutlich mit Missachtung gestraft. Weil aber Reporter zugegen waren und auf der Kamera das rote Licht leuchtete, wandte er sich schweigend um.

Es war Claudio Boccachi, der in solchen Angelegenheiten das Wort führte. Sein Freund und Anwalt musterte den jungen Mann vom Absatz seiner gewienerten Schuhe bis zum Scheitel. »Wie heißen Sie?«

»Hören Sie«, mischte sich von Hirschfeldt ein. »Es tut mir leid für meinen …«

Boccachi beachtete ihn nicht. Er fixierte den Jungspund. »Ich fragte, wie Sie heißen?«

»Götting. Und wer sind Sie?«

»Ich heiße Claudio Boccachi und vertrete Herrn Dossantos in rechtlichen Fragen.« Er holte seinen Communicator hervor, das gleiche Modell wie der des Portugiesen, öffnete ein Programm und tippte rasch einige Notizen hinein. »Herr Götting, was machen Sie hier?«

»Er arbeitet für meinen persönlichen Referenten«, sagte von Hirschfeldt.

Auch das schrieb der Anwalt auf. »Sie fühlen sich sicherlich wohl an Ihrem Arbeitsplatz, Herr Götting, oder?«

»Ich habe wenigstens eine anständige Arbeit.«

»Andreas!«, rief von Hirschfeldt entsetzt.

Claudio lächelte nachsichtig. »Ihr Anhang sollte sich mäßigen.«

Götting fluchte. »Wollen Sie mir drohen?«

»Da haben Sie etwas missverstanden.«

Götting setzte zur Antwort an.

»Andreas!«, fiel ihm von Hirschfeldt noch einmal mahnend ins Wort und griff nach dem jungen Mann, doch dieser entwand sich seinen Fingern. Enthemmt vom Sekt, den er offensichtlich nicht gewohnt war, hatte er entschieden, die Situation – Dossantos leibhaftig ihm gegenüber, ein Fernsehsender live dabei – zur Profilierung zu nutzen. »Das weiß doch jeder, womit Sie Ihr Geld verdienen! Es traut sich nur keiner, es auszusprechen.«

»Die Leute werden ihre Gründe dafür haben«, sagte der Anwalt.

»Nein, nein, die Zeiten sind vorbei, in denen Sie Menschen bedrohen.«

Boccachi hob erstaunt eine Augenbraue.

»Es wird uns eine Freude sein, Ihnen Ihre miesen Geschäfte zu verderben. Wir werden ein Zeichen setzen. Die

Zeiten sind vorbei, in denen Leute wie Sie in Berlin machen konnten, was sie wollten!«

Dossantos' Freund nickte verständnisvoll. »Genau, und deshalb darf man auch rechtschaffene Menschen nicht ungestraft beleidigen und verleumden.«

»Sie Winkeladvokat!«

»Andreas!«, rief von Hirschfeldt wieder und bekam den vorlauten Bengel endlich zu fassen. Rüde schob er ihn hinaus auf den Flur.

»Eine weise Entscheidung«, lobte der Anwalt. »Nehmen Sie Ihren kleinen Kläffer lieber an die Leine. Oder schicken Sie ihn noch mal auf die Hundeschule.« Er klappte den Communicator zu und steckte ihn in die Tasche. »Angesichts des Alters von Herrn Götting sehen wir von weiteren Schritten ab. Vorerst zumindest.« Er drehte sich zu den Journalisten um. »Und ich denke, wenn wir die Damen und Herren von der Presse höflich darum bitten, dann werden sie diesen unangenehmen Vorfall gerne vergessen.«

»Danke«, presste von Hirschfeldt hervor. Sein Gesicht war vor Wut und Sorge rot angelaufen.

»Gehen wir«, sagte Boccachi.

Dossantos folgte ihm nach draußen. Ohne den Eindruck von Hast zu erwecken, verabschiedeten sie sich von Anton Wiesler, dem Geschäftsführer des Sozialvereins. Keine fünf Minuten später saßen sie wieder im Chrysler.

»Was ist los?«, wollte Claudio wissen.

»Es gibt Probleme. Mit Samuel.«

»Mit deinem Sohn? Wo?«

Dossantos rollte entnervt mit den Augen. »Im *Apollo*.«

»Warum kann sich Frank nicht darum kümmern?«

»Mein Sohn ist mal wieder taub für jeden Ratschlag.«

»Dann soll sich Frank durchsetzen. Wozu haben wir ihn eingestellt?«

Dossantos ballte die Hände zu Fäusten. »Robert, kannst

du nicht ein bisschen schneller fahren? Ich verspüre wenig Lust, den halben Tag durch die Stadt zu schleichen.«

Der Fahrer beschleunigte den Wagen. Doch der Verkehr war alles andere als normal. Es hatte den Anschein, als sei ganz Berlin auf den Beinen. Die in der Spätsommersonne flanierenden Passanten zogen wie in Zeitlupe an dem Auto vorbei. Mit jedem Meter, den die Limousine voranschlich, wuchs Dossantos' Unruhe.

Sein Sohn Samuel war gerade 25 Jahre alt geworden. Er war noch jung und unerfahren, ein Hitzkopf wie dieser Götting, ständig darauf aus, sich zu beweisen.

Inmitten der Wolkenkratzer am Potsdamer Platz lag ein würfelförmiges Gebäude. *Love & Emotion* flimmerte in Neonschrift an der Fassade. Das *Apollo* zauberte Wärme in die unterkühlte Atmosphäre der neuen Berliner Mitte.

Sie umkurvten das Gebäude und stoppten vor dem Hintereingang. Frank Lehnhoff erwartete sie bereits. Schweißgebadet. Er war ein Exbodybuilder, der inzwischen über mehr Fettpolster als Muskelmasse verfügte. Neben Samuel war er als stellvertretender Geschäftsführer des *Apollo* eingesetzt worden. Eine Entscheidung, die sich zunehmend als Problem herauskristallisierte.

Dossantos hätte diesen unfähigen Spinner am liebsten an seinen Ohren gepackt, ihm die Kündigung ausgehändigt und gesagt, er solle sich nicht mehr blicken lassen. Er hatte ihn schon immer für unfähig gehalten. Dass er eine Situation wie diese nicht regeln konnte, bestätigte den Portugiesen einmal mehr in seiner Meinung. Doch Samuel hielt große Stücke auf ihn, deshalb hatte sich Dossantos bisher gefügt.

»Wo ist mein Sohn?«, fluchte er zur Begrüßung.

»In den Putzräumen.«

»Dann führ mich hin!«

Frank ging einen schäbigen Gang entlang. Die Wände waren unverputzt, die Fenster nur mit billigen Jalousien verhängt. Dossantos trieb sich zu noch mehr Eile an. Schweiß brach ihm aus. Jetzt war der gute Moleskin-Anzug wohl endgültig ruiniert. Außerdem verspürte er stechende Schmerzen in den Gelenken. Er war einfach zu alt für solche Sachen.

Frank stieß eine Tür auf. Dossantos rang um Atem und brauchte einen Moment, bis er die Situation überschaut hatte.

Moussa Alpak, Samuels Bodyguard, stand unmittelbar neben der Tür. Zwei weitere Sicherheitsleute des *Apollo* hatten sich an der rückwärtigen Wand aufgebaut. Junge Schnösel, die zwar über Muskeln bis zum Haaransatz verfügten, aber über keinen Funken Grips. Andernfalls hätten sie nicht zugelassen, was sich vor ihren Augen abspielte.

Auf dem Boden kniete eine Gestalt. Von ihren aufgeplatzten Lippen troffen Speichel und Blut auf das T-Shirt. Samuel hockte ihr gegenüber. Er selbst hatte einige Blessuren im Gesicht davongetragen. Niemand hinderte ihn daran, zum nächsten Schlag auszuholen.

»Samuel!«, schrie Dossantos.

19

Vor der Berthold-Hauptschule parkten die Übertragungswagen einiger Fernsehstationen. Dabei gab es außer ein paar Jungs, die auf einem schmalen Grünstreifen ein Stück weiter entfernt Fußball spielten, eigentlich nichts zu filmen. Aus einem Ghettoblaster schepperte Rap.

Ansonsten bestand das Viertel aus lieblos verputzten Sozialbauten, wie es sie in Neukölln zuhauf gab. Die Fassaden waren aschgrau, von den Besitzern dem Verfall preisgegeben. Selbst die kryptischen Graffiti auf den Wänden der Erdgeschosswohnungen verblassten allmählich.

Aus der Reportermeute, die sich vor einer Imbissbude mit dem wenig vertrauenerweckenden Namen *Bratfritze* die Beine vertrat, löste sich eine gedrungene Gestalt. Mit einem Schälchen Pommes rot-weiß in der Hand strebte sie auf die beiden Polizisten zu. »Herr Kalkbrenner«, rief der Journalist mit rauchiger Stimme, »Sie hier?«

Berger stellte sich ihm entgegen, doch Kalkbrenner gab Entwarnung. »Ist schon okay.«

Das Gesicht des Reporters war von Falten zerfurcht. Seine Augenlider hingen müde nach unten, auf den Wangen und der Nase waren einige Äderchen geplatzt. Zweifellos hatte der Alkohol an ihm genagt, und der Herzanfall war auch nicht spurlos an ihm vorübergegangen. Aber wenn es stimmte, was man sich auf den Polizeifluren erzählte, dann war Sackowitz seit seinem Kollaps trocken.

Der Reporter wischte sich den Ketchup von der Hand und reichte sie Kalkbrenner. »Ich dachte, Sie wären im Urlaub?«

»Vielleicht bin ich das ja noch, Herr Sackowitz.«

Der Journalist lachte heiser. »Ein Urlaub sieht für mich aber anders aus.«

»Da unterscheiden wir beide uns eben.«

Es hatte mal eine Zeit gegeben, da hätte er den Polizeireporter des *Berliner Kurier* am liebsten eigenmächtig mit bloßen Händen erwürgt, sobald er nur dessen Alkoholfahne gerochen hatte. Doch seit der Sache im Juni begegneten sie sich mit höflichem Respekt, auch wenn sie keine Freunde mehr werden würden. Kalkbrenner hatte Sackowitz die Story seines Lebens verschafft, der Reporter hatte im Gegenzug einen lobenden Artikel über die Arbeit des Kriminalkommissariats geschrieben, ebenjenen Bericht, der schließlich zu Dr. Salms Beförderung und der Einstellung des Disziplinarverfahrens gegen Kalkbrenner geführt hatte.

Trotzdem wäre es Kalkbrenner jetzt lieber gewesen, Sackowitz wäre ihm nicht über den Weg gelaufen, denn er fragte: »Hat Ihre Rückkehr etwas mit dem Amoklauf zu tun?«

»Herr Sackowitz, Sie wissen genauso gut wie ich, dass ich …«

»Sie kommen doch nicht vorzeitig aus dem Urlaub zurück, nur weil sie neugierig auf den Tatort sind? Der Fall ist doch eindeutig. Oder gibt es neue Erkenntnisse?«

»Nein.«

Der Reporter pickte einen Kartoffelschnitz von dem Pappteller und schob ihn sich in den Mund. »Sie belügen mich doch nicht, oder?«

»Warum sollte ich?«

»Herr Kalkbrenner«, schmatzte er. »Wenn da …«

»Herr Sackowitz«, unterbrach er den Journalisten. »Sie kennen doch die Spielregeln.«

»Ja, aber …«

»Wenn Sie Fragen haben, richten Sie diese bitte an den Pressesprecher im Präsidium.«

Sackowitz rollte mit den Augen. »Mit dem habe ich schon gesprochen. Heute Morgen. Gesprächig wie immer.«

Weil Kalkbrenner nichts weiter einfiel, wandte er sich ab und schob sich kurzerhand an den uniformierten Beamten vorbei, die die Absperrung des Schulhofs bewachten.

Der hohe Eisenzaun, der den Platz von der Straße trennte, erweckte einen beinah militärischen Eindruck. Die Gebäudefassade glich einer preußischen Kaserne, die sich tapfer und stur dem Niedergang des Stadtviertels entgegenstemmte. Vergeblich, wie die beiden Transporter der Spurensicherung vor dem Gebäude bezeugten.

Auf den Stufen zum Eingang ergoss sich zudem ein Meer aus Kerzen, Rosen und selbstgebastelten Schildern. Kalkbrenner hielt kurz inne und ließ die Szenerie auf sich wirken. Derartige Beileidsbekundungen waren in den Fernsehnachrichten inzwischen keine Seltenheit mehr. Columbine. Erfurt. Emsdetten. Blackberry.

In seinem knittrigen Anzug stand Berger steif wie ein altpreußischer Gardeoffizier neben Kalkbrenner und zwirbelte seinen Schnauzbart. Es fehlte nur noch die Pickelhaube. Kalkbrenner kam nicht gegen den Impuls an. Den Blick noch immer unverwandt auf das herrschaftliche Gebäude gerichtet, fragte er: »Sebastian, bist du hier zur Schule gegangen?«

Abrupt entglitt seinem Kollegen der Bart. »Wie kommst du denn darauf?«

»Ach, war nur so ein Gedanke.« Belustigt lief Kalkbrenner die Stufen zur Eingangstür hoch. Zwei weitere Polizisten trugen Sorge, dass kein Unbefugter das Gebäude betrat. Einer der beiden öffnete ihnen die Tür zum Foyer.

In der ersten Etage führte ein langer Flur durch das Gebäude. In regelmäßigen Abständen zweigten Türen zu den Klassenräumen ab. Ziemlich weit am Ende stand eine sperrangelweit auf. Geräusche und Stimmen waren zu vernehmen. Als sie den Raum fast erreicht hatten, trat Dr. Franziska Bodde aus dem Zimmer.

Seit ihrem letzten Aufeinandertreffen hatte sie sich nicht verändert. Wie immer trug sie Jeans, eine schlichte Bluse und Sneakers, ihr langes schwarzes Haar hatte sie zu einem Zopf gebunden. Sie wirkte so gar nicht wie die Leiterin des Tatort- und Erkennungsdienstes vom LKA, das in Berlin für die Kriminalpolizei die Spurensicherung übernahm. »Hallo, Herr Kalkbrenner! Wie war Ihr Urlaub?«

»Zu kurz.«

»Ist er das nicht immer?«

Statt zu antworten, frage er: »Und wie geht es Ihnen? Den Kindern?«

Aus ihrem Haarband hatte sich eine Strähne gelöst. Mit einer schnellen Handbewegung klemmte sie sie zurück hinters Ohr. »Danke, gut.«

Aus den zwei schlichten Worten glaubte Kalkbrenner Verunsicherung herauszuhören. Er wollte in ihrem Gesicht nach weiteren Hinweisen für seine Vermutung forschen, doch Franziska Bodde war bereits auf dem Weg zum Tatort. Sie wirkte geschäftig und routiniert, ganz Profi.

Im Türrahmen zum Klassenzimmer blieb sie stehen. Kleine Schildchen nummerierten an Wand und Schreibtisch alle Spuren. An einem Teil des Lehrerpultes haftete getrocknetes Blut. Auch die rote Flüssigkeit an der Tafel war noch nicht fortgewischt worden. Zwei Gestalten in weißen Overalls hantierten mit Pipette und Fotoapparat.

»Ich kann verstehen, dass wir nach den Aussagen Ihrer neuen Zeugin das rückwärtige Treppenhaus auf Hinweise und Spuren untersuchen müssen«, sagte Dr. Franziska Bodde. »Dazu gab es am Dienstag schließlich keine Veranlassung. Aber warum wir den Tatort noch ein weiteres Mal auf den Kopf stellen müssen, will mir beim besten Willen nicht einleuchten. Mir scheint, als zweifele Dr. Salm an der Sorgfalt meines Teams.«

Kalkbrenner hob resigniert die Schultern. »Sie kennen doch den Chef.«

Sie klemmte sich die widerspenstige Strähne erneut hinters Ohr. »Natürlich kenne ich Ihren Chef. Aber wie kommt er zu der Annahme, wir hätten sonst nichts zu tun?«

»Der Polizeipräsident ist sein Schwager.«

Die LKA-Beamtin schnaubte verbittert. »Das entschuldigt natürlich alles.« Sie zeigte zur Toilettentür gegenüber. »Dort hielt sich Ihre Zeugin zur Tatzeit auf.«

Sie führte sie auf dem Flur weiter. Vor einer Glastür verharrte sie. Im Treppenhaus dahinter waren ebenfalls Kriminaltechniker beschäftigt.

»Wir haben an der Türklinke und am Treppengeländer Blutschüppchen sichergestellt«, erklärte sie. »Endgültige Klarheit wird natürlich erst die Laboruntersuchung bringen, aber wir können davon ausgehen, dass es sich um das Blut des Opfers handelt, das der Täter an seinen Händen hatte.«

»Fingerabdrücke?«, fragte Berger sofort.

»Da muss ich Sie enttäuschen: Der Täter hat Handschuhe getragen.« Sie zeigte ein leichtes Lächeln. »Allerdings haben wir an einem Holzsplitter des Treppengeländers einige Stofffasern entdeckt. Blutpartikel hafteten daran. Offenbar hat sich der Mörder auf der Flucht an dem Splitter den Handschuh ein- und die Haut aufgerissen. Die Blutpartikel sind bereits unterwegs zur DNA-Analyse.«

Kalkbrenner erlaubte sich einen verlockenden Gedanken an die Ostsee, vielleicht konnte er schon morgen wieder am Strand spazieren gehen. *Zu schön, um wahr zu sein.*

20

»Papa!« Samuels Arm erschlaffte. »Was machst du denn hier?«

»Das frage ich dich!«, bellte Dossantos.

»Wer hat dich gerufen?«

»Das ist nicht die Antwort auf meine Frage.«

Samuel warf Frank Lehnhoff, seinem Partner, der hinter Boccachi an der Tür stand, giftige Blicke zu. »Hast *du* meinen Vater gerufen?«

»Das spielt keine Rolle, mein Junge.«

»Doch, das tut es.« Samuel richtete sich auf und wischte sich über sein Gesicht, wobei er das Blut auf seinen Wangen verschmierte. »Offenbar glaubt Frank, ich komme mit dem Problem allein nicht zurecht.«

Dossantos deutete auf den misshandelten Mann. »Das zu sehen genügt mir.«

»Er arbeitet für die Russen«, sagte Samuel, als wäre damit alles erklärt. Dossantos wandte sich dem Verletzten zu. »Stimmt das?«

Der Mann spuckte Blut. In gebrochenem Deutsch erklärte er: »Ich weiß nicht, was …«

»Halt den Mund!« Blitzschnell schlug Samuel wieder zu. Der Russe kippte in den Staub, wo er bewusstlos liegen blieb. Auf den Steinen sammelte sich sein Blut zu einer rasch wachsenden Lache.

Samuel blickte seinen Vater herausfordernd an. Mit einer Schärfe, die keinen Widerspruch duldete, sagte Dossantos: »Mein Junge, es reicht jetzt!«

»Noch bin ich hier der Chef, Papa!«

Die Spannung war greifbar. Alle hielten die Luft an, keiner bewegte sich. Dann ging Samuel zum Waschbecken. Er ließ Wasser über seine Hände laufen, wusch seine Hände rein vom Blut. Leise summte er eine Melodie.

Schließlich wies er zur Tür. »Ihr alle, raus hier!«

Noch immer standen sie reglos da wie Salzsäulen.

»Was ist los mit euch? Raus, hab ich gesagt!«

Sie begannen, mit den Füßen zu scharren.

»Worauf wartet ihr? Braucht ihr eine schriftliche Einladung?«

Erst jetzt verließen sie nacheinander den Raum, betreten zu Boden schauend wie geprügelte Hunde. Mit einem verhaltenen Geräusch fiel die Tür ins Schloss, und Dossantos war allein mit seinem Sohn und dem bewusstlosen Russen, dem Grund allen Übels. »Was ist mit ihm?«

»Er hat sich mit einem Kumpel vor dem *Apollo* herumgetrieben und Frauen und Freier eingeschüchtert.« Samuel durchschritt den Raum zu einem kleinen Tisch. Einer Schublade entnahm er ein Messer. »Das hatten sie dabei. Sein Kollege ist uns entwischt. Aber ihn haben wir …«

»Ja, und ich sehe, was du mit ihm gemacht hast.«

»Mir blieb keine andere Wahl. Du weißt ganz genau, dass es eine Menge Leute gibt, die uns …«

»Ich werde mit ihnen reden.«

»Reden!«

Dossantos' Finger suchten die Goldkette am Gelenk des anderen Arms. Sie spielten eine Weile damit, bevor er fragte: »Mein Junge, was erwartest du von mir?«

»Keine Schwäche!«

»Das ist keine Schwäche, das ist Besonnenheit.«

»Papa, du verkennst die Realität!«

»Nein, mein Junge …«

»Und nenn mich nicht dauernd *mein Junge.*« Samuel fletschte wie ein Wolf seine Zähne. »Nicht vor meinen Leuten.«

Sein Vater ließ von der Goldkette ab. Ihm war, als schaute er in einen Spiegel, der ihn in der Zeit 30 Jahre zurückkatapultierte. In diesen Sekunden war sein Sohn ihm wie aus dem Gesicht geschnitten: jung, schön und von entschlossener Stärke. Die Erkenntnis erweckte ein gutes Gefühl, verlieh sie ihm doch die Gewissheit, dass alles das, was er geschaffen hatte, nicht vergebens gewesen war. Mit Samuel an der Spitze würde sein kleines Imperium auch in Zukunft fortbestehen. Der Name Dossantos würde für immer mit Erfolg, Reichtum und Ansehen assoziiert werden.

Dann bemerkte er Samuels grimmige Miene. Die dankbare väterliche Zuneigung wich der Sorge. Sein Sohn war ungestüm, leicht erregbar und häufig von blinder Wut erfüllt. Das kam nicht von ungefähr: Dossantos selbst hatte in Samuels Alter ein eher aufbrausendes Wesen besessen.

»Das verstehe ich, Samuel, aber *du* verkennst die Realität: Wir rennen nicht mehr durch die Gegend und klatschen alle die weg, die uns in die Quere kommen. Wir sind seriöse Geschäftsleute. Wir haben sogar die Gesetze auf unserer Seite. Dafür haben wir Claudio.«

»Der hilft mir auch nicht mehr, wenn das Geld, das ich ins *Apollo* investiert habe, verloren ist, weil der Laden pleitegeht.«

»Darf ich dich daran erinnern, dass du ein Projekt wie das *Apollo* nur deshalb realisieren konntest, weil *ich* mich dafür starkgemacht habe? Und das gilt im Übrigen auch für dein neues Vorhaben. *Ich* habe mehr als nur Geld zu verlieren.«

»Es geht nicht immer nur um dich.«

»Natürlich nicht, Samuel.«

»Du vergisst Mama. Sie glaubt, du …«

»Lass deine Mutter aus dem Spiel!«

»Aber sie hat recht.«

»Einen verdammten …«

Dossantos' Stimme erstarb mit einem erschrockenen Gurgeln. *Nein*, über seine Frau, Samuels Mutter, sollten sie nicht sprechen. Ihre Krankheit war traurig und beklemmend, gefährlicher als die gesamte Unterwelt Berlins. Dass er sich jetzt doch zu einer Bemerkung hatte hinreißen lassen, überraschte ihn selbst. Er begriff, dass es Angst war, die ihn dazu verleitet hatte. Aber Angst wovor?

»Es tut mir leid«, sagte er, »ich wollte nicht mit dir streiten.«

»Mir tut es auch leid«, lenkte auch Samuel ein.

»Es ist nur …«, begann Dossantos und überlegte erneut. Noch immer fand er keine Worte. Also sagte er: »Du bist mein Sohn, mein ganzer Stolz. Ich mache mir nur Sorgen.«

»Das brauchst du nicht.«

Er streckte Samuel die Hand hin. »Versprichst du es mir?«

Sein Sohn schlug ein. »Ich verspreche es.«

Die Gestalt auf dem Boden kam langsam wieder zu Bewusstsein. Sie begann, ächzend über den staubigen Boden zu kriechen. Wie ein Insekt, das man mit dem Finger weggeschnippt hatte. Dossantos ging vor dem Mann in die Hocke. »Wie heißt du?«

Der Verletzte versuchte, seine Augen zu öffnen. Es gelang ihm kaum, weil die Lider stark angeschwollen waren. »Georgij.«

»Also, Georgij.« Der Portugiese half ihm auf die Beine, sorgfältig darauf bedacht, seinen Anzug nicht auch noch mit Blut zu beflecken. »Es tut mir leid, was passiert ist. Mein Sohn hat sich im Ton vergriffen. Aber es war auch nicht in Ordnung, was *du* getan hast. Wer hat dich geschickt?«

»Ich weiß nicht, was du meinst.«

»Die Jalzin-Brüder?«

»Wer soll das sein?«

»Richte ihnen aus: Wenn sie mir etwas zu sagen haben, sollen sie persönlich kommen. Dann reden wir. Hast du das verstanden?«

Der Russe antwortete nicht. Dossantos lief zur Tür und rief Bruno herein. »Kümmere dich um ihn.«

»Logisch, Chef.«

»Was hast du mit ihm vor?«, fragte Samuel.

»Bruno schafft ihn hier raus.«

»Wo bringt er ihn hin?«

»Ist das nicht egal?«

Sein Sohn zögerte kurz. Schließlich nickte er. »Ja, Papa, du hast recht. Es ist egal.«

21

Der *Bratfritze* war eine Holzbude mit fettigen Fenstern und von der Sonne ausgeblichenen Werbeschildern. Diese empfahlen *Sinalco,* das halbe Hähnchen zu *1 Euro 99* und die *Bild* für danach. Vertrauen gehörte offensichtlich nicht zum Imbiss-Angebot. Doch Hardy Sackowitz versicherte, die Currywurst mit Fritten sei ohne spürbare Nebenwirkungen verzehrbar.

Auf dem Grünstreifen einige Meter weiter hatten sich ein paar Gestalten zu den kickenden Jugendlichen gesellt. Sie klammerten sich an Bier- oder Kornflaschen fest, so genau war das aus der Entfernung nicht auszumachen. Zu ihren Füßen lagen ein Pitbull und ein Stafford-Terrier.

Unbeeindruckt von den Kampfhunden verdrückte sich Bernie ins Gebüsch. Kalkbrenner und Berger setzten sich auf die einzige Bank, die noch frei war. Niemand schenkte ihnen Beachtung. Leute, die den Tag nutzlos auf der Straße verstreichen ließen, waren in dieser Ecke der Stadt so allgegenwärtig wie der Müll, der einfach auf den Bürgersteigen verrottete.

Die Jugendlichen rannten noch immer dem Ball hinterher. Anfangs war es ein Spiel, doch dann machte sich Hektik breit. Schläge wurden ausgeteilt. Eine Kinderstimme rief: *»Su ikisi polis degilmi ya …?«* Wohl Türkisch. Kurz darauf schrie derselbe Junge auf Deutsch: »Gib den Ball her, du blöder Wichser!«

»Gel sunlara gösterelim görmek istediklerini«, antwortete der andere. »Fick dich selbst, du Arschficker. Und zwar …«, der Junge schaute sich suchend um, entdeckte einen Müllkübel und grinste triumphierend, »… mit dem Müll da, damit kannst du dich ficken.«

»Su iki polis de baya gerizekali.« Ein hämisches Lachen ertönte. »Komm her, und ich hau dir in die Fresse, du Arschwichser.«

»Katiliyorum sana.« Der Junge formte mit der Hand eine Pistole. »Ich mach dich tot.« Er drückte ab.

Die Frauen und Männer auf den Bänken schienen unbeteiligt. Es war der normale Umgangston.

Berger dagegen grollte. »Was machen wir hier eigentlich?«

»Wir suchen zwei Jungkriminelle, die uns einen Hinweis auf Brodbecks Mörder geben können.«

»Und dann?«

»Dann schicken wir die beiden Kids zurück auf die Straße. Vielleicht haben sie dort schon mal jemanden umgebracht. Vielleicht werden sie es aber auch erst irgendwann tun.«

»Mir ist der Appetit vergangen.«

Ohne ein weiteres Wort schmissen sie ihre Pommes in einen leeren Papierkorb. Dreck und Müll lagen drumherum verstreut.

Zehn Minuten später und zwei Häuserblöcke weiter hielten sie vor einem Klinkerbau. Gegenüber lag ein Spielplatz, der wie ein Gefängnishof von einem beklemmend hohen Eisenzaun umgeben war. Daneben gab es eine Döner-Bude.

Kalkbrenner hielt Ausschau nach dem Wagen der Polizisten, die die Familien der beiden gesuchten Jungen observierten, konnte den Pkw aber nicht ausfindig machen. Beamte, die für Beschattungen verantwortlich zeichneten, waren Profis in Sachen Unsichtbarkeit. Selbst inmitten grauer Fassaden und holpriger Gehwege, wo eine Döner-Bude weit und breit das Auffälligste war.

Weil die Eingangstür nur angelehnt war, gelangten sie in den Hausflur, ohne klingeln zu müssen. Es roch nach Knoblauch und anderen Gewürzen, die Kalkbrenner nicht einordnen konnte.

Sie passierten die rostigen Briefkästen im Erdgeschoss, die an der Wand lehnenden Fahrräder und anderen eingestaubten Plunder und stiegen anschließend die Stufen ins erste Geschoss hinauf. Vier Türen, von denen sich jeweils zwei gegenüberlagen. Drei der Klingelschilder trugen unaussprechliche Namen.

Berger wies auf die namenlose Tür. »Am Mittwoch klebte da noch der Name der Vurikovicis.«

»Jetzt ist er weg.«

»Vermutlich wegen der Presse.«

Berger betätigte die Klingel. Das Surren in der Wohnung war so laut, dass es im Treppenhaus widerhallte. Eine Matrone in hochhackigen Schuhen, lilafarbenem Rock und einer Bluse mit Spitzenkragen öffnete. Ihr Haar war rötlichorange gefärbt, das Make-up großzügig aufgetragen.

»Frau Vurikovici?«

Noch ehe sie antworten konnte, tauchte hinter ihr ein junger Mann auf, zwei Köpfe größer als die Frau, einen halben Kopf größer als die beiden Beamten. Sein kantiger Schädel war kurz geschoren, passend zum Kampfsportkörper im Muskelshirt. Auf einem Oberarm prangte eine Tätowierung, so mies gestochen, dass sie auch Teil der blauen Flecken hätte sein können, mit denen die Haut gesprenkelt war.

Der Riese tauschte einige Sätze auf Rumänisch mit der Frau aus. Kalkbrenner verstand nur ein Wort: *Mama*.

»Ja, Sascha«, sagte die Mutter und trat zurück in die Wohnung. Vurikovicis Sohn starrte die beiden Beamten mit wütenden Augen an. »Seid ihr Reporter?«

»Ich bin Kriminalkommissar Kalkbrenner.« Er zeigte dem Hünen seinen Dienstausweis. »Das ist mein Kollege Berger.«

Aus der Stube brüllte eine Stimme etwas Unverständliches.

»Keine Reporter, Papa«, schrie Sascha zurück. »Wieder die Bullen.«

»Junger Mann«, warnte Kalkbrenner, »ich glaube, du meinst damit die Polizei.«

Doch die Verwarnung interessierte Sascha nicht. Schritte schlurften über den Flur heran. Eine Hand schubste den Jungen grob beiseite, und der Vater kam zum Vorschein. Früher war er ganz bestimmt auch eine Kampfmaschine gewesen. Aber irgendwann hatten sich die Prioritäten verschoben und mit ihnen auch seine Körperproportionen. Seitdem hing das Fleisch schlaff an den Armen herunter, und statt eines Sixpacks lugte ein beachtlicher Bierbauch unter dem T-Shirt hervor.

Abermals wurden Worte auf Rumänisch gewechselt. Sascha schimpfte. Vurikovici wurde energischer. Der Sohn schwieg. Endlich wandte der Ältere sich den Beamten zu. In seinen Worten schwang so viel Feindseligkeit mit, dass es Kalkbrenner unwillkürlich kalt den Rücken herunterlief. Der Sohn übersetzte: »Mein Vater fragt, was Sie wollen?«

»Wir wollen mit ihm reden«, sagte Berger.

»Mein Vater sagt, er hat Ihnen nichts zu sagen.«

»Es ist wichtig.«

»Mein Vater will wissen, was so wichtig ist.«

»Es geht um Lukaz.«

»Er ist kein Mörder.«

»Das wissen wir.«

In der Wohnung begann ein Kind zu schreien. Die Mutter brüllte. Kurz darauf wurde eine Tür zugeschlagen. Das Baby verstummte. Vurikovici drehte sich um, und Kalkbrenner und Berger folgten ihm in die Wohnung.

In der schmalen Diele hingen bemalte Holzteller und Löffel an der Wand mit Strukturtapete, die es seit bestimmt 30 Jahren nicht mehr im Handel gab. Auf dem schmalen, nussfarbenen Sekretär, der eher einem Kasten auf vier einfachen Leitersprossen glich, stand ein veraltetes Telefon mit Wählscheibe.

Die Biederkeit war jedoch nur die Vorhut des Wohnzimmers: Dort hingen zwei handgeknüpfte Teppiche. Darunter stand eine Couchgarnitur mit Streifenmuster und rotgoldenen Plüschkissen. Auf dem kirschhölzernen Beistelltisch hatte ein Samowar seinen Platz gefunden.

Jung war in dieser ältlichen Rumänienimitation nur das kleine Mädchen, das in der Ecke versunken Legosteine aufeinandersetzte. Als die beiden Beamten ins Zimmer traten, winkte das Kind fröhlich: »Da!«

»Hallo!« Kalkbrenner schenkte ihm ein Lächeln.

»Da«, wiederholte die Kleine und lachte.

»Wie heißt du?«

»Da!«

»Das ist dein Name?«

»Ihr Name ist Marjia«, sagte Sascha gereizt.

»Da«, sagte Marjia.

Kalkbrenner kam ein Verdacht. »Wie alt ist Marjia?«

»Warum wollen Sie das wissen?«

Das Mädchen streckte die Hände aus. »Da.«

Weil niemand ihnen einen Platz anbot, blieben sie stehen. Kalkbrenner kam zum Grund ihres Besuches zurück: »Wir wissen, dass Ihr Sohn den Lehrer nicht umgebracht hat.«

»Mein Vater will wissen, was Sie dann noch von uns wollen?«

»Wir müssen mit Lukaz über das reden, was er gesehen hat.«

»Er hat nichts gesehen.«

»Warum sagt er uns das nicht selbst?«

»Mein Vater sagt, Sie glauben ihm doch sowieso nicht.«

»Doch, wir glauben ihm.«

Der Vater griff nach einer Zeitung auf dem Beistelltisch. Die Schlagzeile knallte ins Auge: *Killerschüler in Berlin!* Wie zum Beweis stierte auf einem der illustrierenden Fotos eine Gruppe Jugendlicher bedrohlich in die Kamera. Ein anderes Bild zeigte Lukaz und Asim, ihre Gesichter waren nicht unkenntlich gemacht worden. »Mein Vater will wissen: Was ist mit der Zeitung? Werden die uns glauben? Für die ist der Fall doch klar.«

Marjia summte vor sich hin. Sie baute aus den Steinen einen Thron, auf dem ihre Puppe Platz nahm. »Da! Da!«

Ein weiteres Geräusch mischte sich unter ihr Murmeln. Ein Schluchzen, das aus der Küche kam. Die Mutter weinte.

»Wir müssen mit Lukaz reden«, sagte Kalkbrenner. »Wo ist er?«

Sascha zuckte mit den Schultern. »Hier jedenfalls nicht.«

»Weiß dein Vater, wo er ist?«

»Nein!«

»Weißt du es?«

»Nein!«

»Ist er bei seinen Freunden?«

»Nein.«

»Bist du dir sicher?«

»Ja.«

Seine Mimik, Gestik und die Worte ließen Zweifel an der Glaubwürdigkeit des Gesagten. »Wo versteckt er sich?«

»Er versteckt sich nicht.«

»Warum finden wir ihn dann nicht?«

»Mann«, brüllte der Junge jetzt, »Lukaz ist kein Mörder!«

Marjia begann zu heulen. Die Mutter kam ins Zimmer gerannt, ihre Augen waren rot unterlaufen. Sie nahm das Kind auf den Arm und trug es aus dem Raum.

Kalkbrenner begab sich durch den Flur zur Haustür. Sein Kollege blieb zurück, wagte noch einen Versuch. »Herr Vurikovici, wenn Sie auch nur die kleinste Ahnung haben, wo sich Ihr Sohn aufhalten könnte, dann sagen Sie es uns bitte. Möglicherweise ist sein Leben in Gefahr.«

Sascha baute sich vor ihm auf und spannte demonstrativ seine Armmuskeln an.

Berger zuckte erschrocken zusammen. »Herr Vurikovici«, sagte er schnell, »wir möchten Ihrem Sohn nur helfen.«

Vurikovici redete leise. Sascha fiel ihm ins Wort. Es hörte sich nicht nach einer Drohung an, aber freundlich klang anders. Dessen ungeachtet sprach der Vater weiter, diesmal überraschend auf Deutsch, jedoch mit einer Verbitterung, die sich über Jahrzehnte hinweg angestaut hatte: »In Rumänien war ich im Gefängnis. Danach kam ich nach Deutschland. Ich wollte ein besseres Leben für meine Familie. Doch auch in Deutschland sind wir unerwünscht. Ich bin arbeitslos. Niemand hilft mir. Ich muss mich alleine um meine Familie sorgen. Immer mussten wir uns selbst helfen. Warum sollte es jetzt anders sein?«

22

Karl-Edmund Hönig bemühte sich ebenso verzweifelt wie erfolglos, seine Krawatte in eine angemessene Form zu bringen. Der Windsor-Knoten gelang ihm auch im dritten Versuch nicht, die Zeit wurde immer knapper. Dabei hatte er sich nach der Rückkehr aus Neukölln extra beeilt. Er wollte nicht zu spät zur Party kommen, zu der die von Hirschfeldts am letzten Abend vor der Wahl ihre engsten Freunde empfingen.

Er unternahm einen neuen Anlauf, und endlich schien er die richtige Abfolge der Bewegungen erwischt zu haben. Da huschte im Badezimmerspiegel ein Schatten hinter ihm vorbei. Hönig verpasste die Schlaufe, und der halb fertige Knoten löste sich in Wohlgefallen auf.

Mit baumelnden Krawattenenden zu beiden Seiten seines Halses lief er in den Flur. »Lars?«

Sein Sohn blieb vor der Tür seines Zimmers stehen. »Was ist?«

»Wir müssen miteinander reden.«

»Mir ist aber nicht danach.«

»Es ist wegen heute Mittag.«

»Schon klar.«

Hönig bemühte sich um Freundlichkeit. »Kannst du mich bitte ansehen, wenn ich mit dir rede?«

»Ich bin kaputt und möchte schlafen.«

»Findest du es richtig, wie du dich heute aufgeführt hast?«

»Ich dachte, ihr mögt es, wenn ihr euch mit euren Familien zeigen könnt.«

»Veralbern kann ich mich selbst.«

»Schön, dann kann ich mir das ja sparen und mich endlich aufs Ohr hauen.«

»Ist dir völlig egal, was andere über dich denken?«

»Du hast es erfasst.«

»Deine Freunde zum Beispiel: Thomas oder Christian.«

»Alles Langweiler!«

»Oder deine Freundin. Was ist mit deiner Freundin?«

»Welche Freundin?«

Hönig hatte gar nicht mitbekommen, dass sein Sohn sich von seiner Freundin getrennt hatte. »Dann nimm wenigstens auf uns Rücksicht!«

»Ach so, auf deine Karriere!«

»Nein, nicht auf meine Karriere«, erwiderte Hönig. »Es geht um Frieder …«

»Dessen Posten als Fraktionsvorsitzender du bekommen wirst.«

»… und die Möglichkeit, Politik zu gestalten. Es geht ums Mitbestimmen, Entscheidungentreffen. Verstehst du?«

»Ach komm, das glaubst du doch selbst nicht!«

»Die Wähler schenken uns ihr Vertrauen, deshalb übernehmen wir eine große Verantwortung …«

»Auf deine Verantwortung scheiße ich!«

Sein Sohn wollte ins Zimmer fliehen. Hönig hielt ihn auf. Etwas knirschte. Aus Lars' Jackentasche fielen kleine bunte Pillen auf den Boden. »Sind das Drogen?«

Lars ging in die Hocke und klaubte die Tabletten zusammen.

»Also, was ist? Nimmst du wieder Drogen?«

Sein Sohn erhob sich, stopfte alles in seine Hosentasche. »Und wenn schon, ich bin alt genug.« Er stürmte die Treppe hinunter und schlug mit einem lauten Knall die Haustür in den Rahmen. Die Bilder an den Wänden wackelten.

Wie betäubt stand Hönig im Flur. Er musste etwas gegen das Gefühl der Hilflosigkeit unternehmen. Aber was? Er kam sich allein und verlassen vor. Als er sich umdrehte, wartete seine Frau Martina auf der Schwelle zum Schlafzimmer. Er fragte sich, wie lange sie dort schon gestanden und wie viel von der Auseinandersetzung sie mitbekommen hatte. Ihrem strafenden Gesichtsausdruck nach zu urteilen, mehr als genug.

Keiner von beiden ergriff das Wort. Über ihren Sohn sprachen sie nicht mehr. Längst war alles gesagt worden.

Hönig nestelte wieder an der Krawatte, deren Enden noch immer lose um seinen Hals hingen. »Du willst wirklich nicht mit zu Frieder kommen?«

»Was soll die Frage?« Martina machte keinerlei Anstalten, ihm mit dem Schlips zu helfen.

»Es ist doch nur, weil …«

»Ich dachte, die Sache hätten wir geklärt.«

Krachend fiel auch die Schlafzimmertür ins Schloss. Das Gefühl der Einsamkeit wurde übermächtig. Hönig flüchtete ins Bad. Zu seinem Spiegelbild sagte er leise: »Ja, das hatten wir.«

Inzwischen war er eine halbe Stunde zu spät. Dabei hatte Frieder ausdrücklich um pünktliches Erscheinen gebeten. Hönig band die Krawatte mit einem einfachen Knoten. Der musste reichen. Vermutlich würde sowieso niemandem der Unterschied auffallen.

23

Nach dem ergebnislosen Besuch bei Lukaz' Eltern wollten Kalkbrenner und Berger Asims Vater aufsuchen. Doch obwohl aus dessen Wohnung Gebetsmusik erklang, öffnete niemand auf ihr Klingeln. Also fuhren sie weiter zum Sozialen Dienst der Justiz in Schöneberg. In einem der verschlungenen Gänge des Gebäudes trafen sie auf Gerhard Kassner.

Als der den Bernhardiner bemerkte, brummelte es unfreundlich aus seinem bärtigen Gesicht: »Tiere sind im Haus normalerweise nicht erlaubt.«

»Dann machen wir heute eben mal eine Ausnahme«, schlug Kalkbrenner vor. »Ist ja auch nicht normal, dass Beamte an einem Samstag arbeiten.«

»Ich bin nur Sozialarbeiter, kein Beamter.«

»Sie nicht, aber wir.« Kalkbrenner hielt ihm den Dienstausweis vor die Nase.

Kassner seufzte. »Und welcher meiner Klienten hat diesmal was ausgefressen?«

»Wir würden uns mit Ihnen gerne über Asim Kapkin unterhalten.«

»Schon wieder? Ich hab Ihren Kollegen doch bereits alles gesagt.«

»Dann erzählen Sie es uns eben noch einmal.«

Kassners Büro war ein kleiner, mit Schrank, Schreibtisch und zwei Plastikhockern hoffnungslos überladener Raum. Der Sozialarbeiter drückte sich hinter den schmalen Schreibtisch. Den Teller mit zwei belegten Brötchen schob er beiseite.

»Nein«, sagte er und rieb sich seinen dichten, fleckig grauen Vollbart. Ein paar Brötchenkrümel fielen wie Flöhe heraus. »Asim hat sich nicht bei mir gemeldet.« Er zuckte hilflos mit den Schultern. »Was soll ich da machen?«

»Reden Sie mit seinem Vater«, schlug Kalkbrenner vor und nahm auf einem der billigen Plastiksitze Platz. »Oder reden Sie mit der Familie Vurikovici. Deren Sohn Lukaz stand ja ebenfalls mal auf Ihrer Klientenliste.«

»Warum soll ich mit denen reden?«

»Sie sind der Bewährungshelfer der Jungs«, sagte Kalkbrenner. »Zu Ihnen haben sie Vertrauen.«

»Richtig, und das werde ich auch ganz bestimmt nicht aufs Spiel setzen. Sonst bin ich als Sozialarbeiter erledigt ...« Ein spöttisches Keuchen erklang. »Außerdem: Glauben Sie ernsthaft, die Leute würde ihre Familie oder ihre Freunde verpfeifen?«

»Sie sollen ja auch niemanden verpfeifen«, korrigierte Kalkbrenner. »Wir wollen nur, dass Sie dafür sorgen, dass wir mit den beiden Jungen sprechen können.«

Kassner kniff die Augen zu schmalen Schlitzen zusammen. »Nur mit ihnen sprechen?«

»Wir wissen, dass die beiden nicht die Mörder sind.«

»Nicht?« Kassner zog den *Berliner Kurier* mit der Überschrift *Killerschüler!* heraus. »Dann ist da aber was im Informationsfluss schiefgelaufen.«

»Sie kennen die Presse.«

»Ich kenne auch die Polizei.«

»Herr Kassner, wir wollen hier keine Grundsatzdiskussion führen ...«

»Aber genau das ist es doch«, unterbrach Kassner, »erst interessiert es die Polizei einen Scheißdreck, wie es diesen Menschen geht; sie schert sie alle über einen Kamm, behandelt sie per se wie Kriminelle. Und dann glaubt sie, sie findet offene Türen vor, wenn sie ihre Hilfe braucht. Nein, egal was Sie von diesen Leuten wollen, so funktioniert das nicht. Die Zweifel sind tief verwurzelt.«

»Und diese Zweifel mischen sich immer häufiger mit Wut«, sagte Kalkbrenner aus Erfahrung.

»Nein«, widersprach Kassner. »Nicht nur Wut.«

»Was noch?«

Der Bewährungshelfer griff nach einer Flasche Selters, goss sich das Wasser in ein Glas und trank einen Schluck. Nachdem er abgesetzt hatte, leckte er sich die Lippen. »60 Prozent der Kinder und Jugendlichen in Neukölln stammen aus Migrantenfamilien. Sie kommen in der Regel aus dem Unterschichtmilieu, haben Elternhäuser, die bildungsfern sind. Jeder fünfte Jugendliche gilt als Risikoschüler, ohne auch nur elementare Fähigkeiten im Lesen und Rechnen zu besitzen. Manche können ja noch nicht einmal richtig sprechen.«

Kalkbrenner hatte sofort die kleine Marjia vor Augen. Bergers betroffene Miene zeigte, dass er an das Gleiche dachte.

»Die Verhältnisse, in denen die Kinder und Jugendlichen aufwachsen, sind erschreckend. Arbeitslosigkeit und Armut!«, fuhr Kassner fort. »Viele kommen zudem aus Familien, in denen Alkohol ein Problem ist. Die drei großen A bestimmen das Leben in Neukölln.«

Er machte eine Pause, vergewisserte sich, dass die beiden Polizisten ihm nach wie vor ihre volle Aufmerksamkeit schenkten. Vermutlich kam es nicht alle Tage vor, dass er auf interessierte Zuhörer stieß. »Also, was bleibt den Jugendlichen? Sie landen in der Hauptschule, die eigentlich nur noch eine ungeliebte ›Restschule‹ ist – für Jugendliche, die anderswo nicht mehr erwünscht sind. Wenn sie die Schule verlassen, ist da nichts, was sie erwartet. Sie sind überflüssig. Und was macht ein Jugendlicher ohne Ausbildung, ohne Arbeit, ohne Geld und vor allem ohne jede Hoffnung darauf, dass sich irgendetwas daran ändert? Viele treibt eine Mischung aus Not, Langeweile und dem diffusen Wunsch, sich für all die erlittenen Demütigungen zu rächen, auf die Straße. Dort gelten eigene Regeln. Das Recht des Stärkeren. Ein täglicher Überlebenskampf beginnt.«

»Der vor dem Jugendgericht endet«, bemerkte Berger.

Kassner lachte auf. »Natürlich, das Jugendgericht.« Er vergewisserte sich mit einem scheuen Blick zur Tür hin, dass sein Chef nicht unerwartet im Anmarsch war. »Und natürlich härtere Strafen, mehr Abschreckung, stärkere Repressionen, so wie es die Herren Politiker fordern, gerade jetzt vor den Wahlen – und damit auf offene Ohren bei den verunsicherten Bürgern stoßen. Ja, ja, Klappern gehört zum Wahlkampf … Glauben Sie ernsthaft, dass ein verschärftes Strafrecht irgendetwas verbessert? Es sperrt die Jugendlichen weg, okay, aber die sozialen Ursachen dieses Teufelskreises kann man nicht so einfach entfernen.«

»Was schlagen Sie vor?«, fragte Kalkbrenner.

»Wer würde denn auf mich hören?«

»Ich.«

Kassner schnaubte verächtlich. »Sie suchen doch nur Ihre Mörder.«

»Richtig«, pflichtete Berger bei. »Und genau deshalb müssen wir mit Asim und Lukaz reden. Wir glauben, dass sie den Täter gesehen haben. Vielleicht sind sie deshalb sogar in Gefahr.«

»Sie sollten mal aus dem Fenster schauen.«

Aus einem Impuls heraus wandten Kalkbrenner und Berger gleichzeitig den Kopf zum Fenster: nichts außer Autos, die vor dem Gebäude parkten.

Kassner lachte laut auf. »War nur bildlich gesprochen. Wer hier lebt, wächst mit der Gefahr auf. Diebstahl. Überfälle. Gewalt. Drogen. Prostitution. Missbrauch. Vergewaltigung. Das alles ist Alltag. Normales Leben. Also bitte, kommen Sie den Jungen nicht mit Gefahr.«

24

Sein eigenes Schlafzimmer war Dossantos fremd geworden. Dabei war der Raum wie der Rest der Finca mit allem erdenklichen Luxus ausgestattet, den er sich je gewünscht hatte: ein Beamer und eine Leinwand für Filmprojektionen, Spiegel über dem Bett, ein kleiner Kühlschrank, Perserteppiche, verklinkerte Wände, eine Klimaanlage. Sogar ein Whirlpool in der Form einer aufgeklappten Muschel war wenige Meter neben dem Bett in die Marmorfliesen eingelassen.

Doch alle Annehmlichkeiten wurden bedeutungslos angesichts der Apparaturen, die seit Jahren um das Bett gruppiert standen. Er wusste nicht einmal, wofür sie im Einzelnen gut waren. Er wollte es auch gar nicht wissen. Es reichte, wenn er mitbekam, dass sie Teil des Verfalls seiner Frau waren. Krankheit und langsames Dahinsiechen hatten nichts mit seinem Leben zu tun. Sie hatten es noch nie getan. Deshalb gehörte das Schlafzimmer inzwischen ausschließlich Catharina. Hier fand seine Gattin jeden Abend ihre Ruhe, aber auch nur, weil Sina ihr zuvor ein Schlafmittel spritzte.

Die Krankenpflegerin, eine Spanierin Anfang 30, wieselte auch jetzt flink hin und her. Jeder ihrer Handgriffe war schnell und routiniert. Dossantos stand still im Hintergrund, beobachtete sie und wartete darauf, dass sie Catharina die Spritze verabreichte. Als sie danach endlich das Zimmer verließ, trat er aus dem Schatten.

Erschrocken riss seine Frau die Augen auf, wandte ihm ihr Gesicht zu. Es war bleich und von Falten durchzogen. Durch die braunen Locken stahlen sich immer mehr graue Strähnen. Wo war ihre Schönheit geblieben?

»Du hast dich fein rausgeputzt«, stellte sie fest.

Er hatte den Anzug vom Mittag der Haushälterin zur

Wäsche mitgegeben, in der Hoffnung, dass Magda das teure Moleskin noch retten konnte. Jetzt trug er einen schlichten Zweireiher ohne Krawatte und leichte Lederslipper ohne Socken. Dazu hatte er einen dezenten Duft von *Calvin Klein* aufgetragen. »Findest du?«

»Gehst du wieder poussieren?«

»Aus dem Alter bin ich raus.«

»Was willst du alter Mann dann noch im *Hermano*?«

»Mich ums Geschäft kümmern, ein oder zwei Stunden.«

»Natürlich, du und deine Geschäfte.«

Er hob die Schultern. »Der Laden gehört mir nun mal.«

Catharina hustete. »Und das lässt du natürlich jeden wissen.«

Er zog es vor, zu schweigen. Das *Café Hermano* war nun mal *der* Treffpunkt für die Szene, die Schickeria, für alle die, die was zu sagen hatten und die wussten, wie wichtig das Sehen und Gesehenwerden war.

»Vor allem die jungen Mädchen.« Seine Frau deutete ein Lächeln an. Für den Bruchteil eines Moments erkannte er jene Catharina, die sie gewesen war, bevor die Krankheit begonnen hatte, ihren Körper zu zerfressen.

Damals, als sie in einem seiner ersten Clubs gearbeitet hatte, wurde sie noch Cathy genannt. Sie war etwas Besonderes gewesen, schön und rassig, mit portugiesischen Vorfahren – so wie er.

Gerade deshalb hatten sie sich auf Anhieb gut verstanden, viel Spaß miteinander gehabt, nicht nur im Bett, auch im Alltag, nachts in den Discotheken und Clubs der Stadt. Dabei hatten sie allerhand Gemeinsamkeiten entdeckt, vor allem einen Lebenstraum: etwas Eigenes auf die Beine zu stellen und unabhängig zu werden. Sie hatten Erfolg und Geld gesucht. Reichtum und Luxus. Also hatten sie gemeinsam in diesen Traum investiert, wenn auch jeder auf seine eigene Weise. Inzwischen hatten sie alles erreicht, aber das spielte keine Rolle mehr.

»Miguel, ich möchte dich um einen Gefallen bitten. Wenn ich in zwei Tagen ins Krankenhaus muss …«

»Bist du dir sicher, dass ich dich nicht begleiten soll?«

»Es ist nur eine Untersuchung.« Eine Schmerzattacke schüttelte ihren Leib. Sie brauchte eine Weile, bis sie weitersprechen konnte. »Und am Mittwochmorgen bin ich schon wieder daheim. Außerdem wird Sina bei mir sein.«

Sina war mehr als nur eine Krankenschwester. Angefangen hatte sie vor zehn Jahren in einem von Dossantos' Lokalen, wo Cathy sie angelernt hatte. Dann war vor sieben Jahren die Krankheit bei Catharina entdeckt worden. Zuerst hatten die Ärzte Entwarnung gegeben: Es sei nur harmloses Rheuma. Doch dann waren die Schmerzen immer stärker geworden. Arthrose im Frühstadium, hatte es diesmal geheißen. Abermals hatten die Mediziner sich geirrt. Die Leiden seiner Frau waren schlimmer und schlimmer geworden. Die Ärzte waren verzweifelt, keiner ihrer Tests brachte sie der Lösung des Rätsels näher. Kein Medikament konnte seine Frau heilen. Es hatte Tage gegeben, an denen sich Catharina keinen Meter mehr allein fortbewegen konnte. Die ersten Apparaturen hatten Einzug ins Schlafzimmer gehalten.

Inzwischen hatten die beiden Frauen eine innige Beziehung zueinander entwickelt. Sina war in ihrem früheren Leben Krankenschwester gewesen, ein Job, den sie frustriert geschmissen hatte, weil es für viel Stress nur wenig Geld gab. Also hatte Dossantos ihr angeboten, sich fortan um seine Frau zu kümmern – für das Dreifache ihres einstigen Gehalts.

Doch auch die Nähe ihrer Freundin hatte Catharina nicht vor der Verbitterung bewahren können. Sie fand an nichts mehr Gefallen. Nicht an ihrem Haus, dem großen Garten, den stilvollen Möbeln, die sie in all den Jahren ausgesucht und gesammelt hatte. Nicht an den Louis-Vuitton-Handtaschen, den Ketten und Ringen aus Gold, den Manolo-Blahnik-Schuhen, den Prada-Kleidern. Nicht einmal mehr an ihrem Mann, an ihm, Miguel.

Die meiste Zeit des Tages lag sie nur noch auf der Couch, am Abend im Bett, verweigerte sich jedweder Unternehmung, guckte Fernsehen, las Zeitschriften und Bücher. Immerzu Bücher, als flüchtete sie auf diese Weise vor ihm in andere Welten. Aber eigentlich vegetierte sie nur vor sich hin, so als warte sie darauf, dass irgendwann der Tod an ihre Tür treten und sie erlösen würde. Und das war ziemlich wahrscheinlich.

Sie sagte: »Du weißt, wie die Ärzte die Chancen sehen, dass ich noch einmal gesund werde.«

Dossantos griff nach ihrer Hand. »Sie werden dir helfen, ganz bestimmt.«

Sie entzog ihm die Finger. »Was macht dich da so sicher?«

»Diese Ärzte kosten ein Vermögen. Es ist …«

»… immer das Gleiche bei dir. Geschäfte. Und Geld. Ach so, und dein verfluchter Ruf natürlich auch. So war es früher. So ist es heute. Als gäbe es nichts anderes in deinem Leben.«

»Doch, das gibt es«, sagte er und nahm erneut ihre Hand. Er tätschelte sie.

Abermals entwand sie sich ihm. »Meinst du etwa mich damit?«

»Natürlich, Cathy …«

»Ich bin nur eine von vielen Muschis, die du gevögelt hast.«

»Das ist was anderes …«

Sie hustete abfällig.

»… und das weißt du.«

»Ich weiß nur, dass du, Miguel, dir alle Weiber angelacht

hast, die du wolltest. Wie hießen sie noch? Patricia? Beate? Esther? Caro? Ach, verflucht. Ich habe mir ihre Namen nicht gemerkt. Wozu auch? Es waren nur Muschis – genauso wie ich. Ich war nur …«

»Bitte, fang nicht wieder davon an, Cathy.«

»Und nenn mich nicht Cathy!«

»Catharina, lass die alten Zeiten ruhen!«

Sie hob ihre Hand, winkte ab. Wie ein Peitschenhieb kam die nächste Frage: »Was hast du mit Rico angestellt?«

Schon viel zu oft hatte sie nach ihm gefragt. Immer wieder hatte er gehofft, dass es diesmal das letzte Mal gewesen war und dass sie nie wieder davon anfangen würde, vor allem nicht jetzt, wo sie so krank und schwach war. Trotzdem versuchte sie es wieder und wieder, am liebsten hätte er sie dafür verprügelt. So wie damals, als er die Sache mit Rico herausgefunden hatte. Danach hatte er sie für ein halbes Jahr in ein Zimmer gesperrt, damit niemand die Verletzungen bemerkte. Er hatte ihr das Handy weggenommen und verboten, jemals wieder ohne ihn auszugehen. Er antwortete: »Ich habe nichts mit ihm gemacht.«

»Das ist mir schon klar«, presste sie hervor, »du selbst machst dir deine Finger nicht schmutzig. Es war Bruno, oder?«

Dossantos schwieg.

»Meinst du nicht, dass du mir nach all den Jahren eine Erklärung schuldig bist?«

»Das klingt, als hättest du es bei mir so schlimm gehabt?«

»Was weißt du schon über mich?«

»Dass du …« Er brach ab.

Sie vollendete den Satz: »… eine alte Hure bist! Ist es das, was du sagen wolltest?«

»Nein.«

»Deine Antwort kam zu schnell.« Sie keuchte. »Aber du

hast ja recht: Ich bin eine alte Hure, die im Leben nicht mehr geschafft hat, als reihenweise Freier flachzulegen.«

»Sag so was nicht.«

»Fick dich!«

Früher hätte er sie auch für diese Unverschämtheit geschlagen. Jetzt lagen seine Hände friedlich im Schoß.

Das Schlafmittel begann zu wirken. Ihre Worte wurden langsam schleppender. Unter Anstrengungen hob sie ihren Kopf. »Ich möchte, dass du mir etwas versprichst.«

»Ja.«

»Samuel war heute bei mir. Er sah ziemlich übel aus.«

»Eine kleine Auseinandersetzung. Nichts Schlimmes.«

»Pass gut auf ihn auf.«

»Natürlich. Er ist auch mein Sohn.«

»Ich weiß«, flüsterte sie. »Er ist ein Hitzkopf. So wie du, als du jung warst. Aber ich möchte, dass du auf ihn aufpasst.«

»Das mache ich.«

»Versprich es mir!«

»Ich verspreche es dir, Catharina.«

Sie legte den Kopf zurück auf das Kissen. »Samuel ist wohl das einzig Vernünftige, was ich im Leben zustande gebracht habe.« Sie wandte das Gesicht ab. Kurz darauf entrang sich ihrer Kehle ein sanftes Schnarchen.

25

Es war früh am Abend, als Berger den Parkplatz am Alexanderplatz ansteuerte. Mit ihrem glutroten Licht schmeichelte die Sonne dem Präsidium. Zur gleichen Zeit machte sich Kalkbrenner mit Bernie auf den Weg an den Strand, auf der Terrasse der *Wilhelmshöhe* verteilte Hubertus die Staunton-Figuren auf dem Schachbrett.

In der dritten Etage des Polizeireviers angekommen, holte Rita Kalkbrenner zurück in die Wirklichkeit. Während Bernie vereinzelte Kuchenkrümel, die er auf dem Veloursboden erschnupperte, mit einem Schmatzen verdrückte, verkündete die Sekretärin: »Die Spurensicherung hat heute Morgen den vorläufigen Bericht zur zweiten Untersuchung in der Schule geschickt.«

Ihrem Tonfall entnahm Kalkbrenner, dass er die Hoffnung auf eine baldige Rückkehr an die Ostsee begraben konnte. Weil er wenig Lust verspürte, sich durch einen Wust trockener Informationen zu kämpfen, fragte er nur: »Irgendetwas Wichtiges?«

»Die Blutschüppchen im Treppenhaus sind eindeutig dem Lehrer zuzuordnen. Die Fasern an dem Holzsplitter wiederum stammen von einem Lederhandschuh. Schmauchspuren belegen, dass dieser vom Mörder getragen wurde. Die DNA-Analyse der Blutpartikel beim Personenerkennungsdienst hat allerdings kein Ergebnis gebracht: Der Täter ist offenbar noch nicht aktenkundig geworden.«

»Wäre ja auch zu schön gewesen.«

»Ich habe das Kollegium der Berthold-Schule auf bereits bekannte Straftaten in den Polizeiregistern überprüft. Bisher ist keiner der Lehrer auffällig geworden, wenn wir mal von Trunkenheit am Steuer oder Drogendelikten in frühester Jugend absehen. Die Listen mit allen Namen, Adressen und Telefonnummern liegen auf euren Schreibtischen.«

»Was ist mit der Reinigungsfirma?«

»Anfangs hat der Chef von *MaxiClean* mächtig rumgezickt, offenbar weil ein Großteil der Frauen schwarzarbeitet. Aber als ich ihm mit der Gewerbeaufsicht gedroht habe, hat er mir die Personallisten gefaxt. Es gibt vier Mitarbeiterinnen, die für die Berthold-Hauptschule eingeteilt sind. Es waren mal acht Putzfrauen, aber Haushaltskürzungen haben das Budget der Schule reduziert. Das liegt allerdings schon drei Jahre zurück. Die betreffenden Frauen habe ich ebenfalls in den Registern überprüft. Auch diese Liste liegt auf euren Schreibtischen.«

»Um die Putzfrauen kümmere ich mich morgen früh«, kündigte Berger an. »Und gleich anschließend kommen die Lehrer dran.«

»Dann nehme ich mir noch mal Asims Vater vor«, entgegnete Kalkbrenner, »und danach statte ich Brodbecks Witwe einen Besuch ab.« Er umarmte kurz seine Sekretärin. »Und du, Rita, ob mit oder ohne Kuchen, du bist ein Schatz.«

Sie errötete und zupfte verlegen an ihrem Wickelrock. »Weiß ich doch.«

»Aber ich möchte nicht, dass du noch einmal einen Samstag hier auf dem Revier anstatt bei deinem Mann verbringst.«

»Machst du mir jetzt meine Rolle streitig?«

»Keine Bange, du wirst immer die gute Seele bleiben.«

»Das hätte mich jetzt auch stark gewundert.« Rita ging zum Kühlschrank. »Möchtest du noch was?«

Er rieb sich den kleinen Bauchansatz, der sich über den Gürtel wölbte. »Jederzeit gerne, aber heute nicht mehr. Ellen hat mich zum Essen eingeladen. Da kann ich ihr nicht sagen, ich hätte keinen Hunger, weil meine allerliebste Sekretärin mich mit Kuchen vollgestopft hat.«

»Du triffst dich mit Ellen zum Essen?«

»Mhm.«

»Paul, das freut mich!«

Rita verabschiedete sich in den Feierabend, während Kalkbrenner seinen Computer hochfuhr. Er gab die Untersuchungsergebnisse des Tages ein. Eine Arbeit, die er nicht mochte, weil sie in der Regel ziemlich zeitaufwendig war. Weil es aber nach dem heutigen Tag nicht viel zu berichten gab, war er rasch fertig. Er druckte den Report aus und heftete ihn zusammen mit den Ergebnissen der Spurensicherung in die Ermittlungsakte.

Was nicht in den Akten steht, ist nicht passiert. Am Ende ging es immer darum, dass man Staatsanwaltschaft und Gericht anhand einer kompletten Ermittlungsakte lückenlos alle Aspekte eines Falles schriftlich darlegen konnte.

Bergers bärtiger Schädel schob sich zwischen Tür und Angel. »Ich bin dann auch mal weg. Meine Tochter reißt mir sonst den Kopf ab, wenn ich ihr nicht bei ihrem Referat helfe. Sie studiert Geophysik.« Er machte eine verkniffene Miene. »Als wenn ihr alter Vater davon Ahnung hätte.«

Der faltige Zweiteiler, der Berger am Leib schlotterte, ließ wenig Halt erkennen. So wie der Anzug aussah, war er in den letzten drei Wochen kein einziges Mal gebügelt worden. Das braune Haar fiel ihm nach wie vor wirr in die Stirn. Eigentlich wirkte er wie ein überzeugter Junggeselle.

»Du hast eine Tochter?«, fragte Kalkbrenner.

»Aber ja, eine Tochter, 21 Jahre, zwei Söhne, 15 und elf Jahre alt.« Jetzt strahlte Berger übers ganze Gesicht. »Ich bin sogar verheiratet. Und das glücklich – seit fast 20 Jahren. Ist ja unter den Kollegen leider kein Normalfall.« Er prustete, nicht verächtlich, aber auch nicht beifällig. »Die kriegen es irgendwie nicht hin, Job und Familie zu koordinieren.«

Kalkbrenner hielt den Mund.

Als wollte er noch ein weiteres Fettnäpfchen mitnehmen, fragte Berger: »Und was ist mit dir?«

»Ich habe auch eine Tochter. Und eine Frau. Aber wir leben getrennt. Irgendwie schaffe ich es nicht, alles zu koordinieren.«

»Oh.«

»Eigentlich ganz der Normalfall unter den Kollegen.«

Berger zupfte verlegen an seinem Bart. »Ich wollte dir nicht zu nahe treten.«

»Ist schon okay. Du hast nicht ganz unrecht. Ist schon alles ziemlich verkorkst bei den Kollegen.« Kalkbrenner mühte sich ein Lächeln ab. »Und bei mir.«

Ihm ging die Verabredung durch den Kopf, die er für den Abend mit seiner Frau hatte. Er freute sich auf das Treffen. Er wollte Ellen auch nicht warten lassen, trotzdem entschied er, dass das Essen mit ihr noch einige Minuten Aufschub vertrug. Zuvor wollte er einen anderen Besuch machen, der keine Verzögerung mehr duldete.

26

Seine Frau Patrizia hatte von einem örtlichen Catering-Service Salami-, Käse-, Fisch- und Obsthäppchen herrichten lassen, und von Hirschfeldt entkorkte die besten Weine aus seinem Keller. Die Speisen und Getränke standen auf langen Tischen im Garten ihrer Villa, die etwas außerhalb von Grunewald lag. In einer Reihe stattlicher Anwesen stach sie trotzdem noch hervor. Die hohen gelben Säulen verliehen ihr einen italienischen Touch.

Von Hirschfeldt schenkte sich gerade einen armenischen Kognak ein, als Berthold Ehrenstein neben ihm am Büfett erschien. Mit seiner tiefen, brummenden Stimme fragte er: »Weißt du, wer mich heute Mittag auf der Eröffnungsfeier angesprochen hat? Dieser Dossantos!«

Obwohl Ärger in ihm aufflammte, verzog von Hirschfeldt keine Miene. Vorsichtig setzte er die Flasche ab. Erst dann schaute er seinen Freund an, einen gutmütigen, beleibten Endvierziger mit Glatze, um die herum ein schmaler Haarkranz stand. Ehrenstein war Beisitzer im Fraktionsvorstand, Bauunternehmer und Bausenator in spe. »Was wollte er?«

»Er wollte unbedingt mit mir reden.«

»Das wundert mich nicht.« Verstimmt versuchte von Hirschfeldt, eine Mücke wegzupusten, die vor seiner Nase schwirrte. »Ab morgen herrschen neue Verhältnisse im Senat, und dieser Gauner will weitermachen wie bisher.«

»Ein widerlicher Kerl.« Ehrenstein holte mit der Hand aus, als wollte er ein imaginäres Abbild des Portugiesen verprügeln. Vielleicht schlug er aber auch einfach nur nach dem Insekt. »Wie ich hörte, bist du ja auch auf ihn getroffen. Dem Vernehmen nach war es eine sehr hitzige Diskussion.«

»Ach ja?«, blaffte von Hirschfeldt.

»Ja, das erzählt man sich jedenfalls.«

»Seit wann gibst du etwas auf Gerüchte?«

»Klingt nicht nach Gerüchten.«

»Vergiss es einfach.« Blindlings griff von Hirschfeldt nach einigen Häppchen und ging zurück ins Haus. Vor dem Fernseher war kein freier Platz mehr. Sofas und Stühle waren besetzt. Angesäuert blieb er stehen und stopfte sich die Käsestückchen in den Mund.

Obwohl Patrizia in ein Gespräch mit Claudia Kielinger, der parlamentarischen Geschäftsführerin des Fraktionsvorstandes, vertieft war, schaute sie kurz zu ihm auf. Sie hob erstaunt eine Augenbraue, als sie seine düstere Miene bemerkte. »Na, mein Großer!« Sie umschlang seine Hüfte mit dem Arm. »Schmeckt es dir nicht?«

Weil er gerade an zwei Käseschnitten kaute, kam nur ein unverständliches Kauderwelsch über seine Lippen.

»Normalerweise ist man klarere Aussagen von ihm gewohnt«, scherzte Kielinger.

Patrizia zwickte ihn neckisch in die Leiste. Ihre fröhliche Stimmung dämpfte seinen Verdruss. Er ging zum Kamin, schmiss die Holzpicker in die Flammen und legte einige Scheite nach. Das Feuer knisterte und knackte. Die gesellige Runde im Zimmer bekam das anheimelnde Flair eines Beisammenseins am Lagerfeuer.

»Ruhe!«, rief Anton Heiland, der Spitzenkandidat. »Die Ergebnisse der Umfrage kommen jetzt!«

Alle starrten gebannt auf den Fernseher. Der *RBB* brachte eine Zusammenfassung der gestrigen Veranstaltung im Bode-Museum und im Anschluss daran das Resultat einer Blitzumfrage unter Berliner Wählern. Derzufolge hatte die CDU im direkten Anschluss an die impulsive Rede von Hirschfeldts zweieinhalb Prozent an Stimmen zugelegt.

»Nur zweieinhalb Prozent?«, empörte sich Ehrenstein mit seinem Bariton-Organ, das das Haus erzittern ließ. »Das kann doch wohl nicht wahr sein!«

»Papa, denk an dein Herz!« Ehrensteins Sohn lachte. »Reg dich nicht so auf.« Thomas war ein engagierter junger Mann, dem von allen Seiten eine große Zukunft prophezeit wurde. Mit seinen 23 Jahren war er bereits in der Fraktion geachtet und ob seiner Meinung geschätzt.

»Die müssen sich verrechnet haben«, erklärte Claudia Kielinger.

»Leute!«, meldete sich Schatzmeister Sadi Vegatowski zu Wort. »Was wollt ihr eigentlich? Das ist doch ein super Ergebnis. Oder was sagst du, Karl-Edmund?«

Karl-Edmund, der sich den ganzen Abend schon ungewöhnlich still verhalten hatte, nuschelte. »Ja, du hast recht.«

»Das wäre eigentlich einen Champagner wert«, schlug Vegatowski vor.

»Nein, ich habe etwas Besseres!« Von Hirschfeldt holte eine der Flaschen vom Büfett, die er noch nicht entkorkt hatte.

»Gib her!« Sadi Vegatowski streckte sich vor. Er war für seine Kenntnisse erlesener Weine bekannt. Von Hirschfeldt reichte ihm die Flasche. Noch ehe der Schatzmeister sie in den Händen hielt, stieß er einen Laut aus, der irgendwo zwischen grenzenlosem Erstaunen und überschwänglicher Freude anzusiedeln war. Beinahe andächtig fuhr er mit der Hand über das Etikett. »Ein 1959 Richebourg-Domaine de la Romanée-Conti Big.«

»Ach?«, brummte der bodenständige Ehrenstein. »Kann man den etwa nicht trinken?«

Vegatowski hielt ihm die Flasche wie einen wertvollen Pokal vor die Nase. »Es gibt Leute, die behaupten, dieser Tropfen sei das Beste, was im Burgund des 20. Jahrhunderts angebaut worden ist.«

»Schön, aber meine Frage hast du damit nicht beantwortet.«

»Dieser Burgunder wäre beinahe zu schade zum Trinken. Frieder, was hast du dafür bezahlt?«

»Spielt das eine Rolle?« Von Hirschfeldt schmunzelte. »Erfreuen wir uns doch einfach an dem guten Tropfen.«

Vegatowski ließ nicht locker. »Mindestens 1500 Euro, oder?«

Die Mehrzahl der Gäste schnappte nach Luft. Nur Ehrenstein blieb unbeeindruckt. »Na, für diesen Preis muss der Wein aber auch schmecken. Wäre ja sonst wirklich schade ums Geld.«

Von Hirschfeldt machte sich daran, die Flasche zu entkorken. Es war ihm unangenehm, über den Preis zu reden. Normalerweise hätte er auch niemals so viel Geld für Essen oder Trinken ausgegeben, erst recht nicht für eine einzelne Flasche Wein. Es geschah nicht selten, dass er die Haushälterin zur Besorgung der alltäglichen Güter zum Discounter schickte. Aber was Weine betraf, nun, die mochte er, ebenso wie er seine Freunde schätzte. Für einen besonderen Anlass, für einen guten Burgunder, na ja, da musste man eben ein bisschen mehr hinlegen. Er füllte die Gläser der Umsitzenden. Nur Karl-Edmund lehnte dankend ab.

Vegatowski reagierte entsetzt. »Du verweigerst diesen guten Tropfen?«

»Ich habe genug für heute.«

»Aber der Abend fängt doch gerade erst an«, sagte Heiland.

Von Hirschfeldt wechselte das Thema. »Thomas, was macht eigentlich die Arbeit im Fördererkreis?«

Ehrensteins Sohn war seit dem Frühjahr im Fördererkreis Junge Politik e.V. Das Projekt war nach der Wende von der damals in Berlin regierenden CDU initiiert worden, um Jugendliche an politische Themen und Auseinandersetzungen heranzuführen. Nach der morgigen Wahl würde Thomas die Arbeit als Projektleiter übernehmen. »Ich plane die Sanierung zweier Studentenwohnheime. Das soll mein Einstieg sein«, erklärte er zuversichtlich.

»Ja, davon hab ich gelesen«, sagte Heiland. »Die Presse hat da in Verbindung mit den Studentenprotesten im Sommer ein großes Thema draus gemacht. Insofern eine gute Idee. Pass nur auf, dass da nichts dazwischenkommt. Ansonsten zerreißt dich die Presse ebenso schnell wieder in der Luft.«

»Das wird nicht passieren«, wehrte Thomas besonnen ab.

»Wie weit bist du mit den Planungen?«

»Alles unter Dach und Fach.«

»Auch das Finanzielle?«, erkundigte sich Heiland. »Ich meine, der Verein ist nicht sehr groß.«

»Nein, das ist er wahrlich nicht. Aber wir haben großzügige Fördermitglieder. Erst vor Kurzem ist uns eine enorme Summe versprochen worden, und damit steht das Projekt endlich auf sicheren Füßen.«

»Wie sicher ist das Geld?«

»Wir haben alles überprüfen lassen.«

»Ja, das haben wir«, bestätigte Sadi Vegatowski. »Die Firma steht auf soliden Beinen und hat einen guten Ruf.«

»Ich habe ihre Zusage schriftlich«, versicherte Thomas. »Sobald ich meine Arbeit aufnehme, fließt das Geld, und wir beginnen mit dem Bau.«

»Sehr schön«, lobte Heiland. »Das wird direkt nach der

Wahl ein gutes Zeichen sein. Berthold, du kannst stolz auf deinen Sohn sein.«

»Das bin ich!«

»Thomas, du hast doch mit Lars gemeinsam das Abitur gemacht, oder?« Heiland schnüffelte an dem Burgunder, atmete das Bouquet wie ein Kenner durch die Nase ein. Er schielte über den Rand des Glases. »Karl-Edmund, was macht dein Sohn jetzt eigentlich?«

27

Das Zimmer lag still in der Dunkelheit. Eine kleine Stehleuchte brannte auf dem Nachtschränkchen, doch der Lampenschirm verbarg mehr Licht, als er durchließ. Das Sofa, das seit seinem letzten Besuch vor dem Urlaub unverändert am Fenster stand, war in Zwielicht getaucht. Der schmale Kleiderschrank an der Wand war kaum zu erkennen, und das Bett in der Ecke war leer.

Was war passiert? War sie …?

Kalkbrenner hörte Schritte auf dem Gang. Hastig zog er seinen Kopf von der Tür zurück, wollte sich der nahenden Krankenschwester entgegenstellen. Warum hatte man ihm nicht Bescheid gegeben?

In dieser Sekunde machte er eine kurze Bewegung auf dem Kopfkissen aus. Er ließ die Pflegerin unbehelligt und betrat stattdessen das Zimmer. Leise drückte er die Tür ins Schloss. Ihm fiel auf, dass er die ganze Zeit den Atem angehalten hatte. Als er Luft holte, klebte ihm sofort ein pelziger Geschmack am Gaumen. Er roch den süßlichen Duft von *4711*.

Als er vor dem Bett stand, sah er, dass er sich tatsächlich geirrt hatte. Der Kopf der Frau versank in dem großen Kissen, er war kaum zu erkennen. Die Augen hatte sie geschlossen, ihrer Nase entrang sich ein fast lautloses Schnarchen. Die Lippen waren zu einem seligen Lächeln verzogen.

Er betrachtete sie eine Weile. Es war beruhigend, sie so glücklich schlafen zu sehen. In der Vergangenheit war das nicht immer so gewesen.

Lange stand er regungslos vor dem Bett, bis ihm irgendwann seine Beine schmerzten und er das Sofa heranzog. Obwohl er sich leise verhielt, drehte sie den Kopf in seine Richtung.

»Ich bin wieder da, Mama.«

Unter der Bettdecke tasteten sich ihre kleinen, dünnen Finger hervor, um seinen Arm zu finden. Mit erstaunlich resoluter Stimme verkündete Käthe Maria Kalkbrenner: »Dann können wir ja endlich heimgehen.«

»Später, Mama.«

»Nein, nein! Wir müssen uns beeilen.« Sie richtete sich auf, so dass die Decke ihr vom Leib rutschte. Zum Vorschein kam ihr Lieblingsnachthemd, übersät mit kleinen Rosen in verschiedenen Rosatönen. »Ich hab nur ein bisschen geschlafen. Gut, mein Junge, dass du mich geweckt hast. Gleich kommt Papa nach Hause, und es gibt Abendessen.« Sie warf einen Blick auf das Nachtschränkchen. »Komisch«, murmelte sie. »Wo ist denn mein Wecker geblieben?«

»Wir haben noch ein bisschen Zeit, Mama.«

Erleichtert sank sie zurück aufs Kissen. Er zog ihr die Decke wieder bis ans Kinn. Minuten verstrichen, in denen sie die Augen geschlossen hielt. Wieder lächelte sie. Sie wirkte glücklich.

Inzwischen hatte er sich an das trübe Abendlicht gewöhnt. Während seine Mutter vor sich hin dämmerte, sah er sich um. Die Sitzecke hatte früher in ihrem Wohnzimmer gestanden. Der Kleiderschrank in ihrem Schlafzimmer. Es waren nicht viele Möbel, die sie ins Pflegeheim hatte mitnehmen können. Ein Wecker hatte nicht dazugehört. Und sein Vater war vor dreizehn Jahren gestorben.

»Kommt Ellen heute zu Kaffee und Kuchen?«

»Heute nicht mehr. Es ist schon spät. Aber morgen.«

»Sie muss mir unbedingt erzählen, wie sie sich fühlt.«

»Sie fühlt sich gut.«

»Aber spürt sie das Baby schon? Ich weiß noch genau, wie ich mit dir schwanger war. Dieses Gefühl, als du dich zum ersten Mal bewegt hast. Ich kann mich noch daran erinnern, als wäre es gestern gewesen.«

Für seine Mutter war alles erst gestern geschehen. Mal war es seine Kindheit, in der sie ihm bei Zahnschmerzen tröstend beistand. *Du musst Rosmarinblätter kauen, mein Junge.* Mal die Jugendliebe, die dramatisch in die Brüche ging. *So ist das Leben, mein Junge.* Mal seine Hochzeit. Dann Ellens Schwangerschaft. Jessys Geburt. Nur dass sie schon lange in einem Pflegeheim lebte, konnte sie nicht verstehen. Sie hatte nie ins Heim gewollt, doch die Demenz, die mit immer schnelleren Schritten ihren Verstand zerfraß, hatte nicht mehr zugelassen, dass sie allein in ihrer Wohnung lebte. Wenn sie kochte, ließ sie die Herdplatte an, wenn sie duschte, das Badewasser laufen, und wenn sie aus der Wohnung ging, die Haustür offen. Sie verlor sich tagelang in ihrem verwirrten Geist, vergaß dabei, zu essen und zu trinken.

Selbst im Heim narrte sie der Verstand. Wenn ein Pfleger nicht auf sie achtgab, legte sie ihr Essen in den Kleiderschrank. Sie platzierte die Schuhe auf dem kleinen Bücherregal an der Wand, hängte ihre Zeitschriften aus dem Fenster. Oder legte sich in der Dusche schlafen. Was immer sie tat, es war ein heilloses Durcheinander, manchmal auf eine erschütternde Art komisch.

Ein Pfleger schob einen kleinen Rolltisch mit klappernden Spritzen, Medikamenten und noch anderen, undefinierbaren

Geräten ins Zimmer. Sein Namensschild an der Brust wies ihn als *Peer* aus. Peer grüßte freundlich, denn Kalkbrenner kannte ihn inzwischen. Im Gegensatz zu Käthe Maria. Schroff fuhr sie ihren Sohn an: »Was will der Mann von mir?«

»Er will dir helfen.«

»Ich brauche keine Hilfe. Ich will nur nach Hause.«

Peer bat Kalkbrenner darum, kurz den Raum zu verlassen. Nach wenigen Minuten, als er das Zimmer wieder betrat, fragte er leise: »Wie geht es ihr?«

»Ihrer Mutter geht es gut.«

»Hat sie keinen Versuch mehr unternommen?«

»Nein, seit sechs Wochen hat sie sich nicht mehr aus dem Heim geschlichen, um zu ihrer alten Wohnung zu gelangen. Ich glaube, mittlerweile hat sie sich an ihr neues Zuhause gewöhnt.«

Kalkbrenner schaute zweifelnd zu seiner Mutter. Käthe Maria lag im Bett und starrte an die Decke. Der Pfleger versicherte: »Es geht ihr gut. Sie ist glücklich. Sie lebt in ihrer eigenen Welt.«

In schnellen Bildern zog noch einmal der heutige Tag an Kalkbrenner vorbei. Jeder lebte in seiner eigenen Welt, nur wenige bekamen eine Chance, ihr zu entfliehen.

Die Wohnung, in der Käthe Maria gelebt hatte, lag am Görlitzer Park in Kreuzberg. Heute wohnte Jessy ganz in der Nähe. So schlossen sich die Kreise. Immerhin das war ein tröstlicher Gedanke.

28

»Was soll mein Sohn machen?« Hönig war verunsichert. Mit seinem Blick suchte er Hilfe bei Frieder. Der stand am Kamin, schwenkte nachdenklich sein Glas Wein und wusste ebenfalls nicht recht, was er sagen sollte. Vielleicht wollte er sich auch gar nicht äußern. Es war schließlich nicht sein Problem.

»Er war doch in Therapie, oder?«, fragte Heiland nach.

Es gab keinen Grund, das zu leugnen. Darüber wusste schließlich jeder in der Fraktion Bescheid, sogar bis ins Kanzleramt war die Nachricht gedrungen. »Ja, das war er.«

»Er hat also die Therapie beendet?«

»Natürlich.«

»Und wird er sein Medizinstudium fortsetzen?«

Hönig hegte starke Zweifel daran, dass Lars auch nur einen Gedanken an sein Studium verschwendete. Andererseits wusste er natürlich, welche Antwort seine Freunde von ihm erwarteten. Da er sie nicht belügen wollte, beließ er es bei einem vagen »Ich denke schon«.

»Er täte besser daran«, sagte Berthold Ehrenstein. »Lars braucht etwas, auf das er sich konzentrieren kann.«

»Lasst ihn doch in Ruhe«, schlug Claudia Kielinger vor. »Ich glaube, er hat jetzt erst einmal andere Sorgen als sein Studium.«

Für ihren Beistand schenkte Hönig ihr einen dankbaren Blick.

»Wenn er keine Lust mehr auf das Studium verspürt, sollte man ihn nicht dazu drängen«, sagte Kielinger weiter. »Junge Leute sind heutzutage so. Sie wollen erst mal vieles ausprobieren. Ständig wechseln sie deshalb ihre Meinungen, und anders als wir früher …«

»Wir hatten aber wenigstens noch Werte«, polterte Ehrenstein mit einer Stimme wie ein Donnerschlag.

»Und sind wir nicht angetreten, um dem Nachwuchs wieder Werte zu vermitteln?«, fragte Heiland.

»Genau, denn ansonsten kommt so etwas dabei heraus wie in Neukölln«, erklärte Sadi Vegatowski.

»Das geht jetzt aber zu weit.« Empört richtete Hönig sich

auf. »Du willst doch wohl meinen Sohn nicht in Verbindung mit diesen Mördern …«

»Karl-Edmund«, unterbrach ihn von Hirschfeldt. »So hat Sadi das doch gar nicht gemeint.«

Hönig plumpste zurück in den Sessel. Erneut waren alle Augen auf ihn gerichtet. Er schrumpfte unter der Strenge, die ihm entgegenschlug. Schon wieder fühlte er sich klein. Und einsam. »Entschuldigt.«

Nachsichtig legte Frieder seinem Freund eine Hand auf die Schulter. »Wir wissen, dass dein Sohn Probleme hatte. Dafür brauchst du dich nicht zu schämen. Aber das ist inzwischen Vergangenheit, nicht wahr?«

Der Druck der Finger auf seiner Schulter wurde stärker. »Ja«, sagte Hönig. »Vergangenheit.«

Über das Prasseln des Kaminfeuers hinweg erklang ein Kinderschluchzen. Frieders Frau Patrizia sprang auf. »Das ist Friederike. Sie träumt in letzter Zeit so schlecht.«

»Ihr seht«, seufzte Frieder, »auch wir haben unsere Probleme mit unserem Nachwuchs.«

Sein Scherz lockerte die Atmosphäre wieder auf. Hönig konnte sich allerdings nur mäßig darüber amüsieren. Der schlechte Schlaf von Frieders Nesthäkchen war wohl kaum mit Lars' Problemen zu vergleichen. Er erhob sich. »Ich werde mich auf den Heimweg machen. Ich bin ziemlich erschöpft.«

»Kannst du nicht noch bleiben?«, fragte von Hirschfeldt. »Wir zwei müssen uns noch einmal unterhalten.«

Der fordernde Unterton in seiner Stimme gefiel Hönig nicht. Trotzdem nahm er wieder Platz und tauschte sich für den Rest des Abends mit Sadi Vegatowski über die neuesten Weinlesen aus. Das kam ihm gelegen. Weil er keinerlei Wissen darüber besaß, Sadi aber umso mehr, brauchte er kaum zu reden.

Nacheinander verabschiedeten sich die Gäste. Schließlich

war Hönig mit Frieder allein im Zimmer. »Was wolltest du mit mir bereden?«

»Du wirkst so angespannt«, stellte Frieder fest.

Hönig zwang sich zu einem Lächeln, aber nicht zur Wahrheit. »Die letzten Tage, der ganze Stress, das geht nicht spurlos an mir vorbei.« Erstaunlich, wie leicht die Lüge über seine Lippen kam. »Immerhin habe ich 15 Jahre mehr auf dem Buckel als du.«

»Ist Martina aus dem gleichen Grund daheimgeblieben?«

»Ja, sie ist ebenfalls fertig.« Auch diese Ausflucht fiel ihm nicht wirklich schwer. Andere Gäste waren ebenfalls ohne Partner gekommen, Claudia Kielinger und Sadi Vegatowski zum Beispiel. »Sie wollte sich ein bisschen ausruhen.«

»Schade, ich hätte mir gewünscht, dass sie heute bei uns gewesen wäre.« Patrizia war während der letzten Worte wieder ins Zimmer gekommen. Sie ließ sich neben ihrem Mann nieder, lehnte den Kopf an seine Schulter und umschloss mit den Fingern seine Hand.

Hönig neidete ihnen dieses Glück. Zugleich schalt er sich für dieses schäbige Gefühl. *Schäm dich!* Frieder hatte sich sein Wohlergehen redlich verdient, den Erfolg, das Haus, die Familie.

»Ich hätte nämlich gerne mit euch beiden gesprochen«, sagte von Hirschfeldt.

Ein flaues Gefühl ergriff von Hönig Besitz. »Worüber denn?«

»Erinnerst du dich? Gestern hatte die Kanzlerin ein Gespräch mit mir.«

Hönig traute sich nicht einmal zu schlucken. »Natürlich erinnere ich mich.«

»Es ging selbstverständlich nicht um die *Scorpions*.«

»Das hattest du schon gesagt.«

»Und auch nicht um deinen Sohn.«

Hönig atmete durch. Der Kloß in seinem Hals wurde zwar kleiner, war aber noch nicht verschwunden.

»Es war ein kurzes, aber sehr vertrautes Gespräch. Es wissen noch nicht viele davon, aber dir möchte ich es sagen.«

Hönig spannte seinen Körper an.

»Die Kanzlerin möchte, dass ich bei den nächsten Wahlen auf Bundesebene kandidiere. Sie will mich zum Justiziar der Bundesfraktion machen und bietet mir in absehbarer Zeit den Posten des Bundesinnenministers an.«

Alle Anspannung fiel von Hönig ab. Er spürte förmlich, wie ihm die Augen aus den Höhlen traten. »Du sollst Nachfolger von Dr. Karschle werden? Dieses Angebot hat sie dir unterbreitet?«

»Warum sollte ich dich belügen?«

Hönig fiel Frieder um den Hals. »Mensch, Gratulation! Ich freue mich für dich. Du hast es also wirklich geschafft!«

»Nein, mein Freund, *wir* haben es geschafft. Wir beide.«

»Meinst du das ernst?«

»Hey, es ist nicht alles verlogen, was …«

Wie unter einem Peitschenhieb zuckte Hönig zusammen.

»Entschuldige.« Von Hirschfeldt legte ihm einen Arm um die Schulter. »Ich kann doch meinen treuen Gefährten und besten Freund nicht in der Provinz versauern lassen, während ich in der Bundespolitik Karriere mache.«

»Das ist …« Hönig drückte eine Träne weg, unschlüssig darüber, was ihn mehr rührte: die gute Nachricht oder die Tatsache, dass sein Freund, *sein bester Freund,* ihm das Gefühl vermittelte, nicht allein zu sein. »Was soll ich sagen?«

Von Hirschfeldt führte ihn hinaus in den Garten, ans Büfett, wo er sich die letzten Fischspieße nahm. »Sag mir einfach, dass du mit deinem Sohn gesprochen hast.«

Alle Zuversicht, die Hönig eben noch verspürt hatte, war mit einem Mal verschwunden. Plötzlich war ihm kalt. Seine

Hand hielt erstarrt über den Käsehäppchen inne, auf die er keinen Appetit mehr verspürte.

»Hast du ihm gesagt, dass er sich so einen Auftritt wie heute Mittag nicht mehr erlauben darf? Es steht eine Menge auf dem Spiel, gerade jetzt, nach dem Angebot der Kanzlerin.«

»Ja«, erklärte Hönig langsam.

»Ob er will oder nicht: Als dein Sohn trägt auch er eine enorme Verantwortung.«

Auf deine Verantwortung scheiße ich! Aber das war ganz gewiss nicht das, was er hören wollte. Sein Freund sah ihn erwartungsvoll an. Hönig erklärte und legte dabei alle Kraft in seine Stimme: »Es wird nicht wieder vorkommen.«

»Sehr schön«, sagte von Hirschfeldt.

Hastig griff Hönig nach einem Käsesandwich. Er vergrub die Zähne darin und schluckte das weiche Brot halb gekaut runter. Sein schlechtes Gewissen würde auf diese Weise leider nicht verschwinden.

»Frieder!« Patrizia war ihnen in den Garten gefolgt. »Dein Telefon im Arbeitszimmer klingelt!«

»Wer ruft denn noch so spät an?«

»Bestimmt hat einer der Gäste was vergessen«, sagte Hönig, der sich nach wie vor mies fühlte, weil er seinem Freund nicht die ganze Wahrheit erzählt hatte. Er setzte zu einer weiteren Erklärung an, doch Frieder befand sich bereits auf halbem Weg ins Haus.

»Karl-Edmund, du findest alleine raus, oder?«

»Natürlich, kein Problem.«

»Dann grüß mir Martina.«

Hönig durchquerte das Haus. Im Flur passierte er das Arbeitszimmer. Er blieb im Türrahmen stehen. Von Hirschfeldt hielt mit einer Hand den Telefonhörer ans Ohr, mit der anderen winkte er ihm zum Abschied zu. Hönig erwiderte den Gruß.

»Elisabeth!«, rief Frieder gut gelaunt. *Die Kanzlerin.* »Was für eine Überraschung!«

Jetzt empfand Hönig Stolz. Vor allem aber Freude. Wenn jemand Erfolg und Anerkennung verdient hatte, dann Frieder von Hirschfeldt, sein Freund.

29

Kalkbrenners Frau servierte Lammkeule mit grünen Bohnen und Rösti. Es schmeckte hervorragend, und irgendwann sagte er: »Das ist lecker. So verdammt lecker.« Er blähte seinen Bauch, der in den vergangenen anderthalb Stunden um gefühlte zehn Kilogramm angewachsen war. »Aber ich glaube, jetzt bin ich satt für die nächsten zwei Wochen.«

Ellen schenkte Weißwein nach. »Willst du mich betrunken machen?«, scherzte er. Der Alkohol stieg ihm allmählich zu Kopf. »Ich muss noch mit Bernie raus.«

»Solange Bernie nicht mit dir rausmuss, verträgst du sicherlich noch einen Schluck.«

Er spießte das letzte Stück Fleisch auf die Gabel und führte sie zum Mund. Während er kaute, erfüllte Schweigen das Wohnzimmer. Nur ab und zu wehte ein lauer Wind von der Gartenterrasse in die Stube und brachte die Kerzen zum Flackern, die zwischen ihnen auf dem Tisch standen. Vom Berliner Abendverkehr war nichts zu hören. Das Haus lag in Zehlendorf, weit entfernt von Mitte.

Mit dem Messer kratzte er die Soße vom Teller, dann leckte er sie von der Gabel. Ellen nippte am Wein. Er legte das Besteck beiseite, griff ebenfalls zum Weinglas. Er trank langsam und bedächtig und überlegte, worüber er noch reden sollte.

Der Bernhardiner rappelte sich vom Teppich hoch und

kam zum Tisch. Er hockte sich neben Ellen, die ihm den Kopf tätschelte. »Schon komisch. Du warst nie für Hunde zu begeistern.«

»Bernie ist kein Hund.«

»Was ist er dann?«

Kalkbrenner stellte das Weinglas zurück. Mit der Serviette tupfte er sich die Lippen ab. »Ein Kuscheltier. Ein Teddybär.«

»Jessy ist ganz vernarrt in ihn.«

»Ja, sie fand Hunde schon immer toll.«

Sie sahen dem Vierbeiner dabei zu, wie er zurück zum Sofa trollte, sich zweimal um die eigene Achse drehte und dann mit einem Seufzer zwischen die Kissen fiel, die im ganzen Wohnzimmer verteilt waren. Sie waren Ellens Hobby. Es gab vermutlich kein Land auf dieser Erde, aus dem sie nicht ein handgesticktes, gehäkeltes oder geknüpftes Kissen besaß.

Bernie stieß ein wohliges Knurren aus, und kurz darauf war er eingeschlafen. Kalkbrenner rutschte unruhig auf seinem Stuhl herum. Es hatte in der Vergangenheit zu viel Stille zwischen ihnen gegeben, als dass ihr Schweigen jetzt vertraut hätte sein können.

»Dann will ich mal den Nachtisch holen«, sagte Ellen. Er wollte ihr dabei helfen, den Tisch abzuräumen, doch sie lehnte ab. Die Teller schlugen klirrend aneinander, als sie sie in die Küche trug.

In den Schalen, mit denen sie zurückkehrte, schwamm ein undefinierbares orangefarbenes Gelee. »Du siehst nicht so aus, als würdest du dich über mein Dessert freuen?«

»Ich würde mich freuen, wenn ich erfahre, was dein Dessert ist.«

»Laut Rezept ist das eine Pampelmusenterrine mit Teesoße.« Sie stellte eine der Schalen vor ihm ab. »Aber ich gebe zu, auf dem Bild im Kochbuch sah sie anders aus.«

Er kostete davon. Es schmeckte süß und bitter zugleich, klebte am Gaumen und traf, anders als die Hauptspeise, nicht unbedingt seinen Geschmack. Allerdings wollte er Ellen nicht enttäuschen. Sie hatte sich viel Mühe gegeben, und er war selbst nicht sicher, ob er das wirklich verdient hatte. »Es schmeckt ausgezeichnet.«

Sie nahm einen Löffel von der geleeartigen Masse, probierte, kaute und schluckte. Mit verkniffenen Lippen sah sie ihn an. »Bist du dir wirklich sicher?«

Ertappt lächelte er. Kurz darauf brachen sie beide in lautes Gelächter aus, das sie ein wenig von der Anspannung befreite.

Ellen räumte die halb geleerten Schalen in die Küche, und Kalkbrenner trank noch ein bisschen Wein. Er betrachtete die Kerzen, deren Flammen vor seinen Augen auf und ab hüpften. Den schmalen, schmiedeeisernen Kandelaber hatten sie einige Monate nach ihrer Hochzeit auf dem Kunst-und-Nostalgie-Markt bei der Museumsinsel erstanden. Komisch, dass ihm das ausgerechnet jetzt einfiel.

Als sich Ellen wieder an den Tisch setzte, sagte er: »Ich habe einen Fehler gemacht.«

Sie wollte zu ihrem Weinglas greifen, hielt aber in der Bewegung inne.

»Ich habe Jessy und ihren Freund zum Essen eingeladen.«

Ellen blickte ihn erstaunt an.

»Aber … eigentlich hab ich ja noch gar keine Wohnung.«

Ihre Miene entspannte sich. »Dann koch doch einfach hier.«

»Bist du sicher?«

»Es ist noch immer dein Haus, genauso wie es meins ist.«

»Und natürlich bist du auch zum Essen eingeladen. Schließlich bist du ihre Mutter.«

Sie stießen miteinander an. Er spürte nicht nur den Alkohol in seinem Blut, sondern auch, wie er sich allmählich entspannte. Deshalb war er auch nicht böse, als Ellen fragte: »Wie geht es eigentlich *deiner* Mutter?«

»Sie ist glücklich«, wiederholte er die Worte von Pfleger Peer.

»Glücklich?«

»In ihrer eigenen Welt.«

»Und wie sieht diese Welt aus?«

»Eben glücklich.« Mehr mochte er dazu nicht sagen, wahrscheinlich weil er es selbst nicht wusste. »Was ist mit dir? Was macht die Arbeit?«

Ellen war seit einigen Jahren arbeitslos. Zwischenzeitlich hatte sie als Teilzeitkraft in einem Ausflugslokal an der Spree gearbeitet. Jetzt, da die Ferien vorbei waren und der Sommer sich dem Ende zuneigte, hatte sie die Kündigung erhalten.

Sie ergriff ihr Glas und nippte an dem Wein. »Nichts.« Sie schnitt eine Grimasse. »Ich fahr regelmäßig aufs Amt und habe inzwischen meinen eigenen *Fallmanager*.«

»Fallmanager?«

»Lustig, oder? So nennt sich das jetzt. Als wäre man nicht mehr ein Mensch, sondern nur eine Akte, die es zu bearbeiten gilt. Stempel drauf. Fertig. Der nächste Fall.« Sie kicherte. Aber es klang nicht wirklich amüsiert. »Was hältst du davon, wenn wir rüber auf die Couch gehen?«

30

Die Kanzlerin kam ohne Umschweife zur Sache. »Du warst nicht ehrlich zu mir.«

Von Hirschfeldt schluckte. Er war sich keiner Schuld bewusst. »Ich weiß nicht genau, was du meinst.«

»Bist du dir sicher?«

Sie klang reserviert. So wie sie auftrat, wenn Reporter auf der Pressekonferenz im Kanzleramt allzu aufdringlich wurden.

Von Hirschfeldt spürte einen Druck im Hals. Seine Zunge tastete sich verzweifelt am Gaumen entlang. Er schmeckte die Reste der Käsehäppchen. »Elisabeth, klär mich bitte auf.«

»Die Sache mit Karl-Edmunds Sohn.«

»Was ist mit ihm?«

»Du hast gesagt, alles wäre in Ordnung.«

Von Hirschfeldt wagte nicht zu atmen.

»Aber das ist es nicht, richtig?«

»Es gibt da …«, er stockte, »… einige Unstimmigkeiten.«

»Wie auch immer, ich möchte nicht noch einmal über Lars in der Presse lesen müssen.«

»In der Presse?« Eine unheilvolle Ahnung brachte sein Blut erneut in Wallung.

»Richtig, in der Presse. Allerdings nichts über die Sache heute Mittag in der Sozialeinrichtung, falls es das ist, was du befürchtest.«

»Woher weißt du davon?«

»Ich bin die Kanzlerin«, sagte sie, als würde das alles erklären.

Er nickte, obwohl sie es nicht sehen konnte.

»Du solltest einen Blick in die Zeitung werfen«, fuhr sie fort.

»In welche?«

»Den *Kurier* von morgen. Wie wollt ihr den Wähler von Moral und Anstand überzeugen, wenn ihr selbst eure eigenen, privaten Verhältnisse nicht in den Griff bekommt?«

»Was steht denn in der Zeitung? Ist es so schlimm?«

»Schlimm ist gar kein Ausdruck!«

»Es tut mir leid.«

»Das glaube ich dir gern. Trotzdem müsst ihr die Sache

mit Lars in den Griff bekommen. Und wenn das nicht gelingt, dann haltet sie wenigstens aus der Presse raus.«

»Das werden wir!«

»Frieder«, sagte sie, jetzt wieder einigermaßen besänftigt. »Du kannst dir so etwas in deinem Umfeld nicht erlauben. Gerade du, in deiner Position, mit deinen Plänen.« Sie gab ihm Zeit zum Nachdenken. Und plötzlich klang sie wieder weit entfernt. Und fremd. »Du verstehst, was ich meine, oder?«

»Natürlich«, antwortete er hastig, aber die Kanzlerin hatte bereits aufgelegt.

Er kehrte zurück ins Wohnzimmer. Das Feuer im Kamin prasselte leise. Er löschte es und ging in sein Arbeitszimmer. Dort setzte er sich in den Sessel. Sein Lieblingsort, gegenüber dem Schreibtisch, umgeben von Bücherregalen. Eine Welt für sich, mit einem großen Panoramafenster, das hinaus auf den Garten ging. Hier verbrachte er seine Zeit, wenn es Unklarheiten gab, die beseitigt werden mussten. Wenn er über Lösungsansätze nachdenken wollte. Wenn er wichtige Entscheidungen zu treffen hatte.

Käse, Salami und Obst setzten im Garten allmählich Grind an. Auf den Silberplatten lagen die Häppchen in einem kruden Durcheinander, so wirr wie seine Empfindungen in diesen Sekunden.

Ein Geräusch lenkte seine Aufmerksamkeit auf die Tür. Patrizia stand auf der Schwelle. Ihr Gesicht war schmal, die Augen waren knallblau und wirkten hellwach. Sie trug große Ohrringe und ein Nachthemd, hauchdünner Stoff mit feiner schwarzer Spitze, die sich an ihre glatte, weiche Haut schmiegte. »Magst du nicht zu mir ins Bett kommen?«

Sie ging vor ihm in die Hocke. Ihre Arme umschlangen seinen Hals. Die Finger massierten seinen Nacken. Ein wunderbares Gefühl, das seine Anspannung löste. Die beunruhigenden Gedanken vertrieb es aber nicht.

»Geht es dir nicht gut?«

»Doch, doch«, versicherte er. »Ich will nur noch kurz allein sein.«

»Den Moment genießen?«

»Ja«, log er.

Sie küsste ihn und verließ den Raum. Trotz der drei Kinder, die sie bereits geboren hatte, war sie eine schlanke Frau geblieben, sah gut aus, war humorvoll und voller Energie. Zweifelsfrei das Beste, was ihm in seinem Leben widerfahren war. Sie managte die Familie und hielt ihm den Rücken frei. Ohne ihre Hilfe hätte er es niemals so weit gebracht.

Aufgewachsen in bescheidenen, konservativen Verhältnissen im Bremer Vorort Thedinghausen war von Hirschfeldt, geborener Sonntag, bereits während der Schulzeit dem Beispiel seines Vaters gefolgt und hatte sich im Gemeindeleben zu engagieren begonnen. Er war Mitglied beim Deutschen Roten Kreuz, bei der DLRG und der Katholischen Landjugend geworden. Er hatte Gefallen an der Politik gefunden, am Gestalten, dem Mitbestimmen, Entscheidungentreffen und Verantwortungübernehmen.

Noch als Teenager war er der Jungen Union beigetreten, deren Landesvorsitzender er bald geworden war. Nach seinem Abitur hatte er es in den Gemeinderat von Thedinghausen geschafft, war dort zum Fraktionsvorsitzenden und bald darauf auch zum Vorsitzenden des Kreisverbandes aufgestiegen.

Für sein Studium der Rechtswissenschaften an der FU Berlin war er in die Hauptstadt gegangen, wo ihm der Einzug in das Berliner Abgeordnetenhaus gelungen war. Die Hochzeit mit der Gräfin Patrizia von Hirschfeldt hatte ihm nicht nur deren Adelstitel verschafft, sondern dank ihres einflussreichen Vaters auch die richtigen Beziehungen.

Heute lebte er mit Patrizia, drei Kindern, einer Katze und einem Hund in dem herrschaftlichen Haus in der Villenkolonie von Grunewald und war Fraktionschef der Berliner CDU. Zusammen mit seinem besten Freund und Fraktionsvize Karl-Edmund Hönig gehörte er zur populären Spitze der Partei. Und seit heute stand er kurz vor dem Sprung in die Bundespolitik.

Doch wer sprang, konnte auch stürzen. *Du verstehst, was ich meine?* O ja, er hatte verstanden.

Jetzt bedauerte es von Hirschfeldt, den teuren Richebourg-Domaine de la Romanée-Conti Big geöffnet zu haben.

31

Kalkbrenner tauchte in eine Welt aus Kissen ein. Auf dem Boden, den Sofas, den Tischen, den Schränken, buchstäblich überall verstreut lagen handgeklöppelte, aufwendig bestickte, kunstvoll verzierte Raritäten aus Osteuropa, Afrika und anderen Teilen der Erde. Der Raum glich einem Museum für Kissen.

Als es mit ihren Eheproblemen begonnen hatte, hatte Ellen sich ständig in ihre Kissen geflüchtet und daran gezupft. So als könnte sie auf dem Weg alle Probleme lösen. *Zupf und weg damit.*

Irgendwann hatte er diesen Wust aus Stoff nur noch gehasst. Nie hätte er es für möglich gehalten, dass er ihn noch einmal so gemütlich finden würde. Doch nun war er gesättigt, hielt ein Glas Wein in der Hand, die Kerzen flackerten auf dem Tisch und tauchten den Raum in ein behagliches Licht. Irgendwann fiel ihm auf, wie gut Ellen aussah. Den Sommer über hatte sie Farbe bekommen und ihr Haar gefärbt, was sie ein paar Jahre jünger wirken ließ. Das enge Kleid gewährte ihm eine nicht gewagte, aber doch reizvolle Aussicht.

Sie bemerkte seinen Blick und errötete abermals. »Wo wirst du wohnen?«

»In einem Hotel oder einer Pension. Aber langfristig möchte ich gerne wieder meine eigenen vier Wände haben.«

»Warum …« Sie zögerte. Ihre Augen waren auf ihn gerichtet. »Warum übernachtest du nicht hier?«

Er antwortete nicht, sah sie nur an.

»Auf dem Sofa«, fügte sie schnell hinzu, als habe sie ihm ein unmoralisches Angebot gemacht.

»Ja, natürlich«, sagte er. »Auf dem Sofa, wo sonst?«

Verlegen strich sie sich eine Strähne aus der Stirn. »Du weißt, ich meine …«

»Es ist okay. Wirklich.«

»Paul, gib uns ein bisschen Zeit.«

»Natürlich, nach allem, was passiert ist, kann ich nicht erwarten, dass du mich einfach so ins Bett einlädst … Deshalb beginnen wir ganz von vorne. Ein richtiger Neuanfang.«

Sie forschte in seinem Gesicht nach einem Hinweis auf Sarkasmus, konnte aber nichts entdecken. »Soll ich dir helfen, die Koffer aus dem Auto zu holen?«

»Danke, ist nicht viel, das schaffe ich schon alleine.« Mit den Armen drückte er seinen Leib empor. Als er loslief, strauchelte er. Überrascht sah er an sich hinab. Aber da lag kein Kissen zwischen seinen Beinen, er war über seine eigenen Füße gestolpert.

Ellen amüsierte sich. »Bist du wirklich sicher, dass du die Koffer alleine schaffst?«

»Ja«, versicherte er, obwohl der Alkohol sich jetzt definitiv hinter seinen Schläfen bemerkbar machte. Aber der Schwips war nicht unangenehm, beschwingt schleppte er die Koffer ins Haus. Zuletzt trug er das Ölbild herein. »Ist das von Jessy?«, erkundigte sich Ellen.

»Hast du es noch nicht gesehen?«

»Nur ganz kurz, während sie daran gearbeitet hat. Nachdem es fertig war, hat sie es dir gleich geschenkt, und du bist in den Urlaub gefahren.« Fachmännisch begutachtete sie die vielen expressionistischen Pinselstriche. Vorsichtig tastete sie mit ihren Fingern über die Farben, als könnte sie das Bild nicht nur sehen, sondern auch spüren. »Es ist schön geworden. Sie hat Talent.«

»Sie ist unsere Tochter.«

Ellen griff nach seiner Hand. »Ja, das ist sie.« Sie streichelte seinen Arm und schaute ihn an, offen und gleichzeitig unsicher wie ein junges Mädchen beim ersten Date. Er wollte sich vorbeugen, ihr einen Kuss auf die Wange hauchen. Doch mit einem Ruck entzog sie sich dem Versuch und stieg die Treppe zum Schlafzimmer hinauf. »Du weißt ja, wo die Decken sind.«

Verwundert schaute er ihr hinterher. Er hatte sie mit dem Kuss nicht in Bedrängnis bringen wollen. Es sollte nur ein Zeichen der Annäherung sein, der perfekte Abschluss eines angenehmen Abends. Er versuchte abzuschätzen, wie viel Zeit vergangen war, seit er das letzte Mal entspannte Stunden in diesem Haus erlebt hatte, doch sein alkoholisierter Schädel verbat sich diese Anstrengung.

Allerdings konnte er Ellens Skepsis gut verstehen: Nach allem, was die letzten Jahre über zwischen ihnen schiefgelaufen war, konnte er nicht erwarten, dass sie diese Zeit nach fünf Wochen Urlaub einfach vergessen hatte. Auch er selbst würde viele solche Abende brauchen, bevor er sich hier wieder heimisch fühlte. Ein Neuanfang erforderte Geduld, von ihnen beiden.

Er zog sich Hemd und Hose aus und machte es sich auf der Couch bequem. Wenig später war er eingeschlafen.

32

»Hallo, ich bin Dana«, schrie sie über den Lärm der Musik hinweg Dossantos zu.

Vor dem Portugiesen stand eine dralle Blondine, die es in High Heels, Minirock und Bikini-Top an Bruno und Robert vorbei in den VIP-Bereich geschafft hatte. Vielleicht war es auch Bruno selbst gewesen, der sie hereingeschleust hatte. Er kannte die Vorlieben seines Chefs.

»Und du bist Miguel«, sagte Dana, und ein Lächeln glitt über ihr Gesicht. »Ich kenn dich aus der Zeitung.«

»Aha«, machte Dossantos.

»Ja«, piepste sie. »Ich hab dein Bild gesehen.«

»Auch den Text gelesen?«

»Nee, ich les nicht so gerne.« Sie schob ihren Oberkörper vor und gewährte ihm einen vortrefflichen Blick. »Darf ich mich zu dir setzen?«

»Natürlich.« Dossantos signalisierte dem jungen Mann neben ihm, einem leitenden Mitarbeiter einer Wohnungsbaugesellschaft, dass sie ihr Gespräch später fortsetzen würden. An seiner Stelle nahm Dana Platz. »Möchtest du was trinken?«

»Einen Wodka Lemon.«

Er winkte einen Kellner herbei und bestellte zwei Longdrinks. »Du bist neu hier, oder?« Er konnte sich nicht entsinnen, sie schon einmal im *Hermano* gesehen zu haben.

»Ja«, gestand sie mit einem devoten Augenaufschlag. »Ich bin erst seit zwei Monaten in Berlin. Ich such 'nen Job. Ein Freund hat gesagt, ich sollte mich im *Hermano* an Miguel wenden.«

Die beiden Drinks wurden serviert. Sie stießen miteinander an. Der Wodka Lemon hatte genau die richtige Mischung. Dossantos war stolz auf seine Barkeeper.

»Wie heißt dein Freund?«, wollte er von Dana wissen.

»Jacky.«

Jacky war ein Urgestein der Berliner Szene, ein Veteran, der anders als Dossantos stets der alten Schule treu geblieben war. Dabei hatte er leider den Anschluss an die Moderne verpennt. Seit Jahren war er nicht mehr im Geschäft. Erstaunlich, dass er überhaupt noch lebte, bei den Tonnen von Koks, die er sich im Laufe der Jahre in die Nasenlöcher gepfiffen hatte.

»Ich würde gerne im *Apollo* arbeiten«, sagte die Blondine.

»Da kann ich nichts für dich tun. Das macht mein Sohn.«

»Ist er hier?«

»Nein.«

»Kannst du dann ein gutes Wort für mich einlegen?« Sie schob ihre Hüfte vor. Knapp über dem Rocksaum prangte ein kleines Rosentattoo.

»Vielleicht.«

»Vielleicht?«, platzte sie beleidigt heraus. »Was ist das denn für eine Antwort?« Sie kippte den Drink in einem Zug die Kehle hinab und erhob sich. »Na, dann danke.«

Sie stöckelte zurück auf die Tanzfläche, wo sie ihren Körper im Takt der Musik zu wiegen begann. Voller Hingabe, als habe sie sich diesen Augenblick schon den ganzen Abend herbeigesehnt. Ihre Bewegungen waren fließend, von atemberaubender Leichtigkeit, schwangen aus der schmalen Hüfte mit der kleinen Tätowierung, weckten Begehrlichkeiten. Sofort scharten sich Männer um Dana.

Dossantos' geübte Augen erkannten sofort, dass ihr Tanz nur eine Show war, allerdings eine außerordentlich gekonnt inszenierte. Er taxierte sie noch einmal. Es fiel ihm schwer, sich auf eine ihrer Körperregionen zu konzentrieren. Jeder Teil von ihr war unwiderstehlich: die braun gebrannten

Beine, die von den High Heels schier endlos in die Länge gehoben wurden. Ihr knackiger Po, dessen Backen gerade noch vom Rocksaum bedeckt wurden. Nicht zuletzt ihre vollen Brüste, die rhythmisch zur Musik wippten.

Seine Blicke entgingen ihr nicht. Immer wieder schaute sie zu ihm hinüber. Jedes Mal verzog sie die Lippen zu einem Schmollmund, befeuchtete sie mit der Zunge und klimperte dazu mit den Augenlidern. *Schau her, was dir entgeht!* Dana war eine Pracht, und sie wusste es. Sie war sich sicher, dass er ihr nicht widerstehen können würde. Vermutlich konnten das die wenigsten.

Dossantos gab Bruno ein Zeichen, der sich sogleich zielstrebig unter die tanzenden Menschen mischte. Die meisten der Gäste gingen vor seiner imposanten Erscheinung in Deckung. Er baute sich vor Dana auf. Sein massiver Schädel näherte sich ihrem zierlichen Kopf. *Der Chef möchte dich sehen.* Treu und brav stakste sie mit einem zufriedenen Lächeln hinter Bruno her.

Nicht einmal eine Minute später saß sie erneut neben Dossantos, diesmal in einem der kleinen Separees. Ihre nackte Haut war vom Tanzen mit einem Schweißfilm bedeckt, was keineswegs abstoßend wirkte.

Dossantos klappte ein Messingdöschen auf. Mit Daumen und Zeigefinger pickte er weißes Pulver heraus, zerbröselte es auf einem schmalen Spiegel in vier weiße Bahnen. Aus dem Geldbündel in seiner Hosentasche zupfte er einen 200-Euro-Schein und reichte ihn Dana. Ohne zu zögern, griff sie danach, rollte die Geldnote zusammen und schniefte eine der Koksbahnen durch das linke, die zweite durch das rechte Nasenloch.

Die beiden anderen Linien waren für Dossantos. Heutzutage kokste er nicht mehr oft, eigentlich nur noch zu besonderen Anlässen. Doch diese Nacht versprach, so ein Anlass zu werden. Er steckte das Döschen weg. Wie selbstverständlich behielt Dana die 200 Euro und ließ sie geschickt zwischen ihren Brüsten verschwinden.

»Ist dein Name wirklich Dana?«

»Nee, nur ein Künstlername.«

»Und wie heißt du wirklich?«

»Ist doch egal, oder?«

Er strich ihr durchs Haar. »Ich habe mir überlegt, dass ich tatsächlich ein gutes Wort für dich einlegen könnte.«

Sie rieb sich die Nase. Ihre Augen leuchteten. »Cool.« Ihre Hand rutschte in seinen Schritt, fand trotz des Halbdunkels sofort den Hosenschlitz. Sie beugte ihren Kopf hinab.

Als sie fünf Minuten später mit verklebten Lippen wieder aufschaute, brannte nicht nur die Droge unter Dossantos' Haut. »Ja, ich denke, du hast den Job.«

»Du denkst?«

»Was hast du diese Nacht noch vor, Dana?«

»Mach einen Vorschlag!«

33

»Mensch, bleib doch kurz stehen!«

Aber er wartete nicht. Er war wütend. Er hatte den konkreten Anlass dafür vergessen, aber es gab immer tausend Gründe, um zornig zu sein. Eigentlich war es nur noch ein tobendes Gefühl in ihm, das durch die Drogen betäubt wurde. Speed, Ecstasy und sogar eine Spur Kokain brannten unter seiner Haut. Ein Kribbeln wie von tausend Ameisenvölkern. Er kratzte sich. Es hörte nicht auf. Er rannte weiter. Vorwärts, durch die Stadt.

Jemand verstellte ihm den Weg. Er rempelte ihn an. Die Stimme wurde lauter. »Ich bin's doch, Christian!«

Der junge Mann lachte, doch die Freude über das zufällige Aufeinandertreffen war nur geheuchelt. »Was ist los mit dir?«

Es war drückend warm, aber Christian trug einen Anzug. An seiner Hand hing ein Püppchen in grünem Kleid. Ungeduldig wippte sie auf den Absätzen ihrer Pumps.

»Das ist ein guter Freund von mir«, sagte Christian. Die Schnecke zeigte zwei Reihen weißer Zähne.

Christian musterte ihn von Kopf bis Fuß. »Geht es dir gut?«

Die Wunden der letzten Nacht waren noch nicht abgeheilt, und er hatte weder die Klamotten gewechselt noch geschlafen. Dass er hellwach war, verdankte er den kleinen bunten Pillen, die er geschluckt hatte. Sie machten vieles erträglicher, jetzt aber kitzelten sie ihn am ganzen Körper. Er musste sich bewegen, das Stillstehen brachte ihn um.

Aber Christian stand direkt vor ihm, versperrte ihm den Weg. »Man hört ja abenteuerliche Geschichten über dich.«

Gelangweilt fischte die Puppe mit ihren langen Fingernägeln einen Kaugummi zwischen den Zähnen hervor.

»Aber da ist nichts Wahres dran, oder?«

Er kannte Christian seit vielen Jahren. Sie waren tatsächlich so was wie gute Freunde gewesen. Damals. Er kratzte sich wieder.

»Redest du nicht mehr mit mir?«, fragte Christian.

»Doch.«

»Ich wollte dich nämlich um was bitten.«

»Was?« Sein Tonfall war schroffer als beabsichtigt. Aber genau in der Sekunde wurde das Kitzeln unerträglich.

»Nun, ich dachte … ich meine …« Christian stammelte. »Jetzt, wo dein Vater …«

»Halt die Fresse!«

Christian erstarrte. Seiner blasierten Puppe entglitt vor Schreck der Kaugummi. Er landete auf dem Bordstein, genau vor ihrem nackten kleinen Zeh. Er war grün lackiert. »Ein toller Freund«, flüsterte sie zu laut.

»Und du auch, du Fotze!«

Eingeschüchtert ging sie hinter Christian in Deckung. »Also, hör mal«, empörte der sich und plusterte sich in einer heldenhaften Nimm-dich-in-Acht-Geste auf. »Du musst nicht glauben, nur weil dein Vater …«

Er schlug zu, mitten ins Gesicht. Christians Schmerzensschrei beruhigte seine Nerven, deshalb hämmerte er gleich noch einmal die Faust gegen dessen Kinn. Dann in den Magen. Die Puppe rief irgendetwas. Christian taumelte, sank auf die Knie. Er trat ihm in die Hoden. Christian verdrehte die Augen, dann kippte er bewusstlos zur Seite. Kein Held mehr. Ein Niemand.

Die Puppe wollte wegrennen. Ihre Absätze blieben zwischen den Pflastersteinen stecken. Sie stürzte.

Langsam ging er auf sie zu, neigte sich zu ihr hinab. Er kam ihr nahe. Nahm den Duft ihres Parfüms wahr. Aber da waren noch mehr Gerüche. Schweiß. Und Angst. Alle Hochnäsigkeit war aus ihrem Gesicht gewichen. Ihm gefiel außerordentlich, was er sah.

Da erklangen Schritte. Sie näherten sich rasch. *Scheiße!* Er rannte in die Nacht.

Berliner Kurier, Sonntag, 30. September

Nach den Senatswahlen heute:

Ende der Gewalt?

Berlin. Meinungsforschungsinstitute prophezeien der CDU bei der Senatswahl einen haushohen Sieg.

Die blutigen Ereignisse an der Berthold-Hauptschule Neukölln spielen der CDU in die Hand. Dr. Frieder von Hirschfeldt, Kandidat für das Amt des Innensenators, fordert: »Wir müssen der organisierten Kriminalität und der zunehmenden Jugendgewalt in den Problembezirken der Stadt endlich ein Ende bereiten.«

Im Fall der beiden Amokläufer Lukaz V. und Asim K. hat die Polizei nach wie vor keine neue Spur. Allerdings ist nach Informationen des Kurier inzwischen Kommissar Paul Kalkbrenner der Fall zugeteilt worden. Kalkbrenner hatte maßgeblich zur Aufklärung der brutalen Mordserie in Berlin im Sommer dieses Jahres beigetragen. Der Kurier berichtete.

34

Ein Insekt glitt ihm übers Gesicht. Es war rau und nass. Es streifte seine Stirn, die Nase, die Lippen. Es ließ nicht von ihm ab. Immer gieriger wurde das Schmatzen. *Schmatzen?* Eine vertraute Stimme tadelte: »Bernie, wirst du wohl aufhören!«

Paul Kalkbrenner erwachte. Der Hund hatte seine behaarte Schnauze über die Sofakante gereckt und schlabberte ihn mit der Zunge ab.

»Es gibt angenehmere Methoden, geweckt zu werden, oder?« Ellen stand im Türrahmen. Sie trug einen hellblauen, seidenen Bademantel und dazu Pantoletten.

Fast rechnete er damit, dass sie den Bademantel über ihre Schultern fallen lassen und ihm einen Anblick erlauben würde, der ihm so lange verwehrt geblieben war. Doch sie drehte sich um und ging in die Küche zurück. Dafür wollte sich der Bernhardiner wieder über Kalkbrenner hermachen. Er schob den Hund, dessen Fell klitschnass war, beiseite. Als wollte Bernie dies noch einmal unter Beweis stellen, schüttelte er seinen Körper und spritzte das Wasser auf die umliegenden Kissen.

»Warum ist er so nass?«

»Ich war mit ihm draußen«, kam Ellens Stimme, untermalt vom Klappern des Geschirrs, aus dem Nachbarraum. »Und es regnet.«

Er sah zum Garten hinaus. Die Spätsommersonne hatte sich hinter dichten, tief hängenden Wolken versteckt, die ihren Inhalt gerade großzügig über der Stadt abluden.

Ellens Kopf erschien im Durchgang. »Magst du Frühstück?«

Erst jetzt roch er den Duft von aufgebackenen Brötchen und frischem Kaffee. »Keine schlechte Idee.«

»Also, worauf wartest du dann noch?«

Er spurtete die Treppe hinauf ins Badezimmer und unter die Dusche. Als er fertig war, lauschte er. Er wollte Ellen nicht kompromittieren. Sie hantierte noch immer unten in der Küche. Nackt huschte er ins Schlafzimmer und zog die Gardine vor die Balkonfenster. Dann machte er sich am Kleiderschrank zu schaffen. Als er in die Pension gezogen war, hatte er nicht alle seine Klamotten mitnehmen können und einen Teil hier im Haus zurückgelassen. Er wählte eine frische Jeans und ein neues Hemd.

Trotz des feudalen Essens am Vorabend verspürte er beim Anblick der dampfenden Brötchen, des Aufschnitts, der Käseplatte, der Eier, Tomaten, Gurken, Bananen, Trauben und Mandarinen schon wieder Appetit. Sogar an Sahnemeerrettich hatte Ellen gedacht.

Angesichts des reichhaltig gedeckten Frühstückstisches fiel es ihm schwer, seine Frau um noch einen weiteren Gefallen zu bitten. »Könnte ich die nächsten Tage Bernie bei dir lassen? Zumindest so lange, bis ich …«

Ihr strafender Blick brachte ihn zum Schweigen. Für einen Moment sagte keiner was. Nur das Splittern seines Brötchens war zu hören, als er hineinbiss – und das Schmatzen von Bernie, der sich über den Inhalt seines Napfes hermachte.

Ellens Miene wurde milder. »Paul, das gestern war ein schöner Abend. Es würde mich freuen, wenn wir so was wieder häufiger erleben.«

Er wusste nicht recht, was er darauf antworten sollte.

»Natürlich kannst du Bernie bei mir lassen«, sagte Ellen. »Ich freu mich sogar über seine Gesellschaft.«

»Danke, damit hilfst du mir unglaublich. Dr. Salm hat ihn im Büro verboten.« Er lächelte Ellen an.

Erleichtert griff er zur Sonntagsausgabe des *Berliner Kurier.* Aufmacher war natürlich immer noch die vergebliche Suche der Polizei nach den flüchtigen Amokläufern. Unter dem Artikel von Hardy Sackowitz war außerdem ein kleines Foto von Kalkbrenner abgedruckt. Es war eines der seltenen Bilder, die ihn im Anzug zeigten.

»Hat man dich deshalb aus dem Urlaub geholt?«, wollte Ellen wissen.

»Anweisung von ganz oben.«

Er blätterte weiter, überflog Berichte, die sich mit den heutigen Wahlen beschäftigten. Alle Meinungsforschungsinstitute prophezeiten das Ende der rot-roten Regierung im Berliner Senat. Er las in einen weiteren Bericht hinein, der sich mit der Einweihung einer Neuköllner Sozialeinrichtung und deren prominenten Förderern auseinandersetzte. Die Homestory dazu stammte ebenfalls von Hardy Sackowitz.

Die letzten paar Seiten waren mit allerhand angeheiterten Promis und barbusigen Starlets, anrüchigen Nachteulen und zwielichtigen Partyhelden gefüllt, die in Nachtschuppen wie dem *Eden Club* am Ku'damm oder dem *Café Hermano* am Alexanderplatz die Berliner Schickimicki-Szene pflegten. Da ihn das nicht interessierte, legte Kalkbrenner die Zeitung wieder beiseite.

Er schälte eine Banane und griff zum Kochbuch von Tim Mälzer. Aufmerksam suchte er in dem Rezeptverzeichnis. Mit den Garnelen mit grobem Meersalz glaubte er, ein passendes Rezept für einen lauen Spätsommerabend gefunden zu haben. Zudem schien es selbst bei der Zubereitung für vier Personen dem Koch, also ihm, nicht allzu viel Können abzuverlangen. Dazu sollte es einen Salat und frisches Weißbrot geben. Er notierte sich die Zutaten auf einem Zettel und steckte ihn in die Hosentasche.

»Meinst du, du kriegst das hin?«

Mit einer entschiedenen Bewegung schob er das Buch beiseite. »Klar, schließlich habe ich meiner Mutter früher häufig über die Schultern geschaut.«

»Das mit deiner Mutter …«

»Was ist mit ihr?«

Ellen rührte mit dem Löffel in ihrem Ei. Das Eigelb schwappte über die Schale und lief am Becher hinunter auf den Teller. »Ach, nichts.«

»Bist du sicher?«

Sie nickte, eindeutig einen Tick zu hastig. Er wartete noch einen Moment, aber weil sie schwieg, ließ er es auf sich beruhen. »Ich muss dann los.« Er kam um den Tisch herum. »Danke für das Frühstück.« Er hauchte ihr einen Kuss auf die Wange. Diesmal zuckte sie nicht zurück. »Und danke für den bezaubernden Abend.«

Ein Lächeln glitt über ihr Gesicht. Es erfasste ihren ganzen Körper und ließ sie für einen Moment leuchten. In dieses Lächeln hatte er sich einst verliebt.

35

Frieder von Hirschfeldt wurde von seiner Frau Patrizia geweckt. »Warum bist du so unruhig?«

»Bin ich das?«, murmelte er ins Kissen.

Patrizia schlängelte sich zu ihm unter die Decke. »Du hast dich die ganze Nacht herumgewälzt. Einmal hast du sogar im Schlaf gesprochen.«

»Und was habe ich gesagt?«

»Ich habe es nicht richtig verstehen können, aber irgendwas mit *Wahl* und *Schurke*. Oder *Sohn*? Einmal ist sogar der Name *Heynemann* gefallen.«

»Elisabeth Heynemann?«

»Sag du es mir?« Sie verpasste ihm einen Stoß in die Leber. »Hast du etwa was mit unserer Kanzlerin?«

»Gott behüte!«

»Und warum träumst du dann von ihr?«

»So ein Unsinn.«

»Ist es wegen der Wahl heute?« Patrizia kuschelte sich an ihn, streichelte ihm den Rücken. »Das sieht dir gar nicht ähnlich, mein Großer.«

Er vergrub sein Gesicht noch tiefer ins Kissen.

»So was bringt dich doch sonst nicht aus der Ruhe.«

Stimmt, dachte er, aber er wollte seiner Frau nicht sagen, warum er so schlecht geschlafen hatte. Er setzte sich im Bett auf, küsste sie kurz auf die Wange, schlüpfte dann in seine Pantoffeln und schlurfte ins Arbeitszimmer. Regen prasselte gegen das Fenster. Er schaute in den Garten. Zum Glück hatte die Haushälterin das Büfett bereits abgeräumt.

Er fuhr den PC hoch und ging auf die Website des *Kurier*. Keine der Schlagzeilen auf der Titelseite erklärte den nächtlichen Anruf der Kanzlerin, also rief er Bernd Schmücker an.

»Ich bin bereits unterwegs«, versicherte sein Referent, der ihm und der Familie für den heutigen Tag einen festen Ablauf zurechtgelegt hatte. »Und nein, keine Bange, diesmal ohne Praktikant.«

»Ich gehe davon aus, dass du dich um ihn gekümmert hast.«

»Andreas war die längste Zeit in unserem Büro beschäftigt.«

»Sehr gut«, befand von Hirschfeldt, obwohl ihm übereifrige Praktikanten im Augenblick herzlich egal waren. Er klickte sich durch die Artikel des *Kurier*, konnte aber keinen Hinweis darauf finden, was den Ärger der Kanzlerin hervorgerufen hatte. »Es gibt ein neues Problem.«

»Welches?«

»Das weiß ich noch nicht.«

»Warum denkst du dann, dass es ein Problem ist?«

»Es steht heute im *Kurier*. Sagt die Kanzlerin.«

»Oh«, stieß Schmücker aus.

»Bringst du mir die Zeitung gleich mit?«

Aus der Küche erklang lautes Geschrei. Im Schlafanzug balgten sich Frieder jr. und Patrick um die Überreste des Büfetts. Die Haushälterin kam nicht damit nach, den beiden die ranzige Salami und den Käse zu entwinden, so flink rannten sie um die Tische.

Der Trubel kam von Hirschfeldt gelegen. Er legte auf und tollte mit seinen Söhnen herum, bis ihm auffiel, dass Friederike schüchtern an der Schwelle zum Flur stand. »Mein Sonnenschein«, rief er und wirbelte sie in seinen Armen umher. »Wie geht es dir?«

»Du hast mir einen Eisbecher versprochen«, beschwerte sie sich.

»Hab ich das?«

Sie riss die Augen auf und schaute so entsetzt, wie nur kleine Töchter ihre Väter angucken können, wenn diese ein heiliges Versprechen gebrochen haben. »Ja!«

»Oh, mein Mondschein, dein Papa hat manchmal sehr viel zu tun. Da kann es schon mal passieren, dass er etwas vergisst.«

In ihren Augen flackerte es. »Du darfst mich aber nicht vergessen.«

»Dich, mein Kleines, würde ich niemals vergessen. Nur eben das Eis …«

»Krieg ich auch eins?«, stürmte Patrick heran.

»Ich auch, ich auch«, flitzte Frieder jr. auf ihn zu.

»Klar doch, jeder von euch kriegt heute ein Eis.«

Patrick neigte den Kopf. »Brauchen wir dafür dann nicht in die Kirche?«

Die Logik seines Ältesten wurde mit dessen zunehmendem Alter für von Hirschfeldt immer verwirrender. »Und ob. Du weißt doch, der Sonntag gehört dem Herrn.«

Patrick schnitt eine Grimasse. »Der sagt aber auch, am Sonntag soll man ruhen.«

Von Hirschfeldt grinste in sich hinein; dieser Argumentation war wenig entgegenzuhalten, da blieb nur die Flucht nach vorne. »Und jetzt gibt es Frühstück!«, sagte er und setzte Friederike ab.

»Nee«, quengelten die Kinder jetzt gemeinsam. »Wir wollen doch Eis!«

»*Nach* dem Frühstück! Und dann zieht ihr euch auch eiligst an, denn heute haben wir ein volles Programm.«

Das Frühstück geriet zum wilden Chaos, das mit einer weinenden Friederike und einem mit Eis bekleckerten Frieder jr. endete. Die Anspannung, die auf von Hirschfeldt lag, übertrug sich auf seine Kinder. Auch Patrizia stellte fest: »Irgendetwas hast du doch?«

»Nein, es ist alles in Ordnung.«

Er setzte ein Lächeln auf, aber es war nicht das, was er in der Öffentlichkeit zeigte. Er war zu Hause. Hier brauchte er nicht zu schauspielern. Patrizia durchschaute ihn sowieso. Sie hatte Soziologie und Psychologie studiert, für kurze Zeit sogar als Psychologin gearbeitet, außerdem eine Zeit lang bei Amnesty International in Paris. Das war gewesen, bevor sie ihren zukünftigen Mann kennengelernt hatte. Sie hatten geheiratet, Kinder bekommen, und Patrizia hatte für die Familie ihren Job an den Nagel gehängt. Doch ihre Fähigkeiten hatte sie nie wirklich verloren. Wie zur Bestätigung sagte sie: »Ich sehe dir doch an, dass dich etwas beschäftigt.«

Weil er aber selbst noch nicht wusste, worüber er sich eigentlich den Kopf zerbrach, entwischte er ihr ins Bad, während Patrizia sich mit der Haushälterin um die Kinder kümmerte. Als er in Anzug und mit Krawatte in die Wohnstube kam, übernahm er den Nachwuchs. Unterdessen warf seine Frau sich in Schale. Kurz darauf klingelte es auch schon an der Tür.

Drei Limousinen warteten vor dem Haus. Der mittlere Wagen, ein mehrsitziger VW-Transporter, war für die Familie und Schmücker vorgesehen, in den beiden anderen saßen Personenschützer.

Während der Fahrt studierte der Referent den Inhalt eines kleinen Schnellhefters. »Also, wir fahren jetzt zur Kirche. Nach dem Gottesdienst kurzes Shakehands mit dem Bezirksbürgermeister.«

»Wird Presse anwesend sein?«

»Nein, nicht nach dem Gottesdienst. Allerdings im Wahllokal, wohin wir im Anschluss fahren. Ich habe Zusagen vom *Abendblatt*, der *Bild*, der *BZ* und dem *RBB*. Sie schicken Fotografen und ein Kamerateam vorbei. Frieder, zuerst gehst du an die Urne. Anschließend macht Patrizia ihr Kreuzchen, und du kümmerst dich um die Kinder. Das kommt immer gut; familiäre Eintracht beim Wählen. Danach habt ihr zwei Stunden Zeit fürs Mittagessen, bevor wir zur Party ins Adenauer-Haus fahren. Das war's dann für heute.«

»Nicht ganz«, sagte von Hirschfeldt und schaute seinen Referenten fragend an.

»Ach so.« Schmücker reichte ihm den *Kurier*. An seinem betroffenen Gesicht erkannte von Hirschfeldt, dass dieser die Zeitung bereits gelesen hatte und offensichtlich fündig geworden war.

Von Hirschfeldt studierte aufmerksam die einzelnen Meldungen. In Sachen Amoklauf hatte die Polizei offenbar noch immer keine neue Spur. Was hatte dieser Dr. Salm noch gesagt? Neue Erkenntnisse? Von Hirschfeldt speicherte die Frage in seinem Gedächtnis ab und nahm sich vor, schon am morgigen Montag nachzuhaken. Er würde Druck machen, ganz sicher reichte es nicht aus, einfach nur einen weiteren

Kommissar mit dem Fall zu betrauen, wer immer dieser Kalkbrenner auch sein mochte.

Im Bericht über die Einweihung wurden weder die unschöne Szene mit Lars noch der Disput mit Dossantos erwähnt. So weit hatte die Kanzlerin also recht behalten, doch von Hirschfeldt konnte beim besten Willen keinen Hinweis darauf entdecken, was ihren Unmut hervorgerufen hatte.

Der Glockenturm der katholischen St.-Ludwig-Pfarrgemeinde in Charlottenburg kam in Sicht. Von Hirschfeldt begann bereits jetzt zu beten. *Lass es nicht so schlimm sein, bitte!* Zügig blätterte er die Zeitung weiter durch. Noch immer fand er nichts. Dann war er bei der letzten Seite angekommen, die dem Boulevard vorbehalten war: Schickimickis, Promis und Partys. *Schlimm ist gar kein Ausdruck!*

Auf einem der Bilder hing Lars Hönig förmlich zwischen zwei muskulösen Männern, die ihn durch eine Discothek schleppten. Der Bildunterschrift zufolge war der »*Politikersohn angeschlagen im* Café Hermano« entdeckt worden. *Angeschlagen.* Die aufgeschürften, blutigen Hände ließen keinen Zweifel daran. Die Stelle, wo seine Hose hätte sitzen müssen, war dankenswerterweise mit einem schwarzen Balken verdeckt.

»Kein schönes Foto«, murmelte Schmücker.

»Und ausgerechnet im *Hermano*!«

»Gehört das nicht diesem Portugiesen?«, fragte Patrizia.

Von Hirschfeldt hielt bereits das Telefon in der Hand. Nach dem zweiten Freizeichen wurde abgenommen. Ohne Begrüßung fragte von Hirschfeldt: »Hast du schon den *Kurier* gelesen?«

»Nein.« Eine kurze Pause entstand. »Wieso?«

»Wieso hast du mich belogen, Karl-Edmund?«

36

Kalkbrenner quälte sich durch den anhaltenden Regen über die B1 in Richtung Mitte, als sich Dr. Salm gewohnt übellaunig bei ihm meldete. »Kalkbrenner, haben Sie die Zeitung gelesen?«

»Mhm.«

»Sie verlangen von mir, dass ich Stillschweigen bewahre, aber zugleich halten Sie Ihr Gesicht in die Kamera?«

»Das Foto ist vom Juni.«

»Aber es ist *heute* in der Zeitung abgedruckt! Woher weiß der Reporter, dass Sie an dem Fall hängen?«

»Er hat mich gestern vor der Berthold-Schule getroffen.«

»Haben Sie mit ihm gesprochen?«

»Ja, natürlich.«

»Das war dieser … dieser … wie heißt er noch?«

»Sackowitz.«

Dr. Salm grunzte abfällig. Dabei war es ebenjener Journalist gewesen, dessen schmeichelhafte Berichte im Sommer seine Beförderung begünstigt hatten. Jetzt allerdings ging es darum, den Posten zu behalten. »Kalkbrenner, merken Sie sich das ein für alle Mal: Für die Kommunikation nach draußen bin ich verantwortlich. Schließlich muss ich auch meinen Kopf dafür hinhalten. Also bitte, zügeln Sie sich.« Etwas raschelte, Dr. Salm schnäuzte sich. »Und halten Sie mich auf dem Laufenden.«

Ohne ein weiteres Wort legte er auf, doch eine Sekunde später klingelte das Motorola erneut. Diesmal war es Berger. »Hat dich der Chef auch gerade angerufen? Ist wohl mit dem falschen Bein aufgestanden.«

»Wann ist er das nicht?«

Der Regen wurde stärker. Es blitzte und donnerte. Die Fahrt nach Neukölln gestaltete sich zäh. In Schöneberg war bereits die Hauptstraße gesperrt, weil die alten Berliner Kanalrohre die Wassermassen nicht bewältigten. Er musste einen Umweg über Tempelhof fahren.

Weit nach 13.00 Uhr parkte er endlich in der Straße vor Kapkins Haus. Der Kiez war wie jeder andere in Neukölln. Kalkbrenner wartete, bis das Gewitter ein wenig nachließ, und eilte dann zum Hauseingang. Von einem der Balkone vernahm er das sanfte Klingeln eines Windspiels. Ein heiterer, diesem trostlosen Ort völlig unangemessener Ton, als versuchte jemand, sich ein Stück heile Welt zu erhalten. Es dauerte eine Weile, dann knackte es in der Gegensprechanlage. Gebetsmusik schrillte aus dem Lautsprecher.

»Hier ist Kriminalkommissar Paul Kalkbrenner. Ich würde gerne mit Abdülkadir Kapkin sprechen.«

Wieder verstrichen Sekunden, bis endlich der Summer ging. Das Treppenhaus unterschied sich nicht sonderlich von dem des Hauses der Familie Vurikovici. Es war vollgemüllt und stank. Hinter beinahe jeder Tür lärmte ein Fernseher oder ein Mann, der seine Frau oder sonst wen anschrie.

Kalkbrenner stieg schnurstracks in den dritten Stock hinauf. Ein gedrungenes Männlein erwartete ihn bereits. Sein wuchtiger Schnauzbart war grau und seine Miene zornig.

Kalkbrenner zeigte seinen Dienstausweis, doch das besserte die Laune von Asims Vater keineswegs. »Sie wollen was?«

»Ich suche Ihren Sohn.«

»Er ist nicht hier.«

»Hat er sich bei Ihnen gemeldet?«

Kapkin funkelte ihn an. »Das wagt er nicht!«

»Würde es Ihnen etwas ausmachen, wenn wir uns in Ihrer Wohnung unterhalten?«

»Ja.«

»Herr Kapkin, es ist wirklich wichtig.«

»Dann reden Sie!« Seine Worte hallten durch das Treppenhaus. Eine oder zwei Etagen unter ihnen verließ jemand die Wohnung. Ein Windstoß fegte durch das Gebäude, so dass die Tür hinter Kapkin aufflog.

Kalkbrenner erhaschte einen Blick auf verschiedene Bilder und Skulpturen. Er war kein Experte, aber nach dem Ausflug ins Museum für islamische Kunst, den er einmal mit Jessy unternommen hatte, konnte er ahnen, dass Kapkins Haushalt muslimisch war.

»Haben Sie eine Ahnung, wo Ihr Sohn ist?«

»Nein. Und es ist mir egal.«

»Es könnte sein, dass Asim in Gefahr ist.«

»Geschieht ihm recht.«

»Sie mögen Ihren Sohn nicht besonders, oder?«

Der Mann knurrte wie ein Tiger, der kurz davorstand, seinem Opfer an die Kehle zu springen. »Er hat Schande über die Familie gebracht.« Damit knallte er die Tür zu, und Kalkbrenner sah wenig Sinn darin, auf einer Fortführung des unerquicklichen Gesprächs zu bestehen.

Das fortwährende Prasseln des Regens drückte aufs Gemüt. Als Kalkbrenner in die Sonnenallee einbog, fuhr er an Häusern und Geschäften, Restaurants und kleinen Hotelpensionen vorbei, alle dicht an dicht gebaut, ohne besonderen Stil oder Flair. Er verstand nicht, warum ausgerechnet diese Straße in Neukölln Kultstatus besaß.

Er schaltete das Autoradio ein. Hip-Hop mit dumpfen Bässen und rüden Texten schmetterte aus den Lautsprechern. Warum die Jugendlichen gerade auf diese brachiale Musik standen, entzog sich ebenfalls seinem Verständnis. Er mochte Bands wie Deep Purple und deren guten alten, hausgemachten Rock, aber damit war heutzutage wohl keine Quote mehr zu holen.

An der Kreuzung vor dem Arbeitsamt fuhr er nach links und war kurz darauf in Treptow. Er passierte Kolonien von Gartenlauben, bevor er ein Wohngebiet erreichte. Vor einem

Zweifamilienhaus unweit der S-Bahn-Station Plänterwald stellte er den Wagen ab.

Das Gebäude war erst jüngst saniert worden. Wie ein Skelett ragte das Baugerüst noch vor der Fassade des Altbaus aus dem 19. Jahrhundert auf. Die Wohnung im Erdgeschoss stand leer. Basilisken zierten den Balkon in der ersten Etage, auf dem in Blumenkästen Freesien blühten. Die Fenster waren hoch und mit verschnörkelten Rahmen versehen, die passende Umgebung für einen Lehrerhaushalt.

Oder für Rentnerinnen wie die alte Dame im Haus gegenüber, die sich aus dem Fenster lehnte und ihre Arme auf einem Kissen abstützte. Sie behielt die Straße im Auge, die Nachbarn und überhaupt alles, was sich so tat. Freundlich nickte sie Kalkbrenner zu.

Er grüßte mit einer leichten Kopfbewegung zurück und klingelte. Aus dem Lautsprecher kam die leise Stimme einer Frau: »Ja, bitte?«

»Kriminalkommissar Kalkbrenner. Frau Brodbeck, entschuldigen Sie die Störung. Ich würde mich gerne mit Ihnen unterhalten.«

Es knackte in der Leitung. Die Tür blieb verschlossen. »Wie war Ihr Name?«

»Paul Kalkbrenner. Ich bin Kriminalkommissar der …«

Die Stimme unterbrach ihn. »Paul? Du?«

Die Tür wurde entriegelt.

37

Auf dem Weg zurück ins *Hermano* klingelte Miguel Dossantos' Communicator. »Du bist spät dran«, beschwerte sich Boccachi.

Dossantos nuschelte etwas, weil er sich gerade ein Aspirin

über die Lippen schob und mit einem Schluck Selters runterspülte. Die letzte Nacht steckte ihm noch in den Knochen.

»Wir warten auf dich.«

»Wer ist *wir*?«

»David ist …«

»Was macht er bei dir?«

»Wir haben uns heute früh in der Kanzlei getroffen. Weil er ab morgen für vier Wochen Urlaub hat …«

»Vier Wochen? Mein Gott, warum denn so lange?«

»… und weil es sein erster Urlaub seit Jahren ist, hielt ich es für eine nette Geste, ihn mal wieder ins *Hermano* einzuladen.«

Seit zehn Jahren, seit das Edelrestaurant seine Türen geöffnet hatte, traf sich Dossantos dort jeden Sonntag mit seinem Freund zum verspäteten Mittagessen. Anfangs waren sie in Begleitung ihrer Frauen gewesen. Doch seit Claudios Scheidung und Catharinas Erkrankung blieben die beiden Männer meist unter sich, nur ab und an ergänzte Samuel die Runde. Oder Boccachis Kollege David. »Ausgerechnet diesen Zahlenschubser.«

»Du weißt, er mag es nicht, wenn du ihn so nennst.«

»Dann eben diesen *sonderbaren Kauz*.«

»Das ist er nicht«, widersprach der Anwalt. »Er mag halt nicht wie du den großen Trubel.«

»Genau, deshalb verbringt er seine vier Wochen Urlaub bestimmt auch auf der Couch in seinem Apartment, vertieft in Paragrafen und Gesetze.«

»Wenn es das ist, was ihm gefällt?«

Dossantos warf sich ein weiteres Aspirin in den Mund und würgte es die Kehle hinab. »Nicht die Huren zu vergessen, für die er seine Kohle rausschmeißt.«

»Du willst doch nicht behaupten, dass du das verwerflich findest.«

Dossantos grunzte. Er wusste sehr wohl, was er an David

Block hatte. Der schmächtige, humpelnde Anwalt war Claudios Entdeckung gewesen. Dieser hatte Block auch von einer kleinen, unbedeutenden Kanzlei abgeworben, in der sein Talent zu verkümmern drohte: David Block war ein Finanzgenie. Nicht zuletzt mit seiner Hilfe war Dossantos' Vermögen rapide angewachsen. Block hatte unermessliches Vergnügen an allem, was mit internationalen Märkten, Banken und Gesetzen zu tun hatte. Leider war das aber auch schon alles, woran er Freude hatte. »Was ich sagen will, ist doch nur: Ich kann mir einen angenehmeren Tischnachbarn für unser Mittagessen vorstellen.«

»Kann es sein, dass du letzte Nacht ein bisschen zu lange auf den Beinen warst?«

»Ich war nicht auf den Beinen.«

»Die Beine waren um dich geschlungen?«

»Das kommt der Sache schon näher.«

Dossantos beobachtete die finsteren Wolken, die der Wind über Berlin trieb. Allmählich ließen seine Kopfschmerzen nach.

Anders als unter der Woche herrschte auf dem Alexanderplatz gähnende Leere. Die Geschäfte waren geschlossen, und auch sonst gab es für Touristen – vom Fernsehturm mal abgesehen – nur wenig zu sehen. Weil das Wetter mies war und die Aussichtsplattform zwischen tief hängenden Wolken verschwand, standen nicht einmal davor Besucher.

Mit seinen beiden Begleitern erklomm Dossantos die Stufen des *Hermano.* Die Spuren der Nacht waren in dem Lokal schon längst beseitigt worden. Statt Frauen in Cocktailkleidern und Stilettos hasteten jetzt Kellner in frisch gebügelten Anzügen durch den großen Raum.

Boccachi winkte sie zu einem etwas abgelegenen Tisch am hinteren Ende. Er trug schon wieder einen Nadelstreifenanzug. Eigentlich gab es nur selten Momente, in denen er keinen trug. Manchmal kam Dossantos der Verdacht, dass sein Freund bereits mit einem Nadelstreifenanzug zur Welt gekommen war.

Neben Claudio erhob sich David Block. Er war schmächtig, blass, mit dunklem, strähnigem Haar. Er war fast bis zur Unsichtbarkeit unauffällig. Dossantos umarmte ihn. »Wie geht es deinem Bein?«

»Der Wetterumschwung macht mir zu schaffen.«

»Es soll wieder besser werden.«

»Ja«, sagte Block und setzte sich zurück an den Tisch. Dort verfiel er wenig überraschend in Schweigen.

Wie jeden Sonntag servierte der Kellner unaufgefordert Bica, wie man den portugiesischen Espresso nannte. Dossantos hatte die Hälfte getrunken, als Samuel mit seinem Leibwächter Moussa aus dem rückwärtigen Teil des Restaurants auf ihn zukam. »Papa, ich hab dem Koch in den Topf geguckt. Das Mittagsmenü sieht verlockend aus: Bacalhau.«

Gesalzener und getrockneter Kabeljau, die portugiesische Nationalspeise. Der Koch wusste, wie er seinen Chef zufriedenstellen konnte. »Dann nehmen wir den doch einfach. Ist jemand dagegen?«

Niemand lehnte ab, also nahm der Kellner die Bestellung auf. Dossantos wandte sich an Block. »Und, mein Freund? Was treibt dich an einem Sonntag in die Kanzlei?«

»Die Arbeit.«

»Genau deshalb mögen wir dich.« Dossantos klopfte ihm auf die Schulter. »Zu jeder Zeit ein fleißiger kleiner Zahlenschubser.«

Blocks Gesicht verfinsterte sich. »Es ist ja nur so, dass ich …«

»Hey! Moment mal!«, meldete sich Samuel zu Wort. »Wollt ihr etwa übers Geschäft reden?«

»Nein, das wollen wir nicht«, beschwichtigte Dossantos, der ebenfalls wenig Lust auf ein Arbeitsgespräch verspürte.

Doch Samuel war bereits wieder aufgestanden und hatte sich nach hinten ins Büro verdrückt. Dossantos konnte es seinem Sohn nicht einmal verübeln. Er gähnte. David Block lächelte.

»Worüber lachst du?«

Davids Miene erstarrte. »Es ist, ich meine …«

»Lass uns den geschäftlichen Kram für heute einfach vergessen.« Dossantos hieb ihm abermals auf die Schulter. »Ich vertraue dir voll und ganz.«

David erwiderte nichts.

»Das kann ich doch, oder?«

Sein Angestellter sah ihn mit großen Augen an. »Wie bitte?«

»Dir vertrauen?«

David riss die Lider noch weiter auf. »Wann konntest du das denn nicht?«

Dossantos brach in Lachen aus. »Ja, mein Freund, du hast recht. Wann konnte ich das denn nicht!«

38

Kalkbrenner erklomm die Stufen und überlegte derweil, ob er die Stimme der Frau hätte erkennen müssen. Er kramte in seinem Gedächtnis nach dem Namen Brodbeck, doch er konnte sich nicht an ihn erinnern. Allerdings ließ die plötzliche Vertrautheit, mit der die Witwe seinen Vornamen ausgesprochen hatte, keinen Zweifel daran, dass sie glaubte, ihm schon einmal begegnet zu sein.

Noch bevor er die Tür erreicht hatte, öffnete sie sich, und eine Frau in einem schwarzen, hochgeschlossenen Kleid erschien im Rahmen. »Paul.«

»Judith?«

Sie nickte.

»Ich wusste nicht, dass du die …« Er schluckte. Sein Mund war plötzlich trocken. »Also, das mit deinem Mann, das tut mir leid.«

»Danke«, sagte sie. »Möchtest du nicht reinkommen?«

Ihm fiel auf, dass er sie noch immer unverwandt anstarrte. »Äh, gerne, ja.«

Judith Brodbeck ging einen schmalen Korridor entlang voran ins Wohnzimmer. Dort blieb sie stehen. Ihre Augen waren rot, weil sie in den letzten Tagen zu viele Tränen vergossen hatte. Einige Fältchen hatten sich um ihre Lider herum gebildet. Das blonde Haar war kürzer als früher. Sie trug es jetzt zu einem strengen Zopf gebunden. Ansonsten hatte sie sich kaum verändert. »Wie lange ist das her?«

»Ich weiß nicht«, antwortete er. Es kam ihm nicht richtig vor, darüber zu reden. Nicht jetzt. Aber sie hatte ihn danach gefragt, also schätzte er. »20 Jahre?«

»Länger.«

Er selbst war Mitte 40. Jessy war 21. Vor 22 Jahren hatte er Ellen geheiratet. »Stimmt.«

Ein Lächeln huschte über ihr Gesicht. Es wirkte unecht und verschwand so schnell, wie es gekommen war. »Setz dich doch.«

Kalkbrenner nahm auf der Couch Platz. Das Schlucken fiel ihm schwer. Er musste an ein Stück von Eugène Ionesco denken, das er vor einiger Zeit im Schauspielhaus am Gendarmenmarkt gesehen hatte. Absurdes Theater, in dem nicht nur der Aufbau klassischer Stücke verworfen wurde, sondern auch die Gesetze der Logik keine Gültigkeit mehr hatten. In diesem Moment fühlte er sich in das Stück hineinversetzt.

»Möchtest du etwas trinken? Einen Kaffee? Selters?«

Er bemerkte seine trockenen Lippen. »Ein Wasser, gerne.«

Die Decken waren hoch und mit Stuck verziert. Am Fenster stand ein alter Sekretär, darauf ein Laptop, alt und klobig, schon fast ein Dinosaurier. Ungleich moderner war das pinkfarbene Handy. Daneben lag ein Buch. *Homo Faber* von Max Frisch. Lehrerlektüre. Hinter der Couchgarnitur reihten sich Bücherregale aneinander. Einige der Romane kannte er selbst noch aus der Schule, der Großteil war ihm fremd.

Die Einrichtung der Wohnung ließ Geschmack erkennen. Sie war weder luxuriös noch auffallend teuer, einem Lehrergehalt durchaus angemessen, wirkte aber trotzdem wie aus einem Guss. Wahrscheinlich hatte Judith die Möbel ausgewählt. Ein Gefühl für Stil hatte sie schon damals besessen.

Zusammen mit den Getränken brachte sie einen Teller Gebäck. »Eine Kleinigkeit?«

»Danke, für mich nicht.«

Sie stellte die Kekse auf dem Tisch vor ihm ab. »Ich muss was essen. Ich muss mich dazu zwingen. Eigentlich habe ich gar keinen Appetit. Oft vergesse ich es einfach …« Ihre Stimme wurde leiser.

»Wie geht es dir?«

»Ich kann das immer noch nicht glauben. Ich komme damit nicht zurecht. Ich habe das Gefühl, als würde ich in einem Traum leben, aber in einem Albtraum. In den letzten Tagen verlasse ich die Wohnung und bin mir wenig später nicht mehr sicher: Hab ich den Kühlschrank tatsächlich zugemacht? Den Fernseher ausgeschaltet? Oder die Haustür abgeschlossen?« Sie sah ihn an. Eine Träne rann aus ihrem Augenwinkel. Sie tupfte sich die Wange. »Es ist, als stünde ich neben mir. Als sei das alles nicht mehr mein Leben.«

Sie schenkte ihm Wasser ein. Sie selbst trank Wein. »Mein Kummertrunk. Nur ab und zu ein bisschen …«

Er nahm einen Schluck. Nachdem er das Glas abgesetzt hatte, wollte sie wissen: »Wie geht es dir?«

»Es geht mir gut«, sagte er, und zum ersten Mal seit langer Zeit war diese Antwort mehr als nur eine Phrase. Aber ihr Aufeinandertreffen unter diesen Umständen war nicht der richtige Anlass, um über Dinge zu plaudern, über die man üblicherweise sprach, wenn man seiner Jugendliebe überraschend gegenüberstand.

»Bist du inzwischen verheiratet?«

»Ja.«

»Schön. Hast du Kinder?«

»Eine Tochter.«

»Das freut mich. Wie heißt sie?«

»Jessica. Aber eigentlich nennen wir sie nur Jessy.«

Judiths Kopf sank schwer auf ihre Brust. Leise hörte er sie sagen: »Wir wollten auch Kinder. Wir haben es versucht. Aber irgendwie hat es nicht geklappt.«

Sie holte tief Luft und schaute ihn wieder an. »Du sagtest, du wolltest dich mit mir unterhalten. Worüber?«

»Ich habe den Fall übernommen, und es gibt da einige Fragen, die …«

»Fragen? Ich verstehe nicht.« Sie sah ihn verwundert an. »Ich dachte, alles wäre klar? Die beiden Jugendlichen, die …« Ihre Stimme versagte. Die Lippen zitterten.

Er wartete, bis sie sich beruhigt hatte. »Nein«, sagte er schließlich. »Leider ist der Fall alles andere als klar.«

Sie griff nach einer Packung Papiertaschentücher, die auf dem Beistelltisch lag. Sie schnäuzte sich kurz. »Aber was hat das mit mir zu tun?«

»Nicht mit dir. Mit deinem Mann. Ich würde gerne mehr über ihn erfahren.«

»Was willst du denn hören?«

»Hat er sich in den letzten Tagen oder Wochen verändert? Hat er von irgendwelchen Problemen erzählt?«

»Verändert? Probleme?«

»So etwas in der Art.«

»Ja, natürlich, Matthias hat …« Sie atmete geräuschvoll aus. »Er hatte sich verändert. Seit er in dieser verfluchten Schule unterrichtete. Dort gab es Probleme. Jede Menge Probleme.«

»Du meinst, mit den Schülern?«

»Natürlich, mit wem denn sonst?« Ihre Stimme bebte. »Die meisten hatten die Schüler doch überhaupt nicht mehr unter Kontrolle.«

»Und dein Mann? Hatte er sie unter Kontrolle?«

»Matthias tat immer so, als wäre alles nur halb so wild. Aber ich habe gespürt, dass das eine Lüge war. Oder jedenfalls nicht die ganze Wahrheit. Der Job hat ihn fertiggemacht. Er hat unter ihm gelitten.«

»Und du?«

»Ich habe mit ihm gelitten. Ich hatte Angst um ihn. Habe ihn gebeten, dass er sich krankschreiben lässt oder kündigt. Dass er sich eine neue Stelle sucht. Woanders. Nicht in Neukölln. Nach der Sache an der Rütli-Schule … Und dann der Amoklauf.« Es fiel ihr schwer, ruhig zu bleiben. »Ich habe gewusst, dass etwas passieren wird.« Jetzt flüsterte sie. »Aber natürlich geht man immer davon aus, dass es die anderen erwischt. Nicht einen selbst.«

»Wie war eure Ehe?«

Ihre Augen funkelten, aber diesmal nicht vor Trauer. »Wie soll sie gewesen sein? Ich sagte doch, wir wollten Kinder.«

Er nickte.

»Aber es hat nicht geklappt. Zuletzt haben wir auch nicht mehr …« Sie verstummte.

»Wegen seiner Arbeit?«

Sie nickte langsam. »Matthias hat das nicht mehr verkraftet. Diese Schüler. Der unglaubliche Druck. Dann noch die finanziellen Sorgen. Die Hypothek für das Haus. Vor drei Jahren hat er sich ein neues Auto gekauft, da lief auch noch ein Kredit über 10000 Euro. Das alles hat ihm zu schaffen gemacht. Es war, als würde ihm nach und nach sein Leben entgleiten. Der Arzt schrieb ihn krank, mehrere Monate. Er war deswegen sogar in Behandlung.«

»Bei einem Psychiater?«

»Nein, einem Psychotherapeuten. Vor einem Monat endeten die Termine bei ihm, und Matthias ging wieder zur Arbeit. Du kannst dir sicherlich vorstellen, dass ich darüber nicht gerade begeistert war.«

»Hast du die Anschrift des Therapeuten?«

»Was soll das bringen?«

»Wir müssen jedem Hinweis nachgehen.«

»Hinweis?« Judith sah ihn erwartungsvoll an. Weil er schwieg, ging sie zu dem Sekretär und klappte das Notebook auf. Mit einem leisen Surren startete das System. Kurz darauf nannte sie ihm Namen und Adresse des Arztes: *Dieter Winkels, Treptow.* Kalkbrenner notierte es sich. Als sie ihm wieder gegenübersaß, fragte er: »Von den Problemen mit den Schülern einmal abgesehen, gab es andere Vorfälle in der Schule, die deinem Mann Sorgen bereitet haben?«

»Nein«, sagte sie, »davon hat er mir jedenfalls nichts erzählt. Nur von dem ständigen Stress mit den Schülern. Manchmal auch mit deren Eltern, die genauso schlimm waren wie ihre Brut ...« Erschrocken über sich selbst riss sie die Hand vor den Mund. »Entschuldige, es war nicht so gemeint.«

»Haben die Eltern ihn bedroht?«

Sie legte die Hand zurück in den Schoß. »Es gab Streit mit einigen. Er hat ihnen vorgeworfen, ihre Kinder zu vernachlässigen. Sie dagegen wollten sich natürlich nicht in die Erziehung reinreden lassen. Aber ob sie ihn deswegen bedroht haben, weiß ich nicht.«

»Und wie war sein Verhältnis zu den Kollegen?«

»Na ja, kollegial. Zu einigen vielleicht sogar freundschaftlich, zumindest am Anfang. Mit der Zeit ist das eingeschlafen. Wenn man den ganzen Tag mit den Jugendlichen konfrontiert ist, will man sich nicht auch noch in seiner Freizeit über deren Probleme austauschen.«

»Hatte dein Mann Freunde? Bekannte?«

»Nicht sehr viele. Wenn er nach Hause kam, war er meistens erschöpft. Dann war er nicht mehr in der Verfassung, noch etwas zu unternehmen. Häufig musste ich alleine ins Theater oder ins Kino gehen. Ich habe mich oft mit Freundinnen zum Essen verabredet.«

»Hatte dein Mann ein Arbeitszimmer?«

»Ja, aber er nutzte es nicht oft.«

»Kann ich es mal sehen?«

»Meinst du wirklich?«

»Bitte.«

Sie führte ihn durch die Wohnung, öffnete eine Tür, blieb aber selbst im Flur stehen. »Ich kann da nicht rein. Noch nicht«, sagte sie. »Aber schau dich ruhig um. Ich warte vorne.« Langsam und fast apathisch kehrte sie ins Wohnzimmer zurück.

39

David Block spürte Hass in sich aufsteigen. Allerdings war er unschlüssig, gegen wen oder was sich sein Groll richtete. Gegen Miguel? Gegen dieses dünne Gesöff, das der Portugiese Kaffee nannte? Oder gegen sich selbst, weil er sich von Claudio dazu hatte überreden lassen, mit ins *Hermano* zu kommen? Eigentlich war er nur mitgegangen, um keinen Verdacht zu erregen, heute, am letzten Tag vor seinem Urlaub. Wenn seine Tischnachbarn wüssten, was das für Ferien werden würden.

Denk jetzt nicht daran!, warnte ihn eine Stimme in seinem

Schädel. Die Erfahrung hatte ihn gelehrt: Je weniger er über seine Vorhaben nachdachte, umso geringer war die Gefahr, dass er sie verriet. Dennoch konnte er die stille Vorfreude, die ihn jetzt erfüllte, nicht verhehlen. Sie war einfach da, spülte sogar den bitteren Geschmack des Bica fort.

»Was lachst du so?« Miguels Stimme riss ihn aus seinen Gedanken.

Das Blut schoss Block heiß ins Gesicht. Er rief sich zur Räson. »Es ist …«, er suchte nach Worten und sah Samuel, der sich in die Büroräume des *Hermano* verdrückte. »Ich meine …«

»Lass uns den ganzen geschäftlichen Kram einfach vergessen«, schlug Miguel vor, zeigte sein unverwechselbares Botox-Grinsen und schlug ihm wie einem guten Kumpel auf die Schulter.

Die joviale Attitüde war freilich nur geheuchelt. Miguel glaubte wohl, er wüsste das nicht. Natürlich hätte Dossantos seine Verachtung für ihn niemals offen zugegeben. Dafür war ihm Blocks Können viel zu wichtig. Doch der hatte sein verflixtes Leben lang gelernt, die versteckten Zeichen seiner Mitmenschen zu deuten. Und aus jeder Geste Miguels sprach dessen verächtliche Meinung über den schüchternen, schweigsamen und sonderbaren Kauz. *Den Zahlenschubser!* Wie Block es hasste, wenn Miguel ihn so nannte. Und er tat es nahezu jedes Mal, wenn sie aufeinandertrafen.

Dossantos sprach weiter. Block hörte ihm nicht zu. Er behielt Samuel im Auge, der zwei junge Männer durch den rückwärtigen Flur des Restaurants führte. Dort dirigierte er sie in eines der Zimmer. Das waren doch nicht etwa …?!

»Das kann ich doch, oder?« Miguel hatte ihm eine Frage gestellt.

»Wie bitte?«

»Dir vertrauen?«

Samuel kam ins Restaurant zurück. Allein. Blocks Herz

schlug schneller. Das Blut begann hinter seinen Schläfen zu pochen. Das Gemurmel der Gäste war ein tosendes Rauschen in seinen Ohren. Er antwortete, und es war, als würde jemand anders die Worte sprechen: »Wann konntest du das denn nicht?«

»Ja, mein Freund«, feixte Miguel. »Du hast recht. Wann konnte ich das denn nicht?«

Samuel stand jetzt vor ihrem Tisch. »Papa, kannst du bitte kurz mit nach hinten kommen?«

»Wieso?«

Samuels Blick streifte Block unverwandt. »Ich muss mit dir reden.«

»Was gibt es denn?«

»Wir haben ein kleines Problem mit dem Computer.« Erneut schaute Samuel verstohlen zu Block hinüber. Dem wurde unter seinem Anzug heiß und kalt. *Ein Problem mit dem Computer*? Wohl kaum! Block keuchte laut.

Miguel wandte sich ihm zu. »Alles in Ordnung mit dir?«

»Nur das Wetter«, brachte Block gepresst hervor und lockerte seinen Krawattenknoten. Ihm war unerträglich heiß.

»Papa, kommst du jetzt bitte?«, drängelte Samuel.

»Was ist denn?«, stöhnte Miguel.

»Es ist dringend.«

Block konnte sich nur zu gut vorstellen, was so wichtig war. Er durfte nicht zulassen, dass Dossantos davon erfuhr. *Jetzt noch nicht!* Er musste schnell etwas unternehmen. Bloß was?

Der Portugiese machte jetzt tatsächlich Anstalten, sich zu erheben. Die Situation drohte Block zu entgleiten. Ihm wurde schlecht bei dem Gedanken, was das für ihn bedeutete.

»Miguel, was ich dir noch sagen wollte …«, setzte Block an und verschluckte den Rest seines Satzes, da unverhofft

Rettung nahte. *Gott sei Dank!* Dossantos sank bereits wieder auf seinen Stuhl zurück. Bruno und Robert bauten sich neben ihm auf.

Bullige Männer mit grimmigen Mienen hatten soeben das *Hermano* betreten. Ihre Präsenz wirkte bedrohlich. Die Gespräche im Restaurant verstummten. Dann kamen zwei weitere Männer in grauen Maßanzügen durch die Tür herein. Ein Kellner erkundigte sich nach ihrer Reservierung, doch er wurde ignoriert. Zielstrebig steuerten sie auf Miguels Tisch zu.

Ohne ein Wort ließen sie sich auf den freien Plätzen nieder. Die stiernackigen Bodyguards blieben ausdruckslos hinter ihnen stehen.

In dem Moment traf Block eine Entscheidung. Sie fiel ihm nicht leicht, seine Übelkeit verschlimmerte sich bei der bloßen Vorstellung daran. *Denk jetzt nicht daran! Mach es einfach!* Es war seine einzige Chance.

»Ich glaube, ich geh dann mal besser«, flüsterte er, griff nach seiner Tasche und erhob sich vom Stuhl. Sein lahmer Fuß stieß gegen das Tischbein.

»Ja, ja«, sagte Dossantos ungeduldig.

40

Ein Schreibtisch nahm den Großteil des kleinen, schmalen Arbeitszimmers ein; darauf lagen pedantisch geordnet Bücher und Hefter. Brodbeck war zweifelsohne ein ordnungsliebender Mensch gewesen, selbst die Seiten vom iBook, dessen kleine Leuchte im Ruhezustand blinkte, waren parallel zu den Enden der Schreibtischplatte ausgerichtet. An der einen Wand standen zusätzliche Bücherregale. Auch die Bücher waren alphabetisch nach Autor sortiert. An der ge-

genüberliegenden Wand hing ein Bild in hellen, warmen Farben, mit einer Schraffur bearbeitet. *Andreas Lemberg* hatte es signiert.

Kalkbrenner schritt die Bücherregale ab. Er setzte sich an den Schreibtisch und blätterte ein paar Hefter durch. Er fand Schularbeiten, korrigiert und mit Noten versehen. Übungsblätter. Vorbereitungen auf den Unterricht. Nichts weckte seine Neugierde.

Nacheinander zog er Schubladen auf. Außer weiteren Heftern mit ähnlichem Inhalt, leeren Blättern und Stiften fand er im obersten Schub einen Timer. Er schlug die Seite vom vergangenen Dienstag auf. Für den Abend war ein Termin eingetragen: mit *K. N.* um 19.00 Uhr.

Er blätterte einige Tage zurück. Brodbeck war gewissenhaft vorgegangen. Prüfungstermine waren aufgelistet. Ein Elternabend. Die Schulferien waren rot markiert. Zwei- oder dreimal abends war ein Termin mit *Judith* verzeichnet, was Kalkbrenner übertrieben fand. Einmal ein Treffen mit *Christian*. Dann zweimal mit *Petra und Erich*. *K. N.* tauchte nicht wieder auf.

Kalkbrenner lehnte sich zurück und betrachtete das Bild. Er glaubte, sich zu erinnern, dass ihm seine Tochter von Andreas Lemberg erzählt hatte. Er würde sie noch einmal nach ihm fragen. *K. N.*

Es gab Leute, die sich bei Kalkbrenner beschwerten, weil TV-Ermittler in einschlägigen Krimis Terminkalender durchstöberten und dabei auf Initialen stießen. *Unrealistisch!*, klagten diese Leute. Aber das war es nicht. Es war Realität! Auch Leute, die etwas zu verbergen hatten, notierten sich Termine. Erst recht, wenn sie pedantisch waren. Vielleicht verhielten sie sich auch so, weil sie Angst davor hatten, andernfalls durch Schludrigkeit ihr Geheimnis zu verraten. Warum auch immer: Meist notierten sie ihre Termine mit Initialen.

Er steckte den Timer in die Jackentasche und klappte den Deckel des Laptops hoch. Das Startfenster ploppte auf und verlangte nach einem Passwort. Auf gut Glück gab er *Judith* ein, aber der Rechner verweigerte den Zugriff. Er versuchte es mit *Judith Brodbeck*. Ebenso vergebens. *Brodbeck*. Fehlanzeige.

Er sah sich sorgfältiger auf dem Schreibtisch um, doch das Klingeln seines Handys unterbrach ihn. »Herr Kalkbrenner?« Es war Pfleger Peer.

»Was ist mit meiner Mutter?«

»Sie ist verschwunden.«

»Wie kann das sein? Sie sagten doch, sie hätte sich im Heim eingewöhnt?«

»Ja, das hatte ich auch angenommen. Aber heute Mittag nach dem Essen hat sie die Gelegenheit genutzt.«

Kalkbrenner stöhnte. »Ich mache mich gleich auf den Weg.«

Er legte auf und sah Judith im Türrahmen stehen. »Deine Mutter lebt im Heim? Was ist mit ihr?«

»Sie ist dement.«

»Wie traurig. Ich kann mich noch daran erinnern, wie sie in Kreuzberg mit dir zu Deep Purple durch die Wohnung tanzte. Sie war ein ausgelassener Mensch. Und so glücklich.«

»Das ist sie heute auch noch. Irgendwie jedenfalls.« Mit einer ausholenden Handbewegung deutete er ins Arbeitszimmer. »Dein Mann liebte anscheinend die Ordnung.«

»Wundert dich das? Nachdem ihm sein ganzes wirkliches Leben immer mehr entglitt.«

Er wies auf das iBook. »Kennst du das Passwort?«

»Caro«, sagte sie. »Matthias hat sich immer eine Tochter gewünscht. Sie sollte Caro heißen. Ihm gefiel der Name.«

Kalkbrenner gab den Namen ein. Keine Freigabe. »Dein Mann hat es geändert?«

Verwirrt nickte Judith. »Anscheinend. Das verstehe ich nicht.«

»Hast du eine Ahnung, welches andere Passwort er verwendet haben könnte?«

Sie versuchten es mit den Namen seiner Eltern und seines Bruders, aber vergebens. Kalkbrenner sah sich noch einmal auf dem Schreibtisch um. »Hatte dein Mann ein Handy?«

»Wieso?«

»Manche Leute speichern Passwörter in ihren Mobiltelefonen ab.«

Sie ging ins Wohnzimmer und kehrte nach wenigen Sekunden zurück. Mit zitternden Händen reichte sie ihm ein kleines Nokia. »Man hat es mir mit Matthias' persönlichen Sachen zurückgegeben.«

Kalkbrenner schaltete das Handy an, scheiterte aber an der PIN-Nummer. Er klappte das Notebook zu. »Hast du was dagegen, wenn sich einer meiner Kollegen den Computer und das Mobiltelefon anschaut?«

Sie verneinte.

Er zog sein eigenes Handy aus der Tasche und hatte kurz darauf Bernd Schöffel am Apparat, der in der Abteilung für Computerkriminalität beim LKA arbeitete. Er war ein alter Bekannter Kalkbrenners, ein ausgewiesener PC-Crack und erklärte sich bereit, einen Blick auf den Rechner zu werfen. Anschließend rief Kalkbrenner das Revier an und bat um die Entsendung eines Kuriers.

Danach ging er mit Judith zurück ins Wohnzimmer. »Wer ist Christian?«

»Wahrscheinlich Christian Ernst. Ein Kollege meines Mannes.«

»Und Petra und Erich?«

»Petra und Erich Mattuscheck. Ein befreundetes Paar. Was ist mit ihnen?«

Doch statt zu antworten, fragte er weiter: »Kennst du

jemanden, den dein Mann mit K. N. abgekürzt haben könnte?«

Sie überlegte kurz. »Nein. Da fällt mir niemand ein.«

Auch damit hatte er gerechnet. Sie verfielen in Schweigen. Er lauschte dem Ticken der Uhr, die auf einem Bücherregal stand. Sie zeigte noch immer die Winterzeit an und ging eine Stunde nach.

Zeit verstrich.

Es gab viel, was er von Judith wissen wollte, aber er musste schleunigst zu seiner Mutter. Und noch Zutaten für das Abendessen einkaufen und dann zurück nach Zehlendorf fahren. Zudem war die jetzige Situation sowieso nicht für persönliche Fragen geeignet.

Judith durchbrach die Stille: »Ich verstehe das alles nicht … Ich dachte, es sei klar, dass die beiden Jungs Matthias auf dem Gewissen haben?«

Sorgfältig wog er seine Worte ab. »Inzwischen haben wir Hinweise, die ein anderes Licht auf den Fall werfen. Und die müssen wir jetzt erst mal überprüfen.«

»Überprüfen?« Sie sah ihn misstrauisch an.

»Ja.«

»Warum habe ich das Gefühl, dass du mir was vorenthältst?«

Das Läuten der Türklingel rettete ihn vor einer Antwort. »Das müsste der Kurier sein.« Er reichte ihr seine Visitenkarte. »Wenn dir noch etwas einfällt, egal was, dann ruf mich bitte an.« Er erhob sich vom Sofa. »Du kannst mich jederzeit erreichen.«

Judith hielt ihn am Arm zurück. Er roch ihr Parfüm. *Chanel No. 5*. Sie hatte den Duft schon damals getragen. Es war verstörend, dass er ausgerechnet in dieser Situation daran denken musste.

»Paul«, bat sie leise. »Ich möchte, dass du mir etwas versprichst.«

»Was?«

»Wenn du sagst, dass es die beiden Jugendlichen nicht getan haben, glaube ich dir. Aber dann möchte ich, dass du den wahren Mörder findest. Kannst du das?«

»Ich bin Polizist.«

»Ich weiß. Du hast dein Ziel erreicht.«

»Mhm.«

»Dann versprich mir, dass du Matthias' Mörder zur Strecke bringst. Versprichst du mir das?«

Er kämpfte mit sich. 90 Prozent aller Mordfälle in Deutschland wurden immerhin aufgeklärt, aber was, wenn dieser hier zu den restlichen zehn gehörte? Er wusste, was es für die Hinterbliebenen bedeutete, wenn sie ewig mit der Frage kämpften, wer ihren Partner oder Freund, ihr Kind oder ihren Vater auf dem Gewissen hatte. »Ich werde alles daransetzen, ihn zu finden.«

»Du weichst mir schon wieder aus.«

»Nein«, beharrte er.

Sie sah ihn lange und durchdringend an.

»Na gut. Wir finden ihn«, versprach er.

41

»Ich hab dich nicht belogen«, widersprach Karl-Edmund Hönig.

»Doch, das hast du«, schimpfte von Hirschfeldt. »Du hast mir gesagt, dass du mit Lars gesprochen hast.«

»Das habe ich auch.«

»Und du hast mir versprochen, dass es nicht wieder vorkommt.«

Scheu betrachtete Hönig den *Kurier*, der wie eine stumme Anklage zwischen ihnen auf dem Stehtisch lag. Als Frieder ihn am Morgen angerufen hatte, war Hönig sofort zum Kiosk an der Ecke gelaufen und hatte sich die Zeitung gekauft. Er hatte eine Weile gebraucht, bis er Lars überhaupt erkannt hatte. Selbst jetzt konnte er immer noch nicht glauben, dass dieser verwahrloste, halbnackte Junge tatsächlich sein Sohn war. »Ich bin davon überzeugt, dass dieses Foto früher entstanden sein muss.«

»Und wenn schon. Es ist *heute* in der Zeitung erschienen. Am Wahltag!«

»Aber das ist nicht meine Schuld. Ich kann doch nicht ...« Hönigs Worte wurden vom Jubel im Konrad-Adenauer-Haus, der CDU-Parteizentrale, übertönt. Der Bundesverband hatte ihnen den gläsernen Prunkbau für diesen feierlichen Tag zur Verfügung gestellt. Nach vielen Jahren als Opposition würde die Hauptstadt endlich wieder von der CDU regiert werden. Daran gab es keinen Zweifel mehr.

Immer neue Hochrechnungen flackerten über die Leinwand und die Fernseher, die überall im großen Eingangsbereich, unterhalb der Büste des ersten Bundeskanzlers der Republik, aufgestellt worden waren.

Doch während an den Tischen bereits getrunken, gegessen, palavert und gefeiert wurde, hatten sich Frieder und Karl-Edmund in eine Ecke verzogen, um über das peinliche Foto zu reden.

»War das gestern die Wahrheit?«, schrie von Hirschfeldt gegen den Lärm an. »Hast du mit deinem Sohn gesprochen?«

»Das habe ich dir doch schon gesagt.«

»Und wie hat er reagiert?«

Hönig schnaufte schwer.

Frieder verstand.

»Ich wollte dich nicht beunruhigen«, sagte Hönig, »einen Tag nach der erfreulichen Begegnung mit der Kanzlerin und einen vor den Wahlen.«

»Schönen Dank auch. Jetzt mache ich mir erst recht Sorgen.«

»Das brauchst du nicht.«

»Warum? Hat Lars inzwischen seine Meinung geändert?«

»Ich werde mir was überlegen. Notfalls muss er noch einmal in Therapie.«

»Das wird nur etwas bringen, wenn er es selbst will.«

»Das erste Mal wollte er ja auch.«

»Mag sein«, sagte von Hirschfeldt und setzte schnell ein professionelles Lächeln auf, weil eine Gruppe von ehrenamtlichen Wahlhelfern ihren Tisch passierte. Kaum waren sie vorbei, verfinsterte sich seine Miene erneut. »Aber gestern hatte ich nicht den Eindruck, dass er darauf wieder Lust verspürt.«

»Was soll ich denn dann machen?«

»Herrgott, reiß dich erst mal am Riemen«, fluchte Frieder. »Du bist bald der neue Fraktionschef unserer Partei und jammerst herum wie ein kleines Kind.« Er schlug mit der flachen Hand auf die Zeitung ein. »Was meinst du, wie macht sich so was in der öffentlichen Wahrnehmung?«

Hönig wusste, was sein Freund meinte: *die Familie, die Partei, die Kanzlerin.*

»Wir wollen die Probleme der Leute, der Gesellschaft lösen, aber unsere eigenen kriegen wir nicht in den Griff?«

Schmücker, Frieders persönlicher Referent, trat an den Tisch. »Was macht ihr denn noch hier? Ihr müsst rüberkommen.«

»Gleich!«, blaffte von Hirschfeldt ihn an.

»Frieder, die Ergebnisse aus deinem Wahlbezirk Grunewald treffen jetzt ein.«

»Dann halte sie eben noch mal zurück.«

Plötzlich stand auch Ehrenstein neben ihnen. »Hört endlich auf zu diskutieren. Heute wird nur noch gefeiert. Kommt mit. Die Leute wollen Sieger sehen!«

Frieder sah noch einmal Karl-Edmund an. »Wir haben uns verstanden, oder? Du bekommst die Sache in den Griff – keine weiteren Schlagzeilen über deinen Sohn!«

»Ja, natürlich, ich habe verstanden.«

»Du sollst das nicht nur verstehen, sondern auch dementsprechend handeln. Und ich meine das ernst.«

Frieder richtete seinen Anzug und strebte mit schnellem Schritt der Bühne entgegen. Hönig folgte ihm mit hängenden Schultern. Dann hielt von Hirschfeldt noch einmal inne, als hätte er etwas Wichtiges vergessen. »Wo ist dein Sohn eigentlich heute?«

»Auf jeden Fall nicht hier.«

»Er wird auch nicht auftauchen, oder?«

»Nein«, sagte Hönig, ohne lange darüber nachzudenken.

»Dann komm.« Frieder griff nach seiner Hand. »Lass uns den Leuten die Gewinner präsentieren.« Wieder strahlte er sein professionelles Lächeln. Das Lachen eines Siegers. Hönig betrat zwar an seiner Seite die Bühne, aber als Sieger fühlte er sich ganz und gar nicht.

42

Während Kalkbrenner durch den Nieselregen stadteinwärts fuhr, funkte er Berger an. Sein Kollege ließ ihn wissen, dass er schon mit zwei der vier Mitarbeiterinnen von *MaxiClean* gesprochen hatte, die für die Berthold-Hauptschule eingeteilt waren.

»Und?«

»Einen Moment.« Papierrascheln am anderen Ende. »Warte.« Stille. Noch mehr Tohuwabohu. Dann: »Eine wusste überhaupt nicht, wer Brodbeck war, die andere hatte bis heute nicht mitbekommen, dass ein Lehrer an der Schule erschossen wurde. Sie ist schwanger und seit Dienstag krankgeschrieben. Den beiden anderen telefoniere ich zurzeit hinterher. Auch den Chef der Reinigungsfirma möchte ich mir noch einmal vorknöpfen.«

»Gibt es in der Personalliste von *MaxiClean* eine Person mit den Initialen K und N?«

Papier flatterte um den Hörer herum. »Nein.«

»Wie sieht es auf der Personalliste des Schulkollegiums aus?«

»Warte.« Minuten verstrichen, bis Berger endlich sagte: »Nein, keiner mit K und N. Was soll denn mit den Initialen sein?«

»Ich war gerade bei Judith …«, Kalkbrenner stockte, fuhr dann aber schnell fort, »… Brodbeck.« Er berichtete von dem Timer und seinem Kollegen Schöffel vom LKA, der sich an Laptop und Handy des Lehrers versuchen wollte.

»Was hast du jetzt vor?«, wollte Berger wissen.

»Ich hole gerade meine Mutter.« Er parkte in der Straße am Görlitzer Park.

»Aha«, war alles, was Berger zum Abschied brummelte.

Es schmerzte Kalkbrenner, seine Mutter durchnässt auf den Stufen im Hausflur hocken zu sehen. Unter dem Mantelschoß lugte der Saum ihres Nachthemdes hervor. An den Füßen trug sie nur ihre Pantoffeln. Er verfluchte den neuen Mieter, dessen Namen er immer wieder vergaß, weil er Käthe Maria nicht mal für die wenigen Minuten, bis er kam, ins Warme bat.

»Da ist jemand in meiner Wohnung, Paul«, beschwerte sie sich, als ihr Sohn sie wieder die Treppen zur Straße hinunterführte. »Er soll da raus!«

Im Stockwerk über ihnen ging die Tür auf. Ein teigiges Gesicht spähte über die Treppenbrüstung. »Ich dachte, das wäre endgültig vorbei.«

»Es tut mir leid.«

»Sie wissen schon, dass das Hausfriedensbruch ist? Außerdem erschrecken sich unsere Kinder jedes Mal zu Tode, wenn Ihre Mutter vor unserer Wohnung sitzt.«

»Das ist meine Wohnung!«, rief Käthe Maria.

Der kleine, dickliche Mann verdrehte die Augen.

»Ich muss doch das Abendessen machen!«

»Sie müssen zurück in die Klapse!«

»Paul, er soll da verschwinden.«

»*Sie* sollen verschwinden!« Der Mann brüllte jetzt. »Verdammt, kapieren Sie doch endlich, Sie wohnen nicht mehr hier. Sie verrückte alte Schachtel!«

Käthe Maria brach in Tränen aus. Kalkbrenner schleuderte dem Mann einen wütenden Blick zu, aber der war bereits in seine Wohnung geflüchtet. Absurderweise fiel Kalkbrenner gerade jetzt dessen Nachname ein: Er hieß Peters.

»Komm, Mama.« Weil sie klatschnass war, legte er ihr vorsichtig seine Jacke über die Schultern. Er spürte, wie sie am ganzen Leib zitterte. Er wollte nicht, dass sie sich auch noch eine Grippe einfing. Als er ihr die Beifahrertür aufhielt, staunte sie. »Seit wann hast du denn ein Auto, mein Junge?«

»Schon sehr lange.«

»Darfst du denn überhaupt schon fahren?«

»Natürlich, Mama.«

»Wirklich?«

Er startete den Wagen, und sie klammerte sich an ihrer Handtasche fest. Niemals ging sie ohne Handtasche außer Haus. Sie enthielt alles, was Käthe Maria auf Reisen brauchte: einen Flakon *4711*, Taschentücher und das Portemonnaie, das allerdings leer war, weil die Pfleger im Heim ihr kein Geld erlaubten.

Eigentlich war es ein Wunder, dass sie in all den Monaten, die sie sich schon aus dem Pflegeheim stahl, noch nie von den Fahrkartenkontrolleuren der BVG erwischt worden war. Ebenso bemerkenswert war es, dass sie mit ihrem angegriffenen Verstand überhaupt noch nach Kreuzberg fand. Die Krankheit hatte ihr zwar vieles geraubt, aber nicht den Willen zur Heimkehr.

Kalkbrenner fuhr die Skalitzer Straße entlang und bog am Schlesischen Tor in die Köpenicker Straße ein. Vor einem türkischen Supermarkt hielt er an. Wenn er etwas an Berlin mochte, dann die Möglichkeit, zu jeder Tages- und Nachtzeit einzukaufen.

»Ist das schön!«, freute sich seine Mutter. »All die bunten Lichter.«

Mit ihrem Finger zeigte sie auf ein Haus, dessen Fenster mit roten Gardinen verhängt waren. Die Schrift des Fassadenschildes, *Chez Nous*, flackerte abwechselnd in Grün, Gelb und Rot.

Zwei Männer kamen durch den Regen herangeschlendert und blieben vor dem Vorhang stehen, der statt einer Tür im Durchgang hing. Sie unterhielten sich kurz, dann schoben sie die Gardine beiseite und verschwanden im Club. Kurz darauf folgte ihnen ein weiterer Mann.

»Was machen die denn da drin?«, fragte Käthe Maria.

»Die haben ihren Spaß«, antwortete Kalkbrenner, ohne darüber nachzudenken. »Bleibst du hier, Mama?«

»Wo soll ich denn hin, mein Junge?«

In Windeseile erledigte er den Einkauf. Doch als er mit der Tüte voller tiefgefrorener Garnelen, Weißbrot und den Zutaten für den Salat den Passat erreichte, trippelte seine Mutter gerade über die Straße. Sekunden, bevor sie durch den Vorhang verschwinden konnte, hatte er sie eingeholt.

Ein kleiner, dürrer Mann verließ in dem Moment das Bordell und spannte seinen Regenschirm auf. Fast rannte er Kalkbrenners Mutter über den Haufen. Er konnte ihr gerade noch ausweichen. »Hatten Sie Spaß?«, fragte sie ihn.

Dem Mann schoss das Blut in den Kopf.

»Entschuldigen Sie!«, bat Kalkbrenner. »Sie ist …«, er nahm Käthe Maria an die Hand, »… krank.«

Der Mann sah aus, als wollte er auf der Stelle im Erdboden versinken. Er nuschelte etwas. Es klang wie: »Meine Frau … Also, wissen Sie … Sie will nicht mehr …« Dann wurde ihm klar, dass er ihnen für sein Treiben keinerlei Rechenschaft schuldig war. Schnell ging er weiter und winkte sich ein Taxi heran.

Kalkbrenner zog seine Mutter zurück zum Auto. Wie viel Zeit war vergangen, seit er selbst zum letzten Mal mit Ellen geschlafen hatte? Er konnte sich nicht daran erinnern. Seit ihrer Trennung hatte er mit keiner Frau mehr Sex gehabt. Dabei war sein Verlangen nie erloschen, er hatte ihm nur nicht nachgegeben. Allerdings hatte sich auch nie eine Gelegenheit dazu ergeben.

Unwillkürlich erinnerte er sich an seine Frau, wie sie heute Morgen nur mit Pantoletten und Bademantel bekleidet vor der Couch gestanden hatte. Er dachte an seine Empfindungen, diesen kleinen Funken Hoffnung, der sich in ihm entzündet hatte. Auf einmal hatte er auch das Abendessen vor Augen, ihre Bluse, die ein verführerisches Dekolleté offenbarte. Doch am meisten erregte ihn immer noch ihr Lächeln. Er sah ihr in die Augen. Aber es war Judith, die in seinen Gedanken den Blick erwiderte.

»Fahren wir endlich heim?«, holte ihn die Stimme seiner Mutter wieder ins Hier und Jetzt.

43

»Ja, ja«, sagte Dossantos und verfolgte noch aus dem Augenwinkel, wie David sich vom Stuhl erhob. *Geht das nicht ein bisschen schneller!*, wollte er noch schimpfen.

Dann ergriff einer der beiden Neuankömmlinge das Wort. »Das ist mein Bruder Miroslav.« Er wies auf die Gestalt neben ihm. Das hakennasige, spitze Gesicht passte so gar nicht zum edlen Anzug. »Und ich bin Vladimir. Freunde dürfen mich auch Vlad nennen. Vlad wie Dracula, der Blutsauger.« Sein Feixen reichte von einem Ohr des kantigen Schädels bis zum anderen. »Du kennst uns, oder?«

»Ich habe von euch gehört.« In einschlägigen Kreisen hieß es, dass die beiden Brüder die Köpfe eines russischen Syndikats in Berlin seien. Schenkte man den Gerüchten darüber hinaus Glauben, konnten sie sich auf die eine oder andere schützende Hand in der russischen Regierung verlassen.

»Georgij sagte, du wolltest mit uns reden?«

»Wie wäre es, wenn ihr euch erst einmal entschuldigt?« Das war Samuel. Seine Stimme schwoll so stark an, dass nun auch die allerletzte Unterhaltung im Restaurant verstummte. »Nach eurer Aktion im *Apollo* wäre das wohl das Mindeste.«

Vlad beachtete Samuel nicht. »Man erzählt sich, dein Sohn wäre ein kleiner Hitzkopf.«

»Nur, wenn man mich reizt«, erwiderte Samuel.

Vlad hielt den Blick immer noch unverwandt auf Dossantos gerichtet. »Uns sollte man auch nicht reizen.«

»Samuel«, sagte Dossantos, ohne die Russen aus den Augen zu lassen. »Bitte teile dem Koch mit, dass wir noch zwei weitere Gäste haben.«

Samuel rührte sich nicht vom Fleck.

»Bitte, Samuel, zweimal Bacalhau für unsere Gäste.«

Das Gesicht seines Sohnes lief vor Wut rot an.

»Bitte.«

Samuel gab sich für den Moment geschlagen und drehte sich schweigend um. Moussa folgte ihm in die Hinterräume des Restaurants. Dossantos selbst sah wieder zu Miroslav und Vlad. »Fühlt euch von mir zum Essen eingeladen.«

»Eine freundliche Geste«, lobte Vlad. »Aber dein Sohn muss noch sehr viel lernen.«

»Es tut mir leid. Manchmal ist er ein bisschen ungestüm.«

»Das ist gefährlich.«

Dossantos antwortete nicht. Auch Boccachi sagte keinen Ton. Aber das Aufeinandertreffen mit den Russen war eine Situation, in der sein Freund ihm nicht helfen konnte. Diesmal war Dossantos selbst gefordert: sein Geschick, seine Besonnenheit und sein Gespür für das richtige Wort zum richtigen Zeitpunkt. Oder für das Schweigen.

Vlad lehnte sich zurück, als sein Bruder Miroslav zu sprechen anhob: »Man erzählt sich, du wärst ein sehr engagierter Mann. Diese Einrichtung in Neukölln zum Beispiel. Die soll maßgeblich auf dein Bestreben hin entstanden sein. Dafür zollen wir dir Respekt, denn eine Einrichtung wie diese hilft auch unseren Landsleuten, denen es in Deutschland schwerfällt, sich zu integrieren.«

»Das war meine Absicht.«

»Man erzählt sich außerdem, du wärst sehr erfolgreich. Als Geschäftsmann.«

Dossantos atmete durch. Allmählich kehrte wieder Normalität in den Betrieb des Restaurants ein. »Richtig, als Geschäftsmann.«

Miroslav verschränkte die Arme vor der Brust. »Wir sind ebenfalls Geschäftsmänner.«

»Wir wollen auch erfolgreich sein«, ließ Vlad wissen.

Miroslav sagte: »Deshalb sehen wir es natürlich nicht gerne, wenn man uns in die Quere kommt.«

»Wie du vielleicht weißt, haben wir einige Clubs am Messedamm. Ihr plant dort ein großes Projekt. Das bereitet uns Magenschmerzen«, erklärte Vlad.

Und Miroslav fügte hinzu: »Wir könnten uns allerdings vorstellen, dass wir unsere Kräfte bündeln.«

»Überhaupt«, meinte Vlad, »sind wir immer auf der Suche nach langfristigen, erfolgreichen Partnerschaften. Alle Seiten profitieren davon, oder nicht?«

»Ihr glaubt, ich suche Partner?«

»Du solltest wissen, dass wir uns eine lukrative Beteiligung einiges kosten lassen.«

»Danke, aber daran bin ich nicht interessiert.«

»Du solltest darüber nachdenken.«

Verärgerung wallte in Dossantos auf. »Ich habe viele Jahrzehnte hart für meinen Erfolg gearbeitet. Man respektiert mich. Hört ihr? *Respekt!* Man kommt nicht einfach vorbei und bedroht mich.«

Vlad zuckte ungerührt mit den Schultern.

»Ich glaube, es ist besser, wenn ihr jetzt geht, Vlad.«

»Vladimir, bitte.« Die beiden Brüder erhoben sich, und ihre Bodyguards brachten sich hinter ihnen wieder in Stellung. »Ich sagte doch: Nur Freunde dürfen mich Vlad nennen.« Sie machten kehrt. Bevor sie ganz vom Tisch wegtraten, drehte Vladimir sich noch einmal um. »Trotzdem danke für die Einladung.«

Die sie musternden Blicke der Gäste folgten ihnen, als sie das Lokal verließen. Dann ging das Leben im *Hermano* weiter, als sei nichts geschehen.

Der Kellner servierte den Bacalhau auf gedünsteten Kartoffeln. Er roch traumhaft, doch Dossantos fegte die Serviette unsanft beiseite. Das Besteck schlug klirrend aneinander und fiel zu Boden. Er stand auf und stapfte ebenfalls zum Ausgang.

»Was ist mit dem Essen?«, rief Boccachi hinter ihm her.

»Mir ist der Appetit vergangen.«

44

Block nahm kein Taxi für die Heimfahrt vom *Hermano*. Jeder Taxifahrer würde sich an den humpelnden, erbärmlich nach Fett stinkenden Mann erinnern, so viel war klar. Er wählte die S-Bahn und achtete sorgsam darauf, dass er ein Abteil fand, das nicht übermäßig mit Reisenden gefüllt war. Zwischendurch wechselte er zudem die Linie und die Richtung.

Die letzten Meter vom Bahnhof Zoo bis zu seiner Wohnung legte er mit Bedacht zurück. Fast schlenderte er, sofern man die Bewegung, die sein lahmer Fuß zuließ, so bezeichnen konnte. Dabei brach ihm wieder der Schweiß unter seinem Anzug aus, nicht vor Anstrengung, sondern aus Angst davor, entlarvt zu werden. Er wollte heim, in das Apartment, in seine eigenen sicheren vier Wände. Der Drang, sich zu übergeben, wurde plötzlich beinahe übermächtig.

Auf dem Ku'damm gab er vor, nur einer der flanierenden Touristen zu sein. Er rempelte niemanden an, ging den Leuten lieber aus dem Weg. Er musste unbemerkt bleiben, unsichtbar, was ihm nicht schwerfiel. Er war es ein Leben lang gewohnt.

Das prunkvolle Gründerzeitgebäude in der Fasanenstraße, einer Seitenstraße vom Ku'damm, kam in Sicht. Block beschleunigte seine Schritte. Obwohl das Gehen ihn erschöpfte, stieg er das Treppenhaus hoch. Er wollte nicht, dass ihm einer der anderen Mieter im Fahrstuhl begegnete.

So zügig es sein krankes Bein erlaubte, erklomm er die Stufen zu seinem Apartment. Schneller! Er trieb sich zu noch mehr Eile an, als könnte er auf diese Weise auch den Zweifeln entkommen, die sich an ihn krallten. Was hatte er bloß getan?

Beunruhigende Bilder flimmerten vor seinem geistigen Auge. Schwer atmend erreichte er die sechste Etage und spähte vorsichtig in den Flur. Rasch huschte er zur Tür. Das Schloss war nicht verriegelt. Obwohl seine Lunge nach Luft gierte, verweigerte er ihr neuen Sauerstoff. War man ihm auf die Schliche gekommen?

Undenkbar. Bei allem, was er unternommen hatte, war er äußerst vorsichtig gewesen. Achtsamkeit war seine zweite Natur: nichts dem Zufall überlassen, alle Spuren verwischen. Trotzdem war er anscheinend nachlässig gewesen: Er hatte nicht abgeschlossen.

Er atmete tief ein und stieß die Tür auf. Die schweren Brokatvorhänge hingen vor den Fenstern. Der untere Teil seines Apartments lag deshalb im Dunkeln. Oben auf der Empore, wo sich sein Schlafzimmer befand, brannte eine dunkelrote Neonröhre. Alles war so, wie er es am Morgen, als er sich auf den Weg in die Kanzlei gemacht hatte, zurückgelassen hatte. Er entdeckte nicht die Spur einer Veränderung, geschweige denn eines Eindringlings.

Erleichtert betrat er seine Wohnung. Er schleuderte die Tasche auf das Sofa und sank in die Polster. Plötzlich war da wieder diese furchtbare Frage. War das tatsächlich alles nötig gewesen?

Übelkeit überwältigte ihn nun mit aller Macht. Er sprang auf, stolperte ins Bad und schaffte es gerade noch, sich in die Kloschüssel zu übergeben. Weil er seit dem Frühstück nichts mehr zu sich genommen hatte, erbrach er nur bittere Galle, die das Würgen noch schlimmer machte. Verflixt, er wusste ganz genau, warum er es hatte tun müssen. Aber das machte die Angelegenheit auch nicht einfacher.

Er spie aus, wischte sich den widerwärtigen Magenschleim von den Lippen und schleppte sich zurück ins Wohnzimmer. Dort öffnete er das kleine Barfach der Schrankwand, schüttete sich einen Whiskey ins Glas und stürzte ihn in einem Zug hinab. Noch während der Alkohol durch seine Kehle rann, füllte er einen weiteren Drink nach und kippte ihn hinterher. Allmählich beruhigte sich sein Magen, und auch seine Nerven entspannten sich wieder.

Hatte er denn tatsächlich erwartet, die Sache würde ein Zuckerschlecken werden? Er hätte von vornherein wissen müssen, dass nichts von allem einfach werden würde. Nicht für ihn, mit dem es das Leben von Anfang an nicht sonderlich gut gemeint hatte.

Doch damit war es nun vorbei. Alles würde sich ändern. Nein, falsch: Alles *hatte* sich bereits geändert. Seit heute gab es keinen Weg mehr zurück. Und das war gut so. Er genehmigte sich noch einen Whiskey und prostete sich selbst zu. *Auf dich, David.*

45

Während er auf Jessy wartete, saß Kalkbrenner am Küchentisch und blätterte im Terminkalender von Matthias Brodbeck. Inzwischen hatte er bis auf Januar und Februar alle Monate durch.

Die Einträge mit Judith überflog er nur, ebenso Termine wie *Zahnarzt*, *TÜV* oder *IFA*. Auch Notizen wie *Therapeut, Dieter Winkels* oder *Winkels* widmete er keine Aufmerksamkeit, dann fiel ihm auf, dass Brodbeck sich zu Beginn des Jahres regelmäßig mit seinem Kollegen Christian Ernst getroffen hatte, häufig zwei- oder dreimal abends unter der Woche. Offenbar hatte er ihm von allen Lehrern am nächsten gestanden. In den letzten vier Wochen vor Brodbecks Tod waren insgesamt nur noch zwei Treffen mit Christian Ernst eingetragen. Judith hatte gesagt: *Er hat die Behandlung vor einem Monat beendet.*

Auf der Liste der zu befragenden Personen notierte Kalkbrenner Christian Ernst und Dieter Winkels ganz oben.

Um das Ehepaar Mattuscheck und um L. Kolbe, der ein paar Seiten weiter noch einmal als Ludger Kolbe auftauchte, würde sich Rita morgen kümmern.

Die beiden Initialen K. und N. waren allerdings kein weiteres Mal verzeichnet. Insgesamt war also nur ein Termin mit dieser ominösen Person (sofern es denn eine Person war) in dem Timer eingetragen – ausgerechnet an Brodbecks Todestag.

Kalkbrenner beugte sich zu Bernie hinab, der unter dem Tisch lag, und erlaubte sich einige Gedanken an Judith. Überraschend verschlossen ihm Hände die Augen, und eine leise Stimme flüsterte in sein Ohr: »Na? Was macht die alte Liebe?«

Er verschluckte sich und begann zu husten. Feixend ließ Jessy von ihm ab. »Paps, du siehst ja aus, als hätte dich der Schlag getroffen!«

Genauso fühlte er sich auch. Zum Glück kam nun auch Leif in die Küche. Jessy war mit dem Jungen erst ein paar Wochen zusammen. »Hallo, Leif«, grüßte Kalkbrenner. »Alles klar?« Noch ehe der aber antworten konnte, wandte er sich auch schon wieder seiner Tochter zu. »Was sagtest du gerade?«

»Du und Mama? Was ist mit euch?«

Kalkbrenner ging zum Herd und griff zum Löffel. Sofort war Bernie bei Fuß. »Wieso fragst du?«

»Nachdem du jetzt wieder hier eingezogen bist …«

»Nur auf der Couch.«

Sie knuffte ihn in die Seite. »Paps, ich bin kein Kind mehr …«

»Ist mir bekannt.«

»… und ich wäre wirklich die Letzte, die was dagegen hätte, wenn meine Eltern wieder gemeinsam in einem Bett schlafen würden.«

Sie zog ihren Freund ins Wohnzimmer, wo Ellen bereits den Tisch gedeckt hatte, kurz nachdem sie im Wahllokal ihre Bürgerpflicht erfüllt hatten: ein Kreuz für den neuen Berliner Senat.

Dann gesellte sich Jessy wieder zu ihm. »Paps, soll ich dir was sagen?«

»Ich höre.«

»Nein, noch viel besser, ich zeig dir, wie das geht.«

Sie nahm die Garnelen mit wenigen Handgriffen aus der Pfanne und ließ sie auf einen Teller gleiten. Dabei ging sie so routiniert vor, als hätte sie schon immer in der Küche gestanden.

Plötzlich traf es Kalkbrenner wie ein Schlag: Seine Tochter war erwachsen geworden. Er verspürte Zorn auf sich selbst, weil er bis heute nichts davon mitbekommen hatte.

»Paps, du siehst schon wieder so aus, als hättest du einen Geist gesehen.«

»Nein, ich habe nur dich gesehen. Und ich habe mich darüber gefreut, wie erwachsen du geworden bist.«

»Willst du mir damit etwa sagen, ich bin alt geworden?«

»Nein, nein, im Gegenteil. Du bist, ich meine ...« Kalkbrenner fehlten die Worte. »Na ja, du bist einfach ... kein Mädchen mehr. Du bist eine junge Frau.«

Noch immer sah sie ihn argwöhnisch an.

Endlich fielen ihm die richtigen Worte ein. »Ich will damit nur sagen: Ich bin unheimlich stolz auf dich. Und ich freue mich, dass wir uns wieder so gut verstehen.«

Jetzt verschwand ihre misstrauische Miene, und sie lächelte. Es war das Lächeln ihrer Mutter. Sie schob die Garnelen zum Warmhalten in den Ofen, dann kam sie auf ihn zu und gab ihm einen Kuss auf die Wange: »Hab dich lieb, Paps.«

Eine Viertelstunde später bekamen alle Hunger, als der Essensduft durch das Haus zog. Kalkbrenner rief die Familie an den Tisch. Der Wein hatte bereits die Stimmung beflügelt, und sie alberten ausgelassen herum.

Ellen schlug mit einem Löffel gegen ihr Glas und wartete, bis ihr die ungeteilte Aufmerksamkeit gehörte. »Was haltet ihr davon, wenn wir vier einfach mal für ein Wochenende wegfahren?« Sie sah in Kalkbrenners Richtung. »Natürlich erst, sobald du deinen Fall abgeschlossen hast.«

Jessy klatschte in die Hände. »Ans Meer?«

»Wie wäre es mit der Datsche meiner Eltern?«

Ellens Eltern hatten gleich nach der Wende ein kleines Ferienhaus gekauft, das sie ihr hinterlassen hatten; es lag direkt vor den Toren Berlins in der Uckermark, inmitten scheinbar endloser Weizenfelder. Sie waren schon lange nicht mehr dort gewesen. Kalkbrenner hatte beinahe vergessen, dass es die alte Datsche überhaupt noch gab.

»Gerne«, stimmten Jessy und er unisono zu. Leif wurde gar nicht mehr gefragt, er war sowieso überstimmt.

Kalkbrenner holte gerade das Essen, als sich sein Handy meldete. Weil er in jeder Hand mit Topflappen einen heißen Teller balancierte, bat er Jessy, das Gespräch entgegenzunehmen.

Offenbar war der Anrufer verwirrt, denn sie sagte: »Ich bin seine Tochter.« Und dann: »Mein Vater hat keine Zeit.«

»Wer ist denn dran?« Kalkbrenner stand jetzt neben ihr.

»Er sagt, er sei dein Kollege.«

»Ist es was Wichtiges?«

»Er sagt, er muss unbedingt mit dir reden.«

Sie reichte ihm das Motorola. Kalkbrenner legte die Topflappen aus den Händen. »Ja, bitte?«

»Hier ist Sebastian.« Die Stimme seines Kollegen klang gedämpft. »Tut mir leid, wenn ich dich störe.«

»Ist schon okay.« Das war gelogen.

»Kommst du gleich zum Alexanderplatz?«

Es klang wie eine Frage, aber natürlich war es keine. Kalkbrenner blickte zur Wand. Über der Couch hatte Jessys Ölbild inzwischen einen neuen Platz gefunden. »Ist es wichtig?«

»Ja, Dr. Salm sagte, das wäre es.«

Mit einem Seufzen legte Kalkbrenner auf. Er schaute in die neugierigen Gesichter. »Worauf wartet ihr? Esst, sonst wird es kalt.«

»Paps, ist es wichtig?«

»Ja, ich denke schon.«

»Dann solltest du fahren.«

Es vergingen mehrere Sekunden. »Ja, vermutlich hast du recht.« Es klang, als müsste er sich selbst überzeugen.

46

»Was glauben die eigentlich, wer sie sind?« Dossantos entstieg dem Chrysler. Vor den Bougainvilleen im Vorgarten seiner Finca ging er in die Hocke. An der Blumenbeetbegrenzung, am Übergang zum Asphalt, waren einige Blüten von den Stängeln gebrochen. Er hob die Pflanzenreste auf und hielt sie sich vor die Nase. Sie rochen süßlich, beinahe exotisch. Ihr Duft beruhigte sein Gemüt.

Bruno öffnete die Tür zum Haus. Dossantos folgte ihm in das Foyer der Villa, seine Absätze klapperten auf dem Marmorboden. »Was glauben die, mit wem sie es hier zu tun haben?«

»Mit wem, glaubst du, haben sie es denn hier zu tun?«, fragte Boccachi.

Das Leder seiner Slipper quietschte, als Dossantos vor der breiten Flügeltreppe, die von der großen, weißen Vorhalle hinauf in die Schlafzimmer führte, stehen blieb. »Was soll das heißen?«

»Nun, ganz einfach: Wer bist du?«

Mehrere Ming-Vasen, die Catharina vor vielen Jahren auf einer Auktion bei Sotheby's ersteigert hatte, waren zu beiden Seiten der geschwungenen Treppe aufgereiht. Orientalisches Porzellan, das zwar im schrillen Kontrast zum spanischen Flair der Finca stand, auf Besucher aber dennoch einen imposanten Eindruck machte. »Ich bin Miguel Dossantos, erfolgreicher Geschäftsmann mit sehr viel Einfluss.«

»Glaubst du, dass dich das vor ihnen schützt?«

»Claudio, ich verstehe dich nicht ganz.«

»Ich will wissen: Glaubst du, du bist unverwundbar?«

Dossantos öffnete die Finger, die er die ganze Zeit über zu einer Faust geballt hatte. Auf seiner Handfläche lagen noch immer die Bougainvilleen-Blüten, jetzt nicht nur vom Stängel abgebrochen, sondern auch zerdrückt. »Nein, das glaube ich nicht.«

»Dann solltest du in Zukunft vorsichtiger sein.«

»Mein lieber Claudio, ich habe keine Ahnung, was du von mir willst«, entgegnete Dossantos nicht ohne Spott und hängte sein Jackett über die Lehne eines antiken Stuhls.

»Es ist kein Geheimnis, dass die Russen seit Jahren versuchen, in Berlin Fuß zu fassen. Es hätte dir klar sein müssen, dass sie früher oder später deine Wege kreuzen.«

Dossantos hielt die Handfläche über eine der Ming-Vasen. Er drehte sie, und die Blütenblätter flatterten verspielt hinab. »Es wäre nicht das erste Mal, dass irgendwer versucht, mir meinen Platz streitig zu machen. Na und?«

»Irgendwer? Du willst doch nicht etwa halbseidene Luden mit der Russenmafia vergleichen?«

»Nein, aber trotzdem werden sie nicht so blöd sein und den offenen Konflikt suchen.«

»Da gebe ich dir völlig recht, das werden sie nicht tun. Aber sie werden alles daransetzen, dich zu Fehlern zu verleiten.«

»Fehler?«

»Du selbst hast gesagt, dass du ein Geschäftsmann bist. Mit Einfluss.«

»Deshalb werden sie auch keine Chance gegen mich haben.«

»Aber genau darum geht es mir! *Gerade* deshalb sind sie gefährlich. Du stehst in der Öffentlichkeit, mehr denn je. Das macht dich angreifbar, in vielerlei Beziehungen. Denk nur an die Sache gestern mit Samuel. Und dann stell dir die Zeitungsschlagzeile vor: *Sohn von Wohltäter ein blindwütiger Mörder!* Glaubst du, dein Einfluss würde so ein Szenario unbeschadet überstehen? Von deinem Ruf ganz zu schweigen …«

Dossantos' Augen fanden den Alfredo Keil. Das mächtige Landschaftsporträt des portugiesischen Malers hatte er vor einigen Jahren in einer Galerie unweit des Ku'damms entdeckt. Es hatte ihn einige Mühen und noch mehr Geld gekostet, das Bild in seinen Besitz zu bekommen. Seitdem hing es am hinteren Ende des Foyers. Wann immer Dossantos die Finca betrat, fiel sein Blick auf das Bild. Es war für ihn der Inbegriff seiner Heimat: ein Land, das er selbst nie kennengelernt hatte, das er nur aus den Erzählungen seiner Mutter kannte.

La Folia fiel ihm wieder ein. Noch immer konnte er sich nicht an die Melodie erinnern, dafür aber an all das, was er mit der Musik verband: seine Mutter, die Geschichten, das Land. Genau wie dieses Bild. Es war ein Teil von ihm. Sein Traum und sein Stolz. »Glaubst du, wir sollten in einige, nun, Sicherheiten investieren?«

»Es könnte nicht schaden.«

»Okay.«

»Generell täte dir aber auch ein bisschen mehr Achtsamkeit gut.«

»Wie bitte?«

»Na, zum Beispiel heute Mittag. Wo warst du mit deinen Gedanken?«

»Red keinen Unsinn.«

Boccachi lachte. »Bei der letzten Nacht?«

Das Lachen seines Freundes entspannte auch Dossantos wieder. »Blödsinn.«

»Wie war sie?«

»Wer?«, drang eine Stimme von der Empore zu ihnen herab. Catharinas zerzauste Haare erschienen über der Balustrade.

»Hallo, Catharina«, grüßte Boccachi.

»Claudio«, sagte Catharina.

»Ach, nichts«, meinte Dossantos und schickte seinen Anwalt ins Arbeitszimmer vor.

»Für *nichts* bist du gerade aber ziemlich wütend ins Haus gestürmt.«

Langsam erklomm ihr Mann die Stufen der Flügeltreppe. »Halb so wild.«

»Hast du wieder Ärger mit einer Frau?«

»Nein«, beteuerte er.

»Du kannst es mir ruhig sagen. Ich weiß doch, dass du deinen Schwanz nicht bei dir behalten kannst.«

Sie war krank, verbittert. Aber entschuldigte das alles? Zähneknirschend überging er ihre Bemerkung.

Catharina trug einen senffarbenen Pyjama. Ihre Füße steckten in altmodischen braunen Puschen. Das Haar stand ihr vom Kopf ab, ohne Form und Farbe. Offenbar hatte sie sich bis gerade eben im Bett herumgewälzt. »Wie geht es dir?«

»Als wenn dich das interessieren würde.«

Unten in der Vorhalle klingelte sein Communicator. Vermutlich war es Samuel, der wissen wollte, warum sie, ohne sich zu verabschieden, das *Hermano* verlassen hatten. »Sind die Schmerzen wieder so schlimm?«

Seine Frau humpelte zurück ins Schlafzimmer. Dort streifte sie die Pantoffeln von den Füßen und legte sich zurück ins Bett. »Die Schmerzen sind *immer* schlimm.«

Dossantos' Mobiltelefon verstummte. Kurz darauf läutete Claudios Handy. »Wenn ich dir nur helfen könnte.«

Catharina sah ihm zu, wie er die Decke über ihren Körper ausbreitete.

»Miguel?«, rief Claudio von unten.

»Ich komme gleich.«

Catharina verdrehte die Augen. »Du und dein Anwalt. Ihr und eure Geschäfte.«

Ohne ein weiteres Wort verließ Dossantos das Schlafzimmer. Sina würde am frühen Abend wieder vorbeischauen und sich um Catharina kümmern. Die Pflegerin ertrug die Launen seiner Frau klaglos. Es war ein beruhigendes Gefühl – oder war es Erleichterung?

Claudio wartete bereits am Treppenabsatz. »Miguel«, wiederholte er mit seltsam belegter Stimme.

»Was ist mit dir?«

»Es ist …«, stammelte Claudio und führte ihn ins Arbeitszimmer. Der Raum war beinahe so groß wie das Wohnzimmer und wurde von einem wuchtigen Mahagonischreibtisch, einer weißen Ledergarnitur und einem Aquarium dominiert.

»Im *Hermano* …«, sagte Claudio und schluckte schwer.

Das Plätschern vom Aquarium erfüllte den Raum. In dem großen Behälter krochen Hummer umher. Eigentlich waren sie nur zur Zierde, aber manchmal, zu besonderen Anlässen, wurden sie auch schon mal gekocht.

Dossantos hatte seinen Freund noch nie so verstört erlebt, noch nicht einmal nach dessen Scheidung. »Was denn? Was ist im *Hermano*?«

Miguel legte ihm eine Hand auf die Schulter. Und dann erzählte Claudio, was passiert war.

47

Vor dem *Café Hermano* am Alexanderplatz blockierten Einsatzfahrzeuge der Berufsfeuerwehr den Gegenverkehr. In dem flirrenden Blaulicht, das von den Fenstern der umliegenden Läden hektisch in die Abenddämmerung zurückgeworfen wurde, bemühten sich Polizeibeamte, den stockenden Verkehr zu entwirren.

Inmitten des Chaos machte Kalkbrenner die Transporter der Spurensicherung aus. Kurzerhand stellte er den Wagen auf dem Bürgersteig vor der Ruine des Palastes der Republik ab und legte die letzten Meter zu Fuß zurück. Er kam an einer Imbissbude vorbei, der Duft von Currywurst verfolgte ihn. Daheim saß seine Familie gerade zu Tisch und genoss die in Salz gebratenen Garnelen. Sein Magen rief sich knurrend in Erinnerung.

Er zeigte den wachhabenden Beamten seinen Ausweis, bückte sich unter der Absperrung hindurch, umrundete die Löschzüge und stand kurz darauf vor dem berüchtigten Schickeria-Treff der Stadt.

Qualm stieg aus den Fenstern und Türen auf und ließ das Schlimmste erahnen. Über die Fliesen floss Löschwasser, das sich mit staubiger Asche vermengte, die wie Schnee durch das Gebäude wirbelte. Kalkbrenners Schuhe versanken in der grauen Schlacke. Seine Füße waren binnen Sekunden nass.

Berger hetzte auf ihn zu. Auch seine Hosenbeine hatten sich voller Löschwasser gesogen, klebten schwer an seinen Schenkeln. »Das Feuer ist in der Restaurantküche ausgebrochen. Die Brandexperten haben vor wenigen Minuten mit der Untersuchung begonnen.«

Der Nebel aus Qualm und Asche, der in der Luft hing, machte es beinahe unmöglich, die riesigen Ausmaße des

Hermano zu erahnen. Trotzdem glaubte Kalkbrenner zu erkennen, dass der Schaden noch überschaubar geblieben war. Nur der hintere Teil des Restaurantbereichs war von den Flammen zerstört worden. Nach vorne zum Eingang hin lief lediglich die schmierige Melange aus Löschwasser und Asche ab.

Doch wegen eines Feuers hatte Berger ihn ganz bestimmt nicht verständigt. Ein einfacher Brand erklärte auch nicht die Anwesenheit der Spurensicherung. Kalkbrenner vermutete, was ihn noch erwartete. Sein Hunger verflüchtigte sich. »Also, warum bin ich hier?«

»Das Gleiche wirst du mich vermutlich auch fragen«, antwortete eine Stimme aus dem hinteren Teil des Gebäudes. Ludwig Harenstett, der stellvertretende Leiter der LKA-Abteilung 2, in deren Aufgabenbereich Schleusungs- und Rotlichtkriminalität in Berlin und Umland fielen, löste sich aus den Staubschwaden.

Kalkbrenner tat ihm den Gefallen. »Was hast du hier zu suchen?«

»Das habe ich ihn auch schon gefragt«, raunte Berger, »aber er wollte warten, bis du kommst.«

»Ich habe ihn verständigt«, ließ sich Dr. Salm vernehmen, der nun hinter Harenstett erschien.

Kalkbrenner konnte sich nur an wenige Einsätze erinnern, bei denen er den Chef an einem Tatort gesehen hatte – und noch dazu im Freizeitdress. Er trug Jeans, ein Poloshirt und Golfschuhe. Irgendwie schaute auch dieses Outfit nicht wirklich nach Umzugsstress aus. Kalkbrenner unterdrückte ein hämisches Grinsen, als er bemerkte, dass die Brandreste die weißen Edeltreter Dr. Salms ruiniert hatten.

Der Kommissar wandte seine Aufmerksamkeit Harenstett zu. Der machte seinem Ruf, nicht gern viele Worte zu verlieren, sondern schnell zur Sache zu kommen, alle Ehre und beschränkte sich auf ein kurzes: »Folgt mir!«

Sie betraten einen großen Raum, in dem das Feuer schlimmer gewütet hatte. An den verkohlten Überresten der Einrichtung war unschwer zu erkennen, dass es sich um die Restaurantküche handelte. Harenstett führte sie in ein Nebenzimmer. Auch hier hing der Geruch von Essen noch in der Luft. Kalkbrenner schluckte. Nein, es war zwar der Gestank von verbranntem Fleisch, aber es handelte sich dabei um menschliches Fleisch!

Der Gerichtsmediziner Dr. Wittpfuhl hockte schon hinter einer großen, hüfthohen Arbeitsplatte aus Stahl. Kalkbrenner holte durch den Mund Luft, dann umschritt er entschlossen den Tresen, und sein Appetit verging ihm endgültig.

Die drei Leichen waren kein magenfreundlicher Anblick. Der Großteil ihrer Körper war versengt. An einigen Stellen war die Haut bis auf die Knochen eingeäschert. An anderen dagegen konnte man noch Stücke der Kleidung sehen, die sich untrennbar mit dem Gewebe darunter verbunden hatte. Jetzt war Kalkbrenner dankbar dafür, daheim noch nichts von den Garnelen probiert zu haben.

»Sie haben nicht gelitten«, sagte Harenstett in einem Ton, der beinahe belustigt klang.

»Woher willst du das wissen?«, fragte Kalkbrenner barsch.

»Das haben sie tatsächlich nicht«, bestätigte Dr. Wittpfuhl. Er deutete mit dem behandschuhten Zeigefinger auf einen der verkohlten Schädel. »Kopfschuss.«

»Sind Sie sicher?«

»Ganz sicher sind wir immer erst nach der Obduktion.«

»Wann?«

Der Mediziner seufzte tief. Asche stob empor, so dass sein Kopf hinter einer dichten Wolke verschwand. »Heute ist Sonntag, und …«

»Wie lange?«

»… und eigentlich habe ich heute Abend Karten für die Deutsche Oper.«

»Gehören die drei zum Personal?«

»Vermutlich. Köche. Küchenhilfen. Oder Kellner.« Berger griff in seine Jackentasche. »Wir haben eine erste Liste der …« Jetzt suchte er in der Innentasche. »Also, wir vernehmen zurzeit das Personal. Aber in dem Chaos ist das nicht so einfach. Wir müssen sie …«

»Eigentlich ist es auch egal, wer die Toten hier sind«, fiel ihm Harenstett ungeduldig ins Wort.

Kalkbrenner drehte fragend den Kopf in seine Richtung.

»Komm mit!«

Sie folgten ihm den Flur entlang. Die Hinterzimmer waren unbeschädigt geblieben, trotzdem war die Spurensicherung in einem der Büros beschäftigt. Von der leitenden Beamtin war nichts zu sehen. Auch das war ungewöhnlich, denn Dr. Franziska Bodde ließ es sich niemals nehmen, einen Tatort höchstpersönlich zu begutachten. Kalkbrenner dachte an seinen Eindruck am gestrigen Samstag. Ob die Kriminaltechnikerin tatsächlich Sorgen hatte?

Er ging in das Büro. In dem Schreibtischsessel hing ein junger Mann, die Pupillen voller Erstaunen auf Kalkbrenner gerichtet. Mitten in seiner Stirn klaffte ein daumengroßes Einschussloch.

»Das ist Samuel Dossantos«, informierte ihn Harenstett.

Kalkbrenner konnte mit dem Namen nichts anfangen, und auch Berger schien ratlos. Nur Dr. Salm nickte wissend mit dem Kopf.

Der LKA-Beamte wies zum Ausgang. »Wir müssen miteinander reden.«

48

»61 Prozent?« Die Anzahl der Stimmen, die von Hirschfeldt in seinem Wahlbezirk Grunewald errungen hatte, übertraf seine kühnsten Erwartungen.

»Wahnsinn!«, rief Berthold Ehrenstein und schüttelte ihm so heftig die Hand, dass sein Schultergelenk schmerzte.

»Mein Gott, das ist es!«, staunte Sadi Vegatowski und hörte gar nicht mehr auf, ihm anerkennend auf die linke Schulter zu schlagen.

Sofort war von Hirschfeldt von Reportern umringt. »Haben Sie damit gerechnet?« Nein, das hatte er nicht. »Fühlen Sie sich in Ihrer Politik bestätigt?« Natürlich, mehr denn je. »Was werden Sie morgen als Allererstes unternehmen?« Aufstehen, frühstücken, danach zur Arbeit gehen.

Bevor noch weitere Fragen auf ihn einprasselten, dröhnten auch schon Fanfaren aus den Lautsprechern. Bunte Ballons lösten sich von der Decke. Luftschlangen und Konfetti regneten auf die Köpfe der Menschen herab.

Auch Anton Heiland, der Spitzenkandidat und designierte Bürgermeister Berlins, marschierte in die Halle und umarmte einen Parteifreund nach dem anderen, bis er es schließlich auf die Bühne geschafft hatte. »Frieder, komm her!«

Von Hirschfeldt stellte sich an seine Seite. Gemeinsam winkten sie ins Publikum, dessen Jubel nicht abebben wollte.

»Wie viel?«, erkundigte sich Heiland durch den Trubel.

»61 Prozent!«

»Meine Güte, stehst du mit dem Teufel im Bunde?«

»Dann stünde ich jetzt nicht hier, sondern würde bei der Linken meine Wunden lecken.«

Heiland lachte. »Haben die es überhaupt in einigen Bezirken geschafft?«

»Vermutlich wieder im Osten.«

»Verflucht, da kannst du dir die Beine ausreißen, und es geht doch nichts.«

»Vermutlich wird uns das die absolute Mehrheit kosten«, bedauerte von Hirschfeldt, ohne dass sein Lächeln erlosch.

Nach und nach traten noch mehr Fraktionsmitglieder auf die Bühne. Irgendwann stand auch Patrizia neben von Hirschfeldt. »Ich bin so stolz auf dich!«

Sie küssten sich, und die Fotoapparate der Reporter klickten in einem fort.

Wieder ertönte eine Fanfare. Diesmal hielt die Kanzlerin Einzug in den Saal. Die Ovationen steigerten sich. Elisabeth Heynemann verharrte nicht lange beim Wahlvolk, sondern schritt zügig durch den Korridor, den ihr die Sicherheitsbeamten bahnten. Sie erreichte Heiland und gratulierte ihm, während die Presse ihre Objektive auf die beiden hielt. Sie wechselten einige Worte, die von Hirschfeldt nicht verstand, weil die Musik und der Applaus nach wie vor orkanartig durch das Adenauer-Haus brausten.

Schließlich wandte sich die Kanzlerin von Hirschfeldt zu. »Heute ist es aber erlaubt?«

»Wie bitte?«

»Dir zu gratulieren!« Sie umarmte ihn und flüsterte: »Hast du alles in Ordnung gebracht?«

»Selbstverständlich.«

Sie griff noch einmal fest nach seiner Hand und demonstrierte Zufriedenheit in die Objektive der Journalisten. »Das hoffe ich für dich, wirklich, das hoffe ich.«

Sie winkte noch einmal in die Menge, bevor sie sich kurz darauf von ihrer Security wieder zum Ausgang geleiten ließ. Langsam kehrte Ruhe in dem Saal ein. Heiland trat an das Mikrofon und kramte aus seiner Jackentasche sein Redemanuskript heraus. Die Fraktion formierte sich im Halbkreis hinter ihm.

Nur Karl-Edmund stand mit seiner Frau Martina abseits. Zwar lächelten beide, aber es fiel ihnen sichtlich schwer. Aus einem Impuls heraus ergriff von Hirschfeldt ihre Hände und zog sie beide zu sich.

»Alles wird gut«, raunte er Karl-Edmund ins Ohr.

»Sicher?«

»Hey, wir sind Freunde. Gemeinsam stehen wir das durch.«

»Danke«, sagte Hönig, und aus seinem Augenwinkel löste sich eine Träne. Der emotionale Ausbruch fiel niemandem auf, und selbst wenn: Schließlich hätte es an diesem Tag auch eine Freudenträne sein können. Immerhin übernahm ihre Partei heute wieder die Regierungsarbeit im Berliner Senat.

Heiland räusperte sich. Aus den Lautsprechern erklang ein donnerndes Krachen. Die Menschen im Auditorium brachen abermals in Begeisterung aus.

Schmücker tippte von Hirschfeldt auf die Schulter. »Frieder, ich muss mit dir reden.«

»Muss das jetzt sein?«

»Ich denke schon«, bekräftigte sein Referent.

»Was ist denn?«

»Im *Hermano* …« Das Gejohle der Menge schwoll an und verschluckte Schmückers Worte.

Doch von Hirschfeldt hatte genug gehört. Das Lächeln, mit dem er in die Kameras schaute, erlosch zwar nicht, aber innerlich versteifte er sich. »Nicht schon wieder Lars?«

Erneut wurde es lauter, als Heiland neue Wahlergebnisse bekannt gab. Demnach hatte die Partei auch in vormals sozialdemokratischen Bezirken an Stimmen zugelegt. Zu einer absoluten Mehrheit würde es nicht reichen, so viel war klar, aber Heiland verkündete, schon morgen in aller Frühe würden die Koalitionsverhandlungen mit der FDP beginnen, um schnellstmöglich den Regierungsauftrag anzunehmen.

»Nein«, sagte Schmücker, als wieder etwas Ruhe eingekehrt war. »Noch schlimmer.«

Von Hirschfeldt konnte sich nicht vorstellen, was an einem Wahltag noch schlimmer als das veröffentlichte Foto eines betrunkenen Politikersohns sein sollte.

Kurz darauf wusste er es.

49

Kaum dass sie auf den unbequemen Schemeln in der Kneipe unweit des *Hermano* Platz genommen hatten, begann Ludwig Harenstett, der Leiter der LKA-Abteilung Rotlicht: »Habt ihr eine Ahnung, was dieses Blutbad zu bedeuten hat?«

Die Frage, die nun zwischen ihnen stand, war mehr als nur ein Verlangen nach Antwort. Sie war eine Warnung. Und eine Drohung.

Weil aber weder Kalkbrenner noch Berger oder Dr. Salm reagierten, holte Harenstett den *Berliner Kurier* aus seiner Tasche. Er deutete auf eine Schlagzeile: *Der Ehrenbürger vom Kiez*. »Damit ist Miguel Dossantos gemeint. Samuels Vater.«

Kalkbrenner und Berger beugten sich über die Zeitung. Miguel Dossantos gehörte diversen Vereinen und Verbänden an, spendete regelmäßig Geld für wohltätige Zwecke, förderte Kultureinrichtungen im Kiez und sponsorte Veranstaltungen für benachteiligte Jugendliche. Zuletzt hatte er in Neukölln den Aufbau einer Sozialeinrichtung für Straßenkinder mit über 500 000 Euro unterstützt. Kalkbrenner hatte den Text über die Einweihung bereits am Morgen während des Frühstücks überflogen. »Scheint ein netter Kerl zu sein.«

»Ja, durchaus. Er gefällt sich in dieser gesellschaftlichen

Gutmenschenrolle. So sehr, dass er jetzt, auf seine alten Tage, die deutsche Staatsbürgerschaft beantragen und seinen Namen in *Michael* ändern lassen will.«

»Was spricht dagegen?«

»Nichts.« Es klang, als gäbe es ein ganzes Universum voller Vorbehalte.

Die Kellnerin erkundigte sich mit pampiger Stimme nach ihren Wünschen. Ebenso wie Bequemlichkeit war Freundlichkeit Mangelware in den Mitte-Kneipen. Allerdings gaben die willkürlich vereinten Stile, die mit ein paar Neonröhren auf modern getrimmt worden waren, den ahnungslosen Touristen das Gefühl, einmal die Luft des hippen Großstadtlebens zu atmen. Ohne zu zögern, zahlten sie hier den doppelten Preis für Cappuccino, Latte macchiato oder andere Dinge, die der vermeintlich urbane Hippster zu sich nahm.

Dr. Salm, der normalerweise wahrscheinlich in anderen Lokalen verkehrte (in solchen, in denen sich auch vermeintliche Ehrenbürger wie Miguel Dossantos aufhielten, vermutete Kalkbrenner), verzichtete dankend auf ein Getränk und beschäftigte sich stattdessen mit seinen verdreckten Golfschuhen. Kalkbrenner bestellte sich ein Selters, Berger eine Cola, Harenstett einen Kaffee.

»Einen Cappuccino?« Die Kellnerin friemelte mit Daumen und Zeigefinger an ihrem Nasenring herum.

»Einen Kaffee.«

»Milchkaffee?«

»Nein, nur einen stinknormalen Kaffee.«

Pikiert rauschte sie davon. Während sie auf die Getränke warteten, beobachteten sie die hektische Betriebsamkeit ihrer Kollegen auf der anderen Straßenseite. Zwei der Löschfahrzeuge bahnten sich einen Weg durch den stockenden Verkehr. Die Arbeit der Feuerwehr war anscheinend beendet.

Harenstett griff erneut in seine Tasche und warf schwungvoll einen Stapel Papier auf den Tisch. Er klopfte mit der Hand darauf. »Das ist alles, was wir über Miguel Dossantos wissen.«

Kalkbrenner und Berger schauten sich das beigeheftete Foto an. Die Aufnahme war unscharf, offenbar war sie während einer verdeckten Observation entstanden. Sie zeigte einen Mann in legerem Outfit: Rollkragenpullover, Stoffhose und Slipper, trotz der pixeligen Qualität als teure Designerware zu erkennen. Er hatte eine schmale Nase, ein fliehendes Kinn und grau meliertes Haar. Sein Gesicht besaß eine unnatürliche Glätte; ganz offensichtlich hatte die plastische Chirurgie da etwas nachgeholfen. Sein Alter war schwer zu schätzen.

Nachdem sie das Bild studiert hatten, sagte Harenstett: »Dossantos ist Unternehmer. Großunternehmer.«

»In Sachen Immobilien«, fügte Dr. Salm hinzu.

Harenstett bedachte ihn mit einem irritierten Blick. »So könnte man das auch sehen«, fuhr er fort, »aber eigentlich geht es um Prostitution. An 70 Prozent der Berliner Clubs, Bars, Bordelle und Studios ist er beteiligt – und wenn es nur in Form einer Teilhaberschaft ist, in deren Rahmen er kassiert. Ein anderes Wort dafür ist Schutzgeld. Kurz gesagt: Dossantos ist *die* Nummer eins in Berlin.« Er lachte bitter auf. »Ja, ein echter Ehrenbürger, wenn es um Sex geht.«

»Wie hat er es so weit gebracht?«, erkundigte sich Berger, musste allerdings einige Sekunden auf Antwort warten.

Die gepiercte Kellnerin schlappte heran und knallte ihnen ihre Bestellungen vor die Nase. Die Getränke schwappten über. Braune Kringel färbten das Papier. Bevor der Kaffee noch mehr Schaden anrichten konnte, hob Harenstett ihn an den Mund. Jetzt tropfte er von der Tasse auf seine Jeans, aber er achtete nicht auf das Malheur.

Stattdessen berichtete er weiter: »Miguel Dossantos hat

die vergangenen 30 Jahre genutzt, um sein Terrain in Berlin abzustecken. Er kam Anfang der 50er mit seinen Eltern nach Deutschland und machte eine sportliche Karriere, die ihn erstmals nach Westberlin führte. Er war noch einige Male zu Besuch, bis er endgültig hierblieb. Seine kriminelle Karriere begann mit Drogen, Waffen, Zuhälterei – schon damals vor allem Prostitution. Ein paarmal wurde er erwischt, saß auch einige Monate. Aber von Mal zu Mal wurde es schwerer, an ihn heranzukommen. Er wurde zu einem misstrauischen, übervorsichtigen Hund und umgibt sich noch heute nur mit absolut loyalen, ihm treu ergebenen Leuten.«

Harenstett entnahm der Akte ein weiteres Foto. Es zeigte die Sorte Mann, Meister-Proper-Frisur, Sonnenbank-Bräune, Bodybuilder-Figur, mit der man nur ungern aneinandergeriet. »Das ist Bruno Posavski. Er ist Dossantos' rechte Hand. Man könnte auch sagen: der Mann fürs Grobe, den jeder gute Unternehmer in dieser Branche braucht. Dossantos hat ihn vor fast 20 Jahren von der Straße und vom Crack weggeholt. Ohne Dossantos wäre Bruno vermutlich schon lange tot. Überdosis. Bruno ist kein besonders heller Kopf, aber dass er wegen Dossantos noch am Leben ist, das hat er kapiert und dankt es ihm mit bedingungsloser Loyalität. Wenn es sein muss, bis in den Tod.«

Harenstett führte die Tasse zum Mund und nahm überrascht zur Kenntnis, dass sie bereits leer war. Er stellte sie beiseite und zeigte das Bild eines kleinen, gedrungenen, fast glatzköpfigen Mannes im Nadelstreifenanzug. »Irgendwann in den 80ern lernte Dossantos den Italiener Claudio Boccachi kennen. Boccachi hatte in Deutschland Jura studiert – sehr erfolgreich. Er machte Dossantos mit den Tücken, aber auch mit den Schlupflöchern des deutschen Rechtssystems vertraut. Die beiden wurden dicke Freunde, und als solchen wurde ihnen bald klar, auf welche Weise sie für den Rest ihrer Tage Geld verdienen wollten.«

»Noch was zu trinken?« Wie aus dem Nichts stand die Kellnerin wieder vor ihrem Tisch.

Kalkbrenner, der sein Selters noch nicht angerührt hatte, lehnte dankend ab. Berger nahm noch eine Cola, Harenstett orderte ein Bier. Danach zündete er sich eine Zigarette an.

Kalkbrenner meinte sich erinnern zu können, dass der LKA-Beamte ihm bei ihrem letzten Aufeinandertreffen berichtet hatte, mit dem Rauchen aufgehört zu haben. Aber er fragte nicht nach, sondern ließ Harenstett weitererzählen: »Mit Hilfe von Boccachi, der die Kanzlei Boccachi & Partner gründete, nutzten sie die Wirren während der Wende. Jeden freien Winkel, den das deutsche Gesetz bot, schöpften sie bis aufs Äußerste aus: Dossantos unterhielt Bordelle und Nachtclubs unter den raffiniertesten Deckmänteln. Die legendäre *Zimmervermietung* war da noch die einfachste Methode. Andere, raffiniertere Varianten waren die der Gastronomie und Immobiliengeschäfte. Nach der Wende ließ er über *Arbeitsagenturen* billige Frauen aus Osteuropa herbeischaffen, mit denen er die ersten FKK-Clubs etablierte, schäbige Hütten, die als Vereinshäuser deklariert wurden, in denen es für *Mitglieder* Sex zu sensationellen Discountpreisen gab. Später gehörte er mit Studios, Clubs und Partys zu den Vorreitern der SM- und Dominabewegung. Seine Frauen erfüllten den Freiern jeden noch so abwegigen Wunsch.«

Harenstett zog tief an seiner Zigarette. »Einer der Boccachi-Anwälte, David Block, ist außerdem ein Ass im internationalen Wirtschaftsrecht. Er war bei Dossantos' Unternehmungen für die Geldwäsche verantwortlich. Über verschiedene Banken hat er schmutziges Geld in sauberen Firmen angelegt. Er hatte 12, 13, vielleicht auch 14 Bankdirektoren in verschiedenen Ländern, die ihm halfen, die Transaktionen zu verschleiern. Einige der Banken gehörten Dossantos sogar selbst, natürlich über gut getarnte Umwege. Sie bestanden aus einem Computer und einem Briefkasten, gekauft für ein paar Tausend Euro. Noch heute sorgt Block dafür, dass Dossantos' Geld sicher auf Banken in Panama, Antigua, bei einem Off-Shore-Holding-Trust auf den Bermudas und auf Grand Cayman liegt. Zudem lagert es auf anonymen Konten in der Schweiz und in Luxemburg.« Harenstett hustete. Als sein Hals sich wieder beruhigt hatte, fügte er hinzu: »Wohlgemerkt: Das alles sind Vermutungen. Vor Jahren gab es vom LKA Organisierte Kriminalität und der Abteilung Wirtschaftsverbrechen eine Sonderkommission, die versucht hat, das internationale Geldwäschesystem von Dossantos zu enttarnen – aber vergeblich. Dieser Block ist zu gerissen.«

»Es gab also nie eine Chance, ihm krumme Geschäfte nachzuweisen?«

»Wenn tatsächlich einmal auch nur der Hauch einer kriminellen Tat ruchbar wurde, ließ sich der Hauptbelastungszeuge von einem Bus überfahren, verschwand auf Nimmerwiedersehen oder litt unter plötzlichem Gedächtnisschwund. Für einen Großteil dieser *Unfälle* machen wir Dossantos' rechte Hand Bruno verantwortlich. Wir gehen aber ebenso davon aus, dass er Auftragskiller beschäftigt, zum Beispiel die für die italienische Camorra arbeitenden Schwestern Battaglia, ein skrupelloses Pärchen. Aber auch dafür fehlen bis heute eindeutige Beweise. Häufig musste Dossantos allerdings gar nicht so weit gehen. Wenn sich eine Sache nur lange genug hinzog, wurde das Verfahren plötzlich abgeschlossen. Der Polizist, der die Verhaftung vorgenommen hatte, wurde versetzt, es fehlten wichtige Beweisstücke, oder einer Staatsanwältin unterliefen erstaunliche Verfahrensfehler.«

»Sie scherzen, oder?«, sagte Berger.

»Es gibt gewisse Dinge, da vergeht mir der Humor. Dossantos macht Millionengeschäfte, hat einen Ruf wie Donnerhall und pflegt Kontakte bis in höchste Kreise. Die Beziehungen, die ihm in der einen oder anderen Situation noch fehlen, kauft er sich mit großzügigen Geld- und Sachgeschenken.«

»Das ist ja widerwärtig«, stellte Berger fest.

»Das ist Berlin«, wies Harenstett ihn zurecht, »denn genau hier, in der Hauptstadt, liegt unser Problem. 2002 verabschiedete der Bundestag das Prostitutionsgesetz. Das Gesetz war gut gemeint, aber für Dossantos der Freibrief: Von einem Tag auf den anderen waren seine Bordelle, Nachtbars und Stripclubs zu legalen Geschäften geworden. Nichts musste er mehr verheimlichen oder verklausulieren. Das *Hermano* ist das beste Beispiel: Da geben sich Stars und Starlets, Superluden und Luxusnutten die Klinke in die Hand. Früher hätten wir so einen Laden sofort wegen der Förderung von Prostitution schließen können, heute ist alles, weswegen wir Dossantos jahrelang dranzukriegen versucht haben, nur noch eine Lachnummer.

Wenn man ihn heutzutage auch nur andeutungsweise mit schmutzigen Geschäften in Verbindung bringt, hat man sofort Boccachi und ein Rudel seiner besten Anwälte am Hals: Rufschädigung, Verleumdung, einstweilige Verfügung, Unterlassungsklage. So geht das dann.«

»Statt mit MG kämpft das Milieu heute also mit BGB«, versuchte Kalkbrenner einen Scherz.

»Du bringst es auf den Punkt«, bestätigte Harenstett. »Es wundert also nicht, dass Dossantos mit seinem Sohn Samuel bereits einen emsigen Nachfolger herangezogen hatte. Samuel führte das *Apollo* am Potsdamer Platz, das größte Bordell Europas – mit Hotel, Restaurant, Wellnessoase, Pornokino, SM-Verlies, Strip- und Tabledance-Bars.«

Von dem Etablissement, einer Art Luxusbordell, hatte Kalkbrenner schon gehört.

»Und hinter den Kulissen zieht sein Vater bereits die Fäden für ein weiteres, ähnliches Unternehmen an ebenso prominenter Stelle, direkt am Messegelände. Dort soll ein Drive-in-Puff entstehen, mit Auto-Einfahrboxen für die schnelle Nummer auf dem Weg zur Messe ...«

»Aber darum geht es hier doch nicht, oder? Warum erzählst du uns das alles?«

Harenstett wollte zur Antwort ansetzen, doch die Kellnerin servierte endlich das Bier. Der Schaum lief über den Rand und vermengte sich auf dem Tisch mit der langsam trocknenden Kaffeelache. Harenstett verfluchte die Bedienung mit einem bösen Blick, doch die scherte sich nicht darum. Sie räumte nicht einmal die leere Tasse weg, sondern sagte nur: »Rauchen ist hier drinnen übrigens verboten!«

Harenstett drückte seine Zigarette in der Kaffeetasse aus und grinste in Richtung Kellnerin. Aber die war bereits schon wieder hinter der Theke.

Der LKA-Mann nahm einen Schluck vom Bier und stieß einen zufriedenen Rülpser aus: »Ich erzähle euch das, damit ihr wisst, was auf euch zukommt.«

Dr. Salm, der bisher nur geschwiegen hatte, nickte.

»Wir beobachten schon seit geraumer Zeit, um genau zu sein, seit dem Fall des Eisernen Vorhangs, dass das organisierte Verbrechen aus den ehemaligen Ostblockstaaten – Litauen, Tschechien, Polen und Rumänien – nach Westeuropa drängt. Für die Russenmafia ist Berlin die Hauptstadt Europas. Hier waschen die in der GUS ansässigen Banden das Geld aus internationalen Wirtschaftsverbrechen: 80 Prozent der Berliner Spielhallen wurden inzwischen schon von Russen aufgekauft, insbesondere die Gebrüder Jalzin tun sich dabei hervor. Unseren Informationen zufolge arbeiten sie im Auftrag des Moskauer Oligarchen Boriz Ilnowijtsch, eines einflussreichen Geschäftsmanns, der die chaotischen Zustände nach dem Ende der UdSSR nutzte, um zu Reichtum und politischem Einfluss zu kommen. Seine Beziehungen reichen inzwischen bis in die russische Duma.

Nun drängen die Gebrüder auch ins Berliner Rotlichtmilieu. Was uns nicht verwundert, denn Berlin ist *der* Dreh- und Angelpunkt für Prostitution, den internationalen Frauen- und Menschenhandel. Noch besitzt Dossantos in Berlin das größte Stück vom Kuchen, da er bisher den Einflussnahmen anderer widerstanden hat.« Harenstett trank von seinem Bier. Er setzte es ab und wischte sich über die Lippen. »Aber seit einiger Zeit gerät er zunehmend unter Druck.«

»Du gehst also davon aus, dass andere Syndikate hinter dem Blutbad im *Hermano* stecken?«

»Es gibt Restaurantgäste, die in der ersten Vernehmung ausgesagt haben, einige Russen hätten Miguel Dossantos kurz vor dem Brand ihre Aufwartung gemacht. Den Beschreibungen zufolge handelte es sich dabei tatsächlich um Miroslav und Vladimir Jalzin. Es kam zu einer scharfen Auseinandersetzung. Allerdings ohne Handgreiflichkeiten. Insbesondere Samuel wurde ausfallend. Auch die Todesart deutet übrigens auf die Russenmafia hin. Ein Schuss in den Kopf ist deren klassische Hinrichtungsmethode: So verhindern sie, dass das Opfer offen aufgebahrt wird.«

»Gehen die beiden Brüder immer so offensichtlich vor?«

»Eigentlich nicht ... Letztlich spielt es aber auch keine Rolle, denn nachweisen wirst du es ihnen sowieso nicht können. Viel entscheidender ist, dass es mit Samuel den Sohn von Miguel Dossantos erwischt hat. Und das lässt Schlimmes befürchten.«

»Ich kann es mir vorstellen.«

»Nein«, widersprach Harenstett und wurde dabei lauter, »du hast keine Ahnung, was hier ab morgen los sein wird. Samuels Tod ist eine offene Kriegserklärung an Dossantos. Jetzt droht ein Bandenkrieg. Mitten in Berlin. Das wäre ...« Einige der Umsitzenden schauten argwöhnisch in seine

Richtung. Der LKA-Mann dämpfte seine Stimme wieder. »Das wäre ein ziemlich schlimmes Problem. Dagegen sind eure mordenden Schüler die reinste Bagatelle.«

»Na, herzlichen Dank«, meldete sich Dr. Salm zu Wort. »Erst diese unangenehme Sache an der Berthold-Schule. Jetzt das Blutbad. Und morgen womöglich ein Bandenkrieg. Ich kann mir die Schlagzeile schon vorstellen: *Kriminalität in Berlin eskaliert – Polizei machtlos.*«

Kalkbrenner verstand. *Deshalb* war der Chef also höchstpersönlich am Tatort. »Was sollen wir dagegen unternehmen? Es ist nicht unsere Aufgabe, Bandenkriege zu verhindern.«

Harenstett schaute aus dem Fenster hinüber zum *Hermano.* Hilflos hob er die Hände. »Ihr macht das, was ihr immer macht: die Ermittlungen in einem Mordfall aufnehmen. Nur seid ihr jetzt im Bilde darüber, mit wem ihr es zu tun habt.«

Wunderbar. Die Aussicht, während der Ermittlungen zwischen die Fronten rivalisierender Banden zu geraten, erschien Kalkbrenner nicht gerade verlockend. »Wir ermitteln in einem Fall, der auf …«, er konnte es sich nicht verkneifen, »… Anweisung von ganz oben schnellstmöglich zu den Akten gelegt werden soll. Und bei der dünnen Personaldecke …«

»Ich weiß, ich weiß«, unterbrach ihn Dr. Salm ungehalten. »Trotzdem haben wir keine andere Wahl. Berger, Sie nehmen sich dieser Sauerei im *Hermano* an. Die Kollegen vom LKA werden Sie, so gut es geht, unterstützen.«

Harenstett nickte bekräftigend. »Wir sollten unbedingt in Kontakt bleiben.« Er lüpfte eine weitere Zigarette aus der Schachtel. Schnell, aber betont auffällig entzündete er sie, als er die Kellnerin auf sich zustürmen sah. »Unbedingt.«

»Genau, halten Sie uns auf dem Laufenden«, sagte Dr. Salm. »Und das gilt auch für Sie, Kalkbrenner. Sie kümmern sich weiterhin um den Fall Brodbeck. Deswegen haben wir Sie ja schließlich aus dem Urlaub geholt.«

50

»Lassen Sie mich zu meinem Sohn!«, hallte eine wütende Stimme über die Köpfe der Schaulustigen hinweg, die sich vor dem *Hermano* versammelt hatten.

Kalkbrenner, Berger und Harenstett befanden sich auf dem Weg zurück zum Restaurant. Sie erkannten Miguel Dossantos auf Anhieb, auch wenn er an diesem Abend anders als auf dem Aktenfoto einen beigefarbenen Anzug trug. Er war drauf und dran, den teuren Zwirn zu ruinieren, als er mit den uniformierten Polizisten rang, die den Tatort absicherten.

»Jetzt lassen Sie mich durch!«

Die Beamten hatten wenig Mühe mit ihm. Auch der kleine Mann in dem gestreiften Einreiher, der an Dossantos' Seite stand, unverkennbar sein Anwalt Claudio Boccachi, mühte sich vergeblich gegen die Staatsmacht ab. Weitaus mehr Gefahr drohte dagegen von ihren beiden muskelbepackten Begleitern.

Einer der Riesen war Bruno, den Harenstett als Dossantos' rechte Hand bezeichnet hatte. Ein bulliger Mann, dessen Nacken über seinen verknitterten Hemdkragen quoll. Zusammen mit dem dunkelhäutigen Bodyguard wälzte er sich wie ein Bulldozer durch die Absperrung.

Die Situation war kurz davor zu eskalieren. Kalkbrenner blieb stehen, hielt sich aber zurück. Es war jetzt Bergers Fall. Der rief gerade: »Lassen Sie ihn durch!«

Die Beamtenkette öffnete sich widerwillig. Wütend schubste Dossantos die Polizisten wie Kegel beiseite und stürmte die Stufen zum Restaurant hinauf.

»Warten Sie!« Berger rannte hinterher. Der Portugiese blieb im Türrahmen stehen. Er starrte auf das Durcheinander aus Asche und Löschwasser. »Was ist passiert?«, fragte er, sobald der Kommissar neben ihm stand.

Berger stellte sich vor. »Das wissen wir noch nicht.«

»Was ist mit meinem Sohn?«

»Es tut mir leid.«

Dossantos ballte die Hände zu Fäusten. »Wie konnte das passieren?«

Harenstett, der mit Kalkbrenner am unteren Treppenabsatz verharrte, antwortete ihm: »Man hat ihn erschossen. Kaltblütig.«

Dossantos wirbelte herum. »Was soll das heißen?« Mit einem giftigen Blick, aus dem eine jahrelang gepflegte Feindschaft sprach, starrte er Harenstett an. Er wirkte nicht wie der kaltblütige Rotlichtpate, als der er erst vor ein paar Minuten beschrieben worden war. Seit dem Foto aus der Akte mussten ein paar Jahre verstrichen sein. Auf seinem tiefbraunen Gesicht waren wieder Falten zu sehen. Der letzte Besuch beim Chirurgen musste bereits einige Zeit zurückliegen. Allerdings mochte sein Aussehen auch an der Verzweiflung und dem Zorn liegen, die in ihm kochten. Boccachi kam näher und legte ihm besänftigend die Hand auf den Arm.

»Herr Dossantos«, sagte Berger, »ich möchte Sie bitten, den Leichnam zu identifizieren.«

»Natürlich, ich komme.«

Der Anwalt nahm ihn beiseite. »Bist du sicher, dass du das schaffst? Ich kann das auch für dich …«

»Nein«, widersprach Dossantos. »Er ist mein Sohn. Ich mache das.«

Mit einem entschlossenen Schritt betrat er das Restaurant. Seine teuren Slipper versanken in der Schlacke, aber das schien ihn nicht zu kümmern. Seine Entourage machte schon Anstalten, ihm zu folgen, da hob Berger die Hand. »Bitte nur Sie alleine.«

»Mein Anwalt kommt mit.«

Kalkbrenner und Harenstett beobachteten, wie Berger

den Portugiesen und seinen Rechtsbeistand in das zerstörte Restaurant führte. Die beiden Bodyguards blieben wie steinerne Statuen vor dem Eingang zurück.

»Du hegst eine innige Feindschaft mit Dossantos, oder?«, fragte Kalkbrenner.

Harenstett zündete schon wieder einen Glimmstängel an. »Merkt man das etwa?«

»Wolltest du nicht aufhören?«

»Das fragt mich meine Frau auch jeden Tag aufs Neue. Sie ist Internistin und hat wirklich einige überzeugende Argumente auf Lager. Versuch mal, mit ihr zu diskutieren – grauenhaft!«

Kalkbrenner lachte.

»Und was ist mit dir und deiner Frau?«

Er dachte an sein letztes Aufeinandertreffen mit Harenstett im Sommer und auch an den Streit mit Ellen, den der LKA-Mann währenddessen miterlebt hatte. Noch heute war ihm das peinlich. »Wir sind auf dem Weg der Besserung.«

»Das ist gut. Sieh zu, dass du das hinbekommst.« Er zog genüsslich an seiner Zigarette und schnippte die Asche zu Boden.

Berger erschien mit Dossantos und Boccachi wieder am Eingang des Lokals. Der Portugiese war sichtlich erschüttert. Es war ein seltsamer Moment: Ein Mann, der nach Harenstetts Aussage Dutzende Morde auf dem Gewissen hatte, rang mit den Tränen, weil er selbst einen Todesfall in der Familie zu betrauern hatte.

Berger zwirbelte unschlüssig seinen Schnauzbart. »Ich würde gerne wissen, ob Sie …« Er langte mit der Hand in die Jackentasche. »Hat Ihr Sohn …«

»Mein Sohn war ein braver Junge!«

»Das glaube ich Ihnen gerne. Aber, was ich wissen wollte …«

»Ich brauche sicherlich nicht weiter auszuführen«, begann Boccachi, der Anwalt, »dass es einige Personen gibt, die Herrn Dossantos seinen Erfolg neiden.«

»Zum Beispiel?«

»Zu viele, um sie hier und heute aufzuzählen.«

Berger klappte seinen Notizblock auf und blätterte darin herum. Für Sekunden wirkte er hoffnungslos überfordert, aber dann hatte er die richtige Seite gefunden. »Es gibt mehrere Zeugen, die aussagen, es hätte heute Mittag hier eine Auseinandersetzung gegeben.«

»Eine Auseinandersetzung?«

»Einen Disput.«

»Ja, ich war dabei.« Dossantos' Stimme gewann etwas an Festigkeit. »Es war ein Gespräch unter Geschäftsleuten.«

»Unter Geschäftsleuten?«

»Genau.«

Berger studierte seine Notizen. Er spielte an seinen Bartenden herum, und die Zeit verging. »Dann macht es Ihnen doch sicherlich nichts aus, wenn Sie uns die Namen und die Anschrift Ihrer Geschäftspartner verraten.«

»Die weiß ich nicht. Es waren die Kontakte meines Sohnes.«

Boccachi trat vor Dossantos. »Meine Herren, ich bitte Sie! Können wir das Gespräch nicht vertagen? Sie sehen doch, meinem Freund geht es nicht gut.«

»Freund?« Harenstett gab einen grunzenden Laut von sich.

Dossantos' Kopf fuhr herum. »Herr Harenstett, ist das alles, was Sie beizutragen haben?«

»Entschuldigung.«

Boccachi blieb ungleich besonnener. »Sehen Sie einfach zu, dass Sie die Leute finden, die den Sohn meines …«, er betonte das Wort übertrieben, »… *Mandanten* auf dem Gewissen haben.«

»Wir sind schon dabei.« Berger strafte Harenstett mit

einem verärgerten Blick ab und holte eine Visitenkarte aus seiner Jackentasche. »Wenn wir noch Fragen haben, dann melden wir uns. Und sollte Ihnen etwas einfallen, dann …«

»… melden wir uns«, vollendete der Anwalt den Satz und ignorierte Bergers Visitenkarte. »Selbstverständlich.«

Es brauchte keine 15 Jahre Berufserfahrung als Kriminalkommissar, um zu erkennen, dass Boccachi sich nie melden würde.

51

»Wir haben die Wahl gewonnen«, sprach von Hirschfeldt in das Mikrofon, doch aus den Lautsprechern kam nur ein statisches Knattern. Geduldig wartete er, während ein Tontechniker an dem Kabel herumhantierte.

Er hatte kurzfristig eine Presseerklärung abgeben wollen, noch dazu in einem Nebenraum, der für solche Zwecke eigentlich nicht ausgestattet war. Sein Referent Schmücker hatte sich zwar rasch noch um entsprechendes Equipment gekümmert, bevor er mit von Hirschfeldt über ein mögliches Statement beratschlagt hatte, aber einen reibungslosen Ablauf garantierte das noch lange nicht.

Die kurze Verzögerung gab von Hirschfeldt Zeit, seine Rede noch einmal zu überdenken. Die als Einstieg gewählten Worte erschienen ihm in diesem Moment nicht mehr angemessen. Denn obwohl man unmittelbar nach der Wahl seine Reaktion ganz genau analysieren würde, verloren die Wahl und der Sieg angesichts der unangenehmen Neuigkeit, die sich rasant verbreitet hatte, an Bedeutung. Wenn es daran einen Zweifel gegeben hatte, dann beseitigten ihn die Journalisten. Obwohl die Wahlparty einige Räume weiter, im großen Foyer der Parteizentrale, noch immer in vollem Gange war, hatte sich die Reporterschar jetzt nahezu vollständig zur Pressekonferenz eingefunden.

Ein kleiner Bildschirm diente den Kameraleuten von *TV Berlin* als Vorschaumonitor für die Liveschaltung. Von Hirschfeldt richtete seine Frisur, die unter den vielen Umarmungen der letzten Stunden gelitten hatte. Rechte Ordnung vermochte er trotz seiner Bemühungen nicht mehr in das Haar zu bringen, und auch sein Anzug war mit knittrigen Falten übersät.

Doch mit der nötigen Entschlossenheit im Gesicht würde er auch über diese kleinen Makel hinwegtäuschen. Er zog die Stirn in Falten und spannte die Lippen an, weil er wusste, dass ihn dies noch strenger wirken ließ. Und genau darauf kam es jetzt an.

Er tippte mit dem Finger gegen das Mikrofon. Jetzt war die Übertragung einwandfrei. »Wie Sie sicherlich gehört haben, hat es am Alexanderplatz einen tragischen Vorfall gegeben. Mehrere Menschen sind dabei ums Leben gekommen. Ich verurteile diesen Akt barbarischer Gewalt aufs Schärfste und spreche den Angehörigen auf diesem Wege mein tiefes Mitgefühl aus. Nach den Informationen, die ich vor wenigen Minuten erhalten habe, geht die Polizei von einem Brandanschlag aus. Er hat offenbar dem Besitzer des Restaurants gegolten. Wer auch immer dafür verantwortlich ist, ich werte diese schreckliche Tat als einen Angriff. Nicht gegen mich, aber gegen unser politisches Programm. Verstehen Sie: Ausgerechnet am heutigen Tag, an dem der Bürger sich durch sein Votum für unsere Politik der harten Hand entschieden hat, glauben bestimmte Kreise in Berlin offenbar, ein Exempel statuieren zu müssen. Ich werde das nicht hinnehmen. Sobald der neue Senat seine Arbeit aufgenommen hat, werde ich in meiner Funktion als künftiger Innensenator der Stadt Berlin sofort die ersten Maßnahmen ergreifen. Ich möchte nicht länger die Schlagzeile lesen müssen: *Gewalt in Berlin eskaliert.* Und ich möchte auch nicht lesen müssen: *Polizei ist machtlos.* Nein, Kriminalität hat in Berlin ab sofort keine Chance mehr. Sie haben mein Wort!«

Ein wildes Durcheinander von Fragen brach über ihn herein. Aber vorerst gab es nichts mehr zu erläutern. Von Hirschfeldt bereitete sich zum Gehen vor. Einige unzufriedene Reporter folgten ihm, doch die Personenschützer schirmten ihn ab.

»Das war zwar nicht ganz die Rede, die wir vorbereitet hatten …«, sagte Schmücker.

»Aber sie war gut, oder?«

»Ja, das war sie. Besser sogar.« Sein Referent schob ihn einen Flur entlang, der tiefer ins Gebäude und nicht zurück zur Wahlparty führte.

»Wohin gehen wir?«

»Da ist noch jemand, der dich sprechen möchte.«

»Ein Reporter?«

In einem der Büros stand ein älterer Mann. Die Fußaufschläge seines Anzugs waren mit grauer Schlacke verschmutzt. Er nahm einen langen Zug von einem fingerbreiten Zigarettenstummel und drückte ihn dann in einem Pappbecher aus. »Entschuldigen Sie, ich habe eigentlich aufgehört zu rauchen, aber die letzten Monate waren einfach zu stressig.« Er reichte von Hirschfeldt die Hand. Zeige- und Mittelfinger waren gelb vom Nikotin. »Harenstett, Ludwig Harenstett.«

Schmücker stellte ihn vor: »Herr Harenstett ist Leiter …«

»Stellvertretender Leiter!«

»… beim Landeskriminalamt, Abteilung 2. Verantwortlich für Rotlichtkriminalität in Berlin und Umland.«

»Herr von Hirschfeldt, ich habe eben Ihre Pressekonferenz verfolgen können«, sagte Harenstett. »Sie nehmen den Mund ganz schön voll.«

»Sind Sie nur gekommen, um mich zu beleidigen?«

»Nein, ganz im Gegenteil. Ich wollte Sie fragen, ob Sie morgen früh um 11.00 Uhr Zeit haben?«

»Entschuldigung, aber warum sagen Sie mir nicht erst einmal, was Sie von mir wollen?«

»Miguel Dossantos.«

Von Hirschfeldt wies auf die Stühle, die um einen runden Tisch gruppiert waren. »Und?«

Harenstett ignorierte die Aufforderung. »Es gibt einige Leute, die sich deswegen mit Ihnen unterhalten wollen.«

»Warum sind sie dann nicht hier?«

»Sie sind aus verständlichen Gründen noch beschäftigt.«

»Das ist alles ein bisschen ungewöhnlich, finden Sie nicht auch?«

»Wollen Sie Ihren Worten nun Taten folgen lassen oder nicht?«

Mit einem raschen Blick suchte von Hirschfeldt Hilfe bei seinem Referenten. »Der Beginn der Koalitionsverhandlungen ist auf 10.00 Uhr angesetzt«, warf Schmücker ein.

»Kannst du ihn verschieben?«

Schmücker wackelte unschlüssig mit dem Kopf. »Ich versuche es.«

Von Hirschfeldt schaute wieder Harenstett an. »Also gut, dann morgen früh.«

52

Kalkbrenner schlich durch die dunkle Diele. Bernie hüpfte erfreut um ihn herum und machte es ihm schwer, sich einigermaßen lautlos zu bewegen.

Im Wohnzimmer knipste Kalkbrenner das Licht an. Auf dem Tisch stand noch das Geschirr vom Abendessen. Daneben lag ein Zettel: *Hab dir dein Essen in den Kühlschrank getan! Küsschen, deine Jessy.*

In ihren Worten konnte er keinerlei Vorwürfe entdecken. Trotzdem verspürte er den Wunsch, es wiedergutzumachen, und wenn er nur die Teller und das Besteck spülte. Er hatte die Hälfte der Messer und Gabeln bereits abgetrocknet und in die Schublade geräumt, als er Ellens Stimme hinter sich vernahm: »Schade mit dem Essen.«

Seine Frau war in ein Nachthemd gekleidet, darüber trug sie ihren Bademantel und an den Füßen wieder ihre schwarzen, zierlichen Pantoletten.

»Ich glaube, für Jessy war's okay.«

»Meinst du?«

»Ja.«

»Was war denn los? Warum hat man dich gerufen?«

Er wollte nicht darüber reden. Innerhalb von 48 Stunden war er mit zwei Mordfällen und fünf Leichen konfrontiert worden. Er hatte sich eine beschaulichere Rückkehr aus dem Urlaub gewünscht, doch er konnte nichts daran ändern, dass es anders gekommen war. Es war wie immer eine Herausforderung.

Er spülte den Rest des Geschirrs. Ellen half ihm, es abzutrocknen. Die Teller klirrten, während sie sie in den Schrank stellte. Beide schwiegen während des Abwaschs. Wieder fehlten ihnen die Worte, und das machte die Stille unangenehm.

»Hast du keinen Hunger?«, fragte seine Frau schließlich.

»Ein bisschen schon.«

»Dann iss doch noch was.«

Er holte einen Teller aus dem Schrank und arrangierte Salat und Garnelen darauf. »Wollen wir noch eine DVD gucken?«, fragte er spontan.

Früher hatten sie zum Feierabend häufig Filme geschaut, anfangs Videos, später DVDs. Besonders gerne hatte er die alten James-Bond-Streifen mit Sean Connery und Roger Moore geguckt. Meist war Kalkbrenner lange vor Ende eingenickt, aber es war ein schönes Gefühl gewesen, dabei nicht allein zu sein. Vielleicht würde ja dann auch ihr Schweigen erträglicher werden.

»Es ist schon spät«, gab Ellen zu bedenken.

»Ich weiß.« Kalkbrenner stellte den Teller auf den Küchentisch, setzte sich und begann zu essen. Er war überrascht, wie gut es schmeckte.

Ellen merkte ihm sein Erstaunen an. »Deine Kochkünste sind gar nicht mal so übel.«

»Danke, aber Jessy hätte das mindestens genauso gut hingekriegt.«

Ellen nickte, nicht ohne Stolz. »Sie ist erwachsen geworden, unsere Tochter.«

»Den gleichen Gedanken hatte ich vorhin auch.«

»Erschreckend, oder? Als hätten wir nichts davon mitbekommen.«

Er wusste, was Ellen damit andeuten wollte. Er betete, dass sie es dabei beließ. Sie tat ihm den Gefallen. »Ich bin müde. Bist du mir böse, wenn ich ins Bett gehe?«

»Nein, wieso sollte ich dir böse sein?«

»Gute Nacht dann.« Ihre Hand streifte seinen Kopf, ein kurzes Streicheln über die Haare. Schon stieg sie die Stufen zum Schlafzimmer hinauf.

Kalkbrenner ging ins Wohnzimmer und versank in dem Kissenmeer. Es war gemütlich, genau das, was er in diesen Minuten brauchte. Er streckte sich auf der Couch aus, ohne seine Kleider auszuziehen. Bernie rollte sich an seinen Füßen zusammen und schnarchte kurz darauf.

Auch Kalkbrenner schloss die Lider. Vor seinen Augen tauchte Miguel Dossantos auf. Wie erschüttert der Portugiese über den Tod seines Sohnes gewesen war! Kalkbrenner war sich nicht sicher, ob er Mitleid empfinden sollte. Absurd war es sowieso, dass sie für einen Kriminellen, der offenbar Dutzende von Leichen im Keller hatte, jetzt auf Mörderjagd gehen mussten. Aber Mord war nun mal Mord, da machte das Gesetz keinen Unterschied.

Die Gedanken brachten ihn auf das Versprechen, das er Brodbecks Witwe gegeben hatte. Judith. Was für ein seltsamer Zufall. Was wäre wohl gewesen, wenn sie sich unter anderen Umständen wiedergetroffen hätten? Er versuchte, es sich auszumalen. Da waren noch so viele andere Fragen, die er ihr gerne gestellt hätte. In Gedanken zählte er sie auf, kam jedoch nicht weit. Der Schlaf war schneller.

53

»Was soll ich tun?« Dossantos schrie, und seine Stimme hallte von der hohen Decke seines Arbeitszimmers wider. »Was verdammt noch mal soll ich denn tun?«

»Dich beruhigen«, sagte Claudio.

»Mich beruhigen?«, brüllte Dossantos, dessen Trauer jetzt dem Zorn gewichen war. Mit der Faust hieb er auf die weiße Couch. Es war ihm völlig gleichgültig, ob er dabei das kostbare Leder zerstörte. »Mein Sohn wurde ermordet, und du willst, dass ich mich beruhige? Warum sollte ich das tun?«

»Weil du ansonsten vielleicht eine Dummheit begehst.«

»Ich sage dir, wer hier eine Dummheit begangen hat: diese beiden verfickten russischen Brüder.«

»Und was willst du tun? Willst du mit deinen Jungs zu ihnen marschieren und sie der Reihe nach erledigen? Ist es das, was du willst?«

Dossantos öffnete den Mund und wollte alle erdenklichen

Todesarten aufzählen, auf die er die Mörder seines Sohnes umbringen würde. Am besten gefiel ihm die Hummer-Variante. Wenn man die Tiere in dem Aquarium über Tage hinweg nicht fütterte, wurden sie gierig und verbissen sich in alles, was man ihnen entgegenhielt. Auch in menschliche Körperteile. Aber es kam kein Wort über seine Lippen, nur ein verzweifeltes Seufzen. Er ließ die Arme kraftlos am Leib hinunterhängen und blickte sich Rat suchend in seinem Arbeitszimmer um, als sei irgendwo an der weißen Wand die Antwort verborgen. Oder hinter der edlen Ledercouch. Unter dem Perserteppich. Auf den Marmorfliesen oder dem riesigen Mahagonischreibtisch.

»Ich weiß, wie du dich fühlst«, sagte der Anwalt.

»Ach, wirklich?« Dossantos' Schädel fuhr wütend empor. »Hast du auch schon mal deinen Sohn verloren, ja?«

»Nein, das nicht.«

»Dann halt den Mund.«

Für Minuten sagte keiner etwas. Nur das gelegentliche Kratzen der Hummerscheren am Aquariumglas erfüllte den Raum. Und ein Klopfen an der Tür. »Was ist?«, fauchte Dossantos.

Magda steckte ihren Kopf herein. »Wollen Sie Kaffee und Kuchen, bitte?«

»Nicht jetzt, verdammt!«

Erschrocken zog die Haushälterin ihr grauhaariges Haupt zurück.

Wieder verging eine Weile, bis Dossantos schließlich feststellte: »Das ergibt doch alles keinen Sinn.«

Claudio kratzte sich an der Stirn. »Ich gebe zu: Mir leuchtet die Geschichte auch nicht ein.«

»Warum haben sie nicht gleich mich aus dem Weg geräumt?«

Boccachi öffnete die Knöpfe seines Jacketts und sank auf die Couch. »Ich kann es mir nur so erklären: Sie wollen dich zwar aus dem Weg räumen, aber sie wollen auch, dass du dabei leidest. Also haben sie zuerst Samuel umgebracht.«

»Das ist …«

»… ihre Mentalität. Sie wollen, dass du vor lauter Verzweiflung einen Fehler begehst – und das wollen nicht nur die Russen. Auch die Polizei wartet nur darauf, dass du unbedacht handelst.«

»Die Polizei sollte lieber zusehen, dass sie die Mörder meines Sohnes zur Strecke bringt.«

»Das wird sie müssen.«

»Pah!«, machte Dossantos. »Glaubst du das wirklich?«

»Es ist ihre Aufgabe!«

Dossantos heulte auf. »Du hast doch den Harenstett gerade erlebt.«

»Er leitet nicht die Ermittlungen.«

»Na und?« Dossantos' Hand fuhr zornig durch die Luft und prallte gegen eine Vase. Sie wackelte, kippte vom Tisch und zerschmetterte laut krachend auf dem Marmorboden. Tausende von Scherben flogen in alle Himmelsrichtungen davon. »Trotzdem will er nichts lieber, als mich hinter Schloss und Riegel zu bringen.«

»Und genau deshalb solltest du mit Bedacht agieren, auch wenn es dir schwerfällt.«

Ehrfürchtig schlich Magda ins Zimmer, ein Kehrblech und einen Handfeger in der Hand.

»Nicht jetzt!«, brüllte Dossantos. »Lass es liegen. Geh!«

Erschrocken trippelte sie wieder hinaus. Auf halbem Weg begegnete sie Catharina, die sich ins Zimmer schleppte. Bruno wollte sie stützen, doch sie stieß ihn rüde und mit erstaunlicher Kraft beiseite. Sie schlang den Bademantel enger um ihren Körper.

»Catharina«, sagte Dossantos, »das ist ein denkbar schlechter …«

»Du Mistkerl!« Sie stand vor ihm, holte aus und schlug

ihm mit ihrer Hand wuchtig ins Gesicht. Ein klatschender Laut dröhnte in seinem Ohr. Sein Kopf flog zur Seite.

An der Tür schaute Bruno bestürzt zu seinem Chef. Claudio senkte betroffen sein haarloses Haupt.

Catharinas Lippen bebten. »Ich habe es gerade in den Nachrichten gehört!«

Dossantos rieb sich die Wange. Noch nie, *nie!*, hatte seine Frau die Hand gegen ihn erhoben. Und nie hätte er sich vorstellen können, es einmal ungestraft geschehen zu lassen. Doch jetzt blieb er tatenlos stehen. *Samuel ist wohl das einzig Vernünftige, was ich im Leben zustande gebracht habe.* »Es tut mir leid.«

Seine Frau brach in Tränen aus. Er ging auf sie zu, doch bevor er sie erreichte, wandte sie sich von ihm ab und rannte mit überraschender Schnelligkeit davon. Sie erklomm die Stufen hinauf zum Schlafzimmer, und er folgte ihr nicht. Er sah ihr nur hinterher.

Hinter ihm kratzten die Hummer noch immer an den Glasscheiben. Gierig. Und wütend.

Berliner Kurier, Montag, 1. Oktober

Nach Anschlag auf Szene-Lokal:

»Wahlsieg ist Verpflichtung!«

Von Hardy Sackowitz

Berlin. Klares Ergebnis bei den Wahlen zum Berliner Abgeordnetenhaus: CDU und FDP stellen die Mehrheit. Die Koalitionsgespräche beginnen schon am heutigen Morgen.

Der zukünftige Regierende Bürgermeister, Anton Heiland, bekräftigt: »Der Wahlsieg ist uns eine Verpflichtung.« Das ist auch bitter nötig: Denn noch während die Partei ihren Sieg im Konrad-Adenauer-Haus feierte, starben bei einem Anschlag auf das Szene-Lokal Café Hermano vier Personen, darunter auch Samuel D. (27), Sohn des Besitzers Miguel D. Laut Kurier-Informationen geht die Tat auf das Konto des organisierten Verbrechens. Wir berichten weiter.

54

Der Wecker riss Paul Kalkbrenner aus einem tiefen, festen Schlaf. Durch das Fenster zum Garten strahlte die Sonne herein. Er öffnete die Terrassentür, trat kurz hinaus auf die Wiese und ließ die warmen Strahlen sein Gesicht streicheln. Der Rasen roch feucht im Morgentau. Die Nelken, Geranien und Rosen in den Beeten blühten noch, trotz der fortgeschrittenen Jahreszeit. Kalkbrenner nahm diese Tatsache als ein gutes Omen für den heutigen Tag, ebenso wie den Duft von frisch gebrühtem Kaffee. In der Küche empfing ihn nicht nur Bernie, sondern auch ein von Ellen reichhaltig gedeckter Frühstückstisch. »Daran könnte ich mich glatt gewöhnen.«

»Dann tu's doch.«

»Besser nicht.«

Es war nur ein Scherz gewesen, doch Kalkbrenner bereute ihn schon in der Sekunde, in der er über seine Lippen geschlüpft war. Ellens Lächeln erstarb. »Hat das was mit gestern zu tun? Warum hat man dich gerufen?«

Kalkbrenner dachte an die verkohlten Körper im *Hermano.* An Miguel Dossantos. An die Russen-Mafia. Das war nichts, worüber er mit seiner Familie sprechen wollte. Er kraulte den Bernhardiner hinter seinen Ohren.

»Paul«, sagte Ellen, »du hast wieder diesen Ausdruck im Gesicht, schon gestern Abend, dieses Ich-kann-nicht-darüber-reden.«

Und du hast wieder diesen vorwurfsvollen Unterton in deiner Stimme, schon gestern Abend. Aber er sagte nichts. Gegenseitige Vorhaltungen würden ihnen beiden den Neuanfang nicht leichter machen. Stattdessen fragte er: »Du weißt von dem Lehrermord?«

»Weshalb sie dich aus dem Urlaub geholt haben.«

»Es wird ziemlich stressig werden, weil ich mich jetzt alleine darum kümmern muss. Mein neuer Kollege ist einem neuen Fall zugeteilt worden.«

»Dieser Sache am Alex?«

»Du hast schon davon gehört?«

»Sie haben morgens im Radio darüber berichtet. Man sagt, es geht um Auseinandersetzungen im Rotlichtmilieu?«

»Ja, so sieht es aus.«

Ellen ging zum Kühlschrank. »Wie ist er eigentlich, dein neuer Kollege?«

»Nett.«

»Aber?«

»Er ist ein bisschen … Wie soll ich sagen? Kennst du diesen amerikanischen Fernsehkommissar, der im Trenchcoat durch die Gegend schusselt und dabei …«

»Du meinst Inspektor Columbo?«

»Genau den. So ist Berger.«

»Du solltest öfter Fernsehkrimis gucken.«

Er zuckte wenig überzeugt mit den Schultern. »Du weißt doch, die haben nur wenig mit dem wirklichen Leben zu tun. Sie reizen mich nicht. Fernsehen sowieso nicht. Die wenige Freizeit, die ich habe, sollte ich lieber anderweitig nutzen.« Er zwinkerte ihr versöhnlich zu. »Zum Beispiel in malerischen Datschen in der Uckermark.«

Ellen lächelte besänftigt und schenkte ihnen beiden Kaffee ein, danach setzte sie sich ihm gegenüber. Kalkbrenner belegte sich ein Brot mit Schinken, Tomaten und Sahnemeerrettich und biss genussvoll hinein. Ellen rührte Milch in den Kaffee. Während sie daran nippte, beobachtete sie ihn über den Tassenrand hinweg.

Kalkbrenner griff nach einer Scheibe Schinken und hielt sie Bernie vor die Schnauze. Im Nu war sie verschwunden. Er trank von seinem Kaffee und machte sich ein weiteres Brot mit Erdbeermarmelade. Durch die geöffnete Tür zum Garten drang ein Hahnenschrei aus der Nachbarschaft. Bernie reagierte mit seinem Dackelkläffen.

Kalkbrenner streichelte sein Fell, während Ellen nervös mit den Fingerspitzen an der Tischdecke herumzupfte.

»Kannst du dir eigentlich vorstellen, irgendwann mit deinem Beruf aufzuhören?« Die Frage klang schüchtern aus ihrem Mund, als habe sie Angst vor dem, was er erwidern würde.

Auch er scheute die Antwort, obwohl er sich schon mehr als einmal den Kopf darüber zerbrochen hatte. Das Einzige, was ihm dazu einfiel, war: »Ich weiß es nicht.«

Erneut wünschte er sich, sie würde nicht weiter darauf eingehen. Doch diesmal wurde sein Gebet nicht erhört. »So wie die letzten Jahre, Paul, so kann es mit uns nicht weitergehen, oder?«

»Ja, es muss sich etwas ändern.«

»Hat es das nicht schon? Sich etwas verändert?«

Der Polizeipräsident kam ihm in den Sinn, genau wie Dr. Salm, wie der erschossene Lehrer, seine bedauernswerte Witwe und der Anschlag auf das *Hermano.* Der war zwar Bergers Fall, aber gerade deshalb würde die Arbeit, die jetzt auf Kalkbrenner zukam, enorm sein. Nein, an seiner Arbeit hatte sich nichts geändert, auch nach fünf Wochen Urlaub nicht. Mit einem Mal wurde ihm klar, dass selbst nach zwei Monaten Ostsee nichts anders gewesen wäre. Eines seiner kleinen Helferlein sagte plötzlich: *Was nicht zu ändern ist, ist nicht zu ändern.* Sein Beruf war nun mal sein Beruf. Tod und Gewalt. Brutalität. Und so eigenartig ihm das manchmal selbst vorkam, es war schwer, davon loszulassen.

»Ellen«, bat er, »gib uns ein bisschen Zeit.«

»Das sind genau meine Worte.«
»Ich weiß.«
»Paul, was willst du mir damit sagen?«
»Dass auch ich Zeit brauche.«
»Wofür?«
Er atmete durch. »Ich muss einen Weg finden, wie ich meinen Job und meine Familie unter einen Hut bekomme.« Er wusste, dass es nicht das war, was sie sich erhofft hatte. *Kannst du dir vorstellen, irgendwann mit deinem Beruf aufzuhören?* Er wollte keine Antwort geben. Stattdessen sagte er nur: »Es ist nicht leicht.« *Es ist eine Herausforderung.*

55

»Du bist noch da?« Karl-Edmund Hönigs Frau Martina betrat die Küche. »Ich dachte, die Koalitionsgespräche wären für heute Morgen angesetzt?«

»Um zwei Stunden verschoben.« Hönig schaute von der Zeitung auf, die er nicht las. Eigentlich wollte er sich nur vergewissern, dass sie nicht schon wieder Bilder oder Schlagzeilen enthielt, für die er sich heute rechtfertigen musste. »Frieder hat einen wichtigen Termin.«

»Natürlich, Frieder mal wieder.«

»Was soll der Sarkasmus?«

Martina nahm eine Flasche Milch aus dem Kühlschrank. Mit einem Plopp öffnete sie den Verschluss und trank. »Das war nur eine Feststellung.«

»Okay, dann eben eine sarkastische Feststellung.«

Martina machte ein Geräusch, als ginge sie das alles nichts an. Und damit hatte sie vermutlich sogar recht.

Trotzdem fragte Hönig: »Was hast du plötzlich gegen ihn?«

»Das weißt du doch genau: Alles dreht sich nur noch um Frieder.«

»Das ist gar nicht wahr.«

»Ach, nicht? Was war denn gestern Abend? Ich hab euch beide gesehen, wie ihr euch über das Foto in der Zeitung gestritten habt.« Sie verschloss die Milchflasche und stellte sie mit einem lauten Klirren zwischen andere Flaschen zurück in den Kühlschrank. »Obwohl: Ein Streit war es eigentlich nicht wirklich. Er hat getobt, und du hast dich kleingemacht. Mal wieder.«

»Wenn es nun mal stimmt, was er sagt.«

Ihre Augen blitzten. »Ach ja?«

»Er ist mein Freund«, sagte Hönig, weil er das Gefühl hatte, Frieder verteidigen zu müssen.

Martina war bereits fast im Flur, aber jetzt wirbelte sie herum. »Dem es um nichts anderes geht als darum, was alle Welt, vor allem aber die Kanzlerin, von ihm denkt. Wie wäre es zum Beispiel, wenn *dein Freund* sich mal nicht nur darum kümmert, wie er sich am besten öffentlich verkauft, sondern dir bei deinem Problem beisteht?«

»Wenn überhaupt, dann ist es *unser* Problem.«

»*Unser* Problem!« Sie lachte spöttisch. »Das war ja klar.«

»Er ist *unser* Sohn, nicht der von Frieder.«

Verächtlich schaute Martina auf ihn herab. »Du willst es gar nicht verstehen, oder?« Sie stürmte zur Wohnungstür hinaus und rannte durch den Vorgarten. Über die Hecke zum Nachbargrundstück lugte der grauhaarige Schopf von Alois Körber. Er winkte Martina zu. Sie hob ihre Hand zum Gruß, dann verschwand sie aus Hönigs Blickfeld.

Alois verkniff das bärtige Gesicht. Er war ein kauziger, vor allem aber redseliger Rentner, der schon im Haus nebenan gewohnt hatte, als Hönig noch ein kleiner Junge gewesen war. Ob er wohl ahnte, wie es bei ihnen mittlerweile zuging?

Ein Schlüssel rasselte, bevor die Haustür erneut aufging. »Martina?«

Keine Antwort. Hönig ging in den Flur. Lars – *sein, unser, wessen Problem auch immer!* – stolperte mit einem Rülpsen die Stufen hinauf in den ersten Stock. »Sag mal, kommst du jetzt erst nach Hause?«

Wortlos stapfte Lars in sein Zimmer. Erneut knallte eine Tür. Hönig blieb am Fuß der Treppe zurück, starrte stumm nach oben. Aber da war nichts außer einem Bild seiner Eltern, von denen er das Haus in Zehlendorf geerbt hatte. Was sie wohl dazu gesagt hätten, wenn sie erfahren hätten, wie es um sein Leben stand?

Seine Eltern waren konservativ aufgewachsen und hatten ihre Kinder ebenfalls in ein Korsett aus Konventionen und Traditionen gezwängt. Niemals hätten sie ihnen derartige Eskapaden durchgehen lassen. Hönig und seine Geschwister waren aber auch nie auf den Gedanken gekommen, gegen die Eltern zu rebellieren. Das gehörte sich nicht. Man behandelte die Eltern mit Respekt – und mit Liebe.

Als wäre es erst gestern gewesen, hatte Hönig noch vor Augen, wie seine Mutter ihn stets an der Haustür empfangen hatte, wann immer er weinend vom Bolzplatz zurückgekehrt war, weil er sich Arme und Beine aufgeschürft hatte. Sie hatte ihn in die Küche geführt, ihm die Wunden mit Wasser abgetupft und mit Pflastern versorgt. Danach hatte er immer seinen Vater aufgesucht, der im Wohnzimmer noch in den Unterlagen aus seinem Büro versunken war. So viel Zeit ihm die Arbeit als Notar auch abverlangt hatte, er hatte immer ein paar Momente für ein paar tröstende Worte und einige Albernheiten gefunden.

Hönig versuchte, sich daran zu erinnern, wann er mit Lars das letzte Mal ausgelassen herumgetollt hatte. War es etwa nie geschehen? Oder wollte es ihm gerade nicht einfallen? Er schämte sich. Was war schiefgelaufen?

Er fand keine Antwort auf diese Frage, aber eins wusste er mit Bestimmtheit: Es konnte nicht mehr so weitergehen. Hönig erklomm die Stufen, klopfte an Lars' Zimmertür. Drinnen konnte er dumpfe Stimmen hören. Hönig öffnete die Tür und schnappte nach Luft. Dichte, süße Rauchschwaden trieben ihm entgegen.

In dem Nebel lümmelte sein Sohn auf dem Bett. Von der Wand über ihm hing ein Filmposter an einer Ecke herunter. *Fight Club* prangte in großen Buchstaben über den lädierten Darstellern. Einen der beiden Schauspieler kannte Hönig, es war Brad Pitt. Der andere war ihm fremd. Er hatte es nicht so mit Filmen und deren Stars. »Ist das ein Joint im Aschenbecher?«

Lars stellte den Ton des Fernsehers lauter. Ein schmieriger Typ schlief mit zwei Frauen, einer Blonden und einer Brünetten.

»Ich hab dir schon einmal gesagt: Ich will nicht sehen, dass du Drogen in unser Haus bringst.«

»Du hast doch gar nicht gesehen, wie ich sie ins Haus gebracht habe.«

Das orgiastische Gestöhne der Schauspieler dröhnte Hönig in den Ohren. »Musst du heute nicht zur Uni?«

»Vielleicht.«

Plötzlich färbte sich die Bettdecke des Trios mit Blut. Eine der beiden Frauen, die Blonde, stürmte ins Bad. Nackt und blutüberströmt hechtete der Mann hinter ihr her. Sie trat ihm ins Gesicht. *Nicht ins Gesicht!*, schrie er.

Angewidert schaute Hönig weg. »Mach das bitte aus.«

»Wenn es dich stört, kannst du ja gehen!«

»Ich werde dein unerhörtes Verhalten nicht länger akzeptieren.«

»Und was willst du dagegen tun?«

Die blonde Frau hetzte jetzt durch ein düsteres Treppenhaus. Ihr Peiniger rannte mit einer Kreissäge hinter ihr her.

Ihre Schreie gellten ohrenbetäubend aus den Lautsprechern und durch das Haus. Hönigs Nerven lagen blank. »Dich vor die Tür setzen! Dann kannst du zusehen, wie du alleine klarkommst.«

»Das wirst du nicht machen.« Lars lachte. »Dann kannst du mich ja gar nicht mehr kontrollieren.«

Fassungslos starrte Hönig seinen Sohn an. Je mehr Zeit er vergebens nach einer Antwort suchte, umso klarer wurde ihm: Lars hatte recht. *Wir wollen die Probleme der Leute lösen, aber unsere eigenen kriegen wir nicht in den Griff.*

Die Wahrheit war: Sein Sohn war ihm längst entglitten.

56

Der dürre Mann mit dem schütteren blonden Haar studierte den Dienstausweis mit der Aufschrift *Mordkommission*. »Serienmörder gibt's bei mir nicht.«

Kalkbrenner ignorierte den Scherz. »Es geht um Matthias Brodbeck.«

Dieter Winkels, laut Türschild *Dipl.-Psych. Therapeut*, wurde schlagartig ernst. Er bat den Kommissar in seine Praxis, die sich in einem der aufwendig restaurierten Altbauten am Treptower Park befand, allerdings Parterre. Dementsprechend niedrig war die Decke. Zudem gab es nur kleine und schmale Fenster, die, verstellt von Bäumen, ein verstörendes Halbdunkel im Raum erzeugten. Kalkbrenner konnte sich nicht vorstellen, wie in dieser Atmosphäre psychische Probleme gelöst werden sollten.

Sie nahmen in zwei tiefen Sesseln Platz, die sich im rechten Winkel gegenüberstanden. Kalkbrenner versank in den Kissen. Der Therapeut blickte auf ihn herab. »Wie kann ich Ihnen helfen?«

»Erzählen Sie mir von Matthias Brodbeck.«

Winkels schüttelte verzagt den Kopf. »Herr Kalkbrenner, Sie wissen, dass ich an die ärztliche Schweigepflicht gebunden bin.«

»Der Klient ist tot. Damit sind Sie von der Schweigepflicht entbunden.«

»Das behauptet die Polizei in solchen Fällen immer.«

»Wollen Sie nicht, dass man die Mörder von Herrn Brodbeck findet?«

»Ich wüsste nicht, wie ich Ihnen dabei helfen könnte. Mein Klient war Herr Brodbeck, nicht die beiden Jugendlichen.«

»Es geht nicht um die Schüler.«

»Ach?« Winkels runzelte die Stirn. »Nicht? Was soll das heißen?«

»Tut mir leid, das unterliegt der polizeilichen Schweigepflicht.«

Winkels ließ sich in seinen Sessel sinken. In seiner Miene spiegelten sich zugleich Belustigung und Verdruss. »Nettes Spielchen, Herr Kommissar. Aber ich kann Ihnen wirklich nicht weiterhelfen.«

Kalkbrenner stemmte sich ein wenig aus dem Sessel. Das Gefühl, dass die Zimmerdecke auf ihn drückte, gefiel ihm zwar nicht, aber es behagte ihm noch viel weniger, dass der Therapeut ihn von oben herab betrachtete. »Dann verraten Sie mir nur eines, sozusagen aus Ihrer therapeutischen Erfahrung: Haben Sie den Eindruck, die Zustände an der Schule waren tatsächlich so schlimm, dass Brodbeck ihnen zum Opfer fiel?«

Der Therapeut gab keine Antwort.

Kalkbrenner wagte einen weiteren Anlauf. »Warum kommen Patienten zu Ihnen?«

Stille.

»Herr Winkels, ich habe Sie lediglich nach Ihrer Arbeit

gefragt. Ich glaube kaum, dass Sie damit das Vertrauen Ihrer Patienten …«

»Klienten, bitte.«

»Dass Sie also das Vertrauen Ihrer Klienten missbrauchen.«

Der Therapeut massierte seine Finger, als würde er sich auf einen schweren Ringkampf vorbereiten. »Die meisten Klienten kommen zu mir in Behandlung, weil sie unter Stress stehen. Es gelingt ihnen nicht mehr, diesen zu bewältigen.«

Winkels verfiel wieder in Schweigen.

»Was sind die Folgen?«, bohrte Kalkbrenner nach.

Winkels knetete die Hände. »Typische Symptome sind Angstzustände und Panikattacken, die in schwereren Fällen zu chronischen Depressionen werden können.«

»Neigen die Klienten dabei zu Übertreibungen?«

Der Therapeut verknotete seine Finger ineinander, löste sie, verschränkte sie wieder. »Ja, es ist durchaus denkbar, dass die Klienten auf eine, ich sage mal, alltägliche Stresssituation entschieden heftiger reagieren, als sie es normalerweise tun würden.«

»Ich verstehe«, sagte Kalkbrenner, und das tat er tatsächlich. »Wäre es möglich, dass Sie eine reale Bedrohung Ihrer Klienten verkennen, weil Sie glauben, sie übertreiben?«

»Auf keinen Fall, nein«, wehrte der Therapeut entsetzt ab und fuchtelte jetzt mit seinen spindeldürren Fingern herum. »Da für meine Klienten die Gefahr real ist, muss auch ich sie ernst nehmen: Arbeit, Konflikte, Druck, Überbelastung. Der Umgang mit Stress ist ja die Ursache für die Symptome wie Angst, Panik oder Depression. Verstehen Sie?«

»Ich glaube schon.«

»Ich helfe meinen Klienten dabei, neue Bewältigungsmöglichkeiten zu entwickeln, mit denen Sie sich der Arbeit, den Konflikten und dem Stress wieder stellen können.

Wenn sie diese Möglichkeiten anwenden, spüren sie, dass ihre Angst und Panik unbegründet waren. Dass keinerlei Bedrohung davon ausging. Dass diese Bedrohung niemals wirklich existierte, sondern nur … in ihrem Kopf.«

»Trotzdem war die Gefahr im Falle von Herrn Brodbeck nicht nur in seinem Kopf vorhanden.«

»Geschickter Versuch, Herr Kommissar.«

»Kommen Sie, Herr Winkels. Matthias Brodbeck war bei Ihnen in Behandlung, also hat ihn etwas belastet.«

»Alle meine Klienten belastet etwas.«

»Wir reden über Herrn Brodbeck, der dem Stress nicht mehr gewachsen war.«

»Nein, wir reden nicht über Herrn Brodbeck. Das darf ich nicht, und dazu werden Sie mich auch nicht verleiten. Ich kann Ihnen nur so viel sagen: Viele meiner Klienten fühlen sich dem Stress nicht gewachsen.«

»Können Sie ihnen helfen?«

»In den meisten Fällen.«

»Aber nicht Herrn Brodbeck.«

»Doch«, rutschte es dem Therapeuten heraus. Sein Oberkörper machte einen plötzlichen erschrockenen Satz; sein schütteres Haar fiel ihm ins Gesicht. Mit einer fahrigen Handbewegung strich er es beiseite. »Sagen wir mal so: Die Therapie war beendet. Und ich hatte nicht den Eindruck, dass unsere Bemühungen vergebens gewesen waren.«

»Sondern?«

Winkels rieb sich die Finger. »Ach, Herr Kommissar, bitte, wollen Sie mich wirklich in einen moralischen Zwiespalt bringen?«

Kalkbrenner ging nicht darauf ein. »Also, haben Sie ihm helfen können?«

Der Therapeut knirschte mit den Zähnen. »Ich bin bei nahezu jedem meiner Klienten der Überzeugung, dass wir über kurz oder lang an unser Ziel kommen werden. Allerdings …« Wieder eine Pause. Erneut bearbeitete er seine Finger. »Zur Therapie gehört es auch, dass ich mit den Klienten rede.« Er hielt einen Moment inne. »Das Gespräch ist quasi das Medium, in dem wir versuchen, Bewältigungsmöglichkeiten, neue Sichtweisen, Denkweisen und daraus resultierend auch Verhaltensweisen zu erarbeiten. Wenn Sie so wollen: Im Reden liegt die Heilung.«

»Verstehe.«

»Natürlich ist damit die Therapie nur bedingt erklärt. Wir reden nicht einfach nur blindlings drauflos. Wir reden über die Krankheit und nähern uns dadurch deren Ursachen.«

»Zum Beispiel Stress mit Schülern?«

»Kein Kommentar.«

»Mhm.«

»Aber als Therapeut höre ich natürlich nicht nur, was meine Klienten mir sagen, ich achte auch darauf, wie sie es sagen.«

»Und wie sagen sie es?«

»Sie reden über ihre Krankheit und deren Ursachen, manchmal sehr direkt, als wüssten sie ganz genau, woher die Probleme kommen, nur haben sie eben noch keinen Weg gefunden, der ihnen hilft, damit umzugehen. Manchmal spüre ich, dass sie mir etwas verschweigen. Zum Beispiel andere Probleme, die sie beschäftigen, die mit ihrer eigentlichen Krankheit, wegen der sie zu mir gekommen sind, nichts zu tun haben.«

»Dennoch belasten sie die Probleme«, warf Kalkbrenner ein, »und sie steigern den Stress, die Angst und die Panik.«

»Was sie natürlich niemals zugeben würden. Weswegen sie auch kein Wort darüber verlieren. Dennoch verraten sie es mir durch Blicke, Gesten, Zeichen, unbewusst, nebenbei. Ich wäre ein schlechter Therapeut, wenn ich das nicht registrieren würde.«

»Um welche Probleme handelt es sich dabei?«

Winkels presste die Lippen aufeinander.

»Wussten Sie eigentlich«, fragte Kalkbrenner, »dass in 95 Prozent aller Mordfälle der Mörder aus dem direkten Umfeld des Opfers kommt?«

Der Therapeut schaute ihn an. Er sagte noch immer nichts, aber das Schweigen war Antwort genug.

57

Magda hatte im Speiseraum für das Frühstück gedeckt. Der Koch hatte alles zubereitet, wie Miguel Dossantos es sich normalerweise wünschte: Rührei mit Speck, Würstchen, Schinken und Kaviar. Aber an diesem Morgen ließ er die Speisen achtlos liegen. Er kriegte heute keinen Bissen runter. Er hatte ja nicht einmal geschlafen. Wozu also frühstücken?

Das Zimmer war prächtig, wie ein Ballsaal mit einem langen, maßgefertigten Tisch aus massivem Holz, an dem sich Stühle wie Throne mit hohen Lehnen und verschnörkelten Schnitzereien entlangreihten.

An der Wand hing ein goldgerahmtes Bild. Es zeigte Catharina vor 20 Jahren, jung, schlank und schön. Wie in einem Traum. Nur auf ihrem Gesicht lagen Schatten, strafend, fast böse. Vielleicht bildete er sich das nur ein, aber das Foto genügte, um ihn endgültig aus dem Speiseraum zu vertreiben.

Als er auch noch die Schritte seiner Frau auf der Treppe hörte, beeilte er sich, schnellstens ins Arbeitszimmer zu gelangen. Dort setzte er sich an seinen Schreibtisch, stützte das Kinn auf die gefalteten Hände und starrte auf die Papiere vor ihm, ohne wirklich zu lesen. Dann legte er sie zu den Unterlagen des Bestatters, auf die er sich ebenso wenig konzentrieren konnte. Die Polizei hatte die Leiche seines Sohnes zwar schon freigegeben, aber die Beerdigung würde ohnehin erst am Samstag stattfinden.

Er griff zum Telefon und wählte eine Nummer. Es wurde abgenommen.

»Ich hier«, sagte Dossantos.

»Miguel? Was willst du?«

»Ich möchte wissen, wie es mit dem Grundstück am Messegelände aussieht?«

»Aber dein Sohn ist ...«

»Was ist mit ihm?«

»Jetzt, wo er ... Also, ich dachte ...«

»Was gibt es da zu denken?«

Keine Antwort.

»Ich *will* das Grundstück.«

Ein Brummen. »Ich sagte dir doch, ich werde mich bemühen ...«

»Ich möchte mehr als nur dein Bemühen.«

»Wie stellst du dir das vor? Es geht dabei immerhin um ein städtisches Filetgrundstück.«

»Ach komm, ich bitte dich: Das Grundstück ist nur so teuer, weil wir es so vereinbart haben.«

Konsterniertes Schweigen am anderen Ende.

Dossantos wartete einige Sekunden. Er beobachtete die Hummer, wie sie sich schwerfällig über den steinigen Boden des Aquariums bewegten. Ihre Scheren waren messerscharf. Schließlich sagte er: »Was meinst du, wie es die Öffentlichkeit auffassen würde, wenn sie erfährt, dass sich einige Herren im Liegenschaftsfonds an einem Puff bereichert haben?«

Karl B. Brodke sagte lange Zeit nichts. Dann flüsterte er: »Du bist ein Scheißkerl.«

»Darf ich das als Zusage verstehen?«

Ohne ein weiteres Wort beendete Brodke das Gespräch. Dossantos schaute auf. Catharina stand mit einem Buch in der Hand vor seinem Schreibtisch. Er versuchte, den Titel zu lesen, aber es gelang ihm nicht.

Seine Frau trug keinen Pyjama mehr. Sie hatte sich in Schale geworfen, schick wie zu ihren besten Zeiten. An den Füßen trug sie sogar schwarze Stiefel mit Absätzen.

»Kannst du darin laufen?«, fragte er.

»Ich bin jahrelang damit gelaufen. In deinen Puffs.«

»Ja, aber deine Gelenke!«

Sie strich sich eine Strähne aus dem Gesicht. Auch ihr Haar war frisiert. Zwar schienen noch immer graue Strähnen durch die dunkelbraunen Locken, aber trotz ihres Alters sah sie gar nicht schlecht aus. Als würde sie nicht ins Krankenhaus, sondern wieder zur Arbeit fahren. Die Krankheit war ihr nicht anzusehen, wohl aber die Verachtung, die sie ihm gegenüber empfand. »Kümmerst du dich schon wieder um deine Geschäfte?«

»Sie erledigen sich nicht von selbst.«

»Wie konnte ich das bloß vergessen?« Seine Frau rieb sich die Augen. Sie waren rot unterlaufen. Sie hatte geweint. Immer wieder hatte er in der Nacht ihr Schluchzen aus dem Schlafzimmer gehört. »Was ist schon der Tod deines Sohnes im Vergleich zu deinen wichtigen Geschäften?«

»Es sind auch Samuels Geschäfte.«

»Red dich nicht raus.«

»Aber es wäre in seinem Sinne gewesen.«

Sie blickte vorwurfsvoll auf ihn herab. »Als wenn es dabei um Samuel ginge.«

Eine Pause entstand. »Wir dürfen uns keine Schwäche erlauben.«

»Wir? *Du* darfst dir keine Schwäche erlauben. *Du* musst deinen Ruf wahren. Was sollen bloß die Leute denken?« Catharina wankte. Sie trat einen Schritt vor, um sich an dem Stuhl vor dem Schreibtisch festzuhalten. Ungleich sanfter fügte sie hinzu: »Gefühle sind keine Fehler.«

»Aber sie machen angreifbar.«

»Ja, natürlich, deshalb hast du sie mir auch nie gezeigt.«

»Catharina, bitte, ich habe dich geheiratet.«

»Und damit hast du alles getan, was nötig war, oder wie?«

»Ich habe dich geheiratet, weil ich dich liebe.«

Sie rang um Atem. Er war sich nicht sicher, ob es wegen ihrer Schmerzen war oder ob sie sich wegen seiner Worte aufregte. »Was weißt du schon von Liebe?«

Sehr viel, wollte er sagen, hielt aber den Mund. Viele Jahre lang hatte er erwartet, dass Catharina eine gute Hure war, die die Freier abzog und sonst nichts an Gefühl und Lust investierte. So hatte er tatsächlich lange Zeit gedacht.

Doch irgendwann hatte Catharina Rico kennengelernt und mit ihm durchbrennen wollen. Das hatte Dossantos nicht zulassen können. Nicht nur, weil er einen Ruf verloren hätte. Er hatte Catharina geliebt. Mehr als alle anderen Frauen. Aber da war es schon zu spät gewesen. »Du verstehst gar nichts, Cathy …«

»Ich habe es dir schon mehrmals gesagt: Nenn mich nicht Cathy!«

»… und hast nie etwas verstanden. Das alles …«, mit seiner Hand beschrieb er einen Bogen, der das ganze Haus oder sogar ganz Berlin einbezog, »… gehört uns. Und alles, was ich getan habe, habe ich für uns getan.«

»Und zu welchem Preis?«

»Wir konnten unseren Traum realisieren: Wir haben Erfolg. Die Finca. Der große Garten, den du dir immer gewünscht hast. Der Swimmingpool. Whirlpool. Schmuck. Kleider. Bedeutet dir das alles nichts?«

»Du, Miguel, bist es, der nichts versteht. Merkst du wirklich nicht, was los ist? Unser Sohn ist tot. War es das wirklich wert?«

»Aber das eine hat mit dem …«

»Und mich macht dein Geld auch nicht gesund.«

Er sah auf die Uhr. In wenigen Minuten würde sie sich mit Sina auf den Weg ins Krankenhaus machen. »Warte doch erst mal die Untersuchung ab.«

»Und dann?« Sie stieß sich vom Stuhl ab. Langsam und konzentriert durchquerte sie den Raum und öffnete die Tür zum Foyer, wo zwei Reisetaschen standen. Sina schleppte eine zur Auffahrt raus, wo sie sie neben den Beeten mit den prächtig blühenden Bougainvilleen abstellte.

Catharina warf einen beinahe mitleidigen Blick über die Schulter zurück. »Inzwischen bin ich fest davon überzeugt, dass jeder das bekommt, was er verdient.«

»Was willst du damit sagen?«

Aber da bückte sie sich bereits nach der anderen Tasche.

58

Jugendliche kreuzten Kalkbrenners Weg. Einer der Jungs sagte: »Brauchst du mehr?«

»Wie bitte?«

»50 Euro, und du kriegst die Killerpose.«

Nach fünf Trauertagen hatte der Unterricht an der Berthold-Hauptschule wieder begonnen. Es war Pause. Die älteren Schüler drückten sich in kleinen Gruppen in den Schatten der Bäume, rauchten oder spielten mit ihren Handys. Wie hatte man bloß vor 20 Jahren die Pause verbracht? Einige Jungs knutschten mit Mädels herum. Das wiederum deckte sich mit Kalkbrenners eigener Erinnerung.

Die jüngeren Schüler tobten ausgelassen umher, manche spielten Basketball auf einem eigens dafür ausgewiesenen Feld. Nichts erinnerte mehr an die schreckliche Tat vom vergangenen Dienstag. Allenfalls die Journalisten, die noch vereinzelt jenseits der Schulmauer lauerten.

»Ey, Alter, was ist?«

Den Jungs vor Kalkbrenner hingen die Jeans auf halb acht, die Sneakers waren zwei Nummern zu groß, und auf ihren Köpfen saßen die Basecaps quer. Die Gesichter darunter waren pickelig und weich wie von Kleinkindern. Die Mädchen, die bei ihnen standen, waren keine 14 Jahre alt, aber Eyeliner, Wimperntusche und Lippenstift schienen selbstverständlich zu sein. Einige trugen Absatzschuhe, und in den irritierend bauchfreien Zonen ihrer T-Shirts funkelten Nabelpiercings.

Weil er immer noch nichts sagte, verdrehten die Jugendlichen jetzt die Augen. »Ey, Mann, bist du nicht von der Zeitung?«

»Ich muss euch leider enttäuschen. Ich bin …«

»Sie da!« Eine scharfe Stimme fiel Kalkbrenner ins Wort. »Verschwinden Sie!«

Die Jungen suchten eiligst das Weite. Den Mädels fiel das schnelle Laufen auf ihren Stöckelschuhen dagegen schwer.

Verärgert bauten sich ein Mann und eine Frau vor Kalkbrenner auf. Sie war klein und dicklich, er hager und sein Gesicht von Falten zerfurcht. »Wie oft müssen wir Ihnen das noch sagen: Reporter haben auf dem Schulgelände nichts zu suchen.«

Kalkbrenner holte seinen Ausweis hervor. Der Mann räusperte sich kleinlaut: »Oh, es tut mir leid. Aber die Reporter sind eine Plage. Mit ein paar Euros stacheln sie die Jugendlichen zu grimmigen Selbstdarstellungen an. Unter den Schülern heißt das inzwischen *Killerpose*.«

Seine Kollegin fügte hinzu: »Und mit solchen Bildern illustrieren sie dann Schlagzeilen wie *Killerschüler!*.«

Kalkbrenner setzte eine verständnisvolle Miene auf. »Schon gut. Ich bin auf der Suche nach Herrn Christian Ernst.«

»Den finden Sie im Lehrerzimmer.«

Christian Ernst trug Sandalen, eine Cordjeans und ein längs gestreiftes Hemd. Die obersten zwei Knöpfe standen betont lässig offen. Sein dünnes schwarzes Haar war in der Mitte gescheitelt. Ein typischer Kunstlehrer. Und eine der wenigen Personen, die dem ermordeten Lehrer nahegestanden hatten. »Wie gut kannten Sie Herrn Brodbeck?«

»Wie einen Kollegen eben.«

»Er war mehr als ein Kollege, oder?«

Die anderen Lehrer saßen an Tischen um sie herum, mampften ihre Brote, rauchten Zigaretten, vertieften sich in Gespräche. Doch sosehr sie auch vorgaben, beschäftigt zu sein, ihre Augen waren misstrauisch auf Kalkbrenner und seinen Gesprächspartner gerichtet.

»Das war er doch, oder?«, drängte Kalkbrenner.

»Ja und nein. Wir haben uns regelmäßig getroffen, abends in der Kneipe, zu einem Bierchen. Gelegentlich sind wir zusammen ins Museum gegangen. Oder ins Kino.«

»Worüber haben Sie sich dabei unterhalten?«

»Über die Arbeit. Die Schule und den Unterricht.«

Kalkbrenner dachte an Judiths Worte. *Wenn man den ganzen Tag mit den Jugendlichen konfrontiert ist, will man sich nicht auch noch am Abend über deren Probleme austauschen.* »Worüber genau?«

»Also …« Der Lehrer spielte nervös am Falz einer Zeitung herum, die zwischen ihnen auf dem Tisch lag. *Killerschüler!* »Über die Arbeit eben. Und die Therapie. Brodbeck war in Behandlung. Aber das wissen Sie sicherlich schon.«

Etwas an der Art, wie er die Worte hervorbrachte, machte Kalkbrenner hellhörig. »Und was ist mit Ihnen?«

Ernst ließ von der Zeitung ab, friemelte stattdessen nun an seinem Hemdkragen. Auf dem Schulhof tobten die Kids, was allerdings nicht mehr nach ausgelassenem Pausenspaß aussah. Die Aggression war beinahe mit Händen zu greifen, schwappte ins Lehrerzimmer, infizierte die hier Versammelten. »Ich war vor sieben Jahren in Behandlung. Aber das ist ja heutzutage nicht mehr ungewöhnlich«, fügte er hastig hinzu.

»Sie haben mit Herrn Brodbeck über Ihre Therapien gesprochen?«

»Geteiltes Leid ist halbes Leid. So sagt man doch.«

»Hat er dabei jemals Probleme erwähnt?«

»Wenn Sie andere Probleme als die an der Schule meinen: nein.«

»Hatten Sie den Eindruck, seine Therapie war erfolgreich?«

»Natürlich, sonst wäre er nicht in den Schuldienst zurückgekehrt.«

»Es gab keinen Zweifel daran?«

Der Lehrer reagierte nicht sofort.

»Also gab es welche?«, hakte Kalkbrenner nach.

»Nicht in puncto Arbeit.«

»Sondern?«

»Na ja«, machte Ernst, »mir kam es so vor, als würde sich Matthias von den Kollegen distanzieren. In den Pausen war er immer seltener im Lehrerzimmer, was eigentlich unüblich ist, weil es ein Refugium der Ruhe ist. Eine Art Schutzraum …« Er lachte, aber es klang bemüht. Dann wurde er abrupt wieder ernst.

Eine Hand legte sich auf Kalkbrenners Schulter. Kalkbrenner drehte sich zu ihrem Besitzer um. Eine hochgewachsene, drahtige Gestalt in einem unfassbar hässlichen karierten Sakko funkelte durch eine schwere schwarze Hornbrille zornig auf ihn herab. »So, so, die Mordkommission also. Meine Kollegen sagten mir, Sie seien im Haus.«

Kalkbrenner erhob sich. Noch immer überragte ihn der Mann um einen ganzen Kopf. »Ich bin Paul Kalkbrenner, Hauptkommissar.«

»Und ich bin der Schulleiter, Dr. Edgar Börgers.« Sie reichten sich die Hand, doch der Händedruck war frostig. »Darf ich fragen, was Sie hier wollen?«

»Reine Routine.«

»Ach so, wie die wiederholte Tatortuntersuchung am vergangenen Samstag, für die uns bisher niemand einen Grund genannt hat. Von der abstrusen Gegenüberstellung am Freitag möchte ich in diesem Zusammenhang gar nicht erst reden.«

Kalkbrenner erwiderte nichts.

»Und warum sind Sie wirklich hier?«

Noch bevor Kalkbrenner antworten konnte, klingelte sein Handy. Es war Rita. Er drückte sie weg. Die aufmerksamen Blicke des Kollegiums hefteten sich an ihn. »Kann ich Sie gleich unter vier Augen sprechen?«

Hinter Börgers' daumendicken Brillengläsern blitzte es gereizt. »Ich bitte sogar darum.« Er machte auf dem Absatz kehrt und rauschte von dannen.

Kalkbrenner nahm wieder neben Ernst Platz. »Sie sagten, Herr Brodbeck hätte sich von den Kollegen zurückgezogen. Gab es einen Streit?«

»Davon habe ich nichts mitbekommen.«

»Hat er sich auch von Ihnen distanziert?«

»Leider ja. Seit dem Therapieende habe ich ihn nur noch drei- oder viermal getroffen.«

»Zweimal.«

Verdutzt schaute Ernst ihn an.

»Wir haben seinen Terminkalender gefunden. Sie standen zweimal drin.«

»Dann eben zweimal. Das kann gut sein. Matthias wollte sich einfach nicht mehr verabreden.«

»Haben Sie ihn nach einem Grund gefragt?«

»Ja, das habe ich. Doch er sagte, es wäre nichts. Alles wäre in bester Ordnung.«

»Aber Sie haben ihm nicht geglaubt?«

Ein mehrtöniger Gong dröhnte durch das Gebäude. Pausenende. Die Kollegen packten ihre Taschen zusammen und begaben sich langsam zur Tür, nicht ohne den beiden einen letzten skeptischen Blick zuzuwerfen. »Nein, nicht wirklich. Aber er wirkte auch nicht so, als wollte er darüber reden. Also beließ ich es dabei und dachte mir, dass er sich schon melden wird, wenn alles wieder im Lot ist. Oder wenn er meine Hilfe braucht. Immerhin war er lange Zeit krank gewesen und hatte sicherlich privat einiges zu erledigen.«

»Zum Beispiel mit seiner Frau?«

»Ich sagte doch, er hat nicht darüber gesprochen.«

»Kannten Sie seine Frau?«

»Ja, natürlich. Judith. Ich bin ihr einige Male begegnet.«

»Wann war das?«

»Bei einem Schulfest. Während einer Schulaufführung. Später auch bei den beiden zu Hause. Matthias und Judith, meine Freundin und ich, wir sind sogar mehrmals gemeinsam essen gewesen und ins Theater gegangen.«

»Welchen Eindruck hatten Sie dabei: Waren die beiden glücklich?«

»Als ich sie zusammen erlebt habe, waren sie es. Aber das war einige Monate vor seiner Erkrankung und der Therapie. Wie es zuletzt um sie stand, tut mir leid, das weiß ich nicht. Aber warum fragen Sie Judith nicht selbst?«

59

»Wir nehmen ein Taxi«, verkündete Catharina Dossantos.

»Nein«, widersprach ihr Mann. »Zwei meiner Jungs werden euch mit dem Chrysler in die Klinik bringen.«

»Warum denn das?«

»Du weißt, was gestern passiert ist. Deshalb.«

Catharina wollte etwas erwidern, ließ es dann aber bleiben. Natürlich ging es Miguel *auch* um Sicherheit. Aber noch viel mehr um Kontrolle, heute sogar entschiedener denn je.

Miguel schob sie beiseite. »Lass mich die Tasche nehmen.«

Er wuchtete sie über seine Schulter. Auf halbem Weg nach draußen strich er die Segel. »Mein Gott, was hast du wieder alles eingepackt?«

Staub wirbelte auf, als er das Gepäck auf den Boden knallen ließ. Er wies einen seiner Bodyguards an, sich um die letzten Meter zu kümmern. So war Miguel. Immerzu gab er Anweisungen. Alle tanzten nach seiner Pfeife.

Catharina wischte sich eine Haarsträhne aus dem Gesicht. Sie fühlte sich geschmeidig an. Zum ersten Mal seit Tagen hatte sie ihr Haar nach dem Aufstehen gewaschen. Nicht nur wegen der Gelenkschmerzen hatte sie in jüngster Zeit kaum noch Lust verspürt, sich und ihren Körper zu pflegen. Für wen denn auch? »Kannst du mir bitte versprechen, dass mich die Ärzte am Mittwoch tatsächlich schon nach Hause lassen?«

Natürlich konnte er das nicht. Aber vermutlich war ihm nicht einmal ihre Veränderung aufgefallen: Sie hatte sich neue Kleider angezogen, sogar Stiefel aus Leder und mit Absatz, wie früher.

»Helft ihnen auch, die schweren Taschen in die Klinik und auf ihr Zimmer zu tragen«, wies er die beiden Männer an und baute sich gewichtig vor Catharina auf.

Er trug einen seiner teuren Anzüge, einen von den vielen, die er sich von seinem Schneider hatte anfertigen lassen. An seinen Gelenken baumelten Rolex und Goldkettchen. Er wirkte, als sei gestern nichts geschehen. Geschäftig. Routiniert. Überheblich. Gott, wie sie ihn dafür verabscheute.

Er nahm ihre Hand. »Soll ich dich besuchen kommen?«

Sie machte sich von ihm los und ignorierte ihn auf dem Weg zum Wagen. *Jetzt nicht schwach werden.* Sie nahm auf der Rückbank des Chrysler Platz, wollte die Tür hinter sich zuziehen.

»Catharina!«

Sie hielt inne.

»Ich komme dich am Mittwoch abholen, ja?«

»Ja«, sagte sie und wollte nicht daran denken, was bis zum Mittwoch alles passiert sein konnte. Sie hatte Angst, dass ihr Mann ihr etwas ansehen könnte. Trotzdem ertappte sie sich dabei, wie sie lächelte. Nur kurz. *Wahrscheinlich hat er es nicht einmal mitbekommen,* beruhigte sie sich.

Dann schlug die Autotür zu, und Sina setzte sich auf die andere Seite. Die Leibwächter klemmten sich auf die Vordersitze, und der Wagen wurde angelassen. Auch als die Limousine die Auffahrt zur Straße hinabrollte, blickte Catharina nicht zurück. Das, was sie an der Finca mochte, trug sie in ihrer Erinnerung, und dort war es gut aufgehoben.

Den Rest hatte sie in die Taschen gepackt. Ein paar Kleidungsstücke, Fotos, einige Bücher, die ihr am Herzen lagen. *Das stille Mädchen,* ihr Lieblingsbuch, hielt sie mit ihren Händen fest umschlungen. Einer der zentralen Sätze des Romans war: *»Ich habe immer nach etwas gesucht«, sagte das kleine Mädchen.*

Berlin zog an ihnen vorbei. Die beiden Kegeltürme am Frankfurter Tor. Der Alexanderplatz. Es war ein eigenartiges Gefühl. Vertraut und trotzdem seltsam fremd. Als wäre sie in dieser Stadt schon gar nicht mehr zu Hause.

Sie konzentrierte sich wieder auf den Roman. Sie dachte über das kleine Mädchen und ihre Worte nach. Sina schien ebenfalls geistesabwesend zu sein, noch immer wirkte die Nachricht von Samuels Tod nach. Sie hatte kein Wort darüber verloren, aber Catharina wusste, dass ihre Freundin nach dem Mord mehr denn je hinter ihrem Vorhaben stand.

Die Schmerzen in den Gelenken waren erträglich. Mit ihnen würde sie leben können. Mit Miguel dagegen hielt sie es keinen Tag länger aus.

Die Charité war ein gewaltiger Krankenhauskomplex, eine fast autarke Kleinstadt mitten in Berlin, die nur deshalb nicht auffiel, weil sie sich nahtlos in die verschrobene Hässlichkeit ihrer Umgebung einfügte.

Der Wagen hielt vor dem Eingangsportal des Hauptgebäudes. Die beiden Bodyguards ihres Mannes halfen, die Reisetaschen aus dem Kofferraum zu hieven, und wollten sie auch ins Foyer der Charité schleppen. »Stellt sie hier ab«, verlangte Catharina vor den Glastüren.

»Aber der Boss hat gesagt, dass wir ...«

»Was der Boss sagt, ist mir herzlich egal. Stellt die Taschen ab und verschwindet.«

Die beiden Bulldozer wechselten irritierte Blicke. Ein Krankenwagen hielt nur wenige Meter von ihnen entfernt vor der Klinik. Eine Frau im Rollstuhl wurde von zwei Sanitätern aus dem Transporter gehoben. »Hier wird sich schon niemand an uns alten Schachteln vergehen«, sagte Catharina.

Wieder sahen sich die beiden Männer an. Dann stiegen sie in den Wagen und fuhren davon. Catharina und Sina schauten ihnen hinterher, bis der Chrysler nicht mehr zu sehen war.

»Danke, aber so alt fühle ich mich noch nicht«, beschwerte sich Sina.

»'tschuldigung«, sagte Catharina. »Ich wollte die beiden Deppen einfach nur loswerden. Ich bin total aufgeregt. Mein Herz pocht so laut, dass die das glatt gehört hätten.«

»Beruhige dich. Nicht mehr lange, und du bist in Sicherheit.«

Catharina griff in die Jackentasche. Sie brachte ein Handy zum Vorschein. Sina hatte es ihr eigens für diesen Anlass besorgt. Miguel wusste nichts davon. Aber er wusste sehr vieles nicht. Auch nicht, dass sie die Nummer kannte, die sie jetzt eintippte. Das Mobiltelefon war kein neues Modell, sondern gut und gerne fünf Jahre alt. Aber das war egal, solange es nur seinen Zweck erfüllte.

Ein Krankenwagen fuhr mit heulender Sirene vor. Catharina suchte Zuflucht im Eingangsbereich, wo es ruhiger war. Das Gehen fiel ihr erstaunlich leicht. Das wunderte sie kaum. Vieles ihrer Krankheit war in den letzten Wochen und Monaten nicht echt gewesen. Es war ihr leichtgefallen. Eine gute Prostituierte war immer auch eine gute Schauspielerin. Nur so hatte sie ihren Mann in dem Glauben lassen können, sie sei so krank, dass ein weiterer Besuch in der Klinik unausweichlich sei.

Ein anderer wichtiger Satz in ihrem Lieblingsbuch lautete: *Wenn ich mal Probleme bekomme, wenn es richtig schlimm wird, kommst du mir dann helfen?* Sie drückte die grüne Taste ihres Handys. Das Freizeichen ertönte.

60

Die Wut des Schulleiters Dr. Edgar Börgers war noch nicht verraucht, als Kalkbrenner ihm im Büro seine Aufwartung machte. »Warum ist die Polizei erneut im Haus?«

Kalkbrenner wählte seine Worte mit Bedacht: »Es gibt einige Ungereimtheiten, was den Mord an Herrn Brodbeck betrifft.«

»So weit habe ich mir das auch schon zusammenreimen können.« Börgers klang immer missgelaunter. »Aber glauben Sie ernsthaft, einer der Kollegen hat Herrn Brodbeck umgebracht?«

»Das habe ich nicht behauptet.«

Börgers jaulte regelrecht auf. »Machen Sie sich doch nicht

lächerlich: Weshalb sind Sie denn hier? Nur weil Ihre Zeugin bei der Gegenüberstellung am Freitag keinen meiner Kollegen als Mörder identifiziert hat, heißt das ja noch lange nicht, dass nicht doch einer von ihnen hinter dem Mord stecken kann, richtig?«

Der Schulleiter interpretierte Kalkbrenners Schweigen als Zustimmung und nickte selbstzufrieden. Mit zornesroten Wangen sah er auf den leeren Schulhof hinaus. Die Schüler waren inzwischen zurück in ihren Klassen, nur noch der Straßenlärm drang durch einen kleinen Fensterspalt in den Raum.

Der Direktor nahm die Brille von der Nase, holte ein Tuch aus der Hosentasche und begann damit die Gläser zu polieren. Ohne Kalkbrenner anzusehen, forderte er: »Warum sagen Sie nicht einfach, was Sie wollen?«

»Ihnen als Schulleiter entgeht es sicherlich nicht, wenn es zu Streitigkeiten unter den Kollegen kommt.«

»Richtig.«

»Gab es Auseinandersetzungen?«

»Nein!«, wehrte Börgers ab, und seine Stimme hob sich um eine Oktave. Er setzte die Brille mit den dicken Gläsern zurück auf die Nase. »Gegen derartige Verdächtigungen möchte ich mich verwahren. Natürlich gab es Differenzen, aber das waren immer Diskussionen, wie sie zum Schulalltag dazugehören. Es ging um den Lehrplan. Darum, wie man mit auffälligen Schülern umgehen soll. Aber gewiss nicht um Dinge, die einen Mord rechtfertigen.«

»Was macht Sie da so sicher?«

»Weil ich der Schulleiter bin. Weil ich meine Kollegen in Konferenzen treffe. Weil wir ständig untereinander kommunizieren, Erfahrungen austauschen, uns gegenseitig auf Probleme und Differenzen hinweisen. Wir sind hier in Neukölln, verstehen Sie? Ein Miteinander ist für unseren Schulalltag unabdingbar.«

»Erzählen Sie mir von Ihrer Arbeit.«

Der Schulleiter rückte die Brille zurecht. Es dauerte eine Weile, dann sagte er: »Wussten Sie, dass ich schon seit 1975 an der Berthold-Schule bin? Damals war die Welt noch in Ordnung. Damals war die Hauptschule noch kein Auffangbecken für sozial benachteiligte Schüler. Fast alle bekamen eine Anstellung, wenn sie ihren Abschluss schafften. Die Probleme begannen Mitte der 70er Jahre, als die Migrantenkinder kamen. Für die besondere Situation dieser Schüler aus den sogenannten bildungsfernen Schichten hat sich schon damals kaum jemand interessiert – und bis heute hat sich daran nichts geändert. Die Kinder wachsen ohne einen Bezug zu unserem Land auf. Viele von ihnen sprechen nicht ein einziges Wort Deutsch, wenn sie eingeschult werden. Es ist, als würden sie in einem anderen Land leben, mit anderen Regeln und anderen Gesetzen. Und wer dagegen verstößt, der läuft Gefahr, dass er …« Der Schulleiter brach ab. Er schaute wieder zum Fenster hinaus. Tiefe Falten gruben sich in seine Stirn.

»Wurde Matthias Brodbeck bedroht?«

»Natürlich wurde er das«, sagte der Direktor und wandte sich wieder Kalkbrenner zu. »Jeder unserer Lehrer wird von Schülern bedroht. Mit Stinkbomben. Rasierklingen. Schlagringen. Manche Schüler machen das, weil sie sich dann stark fühlen. Je öfter es ihnen gelingt, dass die Lehrerin oder der Lehrer aus dem Klassenraum flüchtet, umso höher ist ihr Ansehen bei den Freunden. Andere verhalten sich so, weil sie die Lehrer als Verkörperung eines Systems betrachten, das sie hassen. Es bietet diesen Jugendlichen keine Perspektive, keine Hoffnung, stattdessen erlegt es ihnen Verpflichtungen und Regeln auf, die im völligen Widerspruch zu den eigenen Gesetzen stehen.« Er machte eine kurze Pause. Verbittert fügte er hinzu: »Als Lehrer lernt man, mit der unterschwelligen Bedrohung zu leben. Oder man geht in Therapie.«

»Wie ich hörte, hat sich Brodbecks Verhältnis zu seinen Kollegen nach der Therapie verändert.«

Der Direktor schwieg.

»War dem so?«

Der Schulleiter blieb äußerlich ruhig, aber es war unübersehbar, dass er sich seine Worte genau zurechtlegte: »Er war reservierter.«

»Gab es einen Grund dafür?«

Börgers' Körper schnellte wütend vor, und die Brille rutschte einige Millimeter den Nasenrücken hinab. Schnell schob er sie wieder hoch. Auf den Gläsern zeichneten sich die fettigen Spuren seiner Fingerspitzen ab. »Eine Krankheit verändert den Menschen, das ist ganz normal. Wenn Herr Brodbeck also ein bisschen Ruhe brauchte, bitte schön, dann sollte er sie haben. Ich muss doch nicht jeden Wesenszug meiner Kollegen hinterfragen.«

»Trotzdem kam Ihnen die Veränderung merkwürdig vor.«

»Das habe ich nicht behauptet.«

»Aber sie ist Ihnen aufgefallen?«

»Natürlich.« Der Schulleiter rang angestrengt nach Luft. »Ich war immerhin sein Vorgesetzter.«

»Glauben Sie, Brodbeck hatte private Probleme?«

»Und wenn er sie hatte, Herr …?«

»Kalkbrenner!«

»… dann gingen sie mich überhaupt nichts an. Oder würden Sie Ihrem Vorgesetzten gern Bericht über Ihre privaten Probleme erstatten? Er hat gut daran getan, sie zu Hause zu lassen, wenn er welche hatte. Die Schüler bemerken so etwas sofort und nutzen es schamlos aus.«

Der Schulleiter lehnte sich in seinem Sessel zurück. Er schloss die Augen, als würde er unter schweren Qualen leiden. Als er sie wieder öffnete, war jede Wut aus ihnen gewichen. Jetzt las Kalkbrenner darin nur noch Resignation.

»Verstehen Sie mich bitte nicht falsch«, sagte Börgers und fuhr sich müde durchs Haar. »Der Tod von Herrn Brodbeck ist eine schreckliche Sache. Und es ist ebenso schlimm, dass es überhaupt so weit kommen musste, damit die Herren im Senat die Situation in unserer Stadt endlich zur Kenntnis nehmen. Ich will ehrlich zu Ihnen sein: Ich wünsche mir, dass die beiden verfluchten Schüler die Mörder sind!«

Kalkbrenner nickte. Er konnte die Gefühle des Schulleiters nachvollziehen, der aber dennoch anzunehmen schien, seinen Gesprächspartner schockiert zu haben, und zu einer Erklärung ansetzte.

»Ja«, sagte er. »Sie haben richtig gehört. Ist das für Ihre Ohren zu hart?« Plötzlich wurde er wieder lebhafter. Er ballte die Hände zu Fäusten und hämmerte damit auf den Schreibtisch. »Es ist die Wahrheit. Denn wenn die beiden nicht die Mörder sind, dann wird schon morgen jeder sagen: *Ist doch alles gar nicht so schlimm an der Schule, in dem Viertel, auf der Straße.* Dann wird das Interesse von Politik und Medien erlöschen, und niemand wird sich für eine Verbesserung der Bildungschancen und wirtschaftliche Veränderungen einsetzen. Warum auch? Ist ja alles gar nicht so schlimm. Dann kehrt wieder Alltag ein, und die Zustände an unseren Schulen werden in Vergessenheit geraten. Die Dynamik der Desintegration und die Gewaltkriminalität Jugendlicher in Berlin werden weiterhin zunehmen, und wir Lehrer werden wieder allein auf uns gestellt sein. Nichts wird sich ändern. Verstehen Sie? *Das* macht mir Sorgen.«

61

Da es David Blocks erster Urlaubstag war, hatte er seinen Wecker ausgeschaltet. Dennoch riss er ihn am Morgen aus dem Schlaf. Block machte müde seine Augen auf. Er konnte sich nicht daran erinnern, wann er ins Bett gegangen war.

Wie viele Gläser Whiskey hatte er getrunken? Irgendwann war die Welt vor seinen Augen verschwommen, und damit hatten sich auch seine Sorgen in Wohlgefallen aufgelöst. Kaum zu glauben, dass er es noch bis ins Bett geschafft hatte.

Jetzt schmerzte der Kater in seinem Schädel. Oder war es doch der Wecker? Nein, das Blechteil aus einer Luxusboutique am Ku'damm war stumm. Es dauerte eine Weile, bis er begriff, dass das Geräusch das Telefon war, das klingelte.

Wer zum Teufel störte ihn? Sonst rief doch auch niemand bei ihm an. Unwillig griff er nach dem Hörer. »Ja?«

»Ich muss mir dir reden.«

»Glaubst du, dass das …«

»Ich komme gleich vorbei.«

Mit einem Satz saß Block aufrecht auf dem Bett. »Aber das kannst du nicht …«, sagte er erschrocken, aber die Verbindung war bereits getrennt. Entgeistert starrte Block auf das Telefon in seiner Hand und ließ sich dann auf das Kissen zurücksinken. So lag er stocksteif da, bis es an der Tür klopfte.

Er rappelte sich von der Matratze hoch, mühte sich mit seinem lahmen Fuß die Stufen hinab. Morgens waren die Schmerzen in seinem Bein immer besonders heftig. Es war stundenlang nicht bewegt worden, steif und ungelenkig.

Die Brokatvorhänge verhüllten nach wie vor die Fenster. Er würde es noch eine Weile dabei belassen. Die Vorstellung, dass die Sonne in seine verkaterten Augen fiel, entlockte ihm ein gequältes Gähnen.

Bereits, als er die Tür öffnete, protestierte er: »Ca…?!«

Energisch verschloss eine Hand seinen Mund. »Keine Namen, okay?« Die Gestalt schob sich in sein Apartment. Sie flüsterte. »Und erst recht nicht, wenn die Tür noch offen steht.«

Er hörte mehr, als dass er es sah, wie sie die Tür mit ihrem

Stiefelabsatz zurück in den Rahmen drückte. Das Schloss klackte. Im selben Augenblick rastete auch kaltes Metall um seine Handgelenke ein. *Handschellen!* Ein Schaudern ergriff seinen Körper. Er hatte mit allem gerechnet, aber nicht damit. »Ich dachte, wir wollten uns erst einmal nicht mehr sehen?«

»Ich weiß.«

»Was willst du dann hier?«

Ohne Rücksicht auf seine Behinderung wurde er die Stufen hinauf zur Empore gezerrt. »Ich hatte Sehnsucht.«

»Aber wenn dich jemand gesehen hätte – noch darf niemand von uns erfahren.«

»Ich habe aufgepasst.«

»Trotzdem ist es zu gefährlich.«

»Ich dachte, du magst das Risiko.«

Er wurde aufs Bett geworfen und landete auf seinem verkrüppelten Bein. Den Schmerzensschrei unterdrückte er. »Wir sollten es nicht herausfordern.«

Die Knöpfe seines Pyjamas wurden geöffnet. Finger streichelten sanft seine Brust. »Bist du dir sicher?«

Eine Gänsehaut überzog seinen Körper. Seine Stimme war nur noch ein bebendes Wispern. »Ja.« Aber in seinem Kopf klang es wie ein *Nein*. Nicht ohne Verwunderung stellte er fest, dass seine Kopfschmerzen verschwunden waren. Das musste an ihrer Anwesenheit liegen. Und an dem Spiel, ihrem wunderbaren Spiel.

Er wehrte sich nicht, als seine Beine gespreizt und an die Bettpfosten gefesselt wurden. Seine Arme wurden ihm über den Kopf gerissen und ebenfalls an dem Gestell befestigt.

Er schaute zu ihr auf. Sie trug schwarze Stiefel, dazu ein enges Lederkostüm. Der Rock endete knapp über ihren Knien. Sie sah gefährlich aus, und er wusste, dass dieser Eindruck nicht trog. Dennoch zeigte er keine Angst, als sie sich ihm näherte. Sie hob den Rock. Sie trug keine Unterwäsche und spreizte die Beine, so weit der Stoff um ihre Hüften es zuließ.

Er reckte den Kopf nach oben, versuchte, mit der Zunge zwischen ihre Schenkel zu gelangen. Sein Bein protestierte gegen die unbequeme Haltung, aber er ignorierte es. Es störte ihn auch nicht, dass sie seine Pyjamahose in Fetzen riss.

Nackt lag er vor ihr, wehrlos ausgeliefert. Als wollte sie seine Demütigung auskosten, verließ sie das Bett. Er hörte die Absätze ihrer Stiefel auf den Stufen klappern. Es raschelte. Sie suchte etwas in der Schublade, in der sein Spielzeug lag. Als sie wieder bei ihm war, hielt sie eine Peitsche in der Hand.

Mit einem Ruck löste sie die Fesseln, warf ihn auf den Bauch und drosch auf seinen Po ein, bis ihn breite rote Striemen zierten. Dann widmete sie sich seinem Rücken. Anschließend den Oberschenkeln. Heftiger Schmerz schoss durch seinen Körper. Süßer Schmerz. Irgendwann rollte sie ihn wieder zurück und hieb auf seine Hoden. Sein Schwanz stand steif von seinem Körper ab. Sie bespuckte ihn und schimpfte: »Du bist ein Niemand.«

So fühlte er sich.

»Du hast es nicht anders verdient.«

Davon war er überzeugt.

»Du bekommst deine Strafe.«

Er ertrug sie.

62

Als Kalkbrenner das Schulgelände verließ, verspürte er ein Grummeln im Magen. Erst dachte er, es sei der Frust über die Gespräche, die ihn keinen Deut weitergebracht hatten, doch als er die fettigen Fritten von *Bratfritze* roch, wurde ihm bewusst, wie hungrig er war.

Vor dem Imbiss stand sich allerdings die Reportermeute die Beine in den Bauch. In der Hoffnung, ein paar spektakuläre Bilder vom ersten Schultag nach der Tragödie zu erhaschen, hatten sie ihr Lager an der Bude aufgeschlagen. Weil Kalkbrenner nur wenig Lust auf nervige Fragen verspürte, beschloss er, mit knurrendem Magen das Weite zu suchen, und ging zu seinem Wagen zurück.

Unterwegs schaltete er das Radio ein, um herauszufinden, ob die Nachrichtensendungen bereits über den aktuellen Ermittlungsstand berichteten. Stattdessen lief *Frauen regier'n die Welt* von Roger Cicero, eine beschwingte Liebeserklärung an die Frau, an Berlin, an die Missgeschicke des Alltags. *Ein lasziver Blick. Und schon ändert sich deine Politik. Kein Boss und kein Actionheld. Kein Staat und kein Mafiageld. Frauen regier'n die Welt.*

Zwei Blöcke weiter, unweit des Hauses, in dem Familie Vurikovici lebte, parkte Kalkbrenner vor einer Döner-Bude und bestellte ein Schawarma. Er hielt wieder Ausschau nach den Kollegen von der Observation, konnte sie jedoch abermals nicht entdecken.

Auf dem kleinen Spielplatz mit dem Stahlzaun gegenüber lungerten Jugendliche herum. Sie waren definitiv zu alt für die verwitterten, mit Graffiti verschmierten Spielgeräte, aber nicht dafür, sie mutwillig zu demolieren. Kalkbrenner zog für einen Moment in Erwägung, hinüberzugehen und sie zu fragen, ob sie nicht zur Schule mussten. Dann verwarf er den Gedanken und setzte sich stattdessen zurück hinters Steuer, um dort in Ruhe das Fladenbrot mit Lammfleisch zu verzehren.

Anschließend wählte er Ritas Nummer. »Paul, endlich rufst du zurück. Wo bist du?«

In wenigen Worten schilderte er ihr die Gespräche mit

dem Psychotherapeuten, dem Lehrer und dem Direktor. Ein Satz aus seinem Fundus der kleinen Helferlein kam ihm dabei in den Sinn. *Ein Verbrechen aus der Nähe passiert meist aus Leidenschaft.* »Möglicherweise gab es ja doch Probleme beim Ehepaar Brodbeck.«

»Wohl eher nur bei ihm, Brodbeck selbst.«

»Was hast du herausgefunden?«

»Ich habe heute Morgen seine Finanzen überprüfen lassen: Er hat eine Hypothek auf die Wohnung aufgenommen, außerdem lief noch ein Kredit über 10000 Euro.«

»So was hat doch jede zweite Berliner Familie.«

»Richtig«, bestätigte Rita, »aber weniger alltäglich ist, dass einen Tag vor Brodbecks Tod, am Montagabend, von einem Nummernkonto in der Schweiz 250000 Euro auf seine Bankverbindung transferiert wurden.«

»250000 Euro?«

»Für einen Hauptschullehrer, noch dazu mit Hypothek und Kredit verschuldet, ist das verdammt viel Geld. Die Frage ist: Woher stammt es?«

»Es wäre nicht das erste Mal, dass jemand mit biederer Fassade krumme Geschäfte treibt.«

»Möglicherweise hat er jemanden erpresst«, mutmaßte Rita. »Das könnte auch erklären, warum er sich von seinem Umfeld abgeschottet hat.«

»Klingt zwar schlüssig, bleibt aber vorerst nur Spekulation.«

Im Rückspiegel bemerkte Kalkbrenner, dass Sascha Vurikovici aus dem Hauseingang trat. Kurz darauf fuhr ein schwerer schwarzer Mercedes vor. Die Rückfenster waren verdunkelt, weshalb er nicht erkennen konnte, wie viele Personen sich außer dem Fahrer im Wagen befanden. Sascha ließ sich auf dem Beifahrersitz nieder.

Der Motor des Mercedes heulte auf. Der Auspuff röhrte, dann schoss die Limousine davon.

Kalkbrenner behielt die Straße im Auge. Sobald er sicher sein konnte, dass kein anderer Wagen ausscherte, klemmte er sein Handy in die Freisprecheinrichtung und nahm die Verfolgung auf.

»Was machst du, Paul?«

»Ich habe gerade Sascha entdeckt, Lukaz' Bruder. Ich verfolge ihn.«

»Pass auf dich …«

»Rita«, unterbrach er sie, »hast du sonst noch was?«

»Dein PC-Crack Schöffler …«

»Schöffel!«

»Ja, weiß ich doch, also, Schöffel hat Brodbecks Laptop geknackt. Ich bin gerade dabei, die Dateien zu durchforsten.«

Der Mercedes vor Kalkbrenner gewann an Tempo, musste dann aber abrupt bremsen, weil sich der Verkehr am Kottbusser Damm staute. Am Kottbusser Tor hielt er am Straßenrand. Kalkbrenner stoppte hinter einem parkenden Transporter, ohne den verfolgten Wagen aus den Augen zu lassen. Ein Jugendlicher in Cargo-Jeans und Camo-Jacke beugte sich zum Seitenfenster der Limousine hinab. Briefkuverts wechselten ihren Besitzer. Der Mercedes fuhr wieder an, düste die Skalitzer Straße an den stählernen Pfeilern der Hochbahn entlang, Kalkbrenner im Schlepptau. »Taucht in dem Adressbuch auf dem Computer ein Name oder eine Firma mit den Initialen K. und N. auf?«

»Warte mal, ich schaue nach.«

Kalkbrenner hatte jetzt Mühe, den Mercedes nicht aus den Augen zu verlieren. Er sah gerade noch, wie der Wagen links in die Manteuffelstraße und dann nach wenigen Metern rechts in eine schmale Gasse einbog.

»Nein«, sagte Rita, »ein Name oder eine Firma mit K. und N. ist nicht drin.«

»Sonst etwas, das Verdacht erregt?«

»Ich weiß nicht, ob es wichtig ist, aber Brodbeck hat in den letzten Wochen offenbar ziemlich viele Sexseiten im Internet besucht, zum Teil äußerst schräge Sachen.«

Kalkbrenner verringerte das Tempo. Er folgte dem Mercedes erst in die kleine Gasse, als ein anderes Auto vor ihm einbog und ihm Sichtschutz gewährte. Der Mercedes hielt auf halber Höhe der Straße, Kalkbrenner wählte einen Parkplatz in gebührendem Abstand. Er hielt sich das Telefon wieder ans Ohr. »Ist das alles?«

»Schöffel will den Rechner nachher noch nach gelöschten Daten und unsichtbaren Dateien durchsuchen. Ich kenne mich damit ja nicht aus, aber er sagt, es gibt etliche Methoden, Daten zu verstecken. Oder gelöschte Dateien wiederherzustellen.«

»Dann gib mir Bescheid, sobald ihr etwas herausgefunden habt. Und bitte, kümmerst du dich auch darum, dass wir von der zuständigen Telefongesellschaft eine Anrufliste der Brodbecks erhalten? Und vergiss die Verbindungsnachweise von Brodbecks Handy nicht.«

Das alles waren routinemäßige Überprüfungen, von denen sich Kalkbrenner wenig Aufschluss erhoffte. Wer wie Brodbeck etwas verheimlichte und dazu offenbar auch allen Grund hatte, wie die jüngsten Informationen zeigten, der würde ganz sicher nicht den Fehler begehen, seine krummen Geschäfte über den heimischen Telefonanschluss zu tätigen.

Am anderen Ende rief eine Stimme etwas im Hintergrund. »Warte«, sagte Rita. »Sebastian will dich auch noch einmal sprechen.« Sie drückte eine Taste. Musik rieselte aus dem Hörer.

Vor ihm entstieg Sascha der Limousine und ging quer über die Straße auf ein gelb verputztes Gebäude zu. Dort betrat er einen Club im Erdgeschoss. Schaukästen links und rechts der Stahltüren priesen in großen Buchstaben *Heiße*

Striptease-Girls an. Die Fotos zeigten barbusige Tänzerinnen in Netzstrümpfen und High Heels. *Candy Girls* stand auf dem kunstvoll verzierten Schild über der Eingangstür.

Bergers Stimme bellte aus dem Handy: »Paul, wie lange brauchst du, um aufs Revier zu kommen?«

»Eine halbe Stunde. Oder auch etwas länger.«

Akten wurden durchgeblättert. »Ich hab was Wichtiges.«

»Was denn?«

»Warte«, sagte Berger und hüstelte. »Es ist …« Papier knisterte und raschelte.

Kalkbrenner hatte arge Bedenken, dass die Info so wichtig war, wenn sein Kollege sie schon wieder vergessen hatte. Er lenkte seinen Blick zurück zu den *Candy Girls.*

Plötzlich fiel ein Schatten über seinen Blick, und im gleichen Moment wurde die Tür aufgerissen. Jemand entwand ihm das Handy, das mit einem Scheppern auf dem Asphalt landete. Er wollte die SIG Sauer aus dem Schulterhalfter ziehen, doch zu spät. Vier muskulöse Hände packten ihn am Kragen, an der Schulter und an beiden Armen und zerrten ihn brutal auf die Straße. Eine Hand griff dabei unter seine Jacke und nahm die Waffe an sich.

Er wollte sich wehren, doch es blieb bei dem Versuch. Eine Faust krachte gegen seine Schläfe. Drei grimmige Visagen, kahl rasiert, bleich und drauf und dran, ihn zu Kleinholz zu verarbeiten, verschwammen vor seinen Augen. Wie durch Nebel konnte Kalkbrenner gerade noch eine Stimme verstehen: »Ich dachte, ich hätte mich beim letzten Mal deutlich ausgedrückt!«

63

Die Abdrücke der Metallfesseln zeichneten sich dunkelrot auf Blocks Handgelenken ab. Auch die Striemen der Peitsche bildeten ein kunstvolles Muster auf seiner Haut. Versonnen streichelte er die Spuren der Lust. Manchmal wünschte er sich, sie würden seinen Körper länger zeichnen, denn sie waren der leibhaftige Beweis dafür, dass sich vieles in seinem Leben geändert hatte. Doch in wenigen Stunden würden die Stigmata auf ihm verschwunden sein, genauso wie das Sperma, das auf seinem Bauch trocknete. Dann würde er wieder warten müssen – bis zum nächsten Mal.

Aber bald wird das ewige Warten ein Ende haben. Er streckte die Hand aus und fand im Zwielicht seines Schlafzimmers ihre zarten, weichen Finger.

Zu seiner Überraschung schreckte sie vor der Berührung zurück. Sie setzte sich neben ihm auf, noch immer in ihrem Lederkostüm. Auch die Stiefel hatte sie nicht ausgezogen. Der Anblick gefiel ihm. Mehr als ihre ernste Miene. Jäh erinnerte er sich. »Du wolltest mit mir reden?«

Sie nickte.

»Wegen deines Mannes, richtig?«

»Es gibt ein Problem.«

»Ich weiß.«

Verwundert sah sie ihn an. Er griff nach dem Controller des großen Flachbildfernsehers, der an der Wand dem Bett gegenüberstand. Er schaltete das Gerät an und zappte von Kanal zu Kanal, bis er einen Lokalsender fand. Ein schmalbrüstiger Reporter stand vor einem Gebäude, das unschwer als das *Café Hermano* zu erkennen war. Er berichtete von einem möglichen Attentat im Rotlichtmilieu.

»Das war kein Attentat, oder?«, flüsterte sie betroffen.

»Was immer es auch war …« Block drückte die Aus-

Taste. Das Fernsehbild erlosch. »… es verschafft uns wieder Zeit.«

»Also bleibt es bei unserem Plan: Wir fliegen am Samstag nach der Beerdigung. Dann fällt es am allerwenigsten auf.«

»Aber das Risiko steigt mit jedem Tag, vielleicht sollten wir lieber nicht bis zum Wochenende warten. Ich könnte mir nie verzeihen, wenn dir etwas geschehen würde.«

»Das wird es nicht.«

Erwartungsvoll sah er sie an.

»Ich habe alles vorbereitet. Nur noch ein Anruf.«

»Und dann?«

»Lasse ich mich in Sicherheit bringen.«

Allmählich begriff er. Die Idee war so raffiniert, dass sie fast von ihm hätte sein können. Dennoch verspürte er Angst. »Hältst du das wirklich für eine gute Idee?«

Sie barg seine Wange in ihrer Hand. »Es ist meine … *unsere* einzige Chance.« Mit den Fingern glitt sie behutsam über sein Kinn. »Vertrau mir.«

Er genoss die Berührung, so wie er sich vor nicht einmal einer halben Stunde an ihren Schlägen ergötzt hatte. »Ich liebe dich.«

»Bist du dir da sicher?«

Er umfasste ihre Schultern, ganz zaghaft, als könnte er sie zerbrechen. »Natürlich bin ich mir sicher. Zum ersten Mal in meinem Leben bin ich glücklich.«

»Du übertreibst.«

Er sah sie entgeistert an. Verstand sie denn nicht? Hatte er ihr nicht oft genug von sich erzählt?

Als kleiner Junge war er für die sportlichen Mitschüler zu krank (er hatte einen angeborenen Fußfehler, ging häufig an Krücken und humpelte noch heute) und für die Mädchen zu hässlich gewesen. Also konzentrierte er sich aufs Abitur und danach auf sein Jurastudium. Noch immer zeigte niemand Interesse an ihm.

Sein Leben rauschte an ihm vorbei, als sei er nur ein Zuschauer. Es gab keine wirklichen Ziele, stattdessen nur Paragrafen, Gesetze, Urteile. Er promovierte in Wirtschaftsrecht, Fachgebiet Internationales Handelsrecht, und als er seinen Namen auf dem Briefpapier einer kleinen Berliner Kanzlei las, bei der er eine Anstellung bekam, verspürte er erstmals so etwas wie Stolz. Doch über seine Minderwertigkeitskomplexe half ihm dieser erste Erfolg noch nicht hinweg. Stark fühlte er sich nur, wenn er Gesetze und Paragrafen zur Hand hatte. Immerhin: Von seinem Gehalt konnte er sich endlich Frauen leisten, die ihm seine über die entbehrungsreichen Jahre gewachsenen Neigungen erfüllten. In solchen Momenten war er ebenfalls stark. Aber glücklich? Allenfalls befriedigt, und auch das immer nur für einen Augenblick.

Niemand wusste von seinen Vorlieben. Er hatte sie erfolgreich vor Kollegen und den wenigen *Freunden* verborgen, die ihn für einen Spießer hielten, der mehr von internationalen Märkten, obskuren Währungen und Bankgepflogenheiten verstand als vom wirklichen Leben. Keine Frau wollte viel, geschweige denn lange etwas mit ihm zu tun haben. Er blieb einsam und gewöhnte sich daran. Irgendwie.

Eines Tages erhielt er das verlockende Angebot der Kanzlei *Boccachi & Partner*. Er fühlte sich geehrt. Die Ernüchterung kam, als er nach einigen Wochen feststellte, dass die Kanzlei sich für ihren größten Klienten, Miguel Dossantos, mehr als einmal über den Rand der Legalität hinausbewegte.

Nach der ersten Enttäuschung bemerkte Block, wie die Nähe zum kriminellen Milieu die Spannung in seinem ansonsten fast ereignislosen Leben erhöhte.

Viel Zeit ging ins Land, ohne dass sich irgendetwas änderte. Vor einem Dreivierteljahr traf er sie dann in einem Café. Eigentlich schien sie sich nur für die Tageszeitung zu interessieren, die er gerade las, dann suchte sie das Gespräch.

Erst war er skeptisch, weil ihn noch nie jemand in einem Café einfach so in eine Unterhaltung verwickelt hatte (abgesehen von Straßenhändlern, die Kerzen, Seife oder Abonnements irgendwelcher Tageszeitungen an den Mann bringen wollten).

Aber dann verabredeten sie sich. Und noch einmal. Sie stellte fest: *Du bist anders.* Und dass er etwas in sich tragen würde, das ihn zu einem besonderen Menschen machte. Dabei zeigte sie auf ihren Ring, ein kleiner Ring mit einem »O«. Endlich hatte er jemanden zum Reden gefunden. Jemanden, der ihm sein Vertrauen schenkte und vor dem er sich nicht verstecken musste. Dem er sich selbst schenken konnte, ohne Geheimnisse und Beschränkungen, mit all seinen Neigungen, Bedürfnissen und Wünschen. Seitdem war sein Leben perfekt. Zum ersten Mal begann er Pläne zu schmieden. Richtige Pläne. Und scheute dabei auch das Risiko nicht.

Sie strich ihm zärtlich durch sein Haar und riss ihn damit aus seinen Erinnerungen. »Und du hast wirklich niemandem von uns erzählt?«

Jetzt begriff er. »Du brauchst dir keine Sorgen zu machen. Noch läuft alles nach Plan. Na ja, fast …« Er hüstelte. »Aber niemand weiß über uns Bescheid. Ich schweige wie ein Grab.«

Zu seinem Entsetzen schaute sie auf die Uhr. »Ich muss los.«

»Kannst du nicht noch etwas bleiben?«

»David, wir haben gemeinsam noch so viel Zeit vor uns.«

Sein Kopf sank ergeben auf die Brust. »Wahrscheinlich hast du recht.«

Sie erhob sich und strich ihr Lederkostüm glatt. Langsam stieg sie in ihren Stiefeln die Stufen hinab. An der Tür drehte sie sich noch einmal nach ihm um.

»Sei bitte vorsichtig«, rief er ihr zu.

Sie schenkte ihm ein letztes Lächeln. Er konnte sich nicht daran sattsehen.

64

Über Kalkbrenner zog knatternd ein Flugzeug hinweg. Absurderweise musste er an die Ostsee denken. An den frischen, salzigen Geruch des Meeres. An den Motorflieger, der ein Plakat hinter sich herzog: *Love is in the Air.* Aber sein Urlaub war zu Ende.

Verträumt strich Sascha über den Lauf der SIG Sauer, als könnte sie bei jeder unbedachten Berührung zerbrechen. Er entsicherte sie, ließ aber kurz darauf den Sicherungsbügel wieder einrasten. Es klickte, und das Magazin glitt heraus. Ein Projektil nach dem anderen fiel auf den Asphalt. Amüsiert verfolgte er, wie sie über die Pflastersteine hüpften. Als das Magazin leer war, hob er den Blick.

»Was folgst du mir?« Er erinnerte einmal mehr an einen Terrier, der kurz davor war durchzudrehen.

Kalkbrenners Hirn schmerzte nicht nur von dem Fausthieb, den man ihm verpasst hatte. Er spürte die Beule, die an seiner Schläfe wuchs. Das Denken fiel ihm angesichts der Situation schwer. Da man letztendlich immer nur das Falsche sagen konnte, empfahl sein Leitfaden für den beruflichen Alltag: *Im Zweifelsfalle immer die Wahrheit.* »Ich will mit deinem Bruder reden.«

Saschas Faust schoss auf Kalkbrenner zu, der sich schnell zur Seite beugte. Der Hieb verfehlte ihn und traf den Wagen. Das Blech gab knirschend nach. Saschas Hand verfärbte sich, aber er schien den Schmerz nicht zu spüren. »Was willst du von meinem Bruder?«

Nur die Ruhe. »Reden.«

»Verdammt, Bulle, wozu?« Sascha schrie, und sein kahler Schädel lief hochrot an. Seine grimmigen Freunde rückten näher. Auf ihren Oberarmen waren die gleichen Tätowierungen wie bei Sascha zu sehen. Die Qualität war ähnlich mies, das Motiv auch hier nicht zu erkennen.

Sascha sagte etwas auf Rumänisch. Seine Handlanger traten daraufhin ein, zwei Schritte zurück, aber definitiv nicht weit genug, um sich halbwegs in Sicherheit zu wiegen. Zu Kalkbrenner gewandt, meinte Sascha: »Lukaz ist nicht der Mörder, das hast du doch selbst gesagt.«

Vorsichtig hob und senkte Kalkbrenner den Kopf. »Stimmt, aber ich bin mir sicher, dass er den Mörder gesehen hat.«

Sascha grinste. »Und jetzt soll er dir helfen, ihn zu finden.«

»Ja.«

Ein noch breiteres Grienen erschien auf seinem Gesicht. Erstaunlich, wie nahe Wut und Vergnügen beieinanderliegen konnten. »Warum sollte er das tun?«

»Weil er sich dann nicht mehr verstecken muss.«

»Er versteckt sich nicht.«

»Wo ist er dann?«

»Scheiße!«, brüllte Sascha und schlug wütend mit der bereits malträtierten Faust gegen die Frontscheibe des Wagens. Ein tiefer Riss breitete sich knirschend im Glas aus. »Das weiß ich nicht. Scheiße, Mann, ich weiß es echt nicht!«

Es war mehr als nur Wut in der aggressiven Stimme. Da war auch Sorge. »Du weißt nicht, wo dein Bruder abgeblieben ist, oder?«

Ein Handy klingelte. Sascha ließ seine Faust sinken. Es war Kalkbrenners Telefon, das neben ihm auf dem Asphalt lag.

»Schlechter Zeitpunkt für einen Anruf«, spottete Sascha. Jetzt lachte er wieder und hob das Bein. Er ließ seinen Fuß knapp über dem Mobiltelefon schweben, jederzeit bereit, mit dem schweren Stiefel das Plastikgehäuse zu zermalmen.

Die Mailbox setzte dem Klingeln ein Ende. Plötzlich bog ein Streifenwagen um die Ecke. Kurz darauf näherte sich aus der entgegengesetzten Richtung ein weiteres Polizeiauto. Sascha stellte den Fuß wieder auf den Boden und drückte Kalkbrenner die leere SIG Sauer in die Hand, als hätte er sich an ihr verbrannt. Er machte einen Schritt zurück. Auch seine beiden Kumpane gingen auf Distanz, während Kalkbrenner die Pistole in der Jackentasche verschwinden ließ.

Die Polizeiwagen stoppten. Jeweils drei Beamte stiegen aus. Sie lösten den Verschluss ihrer Waffenholster, hielten aber Abstand. »Wir haben den Anruf eines Anwohners erhalten.«

»Alles in Ordnung. Ich bin Kriminalkommissar Paul Kalkbrenner.« Er nannte seine Dienstnummer. »Mein Ausweis ist in meiner Hosentasche.«

Vorsichtig führte er die Hand zur Jeans und hielt das Dokument in die Höhe. Der Beamte, der am nächsten stand, überprüfte es.

»Kommissar Kalkbrenner«, sagte er schließlich, »ist wirklich alles in Ordnung?«

»Danke, alles bestens.«

Kalkbrenners Beule an der Schläfe, mehr aber noch die brüchige Scheibe des Autos erweckten den Argwohn der Kollegen. »Sind Sie sicher?«

»Ja.«

»Sollen wir Sie begleiten?«

»Besten Dank, aber es ist wirklich alles in Ordnung.«

Kritisch begutachteten die Beamten Sascha und dessen Freunde. »Und was ist mit denen da?«

»Nur eine kleine Meinungsverschiedenheit.«

Nach einer kurzen Verabschiedung kraxelten die Polizisten zurück in ihre Wagen und fuhren davon. Kalkbrenner wandte seinen Kopf Sascha zu, doch der hatte sich mit seiner Bande bereits verflüchtigt. Der Mercedes-Motor dröhnte, und mit quietschenden Reifen brauste die Limousine um die nächste Ecke.

Kalkbrenner beugte sich zum Seitenspiegel seines Passat hinab und untersuchte seine Schläfe. Eine Beule färbte sich blau und rot. Nicht schön anzusehen, aber nur eine Prellung.

Hinter ihm stoppte ein Wagen. Das Fahrerfenster surrte hinab. »Herr Kalkbrenner?«

»Ja?«

Ein Mann mit Sonnenbrille, pockennarbigem Gesicht und einem Kapuzenshirt lehnte sich vor. »Beim nächsten Mal sollten Sie die Observation den Profis überlassen.«

»Sie haben die Streife verständigt?«

Der Mann zeigte eine Reihe weißer Zähne. »Gestatten: der freundliche Nachbar.« Er tippte sich an die Schläfe und fuhr wieder an.

Kalkbrenner hob sein Handy auf. Die Nummer des Anrufers von vorhin kannte er nicht, aber er hatte eine Nachricht auf der Mailbox hinterlassen. Während Kalkbrenner die Patronen aus seiner Waffe von der Straße aufsammelte, funkte er den Anrufbeantworter an. Kurz darauf erklang ein Schluchzen. »Paul!« Er brauchte einen Moment, bis er die Stimme erkannte. »Bei mir wurde eingebrochen. Man hat mich geschlagen.« Judith brach in Tränen aus. »Paul, ich hab solche Angst. Bitte komm!«

65

»Unter vier Augen?«, wiederholte Frieder von Hirschfeldt, doch keiner der drei Männer, die ihm am Tisch gegenübersaßen, reagierte.

Da war Ludwig Harenstett, der LKA-Beamte, den von Hirschfeldt am gestrigen Abend nach der eiligst anberaumten Pressekonferenz im Konrad-Adenauer-Haus kennengelernt hatte. Außerdem Stephan Kühne, der sich als Beamter des Bundeskriminalamts, Abteilung Rotlichtkriminalität, vorgestellt hatte. Sein Kollege neben ihm hieß Berthold Becker. Dessen Gesichtsausdruck war so finster wie der Anzug, den er trug.

Weil sich noch immer keiner der drei zu einer Antwort bequemt hatte, befand von Hirschfeldt: »Das ist nicht nötig. Ich …«

»Doch!«, unterbrach ihn Kühne, ein Mann mit gestutztem Vollbart, lockerer Krawatte und dunklem Zweireiher.

Diesmal ließ von Hirschfeldt einige Zeit verstreichen. Die anderen schwiegen. Also bat er schließlich: »Bernd, könntest du …«

Referent Schmücker verließ das Besprechungszimmer der Berliner CDU-Fraktion. Es lag im Preußischen Landtag, unweit des Potsdamer Platzes. Ende des 19. Jahrhunderts erbaut, diente das Gebäude seit Anfang der 90er Jahre als Abgeordnetenhaus von Berlin.

Harenstett brummte zufrieden und zündete sich eine Zigarette an. Von Hirschfeldt überlegte, ob er den Beamten auf das im Haus bestehende Rauchverbot hinweisen sollte, unterließ es dann aber.

»Innensenator, Parteijustiziar, Bundesinnenminister«, eröffnete Kühne das Gespräch.

»Woher wissen Sie davon?«

»So was spricht sich schnell herum«, erklärte Harenstett.

»Sieht nach einer Glückssträhne aus«, sagte Kühne.

»Glück?« Von Hirschfeldt war gereizt. »Doch wohl eher harte Arbeit: Überzeugungsarbeit und Politik.«

»So, so, Politik also auch«, meinte Kühne.

Wenige Räume weiter warteten von Hirschfeldts Fraktionskollegen mit den Koalitionsverhandlungen. »Sie sind doch nicht gekommen, um mit mir *unter vier Augen* diesen sinnlosen Smalltalk zu führen?«

Kühne lächelte milde. »Nein, wir wollen wissen, wie Sie Ihre Politik umzusetzen gedenken? Oder mit einfachen Worten: Was wollen Sie tun? Wo wollen Sie anfangen?«

Harenstett machte eine aufmunternde Kopfbewegung.

»Bei Dossantos!«, sagte von Hirschfeldt motiviert.

»Das ist ein dicker Fisch.«

»Früher oder später gerät jeder Fisch ins Netz.«

»Und warum ausgerechnet dieser?«

»Weil ich Dossantos für eine Plage halte. Eine der kriminellen Antriebskräfte unserer Stadt.« Von Hirschfeldt griff wahllos nach einer Zeitung aus dem Dossier, das er sich von Schmücker während der letzten Monate hatte zusammenstellen lassen. »Es kann nicht sein, dass man Dossantos auch noch als *Ehrenbürger* tituliert, wenn er in Wahrheit das genaue Gegenteil ist, egal, was er Wohltätiges leistet. Das ist Augenwischerei. Wenn wir also ein erstes Zeichen setzen wollen, dann ist er genau der Richtige dafür.«

»Wir stimmen Ihnen in allen Punkten zu«, räumte Kühne ein, »aber unglücklicherweise können wir nicht einfach bei Dossantos reinmarschieren und ihn verhaften.«

»Das haben schon viele versucht«, fügte Harenstett hinzu. »Beim LKA Organisierte Kriminalität gab es sogar schon eine Sonderkommission. Sie hatte etliche Hinweise auf kriminelle Machenschaften, aber die meisten Spuren endeten vor unüberwindbaren Mauern. Und da, wo es tatsächlich Beweise gab, schmierte Dossantos Zeugen, Polizisten, Staatsanwälte …«

»… oder Politiker«, schloss Kühne und verschränkte die Arme vor der Brust.

Von Hirschfeldt bekam das Gefühl, dass er sich auf dem

Prüfstand befand. »Und jetzt wollen Sie sich meiner Standhaftigkeit versichern, richtig?«

»Sie wären nicht der Erste, der nach siegreicher Wahl einknickt.«

»Na, hören Sie mal«, entrüstete sich von Hirschfeldt. Was glaubten die Polizisten, mit wem sie es zu tun hatten?

»Machen wir uns doch nichts vor: Wir wissen, dass Dossantos Politiker schmiert, besticht, erpresst, so wie es ihm gerade in den Kram passt.«

»Aber ich möchte genau diese Mauscheleien beenden.«

»Es könnte aber unangenehm für Ihre Partei werden.«

»Was soll das heißen?«

»Nun, wir gehen zum Beispiel davon aus, dass sich auch Mitglieder Ihrer Fraktion für jene Kredite der Berliner Verbandsbank starkgemacht haben, mit denen Dossantos' Projekte finanziert wurden.«

Von Hirschfeldt richtete sich zu voller Größe auf. »Ich habe den Leuten da draußen eine harte Hand versprochen. Ich bin angetreten, den Filz zu bereinigen. Und wenn der sich auch in unserer Partei findet, dann müssen wir dazu stehen – und ihn beseitigen. Nur so bleiben wir glaubwürdig.«

»Das wollten wir von Ihnen hören«, verkündete Harenstett.

»Und wir wollen keinerlei Risiko eingehen«, sagte Kühne.

»Wir wollen nicht noch einmal mit unseren Bemühungen gegen die Wand fahren.«

»Wie wir wissen, ist der künftige Justizsenator Dr. Lothar Lahnstein einer Ihrer besten Freunde.«

»Ja, und ich vertraue ihm«, unterstrich von Hirschfeldt.

»Und wir vertrauen Ihnen«, sagte Harenstett. »Deshalb und als Zeichen dafür, wie ernst es uns in der Angelegenheit ist, händigen wir Ihnen eine Liste mit Namen aus: Staatsanwälte und Richter, von denen wir wissen, dass sie auf Dossantos' Gehaltsliste stehen.«

»Machen Sie Ihren Einfluss geltend«, forderte Kühne.

Von Hirschfeldt faltete die Hände wie zum Gebet und legte sie andächtig auf den Tisch. Nur das Rauschen des Berliner Morgenverkehrs war im Zimmer zu hören. »Das verspreche ich Ihnen.«

Harenstett zog einen Aktenordner aus seiner Tasche. Er war ungleich dicker als das Dossier, das von Hirschfeldt über den Portugiesen besaß. Der LKA-Beamte breitete Papiere vor sich aus. »Wie steht es mit Richter Süshelm?«

»Was soll mit ihm sein?«

»Vertrauen Sie ihm ebenfalls?«

»Da Sie sich im Vorfeld ja offenbar auch über mich informiert haben, werden Sie sicherlich wissen, dass er zu meinem engeren Bekanntenkreis zählt.«

»Richtig, aber das beantwortet meine Frage nicht.«

»Meine Güte, natürlich, andernfalls hätte ich mich niemals für seine baldige Berufung ans Innenministerium in Brandenburg starkgemacht. Hat er auch etwas mit Dossantos zu tun?«

»Der Portugiese ist unseres Erachtens ein Pulverfass. Der Tod seines Sohnes, die Russen, die ihm Druck machen …«

»Waren es wirklich Russen?«, warf von Hirschfeldt ein.

»So wie es aussieht, ja.«

»Womit müssen wir rechnen?«

»Schwer zu sagen. Einerseits tanzt Dossantos auf dem gesellschaftlichen Parkett und muss sich an Regeln halten. Andererseits geht der Mord an seinem Sohn gegen seine Ehre. Er wird es nicht zulassen können, dass er sein Gesicht verliert. Er wird reagieren müssen. Die Frage ist: Lassen wir es so weit kommen? Oder beantragen wir einen Haftbefehl …«

»… bei einem Richter, von dem wir wissen, dass er auf

der richtigen Seite steht, ich verstehe. Soll ich mit Süshelm reden?«

»Weisen Sie ihn auf die Brisanz dieses Falles hin und auch darauf, dass wir – und Sie natürlich auch – nur ungern enttäuscht werden wollen.«

»Also haben Sie etwas Konkretes gegen Dossantos in der Hand?«

»Wir glauben, wir haben eine gute Chance, an ihn heranzukommen.«

»Und wie sieht die aus?«

»Bevor wir Ihnen das sagen …«, begann Kühne.

»… müssen wir uns Ihrer Verschwiegenheit sicher sein«, vollendete Becker, der bisher noch keinen Ton von sich gegeben hatte. Sein düsterer Gesichtsausdruck hatte sich gelöst. Mit viel Wohlwollen war sogar der Hauch eines Lächelns zu erkennen. »Alles, was heute innerhalb dieser vier Wände besprochen wird, bleibt vorerst unter uns. Verstehen wir uns richtig? Weder Ihr Referent noch Ihre Sekretärin dürfen etwas davon erfahren. Nicht einmal Ihre Frau!«

»Aber für diese Personen lege ich meine Hand ins Feuer!«

»Das glauben wir Ihnen gerne, trotzdem …«

»Jetzt übertreiben Sie aber.«

»Nein, wir sprechen aus Erfahrung.« Kühne lehnte sich in seinem Sessel vor. »Dossantos ist ein gerissener Hund und der Teufel ein Eichhörnchen.«

Niemand lachte. Von Hirschfeldt zögerte. Worauf wartete er noch? Wenn es ihm gelang, direkt zum Auftakt seiner Amtszeit einen so dicken Fisch wie Dossantos aus dem kriminellen Meer der Hauptstadt zu fischen, stieg sein Ansehen nicht nur bei den Wählern und Bürgern. »Also gut. Erzählen Sie!«

66

Noch vor der Spurensicherung, die er unterwegs verständigt hatte, traf Kalkbrenner in Treptow ein. Judith erwartete ihn schon an der Tür. Bevor er sich's versah, lag sie in seinen Armen. Ihr Körper zitterte unkontrolliert.

Da die alte Dame im Haus gegenüber wieder am Fenster hing, führte er Judith behutsam zurück ins Haus. Er bettete sie auf die Couch, doch sie wollte ihn nicht loslassen. Zitterte weiter. Er legte seine Hand auf ihre Schulter. »Soll ich dir vielleicht einen Arzt rufen?«

Ihre Hände gruben sich in seine Jacke. »Und dann?«

»Er könnte dir eine Beruhigungsspritze geben.«

»Nein, Paul«, presste sie angeekelt hervor. »Ich hasse Spritzen. Weißt du das nicht mehr?«

Vorwurfsvoll schaute sie zu ihm auf. Erst jetzt bemerkte er das mit Tränen vermischte Blut auf ihrer Wange. Er unterzog die Wunde einer schnellen Untersuchung.

»Ist es schlimm?«

Er eilte in die Küche, nahm etwas Haushaltspapier, befeuchtete es mit Wasser und kehrte zurück. Er setzte sich neben sie und säuberte vorsichtig ihre Wange. »Nur eine Schürfwunde. Keine Sorge.«

Sie hob die Hand, berührte seine Schläfe. »Mit wem bist du denn zusammengeraten?«

»Nur ein kleiner Unfall.« Er winkte achtlos ab. »Sag du mir lieber, was hier passiert ist.«

»Ich war …«, sie verschluckte sich vor Aufregung, »ich war einkaufen. Eine halbe Stunde vielleicht. Vielleicht auch ein bisschen länger. Als ich wiederkam … stand die Tür offen.«

»Trotzdem bist du in die Wohnung gegangen?«

»Seit Dienstag, seit …« Sie schloss die Augen, als könnte sie so die Erinnerung ausklammern. Wieder rannen Tränen ihre Wangen hinab. »Manchmal stehe ich neben mir. Ich dachte, dass ich einfach vergessen hätte abzuschließen.«

»Hast du aber nicht, oder?«

Sie schüttelte verneinend den Kopf. »Da waren diese beiden Männer in der Wohnung.«

»Hast du sie erkannt?«

»Sie trugen Mützen und Handschuhe. Es ging alles so schnell. Einer packte mich, der andere schrie mich an. Er hat was von einem Computer gesagt. Ich habe ihn nicht gleich verstanden. Dann schlug er mich.« Ein Schauer lief durch ihren Körper, und sie sank wieder gegen ihn. Der Kopf lehnte an seiner Schulter. »Ich hatte solche Angst.«

»Und dann?«

»Dann haben sie meinen Laptop genommen und sind verschwunden.« Sie flüsterte jetzt, weniger verzweifelt, mehr fassungslos. »Die haben *dieses* alte Teil geklaut.«

Er stand auf und schritt ein Zimmer nach dem anderen ab. Die Einbrecher hatten ihre Suche auf das Wohnzimmer und das Arbeitszimmer von Judiths Mann beschränkt. Dort hatten sie allerdings ganze Arbeit geleistet: Schränke standen offen, der Inhalt der Schubladen war zerwühlt worden, sogar einige Bücherregale hingen lose in ihren Wandverankerungen.

Wie ein Häufchen Elend hockte Judith auf der Couch im Wohnzimmer, die Beine an den Leib gezogen, die Arme fest darumgeschlungen. Vor dem Sekretär am Fenster lag ihr pinkfarbenes Handy am Boden, in alle Einzelteile zerlegt. »Offenbar haben die Einbrecher den Laptop deines Mannes gesucht.«

»Aber da sind doch nur Schulsachen drauf, ein paar Fotos, ein bisschen Musik, Briefe, privater Kram … Wer sollte sich dafür interessieren?«

»Bist du dir da sicher? Immerhin hattest du keinen Zugriff mehr auf seinen Rechner.«

Bestürzt sah Judith ihn an. Die Sexseiten, von denen Rita

erzählt hatte, kamen Kalkbrenner in den Sinn. Wer wusste, was der Computerexperte Schöffel noch finden würde?

»Paul, gibt es etwas, das du mir sagen möchtest?«

Es klingelte an der Tür. Kalkbrenner öffnete der Spurensicherung, und die Männer in den weißen Schutzanzügen begannen sofort mit der Arbeit. Dr. Franziska Bodde betrat als Letzte die Wohnung. »Hallo, Herr Kalkbrenner. Schön, dass wir uns auch mal ohne Tote treffen.« Sie schaute sich in dem Chaos um. »Aber Sie wissen schon, dass bei Einbruch normalerweise die regionale Polizeidirektion zuständig ist, oder?«

»Ist mir bekannt. Aber ich habe Grund zu der Annahme, dass es Parallelen zum Mord an Brodbeck gibt. Das hier ist seine Wohnung.«

Franziska Bodde nickte.

»Wie schnell kriegen Sie die Ergebnisse zusammen?«, fragte er.

»Hören Sie«, die Kriminaltechnikerin schnappte nach Luft. »Wir arbeiten noch mit Hochdruck an der Spurenauswertung von Samstag. Dazu gibt es zwei neue Fälle …«

»Filtern Sie das Wichtigste«, sagte Kalkbrenner.

»Das ist aber …«

»Sehen Sie bitte zu, dass Sie so zügig wie möglich Spuren der Einbrecher finden.«

Kalkbrenner lief das Treppenhaus hinab und überquerte die Straße. Dann schaute er zu der Rentnerin hinauf, die nach wie vor mit Argusaugen die Nachbarschaft überwachte. »Haben Sie vorhin was Ungewöhnliches bemerkt?«

»Wat Unjewöhnliches?«

»Zwei Männer vielleicht, die aus dem Haus gegenüber gestürmt sind?«

»Zwee Männa?«

»Richtig, zwei fremde Männer, die Sie hier noch nie gesehen haben?«

»Nee, hab ick nich. Da war ick wohl jrade in der Küche

und hab mer meene Suppe jemacht. Wissen Se, ick muss meene Suppe jeden Tach pünktlich essen, sonst kriech ick wat mit der Diabetes. Janz fürchtalich …«

»Sie sind sich also sicher, dass Sie nicht …«

»Hören Se ma, junger Mann, wenn ick det sach, dann stimmt det schon, det können Se mir glooben.«

Kalkbrenner dankte ihr und kehrte zu Judith zurück, die ihn bereits erwartete. Gerne hätte er ihr das Folgende erspart. Er ging vor ihr in die Hocke. »Wir haben inzwischen festgestellt, dass deinem Mann einen Tag vor seinem Tod sehr viel Geld …«

»Was für Geld?«

»… 250 000 Euro von einem anonymen Konto einer Schweizer Bank überwiesen worden sind.«

»Das ist unmöglich!«

»Es ist aber wahr.«

»Du musst dich irren.«

»Leider nein, kein Irrtum.«

»Aber …« Sie brauchte mehrere Anläufe, bevor sie sich artikulieren konnte. »Woher soll er denn das Geld haben?«

»Die Frage ist wohl eher: Worin war dein Mann verwickelt?«

»In was soll Matthias verwickelt gewesen sein?«

»Ich weiß es nicht. In etwas, das ihm 250 000 Euro eingebracht hat. Es gibt Menschen, die werden für viel weniger Geld umgebracht.«

Er wartete, bis ihr verstörter Verstand seine Worte begriff. Eine ganze Welt schien in ihr zusammenzubrechen. Ein erneutes Zittern erfasste sie. Alle Kraft verließ ihren Körper, und sie sank in sich zusammen.

Kalkbrenner schloss sie in seine Arme, bevor sie auf den Boden stürzen und sich verletzen konnte. Ihr Atem ging schwer. Die Augenlider flatterten. Sie presste sich an ihn. Er verstand, wie sie sich fühlte, aber ihre Nähe verstörte ihn. Er wusste nicht, weshalb. Vielleicht weil Dr. Franziska Bodde zusammen mit einem Kollegen ins Zimmer kam und sie beide eng umschlungen auf der Couch sitzen sah. *Du tröstest sie nur*, beruhigte er sein Gewissen.

Nach einer Weile ging es Judith wieder besser. »Was ist, wenn diese Typen merken, dass auf dem Laptop nicht das ist, was sie suchen?« Sie schaute zu ihm auf. »Paul, du musst mir helfen.«

67

War es das wirklich wert? Die Frage seiner Frau hatte sich in Dossantos' Schädel eingebrannt. Er fand keine Antwort darauf. Vielleicht wollte er sie auch gar nicht finden. Was wollte er überhaupt? Oder war die Frage eher: Was *konnte* er?

Er griff zur Tageszeitung. *Der Ehrenbürger vom Kiez* lautete die Überschrift der Homestory, die der Reporter Hardy Sackowitz nach dem Interview veröffentlicht hatte. Eine kurze Biografie, in deren Rahmen Dossantos' soziales Engagement gewürdigt wurde. Kein Zweifel, der Bericht würde ihm weitere Anerkennung der Öffentlichkeit sichern. Er konnte stolz auf sich sein, aber er war es nicht. Zum ersten Mal in seinem Leben fühlte er sich schuldig. Diese Emotion überraschte und verstörte ihn. Schuld war ein Gefühl, das er niemals zuvor an sich herangelassen hatte. Andernfalls hätte er es nie zu Erfolg gebracht, nicht in diesem Geschäft.

Er stand auf, ging zur Bar und schenkte sich einen Gin ein. Er leerte das Glas in einem Zug. Der Alkohol brannte in seiner Kehle, und er kippte einen weiteren Drink hinterher. Die Bewegung, mit der er das Glas an die Lippen führte, war so fahrig, dass er die Hälfte des Inhalts verschüttete.

»Verdammt«, fluchte er und wich dem überschwappenden Gin noch rechtzeitig aus. Er hinterließ eine Lache auf dem Boden, verschonte aber seinen Anzug. Magda würde später die Fliesen wischen müssen.

Er schenkte sich noch ein Glas ein, trank es aus. Der hochprozentige Alkohol breitete sich heiß in seinem Körper aus. Er überlagerte die Verzweiflung, unter der Dossantos litt. Auch die Wut und den Hass.

Sein Telefon klingelte. »Miguel, wie geht es dir?«, erkundigte sich Claudio.

»Wie soll es mir schon gehen?«

»Ich muss mit dir reden.«

»Worüber?«

»Hast du schon was von der Polizei gehört?«

Dossantos gab einen abfälligen Laut von sich. Kleine Tropfen von Gin sprühten auf seinen Schreibtisch und auf die Papiere. »Du glaubst doch nicht wirklich, dass sie mir Bescheid geben, wenn sie eine Spur haben.«

»Doch, das glaube ich. Soll ich Druck machen?«

»Rufst du mich deswegen an?«

Für einen Moment sagte sein Freund nichts. »Hast du schon mal darüber nachgedacht, dass es vielleicht gar nicht die Russen waren?«

»Wie kommst du darauf?«

»Nur ein unbestimmtes Gefühl.«

Dossantos lachte grimmig. »Du bist der Anwalt von uns, Claudio, gerade du solltest dich nicht auf *unbestimmte Gefühle* verlassen.«

»Okay, aber überleg doch mal: Meinst du nicht auch, es wäre jemandem aufgefallen, wenn sich Fremde im *Hermano* herumgetrieben hätten?«

»Willst du damit andeuten, es war jemand, den wir kennen?«

»Vielleicht nicht wir, aber Samuel. Mit wem hatte Samuel vor Kurzem Streit?«

»Ich bitte dich, das ist doch absurd.«

»Wir wissen beide, dass dein Sohn manchmal über die Stränge geschlagen hat und damit bei anderen Leuten angeeckt ist. Vielleicht hatte er es diesmal zu weit getrieben.«

»Davon hätte ich erfahren.«

»Samuel hat dir längst nicht über all seine Geschäfte Rechenschaft abgelegt. Es würde mich nicht wundern, wenn … Miguel? Was ist los bei dir?«

Die Tür zum Arbeitszimmer war aufgeflogen. Ein heftiger Stimmenwirrwarr hallte durch die Finca. Bruno stampfte in den Raum. »Chef!«

»Bruno, ich telefoniere! Kannst du nicht …«

Ludwig Harenstett, der verfluchte LKA-Beamte, durchschritt schon energisch den Raum. Vor dem Schreibtisch blieb er stehen, breitbeinig wie ein Ritter, der ein Schwert in den Schädel seines Gegners schlagen will.

Dossantos ließ den Hörer sinken. Mit großen Augen schaute er zu Harenstett auf. »Haben Sie den Mörder meines Sohnes?«

»Nein.« Die Hand des Polizisten schoss nach vorne. Für einen Moment glaubte Dossantos tatsächlich, ein Schwert zu erkennen, das sich ihm in wenigen Sekunden in sein Hirn bohren würde. Doch es war nur ein Blatt Papier, das Harenstett auf den Tisch legte.

»Was ist das?«

»Ein Haftbefehl.« Harenstett schwenkte ein Paar Handschellen. Im Foyer der Villa trieben sich bereits Männer in schwarzen Anzügen herum. Ein Teil von ihnen stand an der Tür zum Arbeitszimmer.

»Was soll das?«

Ein zweites Blatt Papier landete vor ihm. »Das ist ein Durchsuchungsbefehl.«

Jetzt fühlte sich Dossantos tatsächlich, als hätte Harenstett ihm einen Dolch in die Eingeweide getrieben. »Was wollen Sie von mir? Ich bin Geschäftsmann, kein Verbrecher! Ich habe mir nichts zuschulden kommen lassen.«

»Haben Sie keinen Friseur?«

»Wie bitte?«

»Dem Sie diesen Schwachsinn erzählen können.«

»Verdammt, Harenstett!« Wütend zerknüllte Dossantos die Papiere und fegte sie von seinem Arbeitsplatz. »Mein Sohn wurde ermordet. Warum finden Sie nicht seinen Mörder?«

»Darum kümmern sich andere.«

»Und worum kümmern Sie sich?«

»Das stand im Haftbefehl, den Sie gerade vom Tisch gewischt haben.«

»Und was war darin zu lesen?«

Harenstett wuchs sichtlich um einige Zentimeter. Verschlagen wippte er auf den Zehenspitzen. »Dass ich Sie hinter Schloss und Riegel bringe.«

»Ich will meinen Anwalt sprechen.«

»Der wird Ihnen auch nicht helfen können.« Harenstett setzte ein Grinsen auf, breiter und siegessicherer als jemals zuvor. »Begleiten Sie mich jetzt bitte nach draußen?«

68

Das Angebot der zwei Dutzend oder mehr Läden am Kottbusser Damm reichte von mikrowellenfertigem Gyros und arabischer Cola über Wischmopps und Kerzenhalter bis hin zu Fernsehern und Kochplatten. Eine Mischung, so abenteuerlich wie ihre Herkunft: neu, gebraucht, manchmal auch vom Lkw gefallen. Aber das würde natürlich niemand zugeben.

Kalkbrenner erwarb ein Mobiltelefon, unregistriert mit SIM-Karte und Guthaben. Zurück im Auto warf er das Handy auf die Rückbank, auf der bereits eine Handtasche und ein Reisekoffer mit hastig zusammengepackten Kleidern, Dusch- und Pflegeutensilien sowie ein paar Bücher lagen.

Judith deutete auf das Telefon. »Was ist damit?«

Kalkbrenner setzte den Blinker, gab Gas und stieg abrupt wieder in die Eisen. Ein Limousinenkonvoi rauschte in schnellem Tempo heran. »Du brauchst ein Handy.«

Er schwieg, als sei damit alles gesagt. Dabei plagten ihn Tausende von Fragen. Und Zweifel. War es richtig, was er gerade tat? *Vertraue deinem Bauchgefühl.* Das war kein kleines Helferlein.

Drei schwarze BMWs mit verdunkelten Rückscheiben rasten mit deutlich höherer Geschwindigkeit als erlaubt über den Kottbusser Damm. In einem machte Kalkbrenner Ludwig Harenstett vom LKA aus. Die Flotte der Limousinen dagegen gehörte zum Bundeskriminalamt.

Als die Kollegen vorbei waren, fädelte er sich wieder in den Verkehr ein, fuhr in Richtung Skalitzer Straße, bog abrupt nach links in eine Seitenstraße, dann sofort nach rechts ab. Im Rückspiegel behielt er die Straße hinter ihm im Auge. Er machte einen Schlenker, nahm eine weitere Nebenstraße. Irgendwann rollte der Wagen zurück auf die Skalitzer. Niemand war ihnen gefolgt.

Sein Mobiltelefon klingelte. »Jessy!«

»Paps, was machst du gerade?«

Aus dem Augenwinkel sah er Judith an. Sie schien sich inzwischen beruhigt zu haben. Seine Nähe flößte ihr anscheinend Sicherheit ein. »Ich bin unterwegs.«

»Dauert's länger?«

»Ich weiß nicht. Ich muss noch was erledigen. Und danach aufs Präsidium. Warum?«

»Ich dachte, nachdem es gestern nicht geklappt hat, könnten wir uns vielleicht heute zum Abendessen treffen?«

Judith beobachtete ihn. Jetzt lächelte sie sogar. Nur die

rot unterlaufenen Augen erinnerten an die Tränen, die sie noch vor wenigen Minuten vergossen hatte. Er hörte, wie seine Tochter noch etwas hinzufügte. »Wie bitte?«

»Ich sagte, dass Leif und ich die nächsten drei Tage aus Berlin rauswollen, dass wir Bernie gerne mitnehmen würden und dass wir beide uns heute Abend vielleicht noch zum Essen treffen könnten.«

»Keine schlechte Idee.«

»Aber wenn du es zeitlich nicht schaffst, dann …«

»Doch, doch. Wie wäre es in …«, er schaute auf die Uhr, es war erst kurz nach 15.00 Uhr, »… vier Stunden?«

»Bei *Papa Nô?*« Eine Sushi-Bar in Kreuzberg.

»Okay, dann bis später!«

Als er auflegte, lehnte Judith ihren Kopf ans Fenster. Die Stadt floss an ihr vorbei. Er wusste nicht, was sie dachte, und wollte sie auch nicht danach fragen. Nicht, weil es ihn nicht interessierte. Er hoffte, dass sie sich entspannte, zur Ruhe kam. Sich sicher fühlte.

Die Ampel an der Wiener Straße zeigte Rot. Nach rechts ging es zum Görlitzer Park. Er musste an Jessy denken. »Das war deine Tochter?«, fragte Judith im gleichen Augenblick.

»Ja.«

»Ihr versteht euch gut?«

»Inzwischen wieder.«

»Kinder in der Pubertät sind nicht einfach, oder?«

»Es lag wohl weniger an der Pubertät. Mehr an ihrem Vater, der für seinen Job …«

Er sprach nicht weiter, weil er nicht wusste, warum er das überhaupt erzählte. Die Ampel sprang auf Grün, und er fuhr an. Nochmals griff er zum Handy. Aus Verlegenheit. Aber auch, weil er für das, was er plante, ein Einverständnis benötigte. Er wählte die Nummer. Das Freizeichen erklang, doch Ellen nahm nicht ab. Wahrscheinlich war sie mit Bernie unterwegs.

Sie fuhren über die Oberbaumbrücke. Für die imposante märkische Backsteingotik, die ihn sonst immer faszinierte, hatte er heute keinen Blick übrig. »Wusstest du, dass dein Mann die Beziehung zu seinen Kollegen und Freunden abgebrochen hatte?«

»Das habe ich dir doch gestern schon gesagt: Die Schüler, der Stress, die Krankheit, das alles hat Matthias zu schaffen gemacht.«

»Aber deshalb war er doch in Therapie.«

»Und du meinst, danach ist alles sofort wieder beim Alten?«

»Galt das auch für eure Ehe?«

Sie schaute aus dem Fenster auf die Spree hinaus.

»Was war mit eurer Ehe?«

»Sie war nicht mehr so gut.« Nur ein Flüstern.

»Was heißt: *Nicht mehr so gut?*«

»Seine Arbeit, die Schüler, der Stress, die Probleme, Auseinandersetzungen, Drohungen, Gewalt, nicht körperlich, eher verbal, seine Angst, Depressionen ... Willst du noch mehr hören? Meinst du, das konnte er so einfach abschütteln?«

Kalkbrenner entsann sich des Gesprächs mit Ellen beim Frühstück. *Tod, Gewalt, Brutalität. Es war schwer, davon loszulassen.* »Nein, du hast recht.«

»Du sprichst aus eigener Erfahrung, oder?«

Dass sie ihn so leicht durchschaute, hatte er damals schon an ihr bewundert – und gehasst.

Sie schien seine Verunsicherung zu spüren. »Es war nicht einfach«, sagte sie. Er war sich nicht sicher, was sie damit meinte. Ihre Stimme zitterte ein wenig. »Aber was spielt das für eine Rolle?«

»Keine«, sagte er. Nicht nach all dem, was er zwischenzeitlich über ihren Mann erfahren hatte. Besänftigend legte er seine Hand auf ihren Arm. Sie griff nach seiner Hand und umschloss sie dankbar mit ihren Fingern.

Mit der freien Hand steuerte er den Wagen zum Alexanderplatz. Dort bog er auf die Prenzlauer Allee Richtung stadtauswärts ein. Nach einer Weile fragte Judith: »Wohin fahren wir überhaupt?«

69

Von Hirschfeldt gähnte. Anton Heiland, Bürgermeister in spe, bedachte ihn mit einem tadelnden Blick. Wie immer erwiesen sich die Verhandlungen zur Koalitionsarbeit im Berliner Senat als zäh. Der Verhandlungsführer der FDP beanspruchte mindestens drei Senatorenposten für seine Partei, Heiland war jedoch nicht bereit, mehr als zwei der Ämter abzugeben.

»Das ist inakzeptabel«, wehrte der Sprecher der Liberalen ab. Er verteilte Kopien mit den Wahlergebnissen. Die Papiere zierten eine Menge Tortendiagramme, dazu Prozentangaben und noch mehr Tabellen. »Die Auszählungen haben ergeben, dass wir unseren Anteil an Stimmen deutlich steigern konnten. Mindestens um zehn Prozent!«

»Mag sein«, hielt Heiland entgegen, »aber gemessen an den Wählern, die wir für uns gewinnen konnten, geht es hier nur um …«

Von Hirschfeldt schaltete für einige Minuten ab. Es war das übliche Geplänkel. Bis zum Erbrechen wurde um Ziffern hinter dem Komma gefeilscht, nur um den Leuten draußen auf der Straße im Anschluss feierlich erklären zu können, man habe das Beste für sie und alle Beteiligten herausgeholt.

Von Hirschfeldt wollte nicht diskutieren, er wollte handeln. Er war froh, als sein Handy klingelte. Als er die Nummer auf dem Display erkannte, erklärte er: »Es tut mir leid, aber wir müssen die Sitzung unterbrechen.«

Dem Verhandlungsführer der FDP, der gerade weitere Zahlenspielereien herunterbetete, war sein Missfallen anzusehen, doch es war Anton Heiland, der ihn anfuhr: »Frieder, das geht jetzt wirklich nicht.«

»Es ist wichtig.«

Heiland sprang auf. »Na gut. Entschuldigt!«, rief er in die Runde. »Kleine Pause.« Ärgerlich folgte er von Hirschfeldt auf den Flur. »Frieder, was soll das?«

Von Hirschfeldt bedeutete ihm mit einer Handbewegung, kurz zu warten, und nahm das Gespräch entgegen. Aus dem Hörer erklang Harenstetts Stimme: »Ihre Glückssträhne hält an.«

»Haben Sie ihn?«

»Ja, schneller, als wir gedacht haben.«

»Wo ist er?«

»Wie vereinbart in der Vollzugsanstalt Moabit.« Von Hirschfeldt glaubte, ein zufriedenes Kichern zu hören. »Dort sitzt er unter höchster Sicherheitsstufe. Das heißt, 23 Stunden Zelle am Tag und mit viel Glück ein einstündiger Hofgang.«

»Sehr schön. Kann ich zu ihm?«

»Was sollte das bringen?«

Seine Bitte entsprang einem einzigen Beweggrund: Von Hirschfeldt wollte sich die Genugtuung gönnen, dem Schurken ins Gesicht zu schauen, während er in der Zelle schmorte. Und wer konnte das besser nachempfinden als Harenstett, der selbst seit Jahren vergeblich gegen Dossantos ermittelt hatte? Deshalb gestand ihm von Hirschfeldt: »Genugtuung. Sonst nichts.«

»Hm«, murmelte Harenstett, aber es erinnerte erneut an ein Kichern. »Ich weiß nicht, ob ich das für eine gute Idee halten soll.«

»Kommen Sie, was soll schon passieren?«

»Na gut«, willigte der LKA-Beamte endlich ein. »Nur eins

noch: Es reicht, wenn Dossantos erst morgen früh beim Haftprüfungstermin erfährt, was wir gegen ihn in der Hand haben. Verraten Sie ihm also nichts.«

»Was sollte er noch dagegen tun können?«

»Sie wissen doch: Der Teufel ist ein Eichhörnchen.«

Diesmal lachte von Hirschfeldt über den Witz. Erst Heilands zornige Stimme holte ihn zurück in den Preußischen Landtag: »Herrgott, Frieder, was denkst du dir dabei?«

»Wie bitte?«

»Du bist Fraktionsvorsitzender. Erst kommst du zu spät zur Sitzung, jetzt unterbrichst du sie in der wichtigen Phase kurz vor der Abstimmung.« Er wies auf das Handy in von Hirschfeldts Hand. »Außerdem hatten wir vereinbart, dass die Telefone ausgeschaltet bleiben.«

»Können wir das später besprechen? Ich muss sofort weg.«

»Das ist jetzt nicht dein Ernst?«

»Ich sagte doch schon, es ist wichtig.«

Wild gestikulierte Heiland in Richtung Sitzungssaal. »Was kann es denn im Augenblick Wichtigeres geben als das da drinnen?«

Von Hirschfeldt legte seinem Freund die Hand auf die Schulter. »Das kann ich dir leider nicht sagen. Noch nicht.«

»Was soll die Geheimniskrämerei?«

»Vertrau mir.«

»Ich hoffe für dich, dass du gute Gründe hast.«

»Und ob ich die habe.« Von Hirschfeldt strahlte übers ganze Gesicht. »Schon morgen früh wirst du in den Verhandlungen um die Senatorenämter gegenüber den liberalen Fritzen ganz anders argumentieren können. Denn dann werden wir bewiesen haben, dass wir nicht nur reden und um Prozente feilschen, sondern längst handeln!«

Im Konferenzraum machten sich die Kollegen derweil

über die belegten Brote her. Berthold Ehrenstein, der künftige Bausenator, winkte ihnen mit einem Salamischnittchen. Der Verhandlungsführer der FDP schlürfte eine Fanta durch einen Strohhalm. »Und was soll ich den *liberalen Fritzen* bis dahin erzählen?«

»Du bist der neue Bürgermeister. Lass dir was einfallen.«

70

Felder und Wiesen, so weit das Auge reichte. Schwer zu glauben, dass sie die Stadtgrenze erst vor einer Viertelstunde passiert hatten. Aber eigentlich war Berlin nur ein lärmender Moloch in einem noch gewaltigeren Universum der Stille: der Mark Brandenburg.

Irgendwann, kurz hinter einem gelben Briefkasten, der völlig verloren am Straßenrand stand, bog Kalkbrenner von der Hauptstraße auf einen holprigen Feldweg ab. Nach fünf Minuten vorbei an dicht stehenden, hohen Pappeln gelangten sie an eine schmale Brücke, die über einen Bach führte. Dahinter endete der Weg abrupt. Auf einer kleinen Lichtung wucherten ungezähmt Sträucher und Büsche und verdeckten beinahe komplett das winzige Backsteingebäude.

Vögel zwitscherten. Grillen zirpten. Hinter dem Haus plätscherte ein kleiner Wasserlauf. Sie lauschten der Natur, deren Geräusche den Eindruck von Frieden und Sicherheit vermittelten.

Das nächste Haus lag vier Kilometer entfernt, der nächste Ort sogar noch mehr. Während der wenigen Male, in denen er in der Datsche gewesen war, hatte Kalkbrenner es als beachtlich empfunden, dass das Gebäude überhaupt fließend Wasser und Strom besaß. Einen Telefonanschluss gab es dagegen nicht.

Er ging zu einem kleinen Rondell aus Steinen. In der Mitte klaffte ein tiefes Loch im Boden – ein Brunnen, der im Sommer frisches Grundwasser zum Duschen und Baden lieferte. Viele der Steine waren brüchig. Er hob mehrere an, bevor er den Schlüssel fand.

Damit entriegelte er die Tür, deren Angeln beängstigend quietschten. Sie trugen ihre Taschen in die Datsche, danach schleppte er Nahrungsmittel und Getränke hinein, die sie unterwegs in einem Supermarkt gekauft hatten: Nudeln, Saucen, Brot, Aufschnitt, ein paar Säfte. Und Wein. Kummertrunk.

Drinnen war es düster. Es roch vermodert. Schon lange hatte hier niemand mehr gelüftet.

»Wem gehört das Haus?«, wollte Judith wissen.

»Meiner Frau. Wir verbringen hier gelegentlich unseren Urlaub.«

Er zog die Rollläden hoch, und das einfallende Licht enthüllte eine fingerdicke Staubschicht auf den Möbeln. Judith strich mit dem Finger hindurch. »Ist wohl schon lange her.«

Er beugte sich unter die Spüle, um die Wasserleitung zu entsperren. Im Flur drehte er die Sicherung für den Strom ein, dann begann er, die Esssachen in die Schränke zu räumen. Judith half ihm. »Und wie steht es um *deine* Ehe?«

»Besser.«

»Besser?«

»Es gab schon schlechtere Zeiten.«

Mit einer Packung Nudeln in der einen und einem frischen Brot in der anderen Hand stellte Judith sich vor ihn. »Bist du sicher, dass es für sie in Ordnung ist, dass ich hier einziehe?«

»Es ist ein Notfall.«

»Aber ich bin deine …« Sie vollendete den Satz nicht.

»Jugendliebe? Wolltest du das sagen?«

Sie nickte scheu.

»Aber das ist über 20 Jahre her.«

Sie machte einen Schritt auf ihn zu. Noch immer hielt sie das Brot und die Nudeln in der Hand. »Mir kommt es so vor, als wäre es gestern gewesen, dass wir uns das letzte Mal gesehen haben.«

Sie trug ihr Haar wieder offen. So stand es ihr besser, weil sie dadurch nicht so streng wirkte und die Frisur ihr auch etwas von der Traurigkeit nahm. *Eigentlich*, stellte er fest, *sah sie aus wie vor 20 Jahren*.

Er zeigte ihr das Haus. Es gab eine Wohnstube mit Radio, Fernseher und einem kleinen Kamin. In einem der beiden Schlafzimmer lag noch Kinderspielzeug von Jessy. Eine Kiste mit Playmobil. Ein Puppenwagen. Eine Barbie. An der Wand ein Poster mit den Spice Girls. *Wannabe.* Er konnte nicht glauben, dass schon *so* viel Zeit seit dem letzten Aufenthalt verstrichen war.

In dem anderen Schlafzimmer lag Bettwäsche im Schrank. Sie roch muffig und war voller Spinnen und anderer Krabbeltiere, was ihm peinlich war. Judith beruhigte ihn: »In der Küche steht doch eine Waschmaschine. Funktioniert sie?«

»Wenn der Kalk sie nicht zerfressen hat.«

»Dann werde ich erst einmal waschen.«

»Meinst du, du hältst es hier für ein paar Tage aus?«

»Ich fühle mich hier auf jeden Fall sicherer als bei mir zu Hause.«

»Und wenn was ist, rufst du mich an.«

Sie hielt das neue Handy hoch. »Auf jeden Fall.«

»Kann ich sonst noch etwas für dich tun?«

»Du hast schon mehr für mich getan, als ich erwarten konnte.« Sie hob die Hand, ihre Finger streiften seine Wange. Nur ganz kurz, eine sanfte Berührung. »Danke.«

Sie nahm ihn am Arm, schob ihn zur Tür. »Aber jetzt musst du gehen. Deine Tochter wartet.«

Bevor er die Autotür hinter sich zuschlug, versprach er: »Ich komme morgen wieder vorbei.«

Sie winkte ihm zum Abschied. So wie Ellen ihm gewunken hatte, damals, wenn er während eines ihrer Urlaube die Datsche hatte verlassen müssen. Zum Einkaufen. Oder um für ein paar Tage nach Berlin zu fahren.

Zuletzt waren sie vor zwei oder drei Jahren hier gewesen. Jessy war damals in Berlin bei ihren Freunden geblieben, weil sie sich mittlerweile zu alt für einen Urlaub mit ihren Eltern gefühlt hatte, aber auch, weil sie deren ständigen Streit nicht mehr hatte ertragen können.

Diese Zeiten waren jetzt vorbei. Alles würde wieder in Ordnung kommen. Als knüpfte die Gegenwart nahtlos an die Vergangenheit an. Er sah noch einmal in den Rückspiegel. Nur dass es nicht Ellen war, die ihm jetzt winkte.

71

In der Zelle stank es unerträglich nach Exkrementen. Sooft Dossantos auch die Spülung der Toilette betätigte, die in den Boden eingelassen war, der beißende Gestank wollte nicht weichen.

Unverrichteter Dinge setzte er sich aufs Bett. Aber hier war der Geruch noch schlimmer. Mit der Hand fuhr er über das Laken, hielt sich dann die Finger unter die Nase und sprang angewidert auf. *Wie ekelhaft!* Der Insasse vor ihm hatte seine Notdurft auf dem Bett verrichtet, und ganz offensichtlich war die Matratze seitdem noch nicht gereinigt worden.

Verfickte Scheiße! Jetzt war auch noch sein Anzug ruiniert. Er hockte sich gegen die raue Betonwand und befeuchtete sich die spröden Lippen. Er hatte Durst. Seine Kehle war ausgetrocknet. Doch niemand schien es für nötig zu halten, ihm etwas zu trinken zu bringen, und aus dem kleinen Hahn über dem Waschbecken wollte er kein Wasser trinken. Bei dem Gedanken an die Bakterien, die dort nisteten, wurde ihm ganz schlecht.

Er wusste nicht, wie viele Stunden schon vergangen waren. Bei seiner Einlieferung in die Vollzugsanstalt Moabit hatte man ihm neben den Goldketten, der Krawatte und dem Gürtel auch seine Rolex abgenommen. Nur durch das kleine, vergitterte Fenster knapp unterhalb der Decke konnte er sehen, dass inzwischen der Abend angebrochen war. Schwarze Schatten klebten an der Wand, düster und bedrohlich.

Er wollte sich von der Justiz nicht einschüchtern lassen. Schon oft hatte man versucht, ihn hinter Schloss und Riegel zu bringen – immer erfolglos. Er war ein Siegertyp. Ja, das war er. Immer noch.

Dennoch war heute etwas anders. Er wusste nicht einmal, woran genau er dieses Empfinden festmachen konnte. War es der Tod seines Sohnes vor gerade erst einem Tag? War es das siegessichere Grinsen, das dieser Mistkerl von Harenstett zur Schau getragen hatte?

Irgendwann musste er doch eingenickt sein. Er erwachte mit einer Melodie im Kopf. *La Folia*. Für einen Moment gab er sich den Harmonien hin. Er hielt die Augen geschlossen, begann zu summen und zu träumen und vergaß seine Zweifel, seine Sorgen. Er kehrte in seine Kindheit zurück, als die Mutter ihm zum Trost Lieder vorgesungen hatte. Ihm, dem kleinen Jungen, der sich so hilflos und allein in dem neuen, fremden Land gefühlt hatte.

Er erschrak, als die Zellentür mit einem ohrenbetäubenden Quietschen geöffnet wurde. Für einen Moment verlor er das Gleichgewicht und drohte auf den Boden zu stürzen. Zwei Polizisten fingen ihn auf. Sie hievten ihn zurück auf seine Füße, legten ihm Handschellen an und führten ihn einen Gang entlang, vorbei an anderen Zellen. Vergitterte Türen öffneten und schlossen sich wieder, nachdem er sie passiert hatte. Schließlich kam er in ein hell erleuchtetes, fensterloses Zimmer: den Besucherraum. An einem schmalen Tisch saß Claudio.

Mit knackenden Gelenken nahm Dossantos ihm gegenüber Platz. »Kennst du *La Folia*?«

»Was?«, entgegnete sein Anwalt verwundert.

»Das ist ein portugiesischer Volkstanz.«

»Miguel, geht es dir gut?«

Dossantos schwieg. Er war sich nicht sicher, ob er sich darüber freuen sollte, dass er sich ausgerechnet jetzt an die Melodie erinnert hatte. »Was wirft man mir vor?«

»Das weißt du nicht? Hat man dir nicht den Haftbefehl ausgehändigt?«

»Ich habe ihn zerknüllt und weggeworfen!«

»Du hast was?«

»Ist doch egal. Viel wichtiger ist: Was haben sie gegen mich in der Hand?«

»Das kann ich dir noch nicht sagen.«

»Habt ihr in der Kanzlei geschludert?«

»Ich bitte dich, du weißt, dass wir die Kanzlei aus solchen Sachen raushalten.«

»Die Sache stinkt zum Himmel!«

»Und du stinkst nach Scheiße.«

»Ein Grund mehr, mich schleunigst hier rauszuholen!«

Claudio sagte keinen Ton. Vor der Tür wurden Stimmen laut. Zwei Männer traten in den Raum. »Ah, Herr Dossantos, was für ein Zufall. So schnell sieht man sich wieder.« Einer der beiden Männer, die sonnengebräunte Gestalt, trug das Lächeln eines Siegers.

72

Kalkbrenner quälte sich durch den Feierabendverkehr stadteinwärts auf dem Berliner Ring, als Ellen ihn zurückrief. »Paul, das Wetter ist so wunderbar!«

Sie war außer Atem, war offenbar gerade erst zur Tür reingekommen. Im Hintergrund hörte er ein klägliches Kläffen. »Warst du mit Bernie draußen?«

»Wir sind fast drei Stunden durch die Wälder gestromert.« Sie alberte mit dem Bernhardiner herum. »Du hättest ihn erleben sollen. Es hat ihm richtig Spaß gemacht. Und mir auch. Schade, dass du nicht dabei warst.«

»Morgen«, versprach er, »morgen nach dem Aufstehen begleite ich euch.«

»Das wird Bernie bestimmt gefallen.« Wieder sagte sie etwas zu dem Vierbeiner, dann lachte sie laut. »Und mir auch.«

Aus dem Autoradio dudelte *Times they are a-changin'* von Bob Dylan. Nicht unbedingt so gut wie Deep Purple, aber nahe dran. Ende der 70er Jahre hatte er dazu erste sexuelle Erfahrungen mit Judith gesammelt. Eines seiner kleinen Polizei-Helferlein schaltete sich ein: *Der Zufall treibt manchmal ein merkwürdiges Spiel.* Doch hierbei ging es nicht um seinen Job? Oder etwa doch?

»Weswegen hast du angerufen?«, fragte Ellen.

Plötzlich hatte er Bedenken. Er wollte ihr die gute Laune nicht verderben. »Ich wollte nur mal hören, wie es euch beiden so geht.«

»Oh, prächtig. Bist du heute zum Abendessen da?«

Die Uhr am Armaturenbrett zeigte 17.30 Uhr. »Nein, leider nicht. Ich bin mit Jessy zum Essen verabredet.«

»Das ist schön. Grüß sie von mir.«

»Mach ich.«

»Bis heute Abend.«

»Bis heute Abend.« Sie legte auf.

Inzwischen sang Bon Jovi *Lie to me*, nicht gerade die ideale Begleitmusik für Kalkbrenner. Er beruhigte sich damit, dass es aus professioneller Sicht sogar besser war, wenn so wenig Leute wie nur möglich über Judiths gegenwärtigen Aufenthaltsort Bescheid wussten. Er rief im Pflegeheim an und ließ sich mit Pfleger Peer verbinden.

»Der Ausflug gestern hat Ihre Mutter ziemlich angestrengt«, erklärte der. »Noch dazu der Regen. Sie ist ein bisschen erkältet.«

»Erkältet?«

»Es ist alles okay, keine Sorge. Aber sie schläft sehr viel.«

»Gut«, sagte er erleichtert.

»Sie hat übrigens einige Male nach Ihnen gefragt.«

Es rührte Kalkbrenner, das zu hören. »Sagen Sie ihr, ich komme morgen vorbei.«

Berger saß auf der Kante von Ritas Schreibtisch und hielt sich mit leidender Miene die Wange. Die Sekretärin sprang von ihrem Stuhl auf, als Kalkbrenner eintraf. Auch heute trug sie einen Wickelrock, diesmal in schrillem Pink. Passend dazu hatte sie eine lilafarbene Brosche an ihre Rüschenbluse geklemmt. Mit der gleichen Leidenschaft, mit der sie Nusskuchen backte, sammelte sie Anhänger und Broschen. »Mensch, Paul, wo hast du gesteckt?«

»Ein Notfall«, entschuldigte er sich.

Berger löste die Hand von seiner Wange und tippte sich an die Schläfe. »Ist nicht zu übersehen.«

Die Beule hatte Kalkbrenner längst vergessen. Auch den Schmerz spürte er nicht mehr. Doch Rita ließ sich nicht davon abhalten, die Verletzung mit Eisspray zu behandeln. »Was ist bloß mit euch los? Der eine hat Zahnschmerzen, der andere …«

»Rosmarinblätter!«, unterbrach sie Kalkbrenner. »Meine Mutter hat immer gesagt, bei Zahnschmerzen soll man getrocknete Rosmarinblätter kauen.«

»Und wo kriege ich die jetzt bitte schön her?« Berger schnaubte wenig amüsiert. Er ging zum Kühlschrank und holte eine kalte Flasche Wasser heraus, die er sich an die Wange presste. »Dein Notfall hat aber nicht zufällig mit dem Überfall auf Brodbecks Witwe zu tun, oder?«

»Ihr wisst davon?«

Rita betupfte seine Schläfe mit einem Wattebausch. »Dr. Franziska Bodde hat uns vor wenigen Minuten davon erzählt.«

»Ist sie hier?«

»Im Konferenzraum.«

»Hat sie schon die Ergebnisse vom Einbruch?«

»Sie ist zwar schnell, aber zaubern kann sie nicht.« Rita packte die Materialien zurück in den Erste-Hilfe-Kasten.

»Paul«, fragte Berger, »was glaubst du? War das ein ganz normaler Einbruch, der den Hinterlassenschaften des Lehrers galt?«

»Nein, die Einbrecher haben ganz gezielt das Notebook von Frau Brodbeck gestohlen. Allerdings gehe ich davon aus, dass sie es eigentlich auf den Laptop ihres Mannes abgesehen hatten. Irgendwas muss da drauf sein, was sie unbedingt in ihren Besitz kriegen wollten. Zum Beispiel Hinweise auf unlautere Geschäfte. Oder Spuren zum Mörder. Rita, hat Schöffel noch etwas auf der Festplatte gefunden?«

»Leider nein.«

»Bist du dir sicher, dass du beim Überprüfen nichts Wichtiges übersehen hast?«

Entrüstet schaute seine Sekretärin ihn an. »Ja! Das bin ich allerdings.«

»Okay, trotzdem möchte ich mir den Rechner gerne selbst noch mal anschauen. Wo ist er jetzt?«

»Wo er hingehört: in der Asservatenkammer.«

»Dann besorg ihn mir bitte.«

»Und was machen wir mit Frau Brodbeck? Ist sie noch in Gefahr?«

Kalkbrenner verneinte. »Ich habe sie in Sicherheit gebracht.«

Bergers Miene drückte Befremden aus. »Ach, und was heißt das genau?«

»Dass sie in Sicherheit ist.«

Die Sorgenfalten im Gesicht seines Kollegen wurden tiefer. »Du bist dabei nicht den üblichen Weg gegangen, oder?«

Es war kein Vorwurf. Aber es war auch nicht einfach nur eine Frage. »Ich habe sie an einen sicheren Ort gebracht.«

»Aha«, machte Berger. Was immer auch hinter seiner Stirn vorging, er unterließ es, sie darüber in Kenntnis zu setzen. Stattdessen deutete er auf die Kopfwunde seines Kollegen. »Und woher stammt die?«

»Ich hatte heute Mittag noch einmal eine kleine Unterhaltung mit unserem Freund Sascha Vurikovici.«

»Das nennst du eine Unterhaltung?«

»Sascha hat mir zu verstehen gegeben, dass er inzwischen auch nicht mehr weiß, wo sein Bruder ist.«

»*Das* glaube ich ihm diesmal aufs Wort«, sagte Berger mit einem Unterton, der nahe an Häme grenzte.

»Was soll das heißen? Ist Lukaz gefasst worden?«

»So könnte man das auch sagen.«

Kalkbrenner sah ihn fragend an.

Berger nickte in Richtung Konferenzraum. »Ich glaube, wir sollten Frau Dr. Bodde nicht länger warten lassen. Sie hat die Antwort auf deine Frage.«

73

Von Hirschfeldt genoss den Anblick: Dem Portugiesen waren die Hände aneinandergekettet, und sein kostbarer Anzug war zerknitterter als sein verlogenes Gesicht, aus dem die Farbe gewichen war. Für Sekunden hatte es den Anschein, als würde Dossantos vor Schreck sogar von seinem Stuhl kippen. Dann gewann er seine Fassung wieder. »Ach?«, machte er nur. »Sie?«

»Ich wollte es mir nicht nehmen lassen, kurz bei Ihnen vorbeizuschauen.«

»Höre ich da Befriedigung in Ihren Worten?«

»Befriedigung? Nicht doch.« Von Hirschfeldt hob spöttisch die Augenbrauen. »Sie wollten mich doch kennenlernen. Und ich dachte mir, jetzt wäre der geeignete Zeitpunkt dafür.«

Ein Schimmer von Verständnis legte sich über Dossantos' Züge. »Geht es hier um Ihre ganz persönliche kleine Rache? Liegt Ihnen etwa unser kleines Tête-à-Tête vom Samstag noch quer im Magen?«

»Denken Sie tatsächlich, wir treiben Schabernack mit Ihnen?«, entrüstete sich von Hirschfeldt.

»Falls ja, wäre es jedenfalls langsam an der Zeit, Ihren kleinen Spaß zu beenden.«

Aus seiner Jackentasche zückte von Hirschfeldt eine Zeitung. Die Spätausgabe hatte er auf dem Weg zur Justizvollzugsanstalt Moabit an einem Kiosk erworben. Harenstett, der neben ihm stand, wollte ihn davon abhalten, doch von Hirschfeldt hatte die Zeitung bereits vor Dossantos ausgebreitet. Nein, eigentlich hatte er sie eher auf den Tisch geknallt. Und ja, es war Genugtuung, die er dabei empfand. »Sieht das nach einem Scherz aus?«

Er beobachtete den Portugiesen und dessen Anwalt, wie

sie den *Kurier* studierten: *Ehrenbürger verhaftet!*, lautete die knallrote Schlagzeile.

Der Advokat ergriff das Wort. Wie war noch sein Name? Boccaccio? Nein, das war der italienische Schriftsteller aus dem 14. Jahrhundert, ein bedeutender Vertreter des Humanismus. Einige seiner Werke hatte von Hirschfeldt sogar während der Promotion gelesen. Dieser glatzköpfige, kleinwüchsige Paragrafenreiter im Nadelstreifenanzug hieß Boccachi. Wie bitter, dass der Anwalt dieses abgefeimten, kriminellen Schurken beinahe den gleichen Namen trug wie der wunderbare Schriftsteller, dessen Bücher von den Werten und der Würde des Einzelnen handelten, von Toleranz, Gewalt- und Gewissensfreiheit.

»Ich hoffe, Sie haben gute Gründe für die Inhaftnahme meines Mandanten«, sagte Boccachi.

»Eine Menge«, bestätigte Harenstett.

»Wären Sie so frei, uns diese wissen zu lassen?«

Harenstett fuhr sich theatralisch durchs Haar. »Ach ja, ich vergaß: Ihr Mandant hat sich ja nicht grade an dem Inhalt des Haftbefehls interessiert gezeigt.«

»Also?« Der Anwalt pochte ungeduldig auf den Tisch.

»Die Anklage lautet auf Steuerhinterziehung und Unterschlagung. Ach so, und außerdem haben wir noch Erpressung und Bestechung im Angebot.«

Dossantos lachte höhnisch, aber seine Verunsicherung war herauszuhören.

»Ich an Ihrer Stelle würde das nicht auf die leichte Schulter nehmen«, sagte Harenstett. »Oh, und habe ich den Anklagepunkt Mord schon erwähnt?«

Der Portugiese brauste auf wie ein Tornado. Lediglich den Handschellen war es zu verdanken, dass er nicht auf den LKA-Mann losging. »Wie wäre es, wenn Sie sich zur Abwechslung mal um echte Morde kümmern würden? Den an meinem Sohn zum Beispiel?«

»Spielen Sie nicht den Betroffenen. Wer selbst ohne Skrupel …«

»Dafür haben Sie keinerlei Beweise!«

»Mehr als genug«, versicherte Harenstett.

Auch von Hirschfeldt wollte den Erfolg auskosten. Hier und jetzt wollte er mit ansehen, wie diesem Schurken seine grenzenlose Überheblichkeit im Hals stecken blieb; er wollte sich an Dossantos' entgleisenden Gesichtszügen weiden, wollte miterleben, wie er innerhalb weniger Sekunden um Jahre alterte. Doch er verkniff sich jede weitere Bemerkung. *Haltung bewahren!*

»Ist das alles?«, erkundigte sich der Anwalt.

»Ich verstehe Ihre Neugierde«, sagte Harenstett, »aber Ihnen als Verteidiger sollte doch klar sein, dass wir jetzt noch keine Auskunft über unsere Ermittlungen und die Beweise geben müssen, die wir vorlegen werden.«

»Dann verlange ich die sofortige Freilassung meines Mandanten.«

»Muss ich Ihnen jetzt auch noch erklären, dass darüber frühestens morgen der Richter beim Haftprüfungstermin befinden wird?« Harenstett grinste auf Dossantos hinab. »Allerdings möchte ich Ihnen keine großen Hoffnungen machen: Diesmal kommen Sie nicht aus der Geschichte raus.«

»Das haben Sie beim letzten Mal auch behauptet. Und was war?« Dossantos führte Daumen und Zeigefinger zusammen. »Ihren kleinen Bullenschwanz mussten Sie einziehen.«

»Herr von Hirschfeldt?« Harenstett legte seine Hand wie einen Trichter hinter die Ohrmuschel. »Habe ich da gerade etwa eine Beamtenbeleidigung vernommen?«

»Mir war, als hätte ich da tatsächlich etwas gehört«, bestätigte der Politiker mit einem süffisanten Unterton und dachte an den vergangenen Samstag. Was hatte der Anwalt noch gesagt? »Herr Dossantos, man darf rechtschaffene Menschen nicht ungestraft beleidigen und verleumden.«

»Ich will Ihnen die Beleidigung nachsehen«, sagte Harenstett. »Denn bald wandern Sie sowieso in den Knast – und zwar für Jahre. Wenn Sie Pech haben, verbringen Sie Ihren Lebensabend hinter Gittern. Sie werden in Ihrer Zelle verrotten.«

»Sie gehen zu weit!«, versuchte Boccachi zu unterbinden.

»Nein«, entgegnete Harenstett, »ich gehe jetzt nach Hause. Und Sie, Herr Dossantos? Was machen Sie?« Harenstett fächelte sich mit der Hand Luft zu. »Übrigens: An Ihrer Stelle würde ich mich mal waschen.«

74

Die Chefin der Kriminaltechnischen Abteilung begann ohne große Einführung: »Die drei Leichen in der Küche des *Café Hermano* waren wirklich übel zugerichtet.«

Unnötigerweise präsentierte sie Fotos, auf denen die verkohlten Toten vom Vortag zu sehen waren. Rita schüttelte sich angewidert. Berger zwirbelte nachdenklich die Spitzen seines Bartes. Schweißperlen sammelten sich an seinem Haaransatz. Jemand hatte im Konferenzraum unsinnigerweise die Heizung aufgedreht. Es war heiß wie in einer Sauna.

»Aber wir konnten DNA-Proben sowie brauchbare Fingerabdrücke abnehmen. Nach den Analysen steht einwandfrei fest: Einer der Toten ist Moussa Alpak, Samuel Dossantos' Bodyguard. Die anderen beiden Leichen sind Lukaz Vurikovici und Asim Kapkin.«

Noch ehe Kalkbrenner etwas darauf erwidern konnte, ergriff Rita das Wort. »Die Ballistiker haben schon einen Abgleich vorgenommen. Die Waffe, mit der die Opfer im *Hermano* erschossen wurden, ist eine Makarov, gleiches Kaliber wie die beim Lehrermord. Auch die Spuren der Projektile sind identisch. Bei der unversehrten Leiche von Samuel Dossantos war außerdem ohne Zweifel zu erkennen, dass erneut ein Schalldämpfer verwendet wurde.«

Schweiß rann Kalkbrenner die Achseln hinab. »Der Mörder von Matthias Brodbeck ist also identisch mit dem von Samuel Dossantos?«

»Und nicht zu vergessen, er ist auch der der beiden Schüler«, ergänzte Franziska Bodde. »Wir haben in dem Raum, in dem Samuel Dossantos erschossen wurde, Spuren gefunden, winzige Hautschüppchen, die sich ständig unbemerkt vom Körper lösen. Die Gen-Analyse hat zweifelsfrei ergeben, dass sie mit den DNA-Spuren übereinstimmen, die wir am Samstag im Treppenhaus der Schule gefunden haben.«

Berger schnalzte mit der Zunge. Ein Fehler, denn es verstärkte seine Zahnschmerzen. Mit verzerrtem Gesicht nuschelte er: »So langsam bekomme ich eine Ahnung davon, worin der Lehrer verstrickt war.«

»Die Russenmafia?«, fragte Rita.

»Ziehen Sie erst mal keine voreiligen Schlüsse«, mahnte die Kriminaltechnikerin. »Da ist noch etwas: Die Untersuchungen der Brandexperten haben ergeben, dass es sich bei dem Feuer in der Restaurantküche um Brandstiftung handelte. Das Fett aus den Fritteusen wurde über die Leichen gekippt. Quasi als Brandbeschleuniger. Das ist nicht sehr kreativ, um nicht zu sagen ziemlich dilettantisch, daher war's einfach nachzuweisen.«

Sie klappte den Ordner zu und fächelte sich damit frische Luft ins Gesicht. Kalkbrenner forschte nach einem Hinweis auf ihr Befinden. Doch außer dem dünnen Feuchtigkeitsfilm, der auf ihrer Haut lag, konnte er nichts erkennen, was auf eine private Krise hindeutete. Sie schaute zufrieden in die Runde, weil sie ihren Teil der Aufgabe erledigt hatte. Professionell und mit Bravour.

»Wenn sie doch schon tot waren«, fragte Rita, »warum wurden die Leichen dann zusätzlich noch in Brand gesteckt?«

»Das klingt nicht gerade klassisch russisch, nicht wahr?«, stimmte ihr Dr. Franziska Bodde zu.

»Vielleicht weil es die Russen gar nicht waren«, sagte Kalkbrenner, und drei Augenpaare fixierten ihn.

»Wer dann?«, fragte Berger, der seine Wange noch immer an die inzwischen lauwarme Wasserflasche hielt.

»Was weiß ich? Vielleicht jemand, der nicht wollte, dass wir die Leichen von Lukaz und Asim erkennen.«

»Also, wenn ich Dr. Bodde richtig verstanden habe …«, Schweißperlen glitzerten nun auch in Bergers Bart, »dann ist der Mörder ziemlich unprofessionell bei seinem Werk vorgegangen.«

»Vermutlich war ihm klar, dass wir die Leichen früher oder später identifizieren werden. Er wollte nur Zeit gewinnen.«

»Wozu?«

Kalkbrenner hob ahnungslos die Arme. »Vielleicht wollte er verhindern, dass wir allzu schnell die Verbindung zwischen Samuel Dossantos und dem ermordeten Lehrer herstellen.«

»Es ging bei den *Hermano*-Morden also vielleicht nicht um Miguel Dossantos, sondern um seinen Sohn?«

»Genau, und um die beiden Schüler.«

»Das würde natürlich ein ganz neues Licht auf die beiden Jungs und ihre Tatbeteiligung am Lehrermord werfen«, wandte Rita ein. »Wer weiß, ob der Mörder sie und den Lehrer überhaupt bei ihrem Gespräch überrascht hat.«

»Wobei auch immer, überrascht hat er sie auf jeden Fall,

darauf lässt ihr Verhalten schließen, das der Hausmeister und die Putzfrau beobachtet haben. Allerdings gelang den beiden Schülern zuerst einmal die Flucht, bis der Mörder sie am Sonntag dann doch aus dem Weg räumen konnte. Es muss ein glücklicher Umstand für ihn gewesen sein, dass er die Morde im *Hermano* so einfach der Russenmafia anhängen konnte.«

Berger ächzte bedenklich. »Na ja, also, das klingt alles so … ich weiß nicht.«

»Wir wissen sogar noch mehr: Der Mörder muss am Nachmittag Zeuge der Auseinandersetzung zwischen Miguel Dossantos und den Russen geworden sein. Nur so konnte ihm überhaupt der Gedanke kommen, diesen Vorfall wenig später für seine Zwecke auszunutzen. Aber das …«

»Aber das bedeutet«, fiel ihm Berger ins Wort, »dass der Mörder sich inmitten des Portugiesen-Clans sehr sicher gefühlt hat. Es gab nirgendwo Anzeichen eines Kampfes, oder?«

Dr. Franziska Bodde bestätigte: »Nein, keine Spur von einem Kampf.«

Berger schnaubte. Einige Schweißtropfen flogen in hohem Bogen aus seinem Bart auf den Tisch. Verlegen wischte er mit seinem Ärmel drüber hinweg. »Der Mörder drang also in die Restaurantküche vor, ohne dass ihn jemand aufhielt. Er kam bis zu Samuel Dossantos' Büro, ohne dass ihn jemand fragte, was er dort zu suchen hatte. Niemand war misstrauisch, dass da ein Fremder durch die Hinterräume spazierte. Und das, obwohl der Portugiese laut Harenstett doch so ein misstrauischer und übervorsichtiger Hund ist.« Er trocknete sich die Stirn mit einem Taschentuch. »Das heißt, der Mörder war keineswegs fremd, sondern er gehört zum Clan dazu.«

»Dann würde Dr. Salm am Ende doch recht behalten«, konstatierte Kalkbrenner matt. »Der Mörder würde aus dem direkten Umfeld kommen. Allerdings nicht aus Brodbecks, sondern dem von Dossantos.«

Er ließ sich alles noch einmal durch den Kopf gehen. Viele Aspekte, die sie angesprochen hatten, waren nichts weiter als gewagte Spekulationen, die außerdem in keiner Weise ein Motiv für die schrecklichen Bluttaten erkennen ließen. Aber als Ansatz für ihre weitere Ermittlungsarbeit taugte diese Theorie allemal. Blieb fürs Erste nur noch eins: »Was ist mit Harenstett? Habt ihr ihn schon über den neuen Ermittlungsstand informiert?«

»Wir haben versucht, ihn zu erreichen«, antwortete Rita. »Aber er war in einer Besprechung mit dem designierten Innensenator von Hirschfeldt.«

»Dann versucht es weiter. Fragt ihn nach allem, was das LKA über Samuel Dossantos weiß. Sie sollen die Akten daraufhin prüfen, ob im Zuge ihrer Ermittlungen gegen den Portugiesen irgendwann einmal der Lehrer aufgetaucht ist. Und wenn ja, verdammt, warum niemand uns darüber in Kenntnis gesetzt hat.«

»Meinst du nicht, sie hätten uns längst informiert, wenn das so wäre?«, zweifelte Berger.

Kalkbrenner hob schicksalsergeben die Hände. Trotz Computern und Registern, trotz globaler Vernetzung und schnellem Datenaustausch, am Ende hing dennoch alles nur vom Menschen ab, der beobachtete, nachdachte, Schlüsse zog, sich austauschte. Oder eben nicht.

»Außerdem müssen wir die Angehörigen der beiden Schüler verständigen«, fügte Rita hinzu.

Bevor Kalkbrenner antworten konnte, klingelte sein Handy. Er sah die Nummer, fluchte und hastete in sein Büro. »Hallo, Jessy.«

»Paps, ich sitz bei *Papa Nô* und warte auf dich. Hast du unser Date vergessen?«

Er berührte die Computermaus. Der Bildschirmschoner

verschwand. Die Systemuhr bestätigte, dass er vor einer halben Stunde mit seiner Tochter in der Sushi-Bar verabredet gewesen war. »Tut mir leid.«

»Ach, Paps«, seufzte sie.

»Jessy, kann ich das wiedergutmachen? Morgen?«

»Sorry, aber ich hab dir doch gesagt, dass ich morgen mit Leif für zwei, drei Tage wegfahren will.«

»Dann danach?«

»Mal schaun.« Sie beendete den Anruf.

Er legte das Motorola beiseite und ärgerte sich über sich selbst. Dann bemerkte er Rita im Türrahmen. Ihre Bluse und der Wickelrock ließen sie trotz des Pinks nett und adrett aussehen. Ihr Gesicht dagegen hatte die Züge eines unerbittlichen Scharfrichters. Dabei wusste er selbst, dass er das Treffen mit seiner Tochter verpatzt hatte. »Paul, was soll das?«

»Ich weiß, ich hätte mich mit Jessy …«

»Ich meine nicht deine Tochter!«, unterbrach ihn Rita. »Ich rede davon, dass du gegen alle möglichen Vorschriften verstößt.«

»Und alle unmöglichen.«

»Das ist nicht witzig!« Ihr Blick wurde vernichtend. Er wusste, dass sie ihm keinen Vorwurf machen wollte, sondern dass sie die Sorge zur Strenge trieb. »Das Risiko ist viel zu hoch – auch für dich.«

»Warum? Inzwischen wissen wir doch, dass wir es nicht mit der Russenmafia zu tun haben.«

»Heute Mittag wusstest du das noch nicht. Und auch jetzt können wir es nicht mit Bestimmtheit ausschließen. Im Augenblick ist es nicht mehr als eine Vermutung.« Sie fächelte sich mit den Händen Frischluft ins Gesicht. »Paul, das ist …« Sie verdrehte die Pupillen, als müsste sie ihre eigenen Worte überdenken. »Was ist mit dir und Frau Brodbeck?«

»Was soll mit uns sein?«

Rita schloss die Bürotür. Langsam trippelte sie auf ihren

Sandalen in den Raum. »Paul, Sebastian ist zwar ein bisschen zerstreut, aber nicht dumm.«

»Was hat er gesagt?«

»Er hat den Eindruck, dass du Frau Brodbeck kennst.«

Leugnen war zwecklos. »Ja, ich kenne sie. Na und? Sie ist eine alte … Schulfreundin. Mehr nicht. Sie hatte Angst, und ich hab ihr geholfen. Das ist doch in Ordnung, oder?«

»Nein, Paul, das ist es nicht. Es ist ein Fehler, und das weißt du auch!«

»Warum sollte das ein Fehler sein? Ich hab ihr nicht als Polizist geholfen, sondern als Freund.«

»Genau das macht die Sache noch viel schlimmer.«

Er reagierte nicht, sondern öffnete stattdessen ein leeres Dokument auf seinem Bildschirm. Er wollte nicht weiter darüber reden. Es war eh zu spät. Kalkbrenner begann, die Untersuchungsergebnisse des ausklingenden Tages niederzuschreiben, während er aus den Augenwinkeln sah, wie Rita den Raum verließ.

Später druckte er die Aufzeichnungen aus und heftete sie in die Ermittlungsakte. Dann las er noch einmal den Bericht der Spurensicherung zu den *Hermano*-Morden durch.

Rita klopfte an seine Tür. »Sebastian ist bereits zu den Angehörigen nach Neukölln unterwegs. Kollegen der Schutzpolizei begleiten ihn.«

Auch gut. Es war ihm sogar sehr recht.

»Ich mach dann mal Feierabend. Und was machst du heute noch?«

»Ich lese noch den Bericht zu Ende, dann fahre ich auch nach Hause.«

»Dann bis morgen.«

»Grüß mir deinen Mann.«

Sie verharrte auf der Stelle. »Paul?« Für zwei, drei Sekunden sahen sie einander an. Doch Rita sprach nicht aus, was sie auf dem Herzen hatte. »Ach, nichts. Gute Nacht.«

75

Dossantos hockte auf seinem Hocker und griff nach der Zeitung, die der Politiker auf dem Tisch liegen gelassen hatte. *Ehrenbürger verhaftet!* Er überflog den Text: ein kurzer, knapper Bericht mit wenig Informationen. Die Neuigkeiten, die er gerade brühwarm erfahren hatte, wollte er auch ganz sicher nicht in der Zeitung lesen.

»Verfickte Scheiße!« Er ließ den *Kurier* zurück auf den Tisch fallen und schlug zornig auf die Platte. Die Kette der Handschellen klirrte in seinen Ohren. Der Luftzug seiner Bewegung fegte die Zeitung auf den steinigen Boden.

Ein Polizist schaute alarmiert zur Tür herein.

»Alles in Ordnung«, beruhigte Claudio den Beamten.

»Gar nichts ist in Ordnung«, fluchte Dossantos.

»Sei unbesorgt, es ist doch nicht das erste Mal, dass …«

»Diesmal ist es aber anders! Die sind mit einer ganzen Einheit in mein Haus eingefallen.«

»Sie werden nichts finden.«

»Natürlich werden sie nichts finden. Trotzdem müssen sie gute Gründe haben, wenn sie derart schwere Geschütze auffahren. Du hast Harenstett und diesen von Hirschfeldt gerade erlebt: So sicher, wie die sich fühlen, müssen sie etwas in der Hinterhand haben.« Ein unangenehmes Gefühl kroch durch seine Eingeweide. Unruhe, der Vorbote von Panik. »Ich kann hier nicht länger bleiben.«

»Bis morgen früh, zum Haftprüfungstermin, wirst du dich gedulden müssen.«

»Aber keinen Tag länger.« Dossantos' Stimme wurde lauter. »Seht zu, dass ihr mich hier rausholt.«

»Miguel, wir sollten abwarten.«

»Abwarten?«

»Ich weiß nicht, ob das so eine gute Idee ist.« Claudio

räusperte sich umständlich, schaute angestrengt zur Tür und dämpfte seine Stimme. »Nur mal angenommen, es stimmt, was du vermutest, dass es diesmal anders ist. Wenn wir ausgerechnet jetzt unseren Einfluss geltend machen …«

»Wozu haben wir ihn dann?«

»… dürfte es nur den Verdacht erhärten, dass du …«

»Das ist mir egal.«

»Sie werden jeden deiner nächsten Schritte mit besonderer Aufmerksamkeit verfolgen.«

»Dann müssen wir eben vorsichtig sein!«

»Beruhige dich wieder, du bist erregt.«

»Ich habe auch allen Grund dazu.« Dossantos verengte seine Augen zu Schlitzen. Scharf zischte er: »Sag Bruno, er soll zusehen, dass ich hier rauskomme.«

»Miguel, ich als dein Freund rate dir …«

»Claudio, du bist mein Anwalt. Ich bezahle dich dafür. Also mach verdammt noch mal, was ich dir sage!«

Eingeschnappt lehnte Boccachi sich zurück.

»Kann ich mich darauf verlassen?«

Seine Anwort war nur ein ergebenes Wispern. »Wann konntest du das denn nicht?«

76

Einer Eingebung folgend machte Kalkbrenner noch einen Abstecher nach Neukölln. An der Grenze zu Treptow, abseits der heruntergewirtschafteten Mietsilos und nahe der Sonnenallee, aber unweit vom rauschenden Verkehr der A113, führte eine Straße einen schmalen Grünstreifen entlang. Unter den Bäumen duckten sich Herrenhäuser aus dem vorletzten Jahrhundert. Einige der Prachtbauten waren von hohen Sicherheitsmauern umgeben. So als müssten sie die Bewohner vor dem Elend in ihrer unmittelbaren Nachbarschaft schützen. Neukölln war nicht immer gleich Neukölln.

Was Kalkbrenner jedoch in Erstaunen versetzte, war die Ansammlung wohlbekannter Limousinen vor dem Eingangsportal des Hauses, das auch sein Ziel war.

Er parkte im Schatten zwischen zwei Straßenlaternen. Was zum Teufel hatte das Bundeskriminalamt ausgerechnet heute bei Miguel Dossantos zu suchen? Er war sich nicht sicher, ob er die Antwort wirklich wissen wollte. Als er das letzte Mal auf die Kollegen des BKA getroffen war, hatte Dr. Salm ihn kurz danach vom Dienst suspendiert.

Er gab einen Seufzer von sich, stieg aus dem Wagen und schlenderte auf die Zufahrt zu. Das wuchtige Eingangsportal stand weit offen und gewährte einen Blick auf das Gelände jenseits der Mauern. Eine Auffahrt führte im Halbkreis zur Villa, die riesig und wie eine spanische Finca beleuchtet war. Hohe Fenster mit Bogen, Balkone mit Arkaden, Brüstungen mit Basilisken. Die Loggia war von Bougainvilleen umsäumt.

Gerade verließ Ludwig Harenstett gemeinsam mit zwei Männern in schwarzen Anzügen das Haus. Einer Eingebung folgend duckte sich Kalkbrenner in den Schatten.

Harenstett unterhielt sich mit den Bundesbeamten. Sie lachten, klopften sich gegenseitig auf die Schultern, wie es Männer taten, die stolz aufeinander waren, weil sie Großartiges geleistet hatten.

Dann verabschiedete sich Harenstett und ging die Auffahrt zur Straße hinunter. Als er das Eingangsportal passierte, trat Kalkbrenner in den Lichtkegel einer Laterne. Der LKA-Beamte wirkte überrascht. »Paul! Was machst du denn hier? Ich dachte, dein Kollege kümmert sich um den Fall.«

»Jetzt nicht mehr.«

Harenstett legte vorwurfsvoll die Stirn in Falten. »Gibt es da etwas, was ich nicht weiß?«

Kalkbrenner zeigte auf die BMW-Flotte. »Den gleichen Gedanken hatte ich auch gerade.«

Harenstett knirschte hörbar mit den Zähnen. Offenbar wog er ab, wie viel er verraten durfte – oder wollte. »Das BKA nimmt eine Hausdurchsuchung vor.«

»Gibt es einen Grund dafür?«

»Seit Jahren versuchen sie schon, Dossantos an die Wand zu nageln. Sie haben etliche Dossiers erstellt, hatten aber noch nie konkrete Beweise in den Händen.«

»So wie du.«

»Ja.«

»Und jetzt?«

»Jetzt haben wir ihn am Arsch.«

»Was heißt das konkret?«

»Tut mir leid, das kann ich dir nicht sagen ... Noch nicht. Nur so viel: Der Staatsanwalt hat Haftbefehl erlassen. Jetzt ist der Portugiese dort, wo er hingehört: auf dem Weg in den Knast.«

»Lass mich raten: Wir hätten davon aus der Zeitung erfahren.«

»Ach, Paul.«

Das klang nicht mehr nach dem Harenstett, der für gewöhnlich direkt zur Sache kam. Er spürte Kalkbrenners Verärgerung. »Willst du mir nicht erklären, warum du hier bist?«

»Zwei der Leichen im *Café Hermano* sind die beiden Schüler, die wir nach dem Lehrermord gesucht haben. Es gibt Anzeichen, dass der Lehrer mit Samuel Dossantos zu tun hatte. Ach so, und noch was: Der Mörder ist ein und derselbe ...«

»Die Russen?«

»... und stammt aus Dossantos' Umfeld.«

»Das ist nicht nett von ihm.«

Kalkbrenner strafte den Beamten mit einem vergrätzten

Blick. »Aber ich befürchte, eure Aktion wird unsere Arbeit erschweren.«

Harenstett lachte. »Was denn? Hätten wir etwa warten sollen, bis die Herren Kommissare des Kriminalkommissariats Berlin-Mitte ihre Ermittlungen abgeschlossen haben?«

»Ihr hättet uns immerhin über euren Einsatz informieren können.«

»Paul, was redest du da? Bis gerade eben wusste ich nicht einmal, dass Dossantos was mit der Lehrersache zu tun hat.«

»Bist du dir sicher?«

»Ja, verflucht.«

»Und warum fällt es mir gerade schwer, dir zu glauben?«

»Da gab es nichts. Jedenfalls nichts, was wir bestimmt wussten.«

»Aber du wusstest, dass Berger an dem Fall *Hermano* arbeitet. Ihr wolltet in Kontakt bleiben. *Unbedingt!* Das waren sogar deine Worte.«

Harenstett vergrub die Hände in den Hosentaschen.

Kalkbrenner nickte. »Okay, ich verstehe. Ihr wolltet nur sichergehen, dass wir euch nicht in die Quere kommen.«

Harenstett rückte sich den Anzug zurecht. »Paul, die Kollegen werden dich auf jeden Fall darüber in Kenntnis setzen, falls sie Hinweise auf eine Verbindung zwischen Dossantos und dem Lehrermord entdecken.«

Kalkbrenner hätte ihm gerne Glauben geschenkt. Die Erfahrung hatte ihn allerdings gelehrt, dass er genau dieses Entgegenkommen vom BKA nicht erwarten durfte. Und überhaupt: »Dass es eine Verbindung gibt, wissen wir inzwischen selbst.«

»Na also. Was willst du mehr?«

»Vier Mordfälle aufklären.«

»Das spricht für dich, Paul, wirklich. Aber falls du es

vergessen hast: Bei Dossantos geht es um 30 Jahre Mord, Totschlag, Drogen, Menschenhandel, Prostitution, Erpressung, Bestechung und noch eine Menge Kleinigkeiten mehr. Deine vier, Verzeihung, läppischen Morde, die nicht einmal auf sein Konto gehen, spielen da einfach eine untergeordnete Rolle.«

Das klang schon eher nach Harenstett: so direkt und ehrlich, dass es wehtat.

77

Kalkbrenner saß an der Theke der *Piano Bar*, hatte ein Jever bestellt und stieß im Stillen mit Richard Stäuber an. Der Pianist versuchte sich im Hintergrund an einer langsamen Jazznummer, und für einen Moment war es wie früher. Wie vor vier Jahren. Oder noch vor drei Monaten, als er sich zum letzten Mal mit seinem Freund in der kleinen Bar des *Opernpalais* an der Prachtmeile Unter den Linden getroffen hatte. Seit dessen Tod hatte Kalkbrenner die Kneipe gemieden – bis heute.

Er trank die Hälfte des Bieres in einem Zug. Es war kühl, aber es besänftigte nicht sein erhitztes Gemüt. Er war wütend. Auf Dr. Salm. Auf Ludwig Harenstett. Am allermeisten auf sich selbst. Weil er das Essen mit seiner Tochter versäumt hatte. Weil er seiner Frau und seinen Kollegen nur die halbe Wahrheit erzählt hatte. Weil er sich wieder von diesem verflixten Job, von dieser unerquicklichen Mixtur aus Gewalt, Lügen und Postengeschacher aufreiben ließ. Weil sich, wenn er ehrlich zu sich selbst war, gar nichts in seinem Leben verändert hatte.

Was nicht zu ändern ist, ist nicht zu ändern. Er verfluchte seine kleinen Helferlein.

Der Pianist spielte *Born to be alive*. Der Disco-Song klang im Jazzgewand ungewohnt. Nicht wirklich aufregend. Kalkbrenner leerte das Glas mit einem zweiten Schluck und beschloss, sich für den Rest dieses verfluchten Tages zu langweilen. Ja, das war eine gute Idee, denn es erinnerte ihn an die Ostsee. An die entspannten Tage am Strand. Die gemütlichen Abende. Das Schachspiel. Und das Bier.

Er gab dem Barkeeper einen Wink und bestellte noch ein weiteres Jever. Frisch gezapft stand das Getränk wenig später vor ihm. Er hielt es mit seinen Händen fest umschlossen, als bestände die Gefahr, es andernfalls zu verlieren. Manche Dinge im Leben verschwanden so schnell.

Zurück blieb einem dann nur die Erinnerung. Es war Richard gewesen, Richard Stäuber, der behauptet hatte: *Langeweile ist Selbstmord auf Raten*. Es war hier an diesem Tresen gewesen, spätabends nach Dienstschluss, als sie bei einem oder zwei Bier über den Tod geklagt hatten. Damals war ihnen der näher gewesen als ihre Familien.

Kalkbrenners Zorn verebbte. Jetzt folgte die Trauer. Die Erinnerung an Richards Beerdigung, den Sarg, der langsam im Grab verschwand. Das Häufchen Erde, das der Priester mit der Schaufel hinterherschickte. Die Leere, die in ihm zurückblieb. Einsamkeit. Das alles war plötzlich so präsent, dass es ihn beinahe vom Hocker haute. Buchstäblich. Er konnte seinen Sturz gerade noch abfangen.

Der Barkeeper stand besorgt vor ihm. »Alles okay bei Ihnen?«

»Mir geht es gut.«

Aber es war keine gute Idee gewesen, im Alkohol Trost zu suchen. Nicht in der *Piano Bar*. Nicht heute.

Rasch zahlte er und suchte das Weite. Am Kiosk um die Ecke kaufte er sich die Abendausgabe vom *Kurier*. Die Schlagzeile auf der Titelseite lautete: *Ehrenbürger verhaftet!*

Der Fang von Miguel Dossantos, der erst einen Tag zuvor bei einem vermeintlichen Anschlag verfeindeter Rotlichtsyndikate seinen Sohn verloren hatte, war spektakulärer als die neuen Ermittlungsergebnisse vom Lehrermord. Die Richtigstellung, dass es sich um keinen Amoklauf gewalttätiger Schüler handelte, war heute nur noch ein paar Zeilen wert.

Über die Avus fuhr er nach Zehlendorf. Er ließ die City hinter sich und damit auch ihre Helligkeit, eine grelle Lichtglocke, die ständig über Berlin hing. Kalkbrenner fuhr der Dunkelheit entgegen.

Im Autoradio suchte er einen Sender, der ihn aufheitern würde. Kiss FM spielte Hip-Hop, nach dem ihm nicht der Sinn stand. Er zappte weiter und landete bei Fritz. Techno pumpte aus den Boxen. Das war zwar auch nicht seine Musik, aber zumindest war sie nicht schwermütig und düster. Er drehte die Lautstärke auf. Es dröhnte in seinen Ohren und hinter seinen Schläfen, aber das war vollkommen in Ordnung.

In Zehlendorf passierte er die Einfamilienhäuser mit den gepflegten Vorgärten und den kunstvollen Namensschildern neben der Tür, die verrieten, wer einem öffnen würde, wenn man die Klingel betätigte. Zehlendorf gehörte zu Berlin und war doch eine andere Welt. Hier draußen waren sogar Sterne am Himmel zu erkennen.

Als er den Wagen in der Auffahrt parkte, signalisierte sein Handy eine eintreffende SMS. »Danke, mein Held. Judith.«

Die Worte irritierten ihn, und er blieb eine Weile im Vorgarten stehen. Neben den mächtigen Tannen wirkte das Haus so winzig wie die meisten in der Umgebung. Mit einem Wort: gemütlich. Aber noch war es weit davon entfernt, wieder sein vertrautes Zuhause zu sein. Es brauchte Zeit.

Mit einem Mal wurde ihm bewusst, was ihn am Nachmittag so verstört hatte. Es war die Vertrautheit, die in Judiths Umarmung gelegen hatte. *Du bist mein Held.* So hatte Judith ihn vor 20 Jahren genannt, und es kam ihm vor, als wäre es erst gestern gewesen.

Er beeilte sich, ins Haus zu gelangen.

78

»Was ziehst du denn für ein Gesicht?«

Er stand an der Theke des Clubs, als das Mädchen ihn ansprach. Die Disco war gut gefüllt, obwohl es Montag war. Schwitzende, halb nackte Körper bewegten sich zu mörderisch lautem Techno.

»Nerven dich die Leute?«

Die Frauen posierten enthemmt in BH und Minirock. Die Männer präsentierten braune Haut und mit Anabolika aufgeblähte Muskelmasse.

Sie bohrte mit dem Zeigefinger in ihrem Mund herum und tat so, als müsste sie erbrechen. »Guck dir diese Mutanten an.«

Mutanten. Nicht schlecht, sie besaß Humor. Sie war nicht aufgebrezelt wie die anderen Weiber hier. Ihr Gesicht, eingerahmt von roten Haaren, hatte sich eine Natürlichkeit bewahrt, die sie von den *Mutanten* positiv unterschied. Das gefiel ihm. Genauso wie ihre Aversion gegen das verlogene Treiben hier.

»Ich bin Betty«, stellte sie sich vor.

Er wollte Betty fragen, was sie ausgerechnet hierher verschlagen hatte, doch sie winkte ihm schon salopp zum Abschied zu. »Vielleicht sieht man sich noch mal.«

»Gerne«, sagte er.

Es zog ihn auf die Tanzfläche. Leichtigkeit trug ihn durch das flackernde Licht. Ihn störte nicht einmal mehr das aufgeplusterte Gehabe der anderen. Er fühlte sich nicht mehr allein. Er fühlte sich verstanden.

Dann sah er Betty wieder, in einer halbdunklen Nische des Darkrooms. Nackt stand sie zwischen zwei Männern. *Mutanten!* Einer der beiden Typen bearbeitete ihren blanken Po. Die Haut war bereits feuerrot. Der andere hielt Betty an den Armen fest, so dass sie sich nicht wehren konnte.

Er stürmte dazwischen. Einer der beiden schubste ihn rüde beiseite. Die Musik dröhnte aus den Boxentürmen. Er verstand nicht, was der Mutant zu ihm sagte, aber es interessierte ihn auch nicht. Seine Aufmerksamkeit galt einzig dem Mädchen.

Dann schrie der Typ: »Verpiss dich, du Wicht!«

Betty wehrte sich auch jetzt nicht, als sein Eingreifen ihr die Möglichkeit dazu gab. Willig lieferte sie sich den Männern aus. Sie stand nach vorne gebeugt, ihre Brüste baumelten im Takt der Schläge. Die Augen hatte sie verzückt verdreht.

»Weitermachen«, stöhnte sie. »Bitte!«

Er konnte sie nicht hören, las aber die Worte von ihren Lippen ab. Er rannte zurück auf die Tanzfläche, stopfte sich eine Pille in den Mund, dann noch eine und noch eine, wartete darauf, dass die Wirkung einsetzte.

Später traf er Betty an der Theke wieder. Sie war allein, die Männer waren weit und breit nicht zu sehen. »Möchtest du einen Drink?«

Er bestellte ihr ein Bacardi Cola und beobachtete sie, während sie sich mit dem Getränk auf der Tanzfläche amüsierte. Ab und zu winkte sie ihm zu. Sie machte Faxen und verulkte die aufgeblasenen Frauen und Männer um sich herum. Als wäre nichts geschehen. Alles nur ein Trugbild. Wieder einmal.

Irgendwann verabschiedete sie sich, und er folgte ihr unbemerkt. Sie war in Eile. Vielleicht wartete ja jemand auf sie. Ihr Freund? Ob sie ihr falsches Spiel auch mit ihm trieb?

Am Potsdamer Platz verließ Betty die U-Bahn. Er wartete, bis das Signal das Schließen der Waggontüren ankündigte. Erst dann sprang auch er auf den Bahnsteig.

Betty war bereits auf der Rolltreppe auf dem Weg nach oben. Er hastete drei Stufen auf einmal nehmend hinter ihr her. Sie überquerte die Leipziger Straße, nahm einen Weg zwischen zwei Häuserfronten hindurch. Plötzlich blieb sie stehen. Er befürchtete schon, sie hätte ihn entdeckt, doch sie zündete sich nur eine Zigarette an. Erleichtert setzte er seine Verfolgung fort.

Neonlicht erhellte die Seitenstraße. *Love & Emotion* versprachen die Buchstaben. Betty betrat den Eingang zum *Apollo.* Vielleicht war genau das die größte Enttäuschung.

79

Mitten in der Nacht erwachte Kalkbrenner. Er lag in der Finsternis seines provisorischen Schlafgemachs. Plötzlich kam er sich lächerlich dabei vor, die Nacht allein auf der Couch zu verbringen.

Er verspürte den Wunsch nach Gesellschaft. Es war eine ganze Weile her, dass Ellen und er sich umarmt hatten. Es war verdammt lange her, dass ihn überhaupt jemand umarmt hatte. Erst jetzt, als er sich hier unten auf dem Sofa herumwälzte, während seine Frau ein Stockwerk über ihm im Bett lag, merkte er, wie sehr ihm die Nähe zu einem Menschen fehlte.

Er befreite sich von der Decke, die einem Strick gleich um seinen Körper geschlungen war. Als er sich vom Sofa erhob, tapste sofort Bernie aus der Dunkelheit auf ihn zu und schmiegte seinen haarigen Schädel an ihn. Es war nur ein schwacher Trost.

Kalkbrenner wartete einige Sekunden ab, bis sich seine Augen an die Dunkelheit im Raum gewöhnt hatten. Durch das Fenster fiel nur wenig Licht herein.

Leise schlich er zum Kühlschrank, nahm Apfelsaft heraus und trank ihn direkt aus der Flasche. Ihm war, als spülte er dabei auch den schalen Geschmack der Einsamkeit hinunter. Für eine Weile stand er so da und starrte in das Zwielicht der Küche.

Ob Ellen schlief? Er trat an die Treppe und lauschte nach oben. Kein behäbiges Knarzen der Matratze, nicht einmal ein Geräusch der Bettdecke, nichts, was darauf hindeutete, dass sie sich ebenso wie er schlaflos herumwälzte.

Er wollte sie weder wecken noch bedrängen. *Gib uns ein bisschen Zeit.*

Er kehrte zur Couch zurück, legte sich unter die Decke und zog sie ans Kinn. Erst als die Nacht allmählich der Dämmerung wich, schlief er ein.

Berliner Kurier, Dienstag, 2. Oktober

Eilmeldung:

Ehrenbürger verhaftet!

Berlin. Kurz vor Redaktionsschluss erfuhr der Kurier: Miguel Dossantos, »Ehrenbürger vom Kiez«, ist verhaftet worden.

Über die Anklage schweigt sich die Staatsanwaltschaft bislang aus. Unbekannt ist daher auch, ob die Verhaftung mit dem Anschlag auf das Szene-Lokal *Café Hermano* in Zusammenhang steht, bei dem erst am Sonntag Miguel Dossantos' Sohn Samuel ums Leben kam. Der Mord soll auf das Konto des organisierten Verbrechens gehen.

80

Die Uhr zeigte schon nach 11.00. *Verdammt, verschlafen!* Paul Kalkbrenner stolperte über Bernie, der sich vor dem Sofa ausgebreitet hatte. Er spurtete die Stufen ins Bad hinauf und stellte sich unter die Dusche. Abwechselnd ließ er heißes und kaltes Wasser über seinen Körper sprudeln, damit sein Kreislauf schneller in Schwung kam. Als er fertig angekleidet in die Küche hetzte, brühte Ellen gerade Kaffee auf.

Während Kalkbrenner sich ein Brot mit Schinken zubereitete und es verschlang, sprang der Hund gierig um den Tisch herum. Kalkbrenner kippte den Kaffee hinterher und verbrannte sich die Zunge. »Verdammt«, fluchte er. Und noch einmal: »Verdammt!«

Bernie kläffte. Kalkbrenner scheuchte ihn ungehalten raus in den Garten. Blauer Himmel wölbte sich über der Stadt. Ein weiterer prächtiger Spätsommertag strebte seinem Höhepunkt entgegen. »Eigentlich hatte ich ja versprochen, mit dir und Bernie eine Runde zu drehen«, entschuldigte er sich, als Ellen zu ihm auf den Rasen trat.

Seine Frau strich dem Vierbeiner durchs Fell. »Gehen wir halt alleine.«

»Heute Abend auch?«

»Natürlich.«

»Ich würde gerne noch meine Mutter besuchen.«

»Das mit deiner Mutter«, begann Ellen, und auf ihr Gesicht legte sich ein Schatten, der Kalkbrenner zurück in die Küche trieb, wo er sich ein weiteres Brot belegte. Ellen folgte ihm. Angespannt stand sie im Türrahmen.

Er hielt die Scheibe in der Hand, biss aber nicht hinein. »Was ist mit meiner Mutter?«

»Willst du sie wirklich im Heim lassen?«

Kalkbrenner atmete tief durch.

»Paul?«, fragte Ellen.

»Ellen, bitte …«

»Nein, meine Frage ist ernst gemeint.«

So ernst wie in den vergangenen drei Jahren. In ihren schlimmsten Zeiten hatte Ellen ihm ständig vorgeworfen, er hätte sich Käthe Marias entledigt, so wie er es auch mit seiner Familie getan hatte. Aber so war es nicht gewesen.

»Ich habe dir schon damals angeboten, dass ich sie …«

»Ja, ich weiß«, unterbrach er Ellen. Er saß auf glühenden Kohlen. Aber ein unbestimmtes Gefühl drängte ihn dazu, das Thema zu klären, jetzt und ein für alle Mal, bevor sie sich erneut daran zerrieben. »Ich habe einfach nicht die Zeit, um mich rund um die Uhr um meine Mutter zu kümmern und …«

»Das weiß ich.«

»… und du auch nicht.«

Sie strich sich durchs Haar. Die Farbe wuchs langsam raus. Er entdeckte mehrere graue Strähnen. »Doch, ich habe Zeit.«

»Und was ist mit deiner Arbeit?«

»Welcher Arbeit?«

»Du bist doch auf der Suche nach einem neuen Job?«

»Ja«, stimmte sie zu. »Das bin ich.«

»Und?«

»Und was?« Sie klang gereizt. »Meine Fallmanagerin hat gesagt, ich sollte mir keine großen Hoffnungen mehr machen – in meinem Alter.« Ihre Lippen bebten. Eine Träne rann ihre Wange hinunter. »Pah. Ich bin gerade erst vierzig!« Jetzt weinte sie. »Kannst du dir vorstellen, was das für ein Gefühl ist, wenn man so was gesagt bekommt?« Die

Tränen rannen ihr Gesicht hinab, tropften auf ihren Bademantel.

Kalkbrenner streckte die Arme aus und zog seine schluchzende Frau an sich. Sie barg ihren Kopf an seiner Schulter. Er hielt sie fest, bis sie sich beruhigt hatte. »Danke«, sagte sie schließlich und setzte sich an den Tisch. »Paul, es ist nur ein Vorschlag, mehr nicht.«

»Ich weiß.«

»Ich halte das nur nicht länger aus, dieses Herumsitzen zu Hause.« Sie wischte sich die Tränen von den Wangen. »Das Nichtstun.«

»Ich kann das verstehen.«

»Und dann bin ich dazu noch alleine, jetzt, da Jessy auch aus dem Haus ist … Und du bist ständig am Arbeiten …«

Sie stoppte ihren Redefluss, wartete auf seine Reaktion. Er biss in sein Brot, kaute und schluckte.

»Ich denke nur, dass deine Mutter in dem Heim leidet. Und wenn du jetzt nach deinem Urlaub wieder mit der Arbeit beginnst und …« Sie schnäuzte sich in ein Taschentuch. »… und ich so viel Zeit habe … und …«

Ein weiterer Bissen von der Stulle.

»… und wir beide noch mal von vorne anfangen …«

Kauen und Schlucken.

»Aber Paul, es ist …«

Obwohl er keinen Hunger mehr hatte, schmierte Kalkbrenner sich ein weiteres Brot.

»… ja nur eine Idee. Du kannst es dir überlegen.«

Er trank vom Kaffee, der inzwischen kalt geworden war, aber das ließ er sich nicht anmerken. »Ja, lass uns darüber nachdenken. Wir sollten nichts überstürzen.«

81

»Mal langsam«, sagte das Mädchen. »Wir müssen vorher noch was klären.«

Er mochte es noch immer nicht, wenn sie das sagten. Es verdarb ihm die Stimmung. Aber heute war es ihm fast egal. Das Mädchen schloss die Tür hinter ihm. Kerzen flackerten im Windzug. Die Schatten hüpften hektisch an der Wand. Sie wühlten sein Gemüt auf, noch mehr, als es durch das Kokain ohnehin schon der Fall war.

»Hier im *Apollo* ist eine halbe Stunde Standard. Sonderwünsche kosten extra.«

Der Raum hatte eine gewölbte Decke. Wände aus Backstein. Eine schwere Holztür. Eigentlich war er ein Kerker. Eine Folterkammer. In der Zimmermitte stand ein Holzbock, an der Wand eine Konstruktion in X-Form.

»Aber deswegen bist du ja hier. Wegen der Sonderwünsche.«

Sie wandte sich zum Regal an der Wand. Peitschen, Gerten und anderes Spielzeug lagen dort in einer Reihe geordnet. Sie bewegte sich elegant auf den High Heels, gekonnt wie all die anderen. So professionell. Neben den hohen Schuhen trug sie Strapse und ein Korsett. Verlogen.

»Also?«, wollte sie wissen.

Er warf zwei Geldscheine in den Staub. Sie bückte sich mit einem missbilligenden Ächzen danach. Sie taumelte kurz, behielt aber das Gleichgewicht. Wie ein Profi. Eine Lüge.

»Ich hab dich gestern gesehen«, sagte er.

Sie gab sich geschäftig. »Ach ja?«

»In dem Club.«

Sie überlegte, schien sich aber nicht zu entsinnen.

»Im Darkroom.«

»Ach, das. Hat es dir gefallen?« Sie streckte dienstbereit ihren Hintern vor. »Möchtest du es noch mal?«

Betty konnte sich also nicht an ihn erinnern. Das machte ihn traurig. Wie hatte er nur annehmen können, dass sie einander verstanden? Es war immer das Gleiche. Nichts war, wie es schien. Alles nur eine große Chimäre. *Betty!* Der Name war so falsch wie das Verlies in diesem Puff.

Jetzt beugte sie ihren Oberkörper über den Holzbock. Ihr praller Po reckte sich ihm entgegen. Die Spuren der letzten Nacht waren verschwunden. Sie lächelte aufmunternd. »Mach ruhig.«

Er schlug zu. *Je öfter man es tut, umso leichter fällt es.* Er holte erneut aus. Es gefiel ihr. Wie in der letzten Nacht.

Er griff nach einer der Peitschen. Es zischte, als das Leder durch die Luft flog. Ein Knall, als es ihre Haut traf. Lauter, als sie ein neuerlicher Hieb erwischte. Und noch einer. Er hielt eine Gerte in der Hand. Dann einen Rohrstock. Immer wieder drosch er auf sie ein.

»Hör auf!«, forderte sie.

Er knallte ihr den Stock mitten ins Gesicht.

»Bitte!«, flehte sie. So wie in der letzten Nacht.

Ihr Schrei erstickte unter seinem nächsten Schlag. Er sah das Flackern in ihren Augen. Nackte Angst. *Das* war keine Lüge mehr. *Das* war die reine Wahrheit. Er hätte sie stundenlang betrachten können.

82

Die Stimmung unter den Kollegen war mies. Allerdings lag das weder an Kalkbrenners Verspätung noch daran, dass Bergers Zahnschmerzen nicht besser geworden waren. »Hast du das von Dossantos gehört?«, fragte Rita.

»Ich hab's sogar gesehen.«

»Wie? Du warst dabei?« Bergers Blick tadelte ihn: *Wieso erfahre ich das erst jetzt?*

Kalkbrenner berichtete von seiner gestrigen Unterredung mit Harenstett. Sein Kollege hörte aufmerksam zu, spielte nachdenklich mit seinem Bart. Am Ende der Schilderung sagte er sichtlich fassungslos: »Und was machen wir jetzt?«

»Was wohl? Unsere Arbeit.« Kalkbrenner ging in sein Büro.

»Wie denn? Wie kommen wir jetzt noch an Dossantos ran?«

Die Mittagssonne entlud ihre ganze Hitze in den Raum. »Gar nicht.«

»Das ist doch eine Frechheit. Wir sollten mit Dr. Salm reden. Schließlich war er es doch, der den Fall so schnell …«

»Dr. Salm?«, unterbrach ihn Kalkbrenner mit der Andeutung eines ironischen Lachens. Er öffnete das Fenster. »Für den ist die Welt doch wieder in Ordnung: Der vermeintliche Amoklauf an der Schule ist ein ganz normaler Mordfall. Jugendkriminalität? I wo. Ist doch alles halb so wild im Kiez.« Er verschränkte die Arme vor der Brust, dachte an die Worte des Schuldirektors Dr. Börgers. *Niemand wird sich mehr für eine Änderung der Verhältnisse einsetzen.* »Und dass der Lehrer womöglich in Rotlichtgeschäfte verwickelt war, das dürfte wohl eher ein Fall für die Schulaufsicht sein.«

»Und was heißt das jetzt?«

»Wir sind zur Abwechslung mal wieder allein auf uns gestellt.« Kalkbrenner löste die Arme und klemmte sich hinter seinen Schreibtisch. Auf dem Durcheinander lag Brodbecks iBook. »Was ist mit der Anrufliste der Brodbecks?«

»Ist heute Morgen eingetroffen. Ich gleiche sie gerade mit den Kontakten aus Brodbecks Timer und dem Adressbuch auf seinem Laptop ab.«

Kalkbrenner klappte das Notebook auf. Mit surrender

Festplatte fuhr das System hoch und verlangte nach einem Passwort. »Rita, hat Schöffel dem Rechner ein neues Passwort gegeben?«

»Killerschüler!«

Berger rollte mit einem Stuhl heran. »Was ist mit deinen Zähnen?«, erkundigte sich Kalkbrenner, während er das Wort eintippte.

»Frag nicht.«

Der Monitor zeigte den Desktop an. Er wirkte ebenso pedantisch aufgeräumt wie Brodbecks realer Schreibtisch. »Nicht besser geworden?«

»Sonntagabend hab ich ein Eis mit meiner Tochter gegessen. Seitdem macht mich mein Backenzahn wahnsinnig.«

Ein kleines Icon rechts oben symbolisierte die Festplatte. An der linken Seite klammerte sich eine Übersicht aller verfügbaren Programme an den Bildschirmrand. Auch *iPhoto*, ein Fotoprogramm, war dabei. Eine Art Album. »Vielleicht ist eine Füllung rausgefallen?«

»Lieber wäre es mir, der ganze Zahn würde rausfallen.«

»Du solltest heute noch zum Zahnarzt gehen. Denk dran, morgen ist Tag der Einheit. Feiertag. Dann sind die Praxen geschlossen.«

Kalkbrenner startete *iPhoto*. Ein Fenster ploppte mit einer Liste von einer Unmenge an Bildern auf. Wie der Desktop waren sie ordentlich sortiert. Viele waren gelb- oder grünstichig und zeigten ein Baby, mal allein in der Wiege, mal im Arm seiner Eltern. Es waren Bilder von einem kleinen Jungen und einem Teenager im Kreise seiner Freunde. Urlaubsbilder, Schulaufnahmen, Ansichten von Berlin. Offenbar hatte Brodbeck all seine Kinder- und Jugendfotos digitalisiert. Sie ließen keinen Zweifel an einer glücklichen Kindheit aufkommen. Fast jedes Bild zeigte ihn mit einem Lächeln.

Es gab Fotos mit Brodbecks Jugendliebe, sogar einige

erotische Aufnahmen von der damaligen Freundin. *Jeder hat seine Jugendsünden*. Bilder von Brodbecks Studium erschienen auf dem Bildschirm, mit Kommilitonen, sein erster Schultag als Lehrer, Klassenausflüge, wieder einige Aufnahmen von Berlin.

Kalkbrenner entdeckte auch Bilder mit Judith. Sie wirkte so wie in ihrer gemeinsamen Zeit. Wie ein Teenager, lausbübisch und aufgedreht. Dann Fotos von ihrer Hochzeit. Es war ein eigentümliches Gefühl, sie in dem langen weißen Kleid zu sehen, daneben ihr Mann im Anzug, steif und förmlich. Seltsam fremd. Das passte nicht zu ihr.

»Was ist?«, fragte Berger.

»Nichts«, sagte Kalkbrenner. »Der Strand hat mich an meinen eigenen Urlaub an der Ostsee erinnert.«

Fotos der Flitterwochen. Meer. Das Hotel. Noch mehr Bilder aus Berlin und von einem weiteren Urlaub.

Keines der Bilder bestätigte ihre Verdachtsmomente, also nahmen sie sich das Mail-Programm vor. Auch hier hatte Brodbeck klare Strukturen walten lassen. Seiner Arbeit und dem Privatleben waren Ordner zugeteilt, die wiederum mit etlichen Unterordnern versehen waren. Es gab elektronische Briefwechsel mit der Schulleitung, mit Kollegen, mit Freunden, sogar mit Judith.

Sie hatten etwa die Hälfte durchgeschaut, als Rita den Kopf zur Tür hereinsteckte. »Das solltet ihr euch anhören! Schnell!«

Sie folgten ihr ins Vorzimmer und bekamen gerade noch die letzten Worte des Moderators mit.

Berger fragte ungläubig: »Habe ich das gerade eben richtig verstanden?«

Kalkbrenner hielt die Jacke bereits in der Hand. »Sebastian, worauf wartest du noch?«

83

Das Amtsgericht Tiergarten residierte im ehemaligen Kriminalgericht Moabit. Der 100 Jahre alte, monumentale Justizpalast mit den zwei riesigen Türmen war damals in der Kaiserzeit als »kaiserlicher Faustschlag ins Gesicht der Moabiter Arbeiterklasse« bezeichnet worden.

Die bekanntesten der dort verhandelten Fälle waren bisher die des Hauptmanns von Köpenick, der Terroranschläge auf die Discothek *La Belle* und das Restaurant *Mykonos* sowie der Prozess gegen das Zentralkomitee der SED gewesen.

Dieser Liste würde bald noch ein weiterer aufsehenerregender Prozess hinzugefügt werden müssen, glaubte Frieder von Hirschfeldt voller Optimismus, als er des Aufmarschs der Journaille an diesem Morgen in dem Gerichtsgebäude gewahr wurde.

»Wir haben versucht, es zu verhindern«, entschuldigte sich Ludwig Harenstett, nachdem sie sich begrüßt hatten. »Aber Dossantos' Anwalt bestand auf einer öffentlichen Verhandlung.«

»Ein Gutes hat die Sache ja. Die Presse darf endlich über Dossantos' Aktivitäten schreiben, ohne dass …«

»Da wäre ich mir nicht so sicher«, widersprach Harenstett mit ernster Miene. »Selbst wenn man den Portugiesen wegen Erpressung, Bestechung oder sogar Mordes rechtskräftig verurteilt, wird er vermutlich versuchen, die Presse wegen Rufschädigung zu verklagen.«

»Sie scherzen, oder?«

Harenstett lachte tatsächlich. Im selben Moment erspähten die ersten Journalisten von Hirschfeldt. Im Nu bildete sich eine dichte Menschentraube um ihn und Harenstett. »Welche Vorwürfe werden gegen Herrn Dossantos erhoben?«

»Hat es was mit dem Mord an seinem Sohn zu tun?«

»Geht es um seine Rotlichtaktivitäten?«

»Wann wird es zum Prozess kommen?«

Von Hirschfeldts Personenschützer strengten sich an, die Schreiberlinge und Kameramänner auf Distanz zu halten. Weil ihnen das aber nur mit Mühe gelang, hatte von Hirschfeldt schließlich ein Einsehen und trat vor die Mikrofone und Diktiergeräte: »Ich habe es im Vorfeld der Wahlen beteuert. Ich habe es am Sonntag nach den Wahlen versprochen. Heute, keine zwei Tage, nachdem man unserer Politik das Vertrauen ausgesprochen hat, freut es mich, zu sehen, dass dem Gesetz endlich Genüge getan wird. Mit Gewalt, Drogenhandel und Prostitution ist nun endgültig Schluss. Ich werde ein Zeichen setzen. Sie haben mein Wort. Vielen Dank für Ihre Aufmerksamkeit.«

Über den großen, ehrwürdigen Gerichtssaal wölbten sich stuckverzierte Decken. Zwischen den hohen Pfeilern hallte das Gemurmel der Zuschauer wider, die sich ihre Plätze auf den Holzbänken gesichert hatten, und erweckte den Eindruck, als wären nicht nur ein paar Dutzend, sondern Hunderte von interessierten Prozessbeobachtern anwesend.

Kaum dass von Hirschfeldt sich neben Harenstett niedergelassen hatte, wurde Dossantos hereingeführt. Er trug noch immer den Anzug vom Vorabend, der inzwischen jegliche Form verloren hatte. Sein Gesicht war von Müdigkeit gezeichnet, viel Schlaf hatte er in der vergangenen Nacht offenbar nicht gefunden. Neben ihm saß sein Anwalt Claudio Boccachi. Als Dossantos von Hirschfeldt und Harenstett in der Menge ausmachte, lächelte er.

»Glaubt er immer noch, dass er heil aus der Sache rauskommt?«, murmelte Harenstett.

»Lassen wir ihn in dem Glauben.«

»Haben Sie mit dem Richter gesprochen?«

»Gestern Abend noch, nach unserer netten Unterredung mit ihm.« Er nickte in Richtung des Portugiesen.

»Was haben Sie ihm gesagt?«

»Dass einiges von diesem Fall abhängt, für Sie, für mich …«

»… und auch für ihn«, fügte Harenstett hinzu.

»Ich denke, er hat mich verstanden.«

Die Anwesenden erhoben sich von den Plätzen, als Richter Süshelm in schwarzer Robe den Saal betrat. Er rümpfte die Nase über den Trubel und pochte mit dem Hammer entnervt auf sein Pult. »Ruhe, bitte.« Er wurde lauter. »Darf ich unverzüglich um Ruhe bitten!«

»Warum ist er so gereizt?«, fragte Harenstett.

»Ich weiß nicht.«

»Ich dachte, er wäre froh, es endlich mit einem großen Fall zu tun zu haben.«

»So recht scheint ihm die große Anteilnahme der Öffentlichkeit nicht zu behagen.«

»Wollen wir hoffen, dass die Sache nicht eine Nummer zu groß für ihn ist.«

Der Richter eröffnete die Anhörung, indem er dem Staatsanwalt das Wort erteilte: »Der Angeklagte hat sich der Veruntreuung und Steuerhinterziehung schuldig gemacht, außerdem der Bestechung und Erpressung in mehrfachen Fällen. Er hat in überheblicher Weise Macht ausüben wollen und sich dabei auch zum Herrn über Leben und Tod aufgeschwungen.« Der Staatsanwalt machte eine kurze, umso wirkungsvollere Pause. »Das ist Mord aus niedrigen Beweggründen.«

Ein Raunen ging durch das Publikum, und der Richter brauchte einige Sekunden, bis er wieder Ruhe hergestellt hatte.

Dossantos' Anwalt hielt dem entgegen: »Die Vorwürfe der Staatsanwaltschaft entbehren jeder Grundlage. Mein Mandant steht mitten im gesellschaftlichen Leben dieser Stadt. Er engagiert sich für eine Vielzahl sozialer Projekte. Die

Presse nennt ihn einen Ehrenbürger, der die sozial schwachen Mitglieder unserer Gesellschaft unterstützt. Es ist absurd, zu behaupten, er habe es nötig, sich auf illegale Art und Weise Einfluss zu verschaffen.«

»Wir können jeden Punkt der Anklageschrift belegen, jeden einzelnen«, widersprach der Staatsanwalt.

Der Richter schaute von seinem Sessel hinab. »Welche Beweise gedenken Sie anzuführen?«

»Wir haben einen Zeugen, der über Jahre hinweg detaillierten Einblick in die Machenschaften des Angeklagten hatte.«

»Wo ist dieser Zeuge?«

»Aus verständlichen Gründen heute nicht hier. Aus der Erfahrung vorangegangener Prozesse müssen wir Gefahr für Leib und Leben annehmen …«

»Das ist unerhört!«, rief Boccachi aus.

»… weshalb der Zeuge vorerst bis zur Hauptverhandlung in ein Zeugenschutzprogramm aufgenommen wurde. Bis dahin beantragen wir angesichts der Schwere der Schuld und auch weil wir beim Angeklagten Verdunklungsgefahr befürchten, eine Fortsetzung der Untersuchungshaft.«

»Einspruch!«, rief Boccachi. »Mein Mandant ist ein Mann, der seit mehr als einem Vierteljahrhundert in Berlin verwurzelt ist. Berlin ist sein Lebensmittelpunkt, beruflich genauso wie privat. Er ist verheiratet, hat eine Familie, einen Sohn … Entschuldigen Sie bitte, er hatte einen Sohn, der erst vor zwei Tagen tragisch ums Leben gekommen ist. Und wie ich schon sagte, er steht mitten im gesellschaftlichen Leben, ist in …«

»Ja, das sagten Sie bereits«, unterbrach ihn der Richter unwirsch. »Ich habe also zu befinden, ob die von der Staatsanwaltschaft genannten Anklagepunkte ausreichen, um den Angeklagten weiterhin in Haft zu behalten.« Süshelm räusperte sich. Dann schien er es plötzlich eilig zu haben, und die Worte sprudelten nur so aus ihm heraus: »Ich befürchte, ich muss den Ausführungen der Verteidigung folgen. Der Angeklagte hat mit Familie und Beruf seinen Lebensmittelpunkt in Berlin, ist im gesellschaftlichen Leben engagiert und hoch geachtet. Der Haftbefehl wird daher gegen die Zahlung einer Kaution in Höhe von 100 000 Euro bis zur Gerichtsverhandlung ausgesetzt. Außerdem wird Herr Dossantos seinen Pass abgeben und sich zweimal wöchentlich bei der Polizei melden.«

Ein Tumult brach im Saal aus, in dem die Frage des Richters unterging. Nur die Antwort von Boccachi war durch den Lärm zu vernehmen: »... legt keine Beschwerde gegen die Entscheidung ein.«

»Verdammt!« Harenstett saß wie erstarrt auf der Bank. »Was stellt der Richter da an?«

Auch von Hirschfeldt war fassungslos. »Die Frage muss wohl eher lauten: Wie hat Dossantos das angestellt?«

84

»Wie habt ihr das angestellt?« Nach einer Nacht in der stinkenden Zelle streckte sich Miguel Dossantos behaglich auf dem bequemen Rücksitz seines Chrysler aus.

»Zwei Fotos haben genügt, Chef«, sagte Bruno von vorne.

»Fotos?«

»Ermittlungsrichter Süshelm ist seines Jobs überdrüssig«, erklärte Claudio. »Er freut sich bereits auf die Abordnung an das Innenministerium des Landes Brandenburg. Außerdem hängt er an seinem Sohn, ist mächtig stolz auf ihn. Dieser hat gerade das juristische Staatsexamen bestanden und eine Stelle als Amtsrichter auf Probe beim Landgericht Bochum in Aussicht.«

»Gefeiert hat er sein Examen mit Freunden«, fuhr Bruno fort. »Die Party endete am frühen Morgen auf einem Hotelzimmer – mit einigen Nutten. Zwei der Frauen waren leider minderjährig. Deutlich minderjährig.« Er kicherte. Es klang wie ein brunftiges Grunzen. »Fotohandys sind schon eine feine Sache, Chef.«

Sie lachten, aber es war eine befangene Heiterkeit, genauso von düsteren Gedanken überschattet wie das Schweigen, in das sie verfielen, während sich der Wagen an den Touristenbussen am Brandenburger Tor vorbeischlängelte. Niemand wollte der Erste sein, der das Thema anschnitt, also sprach keiner, nicht einmal Dossantos.

Stattdessen rutschte er auf dem Sitz herum, als wäre eine Schar Ameisen in seinen Anzug gekrochen und würde über seine Haut wandern, es kitzelte und juckte. Seine Finger spielten nervös mit der Rolex und der Goldkette, die er in den Händen hielt. Er wollte den Schmuck erst zu Hause wieder anlegen, nachdem er sich den unerträglichen Fäkaliengestank vom Körper gewaschen hatte.

Als sie die Grenze zu Neukölln passiert hatten, wurde ihm bewusst, dass er der Wahrheit nicht länger ausweichen konnte. Er ließ die Scheibe hochfahren, die den Fond des Chrysler von den vorderen Sitzen trennte. Er sah seinen Freund und Anwalt an: »Wer verdammt ist dieser Zeuge?«

»Das weiß ich nicht.«

»Dann finde es heraus.«

»Ich habe dir schon einmal gesagt, es ist nicht das erste Mal …«

»Und ich sage dir, diesmal ist es anders!«

»Jetzt mach mal halblang … Es gibt niemanden, der soviel über dich weiß, dass er dich derart belasten könnte.«

»Doch, du!«

Claudio lachte freudlos. »Was ist mit Bruno?«

»Nein, niemals!«

»Und deine Frau?«

»Sie ist im Krankenhaus.«

»Bist du dir da sicher?«

»Das würde sie nicht wagen.« Dossantos' Leib erzitterte. »Auf keinen Fall. Nicht nach allem ...« Seine Stimme versagte ihm. Obwohl die Klimaanlage des Chrysler auf Hochtouren lief, bildete sich ein Schweißfilm auf seiner Haut. Langsam ließ er die Scheibe wieder runterfahren.

Bruno saß schweigend neben Robert, der den Wagen steuerte. Sie näherten sich Treptow. Es war nicht mehr weit bis zur Finca. Sein Zuhause. Der Erfolg. Ein Traum. »Bruno, finde raus, was meine Frau macht.«

85

Auch eine halbe Stunde nach Ende der Verhandlung schäumte von Hirschfeldt noch vor Wut. Diesmal ließ er seinen Emotionen freien Lauf. »Herrgott, Horst, warum hast du das gemacht?«

Der Richter schaukelte auf seinem Stuhl, als interessierte ihn der zornige, tobende Politiker überhaupt nicht. Sein Knie stieß gegen den Schreibtisch. Die Aktentürme wackelten und drohten auf den Boden des Büros zu kippen, wo noch mehr Ordner verstreut herumlagen. Kaum zu glauben, dass Süshelm in diesem Durcheinander den Überblick behielt. Im Gerichtssaal vorhin hatte er ihn ganz offensichtlich verloren. Genauso wie nun seine Sprache. Er gab keinen Ton von sich.

Von Hirschfeldt schimpfte weiter: »Warum hast du Dossantos auf freien Fuß gesetzt? Ich dachte, du bist ein Mann, der zwischen Recht und Unrecht unterscheiden kann und der ...«

»Der was, Frieder?« Süshelm sprach ihn mit dem Vornamen an, aber es klang unterkühlt und distanziert. »Die Untersuchungshaft ist und bleibt noch immer eine Ermessenssache des Richters.«

»Und woran, verdammt, hast du den Fall bemessen? Es geht um Erpressung, Bestechung, Veruntreuung. Und Mord.«

»Das habe ich begriffen. Der Staatsanwalt hat es mehr als deutlich ausgeführt.«

»Und ich habe dir gestern noch erklärt: Miguel Dossantos ist einer der übelsten Paten der Stadt, der mehr Verbrechen auf dem Kerbholz hat als jeder andere Übeltäter, der bisher vor deinem Richterpult stand. Er gehört hinter Schloss und Riegel. So einfach ist das.«

»Nein, Frieder, so einfach ist es leider nicht. Und ja, ich habe verstanden, dass hinter dem Wunsch, Dossantos den Prozess zu machen, Jahre von aufreibender Arbeit – und viele frustrierende Rückschläge – stecken. Aber genau da liegt das Problem: Dossantos lebt seit mehr als einem Vierteljahrhundert unbescholten in der Stadt.«

»Unbescholten? Soll das ein Witz sein?«

»Er steht mitten im gesellschaftlichen Leben. In der öffentlichen Wahrnehmung ist er der Wohltäter, der Ehrenbürger von Berlin. Er ist ohne Makel und …«

»Verdammt, das weiß ich doch alles.« Von Hirschfeldt stampfte mit dem Fuß auf. Erneut wackelten die Aktentürme bedenklich. »Das sind die Worte seines Verteidigers.«

»Und?«

»Und wie beurteilst du den Fall? In Wahrheit?«

Süshelm legte seine Robe ab. Darunter trug er eine schwarze Stoffhose und ein kariertes Hemd mit gestreifter Krawatte. Noch mehr Chaos. »Was willst du damit andeuten?«

»Du bist dir hoffentlich bewusst, wie die Presse auf dein Urteil reagieren wird. Und wie ich jetzt in der öffentlichen Wahrnehmung dastehe. Erst vor der Verhandlung habe ich noch erkärt, dass …«

»Ja, ich hab's im Radio gehört. Und ich bin mir bewusst, dass«, seine Stimme nahm einen vorwurfsvollen Unterton an, »bei der ganzen Sache auch politisches Interesse eine Rolle spielt. Nämlich *dein* politisches Interesse.«

»Was soll das denn jetzt heißen?«

»Frieder, muss ich dich daran erinnern, dass wir in Deutschland eine Gewaltenteilung haben? Die Justiz ist unabhängig. Politische Einflussnahme auf Prozesse ist weder erwünscht noch gestattet.«

»Jetzt redest du dich heraus!« Von Hirschfeldt lachte bitter auf. »Als es um deine Versetzung ans Innenministerium nach Leipzig ging, war dir meine politische Einflussnahme keineswegs unangenehm.«

Süshelms Kopf sank auf die Brust. Seine Haltung sagte mehr als tausend Worte.

»Dass du dir gerade selbst deine Versetzung torpediert hast, dürfte dir bewusst sein, oder?«

Keine Antwort.

»Horst, wie lange kennen wir uns?«

»Fast 30 Jahre.«

»Weißt du noch, wie wir uns kennengelernt haben?«

»Damals, als ich mit deinem Vater noch im Gemeinderat bei uns zu Hause aktiv war.«

»Du wolltest ganz schön viel auf die Beine stellen.«

»Ja, ich war damals genauso wie du heute.«

»*Warst* du das?«

Erneut blieb Süshelm eine Antwort schuldig.

»Hat der Portugiese bei deiner Entscheidung nachgeholfen?«

»Ich hoffe, du weißt, was du mir da unterstellst?«

»Hat er dich unter Druck setzen lassen? Wurdest du erpresst? Bedroht?«

»Nein, nichts dergleichen.« Sosehr Süshelm es auch zu verhindern versuchte, aus seinem Gesicht sprach das Gegenteil.

Vielleicht war das die größte Enttäuschung: zu sehen, wie dieser einstmals aufrechte Mann innerlich zerbrach und nicht dagegen ankam. »Horst, wir können dir helfen. Du musst nur …«

»Ich muss gar nichts«, unterbrach ihn der Richter schroff. »Ich muss mich nur an das Gesetz halten. Und das habe ich heute getan. Ich habe ihm Genüge getan. Das waren deine Worte. Vorhin im Radio.«

Das reichte. Beim Hinausgehen knallte von Hirschfeldt die Tür hinter sich zu. Er hörte Akten zu Boden fallen und wünschte sich, Süshelm würde darunter begraben werden.

Harenstett wartete noch immer auf dem Flur. Eigentlich herrschte in dem Gerichtsgebäude Rauchverbot, aber das beeindruckte den LKA-Beamten nicht. »Und?«, fragte er zwischen zwei tiefen Zügen.

»Nichts. Er sagt, er wurde nicht beeinflusst. Aber das glaube ich ihm nicht. Da war was. Das spüre ich.«

»Machen Sie dem Richter keinen Vorwurf. Was immer ihn zu der Entscheidung bewogen hat, am Ende steckt doch wieder Dossantos dahinter.«

»Und was machen wir nun?«

»Wir?« Harenstett trat den Stummel mit seinem Schuh aus und zündete sich sofort einen neuen Glimmstängel an. »*Wir* machen gar nichts. *Sie* müssen mit Ihrem Freund sprechen, dem künftigen Justizsenator. Sorgen Sie dafür, dass uns Dossantos nicht noch einmal an den Karren fährt.«

86

Catharina Dossantos breitete die Zeitung vor sich auf dem Bett aus. *Ehrenbürger verhaftet!* Obwohl sie den Bericht mittlerweile schon mehrfach gelesen hatte, überflogen ihre Augen den Text ein weiteres Mal.

Als sie damit fertig war, gab sie sich ihren Träumen hin. Erst von dem Hupen eines Autofahrers auf der Straße wurde sie aufgeschreckt. Sie erhob sich vom Bett, trat ans Fenster und schob den Vorhang beiseite. Ein Autokorso schlängelte sich durch den Westberliner Mief hin zur Avus. Es war ein fortwährendes Rauschen und Knattern, das den Anwohnern ganz bestimmt die Nerven raubte. Von der Gesundheit ganz zu schweigen.

Catharina dagegen erfreute sich an dem brodelnden Verkehr. Er versprach pulsierendes Leben und einen Weg raus aus Berlin.

Sie zog das Nachthemd aus und stellte sich unter die Dusche. Anschließend zog sie frische Wäsche an und griff, kurz bevor sie den Raum verließ, wieder zur Zeitung. Ungläubig las sie den Artikel erneut. Nein, es war kein Traum gewesen. *Ich habe immer nach etwas gesucht.* Endlich hatte sie es gefunden. Zum ersten Mal seit vielen Jahren fühlte sie sich in Sicherheit.

Sina bereitete in der Küche das Mittagessen vor. Am Tisch neben Stephan Kühne, einem der Ermittlungsbeamten des BKA, die zu ihrem Schutz abgestellt worden waren, saß Ludwig Harenstett, der den Stein überhaupt erst ins Rollen gebracht hatte. Eines Tages hatte er sie angesprochen. Sie war mit Sina auf dem Weg in die Stadt gewesen, auf einer ihrer Exkursionen, von denen Miguel angenommen hatte, sie führten sie zum Arzt.

Harenstett schaute missmutig von einer anderen Tageszeitung auf, die die gleiche Schlagzeile trug. »Haben Sie gut geschlafen?«

»Es geht.«

»Ich weiß, das hier ist nicht das *Hilton*.«

Die Wohnung verfügte über vier Zimmer, Küche, Diele, Bad, Raufasertapete, blasse Auslegeware, einfache Möbel aus dem Baumarkt: ein schlichtes Ambiente in noch unscheinbarerer Umgebung. »Das stört mich nicht«, sagte Catharina. »Aber Sie sind nicht gekommen, um mit mir über die Wohnung zu plaudern.«

»Nein«, sagte er und rührte in dem Kaffee herum, den Sina vor ihn hingestellt hatte. Kühne kratzte sich erst die Stirn, dann die Augenbraue und unterzog anschließend sein T-Shirt einer ausgiebigen Fusselkontrolle.

Catharina hielt es für besser, sich zu setzen.

»Ihr Mann ist aus der Untersuchungshaft entlassen worden«, sagte Harenstett schließlich.

»Was soll das heißen? Aus der Haft entlassen?« Catharina sprach lauter als beabsichtigt. Sina kam zu ihr und ergriff ihre Hand, doch Catharina wollte nicht beruhigt werden. »Sie haben mir versprochen, dass er nicht mehr freikommt.«

»Es gab da ein Problem mit dem Haftrichter.«

Sie begriff sofort. Im Gegenteil zu Harenstett, der meinte: »So oder so, Ihr Mann wird sich vor Gericht verantworten müssen.«

»Wenn es so weit überhaupt noch kommt.«

»Machen Sie sich da keine Sorgen«, erklärten Harenstett und Kühne unisono. »Sie sind hier vorerst sicher.«

»Sicher? Vorerst?« Was redeten die da?

»Bis zur Verhandlung. Und danach können Sie an einem anderen Ort ein neues Leben beginnen. Wie wir es vereinbart haben.«

»Nein«, wehrte Catharina ab, »nein, vereinbart war etwas

ganz anderes.« Sie stand auf und stieß mit der Hüfte gegen den Tisch. Den Schmerz ignorierte sie, und der Kaffee, der über die Ränder der Tasse schwappte und sich in das Holz fraß, interessierte sie nicht. »Wenn Sie es schon nicht schaffen, ihn in Haft zu behalten, wie wollen Sie mich dann beschützen?«

»Das eine hat mit dem anderen nichts zu tun«, versicherte ihr Harenstett.

Sie wusste, dass er nicht ganz unrecht hatte, aber sie wusste auch, wie gefährlich ihr Mann war. Besonders dann, wenn man ihn gereizt hatte. »Es ist ein Fehler, zu glauben, man könnte sich Miguels Einfluss entziehen, erst recht, wenn er wieder auf freiem Fuß ist.« Sie zeigte auf Harenstett. »Sie sollten es doch am allerbesten wissen.«

»Niemand weiß von Ihrem Aufenthaltsort …«

»Niemand?«

»Kaum jemand.«

»Das kann bereits einer zu viel sein.«

Sie durchquerte die Küche. Vor der Tür zum Schlafzimmer drehte sie sich um. *Ich habe immer nach etwas gesucht.* Sie hätte es wissen müssen. Sie würde es nicht finden. Der Fehler, Miguel Dossantos geheiratet zu haben, ließ sich nicht mehr rückgängig machen. »Vielleicht ist es besser, wenn ich meine Aussage zurückziehe.«

87

Bruno legte sein Handy beiseite.

»Was ist mit Catharina?«

Bruno sagte nichts.

»Was ist mit meiner Frau?«

Stille.

»Ist sie in der Klinik?«

»Nein«, antwortete Bruno. »Sie ist nie dort angekommen.«

Als wäre damit alles gesagt, verfiel Bruno in Schweigen. Aber sosehr Dossantos das Thema ursprünglich auch hatte aufschieben wollen, jetzt konnte er es nicht mehr auf sich beruhen lassen. Er begriff es ja nicht einmal. »Das kann ich mir nicht vorstellen.«

»Sie hatte tatsächlich ab Montag einen dreitägigen Termin zur Untersuchung. Aber sie ist nie im Krankenhaus gewesen.«

Eine unsichtbare Hand legte sich um Dossantos' Kehle. »Das glaube ich nicht!«

Er dachte an ihre schweren Koffer. *Was hast du alles eingepackt?*, hatte er sie gefragt. Sie hatte ihn angelogen. Mitten ins Gesicht.

Der Druck auf seinen Hals wollte nicht weichen. Es war, als risse ihm die Erkenntnis die Beine weg. Trotzdem stemmte er sich aus dem Sitz auf, als der Chrysler vor seinem Anwesen hielt.

»Nein, verdammt«, brüllte er und ballte die Hand zur Faust. Die Finger verkrampften sich um den Goldschmuck und knallten gegen die schwere Haustür. Das Holz knirschte unter dem heftigen Schlag. Bruno entsicherte die Alarmanlage.

Nach der Durchsuchung vom Vorabend sah das Haus aus, als habe ein Wirbelsturm darin getobt. Seine Kette hätte er am liebsten gegen die Wand geschleudert. »Verdammt, warum hat sich Magda noch nicht um das Chaos gekümmert?«

»Heute ist ihr freier Tag«, meldete sich Bruno zu Wort.

»Freier Tag?«, brüllte Dossantos. »Glaubst du etwa, ich habe Zeit für einen freien Tag?« Sein Finger bohrte sich in die muskulöse Brust seines Vertrauten. »Ruf sie an und sag ihr, sie soll ihren fetten Arsch hierherbewegen.«

Er betrachtete das gewaltige Bild Alfredo Keils im Foyer. Ließ die Landschaft auf sich wirken. Die Melodie von *La Folia* erklang wieder in seinem Kopf. Die Heimat. Sein Zuhause war hier. In der Finca. Dieses Grundstück war sein Land. Er würde es sich nicht nehmen lassen. Auf keinen Fall.

»Was hast du vor?«, fragte Claudio.

»Was wohl? Meine Frau finden!«

»Ich sagte dir gestern schon, du solltest dich bedeckt …«

»Quatsch!«, schrie Dossantos. Er wandte sich an Bruno. »Finde Catharina. Um jeden Preis! Und finde sie schnell!«

»Miguel«, warnte Claudio, »lass uns darüber reden. Du weißt, dass …«

Aber Dossantos winkte ab. Er wollte nichts hören. Er wollte nicht reden. *Wem hilft es schon, zu reden?* Er wollte handeln. Und zwar so schnell wie möglich.

Er erklomm die Stufen ins obere Geschoss. Auf halbem Weg blieb er stehen. »Warte«, rief er Bruno hinterher und ließ den Zeigefinger einmal in der Luft kreisen.

Bruno schüttelte den Kopf. »Ich hab's noch diese Nacht checken lassen, Chef. Das Haus ist sauber. Keine Wanzen.«

Auch im Schlafzimmer herrschte ein wildes Durcheinander. Die Beamten hatten auf der Suche nach Hinweisen kein Zimmer ausgelassen. Selbst im Bad waren alle Schränke durchwühlt worden. Aus dem kleinen Sideboard neben dem Toilettensitz hatte man sogar das Klopapier gezerrt und die Rollen zerschnitten. Der Anblick ließ Dossantos lachen. Sein Kichern ging in ein irres Meckern über. »Glauben die tatsächlich, ich bewahre meine wichtigen Unterlagen im Scheißhaus auf?«

Im Kleiderzimmer kramte er Catharinas Schlüpfer aus den Schubladen, zerfetzte sie und warf sie in den Whirlpool im Schlafzimmer, der schon seit Jahren kein Wasser mehr gesehen hatte. Dann zerriss er den Stoff ihrer sündhaft teuren Kleider und häufte alles auf die Reste der Unterwäsche. Die Louis-Vuitton-Handtaschen, die Manolo-Blahnik-High-Heels, die Kleider von Prada, Ralph Lauren und Moschino bildeten den Gipfel des Haufens.

Ihre Parfümflakons zertrat er auf dem Boden. Als er sich ihr Nachtschränkchen vornahm, fand er einen kleinen Schlüssel. Erst wusste er nichts damit anzufangen, dann fiel ihm der Tresor ein, den er Catharina beim Einzug in die Finca hatte bauen lassen. Er hatte ihn völlig vergessen, so wenig hatte er die letzten Jahre mit seiner Frau zu tun gehabt.

Der Nachbarraum war ihr Zimmer. Hierhin hatte sie sich immer zurückgezogen, wenn sie ihre Ruhe haben wollte. Es bestand aus viel Plüsch, Stofftieren, Kitsch und Plunder, so als hätte sie auf diese Weise jene Kindheit nachholen wollen, die ihre Eltern ihr nie geboten hatten. In einer der Zimmerecken gab es einen Vorsprung in der Wand, der – wenn man nicht unmittelbar davorstand – gar nicht auffiel. Dahinter verbarg sich, weiß in weiß, eine kleine Tür, hinter der sich der Tresor befand. Er war so gut verborgen, dass nicht einmal die Polizei ihn bei der Durchsuchung gestern entdeckt hatte.

Dossantos steckte den Schlüssel in das Schloss. Der Riegel schnappte auf und gab das Innere des Safes frei. Er wusste nicht, was ihn erwarten könnte. Eigentlich gab es nichts, was Catharina hätte verstecken müssen. Sie waren reich, der Großteil des Geldes war auf vielen Bankkonten verteilt, die auf unterschiedlichste Namen und Firmen liefen. Alles, was sie ansonsten besaßen, wurde von einem Team kräftiger Sicherheitsmänner, einer hypermodernen Alarmanlage und etlichen Kameras bewacht. Die Finca war im Grunde selbst ein Tresor.

Catharinas Sicherheitsfach war bis auf ein Tütchen und ein kleines Briefkuvert leer. Dossantos griff danach, und ein

Ring purzelte hervor. Ihr Ehering. Wie lange hatte sie ihn schon nicht mehr getragen, ohne dass es ihm aufgefallen war?

Außerdem fand er noch einen Zettel in dem Kuvert. Er faltete ihn auseinander. Nur ein einziger Satz stand da in Catharinas Handschrift: *Jeder kriegt das, was er verdient. Cathy.*

Wütend schrie er auf, zerriss das Papier in kleine Schnipsel und verteilte sie auf dem Fußboden. Er verpasste den Plüschtieren wilde Fußtritte, dann stürmte er zurück ins Schlafzimmer und entledigte sich der stinkenden Klamotten. Der Stoff dehnte sich zwischen seinen Fingern. Fäden gaben nach. Nähte lösten sich. Er warf den Anzug auf den Haufen im Whirlpool. Alles, was seiner Frau gehörte, würde er dort verbrennen. Ja, das war eine gute Idee.

Er drehte den vergoldeten Wasserhahn auf und wartete, bis warmes Wasser hervorsprudelte. Dann stieg er in die Dusche. Das heiße Wasser spülte ihm nicht nur den Gestank und die Strapazen der letzten Tage vom Leib, sondern besänftigte auch sein Gemüt.

Als er glaubte, halbwegs wieder bei Sinnen zu sein, trocknete er sich ab und suchte sich einen schwarzen, maßgefertigten Kaschmiranzug heraus, dazu eine Krawatte in gleicher Farbe und ein weißes Hemd mit Button-down-Kragen. Für die angenehme Spätsommerwitterung waren die Kleidungsstücke freilich zu warm, aber sie signalisierten Trauer und zugleich Entschlossenheit. Und Letzteres brauchte er. Auf seinen Goldschmuck verzichtete er. Den wollte er erst wieder anlegen, wenn alles im Reinen war. Schmutz passte einfach nicht zu Gold.

Er kehrte zurück in Catharinas Zimmer, griff abermals in den Tresor und holte den Beutel hervor. Kokain. Er kippte es auf einen Spiegel, schob zwei Bahnen zurecht und schniefte sie mit der Nase weg.

»Miguel?«

Dossantos strich sich die Nase sauber und drehte sich um.

Bruno stand in der Tür. »Da war gerade ein Anruf. Aus dem *Apollo.*«

»Und?«

»Es war Frank. Er sagte, es wären ein Mann und eine Frau zu Besuch gewesen, und die Frau hätte leider gehen müssen.«

Äußerlich blieb Dossantos angesichts dieser Nachricht ruhig, doch unter seinem frischen Anzug brach ihm erneut der Schweiß aus. »Warum kümmert sich Frank nicht darum? Wofür wird er verdammt noch mal bezahlt?«

»Frank hat gesagt, du solltest dir den Mann ansehen.«

»Weiß er nicht, dass ich im Augenblick andere Sorgen habe, als mir irgendwelche Freier anzuschauen?«

»Frank meinte aber, du solltest dir den Mann *unbedingt* ansehen.«

Dossantos stieß zornige Verwünschungen aus. *Jeder kriegt das, was er verdient.* Er wischte den Gedanken wie eine Prise Koks auf einem Spiegel fort. »Okay, fahren wir also ins *Apollo.*«

88

Kalkbrenner versuchte, Harenstett zu erreichen. Mit einem wüsten Blaffen ging der LKA-Mann ans Telefon: »War ja klar, dass du nicht lange auf dich warten lässt.«

»Warum habt ihr Dossantos gehen lassen?«

Harenstett fluchte. Es schmerzte im Ohr. Kalkbrenner schaltete auf Freisprechen: »... dieser Scheißkerl ...«

»Ich dachte, ihr habt ihn am Arsch?«

»Hatten wir ja. Aber ich sagte auch, Dossantos hätte die allerbesten Beziehungen – es ist schlichtweg zum Kotzen! Der Haftrichter hat ihn auf Kaution rausgelassen.«

»Das ist aber gar nicht nett von ihm.«

»Spar dir deinen Sarkasmus.« Harenstett brach das Gespräch ab und legte auf.

»Widerwärtig«, kommentierte Berger und pulte mit seinen Fingern am Backenzahn herum.

»Deine Zahnschmerzen?«

»Die auch.«

Als der Verkehr auf der Mühlenstraße ins Stocken geriet, war Bergers Wange faustdick angeschwollen. Er verlor kein Wort über die Schmerzen, stattdessen fragte er: »Du bist in Berlin aufgewachsen, oder?«

»Ja, in Kreuzberg.« Der Fahrer eines Sattelschleppers hatte sichtliche Probleme, auf der Baustelle am Ostbahnhof zu rangieren. »Heute wohne ich in Zehlendorf.«

»Rita sagte, du bist wieder zu Hause eingezogen.«

»Könnte man so sagen.«

»Das ist gut. Das ist sehr gut.« Es klang, als fiele Berger ein Stein vom Herzen. »Es geht nichts über eine intakte Familie. Gerade in unserem Beruf.«

»Mhm.«

»Paul, das am Samstag, das war nicht böse gemeint. Ich meine das, was ich über die Kollegen und deren Scheidungen gesagt habe.«

»Schon vergessen.«

»Manchmal bin ich ein bisschen unbeholfen, was so etwas betrifft. Meine Frau lacht dann immer über mich. Und meine Tochter sagt, ich sei naiv. Ich halte ihnen immer entgegen: Ich bin nur ein Dorfkind. Auf dem Land ticken die Uhren noch anders. Verstehst du, was ich meine? Familie und deren Zusammenhalt haben dort noch einen höheren Stellenwert. Man gibt nicht so schnell auf, egal was passiert.«

Aus dem Augenwinkel musterte Kalkbrenner seinen Kollegen. Sie arbeiteten erst seit drei Tagen zusammen, keine wirklich lange Zeit, um sich kennenzulernen. »Und du? Wo bist du aufgewachsen?«

»Geboren in Kervenheim. Das liegt am Niederrhein. Zwischen Misthaufen und Kuhfladen. Mein Vater hatte einen Bauernhof, ich bin also ein waschechtes Dorfkind.« Mit einer verlegenen Geste rieb er sich den Bart. »Mein Vater wollte, dass ich den Hof übernehme. Aber das hat dann mein Bruder gemacht.«

»Und du wurdest Polizist.«

»Frag mich nicht, warum.« Der Stau vor ihnen löste sich auf. Berger gab Gas, und die abrupte Beschleunigung des Passat presste sie in die Sitze. »Ich glaube, ich wollte einfach meinen Teil zum dörflichen Frieden beitragen. Während des Studiums lernte ich dann meine Frau kennen; nach der Wende sind wir in die Nähe ihrer Eltern nach Potsdam gezogen. Jetzt haben wir ein Haus am Templiner See. Ich bin froh, dass meine Kinder auf dem Land aufwachsen konnten. Seit sechs Monaten bin ich in Berlin, und es ist einfach …« Er nuschelte etwas in seinen Bart, das Kalkbrenner nicht verstand.

Sie ließen die riesige Baustelle am Ostbahnhof hinter sich. Bis vor Kurzem hatte es auf den 22 Hektar ein halbes Dutzend sehr beliebter Discotheken und Clubs für Jugendliche gegeben. Dann hatte der Senat das Gelände an einen japanischen Großinvestor verkauft. Der hatte die Jugendlichen vertrieben und die Kneipen eingestampft und baute seitdem an einer Großsporthalle, einer Einkaufsgalerie und einem riesigen Parkhaus. Als gäbe es davon nicht schon genug in Berlin.

»Das ist nun mal die Stadt«, sagte Kalkbrenner.

»Die Stadt? Es sind wohl eher die Menschen. Natürlich sind es beileibe nicht alle, die so sind. Aber manchmal denke ich, es werden immer mehr von dieser Sorte. Es gibt hier auch mehr Rücksichtslosigkeit und Gier, die nicht einmal vor denen haltmachen, die angetreten sind, diese Entwicklungen zu verhindern. Ich verstehe das nicht. Bin ich wirklich naiv, nur weil ich noch an Familie, an Werte wie Vertrauen und Zusammenhalt, an den Unterschied von Recht und Unrecht glaube?«

»Nein, das bist du nicht«, erwiderte Kalkbrenner. »Nur wirst du es damit in Berlin ungleich schwerer haben als anderswo.«

»Na danke, das macht mir Hoffnung.«

»Soll ich dich etwa belügen?«

»Es würde mir wenigstens meinen Glauben lassen. Aber vielleicht ist es auch einfach nur …«

Kalkbrenners klingelndes Handy stoppte Bergers Redefluss. Es war Rita. »Ich bin mit der Anrufliste der Brodbecks durch und habe nichts von Bedeutung gefunden. Bis auf eines vielleicht: Brodbeck ist zu den Treffen mit Freunden immer mit dem Taxi gefahren.«

»Und was soll daran besonders sein?«

»Am Montag, am Abend vor seinem Tod, am gleichen Tag, an dem er das Geld vom Schweizer Nummernkonto erhalten hat, ist von ihm bei *Berlin Schnell* ein Taxi bestellt worden. Es stand jedoch kein Termin in Brodbecks Timer.«

»Kannst du herausfinden, welcher Taxifahrer ihn wohin gefahren hat?«

»Das ist über eine Woche her«, zweifelte Rita.

»Es wäre einen Versuch wert.«

»Na gut, ich kümmere mich darum.«

Die nächsten Minuten legten sie schweigend zurück. Sie erreichten das Anwesen gerade rechtzeitig, um zu sehen, wie das Eingangsportal nach innen aufschwang. Ein massiver schwarzer Chrysler wartete bereits direkt dahinter.

Berger versperrte mit dem Passat die Ausfahrt. Kalkbrenner lief zur Limousine, aus der zwei Bodyguards sprangen. Die Hände glitten in die Innentaschen ihrer Jacken. Kalkbrenner hielt seinen Dienstausweis hoch. Doch es dauerte, bis die Kolosse sich wieder entspannten.

Eines der Fondfenster am Chrysler fuhr surrend herab. Eine vor Wut verzerrte Grimasse erschien. »Was?«, fauchte Miguel Dossantos. »Was wollen Sie jetzt schon wieder?«

»Wir sind von der Mordkommission, und wir wollen …«

»Wenn Sie nichts in der Hand haben, dann haben Sie gar nichts mehr zu wollen«, schrie es ihnen aus dem Wagen entgegen. »Klären Sie alles Weitere mit meinem Anwalt.«

»Wir wollen mit Ihnen über Ihren Sohn reden.«

Dossantos hob zu einer weiteren zornigen Antwort an.

Kalkbrenner kam ihm zuvor und setzte alles auf eine Karte. »Wir haben einen Verdacht – es waren *nicht* die Russen.«

Der Portugiese schloss den Mund und zog seinen Kopf wieder in den Wagen zurück. Er schien sich mit jemandem zu beratschlagen. Dann befahl er seine Bodyguards zu sich. Kurz darauf setzte der Chrysler auf der Auffahrt zum Haus zurück. In der warmen Mittagssonne wirkte es noch mehr als am gestrigen Abend wie eine prächtige südländische Finca.

Dossantos führte sie durch die Loggia in ein sündhaft teuer eingerichtetes Arbeitszimmer: Marmorfußboden, Mahagonischreibtisch, eine Couchgarnitur aus weißem Leder, ein Glastisch mit vergoldeten Beinen, ein handgewebter Wandteppich. Dagegen nahmen sich ihre Büros auf dem Revier wie Armutsbehausungen aus der Dritten Welt aus. Einzig das Durcheinander auf den Regalen neben dem Schreibtisch stach ins Auge – die Überreste des BKA-Einsatzes vom Vorabend.

Dossantos bot ihnen keinen Platz an. »Also, was wollen Sie?«

Kalkbrenner konnte nur schwer seinen Blick von der protzigen Einrichtung lösen, zwang sich aber dazu, Dossantos anzusehen, der einen schwarzen Anzug und dazu eine dunkle Krawatte trug. Der Ausdruck seiner Trauer. »Kennen Sie Matthias Brodbeck?«

»Nein, tut mir leid, wer soll das sein?«

»Das ist der Lehrer, der vor genau einer Woche in der Berthold-Hauptschule in Neukölln erschossen wurde.«

»Ach so, dieser Amoklauf ... Ich hab davon gehört.« Er lehnte sich an den Schreibtisch, stieß sich aber sofort wieder von dem teuren Holz ab, als hätte er es durch die Berührung entweiht. Vielleicht diente der ganze Prunk auch nur Demonstrationszwecken; um nervigen Polizisten ihre kümmerliche Existenz vor Augen zu führen.

Berger wollte fortfahren, aber seine geschwollene Wange erlaubte ihm nur ein Nuscheln: »Schag'n Ihn'n d' Nam'n As'm Kapk'n und Luk'z Vur'kov'ci etw'sch?«

»Wie waren die Namen?«, fragte Dossantos gereizt.

»Asim Kapkin und Lukaz Vurikovici«, wiederholte Kalkbrenner, um ein Vielfaches deutlicher.

»Nein, kenn ich nicht.« Der Portugiese vergrub die Hände in den Anzugtaschen, zerrte sie dann schnell wieder hervor. Er war nervös. »Entweder Sie kommen jetzt auf den Punkt oder ...«

»Die beiden Schüler wurden in Verbindung mit dem Lehrermord gesucht.«

»... wir beenden dieses Gespräch.« Er wandte sich zur Tür, wo Boccachi stand. Der Anwalt ging wegen seiner Kleinwüchsigkeit beinahe in dem überladenen Prunk unter. »Ich dachte, Sie sind wegen meines Sohnes gekommen.«

»Die beiden Schüler wurden am Sonntag in dem Restaurant Ihres Sohnes gefunden. Tot. Erschossen. Wie Ihr Sohn.«

Dossantos blieb stehen und drehte sich auf den Absätzen

seiner schwarzen Slipper um. Zum ersten Mal signalisierte er so etwas wie Aufmerksamkeit.

»Was uns vermuten lässt«, Berger bemühte sich, klar und deutlich zu sprechen, aber die verzerrte Miene ließ keinen Zweifel an den Schmerzen, die der Backenzahn ihm mittlerweile bereitete, »dass es eine Verbindung zwischen Ihrem Sohn und dem Lehrer gibt.«

»Und wenn es so wäre. Was wollen Sie von mir?«

Für den Bruchteil weniger Sekunden fragte sich auch Kalkbrenner, was er von dem Portugiesen wirklich wollte. Nahm er tatsächlich an, Dossantos würde ihnen etwas verraten?

Wie zum Beweis durchquerte jetzt Boccachi energisch den Raum. Auf dem Marmorboden klangen seine Schritte wie Gewehrsalven. Beschützend baute sich der Anwalt an der Seite seines Freundes auf. »Hätten Sie bitte endlich die Güte, zu erklären, was Sie von meinem Mandanten wollen?«

»Was mein Kollege Ihnen …«, begann Berger und kapitulierte gleich darauf.

Kalkbrenner wog ihre Möglichkeiten ab. Manchmal half es, die Leute bei einer Vernehmung mit der Wahrheit zu konfrontieren. Nicht selten verrieten sie dabei etwas. Nicht unbedingt mit Worten. Auch Gesten oder Veränderungen in der Mimik konnten interessante Aufschlüsse bringen. Man musste sie nur zu deuten wissen. »Wir gehen davon aus, dass der Mörder aus Ihrem direkten Umfeld kommt.«

Dossantos und Boccachi tauschten schnelle Blicke. »Was bringt Sie zu dieser Annahme?«

»Wir wissen, dass Sie am Sonntag im *Hermano* russischen Besuch hatten. Wir wissen auch, dass es dabei eine heftige Auseinandersetzung gab. Kurz darauf starben Ihr Sohn, sein Leibwächter und die beiden Schüler.«

Schweigen. Auch das war eine Antwort.

»Wir sind davon überzeugt, dass Ihre russischen Gäste nichts damit zu tun haben«, sagte Kalkbrenner.

Dossantos und Boccachi blieben noch immer still. Kalkbrenner entsann sich, wie unbeherrscht der Portugiese, kurz nachdem er vom Tod seines Sohnes erfahren hatte, auf Harenstetts Provokation reagiert hatte.

»Der Mörder muss jemand gewesen sein, der bei Ihrer Auseinandersetzung am Sonntag anwesend war und die Situation wenige Minuten später für seine Zwecke ausgenutzt hat.«

»Meinen Sie nicht, das hätte ich bemerkt?« Boccachi legte seinem Freund die Hand auf den Arm. Nach seiner überraschenden Verhaftung stand Dossantos vermutlich noch mehr unter Druck.

Kalkbrenner riskierte einen Versuch. »Vielleicht haben Sie es ja bemerkt?«

Der Portugiese blieb ungerührt. Boccachi rückte seinen Nadelstreifenanzug am Revers zurecht. »Wollen Sie uns damit unterstellen, wir würden einen Mörder decken?«

Dossantos knurrte: »Und ausgerechnet den meines Sohnes?«

Der Anwalt beendete besonnen das Gespräch. »Ich denke, es ist alles gesagt worden.« Er warf seinem Freund einen beruhigenden Blick zu. »Wenn Sie uns jetzt bitte entschuldigen würden. Mein Mandant hat seinen Sohn verloren. Er muss sich um wichtige Dinge kümmern.«

Wortlos geleitete er sie zur Tür. Kaum dass Kalkbrenner mit seinem Kollegen im Passat saß, verließ auch Dossantos mit seinem Tross die herrschaftliche Villa.

»Er weiß etwas!«, stieß Kalkbrenner hervor.

»Was macht dich so sicher?«

»Intuition.«

Der Chrysler rollte an ihnen vorbei. Vorne saßen zwei Gestalten, breite Schultern, grimmige Mienen. Von Dossantos und seinem Anwalt war im verdunkelten Fond nichts zu erkennen. Der Wagen raste in Richtung Stadtmitte.

»Was machen wir jetzt?«, fragte Berger.

»Den Mörder finden. Bevor Dossantos es tut.«

»Verstehe ich das richtig? Jetzt müssen wir ihn also nicht nur finden, sondern auch noch vor dem Portugiesen retten?«

»Wenn wir nicht wollen, dass wir demnächst eine unbekannte Leiche aus einer Baugrube am Ostbahnhof ziehen …«

Berger heulte vor Schmerzen auf. »Ich weiß nicht, was mich mehr wahnsinnig macht. Dieser Scheißkerl oder …«

»Du solltest schleunigst zum Zahnarzt fahren.«

»Kommst du dann allein zurecht?«, presste Berger hervor.

»Klar, setz mich einfach an der nächsten U-Bahn-Station ab. Ich hol mir meinen Wagen vom Präsidium.«

»Und dann?«

»Dann werde ich mich noch einmal mit Brodbecks Witwe unterhalten.«

Berger taxierte ihn merkwürdig von der Seite. »Aha«, machte er dann. Mehr nicht.

89

Nachdem Claudio die beiden Kommissare zur Tür gebracht hatte und ins Arbeitszimmer zurückgekehrt war, stemmte sich Dossantos vom teuren Mahagonischreibtisch ab. Er sah aus, als würde ihm in diesem Moment die Kontrolle über sein gesamtes Leben entgleiten. »Was soll das alles?«

Claudio nagte nachdenklich an der Unterlippe.

»Ich habe das Gefühl, als hätte sich die ganze Welt gegen mich verschworen.«

»Du übertreibst.«

»Ach ja? Erst Samuels Tod, dann der Haftbefehl. Meine Frau als Zeugin …«

»Noch wissen wir das nicht mit absoluter Sicherheit.«

»… und jetzt noch ein Mörder in den eigenen Reihen.«

»Das hatte ich aber schon mal angedeutet.«

»Ja, vielen Dank, Herr Anwalt und Neunmalklug. Hast du auch einen Ratschlag, was wir jetzt gegen die Russen, Albaner und Rumänen unternehmen?«

»Was ist mit denen?«

Dossantos legte den Zeigefinger an die Lippen. »Pst.«

»Was denn?«

»Hörst du das nicht?«

»Nein, außer der Klimaanlage höre ich nichts.«

Das Kokain, das sich Dossantos vor einer Dreiviertelstunde in die Nasenlöcher gezogen hatte, entfaltete seine Wirkung. Klirrende Laute schlichen sich in seine Wahrnehmung. »Ich kann hören, wie die Unterwelt ihre Klingen wetzt …«

»Das sind die Hummer im Aquarium!«

»… weil sie glauben, ich wäre endlich weg vom Fenster.«

»Jetzt übertreibst du aber wirklich.«

Der Portugiese schnaubte abfällig. »Wer sagt denn, dass sie nicht schon längst den Respekt vor mir verloren haben?« Seine Stimme schraubte sich eine Oktave nach oben. »Anders kann ich mir das alles nicht erklären.«

»Erklär mir lieber, was dein Sohn mit dem Lehrer zu schaffen hatte.«

»Woher soll ich das wissen? Samuel hat mir nicht über alle seine Geschäfte Rechenschaft abgelegt – das waren deine Worte.«

Ihm fiel wieder ein, wie Samuel ihn am Sonntag im *Café Hermano* dringend in sein Büro gebeten hatte, um mit ihm unter vier Augen zu sprechen. In diesem Augenblick waren diese verdammten Russen gekommen. Was hatte sein Sohn ihm mitteilen wollen?

Es geht nicht immer nur um dich! War Dossantos tatsächlich zu sehr mit sich selbst beschäftigt gewesen, um mitzubekommen, dass sein Sohn in ernsthaften Schwierigkeiten steckte? Er dachte nach. Konzentrierte sich. Es fiel ihm schwer. Er wollte in Catharinas Zimmer gehen, sich noch eine Prise Koks genehmigen. Das würde seine Gedanken schärfen. Was Claudio wohl davon halten würde? Sicherlich nicht viel.

Dossantos ließ das Gespräch mit den beiden Beamten, deren Namen er schon wieder vergessen hatte, noch einmal Revue passieren. Claudio fasste seine Sorge in Worte: »Auch wenn wir nicht wissen, wer er ist, aber wir kennen Samuels Mörder.«

Im Foyer warteten Bruno und Robert. Die anderen Leibwächter bewachten die Finca. Für jeden von ihnen hätte Dossantos die Hand ins Feuer gelegt. Ebenso für seine Freunde, die wenigen, die er an sich heranließ. Er konnte sich ihrer sicher sein. Das konnte er doch, oder?

»Ich weiß, was du denkst«, sagte Claudio.

»Es ist ein beschissenes Gefühl, niemandem mehr trauen zu können.«

»Mach dich nicht verrückt.«

»Vielleicht bin ich ja schon verrückt. Vielleicht ist alles nur ein Albtraum ...« Dossantos hastete in die Vorhalle. »Bruno, komm. Wir fahren ins *Apollo.*«

Der Bodyguard rührte sich nicht vom Fleck. »Aber ich dachte, ich soll ...«

»Nein, darum kümmert sich jetzt Claudio. Claudio, kümmere dich um den Zeugen. Meine Frau. Cathy. Finde das Miststück!«

90

Unterwegs verdrückte Kalkbrenner einen gewürzten Whopper BBQ mit Pommes und Salat von *Burger King* und trank dazu – um die Kalorien halbwegs wieder auszugleichen – eine Coca-Cola Light. Am späten Nachmittag erreichte er die Datsche in der Uckermark. Dichte graue Wolken verdunkelten den Himmel und kündigten ein Gewitter an. Es war unerträglich schwül.

Judith öffnete ihm die knarzende Tür. Sie trug ein leichtes schwarzes Sommerkleid. Die blonden Haare fielen ihr locker über die Ohren. Sie wirkte gelöster als noch am Vortag. Selbst die Schürfwunde auf ihrer Wange war kaum noch zu sehen. »Hallo! Möchtest du einen Kaffee?«

»Ein Wasser wäre mir lieber.« Der Burger lag ihm schwer im Magen.

In der kleinen Küche ließ Judith ihm ein Glas Leitungswasser ein. Sie selbst trank Wein. »Wie geht es dir?«, fragte er, nachdem sie es sich im Wohnzimmer auf der Couch bequem gemacht hatten.

»Besser. Ich fühle mich hier sicher.«

Sie hatte das Haus durchlüftet, so dass es nicht mehr so muffig roch. Sie hatte Staub gewischt und einige Feldblumen in Gläsern auf die Tische gestellt. Obwohl es noch warm war, brannte der Kamin – wahrscheinlich mit Holz aus den nahen Wäldern. Das Feuer tauchte den niedrigen Raum in ein warmes, behagliches Licht. »Ist es okay hier?«

»Fast wie Urlaub.« Sie lächelte, aber nur kurz, dann war ihr Gesicht wieder von Trauer gezeichnet. »Aber eben nur fast. Ich denke zu viel nach. Über das, was du mir erzählt hast. Über Matthias. Ich versuche mich zu erinnern, ob und wann ich irgendetwas übersehen habe. Ich frage mich, warum ich nichts bemerkt habe?«

»Du hast wirklich nichts mitbekommen?«

Sie verneinte mit einer schnellen Kopfbewegung. Das blonde Haar fiel ihr ins Gesicht. Vehement wischte sie es sich aus den Augen. »Nein, nicht dass ich wüsste.«

»Du darfst dir keinen Vorwurf machen.«

»Das sage ich mir auch die ganze Zeit. Ich bin es ja nicht gewesen, die etwas verheimlicht hat. Er war es, der irgendwelche …« Sie ließ den Kopf hängen. »Aber trotzdem fühle ich mich schuldig. Absurd, oder?«

»Ich kenne dieses Gefühl.«

Überrascht schaute sie wieder auf. »Du?«

Er trank von dem Wasser. Er war nicht hierhergekommen, um über sich selbst zu reden. »Judith, ich muss dir noch ein paar Fragen stellen.«

»Ich habe es befürchtet.«

Erneut nippte er am Wasser, gewährte ihr noch einige Sekunden Zeit. »Habt ihr beide, du und dein Mann, habt ihr euch über eure Termine und Treffen verständigt?«

»Natürlich, das ist doch normal in einer …« Sie faltete die Hände auf dem Tisch. »Na ja, was war schon normal in meiner Ehe? Diese Frage muss ich mir wohl gefallen lassen, wo sich herausstellt, dass mein Mann ein Doppelleben geführt hat. Was von dem, was er mir erzählt hat, entsprach überhaupt der Wahrheit?«

»Ist er mit dem Taxi zu Verabredungen gefahren?«

»Er mochte U- und S-Bahnen nicht so sehr. Dieser Lärm, dieser Stress, das Gedränge … Er sagte immer, das erinnere ihn an die Schule.«

»Einen Tag vor seinem Tod, am Montag, hat er da ein Taxi gerufen?«

»Ich weiß nicht.«

»Hatte er einen Termin? Versuch dich bitte zu erinnern.«

»Stimmt, ich glaube, er ist abends noch mal weggegangen.«

»Hat er gesagt, wohin er wollte?«

Sie überlegte konzentriert mit zusammengekniffenen Augen. »Es fällt mir nicht ein.«

»Hat dein Mann jemals Samuel Dossantos erwähnt?«

Judith zuckte zusammen. »Wen?«

Ihre Reaktion irritierte ihn. »Kennst du ihn?«

»Natürlich«, brachte sie mühsam hervor. »Über ihn haben sie doch heute im Radio berichtet.«

»Nein, das ist Miguel Dossantos. Samuel ist sein Sohn. Er wurde am Sonntag umgebracht. Vermutlich vom gleichen Täter wie dein Mann.«

»Hat Matthias etwa …?« Judiths Augen weiteten sich. »Sag mir, dass das nicht wahr ist.«

Er schob seine Hand vor, umschloss ihre Finger. »Es tut mir leid.«

»Das kann ich nicht glauben. Was soll Matthias mit diesem …?«

»Ich wünschte, ich könnte dir eine Antwort geben, aber ich kenne sie nicht. Noch nicht.«

»Paul, ich verstehe das nicht. Ich weiß nicht mehr, was ich denken oder glauben soll.« Sie verschluckte sich an ihren Worten und hustete. Ihr Gesicht lief rot an. »Ich dachte, ich kenne meinen Mann. Ich gebe zu, es war nicht mehr alles so wie am Anfang. Ja, wir hatten Probleme. In welcher Ehe gibt es die nicht? Aber jetzt …« Eine Träne rann aus ihrem linken Auge. »Jetzt kommt er mir plötzlich so fremd vor. Beinahe fremder, als du es für mich bist.« Sie hob fassungslos die Hand vor den Mund. »Und wir haben uns 20 Jahre nicht mehr gesehen!«

Tränen rannen nun in endlosen Strömen ihre Wangen hinab. Sie barg ihren Kopf an seiner Schulter. *Ich tröste sie nur,* dachte er. Es fühlte sich nicht richtig an, dennoch hielt er sie fest, bis sie sich beruhigt hatte. »Danke«, sagte sie schließlich.

Der Moment glich dem mit Ellen auf verwirrende Weise. Kalkbrenner nahm einen Schluck vom Wasser und sah zum Fenster hinaus. Auf dem Land entluden sich die Gewitter mit besonderer Heftigkeit. Der Sturm peitschte die Baumkronen. Obwohl es erst Nachmittag war, lag die Lichtung beinahe vollkommen im Dunkeln. Finsternis schlich sich in das Wohnzimmer. Nur die zuckenden Flammen im Kamin erhellten den Raum.

»Paul, warum?« Judiths Stimme bebte. »Warum das alles? Mein ganzes Leben ist plötzlich …« Sie rieb sich die Augen. Ihre Fingernägel waren schwarz lackiert. Sie hatte schon damals diese Farbe gemocht. »Ich hab mir mein Leben immer anders vorgestellt.«

»Ich weiß.«

»Natürlich weißt du das. Du weißt sehr viel über mich.« Ihre Augen verrieten Schwermut. »Aber es gibt so vieles, was du noch nicht weißt.«

»Nun, 20 Jahre sind eine lange Zeit«, erwiderte er, und das Kaminfeuer knisterte laut. Die Flammen warfen züngelnde Schatten an die Wand. »Menschen verändern sich.«

»Du sprichst wieder von dir selbst, oder?«

Ja, aber es betraf auch sie. »Nein, ich meinte dich. Ich hätte nie gedacht, dich noch mal in Deutschland anzutreffen. Nicht verheiratet, mit einer Eigentumswohnung und Kinderwunsch. Das passt alles nicht zu dir.«

»Das sagt genau der Richtige!« Neckisch stupste sie ihn an. »Du bist auch Ehemann und Vater geworden. Dabei wolltest du die Welt retten.«

»Das mache ich doch.«

»Du«, sagte sie und bohrte ihren Finger in seine Brust, »du kommst immer erst dann, wenn es schon zu spät ist.«

Betroffen schwieg er.

»War nicht so gemeint«, flüsterte Judith. Das Feuer im Kamin wurde schwächer, hüllte sie in Dunkelheit. Plötzlich war es, als sei sie ganz weit weg von ihm. Ihre Stimme drang aus dem Zwielicht zu ihm. »Kannst du dich noch an unseren Urlaub erinnern?«

»Und ob. Du wolltest unbedingt nach Barbados.«

»*Wir* wollten dahin.« Sie ging zum Kamin und warf ein Holzscheit nach. Funken stoben auf. Als sie sich zurück auf das Sofa setzte, war sie wieder ganz nah.

Sie hatten beide nach Barbados gewollt. Judith war auf der Insel geboren, in einer Stadt mit dem eigenwilligen Namen The Crane. Mit ihrer Familie – ihr Vater hatte als Sekretär für die dortige deutsche Botschaft gearbeitet – war sie an der Ostküste nahe Sam Lord's Castle aufgewachsen, bevor sie nach Deutschland gekommen waren, wo ihre Eltern bald darauf bei einem Autounfall gestorben waren. Eine tragische Geschichte.

Immer wieder hatte Judith ihm von ihrem Wunsch erzählt, auf die Insel zurückzukehren. Nach The Crane, wo das Elternhaus stand, von dem man auf die rauschende Brandung des Harrismith Beach blicken konnte. Sie hatte ihm Fotos gezeigt und Geschichten von ihren Eltern, der Heimat und ihrer Kindheit erzählt. Bis er irgendwann so viel darüber gewusst hatte, dass er glaubte, selbst schon einmal auf der kleinen Karibikinsel gewesen zu sein. In dem Gebäude mit der strahlend weißen Fassade und dem kleinen, steinernen Falken an der Balkonbrüstung. Im Hafen, wo die kleine Jacht ihres Vaters lag. An dem sauberen Strand. In dem warmen Meerwasser.

»Wir wollten nach Barbados und dort bleiben«, sagte sie. »Wir wollten arbeiten, das Haus meiner Eltern kaufen und …«

»Ja, wir waren ziemlich verrückt.«

»Was ist daran verrückt?« Sie sah ihn vorwurfsvoll an.

»Na ja …« Er schüttelte unschlüssig seinen Kopf, und die Flammen im Kamin tanzten im Rhythmus dazu. Er hatte lange Zeit nicht mehr über diese geplante Reise nachgedacht.

Heute, mit einem Abstand von zwei Jahrzehnten, kam sie ihm wie jene Dinge vor, die man eben tat, wenn man jung war: leichtsinnig und ein bisschen verrückt. »Meine Tochter sagt immer: Manchmal muss man sich einfach trauen, verrückte Dinge zu tun. Denn später zeigt sich, so verrückt sind sie gar nicht.«

Judith lächelte ihn an. »Alle Achtung, deine Tochter ist ein weiser Mensch. Ein bisschen Verrücktsein macht das Leben erst lebenswert.«

Die Idee war damals über Nacht geboren worden. Sie hatten miteinander geschlafen, waren noch berauscht von der Hitze ihrer Körper und den Drogen, die sie konsumiert hatten. Zugleich waren sie von ihren Mitschülern angewidert, von den Lehrern, den Klausuren, den Noten, dem Stress und der Eintönigkeit, die zusammen ihr Leben zu vereinnahmen drohten. Auch von der rüden Berliner Mentalität, vom deutschen Winter, eigentlich von so gut wie allem. Also hatten sie den Plan gefasst abzuhauen.

»Wir wollten einfach nur glücklich sein«, entsann sich Judith. »Unser altes Leben hinter uns lassen.«

»Ja«, nickte Kalkbrenner. »Wir wollten *alles* hinter uns lassen.«

»Denn erst wenn man alles hinter sich gelassen hat, hat man die Freiheit, etwas Neues zu beginnen.«

In jener Nacht hatten sie sich vorgenommen, gleich am nächsten Morgen zu fliegen, ohne dass jemand von ihrem Plan erfuhr. Erst aus der Ferne wollten sie ihren Freunden und seinen Eltern erzählen, was sie getan hatten. Niemand sollte auf die Idee kommen, sie davon abzuhalten. Sie gingen nicht zur Schule und schwänzten eine Klausur, wenige Wochen vor dem Abitur. Noch immer auf der Welle der Drogen reitend, fuhren sie mit dem Bus zum Flughafen und klapperten die Schalter ab.

»Unser weniges Taschengeld reichte nicht mal für einen

Flug nach Barbados. Und was haben wir gemacht? Wir haben das Geld für eine halbe Woche in der Dominikanischen Republik ausgegeben.«

Kalkbrenner schmunzelte. *Was für ein Tausch! Ein neues Leben gegen ein paar Tage Pauschalurlaub.* »Und die ganze Zeit über niemandem Bescheid gesagt.«

»Als wir wieder zurück waren, haben wir ziemlichen Ärger gekriegt.«

»Zu Recht«, stellte Kalkbrenner fest. »Wenn uns damals was passiert wäre … wir wären vom Erdboden verschwunden gewesen, und niemand hätte uns gefunden.«

»Das war verrückt.«

»Das war nicht verrückt, das war gefährlich. Herrje, so was würde ich heute nicht mehr machen.«

»Warum eigentlich nicht?« Sie seufzte.

Es gab tausend Gründe, die dagegen sprachen. Ein fernes Donnern rollte über die Uckermark. Regen prasselte auf das Dach.

Judith beugte sich zu ihm vor. Er roch ihr Parfüm. *Chanel No. 5.* »Weil uns heute zu viel daran hindert. Zwänge. Verantwortung. Unsere Mitmenschen. Unsere Familie. Unser Beruf. Unser Alter. Wir sind für so etwas zu alt. Oder fühlen uns so. Wir trauen uns nicht mehr. Wir glauben, wir könnten es uns nicht leisten. Wovon sollten wir bloß leben? Ach, was weiß ich …«

Sie hatten nie einen weiteren Versuch unternommen, ihren Plan in die Tat umzusetzen. Wenn etwas so Verrücktes nicht im ersten Anlauf geklappt hatte, wagte man es selten erneut, weil man bis zum nächsten Mal viel zu viel Zeit hatte, genauer darüber nachzudenken.

Ihre Beziehung war noch ein oder anderthalb Jahre gut gegangen. Dann hatten sie sich getrennt. Er konnte sich nicht mehr an den Grund erinnern. Es war einfach irgendwie passiert. Schon seltsam.

»Und?«, fragte er. »Warst du inzwischen auf Barbados?«
»Wäre ich dann noch hier?« Das Feuer gab ein knisterndes Geräusch von sich.
»Was ist passiert?«

91

Vergeblich hielt David Block nach einem freien Sitzplatz Ausschau. Die Touristencafés an der Straße Unter den Linden waren hoffnungslos überfüllt, also schlenderte er die Straße entlang und vorbei an den bemalten Bärenskulpturen, die die Stadtväter alle paar Meter auf der Promenade hatten aufstellen lassen. Vor manchen Schaufenstern blieb er stehen, betrachtete die Auslagen, ohne wirklich etwas wahrzunehmen.

Stattdessen beobachtete er die Heerscharen von Engländern, Belgiern und Skandinaviern, die wie am Fließband von Bussen herangekarrt und ausgespuckt wurden. Die schnatternden Touris fotografierten die Baustellen rund ums Brandenburger Tor, verirrten sich lachend zwischen den Betonstelen des Holocaust-Mahnmals und fielen schließlich erschöpft in die Cafés ein, wo sie weltmännisch einen Latte macchiato schlürften. Dabei schmeckte der Kaffee in jedem Berliner Puff besser.

Block konnte diese Tatsache beweisen, auch wenn viel Zeit vergangen war, seit er zum letzten Mal Leistungen in einem solchen Etablissement in Anspruch genommen hatte. Sein Leben hatte sich verändert. Jetzt war es an der Zeit, den letzten Schritt zu gehen.

Warm lachte ihm die Sonne ins Gesicht, als er endlich einen Tisch ergattert hatte. Es dauerte noch eine Viertelstunde, bis die Kellnerin endlich auf ihn aufmerksam wurde. Er beschwerte sich nicht. Es störte ihn nicht einmal, dass man ihn ignorierte. Genau deshalb hatte er eine der Touristenklitschen in Mitte ausgewählt: Nirgendwo anders konnte man besser unbemerkt bleiben, unscheinbar und unerkannt. Wie es sich gehörte, orderte er einen Latte macchiato.

Erste Wolken zogen langsam, aber stetig am Himmel auf und kündigten ein Sommergewitter an. Block holte den Laptop aus seiner Tasche und klappte das Display auf. Er startete ein kleines Widget, das dafür sorgte, dass seine IP-Adresse den Servern, bei denen er sich einloggte, verborgen blieb. In einem öffentlichen WLAN-Netz war das zwar eine Vorsichtsmaßnahme, die kaum vonnöten war, aber sicher war sicher. Erst danach öffnete er den Browser und ging auf die Website der Lufthansa.

Für einen Jossip Brown aus Manchester buchte er einen Flug von Berlin-Tegel nach Frankfurt. Bezahlt wurde das Ticket von einem Konto in Panama. Als Jaclyn Smith aus Johannesburg erwarb er einen zweiten Flug nach Frankfurt, diesmal wurde ein Konto in Luxemburg belastet.

Von Frankfurt aus flog das Ehepaar Alice und Peter Bannhoff gemeinsam und auf Kosten eines Kontos auf Grand Cayman nach Madrid. Drei Stunden später ging ein Flieger für Artie Smith nach Bangkok. In der gleichen Maschine saß Eleonora Hackman. Das Hotel in Thailand bezahlte Block von einem Nummernkonto in Antigua.

Einen Tag später machten sich die Geschwister George und Antoinette Miller auf den Weg nach New York. Sie reisten im Auftrag einer Firma, deren Konto bei einem Off-Shore-Holding-Trust auf den Bermudas beheimatet war. Ein gewisser Darren Shaw aus Kentucky und Beatrice van der Vaart aus Amsterdam flogen einen weiteren Tag später nach Kuba, ihrem endgültigen Ziel, wo sie vorerst in ein Hotel mit dem anrührenden Namen *The Socialist Paradise* einchecken würden. Das Zimmer würden sie bar bezahlen. Vielleicht sogar mit echten US-Dollars.

Danach würden sie auf Kuba unter einer weiteren Identität ein neues Leben beginnen. Wenn man nur wusste, wie, konnte man jederzeit ein neues Leben bekommen, so schnell und einfach, wie man ein Konto eröffnete. Block verfügte seit vielen Jahren über dieses Wissen. Endlich zahlte sich seine Arbeit bei Miguel Dossantos für ihn aus.

Schnell setzte er wieder eine ernste Miene auf. Ein Mann, der allein am Tisch selig vor sich hin grinste, erweckte nur Aufmerksamkeit.

Als die Bestätigungen der einzelnen Buchungen auf seine Mail-Accounts eingegangen waren und er sicher sein konnte, dass auch die Bankkonten belastet worden waren, beendete Block alle Programme. Er schmiss sie in den virtuellen Papierkorb, entleerte ihn, löschte anschließend die Festplatte und formatierte sie neu. Auch diese Arbeit war eigentlich überflüssig, denn die Mehrzahl der Banken, die er für die Bezahlung der Flüge und Zimmer benutzt hatte, gehörte ihm selbst und würde schon morgen nicht mehr existieren. Sie waren nicht mehr als virtuelle Postfächer, in den seltensten Fällen ein Zimmer mit Computer irgendwo am anderen Ende der Welt.

Block klappte den Laptop zu und lehnte sich zufrieden zurück. Die Kellnerin trat an seinen Tisch, um abzukassieren. Obwohl die Sonne inzwischen ganz verschwunden war, verspürte er Lust auf einen Spaziergang. Die Museumsinsel schien ihm ein geeignetes Ziel zu sein.

Er ließ die herrschaftlichen Bauten auf sich wirken. Das Alte Museum erhob sich majestätisch mit seinem klassizistischen Säulenportal. Seine Erhabenheit übertrug sich auf Block. Er fühlte sich stark. Unbezwingbar. Nein, er hatte gestern nicht gelogen: Er war glücklich, zum ersten Mal in seinem Leben war er glücklich.

Und er wollte alles daransetzen, dieses berauschende Gefühl nie wieder zu verlieren. Deshalb hatte er geschickt seinen Plan entworfen. Wer hätte es besser gekonnt als er? Sein Vorhaben war perfekt, von einigen Kleinigkeiten mal abgesehen, die er aber schon längst aus der Welt geschafft hatte.

Letztlich waren diese kleinen Unannehmlichkeiten nur ein Grund mehr gewesen, alles zügig in die Tat umzusetzen. Er durfte nicht allzu viel Zeit verstreichen lassen. Nur noch wenige Tage. Samstag.

Er wählte einen der abgelegeneren Wege am Rande der Insel. Die rußgeschwärzten Wände der Alten Nationalgalerie hinter sich lassend, schlenderte er den Säulengang an der Spree entlang.

Er schaute nach links, nach rechts. Er war allein. Wie zufällig glitt ihm der Laptop aus der Hand. Ein kurzes Platschen, gefolgt von einem leisen Gluckern. Als die nächsten Touristen um die Ecke bogen, hatte sich die Wasseroberfläche bereits wieder geglättet.

Block griff zum Handy und wählte eine Nummer. Statt des erhofften Freizeichens hörte er die mechanische Ansage: *Der Teilnehmer ist im Augenblick nicht erreichbar.*

Er ließ ein paar Momente verstreichen und versuchte es erneut. Doch das Mobiltelefon war anscheinend nach wie vor ausgeschaltet.

Gab es einen Grund zur Sorge? *Nein,* beruhigte er sich. *Sie war besonnen.* Vorsichtig wie er. *Ich lasse mich in Sicherheit bringen.* Sie würde schon darauf achten, dass ihr nichts geschah. Es gab nichts mehr, was sie noch aufhalten konnte.

Das Licht des Kaminfeuers umhüllte sie, aber Judith fror. Sie zog die Beine an den Körper, umschlang sie mit ihren Armen. »Es war ein Dreivierteljahr nach unserer Trennung. Ich hatte mich an der Hochschule der Künste beworben und war angenommen worden.« Sie wirkte klein und zerbrechlich, als sie das sagte.

Nachdenklich zeichnete sie mit dem Finger kleine Kreise in das Sofapolster. Draußen gewann der Gewittersturm an Stärke und peitschte den Regen laut gegen die Fenster.

»Dann, zwei Monate, bevor mein Studium begann, fuhr ich mit der S-Bahn zur Pizzeria, in der ich damals jobbte. Ich bekam Kopfschmerzen. Erst einmal nicht sehr stark, aber dann wurden sie immer schlimmer. Das Ende der Fahrt erlebte ich schon nicht mehr bei Bewusstsein. Ich erwachte auf der Intensivstation – mit Dutzenden von Kanülen und Schläuchen an und in meinem Körper. Du weißt, wie sehr ich Nadeln hasse. Mehrmals täglich bekam ich Spritzen. Etliche Dosen Kortison. Bald waren meine Venen an den Armen verschorft und verknorpelt, also nahmen sie meine Füße, die Hände und den Hals. Tag für Tag, Woche für Woche. Eine Tortur. Noch mehr Stiche. Noch mehr Schmerzen.«

»Warum hast du mir nicht Bescheid gesagt?«

»Ich weiß es nicht. Ich wollte nicht. Wir hatten uns gerade erst getrennt. Ich dachte, du willst es vielleicht nicht. Ich hatte schon genug zu leiden. Da wollte ich nicht noch eine Enttäuschung.«

Kalkbrenner streichelte ihr durchs Haar. Ein Blitz erhellte für Bruchteile von Sekunden die Dunkelheit draußen, kurz darauf brachte ein Donnern die Erde zum Beben. »Wie ging es weiter?«

»Eines Tages reichte es mir. Ich war erschöpft und mit den

Nerven vollkommen am Ende. Alles schmerzte. Ich heulte und tobte und wollte nicht mehr, dass der beschissene Arzt mich erneut mit seiner beschissenen Nadel malträtierte. Doch er brach meinen Widerstand und jagte mir die nächste Kanüle unter die Haut. Das Gleiche am nächsten Tag. In der nächsten Woche. Im nächsten Monat. Es ging immer weiter. Egal, was ich auch tat, es ging weiter. Es passierte, und ich konnte nichts dagegen tun. Neun verfluchte Monate lang.«

»Aber warum das alles?«

»Ich hatte eine Gefäßmissbildung, die unbemerkt seit meiner Geburt in meinem Hirn gewachsen war. Eigentlich fällt sie erst auf, wenn sie platzt. Oder niemals. Es gibt Menschen, die werden mit einem Angiom 80 Jahre alt und entschlafen schließlich glücklich und in Frieden, ohne je von ihrem kleinen *Dachschaden* erfahren zu haben. Bei anderen wiederum platzt plötzlich das Blutgefäß. Dann staut sich das Blut im Kopf, kann nicht ablaufen und drückt auf das Gehirn. Wenn es anfängt wehzutun, ist meistens auch schon Feierabend. Noch bevor man überhaupt erfährt, was Sache ist. Es sei denn, es ist zufällig rechtzeitig ein Arzt zur Stelle. Der kann fürs Erste das Schlimmste verhindern und einen, sozusagen ganz nebenbei, darüber informieren, dass man an einem sogenannten Angiom leidet.«

»Bei dir war ein Arzt in der Nähe?«

»Ja, in der S-Bahn. Nach den neun Monaten im Krankenhaus war die Gefahr aber noch immer nicht gebannt. Die Blutung im Hirn konnte jederzeit wieder beginnen. Ob ich leben oder sterben würde, entschied sich bei der Bestrahlung. Man verlegte mich ins Krebsforschungsinstitut, wo man mir sagte, dass der Zeitraum, den der Gefäßklumpen in meinem Schädel nach der Bestrahlung brauchen würde, um zu heilen, sich auf bis zu fünf Jahre erstrecken könne.«

»Judith, das tut mir alles so leid.«

»Das braucht es nicht.« Sie rückte näher an ihn heran und

lehnte sich gegen seinen Arm. Das Feuer im Kamin brannte langsam herunter. Zwielicht erfüllte den Raum. »Es war ja nicht deine Schuld.«

Für einen Moment schwiegen sie und lauschten dem Knistern, mit dem die Flammen das letzte Holz verzehrten.

»Im Krebsforschungszentrum lernte ich Matthias kennen. Sein Bruder war dort Patient. Matthias war ...« Ein Schatten glitt über ihr Gesicht. Da war noch etwas, das sie belastete, aber worüber sie nicht reden konnte. Oder wollte. Kalkbrenner bedrängte sie nicht. »Matthias war mir in diesen und den nachfolgenden Monaten eine große Hilfe. Als ich wieder einigermaßen gesund war, gingen wir miteinander aus. Und irgendwann waren wir verheiratet.«

»Das klingt so pragmatisch.«

»Wirklich? Vielleicht war es das. Später hat Matthias die Eigentumswohnung in Treptow gekauft. Wir wollten Kinder. Das alles war nicht spektakulär, aber es war ein Leben. Leben teilen. Leben erleben. Weißt du, was ich meine?«

Er war sich nicht sicher, ob er sie verstand. »Du warst also glücklich«, stellte er fest.

»Ja, das war ich. Glaube ich zumindest.« Das Kaminfeuer war inzwischen fast erloschen. Sie saßen in der Dunkelheit, nur gelegentliche Blitze erhellten den Raum. »Aber dann entwickelte sich alles in die falsche Richtung. Es war ...« Sie rückte noch etwas näher an ihn heran. »Nein, eigentlich will ich darüber nicht mehr reden. Ich weiß nicht einmal, ob ich noch zu Matthias' Beerdigung am Samstag möchte. Am liebsten würde ich sofort in einen Flieger steigen und abhauen.« Judith ballte die Hände. »Paul, wären wir doch damals bloß verschwunden!«

Den Gedanken konnte er ihr noch nicht mal verübeln. Was wäre gewesen, wenn sie vor 20 Jahren tatsächlich gemeinsam nach Barbados geflogen wären? Wäre ihre Krankheit dann nicht ausgebrochen? Niemand konnte das mit Bestimmtheit sagen. Aber für ihn, Kalkbrenner, wäre sicherlich vieles anders verlaufen. Er wäre kein Polizist geworden, hätte nicht täglich mit Mord und Gewalt zu tun. Aber dann hätte er auch Ellen nie kennengelernt. Und es hätte Jessy nie gegeben. *Als wenn du in den letzten Jahren so viel von ihr mitbekommen hättest.* Das war gehässig, ließ sich aber nicht leugnen; es war schließlich noch gar nicht so lange her, dass er die Entdeckung hatte machen müssen: *Sie ist erwachsen geworden, unsere Tochter. Erschreckend, oder? Als hätten wir nichts davon mitbekommen.*

Die Flammen im Kamin erloschen mit einem Zischen. Jetzt funkelte nur noch die Glut. Judith lehnte sich an Kalkbrenner. Es war nicht verkehrt. Es war in Ordnung. So saßen sie eine Weile in der Dunkelheit, lauschten dem Grollen und beobachteten das blitzende Lichterspiel draußen vor dem Fenster.

Irgendwann drehte sich Judith zu ihm um. »Danke«, sagte sie.

»Wofür?«

»Dass du mir zuhörst.«

Sie schlang den Arm um ihn und hielt ihn fest. Etwas quietschte. Die Tür ging auf. Kalkbrenner griff erschrocken zur Jacke. Seine SIG Sauer. Sein Arm erlahmte auf halbem Weg, als er eine bekannte Stimme hörte. »Nanu? Warum ist denn die Tür nicht verriegelt?«

93

Dossantos wurde die Bilder der vergangenen Tage auch während der Fahrt ins *Apollo* nicht los. Er beugte sich zu seinen beiden Leibwächtern vor. »Bruno, Robert, ihr habt meinen Sohn gemocht, oder?«

Bruno drehte sich erstaunt um. »Was soll die Frage?«

»Nur so.«

Brunos Stimme blieb gefasst, aber er war empört. »Chef, du weißt, wie wir zu dir stehen.«

Dossantos konnte ihm seine Entrüstung nicht einmal verdenken. Aber es gab einfach zu viele Fragen und zu wenig Antworten in seinem Leben. Er wechselte das Thema, indem er die Straße durch das Rückfenster betrachtete. »Werden wir beschattet?«

»Hab niemanden entdecken können«, sagte Bruno, in dessen Stimme jetzt Enttäuschung mitklang.

»Hast du schon was über meine Frau in Erfahrung bringen können?«

»Keiner unserer Informanten bei der Polizei, weder beim Landeskriminalamt noch beim BKA, weiß etwas über die Aktion.«

»Aber irgendjemand muss doch etwas mitbekommen haben.«

»Offenbar wollen sie diesmal ganz sichergehen.«

Der Wagen rauschte über die Leipziger Straße, vorbei am Bundesrat, wo die Touristen sich die Füße in den Bauch standen. Auch diesmal parkten sie den Chrysler vor dem Hintereingang. Mit schnellen, geübten Augen checkte Bruno die Umgebung, doch es gab niemanden, der ihm gefährlich schien.

»Bruno«, sagte Dossantos, bevor sie das Gebäude betraten.

»Was, Chef?«

»Es war nicht so gemeint.«

»Ich weiß.«

»Es ist nur …« Ihm fehlten die Worte. Das ärgerte ihn. Er wollte nicht dastehen wie ein kleiner Junge, der nicht wusste, was er als Nächstes tun sollte.

Bruno schenkte ihm ein Lächeln. »Es ist okay, Chef. Wirklich.«

Dossantos sah den Bodyguard an. Wie hatte er nur an seinem treuesten Gefährten zweifeln können?

Das Büro im *Apollo* war ein karger Raum voller Flatscreens, auf die Kameras die wichtigsten Bereiche des Großraumbordells übertrugen. »Frank, was ist los?«

Frank Lehnhoff hockte über einer Zeitung und hatte die Boulevard-Seiten aufgeschlagen. Illustres Volk in arroganten Posen präsentierte sich den Kameras.

Dossantos wollte ihn anschreien. *Hast du nichts Besseres zu tun, als die gottverdammte Zeitung zu lesen?* Aber es kam kein Laut über seine Lippen. Stattdessen musterte er den Kollegen seines Sohnes. *War er Samuels Mörder?*

Endlich sprang Lehnhoff vom Stuhl auf. »Komm mit.«

Er führte Dossantos und Bruno einen schmucklosen Gang entlang, der nur dem Personal des *Apollo* zugänglich war. Sie schritten die Stufen in den Keller hinab und erreichten eine Tür. Lehnhoff suchte aus einer Unmenge von Schlüsseln den richtigen heraus und schloss auf. Nacheinander traten sie in einen Flur, der zum öffentlichen Bereich des Etablissements gehörte; es war ein gewölbeartiger Tunnel, von dem alle paar Meter eine schwere Holzpforte abging.

Um diese Zeit herrschte üblicherweise Hochbetrieb in dem Puff. Sogar im Keller, dem SM-Bereich, in dem die Frauen die ganz speziellen Gelüste der Freier bedienten, sollte eigentlich das Geschäft brummen. Doch weit und breit war kein Gast in Sicht.

»Ich habe diesen Bereich für eine Weile sperren lassen«, erklärte Lehnhoff, als könnte er Dossantos' Gedanken lesen. »So lange, bis du entschieden hast, was wir tun sollen.«

»Normalerweise ist dir aber klar, was wir in solchen Fällen tun?«

»Ich hab gehört, was mit dir geschehen ist.«

Will der mich verarschen? »Was hat das hiermit zu tun?«

Lehnhoff blieb geheimnisvoll. »Das wirst du gleich sehen.«

Er zog eine der massiven Holztüren auf. Zwei Security-Männer, die den Durchgang bewachten, räumten ihre massigen Körper aus dem Weg. Kein elektrisches Licht. Nur Kerzen auf hüfthohen Leuchtern erhellten die Kammer. Aber sie genügten, um zu sehen, was passiert war. Dossantos hatte sich in den vielen Jahren an so einiges gewöhnt, aber dieser Anblick schlug ihm dennoch auf den Magen. Er war dankbar, dass er bis auf die karge Knastkost heute noch nichts zu sich genommen hatte.

Neben einem mittelalterlichen Folterbock lag eine nackte, rothaarige Frau wie ein Embryo auf dem Steinboden. Ihre gekrümmte Haltung ließ vermuten, dass sie sich gegen die Tortur zu schützen versucht hatte. Doch die zahllosen, tiefen Wunden, mit denen ihr Körper übersät war, ließen keinen Zweifel daran, dass es vergeblich gewesen war. Blut bedeckte den Boden und war sogar bis an die Wand gespritzt.

Es herrschte gespenstische Ruhe. Totenstille. Nur ein Schnaufen kam von einem Schatten aus der hinteren Ecke.

Dossantos bewegte sich darauf zu. Bruno trat an seine Seite. Je näher sie dem Geräusch kamen, umso deutlicher stellte es sich als ein irres Kichern heraus.

»Was ist mit ihm?«, fragte der Portugiese.

»Er hat einen hübschen Drogencocktail intus.« Lehnhoff hielt eine Handfläche auf. »Das haben wir bei ihm gefunden.«

Im Kerzenlicht konnte Dossantos kleine Pillen erkennen, dazu weißes Pulver und Kügelchen in Alufolie.

»Und wer ist das?«

»Sieh selbst«, sagte Lehnhoff.

Erneut wollte Dossantos ihn zurechtweisen. Weiß Gott,

er verspürte wenig Lust auf Rätselspiele. Doch da taumelte die Gestalt aus der Dunkelheit auf ihn zu.

»Er ist es, oder?«, flüsterte Lehnhoff.

Dossantos schwieg überrascht.

»Ich hab ihn wegen des Fotos in der Zeitung wiedererkannt.«

Offenbar war Lehnhoff doch nicht so dämlich, wie Dossantos angenommen hatte. Die Gestalt stolperte zu Boden. Dossantos ging vor ihr in die Knie. »Hören Sie mich?«

Keine Antwort.

»Ich rede mit Ihnen!«

Die Gestalt grinste. Ein erbärmlicher Anblick, aber trotzdem das Beste, was Dossantos seit Tagen passiert war. »Ich habe schon eine Idee.«

94

Der Stimme folgte ein Hund in die Datsche. Freudig hechelte Bernie auf Kalkbrenner zu. Er schleckte ihm die Hand, schüttelte sein nasses Fell und verspritzte das Regenwasser im ganzen Raum.

»Paps?«, rief Jessy erstaunt.

Ein Donnergrollen erschütterte die Uckermark. »Jessy!«

Seine Tochter tastete nach dem Lichtschalter neben der Tür, und die Deckenlampe flammte auf. Nur langsam gewöhnten sich seine Augen an die abrupte Helligkeit. Seine Tochter stand im Türrahmen, ihr Freund Leif dahinter. Verdattert starrten sie Kalkbrenner an. Und Judith. Und wieder ihn. Er wollte nicht wissen, was in ihren Köpfen vorging. »Warum hast du nicht angerufen?«, fragte er.

Noch während die Worte über seine Lippen kamen, schalt sich Kalkbrenner einen Narren.

»Was machst du hier?«, erwiderte Jessy.

Für Sekunden setzte der Regen aus. Die Glut im Kamin gab ein Knistern von sich. Ein weiterer Donner. Bernie ließ sein Dackelbellen hören.

Wütend wandte sich seine Tochter ab und stürmte nach draußen. Ihre Bewegung war so plötzlich gewesen, dass Leif nicht reagieren konnte. Sie rannte ihn förmlich über den Haufen.

»Jessy«, rief Kalkbrenner und stemmte sich aus der Couch hoch.

»Paul«, sagte Judith, doch er beachtete sie nicht.

Er folgte seiner Tochter nach draußen auf die Lichtung. Der Wind peitschte ihm den Regen ins Gesicht. Innerhalb weniger Sekunden war er bis auf die Haut durchnässt.

Jessy stand an dem Wagen ihres Freundes, einem alten, verrosteten Polo. Das Haar klebte ihr am Kopf, ihre Tunika und die Jeans am Körper. Zornig funkelte sie ihren Vater an: »Sieht so etwa dein Besuch bei Oma aus?«

»Was ...?!«

»Mama hat gesagt, du wolltest heute Abend Käthe Maria besuchen.«

Das Wasser lief in Strömen an ihm hinab. Ein Blitz zuckte über den Himmel. Es donnerte, und er wartete, bis das Grollen langsam verhallte.

»Warum hast du nicht gesagt, dass du kommst?«

»Ich habe dir sehr wohl gesagt, dass ich mit Leif ein paar Tage in die Datsche will.«

»Du hast mir gesagt, dass du ...« Ihm fiel plötzlich ein, wie sie gestern mit ihm am Telefon gesprochen hatte und er ihr für einige Sekunden nicht richtig zugehört hatte. Er war auf Judith konzentriert gewesen, die neben ihm auf dem Beifahrersitz gekauert hatte.

Jetzt saß Judith mit einer schuldbewussten Miene auf der Couch im Wohnzimmer, das Glas Wein fest umklammert. Dabei konnte sie am allerwenigsten dafür.

Der Regen trommelte auf das Blechdach des Polo. Ein Trommelwirbel für sein schlechtes Gewissen. Dabei gab es eigentlich keinen Grund dafür. Egal, wie die Situation auf Jessy gewirkt hatte. »Jessy, es ist nicht so, wie du denkst.«

Er wischte sich übers Gesicht. Das klang wie die Entschuldigung eines miesen Darstellers in einer Daily Soap. Jessy lachte, aber nicht deshalb. »Paps, bitte, ich bin erwachsen.«

»Judith ist ...«

»Das ist mir ziemlich egal, was sie ist.«

»... die Frau von ...«

»Spar es dir.«

Jessy ging zum Wagen. »Bernie, komm!« Sie öffnete die Kofferraumklappe. »Wir wollen niemanden stören.« Der Bernhardiner sprang ins Auto. Jessy winkte ihrem Freund. »Fahren wir jetzt endlich?«

Leifs Blick kreuzte den von Kalkbrenner. Der Freund seiner Tochter zuckte verlegen mit den Achseln, stapfte durch den Regen und setzte sich hinters Steuer.

Jessy zog mit einem Ruck die Beifahrertür zu. Leif startete den Polo. Bevor er anfuhr, kurbelte Jessy noch einmal die Scheibe herab. »Ach, und übrigens ... ich hab dich auf dem Weg hierher angerufen.« Sie schleuderte ihm einen vernichtenden Blick entgegen. »Aber dein Handy ist ja aus!«

Der Wagen wendete und fuhr über die Brücke zur Hauptstraße zurück. Kalkbrenner starrte den Rücklichtern hinterher, bis sie endgültig verschwunden waren.

Verflucht!

Judith erwartete ihn mit einem Handtuch im Haus. »Es tut mir leid.«

Kalkbrenner trocknete sich ab. »Du kannst doch nichts dafür.«

Er hätte sich nicht aufhalten lassen dürfen. Er hätte zurück nach Berlin fahren sollen. Dort wartete Arbeit auf ihn, die keinen Aufschub duldete. Die Zeit drängte.

Er griff nach seiner Jacke und zog das Handy aus der Tasche. Das Display blieb schwarz. Der Akku war leer.

Noch mal verflucht!

Er ging zum Auto. Es war ihm egal, dass er wieder klitschnass wurde. Er holte das Ladegerät und stöpselte es im Ferienhaus ans Stromnetz. Einige Minuten verstrichen, in denen er sich im Bad mit einem zweiten Handtuch abtrocknete. Als er wieder ins Zimmer kam, starrte Judith in die Kaminglut.

Er schaltete das Handy ein. Drei Anrufe waren eingegangen. Er hörte die Mailbox ab. »Paps, wir machen uns jetzt auf den Weg zur Datsche. Das mit dem Essen gestern war blöde. Aber meine Reaktion auch. Vielleicht können wir das ja am Wochenende nachholen.«

Die Chancen auf ein neuerliches Treffen waren zwischenzeitlich wohl auf einen historischen Tiefstand gesunken. Er drückte eine Taste und lauschte der nächsten Nachricht. »Rita hier. Gemäß der Langzeitdatei der Taxi-Funkzentrale, in der Anrufer gespeichert werden, ist tatsächlich am betreffenden Montag ein Taxi zu den Brodbecks bestellt worden. Das Unternehmen *Taxi Schnell* hat den Fahrer Michal Kasprowicz rausgeschickt. Der hat zwar kein Handy, aber heute Abend Dienst. Die Nummer von *Taxi Schnell* ist ...«

Noch ein Tastendruck, und die Aufnahme der dritten Nachricht wurde abgespult: »Hier ist Peer aus dem St.-Antonius-Stift. Es geht um Ihre Mutter. Sie hatte einen Herzinfarkt. Sie ist auf dem Weg in die Charité. Können Sie bitte kommen?«

95

Nachdem die Koalitionsverhandlungen für diesen Tag beendet waren, drängte es Karl-Edmund Hönig zu einem Gespräch mit Frieder. Sie waren auf dem Weg zum Parkplatz vor dem Preußischen Landtag. »Sollen wir noch eine Kleinigkeit essen gehen?«, fragte Hönig.

Von Hirschfeldt sah kurz auf die Armbanduhr. »Das war heute ein anstrengender Tag. Die Koalitionsgespräche, außerdem ...« Sein Gesicht bekam einen genervten Ausdruck. »... die Gerichtsverhandlung am Morgen.«

»Ich weiß«, sagte Hönig und wusste eigentlich gar nichts, denn sein Freund hatte nur wenige Worte über den Entscheid des Richters verloren. Ganz offensichtlich war in der Sache gegen Dossantos nicht alles nach Plan verlaufen.

»Außerdem wartet daheim noch eine Menge Arbeit auf mich, die die letzten Tage liegen geblieben ist.«

»Nur auf ein Bier oder zwei.«

»Ist es denn wichtig?«

Das ist es. »Ich hatte gestern ein Gespräch mit Martina.«

»Wie geht es ihr? Hat sie die Wahlparty am Sonntag gut überstanden?«

»Ja, natürlich«, log Hönig. *Wie wäre es zum Beispiel, wenn dein Freund sich mal nicht nur darum kümmert, wie er sich am besten öffentlich verkauft, sondern dir bei deinem Problem beisteht?* »Aber was ich sagen wollte, Martina meinte, wir ...«

Von Hirschfeldt gab seinem Personenschützer ein Zeichen, damit er mit dem Wagen vorfuhr. »Können wir das nicht auf morgen verschieben?«

»Weißt du ...«

Frieder inspizierte erneut die Uhr. »Bitte.«

»Also gut. Morgen.«

»Versprochen!«

Also nahm Hönig auf dem Heimweg an einer Zehlendorfer Imbissbude mit Currywurst und Pommes vorlieb. Er hatte das heiß dampfende Gericht kaum vor sich stehen, als Alois Körber, sein Nachbar, an die Theke trat und ein Jägerschnitzel orderte. Der rüstige Rentner, dessen Frau vor sechs

Jahren verstorben war, gesellte sich zu ihm. »Heute bleibt die Küche zu Hause kalt, wa, Herr Hönig?«

»Ja.«

»Wie geht's denn Ihrer Martina?«

»Danke, gut.«

»Man sieht Se ja kaum noch.«

»Sie wissen schon, die Arbeit.«

»Ja, ja, die Politik.« Der alte Mann säbelte sich sein Schnitzel in mundgerechte Portionen. Bevor er allerdings ein Stück aß, sagte er: »Herr Hönig, ick hab kürzlich die Zeitung jelesen.«

Unwillkürlich kaute Hönig schneller. *Politikersohn angeschlagen im* Café Hermano. Er wollte es nicht hören. Er schaute zum Himmel, an dem sich die grauen Wolken zunehmend verdichteten. »Da braut sich mächtig was zusammen.«

»Wird ja och mal Zeit. Det war heiß jenuch diesen Somma.« Damit war alles zum Wetter gesagt. »Ihr Freund, der von Hirschfeldt, verursacht ja 'nen janz schönen Wirbel, wa?«

Halbwegs erleichtert verlangsamte Hönig sein Kautempo.

»Gefällt mir, det er die Dinge beim Namen nennt. Det machen nich' alle von Ihra Sorte.« Körber legte die Gabel zurück auf den Teller. Noch immer hatte er nichts von seinem Schnitzel angerührt. »Aber von Hirschfeldt, ick jlobe, der is', wie er is'. Wissen Se, wat ick meene?«

Hönig nickte. Er wusste es.

»Also icke als alter Mann bin ja ma froh, det ick mich nachts wieda unbehelligt auf die Straße trauen kann.«

Hönig pflichtete ihm bei, und endlich aßen sie schweigend nebeneinander. Schräg gegenüber der Imbissbude versank ein Spielplatz unter Wildwuchs.

»Können Se sich nich' mal darum kümmern?«

»Wieso?«

»Na, der is' so verlottert, und da spielt doch sowieso keener mehr druff. Ick kann mich noch jut daran erinnern, wie ick selba uff dem Platz jespielt habe.«

»Den Spielplatz kenne ich.« Hönig spähte in die aufziehende Dämmerung. Es war jener Bolzplatz, auf dem er in seiner Jugend mit Freunden gespielt und sich ständig die Arme und Beine aufgeschürft hatte. War das schon so lange her, dass er vergessen hatte, wo der Spielplatz lag?

»Heute ham die Kinder keenen Spaß mehr an solchen einfachen Dingen. Die hocken ja lieba hinter der Glotze oder spielen Computa. Ick seh's ja an meenen Enkeln.«

Hönigs Handy klingelte. Es war Frieder. Er hob ab. »Ich hab mir unser Gespräch gerade noch mal kurz durch den Kopf gehen lassen. Es tut mir leid, wenn ich dich so schnell abgefertigt hab. Es ist nur ... dir kann ich es ja sagen: Ich muss gleich noch mit Dr. Lothar Lahnstein sprechen. Es geht um die Geschichte mit Dossantos, davon hängt sehr viel ab. Ich habe das Gefühl, wenn das nicht klappt, stehen wir ziemlich dämlich da.«

Und ich habe das Gefühl, dass ich mein Problem nicht lösen kann. Und dann stehen wir ebenfalls dämlich da.

»Es ist okay«, sagte Hönig, obwohl er nicht so empfand. Dennoch durfte, konnte und wollte er die Hoffnung nicht aufgeben. »Wir reden ja morgen.«

»Danke dir, mein Freund.«

»Ihre Arbeet?«, fragte Körber, als Hönig das Telefon wieder in die Hosentasche stopfte.

»Ja. Herr Körber, kann ich Sie mitnehmen?«

»Det wär fein von Ihnen.«

Gemeinsam fuhren sie die letzten Meter bis zu ihren Grundstücken. Einfamilienhäuser reihten sich aneinander, Abbilder wohlsituierter Idyllen. Und doch verbarg sich hinter so mancher ein familiärer Albtraum.

In der Ferne grollte ein Gewitter, als sie aus dem Wagen

stiegen. »Se hatten recht«, stellte Körber fest. »Det jibt heute noch mächtig wat uff die Rübe.«

Er verabschiedete sich und stiefelte in sein Haus. Hönig blieb noch kurz neben seinem Wagen stehen. In der Küche brannte Licht. *Hoffentlich war es Martina.*

»Herr Hönig?«, fragte eine Stimme hinter ihm.

Er drehte sich zur Seite, erwartete noch einmal seinen Nachbarn, der etwas vergessen hatte. Doch vor einer schwarzen Limousine am Straßenrand stand ein Fremder und überragte Hönig um einen Kopf.

»Ja, bitte?«

Die hintere Wagentür wurde geöffnet. »Einsteigen!«

Hönig glaubte, den Mann schon einmal gesehen zu haben, aber das Wann und Wo wollten ihm nicht einfallen. Eine Aura der Bedrohung umgab ihn.

»Warum sollte ich das tun?«

Im Wageninneren war im schwachen Licht ein Kopf zu erkennen. Plötzlich wusste Hönig, woher er den Riesen kannte. Er schaute links und rechts die Straße hinunter, aber niemand war da, kein Zeuge der Begegnung. Herr Körber war längst im Haus verschwunden, und in den anderen Gebäuden brannten friedlich die Lichter.

Hönig trat einen Schritt zurück. »Was wollen Sie von mir?«

»Ihnen etwas zeigen. Steigen Sie also bitte ein.«

»Ganz sicher nicht. Ich habe mit Ihnen …«

Die massive Gestalt schlug zu. Der Schmerz explodierte in Hönigs Magen. Wie ein leerer Kartoffelsack fiel er in sich zusammen. Bevor er auf dem Bürgersteig landete, fing der Hüne ihn auf. Mit einem gezielten Stoß beförderte er Hönig auf die Rückbank des Chrysler.

Er rappelte sich auf, rang um Luft. *Det jibt heute noch mächtig wat uff die Rübe.* In gewisser Weise hatte Alois Körber recht behalten.

Hönig spürte, wie der Wagen anfuhr. Dossantos sagte: »Es ist nur zu Ihrem Besten.«

96

Kalkbrenners Mutter lag im Zimmer 43 auf der Intensivstation der Charité. Sie trug ihr rosafarbenes Lieblingsnachthemd mit den kleinen Rosen und hatte die Augen geschlossen, als würde sie schlafen. Die Armada von surrenden und piependen Instrumenten, die um ihr Krankenbett drapiert war, ließ daran jedoch erhebliche Zweifel.

Die Überwachungsmonitore registrierten ihren Blutdruck, die Temperatur und andere Werte, die Kalkbrenner nicht verstand. Ein anderer Bildschirm dagegen war ihm schon oft während seiner Arbeit untergekommen: Ein gleichförmig grüner Zickzackstreifen zog sich über den Monitor – die Herzstromkurve seiner Mutter.

Der karge Raum im Pflegeheim war schon schlimm gewesen, aber das hier war entsetzlich. Am liebsten hätte Kalkbrenner kehrtgemacht und wäre wieder raus auf den Flur gerannt, aus dem Krankenhaus hinaus, weg, nur irgendwohin. *Von mir aus zurück in die Datsche.* Das Problem mit Jessy war zu lösen. Aber der Anblick seiner Mutter ließ eine Endgültigkeit erahnen.

Von der Tür hörte er ein Räuspern. Ein Mann mit grauen Haaren, dichtem Vollbart und dunklen Augenringen, die von einem langen Dienst zeugten, stellte sich als Stationsarzt Dr. Pliska vor. »Es tut mir leid«, sagte er. Als würde das etwas an ihrer Situation ändern.

»Was ist passiert? Sie war doch nur erkältet.«

»Ihre Mutter hatte eine Lungenentzündung. Die hat ihren ohnehin schon geschwächten Körper zu stark strapaziert.

Wir können von Glück reden, dass sie der Herzinfarkt im Pflegeheim ereilt hat. So war schnelle Hilfe vor Ort.«

»Und was wird mit ihr?«

»Das wissen wir nicht.«

»Sie wissen es nicht?«

»Bei Ihrer Mutter kommen zu dem Herzinfarkt noch eine Lungenstauung und eine Niereninsuffizienz hinzu.« Pliska unterdrückte ein Gähnen. »Das ist normal bei älteren Infarktpatienten und sollte eigentlich zu keinerlei Komplikationen führen.«

»Eigentlich?«

»Voraussetzung ist, dass der Patient in guter körperlicher Verfassung ist. Aber die Konstitution Ihrer Mutter ist, wie ich schon sagte … Ich weiß nicht, ob sie es von alleine schafft. Vielleicht müssen wir sie noch operieren. Aber ob das hilft …«

Kalkbrenner griff nach der Bettdecke, vorsichtig, als könnte eine zu rasche Bewegung den dünnen Leib darunter zerbrechen. Er suchte die Hand seiner Mutter. Eine Kanüle bohrte sich in ihre Haut, die runzelig, voller Flecken und furchtbar dünn war. Er umschloss die Finger mit den seinen. Ihre waren wie kleine, dürre Stängel, in denen kaum noch Kraft steckte.

Vielleicht ist es besser so.

Aber das klang fast, als würde er seiner Mutter den Tod wünschen. Er schämte sich für den Gedanken.

»Wir haben da noch eine Bitte«, sagte der Arzt. »Können Sie Ihrer Mutter Kleider und Unterwäsche zum Wechseln bringen? Wir haben nur das Nachthemd, mit dem sie eingeliefert wurde. Und, na ja, als es passierte, hatte Ihre Mutter die Körperfunktionen nicht mehr unter …«

Kalkbrenner wollte keine weiteren Details hören. »Natürlich, kein Problem.«

Auf dem Weg zum Pflegeheim versuchte er Berger anzurufen. Doch dessen Mailbox verkündete, dass der Teilnehmer vorübergehend nicht erreichbar sei. Hoffentlich war sein Kollege nicht krankgeschrieben. *In der augenblicklichen Situation wäre das verheerend!*

Kalkbrenner legte sein Motorola beiseite und schaltete das Radio ein. Techno wummerte aus den Lautsprechern. Diesmal wühlte der schnelle Rhythmus sein Gemüt zu sehr auf, und er zappte so lange weiter, bis er bei einem Oldiesender landete. Jemand sang von *Moments to remember.* Er würgte ihn ab. Wieder Stille. Der Regen prasselte auf das Autodach. Aus den übervollen Kanälen floss das Wasser zurück auf die Straße.

An der Ampel zur Wiener Straße erkannte er im Laternenlicht die Ausläufer des Görlitzer Parks. Ob Jessy inzwischen wieder zu Hause war? Gerne wäre er abgebogen und zu ihr gefahren, um ihr zu erzählen, was mit seiner Mutter geschehen war. Aber es gab zurzeit nicht nur Wichtigeres zu erledigen, es erschien ihm auch keine gute Idee. Also fuhr er weiter geradeaus.

Im St.-Antonius-Stift empfing ihn Pfleger Peer. »Es tut mir leid, was passiert ist. Aber dagegen kann man nichts machen. Manchmal ist es …«

Kalkbrenner lief an ihm vorbei zu Käthe Marias Zimmer. Der Duft von *4711* hing noch im Raum. Seine Mutter hatte das Parfüm geliebt. Kalkbrenner hatte es nie gestört, aber er war auch nicht in Begeisterungsstürme ausgebrochen. Jetzt hasste er diese übertriebene Süße, weil sie der Geruch von Alter war. Von Krankheit. Und von Tod.

Er atmete durch den Mund, als er zielstrebig zum Kleiderschrank lief. Gerümpel polterte ihm entgegen: Auf der Wäsche lagen Bücher. Ein zerkrümelter Keks. CDs, obwohl seine Mutter nie ein Abspielgerät besessen hatte. Er griff nach weißen Baumwollschlüpfern und stopfte sie in einen kleinen Koffer. Wie viele sollte er einpacken? Würde seine Mutter noch einmal ins Heim zurückkehren?

Nur wenig war seiner Mutter von ihrem alten Leben geblieben: ein paar Möbelstücke, auf dem Nachttisch ihre Handtasche, auf einem schmalen Wandregal zwei kleine Bilderrahmen. Die Fotos zeigten Käthe Maria mit ihrem Mann, Pauls Vater, und Kalkbrenner als kleinem Jungen. Daneben lag eine Schmuckschatulle geöffnet. Sie enthielt einige Ketten, Ringe und Ohrclips. Nichts von Bedeutung. Einen Grund für eine Rückkehr suchte er in diesem Zimmer vergeblich. Schon vor dem Herzinfarkt hatte seine Mutter hier nichts gehalten.

Als Kalkbrenner nach den Nachthemden griff, kam es ihm vor, als würde er keinen Koffer packen, sondern den letzten Akt eines langen Lebens schließen. Das Ende.

Fotos flatterten zwischen den Kleidungsstücken hervor. Seine Mutter und die Unordnung. Er beugte sich zu den Bildern hinab. Momente eines Menschenlebens: ein gelbstichiges Hochzeitsbild seiner Eltern. Auf einer Aufnahme waren Ellen und er zu sehen. Auf einer anderen stand er allein in Polizeiuniform vor dem Präsidium. Eine weitere zeigte ihn im Kreise seiner Kommilitonen während des Studiums, an einem Abend bierseliger Ausgelassenheit. Ein Bild zeigte ihn und Richard Stäuber. Von einem anderen lächelte ihm Jessy an ihrem ersten Schultag entgegen. Ihre Schultüte war mit allerlei nützlichen Schreibutensilien gefüllt gewesen, Leckereien gab es nicht. Seine Tochter war an jenem Tag furchtbar wütend gewesen. Aber damals hatte sie Probleme mit ihren Zähnen gehabt.

Obwohl die Bilder bereits einige Jahre alt waren, machten sie einen gut erhaltenen Eindruck. Seine Mutter musste sie bis zuletzt wie einen Schatz gehütet haben.

Er nahm ein Polaroidbild auf. Überrascht stellte er fest, dass es ihn und Judith während des Urlaubs in der Dominikanischen Republik zeigte. Es war das einzige Bild von den paar Tagen. Sie selbst hatten keine Fotos gemacht, sie hatten nur den Urlaub genießen wollen. Ein Touristen-Fotograf vor Ort hatte es geschossen und ihnen zu einem überteuerten Preis verkauft. Paul konnte sich nicht erinnern, das Foto behalten zu haben. Noch weniger konnte er sich erklären, wie es in den Besitz seiner Mutter gelangt war.

Egal. Viel schlimmer war die Tatsache, dass diese paar läppischen Fotos die dürftige Summe ihres Lebens darstellten. Schweren Herzens kramte er die Bilder zusammen und steckte sie in seine Jackentasche. Anschließend klappte er den Koffer zu und machte sich auf den Rückweg zur Charité.

Es war weit nach 23.00 Uhr, als er das Krankenhaus wieder verließ, aber er verspürte keine Müdigkeit. Es war nicht davon auszugehen, dass sich in nächster Zeit etwas daran ändern würde. Zu sehr tobte die Verzweiflung hinter seinen Schläfen. Mal war es Wut, die ihn packte, dann die Trauer darüber, dass Käthe Maria hilflos in dem Krankenbett lag und er ihr nicht helfen konnte. Nie konnte er helfen. Judith hatte recht: Er kam immer dann, wenn es bereits zu spät war.

Er hörte seine Mailbox ab, lauschte noch einmal Ritas Nachricht. Er notierte sich die Telefonnummer, die seine Sekretärin ihm hinterlassen hatte, wählte sie und orderte das Taxi mit dem Fahrer Michal Kasprowicz zum Präsidium.

»Sind Sie dieser Kommissar?«, wollte der Taxifahrer wissen, als Kalkbrenner sich auf die Rückbank setzte.

»Sind Sie Michal Kasprowicz?«

Kasprowicz strich sich sein krauses Haar glatt und drückte die Zigarette im Ascher aus. »Jesses, ich lebe seit 30 Jahren in Deutschland, habe eine Arbeitserlaubnis, einen gültigen Personenbeförderungsschein und …«

»Vergessen Sie die Fahrerlaubnis«, unterbrach ihn Kalkbrenner.

»Ich verstehe nicht, was Ihr immer denkt: Nur weil ich Pole bin, lasse ich …«

»Mich interessiert auch nicht Ihre Herkunft.«

»Geht es um die Sache mit meiner Frau?« Kasprowicz beäugte ihn wachsam im Rückspiegel. »Jesses, ist Ihnen noch nie die Hand ausgerutscht? Ich kann doch nicht hinnehmen, dass …«

»Es geht auch nicht um Ihre Frau.«

»Nicht?« Der Pole legte seinen Kopf schief. »Was wollen Sie dann von mir?«

»Sie hatten letzte Woche Montag einen Fahrgast …«

»Sie meinen diesen Lehrer?«

»Sie können sich an ihn erinnern?«

Kasprowicz strahlte übers ganze Gesicht. Bestimmt war es das erste Mal, dass er der Polizei half und nicht irgendwelcher Straftaten verdächtigt wurde. »Klar, der Mann war ganz aufgeregt. Also nicht, dass ich ihn deswegen in Erinnerung behalten hätte. Ich fahre oft solche Kunden.«

»Welche Kunden?«

»Na, Freier. Die sind immer ganz aufgeregt, gerade die, die noch nicht so oft im Puff waren.«

»Und so was merken Sie?«

»Jesses, natürlich … Wenn Sie die ganze Nacht durch die Stadt fahren, kriegen Sie alle möglichen Typen zu Gesicht. Da werden Sie ein Menschenkenner. Es fällt Ihnen sofort auf, wie die ticken.«

»Und bei dem Lehrer ist Ihnen auch was aufgefallen?«

»Ja, das sagte ich doch. Der war ganz aufgeregt. Also nicht wirklich richtig. Nicht während der Fahrt. Da war er ganz normal. Aber als ich ihn dann abgesetzt habe, da verhielt er sich merkwürdig. Er wollte unbedingt, dass ich vor der Tür warte. Ich dachte mir, klar, es ist sein erstes Mal, der hat die Hosen voll und will ganz schnell wieder weg, falls es ihm nicht gefällt.« Kasprowicz nickte wie zur Bestätigung des

Gesagten. »Als ob es den Männern da drinnen nicht gefallen würde? Ich sage ihm noch: *Jesses, Mann. Nutzen Sie die Zeit.* Doch er wollte, dass ich warte.«

»Haben Sie gewartet?«

»Nee, der ist rein in das Studio, und es dauerte. Fünf Minuten. Oder zehn. Ich weiß nicht. Dann kam ein anderer Kunde, den ich gefahren hab. Wahrscheinlich hätte ich den Lehrer vergessen, wenn ich nicht zwei Tage später in der Zeitung über ihn gelesen hätte. Ich sage noch zu meiner Frau: *Jesses, jetzt hat er wenigstens eine tolle Nacht gehabt, bevor ihn die Schüler über den Haufen geschossen haben.*«

»Wohin haben Sie ihn gefahren?«

»Kann ich Ihnen zeigen.«

»Na dann …«

»Aber ich lass die Uhr laufen.«

»Ist okay.«

Kasprowicz fuhr Kalkbrenner vom Alexanderplatz über die Straße des 17. Juni in den Westteil der Stadt. An der Siegessäule, wo die Goldelse mit Lorbeerkranz und Feldzeichen angestrahlt in den wolkigen Nachthimmel stach, bog er nach Charlottenburg ab. In den Cafés und Kneipen herrschte Hochbetrieb. Obwohl sich wahrscheinlich die wenigsten dabei an den ursprünglichen Anlass erinnerten, nutzten die Nachtschwärmer den morgigen Feiertag zum ausgiebigen Zechen.

An der Kantstraße hielt Kasprowicz nach wenigen Metern vor einem Mehrfamilienhaus. Vier Etagen, Balkone, rauer Putz, der Charme der 60er. Westberlin. Es gab zwei Eingänge. Der eine war die normale Haustür für die Mieter, über dem anderen flackerte eine Leuchtreklame: *Dark Heaven*. Das Neonlicht in einer schwarz verhängten Scheibe versprach: *Open*.

Der ermordete Lehrer war also in einem Bordell gewesen. Nicht wirklich überraschend nach allem, was sie bisher über ihn herausgefunden hatten.

»Soll ich auch auf Sie warten?«, fragte der Pole, als Kalkbrenner die Fahrt bezahlte.

»Danke, nein.«

Kalkbrenner wollte die Wagentür schon zuwerfen, beugte sich aber noch mal zum Fahrer vor. »Ach so, und wegen der Sache mit Ihrer Frau: Beherrschen Sie sich zukünftig ein bisschen besser.«

Er erklomm die drei Stufen hinauf zum Eingang. Die Tür war verriegelt. Kalkbrenner war noch nicht in vielen Puffs gewesen, und wenn, dann stets als Polizist im Einsatz. Aber ein Bordell, dessen Tür verschlossen war, obwohl ein Schild im Fenster das Gegenteil behauptete, machte ihn stutzig.

Er drückte die Klingel neben der Tür. Nichts passierte. Passanten schlenderten vorbei, schenkten ihm keinerlei Beachtung. In Charlottenburg gehörten Bordelle und Sexclubs ebenso wie die Straßenhuren zum Alltag, Gleiches galt für deren zahlreiche Freier.

Plötzlich sprang die Tür mit einem Summen zu einem schmalen, schmucklosen Vorraum auf. Zwei breitschultrige Türsteher versperrten drinnen einen weiteren, wenig vielversprechend wirkenden Eingang. Eine dralle Blondine, die sich in ein aufreizendes Ledermieder gepresst hatte, hockte hinter einem Tisch. Die Atmosphäre in dem engen Vorzimmer war so erotisch wie in Dr. Wittpfuhls Leichenkammer. Auch das kam Kalkbrenner merkwürdig vor.

»Der Eintritt kostet 45 Euro«, lispelte die Blondine.

Kalkbrenner klappte der Kiefer hinunter. 45 Euro für diese miese Spelunke? *Vermutlich gibt es dazu einen Fick gratis.* Was in Gottes Namen hatte der ermordete Brodbeck in diesem Sexdiscounter zu suchen gehabt?

Kalkbrenner hielt bereits in seiner Tasche den Dienstausweis in der Hand. Doch einem unbestimmten Impuls folgend ließ er ihn zurückgleiten. Natürlich half oft die Wahrheit, um zu sehen, wie Menschen darauf reagierten. Doch in diesem Fall war Schweigen unter Umständen hilfreicher. Er bezahlte. Noch ein finsterer, abschätzender Blick der Türsteher. *Geht von dir Ärger aus?*

Dann öffnete einer von ihnen den zweiten Durchgang, und eine sanfte Stimme jenseits der Tür begrüßte ihn: »Willkommen im *Dark Heaven*.«

97

»Was soll das?«, fragte Hönig, als sein Atem sich wieder beruhigt hatte. Die Magenschmerzen wollten allerdings nicht weichen.

Der Portugiese schlug die Beine elegant übereinander. »Ich sagte Ihnen doch schon: Ich muss Ihnen etwas zeigen.«

»Mich interessieren Ihre Geschäfte nicht.«

»Ich verspreche Ihnen, dieses Geschäft wird Sie brennend interessieren.«

Sie fuhren über die Avus stadteinwärts, am Funkturm vorbei in Richtung Mitte. Regen setzte ein. Je näher sie dem Stadtkern kamen, umso heftiger wurde der Niederschlag. In einem lauten Stakkato prasselte er auf das Wagendach. Innerhalb von Minuten standen die Straßen unter Wasser.

Das Berliner Kanalsystem war alt und marode. Regelmäßig flutete es die Keller vieler Häuser. Die Sanierung gehörte mit zu den Projekten, die sich die Fraktion für die neue Regierungszeit zur Aufgabe gemacht hatte.

Wie absurd!

Hönig wurde gerade entführt, und er dachte an die Partei. Aber vielleicht ging es genau darum? Wollte Dossantos Frieder erpressen? Damit das Verfahren gegen ihn eingestellt wurde?

Am Brandenburger Tor bogen sie zum Potsdamer Platz

ab. Inzwischen tobte sich das Gewitter über der Stadt aus. Blitze erhellten den finsteren Himmel, gefolgt von Donnerschlägen, die die Erde beben ließen. Sah so der Weltuntergang aus? Für Hönig war das in seiner gegenwärtigen Situation gar nicht so abwegig.

Ein Neonlicht tauchte in der Dunkelheit auf. *Love & Emotion* konnte Hönig durch den Regen entziffern. Sie umkurvten das Gebäude und parkten in einer schäbigen Gasse vor dem Hintereingang.

»Kommen Sie mit«, forderte ihn Dossantos auf.

»Was soll ich hier? Ich hab in solchen Läden ...«

»Wollen Sie noch einmal Bekanntschaft mit Bruno machen?«

Nein, das wollte Hönig nicht. Obwohl die Entfernung zur Tür nur wenige Meter betrug, traten sie völlig durchnässt ein. Dem Portugiesen schien das nichts auszumachen, und auch Hönig hatte gerade andere Sorgen.

Innerhalb des Gebäudes gingen sie an unverputzten Wänden vorbei eine Treppe hinab in den Keller. Dort blieb Dossantos vor einer massiven Holzpforte stehen. »Gehen Sie rein!«

Wie ein Portier hielt Dossantos' Bodyguard ihm die Tür auf. Kerzenlicht ließ schwach eine Kammer erkennen. Eigentlich sah es mehr wie ein Verlies aus. Wollte man ihn hier einsperren? In einem Bordell? Wohl kaum.

Hönig betrat den Raum. Der plötzliche Schmerz in seinem Magen raubte ihm den Atem. Nein, nicht der Schmerz. Übelkeit. Vor einem Holzbock lag eine Frau oder das, was von ihr übrig geblieben war. Blut verteilte sich auf dem Boden, dem Holzbock, an der Steinwand. Überall nur Blut. Es stank süß und bitter zugleich. Roch so der Tod?

Hönig erbrach halb verdaute Currywurst mit Pommes in eine der Blutlachen.

»Verflucht, was für eine Sauerei.« Dossantos händigte

Hönig ein Taschentuch aus, der es nahm und sich den Mund wischte. »Ein schlimmer Anblick, oder?«

Hönig konnte nicht mehr hinsehen. Er wollte nur noch diesen Raum verlassen. »Warum zeigen Sie mir das?«

Der Bodyguard versperrte ihm den Weg. Dossantos zeigte in eine Zimmerecke. Erst jetzt bemerkte Hönig die Gestalt, die dort im Zwielicht kauerte. Sofort war das flaue Gefühl wieder da. Jetzt zitterten sogar seine Hände.

Aus der Ferne drang Dossantos' Stimme zu ihm. »Gehen Sie zu ihm.«

Hönig zögerte, doch er konnte nicht anders. »Lars?«

Die Kleidung seines Sohnes war mit Blut bespritzt. Die Arme hatte er um seinen Körper geschlungen. »Verschwinde.«

Hönig ging in die Hocke, berührte seinen Sohn am Arm. »Was hat man mit dir gemacht?«

Lars grinste, und dieses Grienen beinhaltete mehr Wahrheit, als Hönig vertrug. Wie betäubt stolperte er zurück, weg von seinem Sohn, und prallte mit dem Rücken gegen die Wand. Etwas presste sich in seinen Rücken. Etwas anderes zerbrach. Erst nach einem Moment begriff er, dass es der letzte Rest Hoffnung war, der gerade in ihm kaputtgegangen war.

»Das wird ein mächtiger Schock für Ihre Frau sein, nicht wahr?«

Hönig war wie gelähmt.

»Nicht auszudenken, wie Ihre Freunde die Nachricht aufnehmen werden. Die Partei. Die Fraktion. Und vor allem Ihr guter Freund, Herr von Hirschfeldt.«

Selbst wenn er gewollt hätte, Hönig war außerstande zu reagieren.

»Machen wir uns nichts vor: Mit einem Mörder in der Familie ist der Ruf endgültig ruiniert.« Dossantos lächelte. Die Situation bereitete ihm sichtlich diebisches Vergnügen.

»Auch Ihr Freund von Hirschfeldt würde seine Karriere sicherlich noch mal überdenken müssen.«

Darum geht es also. Hönig widerstand dem Drang, in Tränen auszubrechen. Konzentriert füllte er seine Lungen mit Sauerstoff. Ein. Aus. Doch sein Verstand war noch immer paralysiert. Er nahm seine eigene Stimme wie durch Watte wahr: »Was wollen Sie von mir?«

»Kommen Sie, ich bringe Sie nach Hause.«

»Was wird mit meinem Sohn?«

»Kommen Sie!«

Sie fuhren die Strecke über die Avus zurück. Die gelben Lichter der Straßenlaternen glitzerten auf dem nassen Asphalt. Die Zuschauertribünen der ehemaligen Rennstrecke lagen in der Dunkelheit, wie finstere Schlünde, die ins Verderben führten.

»Ich möchte Ihnen meine Hilfe anbieten«, sagte Dossantos.

»Hilfe?« Hönig blieb das Wort krächzend im Hals stecken.

»Ich werde für eine saubere Lösung der Angelegenheit sorgen. Ihr Sohn wird für eine Weile außer Landes geschafft. Ich habe gute Freunde in Portugal, zuverlässig und verschwiegen. Dort wird Lars bleiben, bis Gras über die Sache gewachsen ist. Auf diese Weise bleiben Ihr Ruf und der Ihres Freundes, Herrn Dr. von Hirschfeldt, gewahrt.«

»Sie machen das nicht einfach so, oder?«

»Natürlich möchte ich, dass Sie mir dafür einen kleinen Gefallen tun.«

»Und Sie glauben tatsächlich, ich lasse mich darauf ein?«

Der Portugiese hielt ihm seinen Communicator vor die Nase. »Ein Anruf, und im *Apollo* wimmelt es von Polizisten. Ein weiterer Anruf, und auch die Presse weiß Bescheid. Glauben Sie wirklich, das würde Ihren Freunden gefallen?«

Nein, das würde weder der Fraktion noch seinen Freunden gefallen. *Wie stehen wir jetzt da? Vor der Partei, der Kanzlerin?*

Der Wagen hielt abrupt. Sie hatten Hönigs Haus in Zehlendorf erreicht. Umrahmt von Hecken und Sträuchern wirkte es für einen Moment wie in seiner Kindheit. Hönig erwartete fast, dass seine Eltern aus der Tür traten und ihm winkten, ihn in den Arm nahmen und trösteten. So wie sie es manchmal getan hatten, wenn er vom Spielen auf dem Bolzplatz zurückgekehrt war. Dann erkannte er in der erleuchteten Küche Martina, und die friedvolle Erinnerung löste sich in Luft auf. Die Gegenwart war schlimmer als ein paar Beulen an Arm und Knien. Sie ließ sich nicht mit ein paar Pflastern heilen.

Der Portugiese legte ihm ein Handy in den Schoß. Hönig zuckte erschrocken zusammen. »Was soll ich damit?«

»Das Handy ist unregistriert. Eine Prepaid-Karte. Eine Nummer ist eingespeichert. Die wählen Sie, sobald Sie herausgefunden haben, was ich wissen möchte. Danach wird die Nummer nicht mehr gültig sein.«

Hönig stieg aus. Pfützen hatten sich im Rinnstein gebildet. Seine Füße versanken im Wasser. »Was wollen Sie wissen?«

»Wo hält die Polizei die Zeugin versteckt, die gegen mich aussagen wird?«

»Was?« Hönig schaute ihn entgeistert an. »Das kann ich doch nicht machen!«

Dossantos zeigte auf seinen Communicator.

»Wie stellen Sie sich das vor?«

»Lassen Sie sich was einfallen. Von Hirschfeldt ist Ihr Freund. Er vertraut Ihnen. Das tut er doch, oder?«

»Ich glaube schon.«

»Sie glauben? Na, das ist aber eine tolle Freundschaft!«

Der Regen hatte nachgelassen. Während Hönig den Vorgarten durchquerte, schaute er zum Himmel. Sogar die dichten Wolkenfelder rissen auf. Einige Sterne blinkten. Die Tür öffnete sich.

»Wer war das?«, wollte Martina wissen.

»Niemand.«

»Das war doch dieser Dossantos, über den sie in der Zeitung geschrieben haben.«

Ja, dieser Schurke. »Du irrst dich.«

»Was hast du mit dem zu schaffen?«

Er hat unseren Sohn bei einem Mord erwischt. »Warum interessiert es dich auf einmal wieder, was ich mache?«

»Was wollte er von dir?«

Hönig schleppte sich die Stufen hoch. »Ist nicht so wichtig.«

98

Kalkbrenner wusste nicht, wohin mit seinem Blick. Kerzen auf mannshohen Kandelabern erzeugten in einem lang gezogenen Gang ein faszinierendes Spiel aus Licht und Schatten. Die Wände aus ockerfarbenem Backstein erinnerten an ein unterirdisches Gewölbe. Der Boden war mit Natursteinen ausgelegt, über die feiner Sand verteilt war. Von der geschwungenen Decke hingen schwere Eisenketten und phallisch geformte Stahlstangen herab. Eine eigenwillige Dekoration, genauso wie die aus Holz geschnitzten Bilderrahmen, die weiblichen Körperformen nachempfunden waren. Die Zeichnungen, die sie präsentierten, waren abstrakt und ließen dennoch nicht an beklemmender Eindeutigkeit zu wünschen übrig: Fesselungen, Folter, Prügelstrafen.

Inmitten dieser kuriosen Szenerie stand eine junge Frau. Um ihre Kehle lag ein Halsband mit einem schweren, gusseisernen Ring. Sie trug ein Korsett, das die Hüfte auf einen Umfang schnürte, bei dessen Anblick es Kalkbrenner den Atem verschlug. Ihre vollen Brüste quollen aus dem engen Stoff. Zudem trug sie Schuhe mit Absätzen, auf denen sie unmöglich laufen konnte. Aber sie lächelte entspannt und sagte: »Ich bin Zofe Sybill.«

Sie ließ einen demütigen Augenaufschlag folgen. *Wie sie dich anseh'n. Ein lasziver Blick.* »Du bist neu hier, oder?« Es klang freundlich. Keineswegs respektlos.

Kalkbrenner nickte bestätigend.

»Kein Problem, ich werde dir helfen, damit du dich zurechtfindest. Komm einfach mit.«

Sie stöckelte den Flur entlang. Bevor sie das Ende erreichten, wo von einem breiten Absatz Treppen hinab in den Keller führten, bog sie nach rechts in ein Zimmer. Eine Art Empfangsraum.

Direkt hinter dem Durchgang stand ein Mann, schweigend und regungslos wie eine Statue. Sein Kopf war mit einer Ledermaske bedeckt, die nur kleine Öffnungen für Augen und Nase vorsah. Sie reichte ihm bis zum Hals hinab. Auf seiner Kehle prangte ein beunruhigend großes braunes Muttermal. Auch sein beleibter Körper war mit Leberflecken übersät. Bis auf ein schwarzes Ledergeschirr, das ihm um Brustkorb und Bauch geschnürt war, war er nackt. Ein Slip bedeckte dürftig seine Intimzone.

Kalkbrenner wagte nicht, ihn direkt anzuschauen. Er empfand die eigentümliche Entblößung als peinlich. Wie sollte er sich verhalten: die Gestalt begrüßen oder weitergehen?

Sybill beachtete den Mann nicht. An ihm vorbei lief sie in das Zimmer. Um zwei massive Holzpfeiler herum standen mehrere Sofas aus schwarzem Leder. An einer der verklinkerten Wände stand eine schmale Bar. Dahinter hingen Bilder, die nackte Frauen und Männer in abenteuerlichen Verschnürungen zeigten.

»Möchtest du etwas trinken?«, fragte Sybill. »Für jeden unserer Besucher gibt es einen Begrüßungschampagner.«

Während sie sich auf einem der Ledersitze niederließ, rutschte ihr Korsett einige Zentimeter nach oben. Sie trug keinen Slip.

»Ja, ein Champagner wäre nicht schlecht.«

»Einen Champagner«, befahl Sybill und schlug die Beine übereinander. Kalkbrenner dankte ihr im Geiste.

Unterdessen marschierte die maskierte Gestalt zur Theke, füllte ein Glas mit dem perlenden Schaumwein und reichte es Kalkbrenner auf einem Tablett.

»Danke.«

»Du brauchst dich nicht bei ihm zu bedanken«, sagte Sybill. »Er war unartig, und es ist seine Strafe, uns in dieser Nacht als Sklave zu bedienen.«

Kalkbrenner nahm einen Schluck. Der Champagner war herb und brannte auf der Zunge. »Was hat er verbrochen?«

»Er hatte unzüchtige Gedanken.«

Kalkbrenner verschluckte sich. Er hustete, und das Getränk tropfte auf seine Jacke. Bisher hatte er angenommen, in einem Laden wie diesem ginge es eigentlich nur darum: um unzüchtige Gedanken.

Der Sklave stand inzwischen wieder am Durchgang, aufrecht und starr, als könnte er sich nicht bewegen. Nichts gab Aufschluss darüber, ob er die Demütigung tapfer ertrug, sie genoss oder sie ihm unangenehm war. Unglaublich, dass es Menschen gab, die für Erniedrigung bezahlten.

Sybills Augen streiften Kalkbrenners Jacke, das Hemd, die Jeans, die Turnschuhe. »Ich gehe davon aus, dass du keine eigene Kleidung mitgebracht hast.«

»Nur die, die ich trage.«

»Wir haben im *Dark Heaven* eine Art Dresscode.«

»Das wusste ich nicht.«

Sybill lächelte. »Kein Problem. In solchen Fällen bieten

wir unseren Gästen gegen einen kleinen Aufpreis die entsprechende Garderobe an.«

Kalkbrenner nahm einen langen Schluck vom Champagner. Vielleicht war jetzt der richtige Zeitpunkt, ihr zu sagen, wer er war. Doch aus dem gleichen Impuls, der vor ein paar Minuten den Dienstausweis wieder in die Tasche hatte zurückgleiten lassen, hielt er den Mund.

Sybill deutete sein Schweigen als Einverständnis. Ohne dass das enge Korsett oder die High Heels ihre Bewegungen zu beeinträchtigen schienen, erhob sie sich und stolzierte durch einen raschelnden Vorhang in ein benachbartes Zimmer: der Umkleideraum mit einer Reihe verschließbarer Garderobenschränke.

Kalkbrenner folgte ihr, sich an das Champagnerglas klammernd. Sie taxierte ihn erneut mit einem schnellen, geübten Blick und nahm ein weißes Hemd und einen schwarzen Anzug aus einem großen Wandschrank. »Das müsste deine Größe sein.« Sie reichte ihm die Kleidungsstücke. »Es ist natürlich frisch gewaschen.«

Zaudernd nahm Kalkbrenner die Kleider entgegen. *Spätestens jetzt solltest du für klare Verhältnisse sorgen.* Er leerte das Glas. Dann wandte er sich einem der Garderobenschränke zu.

Ein Surren ertönte von der Tür her. Neue Gäste. Um sie zu empfangen, verließ Sybill mit einer Entschuldigung die Umkleide.

Hastig zog Kalkbrenner sein Schulterhalfter hervor und packte es in den Schrank. Ebenso schnell streifte er sich die Jacke ab.

»Wenn du dich umgezogen hast, folgst du einfach der Treppe in den Keller.« Sybills Stimme erklang so plötzlich aus dem anderen Zimmer, dass ihm vor Schreck die Jacke aus der Hand glitt und auf den steinigen, sandigen Boden fiel.

Als ihr Kopf neben dem Vorhang auftauchte, hatte er

die verschmutzte Jacke bereits wieder aufgehoben und im Schrank verstaut. Die SIG Sauer lag versteckt darunter. »Am Ende der Treppe ist eine Tür. Dahinter wirst du alles finden, was du möchtest.«

Was möchte ich? Angeregt durch den Champagner wirbelte die Frage durch Kalkbrenners Schädel. In der schwarzen Abendgarderobe, die Sybill ihm ausgehändigt hatte, schritt er die von Kerzen beleuchtete Treppe in den Keller des *Dark Heaven* hinab. Die verklinkerten Wände schmückten kunstvoll arrangierte Akte von Frauen und Männern, die Masken wie aus einer venezianischen Oper trugen.

Die Treppe endete an einer Stahltür. Leise erklang Musik von der anderen Seite.

Die Frage sollte wohl eher lauten: *Was mache ich hier?* Doch ihm blieb keine Zeit für weitere Zweifel. Schritte näherten sich von oben, gefolgt von einem ausgelassenen Lachen. Er drückte die Tür auf und trat in ein mittelalterliches Schloss: Hohe Steinmauern und Holzpfeiler stützten die gewölbte Decke. Zwischen den massiven Trägern gab es abgetrennte Sitznischen an kleinen Tischen; der hintere Teil des Raumes wurde von einer rustikalen Theke beherrscht. Überall flackerten Kerzen auf massiven Ständern.

Noch wundersamer aber war die Ansammlung der Menschen, über deren Köpfen unaufdringliche Musik waberte. Viele der Männer waren wie Kalkbrenner eher vornehm gekleidet. Andere trugen Hosen aus Lack oder Leder, durchscheinende Netzhemden oder überhaupt kein Oberteil. Die Mehrzahl der Frauen trug unglaublich hohe Absatzschuhe, dazu Kleider, Korsetts oder nur knappe Bustiers.

Nichts daran wirkte schmuddelig. Das *Dark Heaven* war mit keinem herkömmlichen Bordell zu vergleichen. Es war … ja, was eigentlich?

Kalkbrenner bestellte an der Theke einen Prosecco. Es war das Einzige, was ihm für den Moment passend erschien.

Das Getränk war gerade serviert worden, als eine Frau ihn ansprach. »Du bist noch nicht oft hier gewesen, oder?«

Ich bin hier noch nie gewesen. Er bejahte fast schüchtern.

»Das sieht man dir an.«

Verlegen strich er sich über den Anzug. »Ich wusste nicht, dass es einen Dresscode gibt.«

»Nein«, lächelte sie, »ich meinte nicht wegen deiner Kleidung. Man sieht es deinem Gesicht an. Du siehst so aus, als wüsstest du nicht, was du hier sollst.«

Womit du gar nicht mal so unrecht hast. Er trank einen Schluck Prosecco. »Eigentlich wollte ich mich nur mal umschauen.«

»Soll ich dir alles zeigen?«

An ihren Körper schmiegte sich ein Lackkleid wie eine zweite Haut. Es endete oberhalb ihrer vollen Brüste. Ihr Gesicht war schmal und wurde von langen, brünetten Haaren umrahmt. Sie war circa Mitte dreißig. Jemand, der sich hier auskannte, war vielleicht gar nicht mal verkehrt. »Von mir aus.«

Als hätte sie nur darauf gewartet, hakte sie sich bei ihm ein und zog ihn in eines der Gewölbe. »Ich bin Katrin.«

»Ich heiße Paul.«

Sie führte ihn an kleinen, dunklen Verschlägen vorbei. Einige waren mit Türen verschlossen, andere nur mit einer Gardine verhangen. Hinter manchen hörte er ein Stöhnen. Wieder andere Kammern besaßen überhaupt keinen Sichtschutz. In einem Raum war ein schweres Holzkreuz an der Wand befestigt, Hand- und Fußfesseln befanden sich an den vier Enden. Es war unschwer zu erkennen, wozu die Vorrichtung benutzt werden konnte. An der Wand hingen Peitschen in unterschiedlichsten Formen und Materialien. Außerdem Paddel, Rohrstöcke, Gerten, Klammern, Kugeln und Gewichte.

Einige konnte er zuordnen, für andere Utensilien konnte

er sich beim besten Willen keinen Verwendungszweck vorstellen. Er war sich nicht einmal sicher, ob er den überhaupt wissen wollte.

Im nächsten Raum hingen von der Decke schwere Ketten. Ein Mann wand sich nackt in den Stahlfesseln, während eine Frau seinen Po mit einer Peitsche bearbeitete. Im Halbkreis standen Männer wie Frauen drumherum und begafften das schmerzhafte Schauspiel.

In der folgenden Kammer lag eine Frau auf einem Gynäkologenstuhl. Ihre Augen waren verbunden, ihre Beine weit gespreizt. Zwei Männer unterzogen sie einer absonderlichen Untersuchung. Auf einem Regal daneben stand ein ganzes Bataillon von Dildos und Vibratoren.

»Gefällt dir das?«, fragte ihn Katrin.

»So weit würde ich nicht gehen.«

»Und worauf stehst du normalerweise?«

Er hob die Schultern.

»Weißt du denn, ob du top oder sub bist?«

»Wie bitte?«

»Bist du der dominante Typ oder eher devot?«

»Äh«, machte Kalkbrenner. Er wusste keine Antwort, weil es ein Bereich der Sexualität war, über den er sich noch nie Gedanken gemacht hatte. Es hatte nie einen Anlass dazu gegeben, geschweige denn ein Bedürfnis.

»Du hast also keinen besonderen Wunsch?«

»Nein«, sagte er, »eigentlich nicht.«

»Dann komm mit, vielleicht hab ich etwas für dich, das dich auf den Geschmack bringt.«

Sie gingen in eine weitere Halle. *Sex Crime* von den Eurythmics erklang aus unsichtbaren Boxen. *I'll pull the bricks down, one by one, leave a big hole in the wall, just where you are looking in.* Aus einer Düse am Boden wurde Kunstnebel in den Raum gepumpt, der nach Vanille duftete.

Eine Gruppe Neugieriger scharte sich um eine Frau mittleren Alters. In ihrem eng anliegenden Lederkleid, hohen schwarzen Stiefeln und Netzstrümpfen wiegte sie sich im Takt der elektronischen Musik. Sie war mit schwarzem Eyeliner, Wimperntusche und Lippenstift dezent geschminkt. Obwohl ihr Körper, während sie tanzte, stark und präsent wirkte, war sie eine eher zierliche Person.

»Das ist Christin«, hörte Kalkbrenner Katrin in sein Ohr flüstern. »Sie leitet das *Dark Heaven* und macht manchmal diese Shows.«

»Shows?«

»Wart's ab.«

»Und wer ist der Mann?«

»Ihr Freund Andy.«

Christin begann ihren Freund zu entkleiden. Andy wehrte sich dagegen, doch jedes Mal, wenn er sich sträubte, bekam er einen Hieb mit der Peitsche. Als das letzte Kleidungsstück gefallen war, war Andy sichtlich erregt. Christin drückte ihn auf den Steinboden, zu gleichen Teilen gebieterisch und fürsorglich, bis er vor ihr kauerte. Sie griff nach seinen Händen, er begehrte auf. Wieder Schläge mit der Peitsche. Die klatschenden Hiebe übertönten die Musik. Schließlich ließ sich Andy von der Dominanz seiner Freundin überwältigen. Sie fesselte ihn an Ösen, die aus dem Steinboden ragten, und band auch seine Füße fest. Er war ihr wehrlos ausgeliefert.

Christin spielte mit ihm, streichelte ihn, küsste ihn. Ihre Berührungen wurden fordernder. Sie streifte mit den Fingern sein Glied, und sein Unterleib wölbte sich voller Verlangen nach oben. Er stöhnte auf, stand offenbar kurz vor dem Höhepunkt. Christin lachte, verpasste seinem Bauch und den Beinen Schläge mit der Peitsche.

Dann begann sie ihr Spiel erneut, immer wilder und hemmungsloser. Ihr Freund schleuderte verzweifelt den Kopf hin und her, während sie ihn streichelte und langsam um den Verstand brachte.

Noch mehr Nebel wurde in den Raum geblasen. Die Umstehenden verschwanden in den dichten Schleiern, auch von Christin und Andy war nichts mehr zu erkennen. Als der Dunst sich allmählich hob, stand Christin über dem gefesselten Andy. Wie selbstverständlich hob sie den Rock über ihre Hüfte. Auch sie trug keinen Slip. Auf ihren Stiefeln ging sie in die Hocke und führte Andys steifes Glied in sich ein. Sofort begann sie ihr Becken zu bewegen.

»Gefällt es dir?«, fragte Katrin.

Kalkbrenner konnte sich nur schwer von dem Geschehen abwenden. Nichts von alldem erschien ihm abartig oder pervers. Es war ganz natürlich. Selbst die Anwesenheit der Zuschauer wirkte nicht peinlich. Vielleicht war gerade das der Reiz: die Mischung aus Voyeurismus und Exhibitionismus. »Irgendwie schon.«

Katrin kam näher und presste ihren Busen an seinen Arm. Ihre Hand glitt sein Jackett hinab und landete wie zufällig zwischen seinen Beinen. Doch so etwas geschah nicht aus Versehen, nicht an einem Ort wie diesem.

Kalkbrenner zuckte zurück. Es waren nicht ihre Finger in seinem Schritt, sondern die sich in seiner Hose wölbende eigene Erregung, die ihn schockierte.

Es war viel Zeit vergangen, seit er das letzte Mal mit einer Frau geschlafen hatte. So verdammt viel Zeit. Und jetzt dieses Schauspiel vor ihm. Die sich hemmungslos wiegende Christin auf dem nackten Körper ihres Freundes. Katrin an seiner Seite, mit einer unverhohlenen Offerte. Es war verlockend. So einfach …

Plötzlich fühlte Kalkbrenner sich schuldig. Seine Mutter vegetierte zur Stunde auf der Intensivstation der Charité vor sich hin, dem Tod näher als dem Leben. Seine Tochter war stinksauer auf ihn, weil sie glaubte, er würde ihre Mutter betrügen. Judith vertraute darauf, dass er den Mörder ihres Mannes fand. Und was tat er? Er trieb sich in diesem Etablissement herum. *Es ist dienstlich.* Allerdings war er drauf und dran, jeglichen Gedanken an die Arbeit zu vergessen. In dieser Umgebung war es zu einfach, alle Alltagssorgen abzustreifen. War es das, was Brodbeck hier gesucht hatte? Zerstreuung?

Kalkbrenner entschied, dass er genug gesehen hatte. Er verabschiedete sich überhastet von Katrin, lief zügig die Treppe nach oben und kleidete sich um. Sybill war noch immer im Empfangsraum. Als er an ihr vorbeilief und für den Anzug zahlte, überkam ihn das Bedürfnis, sein schlechtes Gewissen zu besänftigen. »Kennst du Matthias Brodbeck?«

Doch die Frage war genauso naiv wie unbeholfen.

Es überraschte ihn nicht, dass Sybill sagte: »Nein. Unsere Gäste bleiben gerne anonym.«

»Mhm.«

»Und selbst wenn ich ihn kennen würde, ich würde es dir nicht sagen.« Erneut schenkte sie ihm einen verführerischen Augenaufschlag. »Unsere Gäste wünschen nämlich auch Diskretion.« Sie lächelte.

99

Die Tacho-Nadel vibrierte bei 150. Erlaubt waren 80. Trotzdem raste Kalkbrenner über die Avus nach Hause. Als könnte er auf diese Weise den aufwühlenden Bildern vor seinem inneren Auge entkommen.

Nach dem Unwetter hatte sich der Himmel wieder aufgeklärt. Eine Sternschnuppe huschte über die Autobahn hinweg. Kalkbrenner umklammerte das Lenkrad, bis seine Knöchel unter der Haut weiß hervorschimmerten, und konzentrierte sich auf einen Wunsch. Nur auf welchen? Dass er sich mit Jessy wieder verstand? Ja, das war ein guter Wunsch.

Es war 1.30 Uhr, als Kalkbrenner vor seinem Haus parkte. In der Diele streifte er die Jacke ab, doch die Erregung konnte er nicht so einfach beiseitelegen. Die Jacke war noch klebrig von dem verschütteten Champagner. Zudem haftete der Sand vom Steinboden aus der Umkleide daran. Er fand die Fotos seiner Mutter in der Tasche und legte sie auf den schmalen Sekretär. Nur das Polaroid blieb in der Jacke, die er an den Kleiderhaken hängte.

Ellen lümmelte inmitten ihrer unzähligen bunten Kissen auf dem Sofa. Sie hatte sich in eine Decke gekuschelt und guckte eine der Daily Soaps, die die Sender im Abendprogramm wiederholten. »Das ist heute aber sehr spät geworden.«

Kalkbrenner sank auf die Couch. Auf dem Tisch stand eine flackernde Kerze. Wie das nervöse fiebrige Flirren unter Kalkbrenners Haut.

Auf der Mattscheibe bemühte sich ein Pärchen, Romantik zu generieren. Doch die Vertrautheit der beiden Soap-Darsteller, deren glatte, straffe Kleidung wohl Erfolg suggerieren sollte, war so realistisch wie die Kulisse, vor der sie agierten: künstlich wie ein Ausstellungs-Schlafzimmer bei *IKEA*.

»Möchtest du was trinken?«, erkundigte sich Ellen.

Sie reichte ihm ihr Glas. Der Sekt schmeckte süß, besser als im *Dark Heaven*. Er trank fast das ganze Glas auf einmal aus, wobei er sich verschluckte. Die Kohlensäure sprudelte bis in seine Nase, quoll über seine Lippen und tropfte auf Hemd und Hose. Der Sekt löschte nur unwesentlich das Verlangen in seinem Unterleib.

Ellen sah ihn skeptisch an. »Was ist los mit dir?«

Wo sollte er anfangen zu erzählen? So viel war heute geschehen. Zu viel, um es in Worte zu fassen.

Im Fernsehen wurde das sich liebende Pärchen von einem

Bekannten ertappt, was wenig überraschend eine Eifersuchtsszene heraufbeschwor. Die Frau brach in Tränen aus, während die Männer sich die Standardfloskeln an den Kopf warfen: »Es ist nicht so, wie du denkst.«

Kalkbrenner kam dieser Satz unangenehm bekannt vor. Er schaute weg. Vor der Couch entdeckte er Ellens schwarze Pantoletten. Er dachte daran, wie sich ihre zierlichen Füße in den Absatzschuhen hoben und ihre Schenkel elegant streckten. Er stellte sich vor, wie sie in High Heels vor ihm stand. Oder in einem Korsett. Er dachte an Christin. Dann an Sybill. Schließlich an Katrin, die unbekannte Frau aus dem *Dark Heaven*. Jetzt wieder an Ellen.

Er schenkte Sekt nach, trank noch einmal einen langen Zug. Er pickte sich Erdnüsse aus der Schale und schob sie in seinen Mund. Während Ellen seinen Bewegungen folgte, rutschte die Decke ein Stück hinunter. Seine Frau trug die gleiche Bluse wie vor zwei Tagen. Nackte Haut. Pralle Brüste. Ein anregender Strom sammelte in seinen Lenden neue Kraft.

Ein Parfümduft drang ihm in die Nase. Nicht *Chanel No. 5*, aber der Duft nebelte ihn ein. Vielleicht spürte er auch den Alkohol, der durch sein Blut floss. Erst der Champagner, dann der Prosecco. Jetzt der Sekt. Das war nicht viel, aber er hatte seit dem Whopper und den Pommes am Mittag nichts mehr gegessen.

Sein Gesicht war dem seiner Frau ganz nahe. Wie war das geschehen? Er hatte es nicht mitbekommen. Sein Mund berührte Ellens Lippen. Es fühlte sich gut an. Deshalb umgriff er ihren Nacken und zog sie zu sich heran. Seine Zunge schob sich vor. Seine Hand fuhr unter ihre Bluse, wanderte empor, berührte den Ansatz ihrer Brüste. Sie waren nicht mehr so straff wie die von Christin, hingen seit der Schwangerschaft ein bisschen durch. Aber das störte ihn nicht. Er spürte ihre Haut unter seinen Fingern. *Er spürte nackte Haut.*

Nackte, glatte, warme Haut. Das Gefühl elektrisierte ihn. *Wie lange war das her?* Noch mehr Lust in seinem Körper. Dazu der Alkohol. Die Eindrücke der Nacht. Er wollte Ellen. Jetzt sofort.

Plötzlich zog sie seine Hand unter ihrer Kleidung hervor und rückte von ihm ab. »Es tut mir leid.«

Verwundert und verärgert hielt er die Luft an.

»Wir sollten nichts überstürzen.«

Im Fernseher lief Werbung. Zwei spindeldürre Teenager in BH und String wälzten sich zu schwülstiger Synthesizermusik auf einem roten Bettlaken und versprachen, es ihm jetzt und sofort zu besorgen.

Kalkbrenners steifes Glied schmerzte unter der Jeans. Der Druck wollte nicht weichen. Genauso wie der Groll. Er wusste, dass das nicht fair war, aber er konnte nichts dagegen ausrichten.

Du bist böse?, fragte eine peitschenschwingende Domina in engem Lackkorsett. *Ruf mich an!* Er nahm die Fernbedienung und schaltete die Kiste aus.

»Bist du mir böse?« Ellens Stimme war nur ein zaghaftes Flüstern. Sie stand bereits an der Treppe.

»Nein«, sagte er. Nur langsam fiel die Erregung von ihm ab. Zurück blieb ein schales Gefühl. Wie nach einer Lüge.

Ellen ging hinauf ins Schlafzimmer, Kalkbrenner blieb allein zurück. Vor der Couch standen noch ihre Pantoletten.

Er machte das Licht aus und legte sich unter die Decke. Sein steifes Glied hob das Tuch in die Höhe. Es sah aus wie ein Pilz. Das Mondlicht erhellte das Zimmer. Die Schatten der Bäume im Garten tanzten an der Wand entlang. Wie nackte Frauen, die sich im Takt einer unhörbaren Musik bewegten.

Er nahm seinen Schwanz in die Hand und begann zu reiben. Er dachte an Ellen. Christin. Ellen. Katrin. Judith. Ellen. Sybill. Wie alt sie wohl war? Nicht weit über 20. Unweigerlich kam ihm Jessy in den Sinn, und er fragte sich, was er wohl gesagt hätte, wenn sie ihm in diesem koketten Aufzug die Tür zum *Dark Heaven* geöffnet hätte. Nein, er wollte sich das nicht vorstellen.

Ernüchtert legte er sich auf die Kissen zurück. Er wünschte, dass Ellen noch mal herunterkommen würde und ihn auf andere Gedanken brachte. Sich mit ihm nicht nur über seine Arbeit unterhalten wollte. Und auch nicht über seine Mutter. Keine Erklärungen. Keine Vorwürfe. Sie sollte sich einfach auf ihn werfen. Ihn voller Verlangen nehmen, so wie es Christin mit ihrem Freund gemacht hatte. Hingebungsvoll. Leidenschaftlich.

Stattdessen: *Wir sollten nichts überstürzen.* Ihre Worte. Seine eigenen. *Gib uns ein bisschen Zeit.*

Unruhig schlief er ein.

Berliner Abendblatt, Mittwoch, 3. Oktober

»Ehrenbürger« wieder auf freiem Fuß

Aus U-Haft entlassen!

Berlin. Miguel Dossantos, »Ehrenbürger vom Kiez«, ist seit gestern wieder auf freiem Fuß.

»Dem Gesetz wird endlich Genüge getan«, hatte der designierte Innensenator von Berlin, Dr. Frieder von Hirschfeldt, noch wenige Minuten vor der Verhandlung gegenüber der Presse verlauten lassen. Für den Politiker, der im Vorfeld der Wahlen eine harte Hand versprochen hatte, erwies sich diese Verkündigung als ein leeres Versprechen.

Nicht einmal eine halbe Stunde später befand sich Miguel Dossantos wieder auf freiem Fuß. Der Haftrichter sah keine Veranlassung, den »Ehrenbürger vom Kiez«, dem die Staatsanwaltschaft mit Hilfe eines Kronzeugen Bestechung, Erpressung und Mord vorwirft, in Untersuchungshaft zu behalten.

100

Eine Peitsche zischte durch die Luft. Er wollte flüchten. Doch Ketten schlangen sich um seine Gelenke, erlaubten kein Entkommen. Der Lederriemen fuhr auf seine nackte Haut herunter. Er schrie auf. Jemand lachte. Er drehte seinen Kopf, bis er sie entdeckte. Sie stand hinter ihm und trug ein Korsett, aus dem ihre prallen Brüste hervorquollen, so dass dabei die großen, festen Brustwarzen enthüllt wurden. Sie hatte Stiefel mit Absätzen an, die so hoch waren, dass sie ihn um mindestens zwei Köpfe überragte. Ihre unglaublich langen Beine umschmiegten Strümpfe, die kurz vor ihrem Unterleib endeten und dabei einen Streifen weißer, zarter Haut enthüllten.

Wieder fuhr das Lederband auf ihn herab. Er schloss die Augen, wand sich in den Fesseln. Die Kette rasselte. Je heftiger er sich bemühte, sich von ihr zu befreien, umso schriller klang das Eisen in seinen Ohren. Es klirrte und klapperte. Er riss die Augen auf.

Sein Handy schrillte. Nur ein Traum. Die Erektion unter seinen Boxershorts war dagegen harte Realität.

Er meldete sich mit heiserer Stimme.

»Paul, bist du das?«, fragte Rita.

»Natürlich«, sagte Kalkbrenner, »du hast doch meine Nummer gewählt.«

»Entschuldige, ich habe deine Stimme wirklich nicht erkannt. Hab ich dich geweckt?«

Es war kurz nach neun. Definitiv zu wenig Schlaf und zu nervöse Träume. »Nein, ist schon okay. Was ist denn?«

»Wir haben eine Leiche in der Weimarer Straße gefunden, nicht weit vom Karl-August-Platz. Vermutlich eine Prostituierte.«

»Eine Prostituierte?«, wiederholte er beunruhigt.

»Sebastian ist bereits unterwegs.«

Er streifte die Decke von sich, um aufzustehen.

»Paul?«, sagte Rita fast unhörbar.

»Ja?«

Kurzes Schweigen. Dann: »Wo bist du?«

Über dem Sofa hing Jessys Ölbild. Viele bunte Tupfer. Ein Chaos. »Zu Hause. Bei Ellen.«

Dann beendete er das Gespräch. Seine Frau kam ins Zimmer. Reflexartig griff er nach der Decke und breitete sie über seinem Unterleib aus. Sein Schwanz stand noch immer aufrecht. »Du bist schon wach?«, fragte er verlegen.

»Schon eine Weile. Ich hab Wäsche gewaschen. Auch einige Sachen aus deinem Koffer.«

Er lächelte schuldbewusst. »Ich weiß, die hatten's nötig.«

»Allerdings.« Ellen wandte sich auf dem Absatz ihrer Pantoletten um, blieb aber auf halbem Weg in die Küche stehen. »Jessy hat angerufen.«

»Hat sie gesagt, was sie wollte?«

»Nein, aber sie hat darum gebeten, dass du sie zurückrufst.«

»Sonst hat sie nichts gesagt?«

»Sollte sie?«

»Nein, nein.«

Erst als Ellen sich im Nebenraum befand, machte er sich auf den Weg ins Bad. Nur langsam ließ seine Erektion nach. Er wählte Jessys Nummer und war erleichtert, dass seine Tochter anscheinend nicht mit Ellen über den Vorfall gestern in der Datsche gesprochen hatte. Vielleicht war es ja ein gutes Zeichen, dass Jessy mit ihm reden wollte. Er spähte kurz zum Fenster hinaus. Die Morgensonne blendete seine noch schläfrigen Augen. Er dankte der Sternschnuppe, wo immer sie sich jetzt auch befand.

Durch das Schleudern der Waschmaschine hindurch hörte er das Freizeichen. Jessy nahm ab. »Paps, kannst du Bernie abholen? Ich sehe nicht ein, dass ich, Mama oder sonst wer sich um *deinen* Hund kümmern soll, während du dich vergnügst.«

Kalkbrenner fühlte sich überrollt. »Jessy, bitte, lass mich dir doch wenigstens …«

»Spar dir deine Worte.«

Der Schleudergang der Waschmaschine war beendet. Im Bad herrschte wieder Ruhe. »Jessy, du täuschst dich.«

»Paps, kannst du dich noch an Sonntagabend erinnern? An das Essen? Was du gesagt hast? Wie erwachsen ich geworden bin? Hallo? Ja, ich bin erwachsen. Ich bin nicht doof.« Damit legte sie auf.

Sternschnuppen sind auch nicht mehr das, was sie mal waren.

Es klopfte. Ellen trat ein und ging zur Waschmaschine. »Warum ist Jessy wütend?«

»Wir hatten einen kleinen Streit.«

»Worum ging es denn?«

Er kratzte seine Stirn und wünschte sich, er hätte noch ein bisschen länger schlafen können. »Sie hat etwas missverstanden.«

»Was denn?«

»Sie war gestern in der Datsche und …«

»Ja, ich weiß, sie wollte mit Leif und Bernie dorthin. Ich hab gesagt, dass sie doch raus aufs Land sollen. Sie müssten sich nur frische Bettwäsche mitnehmen. Was ist denn passiert?«

»Nichts.«

»Und warum ist sie dann sauer?«

Er zögerte, rieb sich die Augen. »Ich war auch da.«

»In der Datsche?«

»Ja.« Er wartete wieder einige Sekunden. »Ich war nicht alleine.«

Ellens Augen flackerten.

»Du kannst dich doch an meinen Fall erinnern? Den ermordeten Lehrer? Wir haben vor ein paar Tagen darüber gesprochen. Es gab einige Komplikationen. Seine Witwe …«

»Ist es die auf dem Foto in deiner Jacke?«

Überrascht schaute er sie an. »Wieso warst du an meiner Jacke?«

Ellen erschrak über die Schärfe in seiner Stimme. Sie klappte das Bullauge der Waschmaschine auf, zerrte seine Jacke aus dem nassen Durcheinander und drückte sie ihm unsanft in den Arm. »Sie war dreckig und hat gestunken. Ich habe sie gewaschen.«

Der Champagner im *Dark Heaven*. Der Steinboden in der Umkleide. Natürlich.

Sie streckte ihm das Polaroid entgegen. »Warum hast du dieses Foto bei dir?«

»Das ist es, was ich dir sagen wollte … es ist die Witwe. Frau Brodbeck. Ihr Mann wurde erschossen.«

»Auf dem Foto macht sie aber nicht den Eindruck, als wäre sie sehr traurig. Und warum bist du an ihrer Seite?«

»Das Foto ist 20 Jahre alt. Ich war mal mit ihr zusammen.«

»Ach, die alte Jugendliebe!«

Das Gespräch nahm eine Wendung, die ihm nicht behagte. »Ich sagte doch, es gab einige Probleme. Jud… Frau Brodbeck wurde bedroht. Ich habe sie in die Datsche deiner Eltern gebracht.«

»Läuft so was normalerweise nicht anders ab?«

»Ja, schon, aber …«

»Und warum erfahre ich davon nichts?«

»Die Gelegenheit hat sich einfach nicht ergeben.«

»Vielleicht hast du einfach nur ein bisschen zu viel Zeit in der Datsche verbracht?«

»Ellen!« Nein, die Richtung, in die sich der Dialog entwickelte, war ihm ganz und gar nicht recht.

»Ist das die Arbeit, über die du nicht mit mir reden kannst?«

»Das ist doch ausgemachter Blödsinn!«

»Ist es das? Herrgott, Paul, nur weil ich nicht sofort wieder mit dir ins Bett hüpfe, vögelst du eine andere? Und dann auch noch ausgerechnet in meiner Datsche?«

»Ellen, es ist nur …« Mit einem Stoßseufzer brach er ab. »Es ist nichts passiert.«

»Und wobei hat Jessy dich in der Datsche erwischt?«

»Bei nichts, das sage ich doch: Sie hat da etwas missverstanden.«

»Vielleicht sollte ich sie einfach mal fragen. Was meinst du, Paul? Soll ich Jessy anrufen?«

Ihre Tochter würde von der Couch berichten, dem Kaminfeuer, dem Glas Wein, einer Umarmung. Nichts wirklich Schlimmes, aber doch zweideutig genug, um missverstanden zu werden.

Ellen schüttelte fassungslos den Kopf. »Wenn deine Mutter das alles mitbekäme …«

Das ist das nächste Problem. »Mama hatte gestern einen Herzinfarkt. Sie liegt in der Charité.«

»Was für ein Glück für dich! Jetzt brauchst du dich überhaupt nicht mehr um sie zu kümmern.«

»Was redest du für einen Unsinn.«

Seine Frau lächelte ihn an. Aber es war nicht *ihr* Lächeln. Es war die Ausgeburt des giftigen Sarkasmus, der ihn von ihr distanzierte und sie beide zu der Trennung geführt hatte. »Sieh es so«, sagte sie. »Jetzt hast du noch mehr Zeit für deine Witwe …«

»Ellen!«

»Paul«, sagte seine Frau, und ihre Stimme wurde leiser. Sie drehte sich um und wies die Stufen hinab ins Erdgeschoss. »Ich glaube, es ist besser, wenn du wieder deinen Koffer packst!«

101

Berthold Ehrenstein war der Letzte, der an diesem Morgen im Preußischen Landtag zur Fortführung der Koalitionsgespräche eintraf. »Habt ihr schon gehört?«, fragte er in die Runde, während er sich einen brühend heißen Kaffee in die Tasse goss. »In Mitte haben sie eine junge Prostituierte gefunden – ermordet.«

»Was?«, entwich es Anton Heiland, Bürgermeister in spe.

Karl-Edmund Hönig zuckte zusammen, als hätte man ihn gerade mit einem nassen Waschlappen aus dem Schlaf geholt. Er hielt sich den Magen.

»Ist was mit dir?«, erkundigte sich Frieder von Hirschfeldt leise.

Karl-Edmund nestelte am Saum seines Pullunders. »Nein, was soll denn sein?«

»Du siehst so blass aus.«

»Ich habe nur schlecht geschlafen.«

Von Hirschfeldt wandte sich an Ehrenstein. »Wann haben sie die Ermordete gefunden?«

Der Angesprochene nippte an seinem Kaffee. »Himmel, ist das heiß.« Er setzte die Tasse ab. »Heute Morgen. Hab's gerade in den Radionachrichten vernommen.«

»Weiß man schon Näheres über die Hintergründe?«

»Du meinst, ob es wieder was mit diesem Portugiesen zu tun hat? Nein, dazu haben sie nichts gesagt.«

Von Hirschfeldt erhob sich von seinem Stuhl. »Ich werde mich kurz …«

»Gar nichts wirst du«, unterbrach ihn Heiland.

Sprachlos plumpste von Hirschfeldt auf den Sitz zurück.

»Ich denke, die Pleite mit Dossantos gestern war fürs Erste genug. Lächerlich war das, auf ganzer Linie.« Verdrossen rieb sich Heiland das Kinn. »Erst deine Geheimniskrämerei, dann deine Verlautbarung der Presse gegenüber: *Dem Gesetz wird jetzt Genüge getan.* Hättest du nicht wenigstens erst mal die Verhandlung abwarten können?« Heiland nahm eine Zeitung zur Hand. »Ich zitiere: *Ein leeres Versprechen!* Na prächtig, genau die richtige Schlagzeile zum Auftakt unserer Regierungsarbeit.«

Vor den Augen aller düpiert, verkniff sich von Hirschfeldt eine Antwort. Die Kollegen am Tisch gossen sich geschäftig Kaffee ein und tranken wichtig aus ihren Tassen. Andere knabberten begeistert an den belegten Brötchen, und noch andere blätterten interessiert in den Papieren auf dem Tisch, als gäbe es sensationell Neues zu lesen. Es waren nur Protokolle, auf deren Grundlage die Gespräche heute fortgesetzt werden sollten, aber allen Anwesenden war die Situation einfach zu peinlich.

Doch Heiland hatte ja recht! Lächerlich hatte er sich gemacht, daran gab es keinen Zweifel. Ein Wunder, dass sich die Kanzlerin noch nicht bei ihm gemeldet und ihm erneut den Kopf gewaschen hatte. Andererseits: Warum sollte sie das tun? Wenn sie keine Verwendung mehr für ihn hatte, würde sie ihn fortan einfach ignorieren.

»Wir müssen uns jetzt beeilen, Frieder«, sagte Heiland, inzwischen wieder etwas ruhiger. »Heute bleibt nicht viel Zeit. Ich hoffe, ihr habt nicht vergessen, dass wir am frühen Nachmittag zur zentralen staatlichen Feierstunde geladen sind, die der Bundesratspräsident zum Tag der Deutschen Einheit in Potsdam ausrichtet?«

Allgemeines zustimmendes Murmeln hob an. Zweieinhalb zähe Stunden später waren alle Senatorenposten verteilt; die CDU musste zugunsten ihres Koalitionspartners Abstriche machen und auf drei Senatorenposten verzichten: Wirtschaft, Gesundheit und Kultur. Heiland bedachte von Hirschfeldt abermals mit einem zornigen Blick. Die *liberalen Fritzen* hatten sich nicht überzeugen lassen.

Von Hirschfeldt räumte sein Amt als Fraktionsvorsitzender. Wie geplant wurde Karl-Edmund als Nachfolger bestimmt. Als dieser noch einmal offiziell gefragt wurde, ob er damit einverstanden sei, reagierte er nicht.

»Karl-Edmund?«, fragte Heiland.

Der Angesprochene schreckte auf. »Ja, bitte?«

»Hörst du uns etwa nicht zu?«

»Doch, doch, ich war nur in Gedanken.«

»Also, bist du damit einverstanden?«

»Womit?«

»Also hast du doch nicht zugehört!«

»Entschuldige, ja.«

»Du übernimmst die Nachfolge von Frieder als Fraktionsvorsitzender.«

Karl-Edmund nickte, schien aber geistig schon wieder ganz woanders zu sein.

Zufrieden rieb sich Heiland die Hände. »Also sind wir uns in diesen Punkten einig. Ich schlage vor, wir machen eine Pause, bevor wir die ersten sachbezogenen Bedingungen unseres Koalitionsvertrages skizzieren.«

Die Runde löste sich auf. Im Flur traf von Hirschfeldt auf Hönig, der sich erneut den Bauch hielt. »Ich glaube, ich habe mir gestern den Magen verdorben.«

»Also nicht nur schlecht geschlafen?«

Karl-Edmund verzog leidend das Gesicht. »Bleibt wohl nicht aus, wenn man Magenschmerzen hat, oder?«

»Warum bist du denn so aggressiv?«

»Du wirkst aber auch nicht gerade entspannt.«
»Ist das nach dem, was gerade passiert ist, ein Wunder?«
»Was?«
»Was ist denn los mit dir? Hast du das nicht mitbekommen? Antons Rüffel?«
»Ach so, das, ja.«
»Ein elendiger Schurke!«, ereiferte sich von Hirschfeldt.
»Wer? Anton?«
»Mein Gott, dieser Dossantos!«
»In der Zeitung stand, dass es einen Kronzeugen gibt, der gegen ihn aussagen wird. Stimmt das?«
»Ja, das stimmt.«
»Und es kommt zur Verhandlung?«
»Natürlich wird es das.« Von Hirschfeldt hielt Ausschau nach Dr. Lothar Lahnstein, dem designierten Justizsenator. Mit ihm würde er auch noch einmal über alles sprechen müssen. »Daran gibt es keinen Zweifel.«
»Hast du nicht Angst, dass Dossantos …«
»Was?«
»Man hört so einiges über den Portugiesen. Ist der Zeuge denn wenigstens in Sicherheit?«
»Selbstverständlich. Warum fragst du?«
»Nur so.«
»Nur so?«
»Na ja.« Karl-Edmund druckste herum. »Ich mach mir Sorgen. Du hast dich mit der Sache vor Gericht weit aus dem Fenster gelehnt. Politisch ist das für dich ein …«
»Ja, ja«, unterbrach ihn von Hirschfeldt genervt. *Lächerlich, auf ganzer Linie!* »Ist schon gut, ich möchte es gar nicht hören.«
»Also, der Zeuge ist sicher versteckt?«
»Ja, das ist er.«
»Hier in Berlin?«
Von Hirschfeldts Handy klingelte. Das Display zeigte die

Nummer von Harenstett. Weil Karl-Edmund keine Anstalten machte, ihn allein zu lassen, sagte er: »Entschuldige, ich muss telefonieren.«

»Eigentlich wollte ich ja sowieso auf die Toilette.« Hönig hastete flugs davon.

Endlich konnte von Hirschfeldt das Gespräch entgegennehmen.

»Wo sind Sie?«, fragte der LKA-Beamte.

»Im Abgeordnetenhaus. Bei den Koalitionsverhandlungen, wo sonst?«

»Können Sie reden?«

Vorne beim Sitzungssaal unterhielten sich die Kollegen. Weiter hinten, zu den Toiletten hin, war der Gang menschenleer. Von Hirschfeldt verzog sich in eine Nische des Flurs. »Ja, jetzt.«

»Sie müssen umgehend mit unserer Zeugin reden.«

»Ich? Was soll ich ihr denn sagen?«

»Sie sind doch Politiker. Sprechen Sie mit ihr. Beruhigen Sie sie. Schließlich sind Sie es doch, der dafür sorgt, dass wir den richtigen Richter und Staatsanwalt erwischen. Das machen Sie doch, oder?«

Von Hirschfeldt machte Dr. Lahnstein unweit des Sitzungssaales aus. Er unterhielt sich angeregt mit dem Verhandlungsführer der FDP. »Natürlich, aber …«

»Also, sagen Sie das der Frau. Sagen Sie ihr auch, dass sie keinen Grund zur Sorge haben muss, nur weil ihr Mann aus der U-Haft entlassen ist. Sagen Sie ihr, dass alles seinen ordnungsgemäßen Weg geht. Erklären Sie ihr auch, dass ihre Angst, dass ihr Mann ungestraft davonkommt, absolut unbegründet ist. Sie muss Ihnen glauben. Wenn nicht, wird sie ihre Aussage zurückziehen.«

»Das kann sie doch nicht tun!«

»Machen Sie sich auf den Weg. Und zwar bald!«

»Wie stellen Sie sich das vor? Ich kann nicht schon wieder die Verhandlungen verlassen. Nach der Pleite gestern bin ich sowieso …«

»Wollen Sie etwa, dass die gesamte Angelegenheit eine Pleite wird?«

Schweigen in der Leitung. *Lächerlich, auf ganzer Linie.* »Wo muss ich hin?«

»Kommen Sie in den Zikadenweg. Nummer 3. Das ist in der Nähe der Avus.«

»Zikadenweg 3 an der Avus, in Ordnung.«

»Aber kommen Sie allein.«

Ein weiteres Telefonklingeln hallte durch den Flur. Von Hirschfeldt musste lauter sprechen. »Das geht nun aber wirklich zu weit, Herr Harenstett! Ich kann doch nicht ohne Personenschutz …«

»Sie haben recht. Na gut, ich hole Sie ab! Und anschließend bringe ich Sie heim.«

Von Hirschfeldt schaute auf. Vor der Tür zu den Toiletten stand Karl-Edmund. In seiner Hand hielt er ein Handy, auf dem er gerade angerufen wurde.

102

Der Karl-August-Platz in Charlottenburg war weiträumig abgesperrt, was vor allem den Pfarrer der Trinitatiskirche erzürnte. Denn statt der Gläubigen, die sich normalerweise auf dem Vorplatz zum Feiertagshochamt versammeln sollten, standen dort die Einsatzfahrzeuge der Spurensicherung.

Kalkbrenner traf zur gleichen Zeit wie Dr. Wittpfuhl ein. Der Gerichtsmediziner, braun gebrannt wie immer, schwenkte einen kleinen Koffer. »Gehört wohl neuerdings zum guten Ton, ausschließlich an Sonn- oder Feiertagen Morde zu begehen, was?«

»Mir dürfen Sie nicht die Schuld geben«, entgegnete Kalkbrenner.

»Tu ich aber. Es ist immerhin Ihr Dezernat, das mich verständigt hat.«

Bevor Wittpfuhl zum Tatort hinüberging, einem kleinen, mit viel Grün umwachsenen Kinderspielplatz unmittelbar neben dem Seitenflügel der Kirche, blieb er stehen. Er schaute erst zum blauen Himmel, dann zu Kalkbrenner. »Ihre Jacke ist ja nass. Hat es geregnet?«

In Kalkbrenners Auto stapelten sich zwei Taschen im Kofferraum. Dazu Jessys Ölbild. »Ja«, antwortete er. »Und zwar mächtig viel Scheiße!«

Schon war Berger mit wehendem Trenchcoat bei ihnen. »Schlimme Sache, Paul!«

»Deine Zahnschmerzen?«

Der Schnauzbart seines Kollegen hing leidend nach unten. »Entzündeter Zahnnerv. Der Arzt hat mir erst mal eine Spritze verpasst. Donnerstagmorgen muss ich zur Wurzelbehandlung.«

Für einige Minuten beobachteten sie die Gestalten in den weißen Overalls, die zwischen den Büschen ihre Arbeit verrichteten. Ein Tatort wurde wie der andere behandelt. Den Erdboden nach Spuren absuchen. Kleine Nummern neben möglichen Hinweisen verteilen. Ein Fotograf hielt alles in Bildern fest. Die richtigen Schlüsse aus dem Sammelsurium durften dann die Herren der Mordkommission ziehen.

Kalkbrenner trabte los. Die Beamten der Spurensicherung machten ihm Platz. Dr. Franziska Bodde hatte ihre Haare zu einem Zopf gebunden. Sie wirkte übernächtigt. So wie Kalkbrenner sich fühlte. Sie nickte ihm kurz zu und schenkte ihre Aufmerksamkeit dann wieder Dr. Wittpfuhl, der bereits neben der toten Frau kniete.

Das Korsett der Frau war zerrissen worden, ebenso die

schwarzen, halterlosen Strümpfe. Doch das war noch harmlos gegen ihre nackte Haut, die mit unzähligen Striemen übersät war, aufgeplatzt und blutig. Das Leben war ihr förmlich aus dem Körper geprügelt worden. Nur ihren langen, leuchtend rot gefärbten Haaren sah man die Gewalt nicht an, mit der man sie behandelt hatte.

»Der Leichenstarre nach zu urteilen, ist die Frau schon mindestens fünfzehn Stunden tot«, erklärte Dr. Wittpfuhl.

Franziska Bodde umschritt die Tote im großen Bogen. »Der Fundort ist nicht gleich dem Tatort. Man hat sie hier nur abgeladen.«

Kalkbrenner hockte sich neben den Rechtsmediziner. Obwohl die Leiche stank, besah er sich die Verletzungen genauer. Aus der Nähe wirkten sie noch abscheulicher. Gut, dass er noch nicht gefrühstückt hatte.

»Sie ist geschlagen worden«, erläuterte der Arzt. »Genaueres erst nach der Obduktion, aber ich würde auf eine Gerte tippen. Oder eine Peitsche.«

»Mein Gott, das arme Mädchen.« Erschüttert drehte Berger seine Bartenden zu Spitzen. »Sie ist wirklich zu Tode gedroschen worden?«

»Sieht ganz danach aus.« Wittpfuhl rollte den leblosen Körper auf die Seite. Auch die Brust der Toten war brutal bearbeitet worden. Selbst das Gesicht trug Spuren der Misshandlung.

Kalkbrenner hatte genug gesehen. Mit flauem Magen lief er zu seinem Wagen. »Wissen wir, wer sie ist?«

Berger folgte ihm schwer atmend. »Außer dem bisschen Kleidung, das sie am Körper trägt, hatte sie nichts dabei.«

Kalkbrenner schaute zurück zum Fundort der Leiche, begutachtete aus der Ferne ein letztes Mal den zerschundenen Leib, das Korsett, die Strümpfe, den Schuh. Unweit war die Kantstraße. Dort und in der Umgebung wurden etliche Bordelle und Puffs betrieben.

»Ein seltsamer Zufall, oder?«, sprach Berger seinen Gedanken aus.

»Oder auch nicht.« Nicht weit entfernt lag das *Dark Heaven*. Wieder war da ein ungutes Gefühl. Kalkbrenners Intuition. Nein, das war definitiv kein Zufall. »Wer hat sie gefunden?«

Mit der Hand deutete Berger auf eine junge Frau, die etwas abseits von einem Krankenpfleger betreut wurde. Auf ihrem Schoß saß ein kleiner Junge. »Sie wollte mit ihrem Sohn auf den Spielplatz.«

»Mein Gott, hat er was gesehen?«

»Nein, der Junge ist sofort rauf auf eins der Klettergerüste. Sie wollte sich auf die Parkbank setzen und hat dabei die Leiche entdeckt. Sie hat schnell den Spielplatz verlassen und die Polizei gerufen.«

»Hat einer der Anlieger irgendetwas mitbekommen?«

»Es hat sich bisher niemand gemeldet, aber wir haben bereits einige Beamte zur Vernehmung der Anwohner rausgeschickt.«

»Sehr gut«, lobte Kalkbrenner.

»Paul?«, fragte Berger. »Warum ausgerechnet ein Kinderspielplatz? Ausgerechnet an einem Feiertag?«

Kalkbrenner hatte bereits darüber nachgedacht. »Weil man wollte, dass wir die Leiche finden.«

Er trat zur Leiterin der Spurensicherung. »Gibt es einen Hinweis, der möglicherweise eine Verbindung zu dem Lehrermord zulässt? Oder zu dem Attentat auf Samuel Dossantos?«

»Tut mir leid, bisher nicht«, bedauerte Franziska Bodde. »Aber sobald wir eine Spur haben, gebe ich Ihnen Bescheid.«

»Können Sie mir außerdem schnellstmöglich eines der Fotos, die Ihr Kollege vom Opfer gemacht hat, aufs Revier schicken? Eine Porträtaufnahme reicht.«

Die Kriminaltechnikerin versprach es.

»Was hast du jetzt vor?«, fragte Berger.

»Wir beide treffen uns gleich auf dem Revier. Aber vorher muss ich noch meinen Hund holen.«

103

Miguel Dossantos hatte die Nacht allein im Schlafzimmer verbracht. Das war nicht weiter ungewöhnlich, schließlich tat er das seit vielen Jahren – sofern er nicht außer Haus schlief, im Bett einer hübschen jungen Frau, die ihm das Gefühl vermittelte, begehrenswert zu sein.

Etwas knisterte. Er wälzte sich auf den Rücken. Noch ein Geräusch. Er öffnete die Augen. Licht drang durch den schmalen Spalt seiner halb offenen Lider. Es blendete ihn. Er brauchte einige Sekunden, bis er sich an die Helligkeit gewöhnt hatte. Dann sah er die Waffe, deren Mündung geradewegs auf seine Stirn zielte. Sie ragte riesig vor ihm auf, so groß, dass er die Person dahinter, die sie hielt, nicht erkennen konnte.

»Was wollen Sie?«, fragte er panisch.

»Dich!«, sagte der Angreifer.

»Was habe ich getan?«

»Mich verraten.«

»Wir können doch über alles reden!«, schrie Dossantos.

»Wem hilft es schon, zu reden?«

Der Finger am Abzug krümmte sich. Dossantos wollte sich unter der Waffenmündung hinwegwinden. Es klickte. Er konnte sich nicht bewegen. Er war gefangen. Ein Schuss donnerte in seinen Ohren. Er presste die Lider aufeinander. Er wollte dem Tod nicht ins Auge sehen. Sein Kopf wurde heiß und explodierte.

Er öffnete die Augen. Endlich wach. Seine Lunge rasselte. Die Decke umschlang ihn wie eine riesige Fessel. Gleißendes Sonnenlicht stahl sich an den Vorhängen vorbei und strahlte ihm warm ins Gesicht. Nur langsam normalisierte sich sein Atem. Dossantos setzte sich auf. Er war froh, dass es vorüber war. Dennoch war die Realität nicht wesentlich besser als sein Traum. Sie *war* ein Albtraum aus Mördern und Verrätern.

Warum dauert das so lange? Diese Warterei machte ihn ganz wahnsinnig. Er griff zu seinem Handy, wählte eine Nummer. Mehrere Sekunden vergingen, bis endlich abgenommen wurde. Zögernd fragte jemand: »Ja?«

»Kümmern Sie sich um mein Problem?«

»Es tut mir leid, mein Schatz, aber ich bin gerade mit Frieder im Gespräch«, kam die Antwort nach einigen Augenblicken.

Eine Hand wurde über das Mikro gelegt. Dossantos konnte nicht verstehen, was gesagt wurde. Dann: »Ich soll dich von Frieder grüßen.«

»Sehr schön. Dann fragen Sie ihn doch nach meinem Problem.«

»Ja, mein Schatz, ich kümmere mich darum. Ich habe es versprochen.«

»Ausgezeichnet.«

Ein Klopfen an der Tür. Wie ein Erdbeben erschütterte es das Schlafzimmer. Vor Schreck drohte Dossantos aus dem Bett zu kippen. *Verflucht, was ist mit mir los?* War er tatsächlich drauf und dran, den Verstand zu verlieren?

»Chef?«, rief Bruno durch die Tür.

»Was ist?«

»Geht es dir gut?«

»Logisch.«

Dossantos schlurfte ins Bad. Mit seinen Handflächen schöpfte er sich kaltes Wasser ins Gesicht, bis er glaubte, halbwegs wieder fit zu sein. Er sah die Tüte Kokain, die auf der Kloschüssel lag. Gestern Abend, nachdem sie von Hönig zurückgekehrt waren, hatte er sich noch zwei Bahnen genehmigt. Sozusagen eine kleine Gutenachtprise. Er hatte sie sich verdient.

Er griff erneut danach, hielt das Koks bereits zwischen den Fingern, warf es dann wieder fort. Stattdessen zog er sich nur einen Bademantel über und ging nach unten.

Im Esszimmer hatte Magda den Frühstückstisch gedeckt. Auch heute war alles so, wie er es sich wünschte, doch Dossantos verspürte noch immer keinen Appetit. Nicht unter den giftigen Augen von Catharina. Er würde das Bild verbrennen. Nicht heute. Später. Jetzt wollte er nur ihrem Blick entkommen.

Die Haushälterin schenkte ihm Kaffee ein. Er nahm einen Schluck. Auf dem Weg ins Arbeitszimmer rief er nach Bruno. »Kontaktier die Schwestern!«

Sein Leibwächter sah ihn zweifelnd an. »Das ist lange her …«

»Na und? Gib ihnen Bescheid, dass sie sich bereithalten sollen. Sofort.«

Bruno verzog skeptisch seine Miene. »Du weißt doch, wie vorsichtig die beiden sind. Sie werden nicht Hals über Kopf …«

»Doch, das werden sie! Sag ihnen, dass ich bereit bin, das Doppelte ihres Standardhonorars zu zahlen.«

Bruno unternahm einen weiteren Versuch, seinen Chef von dem Vorhaben abzubringen. »Aber das ist nicht nötig. Ich kann das doch erledigen.«

»Nein, das kannst du nicht.«

Bruno wirkte noch immer nicht überzeugt. »Vertraust du mir nicht mehr?«

»Das hat damit nichts zu tun. Es geht um Catharina. Meine Frau. Ich glaube nicht, dass du dafür der Richtige bist.« Aber das war nur die halbe Wahrheit. *Du solltest in Zukunft vorsichtiger sein.* Das war die andere Hälfte.

104

»Hallo, Herr Kalkbrenner.« Leif öffnete ihm die Tür. Bernie stob aus der Wohnung heran und sprang freudig zwischen ihnen umher.

Es dauerte eine Weile, bis der Bernhardiner sich beruhigt hatte. »Ist meine Tochter da?«

Leif kämmte sich sein struppiges Haar mit den Fingern zurück. »Nein, ich soll Ihnen nur sagen, dass Bernie heute schon sein Futter bekommen hat. Den Rest …«, er langte verlegen mit den Händen in die Hosentaschen, »… den kennen Sie ja.«

Kalkbrenner betrat das kleine Apartment seiner Tochter. Es bestand aus einem Zimmer für Bett, Sofa und Fernseher, einer kleinen abgeteilten Kochnische und einem noch kleineren Badezimmer, in dem gerade mal Dusche, Klo und ein winziges Waschbecken Platz fanden. Anfangs hatte er sich dagegen gesträubt, dass sie in diesen Verschlag ziehen wollte. Aber ihr hatten die 18 Quadratmeter gefallen. Außerdem war es ihr ausdrücklicher Wunsch gewesen, die Wohnung mit Hilfe ihres Nebenjobs – sie kellnerte in einer Bar in Friedrichshain – zu finanzieren. Also hatte er sich gefügt. Es war noch gar nicht lange her, dass er ihr beim Einzug geholfen hatte. Dabei hatte ihre Beziehung zueinander einen neuen, warmen, herzlichen Anfang genommen. Er wollte nicht, dass wieder Eiszeit zwischen ihnen herrschte.

Er ließ sich Leine und Napf seines Hundes geben. »Sag mal, Leif, glaubst du auch, dass ich gestern …« Das Satzende sprach er nicht aus.

Der Junge trat von einem Fuß auf den anderen. »Na ja, die Situation sah schon etwas merkwürdig aus.«

»Merkwürdig?«

»Na, verdächtig eben.« Irgendwo im Haus plärrte laute Rockmusik. *Desire* von U2. »Sie sollten wirklich mit Jessy reden.«

»Wie denn, wenn sie nicht da ist!«

»Sie kennen sie doch. Sie braucht immer eine Weile, bis sie sich abgeregt hat. Geben Sie ihr Zeit.«

Widerwillig verabschiedete sich Kalkbrenner. Er sperrte Bernie in den Kofferraum seines Wagens, klemmte sich hinters Steuer, startete und gab Gas. Auf der Skalitzer Straße kam er gut voran, doch an der Mühlenstraße ging gar nichts mehr. Die Schaufelbagger und Zementmischer der Baustelle vor dem Ostbahnhof verhinderten mal wieder ein zügiges Fortkommen. *Gib uns ein bisschen Zeit. Geben Sie ihr Zeit.* Nein, genau das fehlte ihm im Augenblick am meisten: Zeit. Sie rann ihm förmlich durch die Finger.

Er brauchte fast eine Stunde, bis der Fahrstuhl ihn gemeinsam mit Bernie in der dritten Etage des Präsidiums absetzte. Im Vorzimmer blieb er vor Ritas Schreibtisch stehen. Bernie tollte um die Sekretärin herum, die sich dieses Mal weniger Sorgen machte. Heute hatte sie keinen Kuchen mitgebracht. »Sag mal, Rita, dein Mann ist doch zu Hause, oder?«

»Ja, Gernot ist krankgeschrieben.«

»Meinst du, er könnte Bernie für ein paar Tage nehmen?«

»Ich dachte, Ellen kümmert sich um ihn?«

»Es gibt da einige Probleme.«

»Warum?«

Er seufzte. »Bitte nicht jetzt.«

»Wegen Frau Brodbeck, richtig?«

Der Scharfsinn seiner Sekretärin war bestechend. »Aber es ist nicht so, wie Ellen denkt.«

»Was denkt sie denn?«

»Rita, wir haben echt gerade andere Sorgen. Kann Gernot sich um Bernie kümmern oder nicht?«

Rita zupfte an ihrem Wickelrock, doch es gelang ihr nicht, seine Falten zu glätten. Dann richtete sie die Brosche an ihrer Bluse und schaute nachdenklich. »Er ist zwar zu Hause, aber er muss regelmäßig zur Nachsorge. Er darf sich nicht überanstrengen. Ich glaube, dass das keine so gute Idee ist.« Sie streichelte dem Bernhardiner den Kopf. »Bernie ist ja auch ein ziemlicher Wirbelwind.«

»Das ist doch mal eine klare Ansage.«

Rita forschte in seinem Gesicht nach irgendeiner Regung. Was hoffte sie zu entdecken? Vielleicht Verzweiflung? Er ermittelte mittlerweile in sechs Mordfällen. Seine Mutter lag sterbenskrank in der Charité. Er musste sich um eine neue Bleibe kümmern. Und nun brauchte er auch noch eine Idee, wo er tagsüber seinen Hund unterbringen konnte. Sonst noch Fragen?

Berger trottete herbei. »Was hat die Witwe gestern gesagt?«

Na also! Rita schaute ihn aufmerksam an. »Sie kennt keinen Dossantos. Ihr Mann hat nie ein Wort über ihn verloren, und sie versteht überhaupt nicht, was mit ihr gerade geschieht«, knurrte Kalkbrenner.

»Was passiert denn mit ihr?«

»Rita!«

Jetzt starrte ihn auch Berger über seinen gigantischen Schnurrbart hinweg neugierig an. Vergrätzt flüchtete Kalkbrenner in sein Büro.

Gut möglich, dass er eben eine Spur zu ruppig gewesen war. Und ja, er war in der Angelegenheit nicht nach Vorschrift vorgegangen. Aber dass ihn jetzt jeder schief anschaute, das ging ihm mächtig gegen den Strich.

Ein Briefkuvert mit dem Porträt der Prostituierten lag

auf seinem Schreibtisch. Dr. Franziska Bodde hatte sich mal wieder selbst übertroffen. Wenigstens eine, die das Wesentliche nicht aus den Augen verlor.

Kalkbrenner wählte die Telefonnummer des LKA. Eine brummige Stimme meldete sich: »Harenstett.«

»Kalkbrenner hier.«

»Ach.«

»Ich habe eine Bitte ...«

»Wenn sie nicht Dossantos betrifft.«

»Das weiß ich noch nicht.«

Ein widerwilliges Knurren erklang am anderen Ende.

»Wir haben heute Morgen eine Frauenleiche gefunden. Ziemlich übel zugerichtet. Sieht nach einer Prostituierten aus.«

»Jetzt sag nicht, du willst wissen, wer sie ist?«

Schon einmal hatte Kalbrenner um Mithilfe bei der Identifikation einer unbekannten Frauenleiche gebeten. Damals war Harenstetts Reaktion ähnlich abweisend ausgefallen.

Doch Paul scherte sich nicht darum. »Ich mache gleich einen Scan vom Bild der Frau und schick ihn dir per Mail. Sag mir Bescheid, sobald ihr etwas herausgefunden habt.«

»Sagst du mir auch noch, warum ich das tun sollte?«

»Weil ich was bei dir guthabe.«

Stille. Erst nach einer halben Minute brummte Harenstett: »Okay, aber dann sind wir quitt.«

105

Karl-Edmund Hönig hielt das Handy in seiner Hand, unschlüssig, was er tun sollte. Frieder stand vor ihm. *Ertappt!* Aber es war doch nur ein Mobiltelefon, das klingelte.

»Willst du nicht rangehen?«, fragte von Hirschfeldt.

»Ja«, sagte Hönig und nahm das Gespräch trotzdem nicht entgegen. Er war wie gelähmt. Nur eine Person konnte ihn auf diesem Telefon anrufen. Hönig wollte und konnte nicht mit ihr reden. Nicht mit Frieder zur gleichen Zeit vis-à-vis. Er würde sich sicherlich verraten. Wenn er sich nicht sowieso schon am Morgen während der Sitzung entlarvt hatte, indem er so nervös gewesen war und sich so verdammt auffällig benommen hatte. *Jetzt reiß dich am Riemen.*

»Geh doch ran«, sagte Frieder noch einmal.

Notgedrungen hob Hönig ab. »Ja?«, fragte er verzagt und leise.

Fordernd drang es aus dem Hörer: »Kümmern Sie sich um mein Problem?«

Eine einfache Frage, doch sie entfachte in Hönigs Kopf einen Hurrikan, der seinen Verstand auszulöschen drohte. Eine Stimme antwortete: »Es tut mir leid, mein Schatz, aber ich bin gerade mit Frieder im Gespräch.«

Überrascht stellte Hönig fest, dass er selbst es war, der sprach. Er hielt sogar die Hand über das Mikrofon. »Es ist Martina.«

Frieder sagte: »Grüß sie von mir.«

»Ich soll dich von Frieder grüßen.«

»Sehr schön. Dann fragen Sie ihn doch gleich nach meinem Problem.«

»Ja, mein Schatz, ich kümmere mich darum. Ich habe es versprochen.«

Überstürzt legte Hönig auf. Als er noch einmal auf das Display schaute, stellte er fest, dass das Gespräch beendet war. Hatte er das getan? Er konnte sich nicht mehr daran erinnern.

»Mein Gott, Karl-Edmund«, entfuhr es Frieder entgeistert. »Du siehst plötzlich furchtbar bleich aus.«

»Immer noch der Magen.«

»Du solltest zum Arzt gehen.«

Der kann mir auch nicht mehr helfen. »Ist halb so wild. Nur eine Verstimmung.«

»Nimm das nicht auf die leichte Schulter.«

Wenn du wüsstest, was auf meiner Schulter lastet.

Frieder beäugte das Telefon. »Du hast ein neues Handy?«

»Ähm, ja, nein, ein altes.« Es war wieder seine Stimme, die für ihn log, und irgendwie war sie es auch nicht. »Mein neues Handy habe ich in dem Trubel der letzten Tage verlegt.«

»Aber wir haben doch gestern Abend noch miteinander telefoniert?«

»Stimmt, ja, nach gestern Abend war's.«

»Hast du die Nummer sperren lassen?«

»Ja, ja, klar.«

»Gut.« Frieder machte eine Pause. »Ich muss weg. Wegen dieser Sache mit Dossantos. Ich möchte dich deshalb um etwas bitten: Vertrittst du mich bei der Feierstunde am Mittag?«

»Ich?«

»Klar du, wer sonst? Du bist der neue Fraktionsvorsitzende.« Er zeigte sich erheitert. »Ich bin zuversichtlich, dass du das schaffst.«

Schon machte er sich auf den Weg und ließ Hönig allein. Nicht zum ersten Mal. Karl-Edmund hielt noch immer das Handy in der Hand. Er fühlte sich mies. Wie ein Schurke. Wie Dossantos.

Ich kümmere mich darum. Ich habe es versprochen. Nein, er konnte Frieder nicht hintergehen. Auf keinen Fall. Eine Notlüge war das eine, aber ihn auf diese infame Weise zu verraten, das war gegen jegliches Ehrgefühl. Seine Eltern hatten ihm als kleinem Jungen stets Anstand gepredigt, und niemals hatte Hönig die Hoffnung aufgegeben, dass man mit ihm immer noch am weitesten kam.

Er erinnerte sich an Frieders Worte: *Du bekommst die Sache in den Griff – keine weiteren Schlagzeilen über deinen Sohn.*

Hönig konnte seinen Freund nicht enttäuschen. Nicht jetzt, wo dieser sein großes Ziel erreicht hatte und ihn so dringend brauchte. Gerade hatte er gesagt: *Ich bin zuversichtlich, dass du das schaffst.* Doch Hönigs Hoffnung war längst gestorben. Er war drauf und dran, seine Seele zu verkaufen.

Ihm wurde übel, und er rannte auf die Toilette, wo er seinen Kopf über eine der Kloschüsseln hielt. Aber er brachte nichts heraus. Seit der Currywurst mit Fritten gestern Abend hatte er keinen Bissen mehr zu sich genommen. Und die hatte er im Verlies erbrochen. Das Bild der toten Frau in dem Bordell drängte sich in sein Gedächtnis. Er würgte erneut. Diesmal kam bittere Galle.

Mit Klopapier wischte er sich das Kinn ab, setzte sich auf die Toilette und wartete, bis die Übelkeit nachließ. Danach spritzte er sich am Waschbecken kaltes Wasser ins Gesicht.

Was hatte Frieder gesagt? *Zikadenweg 3. An der Avus.* Hönig nahm das Telefon und wählte die einzige eingespeicherte Nummer.

106

»Alle Achtung, Sie schon wieder!« Dr. Wittpfuhls Lächeln wirkte deplatziert. Vor ihm lag die blutige Leiche der jungen Prostituierten. »Haben Sie etwa Sehnsucht nach mir?«

»Das mit Sicherheit nicht«, sagte Kalkbrenner, dem auch nach 15 Jahren Polizeidienst kein Grund einfallen wollte, weshalb er ein Verlangen nach der unterkühlten Atmosphäre des Instituts für Rechtsmedizin verspüren sollte. »Wir wollen nur so schnell wie möglich erfahren, ob wir mit unserem Verdacht richtigliegen.«

»Immer schnell, schnell«, kommentierte Dr. Wittpfuhl angesäuert und beugte sich zu der Frau hinab. »Mir scheint, sie hier hat es nicht mehr so eilig.« Mit einem skalpellartigen Instrument schnitt er die Bauchdecke auf. Ein obszöner Spalt klaffte auf, und dem Magen entwich ein saures Gluckern.

Angewidert trat Kalkbrenner einen Schritt zurück. Berger blieb ungerührt. Auf dem Bauernhof in seiner Heimat waren Schlachtungen und andere blutige Angelegenheiten wahrscheinlich Alltag gewesen. Er war es auch, der fragte: »Irgendwelche Auffälligkeiten?«

»Ah«, machte Dr. Wittpfuhl und griff zu weiterem Werkzeug, dessen Namen Kalkbrenner nicht kannte. Er legte wenig Wert darauf, dass sich daran etwas änderte. »Ich beginne zu ahnen, worauf Sie hinauswollen.« Er entnahm dem Magen Gewebeproben, legte sie in ein eigens dafür bereitstehendes Glas. Als er damit fertig war, nickte er Berger zu. »Sie hatten recht: Die Frau wurde tatsächlich zu Tode geprügelt. Und ich bin davon überzeugt, dass die Tatwaffe eine Peitsche war. Sehen Sie hier, die Wunde …«

»Danke, Dr. Wittpfuhl«, unterbrach Kalkbrenner, wenig erpicht auf unappetitliche Einzelheiten. »Noch was?«

»Sie wurde buchstäblich totgeschlagen.«

»Gibt es eine Verbindung zu dem Lehrermord? Oder dem Mord an Samuel Dossantos? Irgendeinen Hinweis?«

»Keiner, der mir bisher aufgefallen wäre«, bedauerte der Mediziner. »Tut mir leid.«

»Mhm«, machte Kalkbrenner enttäuscht. Also am Ende doch nur ein Zufall? Vermutlich wäre alles andere auch zu gut gewesen. *Die Wahrheit ist niemals einfach.* Noch eine Weisheit seiner kleinen Helferlein.

Er beobachtete Wittpfuhl bei der Arbeit. Zum Glück rettete ihn das Handy vor weiteren Details. Während Berger sich interessiert vorbeugte, kehrte Kalkbrenner ihm den Rücken. »Harenstett hier. Heute ist dein Glückstag.«

»Kommt mir bis jetzt noch nicht so vor.«

»Wieso?«

»Egal. Schieß los!«

»Meine Kollegen auf der Straße hatten vor wenigen Minuten einen Einsatz in einem Puff. Eigentlich nur Routine, aber sie wurden fündig. Jemand kannte deine Frau.«

»Meine ganz bestimmt nicht«, entgegnete Kalkbrenner frostig.

»Also, ich meine natürlich, die tote Leiche ...«

»Eine Leiche ist immer tot.«

»Ach, verdammt noch mal, was ist dir denn über die Leber gelaufen?« Harenstett fluchte lautstark in den Hörer. »Die Frau von heute Morgen heißt jedenfalls Melanie Hauser. Als Betty hat sie bis vor Kurzem in einem SM-Club gearbeitet. Und weißt du, wem dieser Club gehört?«

»Miguel Dossantos.«

»Endlich mal etwas Gescheites aus deinem Mund.« Harenstett lachte. »Sind wir wieder Freunde?«

»Wenn du mir sagst, wo sich dieser Club befindet.«

Doch noch ehe Harenstett ihm antworten konnte, ahnte Kalkbrenner bereits die Antwort. Seine Intuition hatte ihn also doch nicht getrogen.

»In der Kantstraße. Er heißt *Dark Heaven.*«

107

Die Warterei war das Schlimmste. David Block beschloss, die Zeit bis zum Samstag als das zu nutzen, was sie offiziell war: Urlaub. So würde niemand, der ihn überraschend besuchte (wovon nicht auszugehen war), auf den Gedanken kommen, dass etwas nicht stimmte. Sicher war sicher.

Er machte es sich auf seiner Couch bequem und griff nach *The World Bank's Non-Political Mandate,* einer aktuellen Schriftenreihe zum internationalen Wirtschaftsrecht, die seit geraumer Zeit zuoberst auf dem Stapel noch zu bewältigender Lektüre lag. Nach wenigen Seiten langweilte er sich.

Er nahm sich das Buch mit dem Titel *Europäisches Kartellverfahrensrecht (einschließlich Fusionskontrollverfahren)* vor. Kurz darauf feuerte er auch das zu Boden. Es interessierte ihn nicht. Er streckte sich nach der aktuellen Ausgabe der *Financial Times,* die er im Tages-Abo erhielt. Er blätterte durch die Seiten, faltete die Zeitung dann aber wieder zusammen. Müde sah er aus dem Fenster. Berlin breitete sich im Panoramaformat unter ihm aus. Würde er die Stadt vermissen?

An den Büchern und Zeitschriften hing er jedenfalls nicht. Er würde sie nicht mehr brauchen: Nur noch wenige Tage, und Gesetze, Paragrafen, Börsenkurse und Banknachrichten würden für ihn nie wieder eine Rolle spielen.

Er sah in die TV-Zeitschrift, fand aber keinen Film, der sein Interesse weckte. Fernsehen hatte ihn noch nie begeistern können. Vielleicht würde er später eine DVD gucken. Aber eigentlich verspürte er auch darauf keine Lust. Am liebsten hätte er die Tasche gepackt, sich ins Taxi gesetzt und wäre zum Flughafen gefahren. Er schalt sich wegen seiner Ruhelosigkeit. *Ungeduld provoziert Fehler und erhöht das Risiko.*

Er ließ sich Wasser in die Badewanne einlaufen, gab einen großzügigen Schuss Schaumbad mit Lotusblüte und Kokos hinzu. Ein ausgiebiges Bad würde ihn wieder beruhigen. Gerade wollte er den Frotteemantel ablegen, als sein Telefon ging. Er humpelte zu dem Gerät. »Hallo?«

»Ich bin's, Claudio.«

»Oh«, sagte Block.

»Enttäuscht?«

»Nein, nein«, beeilte Block sich zu sagen.

»Hast wohl eine Dame erwartet.«

»Nein.«

»Und wenn schon!« Sein Kollege lachte. »Du hast ja Urlaub!«

»Stimmt.«

»Wirst du wegfahren?«

»Nein, das habe ich eigentlich nicht vor.«

»Was machst du gerade?«

»Lesen.« Das war nicht einmal wirklich gelogen. »Schön.«

Block kam nicht gegen das Gefühl an, dass die Erkundigungen nach seinem Wohlbefinden nicht der Grund für das Telefonat waren. Tatsächlich kam Claudio nun zur Sache: »David, wir haben uns überlegt, dass wir jetzt schon seit über 20 Jahren in der Kanzlei sitzen und es eigentlich an der Zeit wäre, mal zu renovieren.«

»Davon wusste ich nichts.«

»Das war auch eher ein spontaner Entschluss. Du weißt schon, frischer Wind und so.«

»Aha.«

»Und wir dachten, da du ja jetzt im Urlaub bist, könnten wir mit deinem Büro beginnen. Ich wollte dich nur vorher fragen, ob das für dich in Ordnung ist?«

Block war verwirrt. »Wo liegt das Problem?«

»Ich wollte mich nur vergewissern.« Claudio räusperte sich. »Das ist doch in Ordnung, oder?«

»Aber natürlich.«

»Dann wünsche ich dir noch einen schönen Urlaub.«

Mit Befremden legte Block auf. Ein seltsamer Anruf. War es Claudio tatsächlich nur um die Renovierung gegangen? Die Anwaltskanzlei lag in der Friedrichstraße in einem Altbau zwischen modernen, verglasten Geschäftsgebäuden. Die Mehrzahl der Zimmerwände war halbhoch mit Holz verschalt und der obere Teil sowie die Stuckdecken weiß gestrichen. Wo lag das Problem?

Block ließ das Gespräch noch einmal Revue passieren. Doch da war nichts, was sein Misstrauen mit Gewissheit untermauerte.

Er schenkte sich einen Whiskey ein. Als der Drink den Weg in seinen Magen gefunden hatte, befand er, dass es nur die Anspannung war, die ihm so zu schaffen machte. Die Furcht davor, entdeckt zu werden. Deshalb vermutete er hinter allem und jedem eine Gefahr.

Nebenan rauschte unaufhörlich das Wasser. Rasch begab er sich ins Bad. Der Mantel glitt zu Boden, und Block versank im schaumigen Nass.

Mach dich nicht verrückt. Er lachte, und das ungewohnte Geräusch hallte von den hohen Wänden zurück. Sollten sich seine Kollegen doch Gedanken über die Renovierung machen. Er träumte derweil von Kuba, Strand und Cocktails. *Wenn die wüssten!*

108

»Was soll das heißen, du warst schon mal im *Dark Heaven*?« Die Stimme seines Kollegen schwankte zwischen Unglauben und Verärgerung.

»Letzte Nacht.« Kalkbrenner blieb auf dem Gehweg stehen. Sie waren mit getrennten Autos gefahren und hatten sich vor dem SM-Club getroffen.

»Letzte Nacht?« Berger musterte ihn von der Seite. Eigentlich sprach aus seiner Körperhaltung: *Warum erfahre ich erst jetzt davon?*, doch er fragte nur: »Wieso nachts?«

»Weil ich selbst erst gestern Abend sehr spät davon erfahren habe.«

»Warum?«

»Weil Rita mich erst …«

»Nein, nicht warum du es so spät erfahren hast. Warum bist du hier gewesen?«

»Angeblich war der ermordete Lehrer Matthias Brodbeck einen Tag vor seinem Tod hier zu Gast. Sagt zumindest der Taxifahrer, der ihn am betreffenden Montag hierhergefahren hat.«

»Und? Was hatte Brodbeck dort zu suchen?«

Kalkbrenner stieg die drei Stufen zur Tür hinauf. Er floh vor der Antwort. Was hätte er auch sagen sollen? Dass in dem Gefühlschaos letzte Nacht irgendwann die Grenze zwischen dienstlichem Interesse und privater Faszination verschwommen war? Er klingelte.

Die Tür ging auf, und sie betraten die schmale Sicherheitsschleuse. Die Kasse in dem kleinen Vorraum war unbesetzt. Auch die Türsteher waren nicht im Dienst. Zu Kalkbrenners Erleichterung war es nicht Sybill, die sie begrüßte. Das Mädchen trug Jeans und ein schlichtes ausgewaschenes T-Shirt. »Wir haben noch geschlossen.«

Berger zeigte seinen Ausweis. »Wir hätten gerne den Chef gesprochen.«

»Christin?«

»Oder die.«

Die junge Frau führte sie in den Empfangsraum. Berger staunte Bauklötze über die Einrichtung. Was er wohl gesagt hätte, wenn wie gestern der Sklave im Türrahmen gestanden hätte? Doch auch von dem fehlte jede Spur.

»Mein Gott«, flüsterte Berger, während das Mädchen ihre Chefin holte. Mit offenem Mund betrachtete er die Ketten und Dildostangen. »Wozu braucht man das alles?«

Kalkbrenner unterließ einen Kommentar.

»Wer tut sich so was an?«

»Jeder, der Spaß daran hat«, sagte eine sanfte, aber Dominanz gewöhnte Stimme von der Tür aus. Christins Händedruck war fest. Falls sie Kalkbrenner wiedererkannte, ließ sie es sich nicht anmerken. Allerdings war es unwahrscheinlich, dass er ihr aufgefallen war. Zu viel Kunstnebel, und sie war ja auch anderweitig beschäftigt gewesen.

Jetzt hatte sie nur wenig Make-up aufgetragen. Ihre Haut war glatt und makellos. Sie trug ein langes, blickdichtes Kleid und an den Füßen legere Turnschuhe.

Trotzdem konnte Kalkbrenner bei ihrem Anblick die Erinnerungen an letzte Nacht nicht verdrängen. Diese Intimität, an der sie ihn und die anderen Gäste des *Dark Heaven* hatte teilhaben lassen. Sie hatte überragend, wenn nicht gar überlegen gewirkt. Eine Rolle, die sie offenbar auch privat ausfüllte.

»Gehört Ihnen dieses …«, Berger rümpfte die Nase, »Geschäft?«

»Sozusagen.«

»Was heißt das genau?«

»Ich bin die Geschäftsführerin.«

»Aber es gehört jemand anderem.«

»Warum fragen Sie mich, wenn Sie es ohnehin schon wissen?«

»Weil ich es gern aus Ihrem Mund gehört hätte.«

»Es gehört Herrn Dossantos. Daran ist nichts Verwerfliches.«

»Nein«, sagte Berger, »wenn Sie das so sehen.« Er holte ein Foto aus seiner Jackentasche, das Matthias Brodbeck zeigte. »Kennen Sie diesen Mann?«

»Nein, nicht dass ich wüsste.«

»Das ist der Lehrer, der vor anderthalb Wochen in Neukölln erschossen wurde.«

»Ach, wirklich? Ich hab davon gelesen.«

»Einen Tag vor seinem Tod war er bei Ihnen zu Gast.«

»Das möchte ich nicht bestreiten«, entgegnete Christin. »Aber wir haben eine Menge Gäste, viele davon Stammgäste. Andere kommen einmal, und wir sehen sie nie wieder. Doch selbst wenn ich jeden meiner Gäste kennen würde, ich würde ihre Namen nicht öffentlich nennen. Verschwiegenheit ist oberstes Gebot in diesem *Geschäft*.«

Berger schnaufte mürrisch. »Ach, gilt die Schweigepflicht neuerdings auch für Bordellgeschäftsführerinnen?«

»Das hier ist kein Bordell.«

Kalkbrenner hielt es für an der Zeit, sich einzumischen. »Wir haben gehört, eine Melanie Hauser alias Betty hat für Sie gearbeitet?«

»Warum fragen Sie? Hat sie was mit dem Lehrermord zu tun?«

»Das wissen wir nicht. Aber wir haben sie heute Morgen ebenfalls tot aufgefunden.«

Ensetzt hielt sich Christin die Hand vor den Mund. »Das ist ja schrecklich!« Die Erschütterung stand ihr ins Gesicht geschrieben. »Ja, Betty hat bei uns gearbeitet. Als Sklavin.«

»Als Sklavin?« Berger runzelte verwirrt die Stirn. »Und was musste sie dabei tun?«

»Sie *musste* gar nichts. Die meisten Sklavinnen, die in einem SM-Club arbeiten, sind von Natur aus so veranlagt. Andernfalls könnten sie gar nicht ertragen, was …«

»Sie wollen damit sagen, Betty hatte Spaß daran?« Berger rieb sich zweifelnd seinen Bart. »Und woran genau?«

»Sie stand den dominanten Gästen zur Verfügung. Wollen Sie es noch genauer wissen?«

»Ich bitte darum.«

»Bettys Repertoire war ziemlich vielfältig. Sie war sehr begehrt.« Christin überlegte kurz. »Sie stand auf Analverkehr, Dildo- und Natursektspiele, Knebeln, Bondage, Ohrfeigen, Peitschen, Gerten und Rohrstockerziehung.«

»Aha«, machte Berger, aber sein Gesichtsausdruck ließ keinen Zweifel daran, dass ihre Worte ihn nur noch mehr aus der Fassung gebracht hatten. »Und so was macht man freiwillig? Das ist ja …«

»Hören Sie«, fuhr Christin dazwischen. »Ich verlange von Ihnen nicht, dass Sie verstehen, was wir hier machen. Aber Sie sollten akzeptieren oder wenigstens tolerieren, dass es Menschen gibt, die andere Neigungen …«

»Neigungen?«

Sie strafte ihn mit einem schnellen, aber eindringlichen Blick. »Es gibt mehr als nur die Missionarsstellung, in der Sie Ihre drei Kinder gezeugt haben.«

»Woher wissen Sie …?!«

Sie winkte mit einem knappen Lächeln ab. »Das war nur geraten. Sie sehen mir wie der typische Mustergatte mit drei Kindern, Auto und Eigenheim aus.«

Berger zwirbelte seine Bartenden. »Ist Ihre Beurteilung nicht ein bisschen oberflächlich?«

»Verstehen Sie jetzt, was ich meine?«

Er schwieg betroffen.

»Frau Hauser hat also bei Ihnen gearbeitet?«, nahm Kalkbrenner das Thema wieder auf.

»Ja, das habe ich doch schon gesagt.«

»Bis wann war das?«

»Bis vor einem halben Jahr. Dann hat sie eine andere Stelle gefunden, wo sie mehr verdiente.«

»Sonst gab es keinen Grund?«

Sie schüttelte den Kopf. »So was kommt vor. Wie in jedem anderen Beruf auch.«

»Ein Beruf?« Berger widmete sich den Bildern an der verklinkerten Wand hinter der Bar. Männer und Frauen aufwendig gefesselt.

»Wissen Sie, wohin sie gewechselt ist?«, fragte Kalkbrenner.

»Ins *Apollo*.«

»Ins Großraumbordell, das Samuel Dossantos am Potsdamer Platz eröffnet hat?«

»Ja.«

Noch ein Zufall? Wohl kaum.

109

»Ich muss mit dir reden.« Claudio trat in Dossantos' Wohnzimmer. »Es ist …«

Der Portugiese legte den Finger an die Lippen. Mit der anderen Hand presste er das Mobiltelefon an sein Ohr. »Ausgezeichnet«, sagte er.

»Was ist mit dem Handy?«

»Behalten Sie es.«

»Aber …«

»Es ist Ihres. Vielleicht brauchen Sie es noch einmal.«

Sein Gesprächspartner setzte zu einem wütenden Protest an, doch Dossantos beendete das Telefonat. Sollte er doch meckern. Es war nicht länger sein Problem. Die Nummer, die in Hönigs Mobiltelefon eingespeichert war, würde ohnehin schon heute Mittag nicht mehr gültig sein.

Das weiße Sofaleder quietschte, als Dossantos sich erhob. Das Geräusch klang in seinen Ohren wie wohlwollender Beifall. »Claudio, entschuldige mich für einen Moment.« Im Foyer scheuerte Magda mit einem Wischmopp die kostbaren Marmorplatten. »Wo ist Bruno?«

»Im Garten.«

Tatsächlich stand seine rechte Hand in der Garage, wo Robert den Wagen polierte. Beide unterhielten sich angeregt über Frauen, deren Oberweiten und ihre besonderen Vorlieben beim Sex. Unter anderen Umständen hätte sich

Dossantos zu ihnen gesellt und einige Anekdoten aus seinem eigenen bewegten Leben zum Besten gegeben, aber dazu fehlte jetzt die Zeit.

»Bruno, du kannst die Schwestern jetzt verständigen«, herrschte der Portugiese den Bodyguard an und zog ihn in den Garten, um ihm alle wichtigen Daten mitzuteilen. Anschließend kehrte er in die Finca zurück.

Er stieg ins Bad hinauf und begutachtete sich im Spiegel. Sein Kaschmiranzug saß wie angegossen, aber die Anstrengungen der letzten Tage standen ihm ins Gesicht geschrieben. Die Falten unter den Augen machten ihn so alt, wie er tatsächlich war. Der Anblick gefiel ihm nicht. Und auch sonst verspürte er Unruhe. Seit Tagen nagte sie an ihm.

Du solltest in Zukunft vorsichtiger sein. Für einen Moment war sich Dossantos nicht sicher, ob er den richtigen Weg gewählt hatte. Zweifel keimten in ihm auf, nährten die Verunsicherung ein weiteres Mal. Vielleicht sollte er sich doch besser selbst darum kümmern?

Aus einem Tütchen legte er zwei Linien Kokain auf den Klodeckel. In einem Zug schnupfte er das Zeug weg. Es brannte in seinen Nasenhöhlen. Aber solange der Kopf dabei noch klar blieb, gab es keinen Grund, sich Sorgen zu machen.

Überhaupt hatte er in all den Jahren noch nie seinen Zweifeln nachgegeben. Er hatte nie mit einer Entscheidung gezögert. Und nie hatte er Schuld oder Reue empfunden. Hätte er auch nur einen Hauch davon zugelassen, er wäre nicht an dem Punkt, an dem er heute stand. Er verließ das Bad.

Sein Anwalt hielt sich derweil im Wohnzimmer an der Tür zum Garten auf. Die Bougainvilleen, noch feucht vom Regen der letzten Nacht, schimmerten prächtig im Sonnenlicht. Dossantos war stolz. Das war sein Reich. Sein Luxus. Sein Erfolg. Nein, niemand würde ihm den nehmen. *Niemand!* Unter seiner Haut begann es zu kribbeln.

»Ich muss mit dir reden«, sagte Claudio.

Wem hilft es schon, zu reden? »Geht es um den Zeugen?« Dossantos schniefte. »Das ist inzwischen geregelt.«

»Wieso?« Claudio drehte sich alarmiert herum. »Was ist passiert?«

Dossantos fläzte sich auf die Ledercouch. Er beugte den Kopf nach links und nach rechts, ließ die Halswirbel knacken. Er fühlte sich schon wieder besser, sogar deutlich besser. Eines seiner größten Probleme war gelöst. Er gewann die Kontrolle über sein Leben zurück.

Im Plauderton berichtete er von den Ereignissen des gestrigen Abends. Als er die Erzählung beendet hatte, waren Claudios Augen ungläubig aufgerissen. »Hast du jetzt völlig den Verstand verloren?«

Dossantos fuhr sich mit der Zunge über die pelzigen Zähne. Er war eine Weile damit beschäftigt und ärgerte sich, dass er heute Morgen noch nicht dazu gekommen war, sich die Zähne zu putzen. Solche Nachlässigkeiten passten genauso wenig zu ihm wie die Falten. Er nahm sich vor, später am Tag einen Termin beim Arzt für eine neue Botox-Kur zu vereinbaren. »Wieso soll ich den Verstand verloren haben?«

»Ausgerechnet Hönig? Ausgerechnet der beste Freund von Frieder von Hirschfeldt? Hast du eine Ahnung, was passiert, wenn er nicht auf deine Forderung eingeht? Wenn er alles auffliegen lässt?«

»Mach dir nicht ins Hemd. Ich sagte doch schon: Die Sache ist längst erledigt.«

»Klar, natürlich, aber wenn was schiefgelaufen wäre: Wer hätte dich dann wieder aus der Scheiße holen müssen?«

»Dafür bezahle ich dich.«

»Was ist bloß los mit dir?« Claudio war enttäuscht.

»Ausgerechnet du fragst mich, wo du ganz genau weißt, was in den letzten Tagen passiert ist?«

»Aber das ist noch lange kein Grund, übermütig zu werden.«

»Übermütig?« Dossantos gähnte. »Ich würde es eher konsequent nennen.«

»Vielleicht auch dumm?«

Wie vom Blitz getroffen, sprang Dossantos auf. »Pass ja auf, was du sagst.«

»Drohst du mir?«

»Nein«, sagte der Portugiese beschwichtigend und ließ sich zurück auf die Couch fallen. »Wir sind Freunde. Ich würde dir niemals drohen.«

»Und was war das gerade?«

Dossantos ging nicht darauf ein. »Ich finde nur, auch unter Freunden sollte man sich gegenseitig mit …« Seine Lider zuckten. Er rieb sich die Augen, ließ noch einmal seine Gelenke knacken. Jetzt lag die Welt wieder ganz klar vor ihm. »Claudio, wo liegt eigentlich dein Problem?«

»Mein Problem?« Der Anwalt gestikulierte wild mit den Händen. »Du bist das Problem, Miguel. Du wirst unvorsichtig. Könntest du die Sache nicht wenigstens – wie früher – Bruno erledigen lassen?«

»Wer sagt denn, dass ich mich darum kümmere?«

»Also doch Bruno?«

»Nein.«

»Wer dann?«

»Die Schwestern.«

Claudio verzog seine Mundwinkel. »Ich dachte, wir waren uns einig, dass du mit ihnen …«

»Das ist einige Jahre her. Seitdem hat sich viel verändert – meine Frau hat mich verraten. Ich habe einen Mörder in meinen Reihen.«

»Genau darüber wollte ich mit dir reden.«

»Worüber?«

»Über Samuels Mörder.«

110

Der Potsdamer Platz enthüllte auf wenigen Quadratmetern den ganzen architektonischen Irrsinn Berlins: unterkühlt und ohne jegliches Gefühl. Eigentlich genau der richtige Ort für ein Bordell. Dementsprechend fügte sich das *Apollo* mit seiner Fassade aus Chrom und Glas nahtlos in die neue Mitte ein. Lediglich ein Lichterbogen verhieß mit bunten, grellen Neonfarben *Love & Emotion.* Der Schriftzug hätte auch Werbung für Eiscreme oder einen Schokoriegel sein können.

Der Empfangsbereich war bewusst dezent gehalten, strahlte aber gerade durch das Fehlen jeglichen Schnörkels und schwülstigen Pomps, mit dem derartige Etablissements üblicherweise assoziiert wurden, eine gewisse Vornehmheit aus.

Den Eindruck unterstrich auch der Portier, ein rüstiger Rentner in Pagenuniform, der den Männern unterschiedlichster Generation, allein und in Gruppen, die Eingangstür aufhielt. Mit dem Job schien er seine karge Rente aufzubessern. Und er musste sich nicht langweilen: Am heutigen Feiertag herrschte ein ständiges Kommen und Gehen, als handelte es sich bei dem *Apollo* nicht um einen Puff, sondern um den einzig geöffneten Supermarkt in ganz Berlin.

Kalkbrenner wies sich dem Portier gegenüber aus und fragte nach dem Betreiber. Flink griff der alte Mann in seine Tasche, holte ein Funkgerät heraus und nannte zwei Nummern. Vermutlich der Code für: *Polizei am Eingang.*

Kurz darauf schneite ein bulliger Mann um die Ecke, der – anders als seine Sicherheitsleute – mehr Fett als Muskeln besaß. Er stellte sich als Frank Lehnhoff, der neue Geschäftsführer, vor und öffnete eine unscheinbare Tür, die neben dem Haupteingang lag. Durch einen schmalen, unsauber verputzten Flur gingen sie in sein Büro. In dem großen Raum mit riesigem Schreibtisch zeigten Flatscreens den Vorplatz, die Tür und die Gänge im *Apollo*. Einblick in die Amüsierzimmer gewährten sie nicht.

Lehnhoff gab sich wortkarg, deshalb kam Kalkbrenner direkt zur Sache. »Kennen Sie Frau Melanie Hauser?«

»Wen?«

»Betty.«

»Einen Moment.« Lehnhoff rief die Personalliste auf und scrollte sich durch eine Tabelle. »Stimmt, Melanie arbeitet im Verlies.«

»Wo bitte?«, hakte Berger argwöhnisch nach.

»Im Verlies. So nennen wir unsere SM-Spielräume.«

»Ist sie heute auch da?«, fragte Kalkbrenner.

»Nein.«

»Warum nicht?«

»Sie ist nicht zur Arbeit erschienen.«

»Und Sie fragen sich nicht, warum sie fehlt?«

Lehnhoff hob resigniert die Schultern.

»Geht das auch ein bisschen präziser?«, verlangte Kalkbrenner.

»Manchmal kommen und gehen die Frauen. Das ist ärgerlich, aber man kann dagegen nichts unternehmen. Es stecken einfach noch die alten Milieustrukturen in den Weibern.«

Berger setzte zu einem wütenden Protest an, doch Kalkbrenner wollte nicht mehr um den heißen Brei herumreden. »Melanie Hauser ist tot.«

»Oh«, sagte der Mann. »Das tut mir leid.«

Es klopfte. Der Leibwächter, der schweigend an der Tür gestanden hatte, öffnete. Ein Mädchen stakste spärlich bekleidet auf hohen Absatzschuhen ins Zimmer. Berger zog die Stirn in Falten, als die junge Frau ihnen völlig ungeniert den halb nackten Körper präsentierte. Sie reichte Lehnhoff zwei Personalausweise.

»Entschuldigen Sie mich kurz«, sagte er zu den beiden Beamten, stemmte sich aus seinem Ledersessel hoch und legte die Dokumente auf den Kopierer. Er notierte sich Telefonnummern, die ihm das Mädchen sagte, gab ihr die Ausweise zurück und schob die Kopien in einen Hefter. Die junge Frau verließ den Raum.

»Es haben sich wieder zwei vorgestellt.« Lehnhoff glitt mit seinem beleibten Körper zurück in den Chefsessel. »Sie sehen, die Frauen kommen und gehen …« Er zeigte ein zufriedenes Lächeln.

»Der Tod einer Ihrer Angestellten geht Ihnen anscheinend nicht sonderlich nahe«, stellte Kalkbrenner fest und musterte den Mann dabei eindringlich.

Der Geschäftsführer zeigte keine Regung. »Es ist traurig, das sagte ich doch schon.«

»Nein, Sie sagten, es tue Ihnen leid.«

»Ja, richtig.«

»Sie haben nicht zufällig etwas in Ihrem Laden …«

»Wir sind ein Unterhaltungsbetrieb!«

»… okay, in Ihrem Unterhaltungsbetrieb bemerkt?«

»Was hätte ich denn bemerken sollen?«

»Frau Hauser wurde ermordet.«

Lehnhoff hob hilflos die Hände. »Wollen Sie mich dafür verantwortlich machen? Soweit mir bekannt ist, haben Sie die Leiche nicht bei uns gefunden?«

»Aber vielleicht hat Frau Hauser Ihren Mörder ja hier getroffen? Gab es Streit? Auseinandersetzungen? Mit wem hatte sie gestern zu tun?«

Lehnhoff lachte auf. »Haben Sie eine Ahnung davon, wie viele Gäste wir täglich zählen? Wenn wir auf alles und jeden achtgeben müssten, dann …«

»Vielleicht haben die anderen Frauen ja etwas bemerkt.«

»Das glaube ich kaum.«

»Wir möchten sie lieber selbst fragen.«

»Kein Problem, wenn Sie sich den Gepflogenheiten des Hauses anpassen.«

Bergers Sorgenfalten auf der Stirn wurden tiefer. »Wie dürfen wir uns die vorstellen?«

»Sie ziehen sich in der Umkleide aus, bekommen einen Bademantel, Sandaletten, und dann können Sie sich wie jeder andere Mann im Haus mit den Frauen unterhalten.«

»Sie machen Witze?« Berger war sichtlich unwohl bei der Vorstellung.

»Vergessen Sie es!«, meinte auch Kalkbrenner.

»Ich glaube, Sie haben keine Vorstellung davon, was wir hier machen«, sagte der Geschäftsführer. »Wir führen einen Unterhaltungsbetrieb, 24 Stunden am Tag, mit täglich mehr als 500 Gästen. Zur Stunde haben wir Hochbetrieb – und Männer in Kleidung würden ihn nur stören.«

»Sie meinen den *Trieb*!«, blaffte Berger.

Mit einem abrupten Ruck, der seinem fülligen Leib nicht zuzutrauen war, stand Lehnhoff auf. »Haben Sie sonst noch was zu sagen?«

Berger brummelte in seinen Bart. »Wir kommen wieder, und dann sind wir nicht alleine.«

Lehnhoff lächelte. »Tun Sie, was Sie nicht lassen können.« Er war sich seiner Sache sehr sicher, und Kalkbrenner hatte die Befürchtung, dass der Widerling damit sogar richtiglag.

Paul führte Bernie auf dem Grünstreifen vor der Philharmonie Gassi. Als er wieder im Auto saß, rief er Harenstett an.

»Ich dachte, wir wären quitt?«, meldete sich der LKA-Beamte schnippisch.

Kalkbrenner stellte auf Freisprechen, damit Berger mithören konnte. »Gibt es eine Möglichkeit, ins *Apollo* am Potsdamer Platz zu kommen?«

»Du willst eine offizielle Durchsuchung? Vergiss es! Das

ist ein gigantischer Betrieb. Es geht um Millionen. Da stecken Kräfte dahinter, die reichen bis ganz nach oben: Regierender Bürgermeister, sein Stellvertreter, Bausenator. Das Bordell wurde durch die Berliner Verbandsbank finanziert! In ihrem Aufsichtsrat sitzen auch einige Senatsabgeordnete, von der SPD genauso wie von der CDU. Nur so war es überhaupt möglich, dass das *Apollo* an so prominenter Stelle in der Stadt errichtet werden konnte … Wenn du also keinen dringenden Tatverdacht hast, wirst du keinen Staatsanwalt finden, der dir den Wisch unterschreibt, erst recht nicht nach der Pleite von Montag. Keiner will sich die Finger verbrennen.«

»Es ist immerhin jemand umgebracht worden«, warf Berger ein.

»Nicht wegen einer Nutte. Überhaupt: Wer sagt denn, dass es im *Apollo* passiert ist? Nur weil sie dort gearbeitet hat? Habt ihr noch weitere Hinweise? Nicht? Dann schminkt es euch ab.«

Er legte auf.

»So langsam glaube ich«, sagte Berger, »dass der Lehrer das bekommen hat, was er verdient hat, wenn er in solche Geschäfte verwickelt war. Das ist alles so widerlich. Worum geht es denen eigentlich? Um ein Stück Fleisch? Hauptsache, es wirft genug Geld ab. Das hat doch alles nichts mit Liebe zu tun. Und auch nicht mit Gefühl.«

»Wer hat das denn behauptet?«

Berger zeigte auf die flackernden Buchstaben. Grün und rot. *Love & Emotion.*

»Warst du schon mal im Puff?«, erkundigte sich Kalkbrenner.

»Um Himmels willen. Du etwa?«

»Nein«, sagte Kalkbrenner und verließ den Wagen. Er dachte an das *Dark Heaven*. An Katrin. An Christin. Und an seine Frau. Müdigkeit ergriff Besitz von seinen Gliedern. Aber er konnte sich nicht einfach schlafen legen. Er hatte ja nicht einmal eine Bleibe. Im Kofferraum seines Wagens hechelte Bernie. Und in der Charité lag seine Mutter im Sterben.

111

Claudio faltete die Hände und wartete einige Sekunden. Dossantos dachte bereits, sein Anwalt hätte es sich anders überlegt. Er rieb sich die Nase. Sie juckte. Dieses verdammte Koks.

Dann gab sich Boccachi einen Ruck. Er griff in seine Jackentasche, holte zwei Blatt Papier hervor und reichte sie Dossantos, der sie hastig überflog.

Das Kokain schärfte zwar seine Wahrnehmung, aber schlau wurde er aus den Buchstaben- und Zahlenkolonnen trotzdem nicht. Ganz offensichtlich ging es um Banken und enorme Geldsummen, doch welche genaue Bedeutung sie besaßen, offenbarte sich ihm nicht. »Was soll das sein?«

»Eine Liste unterschiedlichster Briefkastenfirmen sowie deren Konten bei den Banken auf den Caymans, Bermudas, in Panama, der Schweiz und Luxemburg. Außerdem Nachweise über eine Vielzahl von Geldtransfers: Überweisungen, Umbuchungen, Rückbuchungen.«

»Also das, was der Zahlenschubser macht. Stimmt damit etwas nicht?«

Claudios Blick wich in den Garten aus. Die Sonne senkte sich über das Anwesen, und Dämmerung begann sich über die Sträucher und Büsche zu legen. Dunkelheit schlich in die Finca. Die betroffene Miene seines Anwalts machte Dossantos plötzlich äußerst unruhig. »Jetzt red schon!«

»Ich habe Unregelmäßigkeiten festgestellt. Eigentlich nur per Zufall.«

»Was heißt Zufall?«

»Ich habe die Liste heute mit der Post erhalten.«

»Von wem?«

»Der Brief kam anonym. Aber die detaillierten Aufschlüsselungen der Geldtransfers weckten meinen Argwohn. Da habe ich mir unsere Konten genauer angesehen. Also die Konten, die David führt.« Er machte eine Pause. Erneut vermied er es, Dossantos anzuschauen. »Du weißt ja, David ist sehr geschickt in solchen Dingen … Und ich bin mir auch noch nicht wirklich sicher. Ich kann mich auch irren.«

»Claudio, ich weiß, David war deine Empfehlung. Aber deshalb brauchst du ihn nicht in Schutz zu nehmen.«

»Es ist nur …«

Mit einer herrischen Handbewegung brachte Dossantos seinen Anwalt zum Schweigen. »Wie viel?«

»30 Millionen.«

Hitze loderte plötzlich in Dossantos auf. Er wollte sich von ihr nicht verzehren lassen, kämpfte dagegen an. »Wollte David nicht in den Urlaub?«

Boccachi war kaum zu verstehen, so leise sprach er. »Für vier Wochen.«

»Ist er schon auf und davon?«

»Nein, er ist noch zu Hause. Ich habe ihn vorhin angerufen.«

Dossantos rieb sich die Ohren. Diesmal hatte er sich wirklich getäuscht. »Du hast ihn angerufen?«

»Nur eine belanglose Frage. Nichts, was seine Aufmerksamkeit erregt hätte.«

»Das hoffe ich für dich.«

»Miguel, was soll das schon wieder?«

Der Portugiese stand auf und trat ans Fenster. Die Blumenbeete versanken in der Finsternis, die über die Wiese kroch, das Haus ergriff und auf ihn einstürmte. Mit ihr zerrten tausend Gedanken an ihm. Es fiel ihm schwer, sich auf einen davon zu konzentrieren. Erneut verlangte es ihn nach einer Prise Koks. Er brauchte einen klaren Kopf. Mehr denn je. »Die Frage ist doch wohl eher: Hat David meinen Sohn auf dem Gewissen?«

Claudio blieb eine Antwort schuldig.

»Er war am Sonntag im *Hermano*«, erinnerte sich Dossantos, bemüht, die verhängnisvollen Ereignisse dieses Tages zu rekapitulieren. »Er war dabei, als die Russen kamen. Er hat den Hinterausgang benutzt. Und Samuel wollte zuvor mit mir reden. Er hat David komisch angesehen ... Ich habe dem keine Bedeutung beigemessen, aber jetzt ...«

»Was hast du vor?«

»Mein zweites und letztes Problem lösen.«

112

Kalkbrenner fing den diensthabenden Stationsarzt Dr. Pliska auf dem Flur der Intensivstation ab. Er hoffte auf positive Nachrichten, wenigstens an diesem Ort. Doch der gestresste grauhaarige Mann zeigte nur einstudierte Anteilnahme. »Der Zustand Ihrer Mutter hat sich verschlechtert.«

»Wie schlimm ist es?«

Der Arzt rieb sich die Augen. Die Ränder hatten sich gegenüber ihrem letzten Aufeinandertreffen noch verdunkelt. Wahrscheinlich 24-Stunden-Schicht. »Wir haben einen Lungenabszess bei ihr feststellen müssen, eine direkte Komplikation als Reaktion auf die Lungenentzündung. Sie hat Fieber, Thoraxschmerzen, Husten und leidet unter Atemnot.«

»Können Sie etwas dagegen tun?«

»Sie bekommt Antibiotika. Aber die Lungenentzündung, der Herzinfarkt, jetzt der Abszess. Ihr Körper ist sehr geschwächt.« Dr. Pliska legte ihm seine kraftlose Hand auf den Arm. »Es tut mir leid. Es sieht nicht gut aus.«

Kalkbrenner öffnete die Tür zum Zimmer seiner Mutter. Der Raum lag im Halbdunkel. Nur die Signalleuchten der Instrumente blinkten grün und rot. Die Lichter weckten eine irritierende Assoziation zum *Apollo*, an die grelle Neonschrift. *Love & Emotion. Krankheit & Tod.*

Langsam näherte sich Kalkbrenner dem Bett. Der Weißkittel hatte nicht gelogen. Nein, er hatte sogar untertrieben. Sie sah gar nicht gut aus. Mit den eingefallenen Wangen und der wächsernen Haut war Käthe Maria nur noch ein Schatten ihrer selbst. Ihr Körper war ausgemergelt und dürr.

Zwischen den unzähligen medizinischen Geräten, an die sie angeschlossen war, drohte sie zu verschwinden. Aus aufgehängten Plastikbeuteln floss eine klare Flüssigkeit durch Schläuche, die sich in ihren Arm gruben. Ein rot glimmendes Lämpchen war an ihrem rechten Zeigefinger befestigt.

»Mama«, sagte er leise.

Doch die Frau hatte nichts mehr gemein mit jener Mutter, an deren Seite er aufgewachsen war. Die ihm erklärt hatte, wie man Zahnschmerzen mit Rosmarinblättern heilte. Die ihn ausgeschimpft hatte, weil er nachts durch die Westberliner Discotheken gestreunert und erst am frühen Morgen heimgekehrt war. Die mit ihm gelitten hatte, als seine erste Liebe zerbrochen war. Die Jessy wenige Stunden nach ihrer Geburt gewickelt hatte.

Nein, dachte er. Käthe Maria hinterließ mehr als nur ein paar lausige Fotos. Er verspürte innige Zuneigung, die ihn zu überwältigen drohte. Liebe und Gefühle, die mit keinem Geld der Welt zu kaufen waren.

»Mama«, wiederholte er.

Er war sich nicht sicher, was schlimmer war: dass er sie so sah, wie sie endgültig dem Tod entgegensiechte, ohne etwas dagegen tun zu können, oder dass er sie alle paar Tage vor ihrer alten Wohnung hatte abholen müssen, wo sie mit Tränen in den Augen gestanden hatte, weil sie nicht begreifen konnte, warum eine fremde Familie in ihre Zimmer eingezogen war. Wenigstens hatte er ihr in diesen Situationen noch helfen können, auch wenn seine Hilfe nur darin bestand, sie zurück ins Heim zu fahren.

Er fand keine Antwort auf die Frage. Nicht einmal die ansonsten so diensteifrigen Helferlein wussten Rat. Natürlich nicht. Sie halfen nur, wenn es um seinen Job ging. Im Privatleben versagten sie. Wie immer.

Vielleicht hatte Ellen ja doch recht, und er hatte sich seiner Mutter einfach nur entledigt. Wenn er sie nicht ins Heim gebracht hätte, in dem sie sich so unwohl gefühlt hatte, wäre sie nicht geflüchtet. Sie wäre nicht in das Unwetter geraten und hätte sich keine Lungenentzündung eingefangen. Dann läge sie jetzt nicht auf der Intensivstation.

Ihr Brustkorb hob und senkte sich nicht mehr. Als ob er einen elektrischen Schlag bekommen hätte, richtete er sich auf.

Sie ist tot.

Als hätte sie seine Gedanken gehört, öffneten sich ihre Augen. Sie schüttelte den Kopf. Nur eine einfache, aber beruhigende Geste. Es war noch nicht so weit.

Er war hin- und hergerissen zwischen Entsetzen und Freude. Die leisen Töne und Signale machten sich unaufhörlich mit einer diskreten Deutlichkeit bemerkbar, sie waren beinahe melodisch.

Kaum vernehmbar begann sie zu sprechen. »Paul …«

Sie hob den Kopf so weit, wie es die Schläuche erlaubten. Ihre Stimme gewann an Kraft: »Dann doch lieber …«, ihre Kehle gab einen gurgelnden Laut von sich, »… ins Heim.« Ermattet sank sie auf das Kissen zurück. Er wagte nicht, daran zu denken, wie viel Kraft und Schmerz sie diese Worte gekostet haben mussten.

Dass die Demenz ihr ausgerechnet im Angesicht des Todes einen Moment der Klarheit schenkte, war Ironie des Schicksals. Traurig. Oder einfach nur grausam.

Käthe Maria hob ihre Hand. Er griff danach, drückte sie, nicht fest, ganz zärtlich, weil er Angst hatte, die Knochen ihrer dürren Finger könnten zerbrechen.

»Pass auf dich auf, mein Junge«, sagte Käthe Maria.

Sie schloss die Augen wieder. Ihr Kopf sackte zur Seite, ihre dünnen Finger fielen zurück auf die Matratze. Nur an den Geräten war abzulesen, dass sie noch lebte. Er glaubte sogar, ein Lächeln auf ihren Lippen erkennen zu können. Aber das mochte nur eine Täuschung sein.

113

»Catharina?«

Sie reagierte nicht auf Sinas Ruf. Sie wollte das Bett in ihrem Zimmer nie mehr verlassen. Nie mehr. Natürlich war das unmöglich. Irgendwann würde sie gehen müssen. Für den nächsten Zeugen Platz machen, den man hier vorübergehend in Sicherheit bringen musste.

»Da möchte dich jemand sprechen. Es ist der Politiker.«

Catharina überlegte, ob sie sich im Badezimmerspiegel noch ihr Haar richten sollte, verspürte aber keinerlei Lust dazu. Sie folgte ihrer Freundin ins Wohnzimmer.

Den Mann, der neben dem Beamten Ludwig Harenstett stand, erkannte sie sofort. Vor allem seine hellen, durchdringenden Augen waren ihr bereits mehrfach im Fernsehen aufgefallen. Zuletzt am gestrigen Dienstagmorgen, als er sein solariumgebräuntes Gesicht vor die Kameras gehalten und stolz verkündet hatte, mit Gewalt, Drogenhandel und Prostitution sei nun endgültig Schluss.

Dabei hatte er eine Überheblichkeit zur Schau getragen, die Catharina beängstigend bekannt vorgekommen war. Sie hatte sich in ihrem Zimmer verkrochen, war in ihr Buch geflüchtet, in das Märchen vom kleinen Mädchen, das davon träumte, endlich das zu finden, wonach es suchte. Doch Catharina war eine erwachsene Frau, die wusste, dass Träume niemals Realität wurden. Nicht mit einem Mann wie Miguel.

»Ich bin Frieder von Hirschfeldt«, sagte der Politiker. »Ich wollte Ihnen für Ihren Mut danken.«

»Schickt man Sie, um mich zu überreden?«

»Nein, niemand schickt mich.« Es klang überzeugend. Aber dafür war er auch Politiker. »Es muss ein schwieriger Schritt für Sie sein, gegen den eigenen Mann auszusagen?«

»Wenn es überhaupt noch so weit kommt.«

Er hob beschwichtigend die Hände. »Ich möchte Ihnen versichern, dass diese Sache nur ein unangenehmer Zwischenfall ist. Es wird nicht lange dauern, dann wird Ihr Gatte wieder ins Gefängnis müssen.«

»Versprechen Sie mir das?«

Jetzt nickte er heftig. »Auf jeden Fall. Ich werde alles daransetzen, dass er diesmal niemanden findet, den er bestechen kann. Er wird sich für seine Taten verantworten müssen. Vorausgesetzt natürlich, Sie sagen gegen ihn aus. Wir können Ihnen nur helfen, wenn Sie sich selbst helfen.«

»Sie haben keine andere Wahl«, pflichtete ihm Harenstett bei. »Sie *müssen* gegen Ihren Mann aussagen, um Ihr eigenes Leiden zu beenden. Oder wollen Sie auf ewig in Angst leben?«

Natürlich hatten die beiden recht. Aber sie unterschätzten Miguel noch immer, nur Catharina wusste, welchen Einfluss ihr Mann tatsächlich besaß, wozu er fähig war, was er bereits alles angerichtet hatte. Gerade das war das Paradoxe: weil sie über diese Kenntnis verfügte, weil sie so detailliert

Bescheid wusste über die Scheinbuchungen, die versteckten Kassen und den Bargeldhandel, über die Morde und die verborgenen Leichen, eben deshalb war sie die Einzige, die ihn hinter Schloss und Riegel bringen konnte.

Es war wie eine Schlinge, die bereits eng um ihren Hals lag, ihr die Luft abschnürte, ihr aber noch gerade genug zum Atmen ließ, damit sie *überleben* konnte. Aber nicht leben.

Sie griff nach einem Glas Wasser, doch es spülte die Beklemmung nicht fort. Sie atmete angestrengt. Sie brauchte Sauerstoff. Musste raus hier. Nachdenken. Einen klaren Kopf bekommen.

»Warten Sie, wohin wollen Sie?«, rief Harenstett ihr hinterher.

»Ich muss an die frische Luft.«

»Ich komme mit«, sagte Kühne, der sich bisher ruhig verhalten hatte.

»Lassen Sie mich allein«, fauchte Catharina ihn an.

Mit dem Glas in der Hand verließ sie die Wohnung und rannte die Stufen hinab ins Erdgeschoss. Als sie auf die Straße trat, füllte sie ihre Lungen. Sie schmeckte die Abgase auf der Zunge. Das Rauschen der Avus dröhnte in ihren Ohren. Vielleicht war es aber auch nur der Kummer.

Sie nahm einen weiteren Schluck Wasser. Jetzt schmeckte es ihr besser. Sie legte ihren Kopf in den Nacken. Die untergehende Sonne streichelte ihr Gesicht mit letzter Kraft, mit ein bisschen Wärme und Zärtlichkeit, wiegte sie in Sicherheit. Ein trügerisches Gefühl, dem sie sich nicht hingeben durfte.

Ich habe immer nach etwas gesucht. War es ein Irrtum gewesen, zu glauben, sie würde es finden? Sie hielt Ausschau nach einem Taxi. Nichts. Ein Stück die Straße rauf konnte sie eine U-Bahn-Station ausmachen. Sie könnte auf eigene Faust fliehen. Untertauchen. Weg von hier. *Lächerlich!* Niemals würde sie Miguel entkommen.

»Hallo, Catharina!«

Zwei Frauen saßen in einem unscheinbaren Wagen, der am Bordstein parkte, als hätten sie nur eine kurze Pause auf ihrem Weg quer durch die Stadt eingelegt. Doch Catharina wusste es besser. Sie hatte die Schwestern noch nie gesehen, aber sehr viel über sie und ihr Talent gehört, Aufträge schnell und ohne große Komplikationen auszuführen. »Ich sollte mich wohl geehrt fühlen, dass er euch beauftragt hat, oder?«

»Zumindest bist du ihm einiges wert.«

Die Wagentür sprang auf. »Kommst du?«

Die Stimme der Frau war freundlich. Ein verlockendes Angebot. Als würden sie mit ihr zum Sightseeing durch Berlin fahren. Sie brauchte nur einzusteigen. Alle anderen Probleme würden sich wie von selbst erledigen. Sie würde zurück zu Miguel gebracht werden. Vielleicht kam es gar nicht so weit. Vermutlich starb sie, noch ehe sie die Avus erreicht hatten. Und für die, die sie danach fanden, würde es so aussehen, als habe sie es selbst getan. *Wie von selbst.*

Doch Catharina wollte nicht sterben. Sie wollte leben. Nur eben ohne ihren Mann, diesen Teufel. Endlich leben. Es gab nur eine Chance. Der Politiker hatte recht: Sie *musste* gegen Miguel aussagen, sie musste kämpfen für ihren Traum von Freiheit und Sicherheit.

Blitzschnell drehte sie sich um, spurtete zum Haus zurück. Sie erreichte die Tür, öffnete sie, doch plötzlich stand eine der Schwestern neben ihr. Catharina holte mit dem Glas in ihrer Hand aus. Die Frau hieb ihr die Handkante in die Leiste. Der Schmerz war höllisch. Catharina schrie.

114

Am Himmel blitzten Sterne. Der Mond schwebte über die Felder. In der Luft hing das Flirren eines warmen Spätsommerabends. Unter anderen Umständen hätte Kalkbrenner das Fenster des Passat runtergekurbelt, den Arm hinausgestreckt und sich den Fahrtwind ins Gesicht wehen lassen. Dazu hätte Musik von Deep Purple aus den Autoboxen gerockt. Doch die *anderen Umstände* lagen viele Jahre zurück.

Er bog auf den Feldweg ein, das Auto rumpelte über die Brücke, und die Scheinwerfer durchbrachen die Dunkelheit der Lichtung. Durch die Fenster der Datsche erkannte er die gemütlichen Schatten, die das Kaminfeuer warf. Unter den mächtigen Pappeln wirkte das Gebäude heimelig. Aber es war nur eine Illusion. Er war nirgendwo zu Hause. Er hielt und ließ Bernie aus dem Kofferraum, der zielstrebig in die Büsche abhaute.

Judith erwartete ihn bereits an der Tür. »Geht es deiner Mutter wieder besser?«

Er kämpfte dagegen an, doch er konnte es nicht unterdrücken. Kummer und Schuld überwältigten ihn. Die ganze Misere, in der er gerade versank. Judith griff nach seiner Hand und umarmte ihn. Diesmal war er es, der Trost brauchte.

Sie führte ihn zur Couch, wo sie sich setzten. Während aus dem Radio Fleetwood Macs *Go your own way* klang, hielt Judith ihn noch immer. Es war ein angenehmes Gefühl, weil es ihm vorgaukelte, dass er nicht allein war, zumindest nicht in diesem Moment der Schwäche. »Die Ärzte haben nicht mehr viel Hoffnung«, sagte er endlich.

»Das heißt aber auch: Es gibt noch ein wenig Zuversicht.«

Er lächelte halbherzig über ihren Versuch, ihm Mut zu

machen. Es war eben nur ein Versuch. »Die Wahrheit ist eine andere.«

»Und zwar?«

Die Tür der Datsche war nur angelehnt. Sie knarzte, als Bernie sich ins Ferienhaus schlich. Er beschnupperte eifrig alle Ecken und Vorsprünge. Als er das Zimmer hinreichend erkundet hatte, ließ er sich mit einem zufriedenen Schnaufen vor den prasselnden Kamin plumpsen.

Kalkbrenner sah die Wahrheit klar vor sich: Käthe Maria starb nach einem erfüllten Leben. Sie schlief einfach ein. Judith dagegen hatte einen geliebten Menschen verloren, der mit nie vermuteten Lügen abgetreten war. Ihr Mann war umgebracht worden.

Kalkbrenner wischte sich die Augen. Sein Gefühlsausbruch war ihm angesichts dessen, was Judith bisher hatte durchleiden müssen, peinlich. »Die Sache mit deinem Mann«, sagte er. »Sie zieht immer größere Kreise.«

»Müssen wir darüber reden?«

»Es ist wichtig.«

»Wenn es nach mir geht: Schließ die Akten und vergiss alles.«

»Du hast mich darum gebeten, den Mörder deines Mannes zu finden.«

»Da wusste ich noch nicht, warum man ihn umgebracht hat.«

»Aber das wissen wir bis heute nicht genau.«

»Ich glaube, ich möchte es auch nicht mehr erfahren.«

»Judith«, sagte er und bemühte sich um einen vernünftig klingenden Tonfall, »ich bin Polizist, und es ist meine Aufgabe, den Mörder zu finden. Ich kann deine Verärgerung verstehen, aber …«

»Verärgerung?«, spuckte sie voller Abscheu aus. »Verärgerung ist wohl der falsche Ausdruck, meinst du nicht auch? Und Wut passt auch nicht wirklich. Ich weiß nicht mehr, was ich empfinde. Hass?« Sie stöhnte laut auf. »Eigentlich ist es mir egal. Ich möchte damit nichts mehr zu tun haben. Das ist es nicht wert. Ich habe viel zu lange mein Leben vergeudet.«

Der Oldiesender im Radio war zu *Thorn in my side* der Eurythmics übergegangen. *A bundle of lies. You know that's all that it was worth. I should have known better. But I trusted you at first.*

Noch immer hatte Judith einen Arm um seine Schulter geschlungen, der andere streichelte mittlerweile seinen Oberschenkel. Es war nicht unangenehm. Alles andere als das. »Hat dein Mann jemals den Namen Melanie Hauser erwähnt? Oder Betty?«

»Ich bin mir gar nicht sicher, ob ich scharf darauf bin, zu erfahren, was Matthias mit ihr zu schaffen hatte.«

»Das wissen wir auch noch nicht.«

»Und warum fragst du mich dann nach ihr?«

»Wir haben heute Morgen ihre Leiche gefunden.«

»Das tut mir leid.«

Es klang teilnahmslos aus ihrem Mund, aber aus einer anderen Intention heraus als beim *Apollo*-Geschäftsführer Lehnhoff. Deswegen war Kalkbrenner ihr nicht böse. »Sie arbeitete in einem SM-Club, zu dem sich dein Mann am Montag vor seinem Tod hat fahren lassen. Er heißt *Dark Heaven*.«

Weil Judith darauf nicht reagierte und nur stumm ins Kaminfeuer starrte, fügte er hinzu: »Aber zuletzt war sie im *Apollo*, das ist das Großraumbordell am Potsdamer Platz. Es gehörte bis zu seinem Tod Samuel Dossantos.«

Jetzt schaute sie auf. Lange Zeit sagte sie kein Wort. Lediglich ihre Finger fuhren über seine Schulter, ein ständiges, gedankenverlorenes Auf und Ab. Bis sie ihn mit ihrer nächsten Frage überraschte: »Bist du gerne Polizist?«

115

Von Hirschfeldt trat nachdenklich ans Fenster. Blechlawinen wälzten sich Richtung Avus. Immer wieder hallte ein Hupen von den tristen grauen Häuserfassaden wider.

Catharina Dossantos stand am Bürgersteig. Sie nippte an ihrem Wasserglas, blickte zum Abendhimmel hinauf, strich sich eine Haarsträhne aus ihrem Gesicht. Die Geste wirkte verzweifelt, verletzlich und voller Angst. In gewisser Weise war Frau Dossantos ihm in diesem Augenblick sehr ähnlich. Auch er verspürte Furcht, allerdings aus anderen Beweggründen.

Dein politisches Interesse, hallte Richter Süshelms vorwurfsvolle Stimme in seinem Kopf wider. Und gleich darauf hörte er wieder Anton Heiland: *Lächerlich, auf ganzer Linie.*

Er wandte sich den beiden Polizisten zu. »Wird sie aussagen?«

»Ich glaube, Ihr Besuch hat sie überzeugt«, entgegnete Harenstett.

»Es ist ihre einzige Chance«, fügte Kühne hinzu.

»Und das weiß sie auch«, versicherte die Krankenschwester und Freundin, deren Namen von Hirschfeldt vorhin nicht richtig verstanden hatte.

Er schaute wieder raus auf die Straße. Ein grauer, schäbiger Golf hielt am Straßenrand. Eine Frau kurbelte das Beifahrerfenster herunter und rief Catharina Dossantos etwas zu. Wahrscheinlich Touristen, die eine falsche Abfahrt von der Stadtautobahn genommen hatten. In diese deprimierende Gegend kam niemand freiwillig, allenfalls verirrte man sich hierher. Wen man hier traf, der war auf der Durchreise. Oder aber am Ende.

»Warum hat sie es so lange bei Dossantos ausgehalten?«, fragte von Hirschfeldt.

»Sie kennen ihn nicht«, sagte die Krankenschwester.

Er drehte sich zu ihr um. »Ich bin ihm mehrmals begegnet.«

Sie lachte. »Und deshalb glauben Sie, Sie können sich ein Urteil über ihn erlauben?«

»Er ist ein Verbrecher.«

»Sein gesamter Charakter lässt sich nicht auf ein einzelnes Schlagwort reduzieren.«

Ein gedämpfter Schrei erklang von der Straße. Von Hirschfeldt wirbelte zum Fenster herum. »Herrgott!«

Frau Dossantos rannte zurück zum Haus. Eine Frau sprang aus dem grauen Golf und sprintete hinter ihr her.

»Frau Dossantos«, schrie von Hirschfeldt.

Kühne begriff sofort. Mit einer Waffe in der Hand spurtete der BKA-Beamte aus der Wohnung, ins Treppenhaus und die Stufen hinunter.

Von Hirschfeldt bemühte sich, ihm zu folgen. Aber es kam ihm so vor, als liefe er durch eine zähe, klebrige Masse, die ihm das Fortkommen erschwerte. »Schneller!«, trieb er sich selbst an.

Ein Stockwerk unter ihm trat ein älterer Mann auf einen Gehstock gestützt aus seiner Wohnungstür.

»Aus dem Weg!«, schrie von Hirschfeldt.

Trotz seiner Gehhilfe machte der Rentner einen raschen Satz zurück. Kühne war bereits unten, von Hirschfeldt ihm auf den Fersen. Er nahm mehrere Stufen auf einmal, strauchelte über den Teppich, drohte zu stürzen. Er sah sich bereits kopfüber die Treppe hinunterfallen. *Was für eine Schlagzeile,* im Erdgeschoss liegend, das Genick gebrochen. *Lächerlich, auf ganzer Linie.*

Dann stieß Kühne endlich die Eingangstür auf. Die letzten Sonnenstrahlen des Tages fluteten den Hausflur. Autoreifen quietschten. Auf den Pflastersteinen lagen die Scherben des zerbrochenen Wasserglases.

»Dort!«, rief von Hirschfeldt keuchend und zeigte auf einen Wagen, der die Auffahrt zur Avus nahm. »Der graue Golf. Haben Sie das Kennzeichen?«

»Ja.« Kühne telefonierte bereits.

Keine zehn Minuten später wussten sie, dass das Nummernschild genauso wie der Wagen gestohlen war. »Schreiben Sie das Auto zur Fahndung aus!«, forderte von Hirschfeldt. »Melden Sie Frau Dossantos als vermisst. Als entführt.«

»Schon geschehen. Aber machen Sie sich keine Hoffnung: Die haben ganz sicher schon den Wagen gewechselt. Vermutlich sind sie bereits über alle Berge.« Kühne klang resigniert.

»Wir sollten sofort den Portugiesen aufsuchen.«

»Und dann?«

»Stellen wir sein Haus auf den Kopf.«

Kühne lachte schallend. Sarkastisch. Dann stiefelte er zurück ins Haus. Von Hirschfeldt rannte ihm hinterher: »Wollen Sie etwa behaupten, die Sache sei damit erledigt? Das ist doch wohl nicht Ihr Ernst!«

Kühne reagierte nicht. Frau Dossantos' Freundin, die Krankenschwester, hockte in einer Zimmerecke, heulte in ihr Taschentuch. Niemand vermochte sie zu trösten.

»Was haben Sie gesehen?«, fragte Harenstett, aber seine Stimme gab zu erkennen, dass er sich nicht viel von einer Antwort versprach.

»Zwei Frauen«, sagte von Hirschfeldt, der sich noch immer nicht geschlagen geben wollte.

»Zwei Frauen?«

»Ja, mein Gott, das sagte ich doch.«

»Die zwei Schwestern.«

»Wie bitte?«

»Das sind Auftragskillerinnen, von denen wir annehmen, dass sie wiederholt für Dossantos gearbeitet haben.«

»Sie nehmen es an?« Von Hirschfeldts Stimme gewann an Schärfe. »Jetzt wissen Sie's!«

»Mich würde viel mehr interessieren, wie sie das Versteck gefunden haben.«

»Ist uns jemand gefolgt, als Sie mich abgeholt haben?«

»Auf keinen Fall«, wehrte Harenstett ab. »Das hätte ich bemerkt.«

»Nun«, sagte von Hirschfeldt und stemmte die Hände in seine Hüften. »Dann muss es Ihnen wohl jemand verraten haben.«

»Hm«, machte Kühne. »Es gibt nicht sehr viele, die über diesen Ort Bescheid wissen.« Er rieb sich die Nasenwurzel. »Eigentlich nur Herr Harenstett, mein Kollege Becker, einige weitere Kollegen unseres Vertrauens, unser Vorgesetzter, nun, und Frau Dossantos und ihre Freundin. Und Sie. Schon seltsam, dass die beiden Schwestern auf der Bildfläche erscheinen, kurz nachdem Sie hier aufgetaucht sind. Haben Sie es jemandem verraten?«

Von Hirschfeldt war empört über die unverhohlene Dreistigkeit. »Bis zu Ihrem Anruf vorhin wusste ich ja nicht einmal, wo Frau Dossantos steckt! Das ist eine …« Etwas irritierte ihn. Er brauchte einen Augenblick, bis er begriff, dass es eine böse Vorahnung war. Er hustete schnell. »… eine Unterstellung!«

Harenstett musterte ihn aufmerksam. »Was ist mit Ihnen?«

Von Hirschfeldt holte sich von der Küchenanrichte ein Glas Leitungswasser. Aber das wäre absurd. *Unmöglich!* Er nahm einen langen Schluck. Im gleichen Moment hatte er das Wasser auch schon wieder ausgeschwitzt. *Haltung bewahren*. So wie es ihn sein Dozentenfreund gelehrt hatte. Professionell und glaubwürdig verkündete er: »Ich habe mich verschluckt.«

116

»Ob ich gerne Polizist bin?«, wiederholte Kalkbrenner. Das Feuer im Kamin knisterte. Die Flammen loderten unruhig, als wären sie der Spiegel seiner Seele. »Die Antwort fällt mir nicht leicht.«

»Warum?« Judiths Augen hefteten sich neugierig auf ihn. »Du wolltest doch damals schon Polizist werden.«

»Ja, ich hab davon schon als kleiner Junge geträumt.« Spontan amüsierte ihn die Erinnerung daran. »Mit Blaulicht durch die Stadt rasen, Türen eintreten, mit der Knarre herumrennen, alte Damen vor bösen Buben retten …«

»Bin ich etwa eine alte Dame?«

Er lachte auf. Ein befreiendes Gefühl. Im Schein des Kaminfeuers konnte er erkennen, dass ihr Gesicht Farbe bekommen hatte. Das blonde Haar, das ihr zu beiden Seiten offen auf die Träger des schwarzen Kleides fiel, bildete einen hervorstechenden Kontrast dazu. »Du siehst gut aus. Besser als in den letzten Tagen. Erholt.«

»Danke. Ich habe das schöne Wetter heute Mittag für ein kleines Sonnenbad auf der Wiese genutzt. Das Ferienhaus ist wunderbar.«

Das ist das nächste Problem. Doch bevor er etwas sagen konnte, griff Judith den Faden wieder auf. »Dein Job belastet dich, oder?«

»Weniger der Job im Allgemeinen.«

»Ist es der Tod?«, fragte sie und rückte etwas näher.

Dass sie es so auf den Punkt brachte, überraschte ihn einerseits, andererseits erinnerte es ihn erneut daran, wie Judith ihn schon damals immer erstaunlich schnell durchschaut hatte. »Ja, der Tod und die Gewalt.«

»So schlimm?«

»Am schlimmsten ist die Verzweiflung der Angehörigen,

die Schuldgefühle in mir weckt. Die mich erst zu meiner Arbeit antreiben.«

Judith nickte mitfühlend. »Du hast nie versucht, etwas daran zu ändern?«

Man muss sich ändern wollen. Wie oft hatte er diesen Satz inzwischen gehört? »Was hätte ich denn daran ändern sollen? Es war schließlich mein Job.«

»Es *ist* dein Job, noch heute.« Judith barg seine Hand in ihren Fingern. »Es ist das, was du immer tun wolltest. Und du warst schon immer bereit, den hohen Preis dafür zu bezahlen.« Ihr Kopf lehnte jetzt an seiner Schulter. »Nach unserem Urlaub in der Dominikanischen Republik haben wir das Abitur gemacht, du hast dein Studium begonnen und …« Die letzten Worte waren nicht mehr zu verstehen.

Die Flammen im Kamin verschlangen zischend das Holz. Bernies Kopf fuhr herum; er bellte. Weil er aber nichts entdeckte, was seinen Argwohn erregte, vergrub er seine Schnauze wieder zwischen den Vorderpfoten, die Augenlider sanken herab, und er schlief schnarchend ein. Bis zum nächsten Funkenflug.

»Hast du oft an unsere Trennung gedacht?«, fragte Kalkbrenner.

»Lange Zeit nicht.« Judith stieß ein leises Lachen aus. »Irgendwann wusste ich nicht einmal mehr, warum wir überhaupt Schluss gemacht hatten.« Fragend schaute sie zu ihm auf. »Weißt du es noch?«

Es war gerade einen Tag her, dass er sich selbst diese Frage gestellt hatte. Im Geiste reiste er mehr als 20 Jahre zurück. »Vielleicht haben wir es vergessen, weil unsere Trennung so normal war. Das genaue Gegenteil unserer Beziehung. Es war der Alltag, der uns einholte, das Studium, der Beruf.«

»*Dein* Beruf«, sagte Judith.

Ja, mein Beruf, schon damals. »Ich glaube, wir haben uns

dabei einfach aus den Augen verloren, nicht räumlich, sondern in Gedanken.«

Judith streichelte sein Bein. »Aber ich habe noch oft an dich gedacht.«

Ja, die große Jugendliebe vergaß man nie. Den riesigen Schwarm. Das ewige Glück, das scheinbar alles möglich werden lässt – bis man sich wieder der Realität stellen muss. *So wie der Tod die Menschen hinterrücks erwischt.* Eine Erfahrung, die er seither immer wieder hatte machen müssen. Es war eben doch kein Kleiner-Jungen-Traum gewesen. Trauer übermannte ihn. Er blinzelte. Die Glut im Kamin flimmerte. Er kämpfte gegen die Tränen.

Judith schien zu wissen, was in ihm vorging. »Wären wir doch damals bloß nach Barbados geflogen.«

Ein schlichter Satz, der dennoch ein deutliches Begehren offenbarte: Was wäre gewesen, wenn …?

Kalkbrenner drehte sich zu ihr um. Plötzlich war ihr Gesicht seinem ganz nahe. Er roch *Chanel No. 5*. Ihre Lippen berührten seinen Mund. Und im Radio sang Lauryn Hill *Killing me softly*.

117

Block schlang den Bademantel fest um seinen Körper. Mit einem Glas Whiskey in der Hand schlenderte er zum Fenster und zog den schweren Brokatvorhang beiseite. Die Straße lag ruhig und verlassen zu seinen Füßen.

Block mochte die Stille. Sie war mit ein Grund, warum er sich vor Jahren für dieses Apartment entschieden hatte. Seitdem war die Wohnung sechs Stockwerke über Berlin sein eigenes, abgeschiedenes Reich. Niemand spottete über ihn. Keiner störte ihn hier. Von den Nachbarn mal abgesehen, den lästigen Tattergreisen, die schon seit Jahrhunderten in den Stockwerken unter ihm zu leben schienen.

Es war schade um die schöne Wohnung und den einzigartigen Ausblick über Berlin. Wohin er auch schaute: überall ein Meer aus funkelnden Lichtern.

Er leerte den Drink in einem Zug. Was soll's? Was auf ihn wartete, war noch viel besser. Obwohl er sich auf Kuba sogar mit einer Matratze in einer Holzhütte zufriedengeben würde, solange er nicht allein war.

So weit wird es nicht kommen. Jetzt, wo er ungestört war, gönnte er sich die Vorfreude. Selbstverständlich würde er nicht allein sein. Und natürlich würden sie nicht auf einer Matratze in einer Holzhütte übernachten. Dafür hatte er schon gesorgt.

Ein Wagen hielt vor dem Haus. Er parkte in zweiter Reihe, im Schatten zwischen zwei Laternen. Wahrscheinlich Geschäftsleute auf dem Weg zu einem der wenigen Restaurants, die dieser Straßenzug zu bieten hatte. Oder Architekten, die sich an der Pracht der Häuser erfreuen wollten.

Auf dem Weg zu seiner Hausbar stieß er mit seinem kranken Fuß gegen das *Europäische Kartellverfahrensrecht (einschließlich Fusionskontrollverfahren)*, das seit dem Morgen auf den Fliesen lag. Das Buch rutschte über den glatten Marmor, prallte gegen die Wand und schlitterte dann wieder zurück in den Raum, wo es wie zufällig verloren liegen blieb. Der Einband war hin. Aber wen scherte das noch?

Etwas allerdings störte ihn. Er drehte sich noch einmal um, ging zurück zur Fensterfront. Drei Gestalten entstiegen dem Wagen. Nur der Fahrer verharrte auf seinem Sitz. Die Männer unterhielten sich. Sie schienen zu diskutieren. Dann machte einer von ihnen kehrt und setzte sich zurück in den Wagen.

Block presste die Nase gegen das Fensterglas. Um ein Haar wäre ihm der Drink entglitten. Der Wagen unten auf der Straße war ein Chrysler.

Was will er hier? Die Gedanken in Blocks Hirn rasten. Ganz bestimmt kam Miguel nicht auf einen Kaffeeschwatz vorbei. Er hatte Block noch nie in seiner Wohnung besucht. Warum sollte er das heute tun? Darauf konnte es nur eine Antwort geben.

Die Welt vor Blocks Augen begann sich wie ein Karussell zu drehen. Erst jetzt bemerkte er, dass er seit einer Minute die Luft anhielt. *Hol Luft*, schrie es panisch in ihm. *Atme!* Rasselnd nahm seine Lunge ihre Arbeit wieder auf.

Es war unmöglich! Dossantos konnte nichts von seinem Plan wissen. Er war doch so gerissen, so vorsichtig, so besonnen vorgegangen. Erst in vier Wochen konnte Miguel davon erfahren. Wenn Block nicht mehr in die frisch renovierte Kanzlei zurückkehrte. Wenn sie nach ihm suchten, aber jede Spur von ihm verwischt war.

Der Besuch seines Chefs musste einen anderen Grund haben. Daran gab es keinen Zweifel, durfte es keine Zweifel geben. Er wusste, dass er sich belog.

Lauf weg! Die Idee war absurd. Mit seinem lahmen Bein war er so schnell wie eine Schnecke. Trotzdem wollte, nein, musste er es versuchen. Ihm blieb nicht viel Zeit.

Er stellte das Whiskeyglas auf den Tisch, schnappte sich die erstbeste Hose, die er fand, und zog sie an. Er schlüpfte in ein Hemd. Schuhe. *Und jetzt beeil dich!* Wenn er es rechtzeitig ins Treppenhaus schaffte, konnte er vielleicht aufs Dach gelangen. Der große Vorteil der Berliner Altbauten war, dass sie dicht an dicht standen und ihre Dächer nahtlos ineinander übergingen. Was einst zur Entlastung der Schornsteinfeger gedacht war, konnte für ihn jetzt die glückliche Rettung bedeuten.

Er hastete quer durch das Apartment auf die Tür zu. Sein Bein sperrte sich gegen die schnellen Bewegungen. Er würde sich davon nicht unterkriegen lassen. Unerbittlich zog er es hinter sich her. Nur noch wenige Meter. Nur noch ein bisschen. Die Tür kam näher. Die Türklinke. Sicherheit.

Plötzlich knickte sein lahmes Bein unter ihm weg. Es glitt einfach beiseite, so als würde es über eine Eisfläche rutschen.

Block strauchelte, verlor das Gleichgewicht und stürzte. Noch während er fiel, blickte er verwundert zu Boden. Das *Europäische Kartellverfahrensrecht (einschließlich Fusionskontrollverfahren)* schlitterte durchs Zimmer. Ausgerechnet ein Buch, ausgerechnet das, was er am besten beherrschte, das internationale Wirtschaftsrecht, brachte ihn zu Fall.

Mit ausgestreckten Armen landete er auf den Fliesen. Knallte mit der Hüfte auf den kalten, harten Stein. Sofort versuchte er, sich wieder hochzustemmen. Vergeblich. Sein Arm knickte kraftlos unter ihm weg. Die Hand war verstaucht. Oder gebrochen. Aber es spielte keine Rolle mehr, denn in diesem Augenblick klopfte es an der Tür.

118

In Kalkbrenners Schädel schrie eine Stimme: *Nein!* Es war die von Rita. *Das ist ein Fehler.* Aber dann waren da nur noch Wut und Trauer, Schmerz und Einsamkeit, Verzweiflung und Entsetzen. Alles zusammen riss die Mauern seiner Selbstbeherrschung ein und … *Judith braucht Trost*, beruhigte er sich. *Mehr nicht!*

Er belog sich selbst. Diesmal war er es, der sich nach Geborgenheit sehnte. Aber dafür hatte er sie nicht gleich zu küssen brauchen.

Er sprang vom Sofa auf und lief hastig zur Tür. Frische, klare Nachtluft nahm ihn in Empfang. Die kleine Lichtung wurde nur spärlich vom Mond beschienen. Aus der Dunkelheit drang das Plätschern des Baches an sein Ohr. Auf dem brüchigen Rand des Brunnens ließ er sich nieder.

Judith gesellte sich zu ihm. »Es tut mir leid, wenn ich …«

»Nein, nein«, wehrte er ab.

Sie setzte sich neben ihn. Das Meer aus Sternen kam ihm wie tausend aufmerksame Augen vor, die über jeden seiner nächsten Schritte wachten. Wenn er jetzt eine Sternschnuppe gesehen hätte, Kalkbrenner hätte nicht gewusst, was er sich wünschen sollte.

»Woran denkst du?« Judiths Stimme drang an sein Ohr.

Er hatte keine Ahnung.

»An deine Familie?«

»Meine Familie?« Erschrocken über die Schärfe in seiner Stimme hielt er den Atem an, aber die Worte waren gesprochen, ehe er über sie nachgedacht hatte. »Welche Familie? Meine Mutter stirbt. Meine Frau versteht mich nicht. Außerdem hat sie mich aus dem Haus geschmissen. Und meine Tochter redet kein Wort mehr mit mir.«

»Etwa wegen gestern? Da war doch nichts.«

Gestern vielleicht nicht. Tausend Gedanken schwirrten durch seinen Schädel. Keiner war greifbar. Es war ein heilloses Durcheinander. Wie das Sternenchaos am Himmel.

Er hatte Judith geküsst, zwar nur kurz, aber es hatte diesen Augenblick der Intimität gegeben, der weit über das tröstende Sich-im-Arm-Halten hinausging. Doch so intensiv er auch über die Situation nachdachte, es wollte sich kein schlechtes Gewissen einstellen. Vielleicht war gerade das der verwirrendste Gedanke von allen.

»Siehst du die Sterne?«, fragte Judith.

»Ja, den Großen Wagen.«

»Den kannst du erkennen?«

Sie rückte ganz nahe. Er roch erneut ihren Duft. Es fiel ihm schwer, sich zu konzentrieren, trotzdem zeigte er ihr das Sternbild. »Meine Mutter hat es mir erklärt, als ich noch ein kleiner Junge war.«

Auch der Gedanke an Käthe Maria stimmte ihn nicht mehr traurig. Judiths Nähe gab ihm Kraft. Sie flößte ihm Mut ein, eine Gabe, die er schon damals an ihr bewundert hatte. Egal wie schlecht es ihr selbst gegangen war; immer hatte sie noch ein Lächeln für ihn aufgebracht.

In diesen Sekunden lebte er plötzlich ganz in der Gegenwart.

Wieder schaute er zu Judith. Im Dunkel der Nacht konnte er ihre Augen nur schemenhaft erkennen. Er wusste, dass sie blau waren. Ihre Hand streifte seinen Oberschenkel. Mit dem anderen Arm umfasste sie seinen Hals und zog ihn zu sich herab. Diesmal ließ er es widerstandslos geschehen.

119

Block wagte nicht, sich zu bewegen. Nicht nur wegen der Schmerzen, die heiß wie ein Vulkan in seinem Arm brannten. Er gab keinen Laut von sich. Vielleicht würden seine Besucher unverrichteter Dinge das Haus verlassen, wenn niemand ihnen öffnete.

Eine Weile passierte nichts. Er lauschte in die Stille. Niemand schritt durch den Hausflur. Nicht einmal das Geräusch des fahrenden Lifts war zu vernehmen. Möglicherweise waren sie bereits wieder verschwunden.

Da erklang ein verhaltenes Surren. Etwas knackte, und die Wohnungstür sprang auf. Miguel betrat in einem seiner edlen Anzüge den Raum. Er entdeckte Block. »David, was ist mit dir?«

Mit der unverletzten Hand wischte Block sich übers Gesicht. Überrascht spürte er etwas Feuchtes an seinen Fingern. Es waren Tränen.

Bruno erschien hinter Miguel. Er drückte die Tür zurück

ins Schloss, das er vor wenigen Sekunden mit einem kleinen Akkubohrer geknackt hatte. Beide ragten vor Block auf, begafften ihn wie eine gleichermaßen abstoßende und faszinierende Erscheinung: Er war ein behinderter Mann, der sich verzweifelt am Boden wand. Ein sprachloser Anwalt, dem die Tränen in die Augen schossen. Ein betrügerischer Zahlenschubser, den man auf frischer Tat ertappt hatte.

»Ich bin gestürzt«, sagte er. Seine Stimme war alles andere als selbstsicher.

Miguel hob die Brauen. »Hattest du es eilig?«, fragte er voller Mitleid.

Block versuchte sich ein weiteres Mal mit der unverletzten Hand emporzustemmen. Umsonst. Bruno half ihm auf und stützte ihn, bis er die Couch erreicht hatte.

Dossantos griff nach dem Whiskeyglas und schnupperte daran. »Gibt's was zu feiern?«

»Meinen Urlaub«, sagte Block, weil ihm nichts Besseres einfiel.

»Deinen Urlaub?« Miguel rieb sich nachdenklich die Stirn. Er trug ebenso wie Bruno Handschuhe. »Ein teurer Urlaub, wie mir scheint.« Er betrachtete die *Financial Times.* »Warte mal, lass mich rechnen … Zehn.« Er riss einen Streifen von der Zeitung ab. Gedankenverloren lief er dabei durch das Apartment. »20.« Noch ein Papierstreifen. »Nein, 30.« Ein weiterer Streifen. Dossantos stand jetzt vor einem der Fenster, legte die Zeitung auf dem Sims ab, ließ die Papierfetzen hinabschweben. Er drehte sich abrupt zu Block um. »30 Millionen. Das ist wirklich eine Menge Geld für ein paar Wochen Urlaub, findest du nicht auch?«

»30 Millionen?« Wie war er dahintergekommen? Verdammt, wie? »Ich weiß nicht …«

Wie ein Pfeil schoss Miguel auf Block zu und hämmerte ihm mit der Faust ins Gesicht. Ein unangenehmes Knirschen später hielt Block sich stöhnend die gebrochene Nase.

Das war kein Schmerz mehr, an dem er Vergnügen finden konnte.

»Hast du mir nichts zu sagen?«, fragte Miguel.

Block schwieg. Jedes Wort war eins zu viel.

»Du hast meinen Sohn umgebracht«, knurrte der Portugiese.

Block schluckte und schmeckte Blut. Auch seine Hand war damit besudelt. Es tropfte aus seiner Nase auf das Hemd und die Hose.

»Wer war noch daran beteiligt?«

»Niemand.«

Dossantos schlug ein weiteres Mal zu. Diesmal krachte Blocks Kinn. Der Hieb raubte ihm für Sekunden die Besinnung.

Als er wieder zu sich kam, schwenkte Miguel ein Kuvert vor seinen Augen. Der Brief war an die Kanzlei adressiert. Hinter Blocks Schläfen toste ein Sturm, der nicht länger nur von den Schmerzen herrührte. Er brauchte den Inhalt des Briefes gar nicht zu lesen. Es reichte, dass er die Handschrift erkannte.

»Man hat dich reingelegt.« Miguels Hinweis war überflüssig.

Das Blut troff unaufhörlich aus Blocks Nase.

»Wer ist es?«, verlangte Miguel zu wissen.

Block bemühte sich um eine Antwort, doch sein Mund verweigerte ihm den Gehorsam. Der Kiefer war ausgerenkt. Er brachte nur ein sabberndes Brabbeln zustande.

Trotzdem schien Miguel den Namen zu kennen. Erst runzelte er seine Botox-Stirn, dann schien er zu verstehen. Die Falten glätteten sich wieder. »Ich weiß, wer sie ist.«

Aus irgendeinem Grund überraschte es Block nicht, das zu hören. Aber was spielte das noch für eine Rolle? Er legte seine ganze restliche Kraft in den nächsten Satz, auch wenn er wusste, dass ihn diese Worte nicht retten würden. »Es war nicht … meine Idee.«

»Das glaube ich dir sogar.« Miguel legte ihm wie zum Trost die Hand aufs Bein. »Aber du verstehst doch sicher, dass ich dich dennoch bestrafen muss.«

Du bist anders. Das hatte sie zu Block gesagt. *Du trägst etwas in dir, das dich zu einem besonderen Menschen macht.* Es war eine Lüge gewesen. Von Anfang an. Sie hatte ihn nur für sich benutzt.

»Wann hast du sie zuletzt gesehen?«

»Montag.« Es war mehr ein Schnaufen. Mit der gebrochenen Nase klang es wie der letzte Atemzug vor dem Tod.

»Und wo?«

»Hier.«

»Und dann? Wo ist sie hin?«

Block strengte sich an. Nuschelnd kamen die Worte über seine Lippen. Er konzentrierte sich ein letztes Mal. Verdrängte den Schmerz und die Enttäuschung. »Polizei … in Sicherheit gebracht.«

»Und du hast ihr vertraut?«

Block sank beschämt in sich zusammen.

»Also sind wir beide von einer Hure reingelegt worden.« Miguel ließ von Block ab. »Und was fange ich jetzt mit dir an?«

Als wenn er eine Antwort darauf erwartete. Dossantos legte seine Hand auf Blocks Kopf. Mit dem Daumen strich er über dessen Stirn. Wie ein Priester, der dem Sterbenden die Absolution erteilte. Der Impuls, zu lachen, drängte in Block empor.

»Kümmere dich um ihn«, wies Miguel Bruno an.

»Logisch, Chef.«

Das waren die letzten Worte, die Block in seinem Leben hörte.

120

Kalkbrenner spürte Judiths Lippen auf seinem Mund. Ihre Zunge, die ihn zärtlich erkundete. Er schob seine eigene Zunge vor. Vorsichtig umkreisten sie sich, fanden ihren Rhythmus.

Er wusste nicht, wie lange sie sich küssten. Aber er spürte, dass Judith ebenso ausgehungert war wie er. Wie sehr er sich nach Nähe und Zärtlichkeit gesehnt hatte. Nach Leidenschaft. Und Lust. Wie sehr er beides jetzt genoss.

Als ihre Lippen sich voneinander lösten, ergriff sie seine Hand, und sie gingen zurück ins Haus. Das Feuer im Kamin war beinahe heruntergebrannt, doch keiner von ihnen bemühte sich, Holz nachzulegen.

Judith drückte ihn auf die Couch, sank neben ihn und verschlang ihn mit ihren Lippen. Langsam öffnete sie seine Hemdknöpfe. Ihre Finger berührten seine nackte Brust.

Sie schaute ihn an. *Wie sie dich anseh'n. Ein lasziver Blick.* Doch es war Jermaine Jackson, der mit seinem *Do what you do* das Zimmer erfüllte.

Wie von selbst gingen Kalkbrenners Hände auf Erkundungstour. Er streichelte Judiths Hals, ihre vollen, weichen Brüste, den flachen Bauch. Er streifte ihre Scham. Keine Unterwäsche. Sie war rasiert. Er konnte fühlen, wie feucht sie war. Ihr Unterleib drängte sich seinen Fingern entgegen. Das Kleid glitt zu Boden, ohne dass er etwas dafür tun musste. Kurz darauf war sie nackt. Ihre Haut war glatt und makellos. Sie war schön, und er labte sich an ihrem Körper.

Dann versetzte sie ihm einen Stoß, und er fiel rittlings auf das Sofa. Für den Bruchteil einer Sekunde bäumte er sich auf, der letzte Hauch eines Vorbehalts. Judith presste ihn mit den Händen zurück.

»Lass dich fallen«, flüsterte sie.

Er schnappte nach Luft.

»Lass dich gehen.«

Bevor er wusste, wie ihm geschah, sank sie in die Hocke, streifte ihm mit einer Hand die Hose über die Knöchel und packte mit der anderen sein Glied.

Ihre Entschlossenheit überrollte ihn. *Frauen regier'n die Welt.* Aber er begehrte nicht mehr dagegen auf. Es gab keinen Grund dafür. Er wollte es. Er wollte es jetzt. Er ließ sich fallen. Judith fing ihn auf.

Ihr Lippen schlossen sich um sein Glied. Sie saugte voller Verlangen daran. Was für ein Gefühl. Er stöhnte. Er wünschte sich, dass sie niemals damit aufhören würde, doch dann war er es selbst, der sich ihr entzog. Er stand vom Sofa auf, fuhr mit den Armen unter ihren leichten Körper und trug sie ins Schlafzimmer. Sanft bettete er sie auf die Matratze. Er wollte ihre Beine spreizen, doch Judith lag bereits geöffnet vor ihm.

Er küsste sie und schmeckte sich selbst. Er glitt in sie. Sie war warm. Er fühlte sich, als würde er vor Hitze verbrennen, aber das hinderte ihn nicht daran, den Druck auf sie zu verstärken. Keuchend presste sie ihm ihr Becken entgegen, krallte sich in seinen Po.

Jäh warf Judith ihn ab, rollte ihn auf den Rücken und setzte sich auf ihn. Die Brüste hingen vor seinem Gesicht. Er wollte nach ihnen greifen, sie drücken und kneten und sie seine ganze Lust spüren lassen. Doch Judith packte seine Arme, hielt sie an den Gelenken fest umschlossen, ließ ihm keinerlei Freiheit. Sie nahm sich, was sie wollte. Das war Judith. Schon immer gewesen. Es gefiel ihm.

Ihre Bewegungen wurden schneller. Ihre Becken rieben sich aneinander, bis es kein Halten mehr gab. Sie schrien, als sie zusammen ihren Höhepunkt erlebten.

Langsam kamen sie wieder zu Atem. Der Schweiß trocknete auf ihren heißen Körpern und kühlte angenehm. Nüchternheit kehrte zurück. Er starrte an die Zimmerdecke. Durch das Fenster schienen die Schatten der Pappeln nach ihm zu greifen. Der Wind ließ sie sich vor- und zurückbiegen.

»Was ist mit dir?« Judith lag neben ihm, den Kopf auf seiner Brust, die Hand auf seinen Lenden. Er spürte ihren Atem auf seinem Körper. Gänsehaut verursachte ihm einen Schauer.

»Ich weiß nicht«, sagte er, »das ist alles so …«

»Verrückt?« Ihr Kopf hob sich empor, und ihr Mund verschloss den seinen, bevor er eine Antwort geben konnte. Als sie sich von seinen Lippen löste, konnte er im Mondlicht ein Lächeln erkennen. »Manchmal muss man einfach verrückte Dinge tun.«

In Gedanken vollendete er den Satz: *Denn später zeigt sich, so verrückt sind sie gar nicht.*

Er versank in ihren Augen. Sie hatten ihm bereits vor 20 Jahren das Gefühl vermittelt, das Wichtigste auf dieser Welt zu sein. Schon damals war er für sie bereit gewesen, verrückte Dinge zu tun.

Er horchte in sich hinein: Sein Gewissen schwieg. Nichts von dem, was geschehen war, kam ihm falsch vor. Im Gegenteil: Er wollte mehr davon. Durch das nächtliche Zwielicht suchte er ihren Mund. Er schlang seinen Arm um sie. Genoss die Wärme, die noch immer von ihrem nackten Körper ausging.

Er legte sich auf sie, drang erneut in sie ein, und sofort fanden sie ein gemeinsames Tempo. Es war, als wären keine zwei Jahrzehnte vergangen. Das Auf und Ab seiner Hüften wurde schneller. Judiths Augen waren geschlossen. Aus ihrem Mund entrang sich ein genussvolles Seufzen. Fast unhörbar hauchte sie: »Mein Held.«

121

Wie versprochen wurde von Hirschfeldt von dem LKA-Beamten nach Grunewald gebracht. Während der Fahrt schwiegen sie. Erst als Harenstett den Wagen vor der Villa mit den gelben Säulen ausrollen ließ, wagte von Hirschfeldt die Frage zu stellen: »Und was machen wir jetzt?«

Harenstett machte den Motor aus. »Ganz einfach: Wir ziehen die Anklage zurück.«

»Das kann nicht Ihr Ernst sein!« Noch immer sperrte sich von Hirschfeldt dagegen, das Unausweichliche zu akzeptieren. »Er kann damit nicht durchkommen. Das ist unmöglich!«

»Ihre politische Laufbahn ist bisher ohne nennenswerte Rückschläge vonstattengegangen, oder?«

»Ich hatte eine Glückssträhne«, erwiderte von Hirschfeldt. »Ich glaube, so nannten Sie es.«

»So wird es wohl gewesen sein. Aber ich habe Ihnen auch gesagt: Der Portugiese ist ein gerissener Hund.«

»Nein, Sie sagten: ›Der Teufel ist ein Eichhörnchen.‹«

Harenstett atmete schwerfällig aus. »Lassen wir die Phrasendrescherei. Die Wahrheit ist die: Dossantos ist wieder einmal entkommen. Schade um seine mutige Frau …«

»Sie nehmen ihren Tod so einfach hin?«

»Was sollen wir denn tun? Noch einmal bei Dossantos einfallen? Wir haben nichts mehr gegen ihn in der Hand. Kein Richter wird sich mit einem neuerlichen Durchsuchungsbeschluss in die Nesseln setzen. Und davon mal ganz abgesehen wird Dossantos nicht so dumm sein, seine entführte Frau in die eigenen vier Wände zu schaffen. Er wird sie umbringen lassen, und niemand wird sie je wieder zu Gesicht bekommen. Das müssen wir wohl oder übel akzeptieren.«

»Das werde ich nicht. Mein Ruf steht auf dem Spiel.« Von Hirschfeldt hieb mit der Faust in seine andere Handfläche. »Wie meinten Sie noch? Ich habe den Mund zu voll genommen?«

»Sie werden es überstehen.«

»Und Sie?«

»Was soll mit mir sein? Es ist nicht das erste Mal, dass mir Dossantos einen Zahn gezogen hat. Ich habe mich beinahe schon dran gewöhnt.«

»Das glaube ich Ihnen nicht.«

»Sie haben recht.«

»Wir bleiben also an ihm dran?«

Harenstett drehte den Zündschlüssel. Der Motor sprang wieder an. »Natürlich. Früher oder später geht uns der Fisch ins Netz. Und das waren ausnahmsweise Ihre Worte.«

Von Hirschfeldt wollte den Wagen verlassen, doch Harenstett hielt ihn am Jackenärmel fest. Für Sekunden glitt sein Blick forschend über von Hirschfeldt, der darunter sichtlich schrumpfte. »Und Sie haben wirklich keine Ahnung, wer es ihm gesteckt haben könnte?«

»Nein, wirklich nicht.«

»Wenn Sie es wüssten, würden Sie es mir sagen?«

»Selbstverständlich.«

Die Lüge kam ihm leicht über die Lippen. Er war schließlich Politiker. Er hatte das Lügen gelernt. Aber das machte die Sache nur noch schlimmer. Erst recht, als Harenstett ihn fragte: »Habe ich Ihr Wort?«

Erneut kam die Antwort ohne Zögern. »Sie haben es!«

In der Villa warteten bereits die Sicherheitsleute auf ihn. Er begrüßte seine Kinder. Friederike, Patrick und Frieder jr. tanzten um ihn herum und schoben ihn in Richtung Keller des Anwesens, wo sich ihre Spielzimmer befanden. Er schüttelte die Rasselbande von sich ab, küsste Patrizia auf die Wange und wollte sich in sein Arbeitszimmer retten.

»Willst du nicht noch was essen?«, rief seine Frau ihm hinterher.

»Hab keinen Hunger.«

»Geht es dir gut?«

»Ja.«

Er verriegelte die Tür und setzte sich in den Sessel. Hier konnte er am besten nachdenken. Der Himmel draußen war dunkel. Genauso finster wie seine Gedanken. Er las die Zeitung vom Vortag. *Ehrenbürger verhaftet!* Sosehr er auch überlegte, diesmal brachte ihm sein Lieblingsplatz im Haus keine Erkenntnis. Vielleicht sperrte er sich auch nur dagegen. So wie er sich gegen die Tatsache wehrte, dass Frau Dossantos für immer verloren war. Alles war so abwegig. Absurd. Und deshalb brauchte er Klarheit.

Er griff zum Telefon, wählte die Nummer. Niemand ging ran. Natürlich, er hatte das Handy ja verloren. Er tippte die Privatnummer ein und lauschte sogleich der Ansage vom Band. *Niemand ist zu Hause. Hinterlassen Sie eine Nachricht nach dem Piep …*

Verdrossen stopfte von Hirschfeldt die Zeitung in seine Jackentasche. Er rief seine Personenschützer und erklärte ihnen, dass er sich noch einmal auf den Weg machen würde.

»Jetzt noch?«, wollte Patrizia wissen.

»Wieso? Ist das ein Problem?«

Sie legte ihre Hand in seinen Nacken, begann zu massieren. Die Nähe war ihm unerträglich. Er stieß sie sanft von sich. »Nicht jetzt.«

»Warum bist du so gereizt?«

»Bin ich nicht.«

»Papa, guck mal«, rief Frieder jr. aus dem Wohnzimmer. »Ich tickere!«

So nannte sein Sohn das zweifelhafte Vergnügen, das er sich von seinem Vater abgeschaut hatte. Freilich bestand das Tickern nicht aus ernsthaftem Tippen auf der Computertastatur: Frieder jr. hämmerte mit kindlicher Gewalt auf die Tasten ein.

»Ja, schön.«

»Ich sehe dir doch an …«, begann Patrizia noch einmal.

»Herrgott, nein«, schrie er. Sein Sohn schlug noch lauter auf die Tastatur ein. Der alte ausrangierte PC gab wilde Töne von sich. »Und du, verdammt, Frieder jr., kannst du nicht mal still sein, wenn ich mich mit deiner Mutter unterhalte?«

Die Lippen des Jungen begannen zu beben, seine Augen füllten sich mit Wasser. Friederike stand im Türrahmen und weinte ebenfalls.

»Entschuldigung«, sagte der Hausherr und verließ seine Familie.

Der Verkehr hatte nachgelassen. Sie brauchten nur eine halbe Stunde, bis sie Zehlendorf erreichten. Dabei wäre es von Hirschfeldt lieber gewesen, die Fahrt hätte länger gedauert. Je näher er seinem Ziel kam, umso stärker wurde die Beklemmung. Am Ende wäre er am liebsten wieder umgekehrt, aus Angst vor einer Wahrheit, von der er glaubte, sie nicht aushalten zu können.

Dann stand er vor dem Haus. Es war nicht so ein herrschaftliches Anwesen wie seine Villa in Grunewald. Eher ein gemütliches Einfamilienhaus auf einem ausgedehnten Grundstück, von den Eltern überschrieben und irgendwann in den 70ern restauriert.

Von Hirschfeldt klingelte. Es dauerte eine ganze Weile, ehe das Licht im Haus anging. Und noch viel länger, bis Karl-Edmunds Frau Martina die Tür öffnete.

»Hallo, Martina! Ist Karl-Edmund da?«

»Nein, ich glaube, er war seit gestern Abend nicht mehr zu Hause.«

Etwas an ihren Worten erregte von Hirschfeldts Argwohn. Doch er war selbst noch immer so in innerlichem Aufruhr, dass er den Grund seines Gefühls nicht benennen konnte. Dann aber fiel es ihm ein. »Du *glaubst*?«

»Na ja, Frieder, weißt du …«

»Nein«, sagte er, »ich weiß nichts.«

»Karl-Edmund und ich, wir …« Ihre Stimme erlahmte. Sie fuhr sich mit der Hand durchs Haar, dann nahm sie einen neuen Anlauf. »Weißt du, Karl-Edmund und ich, wir gehen uns seit einiger Zeit schon aus dem Weg.«

Obwohl er bereits ahnte, was sie ihm mitzuteilen versuchte, fragte er nach: »Was soll das heißen?«

»Wir werden uns scheiden lassen«, sagte sie so schnell, dass er die Worte kaum verstand. Doch begriffen hatte er sie längst.

Die Nachricht verwirrte ihn noch mehr, als er es ohnehin schon war. Sein bester Freund hatte nie auch nur mit einer Silbe erwähnt, dass er vorhatte, sich von seiner Frau zu trennen. Aber überraschte ihn das wirklich noch? Karl-Edmund hatte ihm noch ganz andere Sachen verschwiegen.

»Also ist er seit gestern Abend nicht mehr zu Hause gewesen?«

»Seit er diesen Besuch hatte, ja.«

Von Hirschfeldt spitzte die Ohren. »Welchen Besuch?«

»Dieser Portugiese. Dossantos. Über den sie die letzten Tage so viel in der Zeitung geschrieben haben.«

»Hast du Karl-Edmund darauf angesprochen?«

»Er sagte nur: *Ist nicht so wichtig.*«

»Und das kam dir nicht merkwürdig vor? Dein Mann, ausgerechnet mit diesem Schurken?«

»Natürlich, aber weißt du …« Sie dehnte ihre Worte. »Eigentlich geht es mich schon lange nichts mehr an, was er macht. Das alles ist so … so erbärmlich.«

Erbärmlich? Das war das falsche Wort. Aber was war das richtige? Wie lautete die Wahrheit? Von Hirschfeldt wandte sich ab. »Sobald Karl-Edmund nach Hause kommt, kannst du ihm bitte sagen, dass er sich bei mir melden soll?«

»Natürlich. Soll ich ihm was ausrichten?«

»Nein. Ist nicht mehr so wichtig.«

122

Überraschend verspürte Dossantos Appetit, zum ersten Mal seit Tagen. Obwohl es bereits später Abend war, ordnete er nach seiner Rückkehr ein fürstliches Mahl an. Dafür ließ er sogar den Koch von Bruno aus dem Bett schmeißen.

Eine Stunde später gab es im Speisezimmer Hummer mit Schalottenbutter, dazu Palmenherzensalat, Limonenmayonnaise und Knoblauchbaguette. Als Getränk wählte Dossantos Champagner.

Bereits vor dem ersten Schluck fühlte er sich wie euphorisiert. Und er hatte nicht einmal Drogen genommen. Das Wissen, sein Leben wieder im Griff zu haben, machte ihn high. Ja, heute war wirklich ein besonderer Tag. Deshalb gab es auch den Hummer. Zufrieden goss er sich Champagner ins Glas und prostete in die Stille des Zimmers. An seinen Gelenken klimperte es leise. Er hatte den Goldschmuck mit gutem Gewissen wieder angelegt.

»Auf mich!«, sagte er und konnte ein Kichern nicht unterdrücken. Er hatte Bruno gebeten, ihn allein zu lassen, und seine rechte Hand hatte dem Wunsch entsprochen. Im Augenblick hatte er sowieso anderes zu tun: Er musste sich um das Geld kümmern, das Block veruntreut hatte, und darum, dass es wieder dorthin gelangte, wohin es gehörte. Auf ihn war Verlass. Der gute alte Bruno.

»Und ich habe an ihm gezweifelt.« Dossantos war über sich selbst entrüstet. »Ich habe tatsächlich an ihm gezweifelt.« Fassungslos kippte er den Champagner hinunter. Seine Augen fanden das Bild an der Wand. Catharina funkelte noch immer wütend auf ihn herab. Ihre Blicke kreuzten sich. »Siehst du, was du damit angerichtet hast?«

Catharina antwortete nicht. Natürlich nicht. Er strafte das Bild mit Verachtung und widmete sich dem Hummer.

Geübt drehte er eine Schere mit Bein von dem roten Rumpf ab, klopfte sie mit dem Messerrücken auf und pulte das Fleisch heraus. Es war weich, aromatisch, fast süß. Seine Hände versanken im Fett, doch das gehörte dazu.

»Aber ich bin dir nicht mehr böse.«

Das Champagnerglas rutschte in seiner verschmierten Hand. Nur mit Mühe hielt er es vom Sturz auf den Marmorboden ab. Es wäre auch nicht schlimm gewesen, wenn es zerbrochen wäre. Scherben brachten immerhin Glück. Und er *hatte* Glück. Endlich wieder. Er genoss das Prickeln des Champagners auf seiner Zunge, schluckte genussvoll. »Natürlich ist es schrecklich, Catharina, was du getan hast. Du hast mich hintergangen.«

Die Kohlensäure des edlen Getränks kitzelte in seiner Nase. Er musste lachen. »Aber die Rechnung dafür wirst du bekommen.« Er rülpste. »Egal, es ist nur konsequent. Was sollen bloß die Leute denken, Cathy? Niemand würde mich mehr ernst nehmen. Ich würde zum Gespött werden. Sie würden über mich lachen: *Verraten von der eigenen Frau. Hahaha*. Nein, das konnte ich wirklich nicht zulassen. Um keinen Preis!«

Er erhob sich von seinem Stuhl und näherte sich dem Bild. Mit seinen dreckigen Fingern griff er nach dem Rahmen und nahm ihn vom Haken. »Aber das hättest du eigentlich wissen müssen, oder?«

Seine Frau reagierte noch immer nicht. »Immerhin sind wir schon so lange verheiratet.«

Er hielt sich ihr Porträt vor die Nase. »Wie gut du damals ausgesehen hast … Ein richtig heißer Feger warst du.« Er seufzte. »Und heute?«

Er begann eine Melodie zu summen. Es fiel ihm nicht mehr schwer. Seit er sich vor ein paar Tagen wieder an *La Folia* erinnert hatte, war das Lied fest in seinem Gedächtnis verankert. Er schwor sich, es nie wieder zu vergessen, sang und wiegte sich langsam zur Musik. Das Bild drückte er an seinen Körper wie eine Tanzpartnerin.

Dann entglitt Dossantos das Porträt. Mit einem Knirschen und Krachen schlug es auf den Fliesen auf. Der Rahmen verzog sich, das Bild löste sich und flatterte heraus.

Er bückte sich danach. Versonnen betrachtete er es. »Ach, Cathy«, sagte er zu seiner Frau. »Das ist doch eine verdorbene Welt.«

Er zerfetzte das Bild und hielt die Schnipsel über die Kerzen. Kleine Flammen züngelten glutrot am Papier. Es kräuselte sich, wurde schwarz und zerfiel zu Asche.

»Aber wem sage ich das, nicht wahr, Cathy?«

Seine Frau schwieg noch immer. Also sprang er auf, ging hinüber auf die andere Tischseite und trat neben sie. Bruno hatte Catharina an den Stuhl gefesselt. Zwischen ihren Lippen klemmte ein Knebel. Mit vor Wut flackernden Augen schaute sie zu ihm auf.

Sie schnappte nach Luft, als er den Stoff aus ihrem Mund zog. Allmählich beruhigte sich ihr Atem wieder.

»Du Scheusal!«, fluchte sie.

»Ist das das Einzige, was du mir zu sagen hast?«

Sie spuckte ihm ins Gesicht.

Er schlug zu. Ihr Kopf flog zur Seite. Er wischte sich den Schleim von der Wange. Trauer überkam ihn. Aber die gehörte hier nicht hin. Erhobenen Hauptes verließ er den Raum. Neben der Tür wartete Bruno. Gemeinsam blieben sie eine Weile stehen. Irgendwann war von drinnen ein Schluchzen zu hören. Dossantos setzte sich in Bewegung, ging die Treppe hinauf zu den Schlafgemächern.

»Ich möchte sie nicht mehr sehen«, sagte er auf halber Höhe. »Hast du das verstanden, Bruno?«

»Logisch, Chef.«

Dossantos war müde. Der Tag war anstrengend gewesen. Aber in dieser Nacht würde er traumlos schlafen.

Berliner Kurier, Donnerstag, 4. Oktober

Weiteres Gewaltverbrechen im Rotlichtmilieu?

Prostituierte ermordet

Berlin. Am Karl-August-Platz in Charlottenburg ist am Mittwochmorgen eine Prostituierte tot aufgefunden worden.

Der Körper der Frau wies Verletzungen auf, Polizei und Staatsanwaltschaft gehen von einem Gewaltverbrechen aus. Die genauen Umstände sind noch nicht geklärt. Nähere Details wollte die Polizei aus ermittlungstaktischen Gründen nicht bekannt geben. Offenbar gibt es aber einen Zusammenhang zwischen der toten Prostituierten und dem Anschlag auf das *Café Hermano* am vergangenen Sonntag, der *Kurier*-Informationen zufolge auf Auseinandersetzungen im Rotlichtmilieu zurückgeht.

123

Paul Kalkbrenner legte den Kopf zur Seite. Die tiefroten Sonnenstrahlen hangelten sich über die Bodenfliesen bis zu den Wänden empor. Langsam erhellten sie das Schlafzimmer. Judith lag in seinem Arm, ihr Atem ging sanft und gleichmäßig, ihre Lippen umspielte ein verträumtes Lächeln. Ihr Gesicht war so friedlich, dass es ihn mit Glück erfüllte, es zu betrachten. Dann regte sich das schlechte Gewissen.

Noch immer trieb ein Mörder in Berlin sein Unwesen. Solange die Hintergründe der Taten nicht aufgeklärt waren, blieb auch Judith in Gefahr. Schließlich waren die Verbrechen der eigentliche Grund, warum sie sich hier in der Datsche versteckt halten musste.

Das ist das nächste Problem.

Er wollte Judith nicht wecken. Es war erst drei oder vier Stunden her, dass sie zur Ruhe gekommen und eingeschlafen waren. Behutsam löste er seine Umarmung, kroch unter den Decken hervor und kletterte aus dem Bett. Bernie streckte sich am Boden. Sein Schwanz klopfte freudig auf den Boden.

Im Bad spritzte sich Kalkbrenner kaltes Wasser ins Gesicht. Er musste einen klaren Kopf bekommen. Während er auf der Toilette saß, überlegte er, wie er weiter vorgehen sollte. Viele Möglichkeiten blieben ihm nicht. Er betätigte die Spülung und kehrte ins Schlafzimmer zurück.

Judith hatte die Augen geöffnet. An die Stelle ihres Lächelns war ein nachdenklicher Ausdruck getreten. »Ich kann hier nicht bleiben, oder?«

Er streichelte ihren Arm, die Schulter, den Ansatz ihrer Brüste. Er hätte stundenlang damit weitermachen können, so weich und warm war ihr Körper.

Bernie tapste heran, legte seine Schnauze auf die Matratze. Seine Augen wanderten zwischen ihnen hin und her. *Streichelt mich auch*. Er wedelte aufgeregt.

»Nein«, sagte Kalkbrenner, »das geht nicht mehr.«

»Wegen deiner Frau?«

»Mhm.«

»Vielleicht ist es auch besser so.« Judith richtete sich auf. »Nach dem, was letzte Nacht passiert ist.« Die Decke rutschte von ihrem nackten Körper, enthüllte ihre Brüste, den Bauch, den Ansatz ihrer Scham.

Kalkbrenner zwang die aufwallende Begierde nieder, auch wenn es ihm schwerfiel. Es war besser, sich der Realität zu stellen. »Ja, du hast recht.«

Er küsste sie auf den Mund, nur eine kurze Berührung ihrer Lippen.

»Muss ich jetzt zurück in die Berliner Wohnung?«, fragte sie.

»Nein, das halte ich für keine gute Idee.«

»Wohin dann?«

»Das muss ich mit meinen Kollegen besprechen. Es gibt verschiedene Möglichkeiten, wie du beschützt werden kannst. Bis dahin bleibst du hier.« Er fegte ihren unausgesprochenen Einwand mit einer Handbewegung beiseite. »Nur bis zum Nachmittag. Das ist schon in Ordnung.«

Der Hund drückte sich an ihn. »Ich würde Bernie gern hier bei dir lassen.«

Judith streichelte den Bernhardiner. »Mein Wachhund.«

»Na ja, es ist fraglich, wer hier wen beschützt.«

Kalkbrenner sprang unter die Dusche. Als er zurückkehrte, stand die Tür zur Lichtung offen. Judith saß nackt auf den Steinen am Brunnen, Bernie hockte neben ihr. Fasziniert verfolgte er, wie sie Papiere aus ihrer Handtasche holte und sie in kleine Stücke zerriss. Die Fetzen flatterten fast fröhlich in die Tiefe hinab, aber Judiths Blick war alles andere als heiter.

Die Natürlichkeit, mit der Judith dem anbrechenden Morgen ihre Blöße präsentierte, nahm auch Kalkbrenner die Hemmungen, und er ging zu ihr: »Was machst du da?«

»Ich will das Thema endgültig beenden.« Grimmig hielt sie ihm verschiedene Fotos hin. Ihr Mann. »Es ist Zeit für einen Neuanfang.«

Er nahm ihr eins der Bilder aus der Hand. »Kann ich das haben?«

»Wozu?«, fauchte sie. Noch bevor er etwas erwidern konnte, lenkte sie schon wieder ein. »Entschuldige. Du machst nur deinen Job. Es ist das, was du am besten kannst. Das verstehe ich. Und ich vertraue dir. Aber ich will nichts wissen. Nichts davon möchte ich mehr wissen.«

Über ihre Köpfe zog ein Flugzeug seine Bahn. Es hinterließ einen breiten weißen Kondensstreifen quer über dem Himmel, der gleich darauf in den Höhenwinden zerstob. Nach wenigen Sekunden war nichts mehr übrig, außer einem großen, blauen Nichts, das mit neuem Leben gefüllt werden wollte.

Judith blinzelte in der Sonne. Sie war klug. Schön. Begehrenswert. Sie war ihm so vertraut. War sie *sein* Neuanfang, den Kalkbrenner sich so lange ersehnt hatte?

Als hätte er seinen Gedanken ausgesprochen, umschlang ihn Judith und presste sich fest an ihn, als wollte sie ihn nie wieder loslassen.

Der Mann in dem Anzug fühlte sich unwohl in seiner Haut. Dementsprechend pampig reagierte er. »Sie wissen doch, dass man uns nicht gemeinsam sehen darf.«

Miguel Dossantos wies mit seiner Hand durch den muffigen Raum. »Und? Uns sieht hier doch keiner.«

»Und was ist mit dem Alten da?« Der Mann zeigte auf eine zerlumpte Gestalt, die sich an ein verrostetes, verkohltes Etwas lehnte, das nur noch mit viel Wohlwollen als Küchenherd zu identifizieren war.

»Pedro?« Dossantos stieß ein kehliges Lachen aus. »Pedro ist halb blind, fast taub und hat die letzten zehn Jahre keine Zeitung mehr gelesen. Er würde Sie eher für den Papst halten als für einen …«

»Seien Sie ruhig«, schnauzte der Mann. Er blieb in der Zimmermitte stehen, zog seinen Anzug eng an den Körper und vermied es, auch nur einen Millimeter näher an Pedro, den Ofen oder einen anderen Schmutzherd zu gelangen. »Was macht er hier?«

»Pedro wohnt hier.«

»Hier lebt doch keiner. Der Spreepark ist stillgelegt.«

»Damit haben Sie recht«, bestätigte Dossantos. *Aber nur halb,* fügte er in Gedanken hinzu.

Der Spreepark war ein Freizeitpark im Plänterwald, idyllisch an der Spree gelegen. Einst, zu DDR-Zeiten, war er mit seinen Attraktionen ein sehr beliebtes Ausflugsziel gewesen. Nach der Wende hatte der Parkbetreiber allerdings nicht die Kurve vom subventionierten VEB-Spaßpark in Ostberlin hin zum privatwirtschaftlichen Touristenvergnügen gekriegt.

Ende des Jahrtausends hatte er bei der Berliner Verbandsbank hoffnungslos in der Kreide gestanden. Das war die offizielle Verlautbarung in der Presse gewesen. Tatsächlich hatte er auch Dossantos einen Haufen Geld geschuldet. Das war wohl der eigentliche Grund gewesen, warum er sich 2001 von einem Tag auf den anderen ins Ausland abgesetzt hatte.

Es war Dossantos' Nähe zu Dr. Sebastian Pfeiffer gewesen, dem Vorstandsvorsitzenden der Verbandsbank, die es ihm ermöglicht hatte, in letzter Sekunde die Looping-Achterbahn und eine Kopfüber-Schiffschaukel an fahrende Schausteller verscherbeln zu können. Das hatte ihm zumindest einen Teil des Geldes eingebracht, noch bevor der Park endgültig in die Insolvenz und damit in die Hände des Liegenschaftsfonds der Stadt Berlin übergegangen war.

Für das Riesenrad im biederen, braunroten VEB-Anstrich hatte Dossantos allerdings niemanden begeistern können. Jetzt rostete es vor sich hin. Auch die Wildwasserbahn war längst ausgetrocknet und von Gestrüpp überwuchert. Eine kleine Holzachterbahn für Kinder war inzwischen morsch, und das Westerndorf am anderen Ende des Parks glich einer verfallenen Geisterstadt. Nur eine einzige Seele trieb sich noch beständig hier herum.

»Pedro hat früher im Westerndorf als Cowboy gearbeitet«, erklärte Dossantos. »Lasso schwingen, Platzpatronen verknallen, Touristen erheitern. Dafür durfte er im Spreepark nächtigen. Und das tut er noch heute, niemand stört sich an ihm. Im Gegenteil, er sorgt dafür, dass sich keine Jugendlichen in dem Park herumtreiben. Oder nicht, Pedro? Du sorgst dafür, dass niemand reinkommt und uns stört?«

Dossantos warf ihm ein Bündel mit Geldscheinen auf den Tisch. Trotz seiner schlechten Augen griff der Penner zielsicher danach und entblößte zwei Reihen schwarzgelber Zähne, so verwittert wie der kleine, wacklige Tisch, der den Großteil des Zimmers einnahm.

Weil sein Gegenüber offenbar nicht an Smalltalk interessiert war, ließ Dossantos wissen: »Ich brauche Ihre Hilfe.«

»Ich hab doch schon Ihrem Handlanger …«

»Sie meinen Bruno. Bitte, das ist mein Assistent.«

»Was auch immer, ich habe ihm gesagt, dass das ein denkbar ungünstiger Zeitpunkt ist, um …«

»Glauben Sie etwa, ich kann mir den richtigen Zeitpunkt aussuchen? Haben Sie eine Ahnung, was …?!« Dossantos ersparte sich den Rest. »Was rede ich? Natürlich, Sie wissen ja, was los ist.«

»Das haben Sie sich selbst zuzuschreiben.«

»Ich an Ihrer Stelle wäre vorsichtig mit dem, was ich sage.«

Der Mann schwieg.

»Es ist eigentlich ganz einfach: Ich möchte, dass Sie herausfinden, wo sich die Witwe des ermordeten Lehrers versteckt.«

»Sie meinen diesen Brodbeck?« Der Mann hob die linke Augenbraue. »Was wollen Sie von seiner Frau?«

»Sie hat etwas, das mir gehört.«

»Und wieso soll ausgerechnet *ich* Ihnen helfen?«

»Einer Ihrer Kollegen, sein Name ist Kalkbrenner, hat sich über die Dienstvorschriften hinweggesetzt.«

Der Mann guckte griesgrämig. »Woher wollen Sie das wissen?«

»Ich habe meine Kontakte. Denen zufolge hat Kalkbrenner nicht den regulären Weg gewählt, um die Frau in Sicherheit zu bringen. Er hält sie auf eigene Faust versteckt. Und ich möchte wissen, wo.«

»Ist Ihnen klar, was Sie da von mir verlangen?«

Dossantos wusste, was das bedeutete. Er dachte an das Immobiliengeschäft, das der Mann vor einigen Jahren in Potsdam getätigt hatte, zuungunsten eines enteigneten DDR-Oppositionellen. Natürlich war dem Mann das nicht bekannt gewesen, und als er es schließlich erfuhr, war es zu spät gewesen. Jetzt hatte er Familie, Kinder, einen guten Job und noch viel mehr, was er verlieren konnte. Dossantos lächelte. »Und das haben *Sie* sich selbst zuzuschreiben.«

125

Kalkbrenner fuhr an den Hochhausbauten Pankows vorbei in die Stadt hinein. Er rief Berger an. Als ihm eine mechanische Stimmte mitteilte, dass der Teilnehmer vorübergehend nicht erreichbar sei, wählte er die Nummer seiner Sekretärin. »Dr. Salm war gerade da«, sagte Rita. »Er hat die Ermittlungsberichte gelesen und hatte einige Fragen dazu.«

»Hat Sebastian ihm nicht helfen können?«

»Der ist zur Wurzelbehandlung beim Zahnarzt. Hat er dir nichts davon erzählt?«

Doch, das hat er, aber ich habe es vergessen. »Wann kommt er zurück?«

»In anderthalb Stunden, meinte er. Warum?«

»Ich muss mit euch reden.«

»Geht es um Frau Brodbeck?« Ritas Scharfsinn würde ihn noch irgendwann ins Grab bringen.

»Später!«

Doch seine Sekretärin ließ nicht locker: »Paul, was ist los?«

»Nichts.«

»Ich höre es doch an deiner Stimme … du klingst so anders.«

Er warf einen Blick in den Rückspiegel. Seine Augen lagen klein und müde in den Höhlen, aber das war wenig verwunderlich. Auch dass er sich anders – *besser* – fühlte als noch am Vortag, erstaunte ihn nicht. Aber er zweifelte, ob er seiner Sekretärin die Gründe dafür erläutern musste. Geschweige denn, ob sie sie verstehen würde.

»Wo warst du letzte Nacht?«

Er zögerte nicht. »Zu Hause.«

»Warum belügst du mich?«, zischte es durch die Leitung.

»Rita, was soll das?«

»Ich habe gerade mit Ellen telefoniert. Ich wollte euch beide zum Essen einladen … Falls du das inzwischen vergessen hast: Es war dein Vorschlag, mal wieder gemeinsam auszugehen.«

Kalkbrenner konzentrierte sich auf den Verkehr.

»Ellen hat mir erzählt, was du gemacht hast. Du hast Frau Brodbeck in ihrem Ferienhaus untergebracht, mein Gott! Und dort hast du mit ihr …« Sie sprach nicht weiter.

Er stoppte auf der Prenzlauer Allee vor einer roten Ampel.

»Ich hoffe inständig, dass du weißt, was du tust.«

Er wollte sich nicht vor ihr rechtfertigen, er *musste* es auch nicht. Dennoch sagte er: »Rita, ich weiß es zu schätzen, dass du dich um mich sorgst. Aber in den letzten Jahren war mein Privatleben nichts als ein Trümmerhaufen. Ich gebe zu, an vielem war ich nicht unbeteiligt, aber Ellen hat es mir auch nicht leicht gemacht. Zum Schluss wusste ich nicht einmal mehr, was richtig oder falsch ist.«

»Und jetzt weißt du es?«

Die Ampel sprang auf Grün. »Ich glaube es zumindest.«

»Was soll das heißen?«

Kalkbrenner gab Gas. Die Reifen quietschten. »Rita, du weißt, was ich dir damit sagen will.«

»Nein, erklär es mir bitte!«

»Die Sache mit Ellen. Ich habe da mehr Hoffnungen reingesteckt, als nach all den Jahren der Konflikte und den Monaten des Schweigens noch erfüllt werden konnten.«

»Paul, vielleicht solltet ihr einfach noch mal miteinander reden.«

»Genau das ist das Problem – wir reden und landen immer wieder beim gleichen Thema: Ellen sitzt einsam daheim, und ich arbeite zu viel.«

»Ich dachte, ihr wolltet etwas ändern?«

»Ja, ich habe gedacht, ich könnte das. Ich könnte *mich* ändern, um noch mal neu anzufangen – mit meinem Leben, meiner Familie und meiner Arbeit. Aber ich glaube, während der letzten Tage ist mir etwas klar geworden: So viel Kraft mich mein Job auch kostet, am Ende ist er das, was ich will. Und er ist auch das, was ich am besten kann. Verbrecher finden. Sie fangen. Ich kann daran nichts ändern. Und ich will es auch nicht.«

»Und was ist mit deiner Tochter?«

»Jessy ist erwachsen. Sie wird es verstehen, wenn ich es ihr erkläre.«

»Hoffentlich hält sie dich nicht für verrückt.«

Manchmal erweisen sich die Dinge als gar nicht so verrückt, wie sie anfangs erscheinen. Daran dachte er auch noch, als er am Potsdamer Platz den Wagen im Parkhaus abstellte und die Straße zum *Apollo* überquerte. Diesmal bewachte ein junger Mann in Pagenuniform die Tür. Kalkbrenner zahlte bei der barbusigen Dame an der Rezeption 80 Euro Eintritt und bekam im Gegenzug dafür ein Handtuch, Bademantel sowie Schlappen ausgehändigt. Er entkleidete sich, und obwohl er bereits in der Datsche geduscht hatte, wusch er sich noch einmal.

Niemand interessierte sich für ihn. Nur wenige Männer warfen verstohlene Blicke in die Runde, doch die Verunsicherung in ihren Mienen galt nicht ihm. *Beobachtet mich jemand?* Die meisten Männer gehörten einer Gruppe an, die mit Kumpel- und Machoplattitüden einer eigenen Dynamik folgte.

Im Bademantel schlenderte Kalkbrenner zur Lounge. Was immer er erwartet hatte, der Vergnügungsbereich des Bordells übertraf seine kühnsten Erwartungen. Eine S-förmige Theke aus Marmor beherrschte den Raum. Drumherum waren Sofas aus Satin und Plüsch arrangiert. Spitz zulaufende Fenster weckten Assoziationen mit einem exotischen Tempel. Säulen mit arabischen Motiven trugen die hohe, gewölbte Decke. Die Lounge glich einem orientalischen Palast, bot überbordenden Luxus und vermittelte gleichzeitig Gemütlichkeit.

Natürlich ging es am Ende trotzdem nur um das eine. Wenn es daran einen Zweifel gab, wurde er vom Anblick der nackten, wohlgeformten, gleichmäßig gebräunten Schönheiten auf High Heels ausgeräumt, die unverhohlen um die Männer in den weißen Frotteebademänteln buhlten. Bei einigen Herren beulte sich der Mantelstoff an bestimmten Stellen schon verdächtig aus. Viele gingen auf die Avancen ein und verschwanden mit einer Dame am Arm über die Treppe nach oben auf die Zimmer. Andere taten sich zuvor an einem gewaltigen Frühstücksbüfett gütlich.

Die offenherzig dargebotene Verfügbarkeit der Frauen verfehlte auch bei Kalkbrenner nicht ihre Wirkung. Obwohl er vor wenigen Stunden erst auf seine Kosten gekommen war, schoss ihm das Blut schon wieder in die Lenden. Er besann sich auf den Grund seines Besuches, stellte sich den Anblick der verkohlten Leichen im *Hermano* vor. Es half. Die Erregung schwand so schnell, wie sie gekommen war. Er hätte nicht gedacht, dass er mal froh über diese grässlichen Bilder in seinem Schädel sein würde.

Zügig durchquerte er das Restaurant. Hier war der Einfluss des Besitzers nicht zu übersehen: Der Raum war schlicht und erinnerte vom Ambiente her an eine südländische Finca.

Er gelangte in einen Wellnessbereich mit Massageräumen, Saunen, Whirlpools und einem Schwimmbecken, das von exotischen Palmen umrahmt wurde. Es war wie im Urlaub. Überall tummelten sich glückliche Paare. Kein Mann blieb lange allein. Ein Paradies, vorausgesetzt, man war bereit, sich täuschen zu lassen.

Er ging die Stufen in die weitläufigen Kellerräume hinab. Schwere Backsteine und Armleuchter ließen ihn an Kerker einer mittelalterlichen Festung denken. Eine junge Frau hakte sich bei ihm unter. »Hallo, ich bin Dana.« Ihre Stimme war sanft, ihr Name falsch. »Suchst du ein bisschen Vergnügen?«

»Ich möchte mich nur ein wenig umsehen«, gestand er.

»Ich kann dich begleiten.«

»Kostet das was?«

Dana lächelte. »Wenn wir in eins der Verliese gehen, dann ja.«

Sie hatte langes blondes Haar. Eine kleine Rosentätowierung zierte die Haut oberhalb ihres Poansatzes. Bis auf Sandaletten mit Pfennigabsätzen trug sie nichts am Körper. Sie war hübsch, keine Frage, aber: »Wie alt bist du?«

»Ich bin so alt, wie du es möchtest.«

Er schätzte sie auf Anfang 20. Sofort dachte er an Jessy. Und daran, dass er mit Sicherheit nicht der Erste wäre, der heute mit Dana aufs Zimmer ging. »Danke«, sagte er. »Ein bisschen Begleitung wäre okay.«

Ihr Lächeln erstarb. »Sonst nichts?«

»Danke, nein.«

Enttäuscht geleitete sie ihn tiefer in den Kerker. Es schien ihr nicht peinlich zu sein, dass sie splitterfasernackt war, während er seinen Bademantel anhatte.

Einige der Verliese, die von dem breiten Gang abzweigten, waren verschlossen. Andere standen offen und gewährten Einsicht in die Folterkammern. Das Spielzeug war zum

Großteil identisch mit dem im *Dark Heaven*: hölzerne, mannshohe Kreuze, Stahlstangen, Peitschen und Gerten.

Dana deutete seine plötzliche Aufmerksamkeit fehl. »Bist du sicher, dass du da nicht reinmöchtest?«

»Ganz sicher.«

»Du kannst es mir ruhig sagen.« Sie trat in eine der Kammern. In der Mitte stand eine Holzbank, an deren vier Beinen gusseiserne Ringe angebracht waren. Mit einem ihrer Absätze schlug sie gegen das Eisen. Ein dumpfer Laut erfüllte das Verlies. »Ich habe kein Problem damit.«

Kalkbrenner war am Eingang des Raumes zurückgeblieben. »Stehst du *wirklich* darauf?«

»Würde ich es dir sonst anbieten?«

»Du bietest es mir an, weil du Geld damit verdienen möchtest.«

Schnell verschränkte sie die Arme vor der Brust. »Ja, und? Ist das etwa verwerflich? Immerhin bist du hier, weil du dafür Geld ausgeben möchtest.«

»Habe ich das gesagt?«

Trotzig schob sie ihren Kiefer nach vorn. »Warum dann?«

Kalkbrenner wollte antworten, schwieg dann aber. Was hatte er erhofft, im *Apollo* zu finden? Leise sagte er: »Ich weiß es nicht.«

»Du weißt nicht, warum du in einen Puff gehst?«

»Vielleicht, weil es mich interessiert.«

Sie sah ihn irritiert an. »Und was interessiert dich?«

Er wies auf die Holzpritsche. »Was findet man daran?«

»Was wohl? Vergnügen. Lust. Geilheit.«

»Mehr nicht?«

Sie zuckte die Achseln. »Was denn noch? Wir sind hier in einem Bordell. Es geht um Spaß.«

Richtig, für die Männer. »Und du? Hast du Spaß an deinem Job?«

Sie versuchte, ein Lächeln aufzusetzen. Es misslang ihr gründlich. »Haben *Sie* denn immer Freude an Ihrer Arbeit?«

Ihm entging nicht, dass sie eine distanziertere Anrede gewählt hatte. »Du willst meine Arbeit mit deinem Job hier vergleichen?«

Die Kerzen in der Kammer umspielten sie mit Licht und Schatten; ihr Körper wirkte geheimnisvoll, auf eigenartige Weise verführerisch. Er war verblüfft über seine Empfindungen. Doch ihre wütende Stimme holte ihn in die Realität zurück. »Was wissen Sie schon von mir?«

»Du hast recht: nichts.«

»Warum erlauben Sie sich dann ein Urteil?«

»Tut mir leid, es war nicht …«

Doch sie war noch nicht fertig mit ihm. »Ich muss meine Miete bezahlen. Meinen Sohn ernähren. Ich möchte ihm was bieten. Ich will nicht, dass er in Neukölln zur Schule geht, nicht auf diese verfluchten Killerschulen. Ich möchte raus aus der Gegend.«

So schließen sich die Kreise. »Und du glaubst, dieser Job hier ist der richtige Weg?«

»Sie haben wirklich von nichts eine Ahnung, oder? Passt es nicht in Ihre kleine Welt, dass ich keine andere Wahl habe? Dass dieser Job hier der einzige ist, den ich bekomme? Scheiße, warum legen Sie nicht das Geld auf den Tisch und ficken mich einmal durch? Deshalb sind Sie doch gekommen? Oder gehören Sie zu diesen Typen, die vorher ihr Gewissen beruhigen müssen? Von wegen: *Hat die Frau Spaß daran, wenn ich sie bumse? Auch wenn ich sie dafür bezahle?*«

»Gibt es solche Frauen?«

Ihre Stimme beruhigte sich wieder. »Klar gibt es die. Aber sicher nicht wie Sand am Meer.«

»Aber Betty gehörte dazu?«

Dana erstarrte. »Warum fragen Sie nach Betty?« Sie schielte zur Tür, schien abzuschätzen, wie schnell sie gegebenenfalls fliehen konnte. »Haben Sie was mit ihrem Tod zu tun?«

»Ich bin Kommissar der Mordkommission. Ich ermittle in Bettys Mordfall.«

»Ach?«, machte sie. »Neuerdings sehen Ermittlungen bei der Polizei also so aus, ja? Scheiße, Mann, wenn der Chef erfährt, dass ich mich hier mit einem Bullen unterhalte, bin ich meinen Job los. Sie sind noch bescheuerter, als ich dachte.«

Sie hastete mit großen Schritten an ihm vorbei, ohne ihn noch eines weiteren Blickes zu würdigen. Die klackenden Geräusche ihrer High Heels verhallten, als sie in dem Gewölbe verschwand.

Allein schritt er den Gang entlang. Eine der Türen öffnete sich. Eine nackte Frau kam aus der Kammer. Der Freier erhob sich gerade von der Pritsche.

In der Tat war es eine verrückte Idee gewesen. Hatte Kalkbrenner wirklich erwartet, hier einen Hinweis zu finden, der ihn auf die Spur des Mörders führte?

Der Mann in dem Verlies lächelte zufrieden. Immerhin war er fündig geworden. Als er den Raum verlassen wollte, wäre er beinah mit Kalkbrenner zusammengestoßen. Das leuchtende Muttermal an seiner Kehle weckte Kalkbrenners Aufmerksamkeit.

126

Frieder von Hirschfeldt spürte etwas wie ein Kitzeln im Traum. Ein fieses Gefühl, gegen das er sich ebenso wenig wehren konnte wie gegen die beunruhigenden Bilder, die seinen Schlaf beeinträchtigten.

Erleichtert erwachte er. Patrizia beugte sich über ihn. Ihr

Haar, das auf seine Haut fiel, war der Ursprung des Juckreizes gewesen. Die Albträume hatten dagegen einen anderen Grund.

»Du hast schon wieder so schlecht geschlafen«, stellte seine Frau nicht ohne Besorgnis fest.

Von Hirschfeldt brummelte etwas Unverständliches, was seinem inneren Befinden entsprach: Er wusste einfach nicht, was er denken sollte.

Er war Patrizia dankbar dafür, dass sie kein weiteres Wort darüber verlor. Auch seinen Wutausbruch von gestern Abend hatte sie mit keiner Silbe erwähnt.

Nachdem er geduscht hatte, band er sich ein Handtuch um die Hüften und stellte sich vor den Spiegel. Ein übernächtigter Mann starrte ihm entgegen. Er hatte nichts mehr mit dem strahlenden Sieger gemein, der sich am Sonntag noch überschwänglich den Wählern präsentiert hatte. Er stemmte die Hände auf den Rand des Waschbeckens und ließ den Kopf hängen.

Patrizia kam ins Badezimmer und kraulte ihm den Nacken. Diesmal ließ er sie gewähren. Es beruhigte ihn. Er umarmte seine Frau, drückte sie an sich. Sie hielt ihn fest, und vielleicht war das besser als jedes weitere Wort, das sie hätte sagen können.

Nach dem Frühstück, das erstaunlich zivilisiert vonstattenging, brachten ihn seine Sicherheitsleute zum Abgeordnetenhaus. Dort fuhr er mit dem Aufzug in die Büroetage. Er hasste den Umstand, dass er nicht wusste, was ihn erwartete. Außer der Fortführung der Koalitionsverhandlungen natürlich. Aber sonst?

Die Tür zu Karl-Edmunds Zimmer stand halb offen. Von Hirschfeldt steckte den Kopf durch den Spalt. Sein Freund hing förmlich im Sessel. Der Kopf war ihm in den Nacken gekippt, der Mund stand weit offen. Seiner Kehle entrang sich ein Schnarchen.

Von Hirschfeldt drückte die Tür etwas lauter ins Schloss. Karl-Edmunds Kopf fuhr erschrocken nach vorne. Seine Pupillen irrten hektisch umher, bis er begriff, wo er war.

»Warst du die ganze Nacht hier?«, wollte von Hirschfeldt wissen.

»Ich musste noch was erledigen.« Karl-Edmund rieb sich die Augen. »Bin dann wohl eingeschlafen.«

Von Hirschfeldt empfand Mitleid für seinen Freund. Karl-Edmunds Gesicht war eingefallen, seine Schultern hingen schlaff herunter. Die ganze Körperhaltung strahlte Erschöpfung aus. Krankheit. »War ziemlich viel Stress für dich die letzten Tage, was?«

»Für uns alle.« Karl-Edmund wischte mit der Handfläche über die Tischplatte, als wäre sie verstaubt. Dabei glänzte sie sauber, wie poliert. Noch nicht einmal Akten lagen darauf. Die waren fein säuberlich in die Regale geräumt. Nichts deutete darauf hin, dass hier noch jemand bis vor Kurzem gearbeitet hatte. Der Raum wirkte beinah steril. Als hätte Karl-Edmund letzte Nacht hinter sich aufgeräumt.

»Ich hab dir doch von der Sache mit Dossantos erzählt«, sagte von Hirschfeldt.

»Ja, du hast Andeutungen gemacht.«

»Auch von dem Zeugen, oder?«

Karl-Edmund tat, als überlegte er. »Ja, stimmt, du hast da was erwähnt.«

»Ist nur komisch …«, begann von Hirschfeldt.

»Was ist komisch?«

»Der Zeuge wurde gestern vor unserer Nase entführt.«

Karl-Edmund fischte nach einem Stift und konzentrierte sich darauf, ihn auf seinem Finger zu balancieren. »Das klingt nicht gut.«

»Es konnte aber niemand wissen, wo der Zeuge versteckt war.«

»Das klingt übel.«

»Jemand muss es Dossantos verraten haben.«

»Und was macht ihr jetzt?«

»Die Anklage wird fallen gelassen.«

»Oh, das tut mir leid.« Karl-Edmund steckte den Stift in einen Behälter zurück. Er schaute kurz zu von Hirschfeldt, ein flüchtiger Blick, dann an die Wand, wo ein Bild von seinem Haus hing. Davor stand die Familie: Vater, Mutter und Sohn. Ein Idyll. Das Foto war über 15 Jahre alt. Längst verjährt. Karl-Edmund erhob sich vom Stuhl. »Nun, ich glaube, ich muss mich mal eben kurz frisch machen.«

Er umrundete den Schreibtisch. Bevor er jedoch nach der Türklinke greifen konnte, hielt von Hirschfeldt ihn am Arm fest. »Hast du mir nichts zu sagen?«

In Karl-Edmunds Augen stand Müdigkeit. Und abgründiger Schmerz und Verzweiflung. Aber am deutlichsten war Resignation. »Was soll ich dir sagen?«

»Was ist los mit dir?«

127

Der Sklave aus dem *Dark Heaven* deutete ein Kopfnicken an. Ein Reflex, mit dem man unliebsame Bekannte abfertigte, deren Blick man leider per Zufall gekreuzt hatte, noch ehe man die Augen abwenden konnte. Plaudern wollte er jedenfalls nicht. Doch genau das hatte Kalkbrenner vor. Also stellte er sich dem Mann in den Weg. »Wir kennen uns.«

»Ja?«

»Ich bin Paul.« Kalkbrenner reichte ihm die Hand.

Aus einem Reflex heraus ergriff sie der Mann, enthielt sich aber jeder Bemerkung.

»Und wie war Ihr Name?«, fragte Kalkbrenner. »Ich hab ihn nicht verstanden.«

»Ich hab ihn auch nicht genannt.«

»Ist Ihnen unsere Begegnung unangenehm?«

Die Frage konnte sich Kalkbrenner selbst beantworten. Das Treffen war dem Gegenüber unverkennbar peinlich. Aber die Blöße wollte er sich nicht geben und schwieg.

»Sie sind öfter hier?«, erkundigte sich Kalkbrenner.

»Ich muss jetzt gehen. Die Arbeit ruft.«

»Das trifft sich gut. Ich wollte auch gerade gehen.«

Er folgte dem Mann. Während dieser sich in der Umkleide anzog, holte Kalkbrenner seine Jacke aus dem Spind. Er hatte nicht viel Zeit. Wahrscheinlich hatte Dana den *Apollo*-Geschäftsführer längst über den Polizisten im Haus informiert. Er zeigte Brodbecks Foto. »Kennen Sie diesen Mann?«

»Nein.«

»Sie haben ja gar nicht hingesehen.«

Der Mann fuchtelte mit seiner Hose herum, drehte sich dabei um und starrte Kalkbrenner an. »Sind Sie auch so ein Schnüffler?«

Obwohl von der Frage überrascht, zückte Kalkbrenner seinen Dienstausweis. »Ich bin Polizist. Kommissar der Mordkommission.«

Dem Mann glitt die Hose aus den Händen, fiel auf den Boden. Sein Portemonnaie rutschte aus einer Tasche. Der Mann wollte sich danach bücken, aber Kalkbrenner war schneller. In der Geldbörse fand er einen Personalausweis, eine Kreditkarte und einen Firmenpass. »Also, Herr Dr. Karl Neumann, Bachelor of Engineering, technischer Manager bei der Deutschen Bahn, weiß Ihr Chef, was Sie in den Pausen so treiben?«

Karl Neumann hatte den Blick starr auf Kalkbrenners Bademantel gerichtet. »Weiß *Ihr* Chef, was Sie während der Arbeit treiben?«

»Gut gekontert«, gestand Kalkbrenner und reichte Neumann das Portemonnaie zurück. Dabei bemerkte er den Ehering an dessen Finger. »Wie war das gerade mit dem Schnüffler?«

Neumann streifte sich sein Hemd über und begann es zuzuknöpfen. »Da war vor einiger Zeit ein Typ im *Dark Heaven*. Er hat laufend seltsame Fragen gestellt.«

Kalkbrenner zeigte ihm wieder Brodbecks Foto. »War das dieser Mann? Matthias Brodbeck?«

»Weiß ich nicht.«

»Nur damit wir uns richtig verstehen: Ich ermittle in mehreren Mordfällen. Wenn Sie etwas wissen, es mir nicht sagen, ich aber später dahinterkomme, dass Sie mir etwas Wichtiges verschwiegen haben, dann werde ich Sie zur Verantwortung ziehen. Und glauben Sie mir, in dieser Angelegenheit werden Sie nicht einfach nur mit einer Maske und ein paar Stunden Sektservieren davonkommen.«

Neumann wurde kalkweiß.

»Also? Kennen Sie diesen Mann?«

»Ja, verflucht. Er war im *Dark Heaven*. Anfangs waren seine Fragen harmlos. Er erkundigte sich, in welche Clubs man sonst noch so gehen könnte, welche Tipps ich für ihn parat hätte. Ich dachte mir, da ist einer neu in der Stadt und sucht ein bisschen Anschluss. Dann allerdings wollte er immer mehr wissen: ob ich alle Leute kenne, die sich im *Dark Heaven* treffen. Wie lange ich schon in den Club gehe. Ob ich regelmäßig komme.«

»Und? Kommen Sie regelmäßig?«

Neumann griff nach seiner Krawatte im Spind.

»Wie oft sind Sie im *Dark Heaven*?«

»Montags und dienstags.«

»Und seit wann machen Sie das?«

Der Mann stammelte etwas Unverständliches.

»Was sagt Ihre Frau dazu?«

»Verdammt, ich liebe meine Frau. Aber sie kommt mit

meinen Neigungen nicht … Warum erzähle ich Ihnen das eigentlich? Das geht Sie überhaupt nichts an.«

Womit er gar nicht mal so unrecht hatte. »Was hat der Mann noch wissen wollen?«

»Weiß ich nicht. Offenbar hat der Typ allerhand Leute mit seinen Fragen belästigt, und einige haben sich daraufhin bei Christin beschwert. Sie hat ihre Sicherheitsleute verständigt, die ihn gebeten haben, sich entweder gesittet zu verhalten oder das Haus zu verlassen. Dann ist er verschwunden.«

»Aber vorletzten Montag ist er wiedergekommen?«

Ungelenk band sich Neumann den Schlips um den Hals. »Ja. Er war ziemlich aufgeregt und ist auch nicht lange geblieben. Eigentlich war er nur da, um mir zu sagen, dass er sich unbedingt im *Obsession* mit mir treffen müsste. Ihm war bekannt, dass ich da verkehre. Er wollte unbedingt dorthin, meinte, er brauchte meine Hilfe. Weil ich mich in der Szene auskenne, hoffte er, schneller eine Antwort zu bekommen.«

»Eine Antwort worauf?«

»Es ging um eine Frau.«

»Betty?«

»Betty hat mal im *Dark Heaven* gearbeitet. Aber was dieser Brodbeck mit ihr zu schaffen hatte, das weiß der Geier. Vielleicht hat er sich in sie verknallt. Passiert ja nicht selten, dass sich ein Freier in eine Hure verliebt.«

»Also haben Sie sich mit ihm getroffen?«

»Irgendwie tat er mir ja leid. Er wirkte so … verzweifelt. Wir haben uns für den nächsten Abend verabredet.«

»Ein Dienstag, oder?« Kalkbrenner stutzte. »Und Ihr Name ist Karl Neumann?«

»Ja.«

Karl Neumann. K. N. »Sie wollten sich um 19.00 Uhr mit ihm treffen, aber er ist nicht erschienen, richtig?«

»Genau, ich hab im *Obsession* vergeblich auf ihn gewartet. Am nächsten Tag entdeckte ich dann sein Bild in der Zeitung, und ich wusste, warum er nicht gekommen ist.«

»Sie haben sich keine weiteren Gedanken gemacht?«

Neumann zuckte mit den Achseln. »Warum hätte ich? In den Zeitungen stand, dass er bei einem Amoklauf ums Leben gekommen ist. Tragisch, ja, aber was hatte unser geplantes Treffen damit zu tun?«

Die Tür zu den Umkleiden flog auf. Laute Schritte auf den Fliesen, dann schoss Lehnhoff mit zwei seiner Bulldozer um die Ecke. »Sieh einer an: der Kommissar mal wieder.« Der *Apollo*-Geschäftsführer betrachtete Kalkbrenner spöttisch von Kopf bis Fuß.

Kalkbrenner rechnete schon damit, dass Lehnhoff ihm den Bademantel vom Leib riss und ihn anschließend den beiden Wachhunden zum Fraß vorwarf. »Wurden Sie von diesem Mann belästigt?«, fragte er stattdessen Neumann.

»Nein, ich habe mich nur mit ihm unterhalten.« Er packte seine Aktentasche und sah zu, dass er so schnell wie möglich aus dem Bordell kam.

»Und Sie«, sagte Lehnhoff zu Kalkbrenner, »Sie haben für heute genug gesehen. Sollten Sie noch einmal unsere Gäste belästigen, zeige ich Sie wegen Ruhestörung an.«

128

Weil von Hirschfeldt vergeblich auf eine Antwort wartete, fragte er weiter: »Warum hast du mir nicht erzählt, dass ihr euch scheiden lasst?«

Karl-Edmund schloss die Augen. »Wir wollten unsere Trennung erst nach der Wahl bekannt geben. Wir wollten den Wahlkampf nicht beeinträchtigen.« Er schaute seinen

Freund bittend an. »Du weißt doch, wegen der vielen Termine, den gemeinsamen Auftritten, der Familie. Moral, Anstand, Werte. Dein Motto.«

»Aber das ist nicht einfach nur eine Wahlfloskel. Das ist etwas, woran ich glaube.«

»Frieder, die Welt ist nicht immer so einfach.«

»Na danke, das bekomme ich jetzt auch gerade zu spüren. Aber ausgerechnet du ... Warum?«

»So was passiert. Nicht jede Liebe hält ein Leben lang ...«

»Herrgott, Karl-Edmund, nicht deine Scheidung.« Von Hirschfeldt stöhnte auf. »Du weißt ganz genau, was ich meine.«

Hönigs Schultern fielen demütig hinab. »Ich hätte wissen müssen, dass du dahinterkommst.«

»Es gab nur wenige Personen, die über den Aufenthaltsort der Zeugin Bescheid wussten. Und du hast mich gestern auf dem Flur im Abgeordnetenhaus belauscht.«

»Nein!« Karl-Edmund begehrte auf. »Es war reiner Zufall, dass ich dein Gespräch mitbekommen habe.«

»Aber dass du dann alles brühwarm Dossantos weitererzählt hast, das war kein Zufall – und jetzt lüg mich nicht an!«

Hönig sagte etwas, aber die Worte waren zu leise, als dass von Hirschfeldt sie verstehen konnte.

»Sieh mich an, wenn du mit mir redest!«

»Es war wegen Lars«, wiederholte Karl-Edmund.

»Was hat Lars damit zu tun?«

»Er hat Drogen genommen ...« Karl-Edmund fiel das Sprechen schwer. »... und dabei jemanden umgebracht. Im *Apollo.* Eine Prostituierte.«

Von Hirschfeldt zählte eins und eins zusammen. »Deshalb warst du gestern während der Sitzung so seltsam.«

»Was glaubst du denn, wie ich mich gefühlt habe? Da stand dieser Dossantos plötzlich vor meiner Tür, zeigte mir meinen Sohn, die Prostituierte … Ihre Leiche … Das viele Blut. Es war schrecklich. Er drohte damit, alles an die Presse zu geben.«

»Er hat dich erpresst!«

»Ja, das hat er. Und glaub mir, es ist mir nicht leichtgefallen, auf seine Forderung einzugehen. Ich kam mir so mies vor. So unendlich mies. Aber stell dir vor, was passiert wäre, wenn bekannt geworden wäre, dass Lars ein Mörder ist. Der Sohn deines besten Freundes. Des Fraktionsvorsitzenden. Was meinst du, wie die Presse sich daraufgestürzt hätte? Welche Meinung die Öffentlichkeit plötzlich über unsere Arbeit gehabt hätte? Über die CDU-Fraktion? Über dich als Innensenator?«

»Karl-Edmund, was redest du da? Du hättest es mir sagen müssen. Wenn es ein Unfall war, von Drogen verursacht, dann hätten wir Hilfe für Lars gefunden. Wir hätten das Thema behutsam in der Presse lancieren können. Und wegen Dossantos hätten wir auch eine Lösung gefunden. Immerhin hat er dich erpresst. Du hättest gegen ihn aussagen können.«

»Dazu war es längst zu spät. Ich konnte nicht mehr anders. Ich habe es für dich getan.«

»Für mich?«

»Ich musste doch deine Karriere retten.«

»Bist du jetzt irre geworden? Wie, glaubst du, stehe ich denn da? Jetzt, da wir die Anklage fallen lassen müssen und der Sohn meines besten Freundes ein Mörder ist? Und dieser beste Freund den Mord sogar noch zu vertuschen versucht hat?«

»Niemand wird davon erfahren. Dossantos hat es mir versprochen. Alles kommt wieder in Ordnung.«

»Nein, Karl-Edmund, das wird es nicht.«

»Aber … ich dachte … wir sind Freunde. Wir stehen das gemeinsam durch. Das waren deine Worte.«

Von Hirschfeldt sah ihn entgeistert an. Er fragte sich, ob er die letzten Wochen und Monate zu sehr mit sich selbst, den Wahlen, seinem Erfolg und der Karriere beschäftigt gewesen war. Hatte er deshalb die Anzeichen der Probleme nicht wahrgenommen, die seinen Freund quälten? *So musste es wohl gewesen sein.* Er fühlte sich schuldig. Trotzdem war das keine Entschuldigung für Karl-Edmunds Vergehen. »Ja, wir sind Freunde. Und gerade deshalb nehme ich es dir übel: weil du mich angelogen und hintergangen hast. Und weil du mich dazu zwingst, etwas zu tun, was ich nie für möglich gehalten hätte.«

Hönig sah erschrocken zu ihm auf. »Wirst du …?!«

»Halt den Mund!« Von Hirschfeldt wollte die Frage nicht hören. Aber noch viel weniger wollte er über die Antwort nachdenken. Stattdessen dachte er an seine Kinder Friederike, Patrick, Frieder jr. und an seine Frau Patrizia. An die Villa in Grunewald. Seine vielen Freunde. Die Partei. Die Kanzlerin. An alles, was er sich geschaffen hatte und was jetzt, mit einem Mal, in sich zusammenzubrechen drohte. Dabei hatte er sich geschworen, es nie aufs Spiel zu setzen. Doch zu welchem Preis? War er bereit, ihn zu zahlen?

»Nein, ich werde nicht darüber reden. Mit niemandem. Es bleibt eine Sache zwischen dir und mir.« Er atmete schwer. »Aber ich erwarte bis zum Abend deine Rücktrittserklärung: Von allen Ämtern, und auch aus der Parteiarbeit wirst du dich zurückziehen. Wir werden uns nicht mehr sehen. Ich möchte nichts mehr mit dir zu tun haben.«

»Aber Frieder, bitte …« Karl-Edmund geriet in Panik. »Das kannst du doch nicht … es ist alles, was ich …« Er schnappte nach Luft. »Glaubst du nicht, ich bin schon genug bestraft worden? Man hat mir meinen Sohn …«

»Schweig!«, befahl von Hirschfeldt. »Deine Frau hatte recht: Du bist erbärmlich!« Er flüchtete aus dem Zimmer. Weg von seinem ehemaligen besten Freund.

»Was hast du vor?«, rief Hönig ihm hinterher.

»Kannst du dir das nicht denken?«

»Mach keinen Fehler, Frieder!«

Von Hirschfeldt blieb auf der Stelle stehen und drehte sich langsam zu ihm um: »Wer hier einen Fehler begangen hat, darüber brauchen wir uns beide wohl nicht mehr zu unterhalten.«

129

Kalkbrenner zahlte acht Euro Eintritt für eine dichte Wolke aus Zigarettenqualm und Achselschweiß. Trotz der Mittagsstunden war das *Obsession* gut besucht. Die Plätze an der Bar waren fast alle besetzt, ebenso die Tische vor der kleinen Bühne. Auf dem schmalen Podest zogen zwei in Öl gegossene Gestalten im Blitzlichtgewitter einer Strobolampe eine furchterregende Lack-und-Leder-Show ab. Dazu plärrte AC/DCs *Highway to hell* ohrenbetäubend aus den Lautsprechern.

An der Theke war der Lärm kaum erträglicher. Kalkbrenner bestellte eine Cola beim Barkeeper, der ein kahl geschorener Muskelprotz war. Mit einem Netzshirt stellte er stolz seine etlichen Brustwarzenringe und körperbedeckenden Tätowierungen zur Schau.

Als er den Softdrink servierte, zeigte Kalkbrenner ihm Brodbecks Porträt. Über den Lärm der Musik hinweg rief er: »Haben Sie diesen Mann schon mal gesehen?«

Der Muskelprotz griff nach einem Satz Gläser, tunkte sie ins Wasser und begann zu spülen. Er hatte die Frage nicht mitbekommen, was bei dem Mordskrach durchaus nachzuvollziehen war. Die sauberen Gläser stellte er in ein Regal hinter der Theke. Die Wand war geschmückt mit Peitschen,

Gerten und noch anderem Spielzeug, das Kalkbrenner inzwischen vertraut war.

Als die Tresenkraft wieder in seine Nähe kam, rief der Mann neben Kalkbrenner: »Ulli, machst du mir noch einen Gin?«

Ulli, der Barkeeper, bestätigte mit einem lässigen Nicken. Bevor er sich abwandte, wagte Kalkbrenner einen weiteren Versuch. »Kennen Sie diesen Mann?«

Diesmal schwenkte er das Bild nur Millimeter vor Ullis Nase. Er konnte es zwar nicht übersehen, aber dafür ignorieren.

Kalkbrenner beugte sich über die Theke und brüllte: »Hey, ich rede mit Ihnen.«

Der Barkeeper schaute auf. »Aber ich nicht mit Ihnen.« Kalkbrenner hatte Mühe, ihn zu verstehen. »Leute, die Fragen stellen, sind hier nicht gern gesehen. Erst recht nicht, wenn es Bullen sind.«

»Wer sagt denn, dass ich Polizist bin?«

»Das rieche ich doch drei Meter gegen den Wind.«

»Ich frage mich, wie man bei dem Gestank hier überhaupt was riechen kann.«

Ulli beugte sich drohend über die Theke. »Was haben Sie da gerade gesagt?«

»Ich fragte, ob dieser Mann mal hier war oder nicht?«

»Sind Sie ein Bulle oder nicht?«

»Ich dachte, das riechen Sie?«

Der Barkeeper stützte seine Hände vor Kalkbrenner auf und ließ warnend die Muskeln seiner tätowierten Oberarme zucken. »Wollen Sie mich verscheißern?«

»Das Gleiche frage ich mich bei Ihnen auch.« Er zeigte seinen Dienstausweis.

Der Barkeeper brummte missmutig.

»Also, was jetzt?«, knurrte Kalkbrenner zurück. »Erkennen Sie diesen Mann wieder?«

»Gerade wollten Sie noch wissen, ob er mal hier war. Jetzt soll ich ihn schon wiedererkennen.«

»Dass er hier war, weiß ich.«

»Warum fragen Sie mich dann?«

Beifall entbrannte, als die Performance auf der Bühne zu Ende ging. Die Musik lief jedoch weiter, und auch die Lichtblitze zuckten wie zuvor durch die Kneipe. Zwei in schwarze Lederdessous gekleidete Frauen stöckelten jetzt mit Handschellen und Peitsche auf das Podium. Prodigys aggressives *Smack my bitch up* begleitete passend ihre Darbietung, als Untermalung einer gepflegten Unterhaltung war der Song allerdings wenig geeignet.

Kalkbrenner nahm erst einen Schluck von der Cola, dann leerte er das Glas in einem Zug und knallte es auf den Tresen. »Keine Spielchen mehr, okay?«

»Wenn Sie das sagen.«

»Der Mann war hier, und Sie erkennen ihn. Richtig?«

Der Barkeeper nickte.

»Was wollte er?«

»Ärger machen. Genauso wie Sie.«

»Ärger?«

Ulli verdrehte die Augen. »Er hat dumme Fragen gestellt.«

»Und Sie haben ihm dumme Antworten gegeben – so wie mir.«

Die Tresenkraft lächelte ihn zynisch an. »Jeder bekommt das, was er verdient.«

»Dementsprechend ist der Mann wütend geworden und hat tatsächlich Ärger gemacht.«

»Was denkt der denn, wer er ist? Die Leute, die ins *Obsession* kommen, wollen sich amüsieren, nette Kontakte knüpfen. Und dabei möchten sie ganz bestimmt nicht von einem Typen genervt werden, der nach einer Frau fragt.«

»Hieß die Frau, nach der der Typ suchte, Betty?«

»Nein, nicht Betty. Betty ist 'ne ganz Liebe.«

»Betty ist tot. Wir haben sie ermordet aufgefunden.«

»Scheiße, Mann! Betty war hier oft zu Gast. Aber mit diesem Typen hatte sie nichts zu schaffen. Glaube ich zumindest. Haben Sie ihren Mörder?«

»Deshalb bin ich unter anderem hier. Nach wem hat der Mann gesucht?«

»Er hat sich nach Caro erkundigt.«

»Wer ist Caro?«

»Caro ist der Hammer. Ein richtiges Naturtalent. Schade, sie war schon verdammt lange nicht mehr hier.«

Kalkbrenner holte Luft. Er schmeckte den stinkenden Dunst der Kneipe an seinem Gaumen.

War es möglich, dass …? Er kramte nach dem Polaroid in seiner Jackentasche. Wartete. Es war nur eine absurde Vermutung. *Eine dumme Vermutung. Aber wenn doch?* Er zeigte das Bild dem Barkeeper. Mit dem Daumen verdeckte er sich selbst. »Reden wir von dieser Frau?«

130

»Guten Tag, wie kann ich Ihnen helfen?«

Die junge Frau am Eingang lächelte freundlich und entblößte dabei eine Zahnspange aus Titan. Auch der Rest von ihr war keine Schönheit, aber sie war auch keine graue Maus, wie Dossantos sofort mit Kennerblick feststellte.

»Wollen Sie für mich arbeiten?«, fragte er spontan. Er wurde noch von der euphorischen Welle getragen, auf der er seit dem Treffen vorhin im *Spreepark* ritt.

Das Lächeln des Teenagers erstarb, und auch das Blech auf ihren Zähnen verschwand gnädigerweise. »Ich habe schon einen Job.«

Er musterte ihren Strickpulli, den braunen Wildlederrock und die blassen Beine, die in farblosen, ausgelatschten Sandalen steckten. »Als was arbeiten Sie?«

»Ich mache ein Praktikum für mein Studium.«

»Dann verdienen Sie sicherlich nicht sehr viel, oder?«

Sie schaute ihn skeptisch an.

»Ich hätte da was für Sie.«

Sie war noch immer nicht überzeugt.

»Ernsthaft!«, versicherte er und ließ seinen Blick von ihren Füßen – immerhin rot lackierte Zehennägel! – bis hin zum Scheitel ihrer langen braunen Haare gleiten.

Sie war das, was manche Männer unter einer *naturgeilen Hausfrau* verstanden: Ansatz eines kleinen Bäuchleins und ein Busen, der leicht durchhing, doch wenn man das Ganze optisch ansprechend in Wonderbra, Strapse und High Heels verpackte, keine Frage, neben den durchgestylten Puffhuren wäre sie durchaus eine gefragte Weiblichkeit, der man sogar bereitwillig die Zahnspange verzeihen würde.

»Was halten Sie davon? Wir verabreden uns einfach zum Essen, und ich werde …«

»Gabi!« Ein junger Mann erschien im Flur. Er trug Jeans und ein legeres Sakko, darunter ein makelloses weißes Hemd, die obersten zwei Knöpfe standen lässig offen. In einer saloppen Geste wischte er sich eine widerspenstige Haarsträhne aus der Stirn. »Ist schon gut. Ich kümmere mich um den Herrn.«

Gabi schaute verunsichert zwischen dem jungen Mann und Dossantos hin und her.

»Du kannst jetzt gehen.« Er schob sie sanft, aber bestimmt nach hinten ins Haus. Dossantos winkte ihr hinterher. Als sie in einem der Zimmer verschwunden war, reichte er dem jungen Mann die Hand. »Ich bin Miguel …«

»Ich weiß, wer Sie sind«, wurde er unterbrochen. Der Mann stemmte die Hände in die Hüften, so dass sein Sakko knautschige Falten warf. »Aber ich weiß nicht, was das gerade eben sollte.«

»Was?«

»Ich gehe einfach mal davon aus, dass es nur ein Scherz war. Ein schlechter allerdings.«

»Herr Ehrenstein, bitte, in solchen Sachen scherze ich nicht.«

»Umso schlimmer.« Ehrenstein wies zur Tür. »Ich denke, es ist besser, wenn Sie wieder gehen, Herr Dossantos. Und vergessen Sie bitte Ihren Kampfhund nicht.«

Dossantos rührte sich nicht vom Fleck. Auch Bruno, der hinter ihm stand, machte keinerlei Anstalten, zu verschwinden. »Aber ich will mit Ihnen reden.«

»Ich wüsste nicht, was wir zu besprechen hätten.«

»Wie wäre es, wenn wir uns unter vier Augen unterhielten?«

»Unter vier Augen haben wir erst recht nichts zu bereden.«

»Na gut.« Dossantos zuckte mit den Schultern. »Aber wie ich hörte, sind Sie seit dieser Woche der Vorsitzende des Fördererkreises.«

»Da haben Sie richtig gehört.«

»Ich mag den Fördererkreis Junge Politik. Und ich finde es gut, dass Sie versuchen, Jugendliche wieder mehr für das politische Geschehen zu interessieren.«

Ehrenstein wippte ungeduldig auf seinen Füßen.

»Eins Ihrer ersten Projekte wird die Sanierung zweier Studentenwohnheime sein, bin ich da richtig informiert?«

»Irgendwie höre ich da einen Ton in Ihrer Stimme heraus, der mir überhaupt nicht gefällt.«

»Es wäre doch schade, wenn Sie dieses Prestigeprojekt nicht realisieren könnten. So viele Versprechungen, die Sie gemacht haben. Das würde sicher gar keinen guten Eindruck machen, wenn Sie so schnell den Schwanz wieder einziehen. Käme bei Ihren Parteikollegen nicht sonderlich gut an. Und was die Presse dazu sagen wird … na ja, reden wir besser nicht darüber.«

»Was wollen Sie mir damit sagen?«

»Jetzt haben Sie also doch Interesse an einem Gespräch mit mir, ja?«

»Was wollen Sie?«

Thomas Ehrenstein war noch jung. *Unverdorben*. Aber er hatte sich auf das Parkett der großen Politik gewagt, und folglich würde er auch tanzen müssen. »Wussten Sie, mein lieber Freund, dass ich einer der wichtigsten Supporter des Vereins bin? Also nicht ich direkt, aber eine meiner Firmen. Ich glaube, das Fax haben Sie erst kürzlich erhalten?«

Ehrenstein strich sich resigniert durch sein Haar. »Kommen Sie mit.«

Er führte sie in ein kleines, stickiges Büro mit schmalem Fenster, das auf einen verwilderten Kreuzberger Garten hinausging. Dossantos ließ sich ungebeten auf einem der zwei Stühle nieder, Bruno blieb an der Tür stehen. Ehrenstein setzte sich hinter den Schreibtisch, auf dem ein alter iMac brummte. »Also, was wollen Sie?«

»Nicht sehr viel. Eigentlich nur mit Ihrem Vater reden.«

»Was machen Sie dann hier bei mir?«

»Er sträubt sich dagegen, mit mir eine Unterhaltung zu führen.«

»Er wird dafür schon seine Gründe haben.«

»Aber er hat einen Sohn, auf den er stolz ist. Auf den er sicherlich auch hört, wenn er ihn um etwas Wichtiges bittet.«

»Darum, sich mit Ihnen zu treffen?«

Dossantos lehnte sich zurück. Unter seinem Ärmel rutschte die Goldkette hervor. »Ja, genau. Mit mir treffen. Am besten noch heute. Heute Mittag. Kriegen Sie das hin?«

131

Der Barkeeper griff nach der Cola, die er eben erst vor Kalkbrenner abgestellt hatte. Er kippte sie in den Ausguss und schenkte ihm stattdessen einen Whiskey ein. Einen Finger breit. Zwei Finger. Drei. Er knallte den Höllendrink auf den Tresen. »Hier, ich glaube, den brauchen Sie jetzt.«

Aus den Musikboxen im *Obsession* röhrte Steppenwolfs *Born to be wild*, doch Kalkbrenner kam sich keineswegs wild oder verwegen vor.

Ulli grinste. »Das sind doch Sie auf dem Foto, oder?«

Kalkbrenner drehte das Polaroid panisch um und stellte fest, dass er sein Abbild nur halb verdeckt hatte. 20 Jahre waren seit der Aufnahme vergangen, aber die Richtigkeit der Feststellung des Barkeepers war nicht zu leugnen.

Kalkbrenner nickte und schüttelte gleichzeitig den Kopf. In Ullis Augen mochte die Bewegung ziemlich bescheuert aussehen, aber so fühlte er sich in diesem Augenblick. Was hatte er hier eigentlich zu suchen? Musste er nicht auf dem Revier sein und sich mit Rita und Berger über die weiteren Sicherheitsmaßnahmen für Judith beraten?

Stattdessen fragte er: »Und? Kennen Sie die Frau neben mir?«

Die Musik wurde noch lauter. Die Bühnenshow der Sadomaso-Lesben neigte sich dem Höhepunkt zu, genauso wie die beiden Hauptdarstellerinnen selbst, die dem Gipfel ihrer Lust entgegenstrebten. Sie stöhnten, und der DJ drehte die Musik noch einmal auf.

Der Barkeeper schwieg angesichts des Lärms. Kalkbrenner wollte seine Antwort auch nicht hören. Er griff nach dem Whiskey und stürzte ihn hinunter. Der Alkohol brannte in seiner Kehle. Das war in Ordnung, lenkte ihn für einen kurzen Augenblick ab.

Plötzlich erstarb die Musik. Die Bühnenlichter erloschen, die Mädels auf dem Podium verschwanden Richtung Backstage. Für Sekunden herrschte ungewohnte Stille. Die Ruhe vor dem Sturm. Dann erhob sich allmählich Stimmengemurmel in der Kneipe. Nur noch leise dudelte jetzt Rockmusik aus den Boxen, angenehm und entspannt.

In Kalkbrenners Gefühlsleben tobte dagegen das Chaos. Der Barkeeper schüttelte den Kopf.

»Ja, die kenne ich.«

Kalkbrenner kam wieder zu sich. Das Kopfschütteln war nur Wunschdenken gewesen, Ulli nickte.

»Das ist Caro?« Kalkbrenner war geneigt, das alles für einen Scherz zu halten. Für eine dumme Verwechslung.

Doch Ulli bestätigte: »Ja, das ist Caro. Sie war oft im *Obsession.*«

Zigarettenqualm und Schweiß drangen in Kalkbrenners Lunge. Er hustete. Nur langsam beruhigte sich sein Hals. Dann beugte er sich vor. Auch der Barkeeper kam näher, als hätten sie eine vertrauliche Nachricht auszutauschen, die außer ihnen keiner mitbekommen durfte.

»Hören Sie«, flüsterte Kalkbrenner, »Sie verscheißern mich nicht, oder?«

Ulli sah ihn wie ein Unschuldslamm an. »Warum sollte ich?«

Kalkbrenners Nase stieß fast mit der des Barkeepers zusammen. »Wenn ich dahinterkomme, dass Sie mir hier einen Bären aufgebunden haben, dann werde ich mächtig unangenehm.«

Ulli richtete sich schweigend auf, griff zur Whiskeyflasche und kippte Kalkbrenner einen weiteren Drink nach. »Die Frau hat es Ihnen aber ziemlich angetan.« Er stellte die Flasche zurück auf den Sims. »Aber das wundert mich nicht.«

»Warum?«

Ulli grinste. »Caro war eine richtige Lady. Sie hatte so eine Art … na ja, sie war *echt*!«

»Echt?«

»Die hatte es drauf, verstehen Sie, was ich meine?«

»Nein.«

Ulli gab ein missbilligendes Grunzen von sich. »Sie war eine gute Domina. Und wissen Sie, warum?«

»Sagen Sie es mir!«

»Weil sie Spaß daran hatte.«

Kalkbrenner stürzte den hochprozentigen Drink seine Kehle hinab. Er ließ den Alkohol durch seine Gedärme rinnen. Sein Magen drohte zu explodieren. »Wie lange war sie schon nicht mehr hier?«

»Vier, fünf Jahre. Sie wollte richtig Kohle damit verdienen und hat in einem anderen Club begonnen.«

Die Bar begann sich vor Kalkbrenners Augen zu drehen. Als er sprach, kam ihm seine Stimme fremd vor: »Wo?« Er wusste die Antwort bereits.

»Im *Dark Heaven*.«

132

Dossantos stützte die Ellbogen auf den Schreibtisch. Er schob seinen Oberkörper vor, wie ein Lehrer, der seinem Schüler die alles entscheidende Prüfungsfrage stellte. »Sie wollen bestimmt wissen, warum ich Sie zum Gespräch eingeladen habe?«

»Eingeladen?« Berthold Ehrenstein, der Vater von Thomas Ehrenstein, dem Vorsitzenden des Fördererkreises Junge Politik e.V., brummte abfällig. »Für mich sieht das eher nach Erpressung aus. Nehmen Sie tatsächlich an, Sie kommen damit durch?«

Herablassend präsentierte Dossantos ihm seine Handflächen. »Meine Hände sind rein.«

»Sie haben meinem Sohn gedroht. Ein Gespräch mit mir, oder Sie ziehen das Geld zurück. Haben Sie eine Ahnung, was Sie damit anrichten? Über ein Jahr hat er an dem Projekt gearbeitet, Vorschläge, Genehmigungen, Zuschüsse eingeholt … Über ein Jahr Arbeit!«

»Ich erledige solche Dinge in der Regel zügiger.«

Ehrenstein gab ein entnervtes Schnaufen von sich. »Ja, Sie erledigen so was zügiger. Das glaube ich Ihnen gerne.«

Aus dem Aquarium erklang ein Gluckern. Dann kratzte einer der Hummer an der Scheibe. Dossantos begab sich zu dem Becken, streichelte sanft das Glas. Das Tier beruhigte sich. »Es geht um ein Projekt von mir. Am Messegelände.«

»Ich dachte es mir.«

»Ausgezeichnet.« Dossantos legte die Fingerkuppen beider Hände aneinander. »Dann brauchen wir nicht viele Worte zu verlieren: Die Pläne des Architekten liegen fix und fertig in der Schublade. Ich möchte schnell und unkompliziert die Baugenehmigung für das Projekt.«

»Sie haben ja nicht einmal das Grundstück. Ich denke …«

»Das Denken überlassen Sie besser mir. Aber falls es Sie beruhigt: Ich habe das Grundstück vor etwa zwei Stunden vom Liegenschaftsfonds der Stadt Berlin erworben, kurz bevor ich Ihren Sohn besucht habe. Der Vertrag ist bereits unterschrieben.«

Ehrenstein war sichtlich überrascht. »Wie haben Sie das …?!«, begann er, sparte sich dann aber den Rest. »Und jetzt soll ich dafür sorgen, dass Sie die Baugenehmigung bekommen?«

»Das sagte ich schon.«

Ehrenstein gab ein Geräusch von sich, das wohl ein verächtliches Lachen darstellen sollte. Es misslang. »Wie soll ich das denn machen?«

»In der CDU schätzt man Sie als Freund und Kollegen. Ich denke, Sie werden schon einen Weg finden.«

»Sagen Sie mir einen Grund, warum ich das tun sollte?«

»Haben Sie Ihren Sohn vergessen?«

Ehrenstein schüttelte vehement den Kopf. »Auf gar keinen Fall werde ich Ihnen helfen.«

»Nun«, sagte Dossantos. »Vielleicht überzeugt Sie dies: Als künftiger Bausenator werden Sie nicht nur dem Hochbauamt vorstehen, sondern ebenso den Posten als Vorstandsvorsitzender der Berliner Bau- und Sanierungsgesellschaft übernehmen. Diese ist eine Tochtergesellschaft der städtischen Berliner Bau Holding, die wiederum zum Berliner Hochbauamt gehört. Sie sehen, ich habe meine Hausaufgaben gemacht. Und ich weiß sogar noch mehr. Die Bau- und Sanierungsgesellschaft arbeitet seit Jahren höchst defizitär – und existiert eigentlich nur noch, weil sie zwei Großaufträge hat. Einer ist bereits in Arbeit, der nächste kommt noch, ein Auftrag mit einem Volumen in Höhe von fast zehn Millionen Euro.« Dossantos sprach langsam weiter, betonte jedes einzelne Wort: »Dieser Auftrag umfasst das Bauvorhaben am Messegelände. Auf meinem Grundstück. Wussten Sie das?«

Nein, das wusste Ehrenstein nicht. Woher auch? Dossantos hatte alles darangesetzt, es bis zu diesem entscheidenden Moment geheim zu halten.

»Ich kann mir vorstellen, dass es kein guter Einstieg für Sie wäre, wenn Sie gleich in den ersten Monaten Ihrer Amtszeit den Karren in den Dreck fahren.«

Ehrenstein wurde blass. Dossantos hätte sich keinen besseren Abschluss ihres Gespräches vorstellen können.

»Chef, da ist jemand für dich.« Bruno kam herein.

»Wer?«

Sein Bodyguard warf einen raschen Blick zu Ehrenstein, der wie ein nasser Sack auf dem Stuhl hockte. »Von Hirschfeldt.«

Ehrenstein wich nun auch der letzte Rest Blut aus seinem Gesicht. »Ich glaube, es ist keine gute Idee, wenn er uns hier zusammen sieht. Besser, ich gehe.«

Dossantos runzelte die Stirn, überlegte kurz. Dann zeigte er zur Hintertür, und Ehrenstein erhob sich. Zu spät. Von Hirschfeldt stürmte bereits in den Raum. Das Haar stand ihm verschwitzt und ungekämmt vom Kopf ab. Sein braun gebranntes Gesicht war eine verzerrte, zornesrote Maske. Der Anzug war das Einzige, was an den Siegertypen von einst erinnerte. »Sie!«, krächzte er und rannte auf Dossantos zu. »Ich weiß, was Sie … Berthold? Du? Hier?« Von Hirschfeldt erstarrte.

Ehrenstein war nur noch ein Häufchen Elend. Sein Blick verlor sich im Nirgendwo des Marmorbodens. Von Hirschfeldts Lippen bewegten sich tonlos.

Der Portugiese breitete die Arme aus. Das Gold an seinen Gelenken klimperte fröhlich. »Herr von Hirschfeldt, meinen Glückwunsch zum Wahlsieg. Ich kam noch gar nicht dazu, Ihnen zu gratulieren.« Er lächelte breit. »Aber das wissen Sie ja.«

Der Angesprochene rührte sich nicht. »Sie kommen sich wohl besonders gerissen vor, was?«

»Sie, Herr von Hirschfeldt, Sie kommen mir dagegen ein bisschen erregt vor. Möchten Sie vielleicht einen Drink? Der beruhigt. Oder Champagner?«

»Ich verzichte.«

»Nein, nein, nur keine falsche Bescheidenheit.« Dossantos betätigte den Schalter, der unter der Tischplatte angebracht war. »Wir stoßen miteinander an. Auf Ihren Wahlsieg und Ihre Karriere. Darauf, dass sich alles wieder zum Guten wenden wird. Magda, eine Flasche Champagner für mich und meinen Freund hier.«

»Ich bin nicht Ihr Freund.«

»Sie kennen mich doch noch gar nicht.«

»Das, was ich über Sie weiß, reicht mir.«

Dossantos' Communicator klingelte. Er griff nach dem multifunktionalen Handy. Es war *der* Anrufer.

»Herr von Hirschfeldt, nehmen Sie doch erst einmal Platz.« Dossantos wies nonchalant auf die beiden freien Stühle vor seinem Schreibtisch. »Und entschuldigen Sie mich bitte kurz. Ein wichtiges Telefonat.«

Trotzig blieb der Politiker stehen. *Bitte schön, wenn er es so will.* Der Hausherr nahm das Gespräch entgegen.

133

Dieter Winkels befand sich gerade in einer Therapiesitzung, als Kalkbrenner Sturm läutete. Wütend öffnete der Psychotherapeut die Tür. »Sind Sie von allen guten Geistern verlassen?«

»Wir müssen miteinander reden.«

»Dann vereinbaren wir einen Termin, und Sie …«

»Halten Sie den Mund«, blaffte Kalkbrenner und drängte ungehalten in die Praxis. Es tat unendlich gut, der Wut freien Lauf zu lassen. Vor allem, wenn man nicht wusste, gegen wen sich der Zorn eigentlich richtete. Dieter Winkels war Therapeut. Er war es sicherlich gewohnt, dass seine Besucher emotional waren.

Und er schien auch geübt darin, sie zu durchschauen. »Sie sind selbst in den Fall involviert?«

»Natürlich«, entgegnete Kalkbrenner grob. »Ich bin Polizist.«

»Nein, so meine ich das nicht.« Winkels' Stimme schwankte zwischen Vorwurf und Nachsicht. »Der Fall ist inzwischen zu einer persönlichen Angelegenheit für Sie geworden, hab ich recht?«

Kalkbrenner schwieg ertappt.

»Warten Sie einige Minuten«, sagte der Therapeut und kehrte in seinen Behandlungsraum zurück. Leise Worte wurden gewechselt, kurz darauf verließ eine ältere, pikiert dreinblickende Dame das Sprechzimmer, und Kalkbrenner wurde in den Behandlungsraum gebeten. »Bitte, setzen Sie sich.«

Er blieb stehen, wollte nicht, dass der Therapeut erneut auf ihn herabsah. Zumindest wollte er das Gefühl wahren, den Überblick zu haben, wenn der auch genau das war, was ihm gerade am meisten fehlte.

Winkels zuckte mit den Achseln und nahm im Ledersessel Platz. »Warum erzählen Sie mir nicht einfach, was Sie herausgefunden haben?«

Kalkbrenner trat ans Fenster. Obwohl es schon Anfang Oktober war, standen die Bäume im Vorgarten noch in vollem Grün. Ihre dichten Kronen warfen Schatten über die Fenster der Praxis. Es war dunkel. Viel zu dunkel für Kalkbrenners Geschmack. »Matthias Brodbeck hatte Probleme bei seiner Arbeit«, sagte Kalkbrenner.

»So weit waren Sie bereits bei unserem ersten Gespräch am Montag.«

»Er hatte aber auch private Probleme.«

»Da haben Sie recht.«

»Er zweifelte an seiner Frau.«

Winkels bejahte wortlos.

»Er begann, ihr nachzuspionieren.«

Wieder ein Kopfnicken.

»Er fand heraus, dass sich seine Frau in der SM-Szene herumtrieb. Sie arbeitete als Domina. Und das nicht erst seit gestern. Ihre Aktivitäten reichten viele Jahre zurück. Brodbeck, ehedem schwer krank, war erschüttert über das verschwiegene Doppelleben seiner Frau.«

Wieder eine Bestätigung.

»Korrigieren Sie mich, falls ich etwas falsch verstanden habe, aber als wir uns am Montag unterhalten haben, wussten Sie von alledem, trotzdem haben Sie mir nichts gesagt. Sie haben mich belogen.«

»Ich habe Sie nicht belogen. Ich habe Ihnen allenfalls etwas verschwiegen.«

»Für mich als Polizist läuft es auf dasselbe …«

»Warum sind Sie überhaupt hier?«, schnitt ihm Winkels das Wort ab. »Warum sind Sie nicht bei Frau Brodbeck und fragen sie selbst nach ihrer Vergangenheit? Warum müssen Sie sich das alles ausgerechnet von mir bestätigen lassen?«

Kalkbrenners Handy klingelte; das Display zeigte Ritas Nummer. *Nicht jetzt!* Er drückte den Anruf weg, sah wieder zu Winkels. Langsam, mit schweren Beinen, schritt er zum Ledersessel und fiel seufzend in die Polster. Die tiefe Zimmerdecke lastete schwer auf seinem Gemüt.

Der Therapeut setzte ein gnädiges Lächeln auf. »Ich weiß, warum Sie zu mir gekommen sind: Sie wollen nicht glauben, was Sie über Frau Brodbeck herausgefunden haben. Deshalb sind Sie hier bei mir: Sie wollen von mir hören, dass Sie dummem Geschwätz in zwielichtigen Absteigen aufgesessen sind und Brodbeck nur wegen seiner schulischen Probleme und wegen nichts anderem mein Klient war. Das ist es, was Sie von mir hören wollen, richtig? Tut mir leid, aber ich muss Sie enttäuschen.«

Draußen auf der Straße knatterte ein Laster vorbei. Als der Lärm des Dieselmotors langsam leiser wurde, erfüllte bedrückendes Schweigen den Raum.

»Glauben Sie, Frau Brodbeck steckt hinter dem Tod ihres Mannes?« Winkels durchbrach die Stille.

Kalkbrenners Stimme klang gepresst. »Weil er hinter ihre heimlichen Eskapaden zu kommen drohte?«

»Der Verdacht liegt nahe, oder?«

»Ja, es wäre tatsächlich ein Motiv für den einen Mord.

Aber nicht für die anderen. Ihr Mann muss bei seinen Nachforschungen in etwas verwickelt worden sein, das die tödlichen Ereignisse erst auslöste.«

»Sind Sie sich sicher?« Unter Winkels' forschenden Therapeutenaugen schrumpfte Kalkbrenner zusammen. »Oder ist es das, was Sie gerne glauben möchten?«

Der Kommissar schwieg.

Fassungslos faltete der Therapeut seine Hände. »Mein Gott, also hat die Frau auch Sie um den Finger gewickelt?«

»Wieso *auch*?«

Erschrocken schloss der Therapeut den Mund. Blut schoss ihm in den Kopf. Er erklärte sich nicht, aber das brauchte er auch nicht mehr. Sein Schweigen war Antwort genug.

Kalkbrenner versank im Sessel. Ein Kreis schloss sich. Es war, als würde er in ihm umhergeschleudert werden. Ihm wurde schwindelig. Er wollte sich an etwas festklammern, an irgendeinem klaren und beruhigenden Gedanken. Aber da war keiner. Er konnte nur noch eins tun: Judith zur Rede stellen.

134

Von Hirschfeldts Blick flog zu Ehrenstein, der zusammengesunken wieder auf seinem Stuhl hockte, und dem Portugiesen, hin und her. Dossantos telefonierte auf eine Weise, die ihm Übelkeit verursachte: hochnäsig, arrogant und widerwärtig. Dabei war er noch nicht einmal sehr gesprächig. Seinem abgefeimten Blick war allerdings anzusehen, dass er schon wieder schmierige Geschäfte ausheckte. Daran hatte von Hirschfeldt keinerlei Zweifel.

Nicht umsonst saß Berthold Ehrenstein ihm gegenüber.

Noch einer jener Menschen, denen er vertraut hatte. Erst Karl-Edmund. Jetzt Ehrenstein. Wen hatte der Gauner noch um den Finger gewickelt? Erpresst? Bestochen? Beeindruckt?

Dossantos nickte versonnen. »Im Ferienhaus.«

Wieder Schweigen.

»In der Uckermark, sehr gut.«

Der Portugiese lauschte konzentriert seinem Gesprächspartner. Die Stille, die sich dabei über das Zimmer legte, war trügerisch und falsch. So wie der gesamte Raum, der mit seinem Mahagonischreibtisch, der Ledercouch und den Marmorfliesen vor Luxus geradezu überbordete. Erschaffen mit Geld, an dem noch zähflüssiges Blut klebte.

»Gut, danke«, sagte Dossantos. »Ich werde mich erkenntlich zeigen.«

Sein Gesprächspartner antwortete.

»Sie wollen die Sache geklärt wissen?«, fragte Dossantos. »Okay, schon morgen. Sie haben mein Wort.«

Dossantos legte auf. *Ich werde mich erkenntlich zeigen.* Hatte er das auch mal zu Karl-Edmund gesagt?

»Sie Mistkerl«, presste von Hirschfeldt heraus und kam sich im gleichen Moment albern vor.

Der Mistkerl hob tadelnd den Finger. »Sie sollten Ihre Zunge im Zaum halten.«

»Sie elendiger Betrüger!«

»Sie wollen wohl unbedingt Bekanntschaft mit meinem Anwalt machen, so wie …«

»Sie können sich Ihren Anwalt sonst wohin schieben!«

»… ihr kleiner Praktikant. Arbeitet der eigentlich noch für Sie? Nein, ganz sicher nicht. Jemand wie Sie kann sich so einen vorlauten Jungen nicht erlauben. Das schadet nur dem Ruf.« Der Portugiese trug so selbstbewusst seine Überheblichkeit zur Schau, als wäre er mit ihr zur Welt gekommen. »Ich weiß, wovon ich rede.«

Ehrenstein ging zum Ausgang und wollte von Hirschfeldt am Arm fassen. »Komm, Frieder, lass uns gehen.«

Von Hirschfeldt machte einen Satz zur Seite, als könnte sein einstiger Freund ihn mit Lepra infizieren. »Fass mich nicht an.« Die Bewegung war so heftig, dass er gegen das Aquarium stieß. Das Wasser schwappte an die Scheiben, die Hummer schlugen mit ihren Scheren gegen das Glas.

»Frieder, lass uns später drüber reden.«

»Da gibt es nichts mehr zu bereden«, schimpfte von Hirschfeldt.

»Das denke ich auch«, warnte sie Dossantos.

Von Hirschfeldt wirbelte herum, schlug mit seinen flachen Handflächen auf den Schreibtisch. Sein Blut kochte in seinen Adern. »Ich weiß genau, was Sie mit Herrn Hönig getan haben.«

»Na, da bin ich ja gespannt. Werden Sie es mir verraten?«

»Spielen Sie nicht das Unschuldslamm.«

»Apropos, haben Sie schon mal Lamm gegessen? Ganz vorzüglich.«

Er spielt mit mir, dieser verdammte Drecksack spielt mit mir. Von Hirschfeldt wurde übel. »Wo haben Sie Ihre Frau gelassen?«

»Meine Frau? Wissen Sie etwa, wo sie ist? Sie hat mich leider verlassen, eine traurige Sache. Aber so was kommt in den besten Familien vor.«

»Ich werde an Ihnen dranbleiben.«

»Das sei Ihnen vergönnt.«

»Ich werde Sie kriegen.«

»Hier bin ich.«

»Irgendwann werden Sie einen Fehler machen.«

»Fehler sind nur allzu menschlich.«

»Und dann kriege ich Sie mit Ihren verlogenen Geschäften dran.«

»Ich bin nicht in der Politik!«

Von Hirschfeldt wollte den selbstgefälligen Arroganzling weiter anschreien und provozieren. Insgeheim wünschte er sich sogar, dass Dossantos ihn schlug. Dann hätte er einen Grund, es ihm mit gleichen Waffen heimzuzahlen. Dann könnte er einfach auf ihn einprügeln.

Aber so weit würde es nicht kommen, natürlich nicht. Zuvor würden die Bodyguards ins Zimmer stürmen und ihn raus auf die Ausfahrt zerren. Vielleicht würden sie ihm dort noch eine Abreibung verpassen. Und sollte später jemand nach seinen Verletzungen fragen, würde er sagen: *Ach, ich bin nur die Stufen zur Auffahrt hinuntergefallen.*

»Haben Sie mir sonst noch was zu sagen?«, erkundigte sich Dossantos. Er trat hinter seinem Schreibtisch hervor, beugte sich zum Aquarium. Mit dem goldenen Ring an seinem Zeigefinger pochte er gegen das Glas. Die Hummer gerieten erneut in Aufruhr. Dossantos lachte.

Doch von Hirschfeldt ließ sich nicht von dem tierischen Spektakel ablenken. Er konzentrierte sich auf den Portugiesen. »Wir sehen uns wieder.«

Dossantos nickte. »Gerne, jederzeit. Aber jetzt müssen Sie mich entschuldigen. Die Pflicht ruft.«

135

Der Teilnehmer ist im Augenblick nicht erreichbar. Verärgert feuerte Kalkbrenner sein Handy auf den Beifahrersitz. Er fixierte die Straße vor sich, doch seit einer Viertelstunde herrschte fast totaler Stillstand. Der Feierabendverkehr stadtauswärts war wie immer deprimierend. Meter um Meter quälte man sich vorwärts.

Je langsamer Kalkbrenner vorankam, umso häufiger

wählte er die Nummer des Mobiltelefons, das er Judith gekauft hatte. Doch vergeblich, sie nahm den Anruf nicht entgegen. *Nicht erreichbar.*

Der Verkehr kam nun gänzlich zum Erliegen. Zumindest war die Stauursache endlich in Sichtweite. Ein Lkw stand quer auf der Fahrbahn, ein Transporter hatte sich mit der Front voran in seine Flanke gebohrt. Feuerwehr und Rettungssanitäter bemühten sich zwischen den Wracks um das Leben des eingeklemmten Fahrers.

Kalkbrenner wählte ein weiteres Mal ihre Nummer. *Der Teilnehmer ist im Augenblick nicht erreichbar.* Die Worte hallten in seinem Schädel nach. *Nicht erreichbar. Nicht erreichbar.* In der vergangenen Nacht war Judith ihm so nahe und vertraut gewesen. Jetzt plötzlich war sie wieder fremd. Unerreichbar. Und schon lange nicht mehr *echt*.

Neben ihm stand ein Kombi im Stau. Herumalbernde Kinder auf der Rückbank. Vorne lachende Eltern. Eine glückliche Familie, eine heile Welt.

War an Judith überhaupt etwas echt? Wie konnte sie Tränen über das Doppelleben ihres Mannes vergießen, wenn sie selbst Geheimnisse vor ihm gehabt hatte? Und vor Kalkbrenner. Warum hatte sie es ihm verschwiegen? Ihn *belogen*! Er hätte kotzen können.

Erneut wollte Kalkbrenner zum Motorola greifen, als es von selbst klingelte. Voller Hoffnung schaute er aufs Display, doch es war nur Rita. »Paul, ich dachte, du wolltest aufs Revier kommen und …«

»Später«, unterbrach er sie.

»Dr. Salm hat nach dir gefragt. Er wollte wissen, wo …«

»Sag ihm, ich bin unterwegs.«

»… und ich hab's ihm gesagt.«

»Okay, sehr schön.«

Die Autos vor Kalkbrenner setzten sich langsam wieder in Bewegung und schlängelten sich über den Standstreifen an dem Unfall vorbei. Er gab Gas, der Passat machte einen Satz nach vorn, und der Motor erstarb mit einem röchelnden Geräusch.

»Wo bist du?«, fragte Rita.

Kalkbrenner startete den Wagen neu. »Gleich auf der Autobahn.«

»Was machst du?«

»Meinen Job.«

Kalkbrenner legte auf, noch ehe sie etwas erwidern konnte. Er beschleunigte. Seine Hände verkrampften sich ums Lenkrad. Die Tachonadel des Passat näherte sich der 180-Marke.

Tat er das wirklich? Seinen Job? War er wirklich noch auf Mördersuche? Oder ging es ihm nur noch darum, Gewissheit zu haben, welches Spiel hier getrieben wurde? Mit *ihm* getrieben wurde!

Er durchforstete seinen Fundus an kleinen Helferlein nach einer Antwort, aber die sonst so nützlichen Begleiter im Polizeialltag hatten sich unbemerkt fortgeschlichen. Ihm fiel auf, dass sie schon vor einer ganzen Weile verstummt waren.

Eins der blauen Richtungsschilder am Straßenrand zeigte nach Rostock. Wie viel Zeit war vergangen, seit er den Urlaub an der Ostsee hatte abbrechen müssen? Eine ganze Ewigkeit. Zumindest fühlte es sich so an.

Erneut griff er zum Handy. Wieder nahm Judith das Gespräch nicht entgegen. Wo steckte sie? Was war mit ihr los?

Schneller als erlaubt schoss er in die Autobahnausfahrt. Er verlor die Kontrolle über den Wagen, schaffte es aber gerade noch, ihn auf der Fahrbahn zu halten. Dann bog er auf die Landstraße ab.

Zu seinem Zorn mischte sich ein anderes Gefühl, das er nicht einordnen konnte, weil es so überraschend war. Weil er mit sich und den Ereignissen der letzten Tage haderte: den dunklen Geschäften. Sex. Abgründe. Lügen. Mord. Aber auch Trost, Leidenschaft, Nähe und Vertrautheit. Das passte alles nicht zusammen, und dennoch ergab sich das eine zwangsläufig aus dem anderen. Es musste eine schlüssige Erklärung dafür geben.

Wissen Sie das? Die Worte des Therapeuten. *Oder ist es das, was Sie glauben möchten?*

Was wäre, wenn Judiths Vergangenheit nur eine weitere Finte des raffinierten Mörders war? Wenn sie sich in Gefahr befand? Womöglich war ihr bereits etwas geschehen.

Kalkbrenners Magen rumorte, als er den Feldweg erreichte. Seine Wut verrauchte, wich vollständig der Sorge. Er lenkte den Wagen auf den holprigen Pfad und raste vorbei an den Pappeln. Als er den Bach überquerte, pochte das Blut bereits hinter seinen Schläfen. Vor der Datsche bremste er scharf. Der Wagen schleuderte über die Wiese, dann stand er still.

Jemand hatte die Tür eingetreten. Das Holz war zersplittert, die Klinke zerbrochen.

Kalkbrenner warf das Handy auf den Beifahrersitz, sprang aus dem Wagen und rannte auf das Gebäude zu. Aus seinem Schulterhalfter zog er die SIG Sauer. Seine Finger schlossen sich um den Griff der Waffe. Doch als er die Türschwelle erreicht und einen Blick ins Innere geworfen hatte, steckte er die Pistole zurück. Er brauchte sie nicht mehr. Wer immer den Schaden zu verantworten hatte, war längst über alle Berge.

Knarzend schwang die Tür auf. Im Zimmer war die Couch umgestoßen und der Fernseher vom Sims gefallen, zum Glück aber nicht implodiert. Ein Bild hing schief an der Wand, ein Riss zog sich in Form eines Blitzes durch das Glas. Offenbar war es zu einem Handgemenge gekommen.

»Judith?«, rief er in die Stille.

Keine Antwort.

In der Küche lag zerbrochenes Geschirr am Boden. Glasscherben bohrten sich in seine Schuhsohlen.

»Judith?«, wiederholte er.

Nichts.

Im Schlafzimmer verteilten sich die zerwühlten Decken auf der Matratze, so wie er sie heute Morgen nach dem Aufstehen zurückgelassen hatte. Auf einem kleinen Schränkchen stand Judiths Reisetasche. Ihre Kleidung war über den Boden verteilt, als hätte sie jemand wütend durch den Raum geworfen.

Plötzlich vernahm Kalkbrenner ein Plätschern. Er schnellte herum. Ein beunruhigender Gedanke durchfuhr ihn, drohte ihn zu lähmen. Auch wenn es ihm schwerfiel, er kämpfte gegen den Drang an, stehen zu bleiben, sich dem Unaussprechlichen zu verweigern. Nach wenigen zitternden Schritten stand er im Bad.

»Judith?«

Die Wassertropfen plätscherten in das Emaillebecken. Der Hahn der Dusche war nicht richtig zugedreht.

Während er in den Wohnraum zurückkehrte, fiel ein Teil der Anspannung von ihm ab. Er war froh, im Bad nicht Judiths Leiche gefunden zu haben. Doch noch in der gleichen Sekunde machte sich die Sorge wieder in ihm breit: Wo war sie? Was hatte man ihr angetan?

Dunkle Vergangenheit hin, schmutzige Geheimnisse her, das Chaos in der Datsche war Beweis genug: Auch Judith war nur noch ein Opfer.

Aber wieso hatte man ihr Versteck gefunden? Kalkbrenner war vorsichtig gewesen. Keine Verfolger. Es gab fast niemanden, der überhaupt wusste, dass sich Judith in dem Ferienhaus aufhielt. *Außer* … Kalkbrenner hielt die Luft an. Ellen hatte es gewusst. Sie hatte es heute Morgen Rita verraten. Und seine Sekretärin hatte ihm vorhin erklärt: *Dr.*

Salm hat heute Mittag nach dir gefragt. Er wollte wissen, wo … und ich hab's ihm gesagt. War es möglich, dass ihr Vorgesetzter …?!

Kalkbrenner fluchte. Ein Kläffen antwortete. »Bernie?«

Wieder ein Bellen. Von draußen. Kalkbrenner hastete auf die Lichtung.

»Bernie!«

Das Gekläffe kam aus dem Unterholz. Kalkbrenner kämpfte sich durch das Dickicht am Boden. Zweige peitschten ihm ins Gesicht, aber er beachtete den schneidenden Schmerz nicht.

Er durchbrach noch mehr Gebüsch, bis ihm etwas zwischen die Füße geriet. Er stolperte, strauchelte. Noch im Niedergehen entdeckte er das Bein, das aus dem Gehölz herausragte. Dann fiel er mit dem Kopf voran in einen Strauch voller Beeren. Er warf die Arme hoch, doch die Stacheln rissen ihm die Hände auf.

Wie betäubt stemmte er sich wieder hoch und drehte sich langsam um. Nein, was er für ein Bein gehalten hatte, war nur ein dünner, hellbrauner Baumstamm, den die Forstverwaltung anscheinend vor langer Zeit gefällt hatte. Erleichtert wischte er sich das Blut an der Hose ab.

Ein Schatten sprang von hinten auf ihn zu. Kalkbrenner wirbelte herum. Seine Hand glitt unter die Jacke, doch noch ehe er die Waffe zu packen bekam, leckte Bernie ihn auch schon ab.

»Wo hast du gesteckt?« Er versuchte, sich der Zunge des Bernhardiners zu entziehen. Aus treuen Hundeaugen blickte der Vierbeiner ihn an.

»Wo ist Judith?«

Bernies Schwanz wedelte erfreut.

»Ist sie in den Wald geflohen?«

Der Bernhardiner hechelte.

»Oder hat man sie hier einfach …?«

Er brach ab, schluckte, dann setzte er sich wieder in Bewegung. Bernie folgte ihm auf dem Fuß. Gemeinsam suchten sie die Umgebung ab, zwängten sich durch das Unterholz, kreuz und quer durch den Wald. Äste und Zweige knackten, scheuchten Vögel und ein Reh auf. Von Judith fehlte jede Spur.

Die Dämmerung zog herauf. Schatten legten sich zwischen die hohen Pappeln. Die Bäume verwandelten sich in riesige schwarze Verfolger.

Später brach die Nacht über der Uckermark an. Mit dem letzten Licht schwand auch Kalkbrenners Hoffnung. Er verharrte, lauschte in die Lautlosigkeit. Sogar Bernie spitzte die Ohren. Nichts. Grabesstille. Nein, nicht ganz. Von irgendwoher wehte ein Handyklingeln herüber.

Er rannte los. Das Läuten wurde lauter. Er spurtete. Sein Körper sträubte sich gegen die Anstrengung. Er keuchte und beschleunigte noch einmal seine Schritte.

Unvermittelt fand er sich auf der Lichtung wieder. Der Mond beschien die freie Fläche, um die sich die Bäume gruppierten, wie imaginäre geheimnisvolle Beobachter. Die Tür des Passat stand nach wie vor offen. Er starrte das Motorola an, dessen Display auf dem Beifahrersitz hell aufleuchtete. Er hatte sein eigenes Handy nicht erkannt.

»Ja?«

»Paul!«, schrie Rita ihm ins Ohr. »Wir haben ihn! Den Mörder.«

136

Es ging sehr schnell, war aber dennoch schmerzhaft. Sie zogen ihm nicht einmal die blutigen Klamotten aus, sondern warfen ihn einfach auf den Rücksitz eines Wagens. Er konnte sich nicht wehren. Seine Hände waren ihm auf den Rücken gefesselt, seine Beine aneinandergebunden.

Die Seile an den Füßen verhakten sich mit den Halterungen der Vordersitze. Jetzt konnte er sich nicht einmal mehr bewegen. Die gekrümmte Haltung, in der er auf der Rückbank kauerte, war alles andere als bequem. Aber auch darüber verlor er kein Wort. Es war nicht anzunehmen, dass man ihn von seinen Fesseln befreite.

Inzwischen hatten sie es anscheinend nicht mehr so eilig. Der Wagen schlich buchstäblich über die Autobahn. Er hatte keine Ahnung, wohin die Fahrt führte. Niemand hatte es ihm gesagt. Es war schon eine ganze Weile her, seit sie die Avus und Berlin verlassen hatten. Städte zogen an ihnen vorbei. Leipzig. Erfurt. Kassel. Nürnberg. Immer weiter nach Süden. Wie seltsam. Warum?

Einer der beiden Männer las eine Zeitung. Anders als sein Partner, der den Wagen steuerte, war er glatzköpfig. Schmatzend kaute er einen Kaugummi, als wollte er mit der mahlenden Bewegung der Kiefer seine Muskeln weiter trainieren. Vielleicht pumpte er aber auch nur sein Mutantenhirn auf. *Mutanten*. Das war gut.

Dann entdeckte er die Schlagzeile. *Prostituierte ermordet*. Er war nicht wirklich überrascht. Dennoch sagte er: »Das ist nicht wahr!«

Die Glatze drehte sich zu ihm um. »Hä?«

Er hätte ihr gerne die kaugummikauenden Zähne ausgeschlagen.

»Hast du was gesagt?«

Er blickte aus dem Fenster.

Glatze verpasste ihm eine Ohrfeige. »Ich hab aber was gehört.«

Er zwang sich zum Schweigen.

Glatze streckte ihm die Faust entgegen. »Verscheißer mich bloß nicht.«

»Lass ihn«, zischte der Fahrer. Ihm wollte er übrigens die Nase zertrümmern.

»Ist ja gut«, knurrte Glatze.

»Schnall dich lieber wieder an.«

»Ich mag den Sicherheitsgurt aber nicht.«

»Verdammt, leg ihn an.«

Glatze gab ein Knurren von sich, dachte aber gar nicht daran, sich anzuschnallen. Stattdessen konzentrierte er sich wieder auf die Zeitung.

Aus dem Aufmacher konnte man schließen, dass es einen Zusammenhang zwischen dem Mord an der Prostituierten und dem Anschlag auf Samuel Dossantos gab. Beides Auseinandersetzungen im Rotlichtmilieu.

Wie immer war das nicht die Wahrheit. Sie hatten es also geschafft, den Mord zu vertuschen. Vielleicht würden sie ihn deshalb umbringen. An einem Baggersee abladen, ersäufen und versenken. Aber nein, das würden sie jetzt nicht mehr tun. Das hätten sie auch in Berlin erledigen können. Sie entfernten sich immer weiter von der Hauptstadt. Weiß der Teufel, was sie sich ausgedacht hatten. Aber er wusste immerhin, warum sie es taten: weil der Name Hönig sauber bleiben musste. Der Ruf gerettet. Die Welt heil.

Wie immer war alles nur eine Lüge.

137

Kalkbrenner fuhr zur Adresse, die Rita ihm durchgegeben hatte. Sie lag einen Block vom Ku'damm entfernt. Seit am Kanzleramt der neue Hauptbahnhof Berlin eröffnet und der Bahnhof Zoo für den Fernreiseverkehr geschlossen worden war, klagten die dort beheimateten Geschäftsleute über ausbleibende Touristen und geringe Umsätze.

Die Mieten am Ku'damm unterdessen waren nach wie vor unerschwinglich hoch. Selbst die Eigentumswohnungen gehörten zu den teuersten der Stadt. Was im Wesentlichen den prunkvollen historischen Bauten geschuldet war, den wenigen, die man in Berlin noch erhalten hatte.

Die Polizei riegelte eins der sechsgeschossigen Gründerzeitensembles ab. Die Fassade war mit reichem Außenstuck versehen, ausladenden Simsen, hohen Fenstern. Auf der Straße vor dem Haus war gerade eine Kehrmaschine der Städtischen Reinigungsbetriebe zugange. Im Vergleich zu den Problemkiezen, den schäbigen Häusern und ihren heruntergekommenen Hinterhöfen war Charlottenburg nicht nur ein anderer Stadtteil, es war eine andere Stadt.

Kalkbrenner tätschelte Bernie, der auf der Rückbank hockte, zum Abschied und lief zum Hauseingang. Er überflog die Klingelschilder, las lauter unbekannte Namen, bis auf einen: *D. Block*. Sein Magen verkrampfte sich.

»Herr Kalkbrenner«, hörte er eine vertraute Stimme neben sich.

Er drehte sich zu Dr. Franziska Bodde um. »Guten Abend.«

»Na ja, der Abend könnte besser sein.«

Über Marmorfliesen, die ein Schachbrettmuster bildeten, gelangten sie zu einem Fahrstuhl. Die Türen glitten hinter ihnen zu. Kalkbrenner erschrak über die Gestalt, die ihn in der verspiegelten Kabine anstarrte. Es waren nicht einmal die Blutflecken auf der Hose oder die zerschundenen Hände. Es war sein Gesicht, das ihn entsetzte. Die Augen lagen gehetzt in dunklen Höhlen, das Haar fiel ihm ungekämmt und strähnig ins Gesicht. Die Schultern hingen erschöpft herab. Oder sprach aus seinem Aussehen eher Enttäuschung? Hastig schaute er die Kriminaltechnikerin an.

Franziska Bodde lehnte an der Kabinenwand und kaute gedankenverloren auf ihrer Unterlippe herum. In ihren

Sportschuhen, der Jeans und der Bluse gab sie das Bild einer Hausfrau auf dem Heimweg ab, die überlegte, was sie ihren Kindern zum Abendessen kochen sollte. Sie setzte ein Lächeln auf. Es wirkte gezwungen. »Alles in Ordnung mit Ihnen?«, fragte sie mit einem Blick auf seine verschmutzte Jeans.

»Natürlich«, log er.

»Sie sehen ein bisschen blass aus.«

»Hab die letzten Tage wenig geschlafen.« Wenigstens das war keine Lüge.

»Ich weiß, was Sie meinen.«

Er seufzte. »Und bei Ihnen? Alles in Ordnung?«

Es dauerte einen Augenblick, bevor sie sagte: »Ordnung ist was anderes.«

»Die Familie?«

Franziska Bodde presste die Lippen aufeinander.

»Ich weiß, was Sie meinen«, entgegnete jetzt Kalkbrenner und spürte keinerlei Befriedigung darüber, dass ihn wenigstens bei ihr sein Bauchgefühl nicht getrogen hatte.

Für die wenigen Sekunden, in denen der Aufzug mit ihnen nach oben schwebte, waren sie Seelenverwandte. Sie teilten das Gefühl von Verlust und Schmerz und die Erkenntnis, dass ihnen außer der Arbeit nicht mehr viel von ihrem Leben geblieben war.

Dann spuckte der Fahrstuhl sie in der sechsten Etage aus. Zu beiden Seiten des Flurs ging je eine Tür ab. Vor der linken hatten sich vier Schutzpolizisten und drei Zivilisten versammelt: eine ältere Dame, auf einen Gehstock gestützt, ein junger Mann in steifer Stoffhose und Pullunder und eine Frau Mitte dreißig im Businesskostüm.

Die rechte Tür stand offen und gab den Blick auf ein riesiges Apartment frei, dessen raumhohe Fenster ein faszinierendes Panorama vom nächtlichen Berlin darboten. Allein das war vermutlich den saftigen Preis der Wohnung wert.

Noch dazu reichte sie über zwei Etagen. Die Galerie unter der Dachschräge schwang sich wie eine Kirchenempore in den Raum hinauf. Das Apartment war eine überwältigende Augenweide.

Weniger schön dagegen war der kleine, hagere und nackte Mann, der an einem Strick von einem der Brüstungspfeiler baumelte.

»Paul, na endlich.« Berger löste sich aus dem geschäftigen Gewimmel der Spurensicherung. Entgeistert musterte er seinen Kollegen. »Was ist mit dir passiert?«

»Ein Arbeitsunfall.«

Berger war nicht wirklich überzeugt, doch er wandte sich an Dr. Franziska Bodde. »Und?«

»Sie hatten recht«, sagte die Kriminaltechnikerin.

»Womit?«, fragte Kalkbrenner.

»Später«, sagte Berger in einem bestimmenden Tonfall, der Kalkbrenner ebenfalls nicht gefiel. Er schaute zu dem Leichnam. Der nackte Körper war mit blutigen Striemen und blauen Flecken übersät.

»Das ist David Block?«

Bergers Bartspitzen hüpften auf und ab.

»Wer hat ihn gefunden?«

»Zwei Beamte.« Berger zeigte auf zwei der grün berockten Männer, die sich im Flur bei den Zivilisten aufhielten. »Die ältere Dame hat sich bei der Polizei beschwert, weil seit gestern ein und dasselbe Lied in Blocks Wohnung lief.«

»Welches Lied?«

Berger streifte sich Gummihandschuhe über und drückte die Play-Taste des CD-Spielers auf dem Wohnzimmerschrank. Eine Mundharmonikamelodie erlang laut aus den Bose-Lautsprechern. Unverkennbar das Titelthema von *Spiel mir das Lied vom Tod*.

Die Musik erstarb, als Berger den Player wieder ausschaltete. Vom Flur her kam die erstaunlich kräftige Stimme der alten Frau: »Genau diese Musik lief schon seit gestern. Immer wieder das gleiche Lied.« Sie kam einen Schritt näher. »Diese Mundharmonika, das war zum Verrücktwerden!«

Der junge Mann trat ebenfalls heran. »Ich hab meiner Tante ja immer gesagt, der Block ist ein verrückter Vogel. Und dann sein Umgang … diese Frauen.«

Seine Tante nickte heftig. Beinahe sah es so aus, als würde die Bewegung ihren greisen Körper zu Boden werfen. Doch sie hielt sich aufrecht.

Kalkbrenner ging auf sie zu. »Was denn für Frauen?«

»Wir haben uns da schon oft bei der Hausverwaltung beschwert.«

»Ja, das stimmt«, pflichtete ihr die Frau in dem Nadelstreifenkostüm bei. »Aber dagegen konnten wir nichts unternehmen. Man kann den Eigentümern ja schlecht vorschreiben, welchen Umgang sie pflegen sollten.«

»Was für Frauen?«, wiederholte Berger.

Die alte Dame verzog angewidert das Gesicht. Über so was sprachen die feinen Leute nicht. Allenfalls hinter vorgehaltener Hand. Sie kam noch einen Schritt näher. Kalkbrenner roch ihr Parfüm. *4711*. Wieder Salz in seine Wunden. »Sie wissen schon, diese leichten Mädels …«, flüsterte die Seniorin pikiert.

»Huren!«, spie ihr Neffe.

»Eberhard!«

»Ist doch wahr!«, ereiferte sich Eberhard. »Das ist doch kein Umgang für die Bewohner dieses Hauses. Vor allem nicht für meine Tante.«

»Wissen Sie, ich lebe hier schon seit 60 Jahren, aber so was …« Sie schob ihren Körper mit überraschender Entschlossenheit erneut nach vorne, um in das Apartment zu spähen. Doch Kalkbrenner und Berger hatten bereits wieder kehrtgemacht und die Tür ins Schloss gedrückt.

»Block hat auf das Klingeln der beiden Beamten, die auf

die Beschwerde der Nachbarin hin vorbeikamen, nicht reagiert«, erklärte Berger. »Also haben sie die Hausverwaltung kontaktiert und dann die Tür geöffnet und Block gefunden.«

»Und er ist der Mörder?«, fragte Kalkbrenner.

»Er ist Anwalt bei Boccachi & Partner. Stammt also aus dem direkten Umfeld von Miguel Dossantos, so wie du es vermutet hast.« Berger entnahm seiner Jackentasche den Notizblock. Geschwind überflog er die Seiten. »Ich habe das bereits nachprüfen lassen: Es gibt einige Zeugen, die ihn am Sonntag im Gefolge von Dossantos im *Café Hermano* gesehen haben. Er war also da und hat die Auseinandersetzung mit den Russen mitbekommen.«

Berger lief zu einem Schrank und umrundete dabei ein Buch, das angestoßen am Boden lag. *Europäisches Kartellverfahrensrecht (einschließlich Fusionskontrollverfahren)*. Auf dem Regal lag eine Pistole. »Eine Makarov.«

»Die Spurenanalyse dürfte sie als Tatwaffe identifizieren«, sagte Dr. Franziska Bodde. »Aber selbst wenn es daran einen Zweifel geben sollte …« Sie zeigte auf ein Paar Lederhandschuhe daneben. »Wahrscheinlich der Ursprung des Partikels aus der Berthold-Schule. Wir werden Blocks DNA zudem mit der gefundenen Probe vom Samstag aus dem Treppenhaus der Schule abgleichen.«

»Bestimmt werden sie übereinstimmen.« Berger beugte sich zu einer breiten Schublade hinunter. »Und hier: ein Arsenal von Peitschen, Gerten, Dildos.« Er gab einen abfälligen Laut von sich, während er eine weitere Schranktür öffnete. »Außerdem Eintrittskarten vom *Dark Heaven*, vom *Apollo*, Visitenkarten von anderen SM-Studios und -Clubs. Es dürfte nicht schwer sein, sich bestätigen zu lassen, dass er Gast der Etablissements war.«

»Darüber hinaus haben wir Rückstände von rotem Haar auf einer seiner Peitschen gefunden«, fügte Dr. Franziska

Bodde hinzu. »Hundertprozentig wissen wir es natürlich erst nach den Laboruntersuchungen, aber der Verdacht liegt nahe, dass es von der ermordeten Prostituierten Melanie Hauser stammt.«

Berger zupfte sich die Gummihandschuhe von den Händen und stopfte sie in die Jackentasche. »Also können wir davon ausgehen, dass Block in allen fünf Fällen auch der Mörder ist.«

Franziska Bodde bestätigte: »Die Beweise sind eindeutig.«

Zu eindeutig.

Offenbar schien neben Kalkbrenner auch Berger Skepsis zu hegen. »Aber es gibt einiges, was mir Kopfschmerzen bereitet.«

»Sie zweifeln die Beweise an?«, fragte die Kriminaltechnikerin.

»Nein, nein«, wehrte Berger ab. »Aber wenn jemand wie Block – aus welchen niederträchtigen Beweggründen auch immer – so raffiniert seine Morde einfädelt, dann wird er doch nicht einfach alle Beweise in seiner Wohnung herumliegen lassen.«

»Vielleicht war er sich seiner Sache sehr sicher«, sagte Franziska Bodde.

»Oder Miguel Dossantos war vor uns hier«, ergänzte Berger. »Er hat den Mörder seines Sohnes zur Rechenschaft gezogen und uns die Beweise frei Haus geliefert. Tatsächlich hat das Team von Frau Bodde hier Spuren von Dossantos gefunden. Das dürfte uns …«

»… nichts bringen«, unterbrach Kalkbrenner. »Block ist Dossantos' Buchhalter. Der Portugiese wird bei ihm ein und aus gegangen sein. Es dürfte also schwierig werden, aus den Spuren eine direkte Tatbeteiligung abzuleiten.« Kalkbrenner sah die Kriminaltechnikerin an. »Oder?«

»Stimmt«, bestätigte sie mit einem bedauernden Nicken.

»Wenn es nicht Spuren sind, die direkt auf eine Straftat hinweisen, können sie jederzeit entstanden sein. Heute. Gestern. Vor zwei Wochen.«

Kalkbrenner sah noch einmal zu der baumelnden Leiche hinüber. *Spiel mir das Lied vom Tod.* Falls Dossantos hinter Blocks Tod steckte, dann hatte er dabei mörderischen Zynismus bewiesen. »Höchstwahrscheinlich hat der Portugiese ihn nicht einmal aktiv umgebracht. Er hat ihm einfach keine andere Wahl gelassen. Block beging Selbstmord. Das dürfte es noch einmal schwieriger machen, Dossantos' Mitwirken am Tod Blocks zu beweisen.«

»Du hast recht.« Berger rieb sich den Bart. »Aber wie ich schon sagte, es gibt mehrere Sachen, die mich zweifeln lassen. Da ist nämlich noch etwas …« Er dehnte seine Worte. »Davon habe ich dir noch nicht erzählt.«

Dr. Franziska Bodde wandte sich um und guckte aus einem der hohen Fenster, als gäbe es da draußen über den Dächern von Berlin plötzlich etwas außerordentlich Wichtiges zu bestaunen.

»Was denn?«

Berger winkte ihn ans Fenster, ein Stück von den Beamten der Spurensicherung weg. Franziska Bodde blieb zurück.

»Paul«, sagte Berger leise, und seine Finger spielten mit einigen Streifen Papier. Jemand hatte sie von der *Financial Times* abgerissen, die auf dem Fensterbrett lag. »Wir haben etliche Hinweise darauf, dass sich auch Judith Brodbeck, die Witwe des Lehrers, in Blocks Wohnung aufgehalten hat.« Eine Pause entstand. Bergers Barthaare sträubten sich. »Kannst du mir dazu etwas sagen?«

Kalkbrenner schwieg, obwohl er antworten wollte. *Ja, es gab eine pikante Liebschaft mit Brodbecks Witwe.* Mit Block? Oder mit ihm, Kalkbrenner? *Mein Gott, also hat die Frau auch Sie um den Finger gewickelt?*

Kalkbrenner fragte: »Das ist kein Zufall, oder?«

»Du meinst, da will uns jemand auf eine falsche Fährte schicken, so wie bei den anderen Morden?«

»Ja.«

»Nein.« Bergers Stimme war bestimmt. »Zusätzlich zu den Hinweisen haben wir Fingerabdrücke in dem Apartment gefunden. Und zwar in einer Häufigkeit, so dass wir mit Bestimmtheit sagen können: *Das* ist nicht getürkt. Dr. Franziska Bodde hat alles schon durch die Datenbank schicken lassen, bevor du eingetroffen bist. Sie konnten einer gewissen Judith Caro Kargelsdorf zugeordnet werden. Das ist der Mädchenname von Frau Brodbeck. Unter ihm ist sie vor einigen Jahren bei den Kollegen vom Rotlicht-Dezernat aktenkundig geworden.«

Kalkbrenner holte tief Luft. Noch ehe er etwas sagen konnte, läutete sein Handy. Er holte es aus der Tasche und sah, dass es Ellen war. *Ausgerechnet jetzt! Denkbar ungünstig.* Er drückte das Gespräch weg und blickte wieder Dr. Franziska Bodde an. »Haben wir nicht schon Spuren von Frau Brodbeck in ihrer Wohnung aufgenommen, nach dem Einbruch am Montag? Hätte uns da nicht …?!«

»Sie wollten schnelle Ergebnisse, Herr Kalkbrenner«, unterbrach ihn die Kriminaltechnikerin. »Wir standen unter Zeitdruck. Also haben wir Frau Brodbeck bei der Überprüfung außen vor gelassen, so wie Sie es wünschten.«

»Aha«, machte Berger und schwieg für Sekunden. Nur die Geräusche der Spurensicherung im Apartment waren zu hören. Ein Fotoapparat löste aus, das Blitzlicht erhellte die Häuserfassaden auf der anderen Straßenseite. Berger hustete. »Paul, wusstest du am Montag schon, dass Judith Brodbeck selbst mal als Hure angeschafft hat?«

»Sie hat als Domina in einem SM-Club gearbeitet«, sagte Kalkbrenner. »Das ist ein Unterschied.«

Berger grunzte ungläubig. »Wie lange weißt du schon davon?«

»Seit heute Morgen.«

»Hat Frau Brodbeck es dir gesagt?«

»Nein.«

»Warum nicht?«

Plötzlich hatte Kalkbrenner das Gefühl, verhört zu werden. Als würde er selbst vernommen werden.

Weil er nichts sagte, stellte Berger fest: »Sie hat dich also belogen!«

»Sie hat mich nicht belogen. Sie hat mir nur nichts über ihre Vergangenheit gesagt.«

»Das läuft aufs Gleiche hinaus.«

Geschlagen mit den eigenen Worten.

Berger sah ihn milde an. »Paul, so leid es mir tut, aber du betrachtest den Fall nicht mehr objektiv!«

Eine Aussage, so schlicht wie wahr.

»Was hast du noch herausgefunden?«, hörte er von Ferne Bergers Stimme.

Zeit für die Wahrheit. Kalkbrenner atmete aus, dann langsam wieder ein. »Judith Brodbeck hatte einen Liebhaber.«

»Was sie dir sicherlich auch verschwiegen hat.«

Kalkbrenner überging den sarkastischen Unterton. »Brodbecks Therapeut hat es mir verraten.«

»Und der Liebhaber war Block?«

»Der Arzt wusste keinen Namen. Aber … ja, davon ist auszugehen.«

»Frau Brodbeck führte also sozusagen ein Dreifachleben«,

fasste Berger zusammen. »Nicht nur als Ehefau und Hure, sondern auch als Geliebte von David Block, einem der Spitzenanwälte von Dossantos und Mörder ihres Mannes, der beiden Schüler, von Samuel Dossantos und der Prostituierten … Ich bin neugierig darauf, welche Rolle sie in diesem schmutzigen Komplott spielte. Vielleicht kann sie uns auch verraten, *warum* es überhaupt zu dem vielen Blutvergießen kommen musste.« Er wirkte angespannt. »Wir sollten Frau Brodbeck schleunigst vernehmen. Ist sie immer noch in der Datsche deiner Frau?«

»Nein.«

»Du lügst doch nicht, oder?«

Verdattert sah Kalkbrenner seinen Kollegen an.

»Paul, mag sein, dass Frau Brodbeck eine alte Schulfreundin von dir ist, meinetwegen auch mehr. Aber das ist jetzt Vergangenheit. Es ist keine persönliche Sache mehr zwischen dir und ihr.«

Genau das war der Punkt, denn genau zu der war seine Beziehung mit ihr letzte Nacht geworden. Aber das dachte Kalkbrenner nur. Weil es ohnehin zu spät war.

»Wo ist Frau Brodbeck?«, fragte Berger.

»Ich weiß nicht, wo sie ist. Als ich heute Mittag zu ihr wollte, war die Datsche verwüstet. Von Judith fehlte jede Spur.«

»Dossantos?«, fragte Berger. Eigentlich war es eher eine Feststellung.

Ermattet nickte Kalkbrenner. Der Portugiese hatte sie verschleppt und in der Uckermark verscharrt. Oder in einer Berliner Baugrube begraben. Auf jeden Fall war sie tot. Wie Block. Ihr Liebhaber.

Wieder klingelte Kalkbrenners Handy. Diesmal kam ihm die Störung gelegen. Er nahm ab, ohne aufs Display zu schauen.

»Paul?« Schon wieder Ellen. »Was machst du gerade?«

»Arbeiten.«

»Ich möchte mit dir reden.«

»Nicht jetzt.« Kalkbrenner wollte auflegen.

»Paul!«, schrie Ellen. Ihre Stimme war so laut und durchdringend, dass selbst die Beamten der Spurensicherung für einen Moment von ihrer Arbeit aufschauten. »Wann denn dann?«

Ohne zu antworten, klappte Kalkbrenner das Handy zu und wandte sich zur Tür.

»Was hast du vor?«, erkundigte sich Berger, und sein Tonfall duldete keine Ausrede.

»Nichts. Hier gibt es für mich nichts mehr zu tun, oder?«

»Paul, du kannst doch jetzt nicht einfach …«

»Lass mich!« Kalkbrenners Stimme wurde von den hohen Wänden zurückgeworfen. Die Kollegen der Spurensicherung hielten erneut inne und schauten besorgt in seine Richtung.

Berger dämpfte seine Stimme: »Paul, was immer passiert ist, ich bin mir nicht sicher, ob du dir selbst einen Gefallen tust, wenn du weiterhin auf eigene Faust Entscheidungen triffst.«

»Und wenn ich sie für richtig halte?«

»Klar, dass *du* sie für richtig hältst. Aber wer sagt, dass sie es tatsächlich sind?«

»Wer sagt denn, was richtig oder was falsch ist? Du vielleicht?«

»Darum geht es doch nicht. Und das weißt du ganz genau.«

Kalkbrenner brachte keinen Ton über die Lippen.

»Solange mich Dr. Salm nicht danach fragt, werde ich mich nicht dazu äußern. Aber …«

»Danke«, unterbrach Kalkbrenner, »ich habe verstanden.«

»Paul«, sagte Berger, »ich hoffe, du kannst meine Haltung tatsächlich nachvollziehen.«

»Ja.«

»Ich habe Frau und Kinder. Nicht jeder setzt das so leichtfertig aufs Spiel wie ...«

»So wie ich?«, platzte es aus Kalkbrenner heraus. »Das wolltest du doch sagen, oder? Verdammt noch mal!«

Bergers Antwort hörte er nicht mehr. Er fuhr schon mit dem Fahrstuhl ins Erdgeschoss.

139

Kalkbrenner trat auf die Straße und lief zu seinem Passat. Er hatte kein bestimmtes Ziel. Er wollte weg von hier. Nur weg. Einen klaren Kopf bekommen. Alles verdauen. Sein Leben wieder in Ordnung bringen. Aber war das überhaupt noch möglich?

Er zerrte den Autoschlüssel aus der Hosentasche. Bernie hockte hechelnd auf der Rückbank, wedelte mit dem Schwanz. Kalkbrenner öffnete die Fahrertür.

Hinter ihm bremste ein Pkw mit quietschenden Reifen. »Herr Kalkbrenner?«

Er drehte sich zu der Stimme um und sah einen schwarzen Chrysler. Wie ein Butler hielt der hünenhafte Bruno die hintere Tür einladend auf. Miguel Dossantos tauchte aus dem Schatten auf der Rückbank auf. »Steigen Sie ein!«

»Warum sollte ich?«

»Weil ich etwas von Ihnen wissen möchte.«

»Dann fragen Sie doch Dr. Salm. Meines Wissens kennen Sie sich persönlich.«

Der Portugiese lachte. »Ihr Chef kann mir dabei leider nicht helfen. Allerdings ...« Er wurde wieder ernst. »Dr.

Salm wird sicherlich nicht erfreut sein, wenn er erfährt, dass einer seiner wichtigsten Ermittler mit Mördern unter einer Decke steckt.«

Kalkbrenner stutzte. »Was soll das heißen?«

Dossantos klopfte mit der flachen Hand auf den Ledersitz. »Jetzt steigen Sie endlich ein.«

Kalkbrenner schaute zu Blocks Wohnung zurück. Ein Leichenwagen hielt vor dem Haus. Im Passat hatte Bernie bereits eine Vorderpfote gegen das Fenster gelegt, als wollte er seinem Herrchen zum Abschied winken. Kalkbrenner gab sich einen Ruck und nahm beklommen neben Dossantos Platz. Bruno schlug die Tür zu, sprang hinters Steuer und fuhr los.

Die Scheiben im Fond waren verdunkelt. Allmählich gewöhnten sich Kalkbrenners Augen an das Zwielicht. Der Portugiese lehnte sich zurück und schlug die Beine übereinander. Sein Gesicht war noch immer braun gebrannt, aber der Stress der letzten Tage hatte tiefe Falten hinterlassen. Da konnten selbst Botox-Spritzen und Skalpelle nicht mehr viel ausrichten. »Kennen Sie eigentlich den Film *Spiel mir das Lied vom Tod*?«

»Sie haben also Block auf dem Gewissen!«

Dossantos grinste nonchalant.

»Und Sie haben auch Frau Brodbeck umgebracht.«

»Blocks Geliebte«, sagte der Portugiese. »Oder war es Ihre?«

Kalkbrenner reagierte nicht auf die Häme.

»Männer sind so leicht zu steuern«, klagte Dossantos. »Diese niederen Instinkte!«

»Sie verdienen damit immerhin Ihr Geld.«

Der Wagen glitt über den Ku'damm. Die Schaufenster der Geschäfte waren grell erleuchtet, doch es waren kaum Passanten unterwegs. »Wussten Sie, dass mein Anwalt David Block auch einer dieser notgeilen Perversen war? Natürlich,

Sie haben ihn ja in seiner Wohnung gefunden.« Er lachte keckernd. »Block war nicht nur ein bemitleidenswerter Zwerg mit einem lahmen Bein, er war auch einer, der auf ausgefallene Spielchen stand. Ihm gefiel es, wenn man ihn erniedrigte, demütigte, auspeitschte. Solche Sachen eben. Bis er eines Tages in einem meiner Clubs auf Caro stieß. Oder Judith. Oder wie auch immer sie sich da gerade nannte. Caro kannte mich. Und sie kannte ihn. Wusste, was er für mich tat. Also hat sie ihm die große Liebe vorgegaukelt. Ihm all das gegeben, was er sich sein ganzes Leben lang an kranken Fantasien zurechtgeträumt hatte. In Wahrheit war sie nur auf mein Vermögen scharf.«

Kalkbrenner begriff nicht. »Ihr Vermögen?«

»Am Ende war Block, dem ich über viele Jahre wie meinem Sohn vertraut habe, ihr so sehr verfallen, dass er mich um 30 Millionen Euro betrogen hat. Verstehen Sie das?« Er hob in einer dramatischen Geste die Hände. »30 Millionen!« Er atmete durch und sagte noch einmal: »Ja, 30 Millionen!« Als wäre der Betrag nicht auch ohne die Wiederholung eindrucksvoll genug. »Nur Block hatte das Zeug dazu. Er, der mit Zahlen spielen konnte wie kein anderer, der Mittel und Wege wusste, mein Geld zu …« Er zügelte sich selbst. »Dann wollte Block sich mit dieser Schlampe absetzen. Die beiden wollten einfach verschwinden. Von einem Tag auf den anderen. Mit meinem Geld.«

Kalkbrenner begann zu verstehen: »Matthias Brodbeck kam hinter das Geheimnis seiner Frau.«

»Noch viel schlimmer: Er hat Block erpresst.«

»Und Block hat ihn kurzerhand beseitigt.«

»Und alle Zeugen gleich noch dazu.« Dossantos spuckte die Worte regelrecht aus. »Die Schüler, die ihn auf frischer Tat ertappt haben. Die beiden kannten meinen Sohn und auch dessen Anwalt, der wiederum auch mein Anwalt war. Und jetzt ein Mörder. Doch bevor Samuel mir alles mitteilen konnte, brachte Block auch ihn um. Da sehen Sie, wie weit es die Frau mit dem armen Mann getrieben hat. Sie hat ihn zum eiskalten, mehrfachen Mörder gemacht. Widerlich!«

»Widerlich? Ich glaube nicht, dass Sie sich mit mir über Moral unterhalten sollten.«

In Dossantos' Augen blitzte es gefährlich auf. »Ich verdiene mein Geld rechtschaffen.«

»Ihnen geht es also ums Geld?«

Der Portugiese legte den Finger an den Mund und gab ein versonnenes Summen von sich. »Ja, und genau darüber sollten wir reden.«

»Dann reden Sie! Was wollen Sie von mir?«

»Von Ihnen? Eigentlich nicht sehr viel. Eher möchte ich etwas von Caro. Oder Judith.«

»Sie haben sie nicht umgebracht?«

»Sind Sie so blöd«, Dossantos knirschte mit den Zähnen, »oder wollen Sie das nicht verstehen? Diese Schlampe hat Block übers Ohr gehauen, den armen kranken Mann. Sie hat ihn benutzt, bis er ihr alles anvertraut hat. Dann hat sie ihn ans Messer geliefert und ist mit meinem Geld über alle Berge verschwunden.«

»Und das soll ich Ihnen glauben? Sie haben doch …«

Mit einer herrischen Geste ließ der Portugiese ihn verstummen. »Sie kennen sie seit 20 Jahren und sind ihr während der letzten Tage sehr nahegekommen. Was man so hört.«

»Was man so hört?«

»Wer weiß, vielleicht haben Sie ihr sogar geholfen zu entkommen … Das haben Sie doch, oder? Sie haben Sie in dem Ferienhaus Ihrer Frau versteckt gehalten.«

Kalkbrenner schwieg.

»Soll ich Ihnen sagen, was ich glaube?« Er war nicht an Kalkbrenners Reaktion interessiert. Ohne abzuwarten, fuhr er direkt fort: »Ich glaube, dass Sie sehr genau wissen, wo dieses verrückte Biest steckt.«

Ich habe keine Ahnung, wo … Ein Gedanke bremste ihn. *Manchmal muss man verrückte Sachen machen.* Er hielt den Mund. Sein Blick kreuzte den von Dossantos. Auge in Auge. Keiner sagte ein Wort. Nur das sanfte Brummen des Motors war im Wageninneren zu hören.

»Diese Schlampe hat meinen Sohn auf dem Gewissen«, sagte Dossantos. »Sie hat mich vor meinen Freunden lächerlich gemacht. Niemand gibt mich so einfach der Lächerlichkeit preis, nicht Miguel Dossantos. *Deshalb* will ich sie haben.«

Der Chrysler bremste. Durch die verdunkelten Scheiben erkannte Kalkbrenner, dass sie wieder am Ausgangspunkt angelangt waren. Schaulustige drückten sich mittlerweile um die Streifenwagen und die Transporter der Spurensicherung. Der Leichenwagen war bereits wieder verschwunden.

Auf der anderen Straßenseite parkte Kalkbrenners Passat. Bernie hechelte noch immer im Wagen und wartete treu ergeben auf seine Rückkehr.

»Und?« Der Portugiese zeigte seine perlweißen Zähne. »Wissen Sie, wo sie steckt?«

Kalkbrenner war sich nicht wirklich sicher, ob er wusste, wo Judith abgeblieben war. Er war sich nicht einmal sicher, ob er es wirklich wissen *wollte*. Er dachte an seine Familie, an Ellen und Jessy. An seine Mutter, Käthe Maria, die im Krankenhaus um ihr Leben kämpfte. Es war nicht viel, was ihm von seinem eigenen geblieben war. Vielleicht war jetzt tatsächlich die Zeit für einen Neuanfang gekommen. Er zauderte, sagte aber dann: »Ich habe leider keine Ahnung, wo sie ist.«

Berliner Kurier, Freitag, 5. Oktober

Motiv im Rotlichtmilieu:

Morde aufgeklärt!

Berlin. Der Mord an der Berthold-Hauptschule in Neukölln ist aufgeklärt.

In einer Pressekonferenz hat die Polizei gestern Abend bekannt gegeben, dass der Mord an dem Lehrer Matthias B. in direktem Zusammenhang mit dem grausamen Mord an der Prostituierten in Charlottenburg sowie mit dem Anschlag auf das *Café Hermano* steht, bei dem am Sonntag vier Menschen ums Leben kamen (*Kurier* berichtete). Dr. Dietmar Salm, leitender Dezernent des Kriminalkommissariats Berlin-Mitte: »Alle Beweise sprechen dafür, dass das Motiv für die Morde im Rotlichtmilieu zu suchen ist.«

Der Mörder, der offenbar selbst im Berliner Sexgeschäft tätig war, hat sich der Verhaftung durch Selbstmord entzogen.

140

Als das Flugzeug zum Landeanflug ansetzte, neigte es sich abrupt schräg über das Meer und gewährte Paul Kalkbrenner einen atemberaubenden Blick auf schäumende, irisierende Wellenkämme. Der Strand kam in Sicht, und ein paar Augenblicke später setzte die Maschine auf dem Asphalt des Grantley Adams National Airport auf.

Der Terminal glich mit seinen weißen, zeltartigen Dächern eher einem exotischen Beduinendorf, war aber klimatisiert. Kalkbrenner holte sein Gepäck, ging unbehelligt durch den Zoll und tauschte an einer Wechselstube Euros in Dollars um. Anschließend nahm er ein Taxi, das ihn an die Ostküste brachte. Die Fahrt führte ihn an saftig grünen Wiesen vorbei, auf denen Kuhherden Siesta hielten. Er sah Palmen, deren Blätter nach dem Abendhimmel zu greifen schienen. Ab und zu lichteten sich die Bäume und gaben den Blick auf Klippen frei. Manchmal konnte er das Meer erkennen, das an den Strand brandete.

In dem Wagen war es trotz Klimaanlage zu heiß. Kalkbrenner verspürte den Wunsch, ins Wasser zu springen. Eine Runde zu schwimmen, all den Stress der letzten Tage von sich zu streifen, ihn sich förmlich vom Körper zu waschen.

Ein Straßenschild wies zur St. John's Church, der Kirche mit dem schönsten Friedhof der Karibik. Ein holpriger Schotterweg brachte sie zu Sam Lord's Castle, einem alten, verfallenen Piratennest, bevor Harrismith Beach in Sicht kam. Kalkbrenner bezahlte den Taxifahrer und schlenderte zum Strand.

Er streifte sich Schuhe und Socken von den Füßen. Der Sand kitzelte zwischen seinen Zehen. Ein Gefühl von Freiheit durchströmte ihn.

Er setzte sich, spielte mit dem Sand. Er ließ die kleinen Körner durch die Finger gleiten, ein sanftes, weiches Flirren auf der Haut. Unterdessen säuselte das Meer verführerisch in seinen Ohren. Zwei, drei Surfer ritten auf den Wellen und jauchzten über den Spaß. Kalkbrenner sah interessiert ihrem ausgelassenen Treiben zu.

Eine Brise umschmeichelte sein Gesicht. Er roch die frische Luft und atmete tief ein. Sie reinigte nicht nur seine Lunge, sondern machte auch seinen Kopf frei. Der letzte Rest der aufgestauten Anspannung fiel von ihm ab.

Kalkbrenner ließ die Seele baumeln. Ja, diese Insel war ein Ort, an dem es ihm nicht schwerfallen würde, sich wohl zu fühlen.

Mit diesem Wissen erhob er sich, schlüpfte in Socken und Schuhe zurück und machte sich auf den Weg nach The Crane. In dem kleinen Städtchen war die Geschichte der Insel, der Einfluss der spanischen, britischen und niederländischen Eroberer, allgegenwärtig: Alte indianische Zeichen, die Unheil von den Bewohnern abhalten sollten, verzierten die prächtigen Fronten der pastellfarbenen Kolonialbauten. Daneben gab es einfache Hütten aus Palmholz und großzügige Hotelanlagen.

Kalkbrenner fragte Passanten nach dem Weg. Die dunkelhäutigen Menschen mit ihren bunten Kleidern und dem einnehmenden Lächeln halfen ihm bereitwillig.

Als er schließlich das gesuchte Haus erreicht hatte, erkannte er sofort die strahlend weiße Fassade, selbst den kleinen Falken an der Balkonbrüstung. Er blieb einige Minuten vor dem Gebäude stehen, ließ dessen schlichte Großzügigkeit auf sich wirken. Der Gedanke, in diesem Haus zu leben, fühlte sich an wie ein Traum.

Sein Handy klingelte. Er erkannte die Nummer auf Anhieb und nahm an.

»Paul«, hörte er Judiths sanfte Stimme, »ich habe dich erwartet.«

Da stand sie, auf dem Balkon. In der dunkelroten Abendsonne von Barbados funkelte ihre braune Haut wie Gold. Sie sah besser aus als je zuvor und winkte ihm mit einem freudigen Lachen zu. Sofort fühlte sich Kalkbrenner wieder zu ihr hingezogen.

141

Karl-Edmund Hönig saß in seinem Homeoffice und sortierte Unterlagen, als Martina ins Zimmer kam. »Musst du nicht zur Arbeit?«

Nein, nie wieder. »Heute nicht.«

Er spürte ihren fragenden Blick auf sich ruhen, doch er fuhr mit dem Aufräumen fort. Da er annahm, dass sie den Raum wieder verlassen hatte, war er umso erschrockener, als sie plötzlich sagte: »Ich wollte dir nur sagen, dass ich ausziehe.«

»Okay.«

»Nur damit du Bescheid weißt.«

»Ich weiß dann Bescheid.«

»Ist alles in Ordnung mit dir?«

»Ja.«

»Irgendwas ist doch.«

»Nein.«

Sie schwieg. Er beobachtete seine Frau aus den Augenwinkeln. Irgendwann meinte sie: »Frieder war vorgestern Abend da.«

»Und?«

»Er schien ziemlich in Rage zu sein.«

»Ja, es gibt einige Probleme in einer Sache, die eine große Bedeutung für ihn hat.«

»Geht es dabei um diesen Dossantos?«

Hönig widmete sich weiterhin seinen Papieren.

»Frieder hat mich nämlich nach ihm gefragt«, erklärte Martina.

»Schön.«

»Ich hab ihm gesagt, dass du Besuch hattest. Von dem Portugiesen. Ich hoffe, das war kein Fehler.«

»Ist schon in Ordnung.«

»Warum war der eigentlich hier?«

»Ich hab dir doch schon gesagt: Ist nicht so wichtig.«

»Du magst nicht mit mir reden, oder?«

Er legte die Unterlagen zur Seite und drehte sich zu seiner Frau. »Du verstehst nicht, wie wichtig mir meine Arbeit ist. Du machst mir zum Vorwurf, dass unser Sohn missraten ist. Du willst ausziehen. Du willst dich von mir scheiden lassen. Und jetzt willst du wissen, warum ich nicht mit dir reden möchte?«

»Es war nur eine Frage, entschuldige.«

»Entschuldigung angenommen.«

Er nahm die Zeitung zur Hand. Dem Bericht auf der Titelseite zufolge waren die Mordfälle aufgeklärt: der Mord an dem Lehrer, an Samuel Dossantos, der an den beiden Schülern. Sogar der an der Prostituierten. Alle gingen auf das Konto ein und desselben Mörders. Wie immer Dossantos es bewerkstelligt hatte, er hatte sich tatsächlich darum gekümmert. Hönigs Name tauchte nicht in der Zeitung auf. Und natürlich auch nicht der von Frieder von Hirschfeldt. Selbst Hönig hatte also Wort gehalten. *Keine weiteren Schlagzeilen mehr.* Aber zu welchem Preis?

Martina hatte den Raum verlassen. Er war wieder allein. Kein unbekanntes Gefühl. Er zog die Schublade auf und griff nach dem Seil, das er gestern Abend im Baumarkt gekauft hatte, kurz nachdem er bei Anton Heiland im Büro gewesen war und ihm seine Rücktrittserklärung ausgehändigt hatte. Heiland hatte ihn erstaunt angesehen, doch Hönig hatte nichts gesagt, hatte sich nur umgedreht und den Raum, das Abgeordnetenhaus und die Partei für immer verlassen. Danach hatte er das Seil besorgt und in die Schublade gelegt.

Er rückte den Stuhl zurecht, stellte ihn direkt unter den massiven Haken, der aus den Stuckornamenten an der Decke herausragte. Dann knüpfte er das Seil zu einem Strick mit Schlaufe, und anders als der verflixte Windsor-Knoten gelang ihm das auf Anhieb.

Er stellte sich auf die Sitzfläche des Stuhls und befestigte das lose Ende am Haken. Die Schlaufe legte er sich um den Hals. Der Vorteil eines alten Hauses war zweifelsohne die Robustheit seiner Wände und Decken. Selbst ein simpler Haken konnte schwere Gewichte aushalten.

Etliche Gedanken schossen ihm durch den Kopf. Keiner davon war tröstlich. Frieder hatte ihn verstoßen. Seine Frau wollte sich von ihm trennen. Er hatte seinen Sohn nicht mehr im Griff. Sein eigenes Leben war ihm entglitten. Die Zukunft ergab keinen Sinn mehr. Karl-Edmund Hönig machte einen Schritt ins Leere. Der Strick zog sich um seine Kehle zusammen.

Martinas Stimme drang an sein Ohr. »Und was Lars betrifft, sollten wir uns vielleicht …« Den Rest bekam er schon nicht mehr mit.

142

Judith kam zu Kalkbrenner auf die Straße hinunter. Sie umarmte ihn, drückte sich an ihn, küsste ihn. Er umschloss sie und hielt sie fest, als wollte er sie nie mehr hergeben. Der Duft von *Chanel No. 5* umgab sie. Aber da war noch mehr, was er an ihr roch: die Sonne, das Meerwasser, die Freiheit. Er sog das alles wie ein neues Parfüm in sich auf. Das Gefühl, das sich dabei seiner bemächtigte, war keineswegs unangenehm, er könnte sich daran gewöhnen.

»Komm«, sagte Judith und nahm ihn an der Hand, »ich möchte dir was zeigen.«

Sie führte ihn durch kleine, verwinkelte Gässchen zum Hafen. Neben den Fischerbooten schaukelten Jachten am Pier. »Kannst du dich an die Fotos erinnern?«

Er konnte. »Hier lag das Boot deines Vaters.«

Judith trat auf einen schmalen Steg. »Hier stand ich früher oft und habe ihm gewunken, wenn er raus aufs Meer gefahren ist. Manchmal habe ich ihn auch begleitet.«

Sie setzte sich auf die Holzplanken und steckte die nackten Zehen ins Wasser. Er folgte ihrem Beispiel. Das Wasser war angenehm warm.

Mit nassen Füßen durchquerten sie den Ort. Vieles kannte Kalkbrenner noch von den Bildern, die Judith ihm gezeigt hatte. Es kam ihm so vor, als wäre er nicht zum ersten Mal hier. Als wäre ihre Flucht nach 20 Jahren nun endlich gelungen.

Sie erreichten den Strand. Die Surfer waren inzwischen verschwunden. Nur noch wenige Menschen flanierten am Meer entlang. Die Brandung rauschte in ihren Ohren, unendlich, vertraut und vergnügt.

Der Blick reichte weit über die blauen Wellenkämme hinaus bis zum Horizont, wo die letzten Ausläufer der Sonne sich vom Tag verabschiedeten. Und mit einem Mal verstand

Kalkbrenner: Wer wie Judith diese paradiesische Anmut einmal erlebt hatte, würde sie nicht mehr missen wollen. Selbst er konnte sich nicht mehr vorstellen, woanders zu leben, und dabei war er gerade mal einige Stunden hier.

Judith spürte seine Emotionen, aber das überraschte ihn nicht. Wie immer durchschaute sie ihn. »Das ist ein Traum, oder?«, stellte sie fest.

»Es ist *dein* Traum.«

»Nein, Paul, es ist *unser* Traum.«

»Für den andere Menschen mit ihrem Leben bezahlen mussten«, sagte er unvermittelt.

»Müssen wir darüber reden? Das ist Vergangenheit.«

»Dann möchte ich sie hier und jetzt abschließen. Erst danach kann ich mich der Zukunft zuwenden.«

Sie sackte in sich zusammen. »Damals nach meiner Erkrankung, da habe ich Matthias geheiratet. Ich habe wirklich gedacht, es wäre Liebe. Weißt du, Liebe, so wie bei uns. Aber heute glaube ich, es war nur Dankbarkeit. Die Jahre zogen ins Land, und ich spürte immer mehr, dass ich Matthias keine Gefühle entgegenbrachte, jedenfalls nicht mehr. Ich ging in seiner Gegenwart kaputt. Matthias widerte mich an. Die Ehe widerte mich an. Seine Krankheit widerte mich an. Ich war gefangen in diesem gottverdammten kleinbürgerlichen Leben.«

»Deshalb bist du ausgebrochen, ins *Dark Heaven*. Und ins *Obsession*.«

»Ja, Paul. Das war wie ein neues Leben für mich.«

»Ein Doppelleben.«

»Na und? Es war schön. Es war voller Leidenschaft. Etwas, was mir Matthias niemals gegeben hat. Kannst du dir vorstellen, wie das ist, nach Jahren endlich wieder etwas zu spüren?«

Kalkbrenner konnte es. »Aber warum musste dein Mann sterben?«

»Ich wollte niemanden umbringen. Aber …«

»… dein Mann kam hinter deine Affäre.«

»Ja, durch einen dummen Zufall.«

»Deshalb habt ihr ihn umgebracht.«

»Es war Davids Idee: Matthias' Krankheit, die Konflikte in der Schule, Schüler, denen man den Mord zutraute. Dann das viele Geld. Er wollte mir all das bieten, wonach ich mich gesehnt hatte. Er liebte mich. Es war seine Idee. Alles war Davids Idee.«

»Auch, dass die Zeugen sterben mussten? Die beiden Jungen? Samuel Dossantos?«

»Sie drohten, den Plan zu vereiteln.«

»Und warum Betty?«

»Betty?« Sie blickte auf, ihm ins Gesicht. »Wer soll das sein?«

»Ich hab dir schon von ihr erzählt. Die Prostituierte. Warum musste sie sterben?«

»Das weiß ich nicht. Keine Ahnung, ich kenne sie nicht.«

Kalkbrenner forschte in ihrer Miene nach Anzeichen einer Lüge, konnte jedoch nichts entdecken. Aber das hatte nichts zu bedeuten. Die ganzen letzten Tage war er schließlich ihren Täuschungen erlegen. Wie hatte ihm das passieren können? Wo war seine Intuition geblieben? Wo war *er* gewesen?

»Komm zu mir«, sagte Judith, und ihre Hände umfassten seine Wangen, bogen sein Gesicht zu ihr herab. Sie küsste ihn auf die Lippen. »Ich liebe dich.«

Als sie von ihm abließ, protestierte er schwach: »Wir haben uns 20 Jahre lang nicht gesehen!«

»Ich weiß«, sagte sie und sah ihm in die Augen. »Aber hat dich das gestört? Vor zwei Tagen? In der Nacht?«

Die Lust, ihr Drängen, die Begierde. *Nein, es hat mich nicht gestört.* Wie leicht es ihm gefallen war, sich ihr hinzugeben. Aber er war nicht der Einzige gewesen. Oder doch?

Abermals erriet Judith seine Gedanken. »Glaubst du wirklich, ich hätte Block jemals lieben können?« Sie streichelte wie zum Trost seine Hand. »So wie dich?« Ihre blauen Augen schauten zu ihm auf. »Das ist mir bewusst geworden, als du am Sonntag plötzlich vor meiner Tür aufgetaucht bist. Erst war ich erschrocken. Dann überrascht. Schließlich begriff ich dein Erscheinen als einen Wink des Schicksals – für uns beide. Das war es doch, was du gewollt hast: einen Neuanfang.« Sie rückte näher an ihn heran. »Deshalb bist du doch heute hier.« Sie lehnte sich an seinen Arm. »Weil wir uns lieben!«

»Weil wir uns lieben«, wiederholte er.

Die Sonne versank im Meer. Dunkelheit breitete sich auf dem Strand aus. Eine junge Familie ein Stück weiter baute noch mit ihren kleinen Kindern eine Sandburg. Zwei Frauen schlenderten gemächlich am Wasser entlang, in ein angeregtes Gespräch vertieft. Ein älterer Herr joggte mit seinem Hund vorbei.

Die anbrechende Nacht brachte Kalkbrenner Frieden. Der Tod war weit weg. *Ein neues Leben.* Die Vorstellung war verlockend.

Judith verstand ihn. Sie hielt noch immer seine Hand, beugte sich vor, berührte ihn, wollte ihn erneut küssen. Ein Geräusch ließ sie in der Bewegung erstarren.

Die beiden Frauen waren plötzlich ganz nah. Sie sahen aus wie Schwestern. In der Hand der einen lag eine Pistole. Reflexartig griff sich Kalkbrenner an die Brust, aber seine Dienstwaffe hatte er in Berlin zurückgelassen. In einem anderen Leben.

Ein leises *Plopp* war zu hören. Ein roter Fleck breitete sich auf Judiths Kleid aus. Kalkbrenner sprang auf. Zu spät. Noch ein *Plopp.* Judith sackte auf die Knie. Ihre Lippen zitterten. Die blauen Pupillen flackerten. *Warum?*

Kalkbrenner sank neben ihr in den Sand, umfasste ihr

Gesicht, hielt es in seinen Händen. »Das wollte ich nicht«, flüsterte er und erwartete einen weiteren Schuss. Diesmal würde er ihm gelten. Er schaute zu den beiden Mörderinnen auf, doch sie waren verschwunden.

Er fluchte. *Beim nächsten Mal sollten Sie die Verfolgung den Profis überlassen.* Wieder hatte er nicht aufgepasst. Er allein hatte die Schwestern auf Judiths Spur gesetzt.

Ihr Kopf sackte leblos zur Seite. Ein weiterer Satz drängte sich in Kalkbrenners Gedanken. Er wehrte sich nicht gegen ihn. *Erst wenn man alles hinter sich gelassen hat, hat man die Freiheit, etwas Neues zu beginnen.*

143

Sie umfuhren die regulären Grenzen und wählten Schleichwege durch Wälder und über Wiesen. Auf einem schmalen Bergpass ein paar Stunden hinter Wien geschah es. Neben der Straße befand sich ein Abhang. Plötzlich bog ein Traktor um eine Kurve.

Glatze schrie noch: »Pass auf!«

Zu spät. Der Wagen rauschte in die Leitplanke, durchbrach sie und flog in einem Looping durch die Luft. Glatze, der nach wie vor nicht angeschnallt war, wurde durch die Frontscheibe geschleudert. Kurz darauf landete der Wagen mit einem lauten Krachen etwa 30 Meter weiter auf einer Wiese. Der Aufprall riss das Dach weg.

Das Auto schlingerte rückwärts über Gras, Steine und schließlich wieder Asphalt. Der Kopf des Fahrers schleifte über den Untergrund. Ihm war nicht mehr zu helfen.

Nach 100 Metern kehrte Ruhe ein.

Er kauerte noch immer auf dem Rücksitz, jetzt kopfüber. Die Fesseln und die gekrümmte Haltung, zu der sie ihn genötigt hatten, hatten ihm das Leben gerettet. Sagte man nicht: Der Wahrheit liegt ein Zauber inne?

Wie ein aufgeschrecktes Huhn tanzte der Bauer, der dem abstürzenden Wagen gefolgt war, um das Wrack herum und stieß seltsame Laute in einem noch seltsameren Dialekt aus. Benzin lief aus dem Tank. Der Mann zog ihn aus dem Wagen und schleifte ihn an den Straßenrand. Er bemerkte die Fesseln an Händen und Füßen und gab weiteres unverständliches Gebrabbel von sich, während er die Seile mit einem Taschenmesser zerschnitt.

Glatze torkelte herbei. Es hatte ihn übel erwischt, aber er konnte noch laufen.

»Verdammte Scheiße«, stöhnte er, als er aufschaute.

Der Bauer wollte sich schon um den Schurken kümmern, doch er hielt den Landwirt zurück. Kaum stand er vor ihnen, da hämmerte er seinem Bewacher bereits eine Faust ins Gesicht. Glatze sackte in sich zusammen. Der Bauer betrachtete das Schauspiel entgeistert.

Er dagegen zuckte nur mit den Schultern. »Wo finde ich einen Bahnhof?«

Der Bauer deutete in die Richtung, aus der sie gekommen waren.

Entschlossen marschierte er los. Er würde zurück nach Berlin fahren, um der Stadt die Wahrheit zu bringen.

BEMERKUNG

»Gier« ist ein Roman. Ein Roman ist Fiktion. Die Personen, Ereignisse und Dialoge entstammen der Fantasie des Autors. Jegliche Ähnlichkeit mit tatsächlichen Ereignissen, lebenden oder toten Personen ist zufällig.

Wahr ist jedoch: Prostitution ist seit 2002 ein reguläres Rechtsgeschäft, also ein Beruf. Berlin ist die Hauptstadt der Prostitution, sie hat keinerlei Sperrbezirk. Berlin ist außerdem Dreh- und Angelpunkt des internationalen Menschenhandels. 80 Prozent der Spielhallen Berlins sind in russischer Hand und dienen der Russenmafia zur Geldwäsche. Jetzt weiten sie ihr Geschäft auf Bordelle und Clubs aus.

DANKSAGUNG

Bei der Arbeit an diesem Roman waren mir einige Menschen behilflich, denen ich danken möchte: dem Psychotherapeuten Wolfgang Lindemann, der mir Einblick in seine Arbeit gewährte – *www.wolfgang-lindemann.de*. Dem Kriminologen Mark Benecke, der mich mit Details zu Schussverletzungen versorgte – *www.benecke.de*. Lothar Siebdraht, der mir Klarheit in einigen Bereichen verschaffte, die mir bisher verschlossen geblieben waren. Tan, meinem Lieblingsalkoholdealer in Berlin, der mich mit Neukölln und den türkischen Gepflogenheiten bekannt machte und für mich übersetzte.

Jegliche Fehler oder Übertreibungen gehen ausschließlich auf meine Kappe.

Ganz besonderen Dank schulde ich folgenden Menschen:

Anke Vosters, die sich immer wieder mein endloses Geschreibsel (und hiernach Gerede) anhörte, nur um mir zu sagen, dass es – entgegen meiner verzweifelten Annahme – doch außerordentlich gut gelungen sei. Ihrer Tochter Celina, die deshalb mehr als einmal kein Gehör bei ihrer Mutter fand, weil diese mir zuhörte.

Hannes Windisch, meinem Lektor, der mir immer ein offenes Ohr schenkte, sobald ich mich wieder in Handlung und Logik verrannte. Seltsamerweise erwiesen sich die Patzer als null und nichtig, sobald ich mit Hannes drüber geplaudert hatte.

Heiko Richter, Doktor der Naturwissenschaften, daher von Berufs wegen Realist, der mir klar und deutlich zu verstehen gab, sobald meine Figuren so agierten, wie es nur fiktive Personen tun können. Nach Hemingway, Sex on the Beach und Watermelonman waren viele meiner Charaktere dann wieder – vor allem am nächsten Morgen – verflucht bodenständig.

Meinen Eltern Thea und Heinz, die mir nicht nur in den ziemlich heftigen Wochen während der Arbeit an diesem Roman Rückhalt gaben. Sie geben ihn mir immer, und ich bin froh, dass sie meine Eltern sind.

Meiner Schwester Nicole, die die beste Schwester ist, die man sich nur vorstellen kann. Okay, viele Leser werden jetzt behaupten: *Stimmt ja gar nicht, meine Schwester ist noch viel besser.* Aber falsch, denn sie kennen Nicole noch nicht.

Ich danke auch der Agentur Michael Meller und meiner Agentin Franka Zastrow sowie meiner Lektorin Barbara Heinzius, die mir quasi blindlings ihr Vertrauen schenkten.

Ich weiß, das ist nicht selbstverständlich. Deshalb bin ich umso glücklicher.

Marcel Feige, im September 2007

COPYRIGHTHINWEIS